CHRONIQUES ABYSSINIENNES

Moses Isegawa est né en 1963 à Kawente, en Ouganda. Il a étudié dans un séminaire catholique et enseigné l'histoire dans un lycée de son pays pendant quatre ans avant d'immigrer aux Pays-Bas en 1990. Il a, depuis, pris la nationalité néerlandaise.

Chroniques abyssiniennes est son premier roman. Traduit en treize langues, il a enthousiasmé la critique internationale.

MOSES ISEGAWA

Chroniques abyssiniennes

ROMAN

TRADUIT DU NÉERLANDAIS PAR ANITA CONCAS

ALBIN MICHEL

Titre original :

ABESSIJNSE KRONIEKEN

Publié par De Bezige Bij, Amsterdam, Pays-Bas.

La présente édition avec l'accord de Linda Michaels Ltd,
International Literary Agents.

LISTE DES PRINCIPAUX PERSONNAGES

Mugezi : personnage principal et narrateur
Serenity (*alias* Sere, *alias* Mpanama) : père de Mugezi
Cadenas (son vrai nom est Nakkazi. On l'appelle aussi « Vierge » ou « sœur Pierre ») : mère de Mugezi
Grand-pa : ancien chef de village, père de Serenity
Grand-ma : sœur de Grand-pa, tante de Serenity
Tiida (*alias* Miss Savon Sunlight) : sœur aînée de Serenity
Docteur Ssali : mari de Tiida
Nakatu : sœur de Serenity
Hadj Ali : deuxième mari de Nakatu
Kawayida : demi-frère de Serenity
Lwandeka : sœur de Cadenas
Kasawo : sœur de Cadenas
Mbale : frère de Cadenas
Kasiko : concubine de Serenity avant son mariage avec Cadenas
Nakibuka : tante de Cadenas ; maîtresse de Serenity
Hadj Gimbi : voisin de Serenity et Cadenas à Kampala
Lusanani : la plus jeune épouse de Hadj Gimbi ; maîtresse de Mugezi
Loverboy : client de Cadenas (s'appelle en réalité Mbaziira ; on l'appelle aussi « Boy »)

Bâton : camarade de classe de Mugezi à l'école de Kampala
Lwendo : condisciple de Mugezi au séminaire
Père Kaanders : bibliothécaire du séminaire
Père Mindi : trésorier du séminaire
Père Lageau : successeur du père Mindi
Dorobo : veilleur de nuit au séminaire
Jo Nakabiri : maîtresse de Mugezi à Kampala
Keema : logeuse de Mugezi à Bijmelmeer (faubourg d'Amsterdam)
Eva : maîtresse de Mugezi à Bijmelmeer
Magdeleine : maîtresse de Mugezi à Amsterdam

LIVRE I

... 1971 : Les années au village

Pendant qu'il disparaissait entre les mâchoires colossales du crocodile, Serenity revit, comme dans un éclair, trois dernières images : une charogne de buffle criblée de trous d'où s'échappaient des chapelets de vers et des essaims de mouches, la tante de son épouse disparue qui était aussi sa maîtresse depuis de longues années, et la femme mystérieuse qui l'avait guéri de son engouement pour les femmes grandes.

Les rares personnes qui avaient connu mon père à cette époque lointaine et qui étaient encore vivantes du temps où j'étais moi-même petit racontaient que jusqu'à l'âge de sept ans, mon père accourait dès qu'il voyait une femme grande et lui disait d'une petite voix trépidante : « Bienvenue à la maison, mamie, ça fait si longtemps que tu es partie ! j'avais peur que tu ne reviennes plus. » Prise de court, la femme souriait, lui caressait les cheveux et le regardait se tordre les mains avant de lui expliquer que, cette fois encore, il s'était trompé. Pour le guérir de cette manie, les femmes qui vivaient dans la ferme de son père — soutenues par les gens du village — tentaient de l'effrayer en lui disant qu'il finirait par tomber sur un esprit déguisé en grande femme qui l'emporterait loin et le ferait disparaître sous terre, au fond d'un trou. Elles auraient pu aussi bien, et peut-être avec plus de succès, tenter de tirer de l'eau d'une pierre. Le regard fixe, mon père continuait à se précipiter sur les femmes grandes et c'était chaque fois la même déception.

Jusqu'à ce jour de 1940 où, par un après-midi torride, il se précipita sur une femme qui ne lui sourit pas, ne lui caressa pas les cheveux. Elle le saisit par les épaules sans même le gratifier d'un regard et le repoussa.

En le guérissant de son obsession, cette femme mystérieuse s'était acquis une place éternelle dans la vie de mon père. Il ne se précipita plus sur les femmes grandes et n'en parla plus, pas même quand Grand-ma, son unique tante paternelle, promit de lui acheter des bonbons. Il s'enferma dans un épais cocon et repoussa toutes les offres de consolation. Son visage prit à jamais une expression d'indifférence aimable et d'impassibilité qui lui valut le nom de Serenity, mais les gens du village l'appelaient « Sere ».

La mère de Sere, la femme qui, dans l'esprit de l'enfant, prenait la physionomie de ces étrangères, l'avait abandonné quand il avait à peine trois ans : partie sous le prétexte de faire des courses, loin, de l'autre côté de Mpande Hill, où on allait pour les gros achats, elle n'était jamais revenue. Avec lui, elle avait abandonné deux filles, toutes deux plus âgées que Sere, qui s'étaient facilement consolées de l'absence de leur mère et ne supportaient pas l'engouement de leur frère pour les femmes grandes.

L'idéal aurait été que Sere arrive le premier car tout le monde espérait un garçon pour Grand-pa, le futur chef de district. Mais, au début, il ne vint que des filles et deux d'entre elles moururent peu après leur naissance dans des circonstances qui empestaient le désespoir maternel. Puis vint Sere et tout le monde attendit de sa mère qu'elle mette au monde un autre garçon, un fils de réserve en quelque sorte, car un seul fils, c'était comme une bougie dans un courant d'air. La tension atteignit son paroxysme quand on apprit sa nouvelle grossesse. Les spéculations allèrent bon train : serait-ce une fille ou un garçon ? L'enfant avait-il des chances de vie ou non ? Etait-ce un enfant de Grand-pa ou de l'homme dont elle était tombée follement amoureuse ? Elle décida alors de partir et elle le fit avant que toutes ces questions aient pu être élucidées. Mais son bonheur fut de courte durée : trois mois après, son utérus se déchirait et elle mourait, vidée de son sang, sur la banquette arrière de la Morris Minor déglinguée qui la conduisait à l'hôpital.

Pendant ce temps, Serenity s'enfermait toujours plus dans son cocon, évitait de rencontrer ses tantes, cousins, cousines et mères suppléantes qui, pensait-il, le haïssaient parce qu'il était l'héritier de la propriété de son père, un domaine couvrant des hectares de bonne terre fertile du clan. La venue au monde de Kawayida, son demi-frère, né d'une musulmane qui partageait la couche de son père, ne le rapprocha guère des autres. Etant donné ce contexte de sa naissance, Kawayida n'était pas vraiment une menace pour Sere, et tout resta donc comme par le passé. Pour échapper aux mauvais esprits qui rôdaient dans sa tête et dans l'atmosphère corrompue de la concession de son père, Sere allait muser dans les villages voisins. Il passait une grande partie de son temps chez le Violoneux, un homme aux pieds immenses, au rire homérique et à l'haleine forte, qui jouait des sérénades à Grand-pa, les week-ends où celui-ci était à la maison.

Serenity n'arrivait pas à comprendre pourquoi le Violoneux marchait en écartant les jambes. Ne pouvant pas le lui demander directement, car ç'aurait été trop impoli, et ne voulant pas, non plus, s'en enquérir auprès de ses fils car ceux-ci auraient pu en parler à leur père, lequel l'aurait dit à son père à lui, qui l'aurait puni, il posa la question à sa tante :

— Pourquoi le Violoneux a-t-il des seins entre les jambes ?

— D'où sors-tu ça ?

— Vous n'avez jamais vu comment il marche ?

— Comment marche-t-il ?

— En écartant les jambes comme s'il portait deux gros fruits d'arbre à pain sous sa tunique.

Et ce disant, il imita, en l'exagérant, la démarche de l'homme.

— C'est curieux, je ne m'en suis pas aperçue, dit Grand-ma de cet air candide que prennent les grandes personnes quand elles se trouvent dans une situation embarrassante.

— Comment est-ce possible, ma tante ? Il a deux gros seins entre les jambes.

— Le Violoneux n'a pas de seins entre les jambes. Il a seulement une maladie. Il souffre de *mpanama.*[1]

Le déhanchement du Violoneux n'avait pas échappé aux sœurs de Serenity et, au village, avec leurs amies et leurs camarades de classe, elles n'arrêtaient pas de parler des seins du Violoneux et du petit clown qui l'imitait d'une manière si grotesque. Du coup, Serenity se vit affublé, en l'absence des grandes personnes, du sobriquet « Mpanama », un mot dont les affreux sons mouillés rappelaient le bruit des bouses d'une vache plus ou moins constipée quand elles tombent sur un sol dur. Il fut encore une fois guéri d'une obsession intéressante, mais il continua à rendre visite au pauvre homme dans l'espoir de le surprendre en train de pisser ou, mieux encore, accroupi sur les latrines, car il voulait à tout prix savoir si les seins du Violoneux étaient aussi gros et doux que ceux des femmes qui habitaient dans la ferme de son père. Outre ces fantasmes secrets, Serenity avait aussi le désir d'apprendre à jouer du violon. Il raffolait des gémissements, plaintes, soupirs et cris unicordes que le Violoneux arrachait à son petit instrument. Pour lui, les visites du Violoneux à Grand-pa étaient les plus beaux moments de la semaine, et sa musique était la seule que Sere écoutât spontanément, sans que les adultes l'y obligent ou que les garçons de son âge le lui conseillent. Il vou-

1. Vocabulaire africain : voir en fin de volume.

lait apprendre à jouer du violon ; appuyer fièrement l'instrument sur son épaule, accorder l'unique corde à l'aide d'une boule de cire et surtout attirer des étrangères dans son cercle magique où il les retiendrait à sa guise. A l'école, il était réputé pour ses splendides dessins de violons. Mais son désir ne fut jamais assouvi. Grand-pa était catholique et il perdit son siège au profit d'un rival protestant, après une campagne pourrie par le fanatisme religieux.

A la fin des années cinquante, Grand-pa ayant perdu son pouvoir et, de ce fait, sa principale raison de vivre, son train de maison se réduisit parce que parents, amis et parasites désertèrent sa concession un par un ou en groupes. Les femmes disparurent de sa vie et le Violoneux emporta son talent vers d'autres horizons. Lorsque j'eus moi-même atteint l'âge où Serenity se précipitait sur les femmes grandes, Grand-pa vivait seul dans sa maison avec, à l'occasion, un parent ou une femme, quelques rats, des araignées et un serpent qui avait l'habitude d'abandonner sa peau derrière le tas de sacs de café. Grand-ma, son unique sœur encore vivante, habitait, seule comme lui, à trois terrains de foot de distance. Le logement de célibataire de Serenity, une modeste bâtisse construite sur un terrain que lui avaient donné Grand-pa et Grand-ma, s'élevait entre les deux fermes. C'était une maison vide, sans vie, arrachée parfois à la torpeur de l'abandon quand on la décrassait en l'honneur d'une visite ou tout simplement pour enrayer les dégâts apportés au bois par les vers et autre vermine. Elle ne s'animait que lorsque ses sœurs et Kawayida venaient rendre visite à Serenity et qu'elle était éclairée par les rayons dorés des lampes tempête. Alors les voix et les éclats de rire secouaient les poutres, et la fumée du feu de bois tissait autour du toit de longs rubans spectaculaires qui évoquaient des souvenirs lointains, aussi vagues et tenaces que ceux de mes jeunes années.

L'exode des femmes, parents, amis et autres parasites avait laissé un vide effarant qui enveloppait la ferme dans des voiles de glorieuse nostalgie. Une nostalgie qui, enjambant les années cinquante et soixante, nous alimentait en récits conservés, fignolés et enjolivés par la mémoire. Chacune des âmes disparues était maintenant un petit fantôme enfermé dans les mots que Grand-pa et Grand-ma faisaient sortir du vide par enchantement pour insuffler un peu de la vie d'antan dans l'existence retirée que nous menions. L'hégémonie de ces fantômes cessait temporairement de dominer leurs histoires mélancoliques lorsque les personnages, tels des morts ressuscités, défiaient les dangers des pentes de Mpande Hill et la traîtrise des marécages à papyrus, pour venir eux-mêmes exposer leur cas. Le Violoneux ne revint plus, mais son influence resta entière grâce à la pâle interprétation de ses chansons dont Grand-pa régalait les siens lorsqu'il se rasait, inspectait sa *shamba* de café ou rêvait, à l'ombre d'un arbre, au moyen de se procurer une fille, jeune de corps et vieille d'esprit, qui l'aiderait à franchir ses derniers jours.

A la fin des années soixante, aucune visite n'était aussi attendue que celle d'oncle Kawayida : cet homme était un magicien, une mine inépuisable d'histoires fabuleuses et parfois terrifiantes, un narrateur fantastique doté d'une rare patience et répondant à mes questions, souvent ennuyeuses, d'un air amusé et encourageant. Quand il était absent depuis trop longtemps, je me sentais inquiet et je calculais les jours et les mois où il y avait plus de chances qu'il réapparaisse. Ces jours-là, je grimpais dans mon arbre préféré, le plus grand arbre à pain des trois cours, d'où l'on avait vue sur le cimetière familial, et je fixais mon regard au loin, sur Mpande Hill, la montagne de la Virilité. Quand la chance me souriait, je le voyais sur sa moto, un aigle au ventre bleu entouré d'éclairs d'argent, descendre en zigzaguant les fameuses pentes raides de la montagne et disparaître parmi les papyrus en forme de parasol des marécages qui s'étendaient à son pied. « Oncle Kawayida, oncle Kawayida », murmurais-je alors en glissant rapidement le long de l'arbre dont les branches mortes me griffaient le ventre, et je me précipitais chez Grand-ma pour lui annoncer la bonne nouvelle, les narines pleines de l'odeur douce et entêtante des fruits de l'arbre à pain.

Oncle Kawayida était employé à la Compagnie nationale de l'énergie. Son travail consistait à relever les compteurs de toutes les maisons et à calculer la consommation mensuelle de chacune d'elles. Il devait à ses nombreux voyages et aussi, je pense, à sa grande imagination, une foule d'histoires. Celle, par exemple, des femmes qui essayaient, par des paroles enjôleuses, de lui faire inscrire un chiffre inférieur à celui du compteur, ou celle des hommes qui, pour l'empêcher de faire son travail, l'accusaient à tort de flirter avec leur femme et le menaçaient de le rouer de coups. Nous apprenions avec ahurissement que dans les quartiers pauvres, les gens vivaient misérablement, à dix dans une petite maison où il était impossible de s'isoler, où les parents forniquaient en présence des enfants qui faisaient semblant de dormir. Il y avait des faiseuses d'anges qui exerçaient leur profession au fond d'un garage en enfonçant des tiges de plantes aiguisées ou des rayons de roue dans les maudits canaux utérins d'épouses adultères ou de filles cachottières, provoquant souvent une hémorragie fatale, ou presque, lorsqu'elles piquaient de travers. Il parlait d'hommes qui rossaient leurs femmes avec des câbles électriques, des bâtons, ou à coups de botte ou de poing et les obligeaient ensuite à préparer leur repas ou à leur faire l'amour ; et de femmes qui buvaient et se battaient comme des hommes, fendaient le crâne de leurs époux avec un tesson de bouteille pour ensuite leur faire les poches. Dans ce monde qui n'était pas le nôtre, il y avait des enfants qui vivaient à l'état sauvage, n'allaient pas à l'école et volaient, pillaient, et tuaient même, comme de vrais bandits, et d'autre part des enfants de riches qu'on accompagnait à l'école en auto et qui se moquaient des professeurs et écrivaient des lettres d'amour pendant les heures de cours. Il y avait aussi des gens qui avaient du mal à joindre les deux bouts et ne pouvaient se permettre qu'un seul maigre repas après une dure et longue journée de labeur. Dans ce monde-là, des hooligans envahissaient les stades de football où ils affrontaient leurs adversaires dans des combats épiques, se bombardant réciproquement de pierres, de bouteilles de pisse, de paquets de merde, de massues et même de balles de revolver jusqu'à ce que la police intervienne avec des bombes lacrymogènes et des balles de revolver. Il existait des hommes et des femmes, protestants et catholiques pratiquants, qui adoraient le Diable et organisaient des orgies nocturnes pendant lesquelles ils immolaient des animaux, et des adeptes de toutes sortes de religions qui déposaient dans les jardins, les boutiques ou au croisement des routes des poules plumées et décapitées, des cadavres de lézards, des entrailles de grenouilles et autres détritus sacrificiels. Un jour, il nous revint avec l'histoire d'un agneau écorché qu'on avait lâché dans la rue après l'avoir accablé des pires malédictions, assailli d'essaims de mouches affamées. Je me souvenais de l'histoire d'un homme qui couchait avec trois sœurs : sa femme, la sœur cadette de sa femme qui venait garder les enfants pendant les grossesses pénibles de son aînée et la plus jeune des sœurs, qui, pour pouvoir fréquenter une certaine école réputée, était obligée de loger chez lui. Comme toutes les histoires de ce genre, celle-ci avait une fin ouverte qui laissait le champ libre à diverses interprétations et suppositions.

Quand l'oncle Kawayida venait chez nous, je m'arrangeais pour me rendre indispensable à l'intérieur de la maison de manière à ne pas être envoyé aux courses. Mais si je sentais venir une histoire particulièrement succulente sur un des membres de la famille ou sur une connaissance, prévoyant que

Grand-pa me renverrait, je prenais les devants et allais jouer dehors puis je retournais en catimini me cacher derrière la porte de la cuisine d'où je pouvais tout entendre sans être vu. Mais souvent, captivés par l'histoire, Grand-pa et Grand-ma oubliaient totalement mon existence, ou ignoraient tout simplement ma présence et mon esprit éveillé, et alors je buvais toutes les histoires comme si l'avenir du village en dépendait.

L'oncle Kawayida excitait tellement mon imagination qu'il me donna envie de vérifier quelques-unes de ses histoires en allant visiter les lieux et les personnages dont il parlait. Qui étaient, par exemple, ces parents qui trafiquaient je ne sais trop quoi dans leur lit pendant que, sur le sol, près d'eux, leurs enfants faisaient semblant de ronfler ? Etaient-ils catholiques ? Et s'ils ne l'étaient pas, fallait-il en déduire que le protestantisme, l'islam ou la religion traditionnelle permettait ce comportement païen ? Ces gens étaient-ils civilisés et bien élevés, ou non ? Incapable de faire taire mes doutes et ma furieuse envie de savoir, je suppliais l'oncle Kawayida de m'emmener, ne serait-ce qu'une fois, avec lui, mais il refusait toujours. Soutenu, en ce sens, par Grand-pa et Grand-ma dont les faux-fuyants m'exaspéraient. J'appris par la suite la vraie raison de leur refus : la femme de Kawayida, issue d'une grande famille polygame, était en mauvais termes avec ma mère Cadenas qui, elle, était issue d'une famille catholique très stricte, et ni l'oncle Kawayida, ni Grand-pa et Grand-ma n'osaient s'attirer les foudres de Cadenas en envoyant son fils chez une femme qu'elle détestait et dont elle réprouvait la conduite.

Les rapports tendus de leurs femmes avaient distendu les rapports entre les deux frères. Cadenas honnissait la femme de Kawayida, déclarant qu'il ne pouvait y avoir aucune morale, aucun salut dans une famille comptant trente filles et dix garçons, tous nés d'un nombre équivalent de « putains » qui vivaient constamment en état de péché. La femme de Kawayida méprisait Cadenas pour ses origines pauvres et pour sa tendance à recourir un peu trop vite à la cravache ; un de mes cousins avait l'habitude de dire, en faisant allusion à ses méthodes d'éducation : « Elle frappe sur ses enfants comme sur un tambour. » On lui reprochait aussi de contrecarrer la fortune de Kawayida en interdisant à Serenity d'intervenir en faveur de son frère auprès d'une banque ou de gens riches pour qu'ils lui allouent un prêt. Kawayida s'était mis en tête de monter une affaire à lui et de gagner et dépenser son argent à lui, mais il n'avait pas de capital et pour faire un emprunt, il fallait la caution d'une personne de confiance, son frère par exemple. En réalité, Serenity, qui avait procuré sa place actuelle à Kawayida, ne voyait pas d'un bon œil le petit commerce. Pour des raisons toutes personnelles, il l'avait même en horreur et refusait son soutien à tous ceux qui le pratiquaient. Sere ne s'étant jamais prononcé ouvertement sur ses raisons, chacune des parties était libre d'interpréter son attitude comme bon lui semblait.

A cette époque, les deux frères se rencontraient à l'occasion de mariages, d'enterrements ou des combats de boxe de Muhammad Ali. Kawayida racontait ces événements en long et en large. Assis sur les ailes de l'aigle au ventre bleu, éclaboussé par ses propres postillons, il entrelardait son histoire de détails de son cru. Grand-ma écoutait les rapports circonstanciés de ces fameux combats avec la même ironie et la même condescendance qu'elle réservait aux révélations de Sere sur les seins du Violoneux et sa fameuse démarche de canard. Kawayida mettait autant de plaisir à déployer devant nous tout l'arsenal théâtral des coups bas, sautillements et crochets d'Ali qu'à nous raconter les autres histoires. Dans son dos, Grand-ma l'appelait « Ali », un surnom qui ne fit pas fortune car nous étions les seuls, avec les Stefano, à connaître les exploits de Muhammad Ali et ceux-ci ne voyaient pas le rapport entre le grand Ali et ce substitut efflanqué.

Tante Tiida, la sœur aînée de Serenity, était la moins populaire, quoique la plus imposante, des visites que nous recevions dans le courant de l'année. Lorsqu'elle venait chez nous, tout le monde avait les nerfs en pelote, surtout dans les premières heures. Pour baisser d'un cran l'arrogance de sa fille aînée, Grand-pa la recevait avec un enthousiasme exagéré, teinté d'ironie. Grand-ma, elle, pensant que la meilleure arme contre la vanité était la candeur, la traitait avec une indifférence qui compensait largement l'arrogance de Tiida. Les deux stratégies s'avéraient inopérantes car tante Tiida n'avait pas plus tôt défait ses bagages qu'elle prenait en main l'organisation du ménage. J'avais, chaque fois, l'impression que nous recevions la visite d'un inspecteur du service de la santé en civil.

Tiida était comme le représentant d'une espèce animale en voie de disparition qui risquait sa vie en fréquentant le milieu arriéré de notre village. Elle ne venait jamais sans s'annoncer. Bien des jours avant l'arrivée de « Miss Savon Sunlight », la maison de Serenity devait être aérée et balayée à fond et le lit traité à l'insecticide. Moi, j'avais l'ordre de m'attaquer à la foule prolifique des araignées, de démanteler et de faire disparaître leurs toiles et de détruire leurs œufs. Je bouchais les couloirs que les termites avaient creusés dans les portes et les fenêtres. Je raclais avec un couteau les chiures de chauves-souris collées au sol et aux chambranles des fenêtres. J'étais aussi chargé de fumiger les latrines avec des gerbes de feuilles de bananier sèches, un travail que je détestais particulièrement parce qu'il me rappelait la première tannée que m'avait administrée Cadenas.

Miss Savon Sunlight avait l'habitude de prendre quatre bains par jour et je devais faire en sorte qu'il y ait assez d'eau pour ses ablutions. Dans un endroit comme le nôtre, où un seul bain par jour suffisait et où certains même se contentaient, en semaine, de s'arroser les pieds, les aisselles et l'entrejambe, ce n'était pas une petite affaire. Pas étonnant que les gens du village l'aient surnommée Miss Savon Sunlight ou Miss Etiquette. Tiida n'aimait pas le premier surnom qui évoquait des mauvaises odeurs et d'ailleurs, au village, la seule autre fana de la baignoire, un rejeton des Stefano qui était hôtesse de l'air, n'en avait qu'un : Miss Aéroplane.

Contrairement à Miss Aéroplane, Tiida était élégante ; elle s'exprimait avec distinction et, malgré son caractère pointilleux, j'étais très fier de me montrer à ses côtés. Si la Vierge Marie avait été noire, Tiida n'aurait eu aucun mal à se faire passer pour sa sœur. Le soir, Tiida s'enveloppait dans des nuages voluptueux de mousseline, sa chemise de nuit blanche gonflant légèrement dans le vent, ses longues mains fuselées croisées sur le ventre et son long cou penché du côté où les rêves se fondent avec la réalité. Mais mon admiration pour elle ne fit pas long feu : elle fut sérieusement entamée par les conversations de l'après-midi de Grand-pa et Grand-ma. Tiida n'était plus vierge au moment du mariage. Elle avait été déflorée par un ami du village déjà marié. Grand-pa en voulait à cet homme d'avoir compromis les chances de mariage de sa fille. D'ailleurs, la propre fille de ce type défrayait la chronique parce qu'elle était toujours accroupie sur le pas de la porte, les genoux bien écartés, sans culotte, exposant son sexe à tous les passants. Je me souviens qu'un jour, tante Tiida m'avait demandé s'il était encore marié avec le même laideron. J'avais dit oui, et elle était partie d'un grand éclat de rire. J'aurais voulu lui dire que je connaissais son secret, mais c'était une histoire de grandes personnes. Tout en faisant bouillir l'eau de son bain, la vue brouillée par la vapeur, j'essayais d'imaginer comment elle était à l'époque où les hommes la refusaient parce qu'elle n'était plus vierge. Comment s'était-elle défendue ?

Elle était fort capable d'accuser un homme de la refuser non parce qu'il préférait les vierges mais parce qu'il était impuissant.

Tiida épousa comme de juste un médecin qui, des années plus tard, s'avéra n'être qu'un assistant médical et Grand-ma n'arrêtait pas de la taquiner. Cette fois-là, elle lui dit pour la énième fois :

— C'est pas un vrai médecin, hein ? Il n'a pas le droit de me prescrire des médicaments pour mon sucre de diabète.

— Vous, avec votre sucre de diabète ! répondit Tiida, furieuse, comme si on pouvait sucrer son thé avec.

— Allons, allons, Tiida, ne te mets pas en colère. Mais pourquoi aussi as-tu voulu nous faire croire qu'il était médecin ?

— Un assistant médical qui a l'expérience de mon mari a autant de valeur qu'un médecin. Mon mari sait faire tout ce que fait un médecin : il porte lui aussi une blouse d'un blanc immaculé. Qui pourrait voir la différence ?

— Tu veux dire que toi, tu ne la vois pas !

— En tout cas, vous devez reconnaître que mon mari est un homme de progrès. Il saisit toutes les occasions pour avancer dans la vie. Vous ne pouvez pas en dire autant des autres beaux-fils de la maison.

— Ouiii. Mais il n'avait pas besoin de se donner tous ces airs : nous l'aurions accepté de toute manière.

— Il aime les extrêmes.

— Pourvu qu'il ne dépasse pas les bornes ! dit Grand-ma dans un grand éclat de rire. Pauvre diable ! Il fallait bien qu'il aime les extrêmes pour épouser une Miss Savon Sunlight !

— Ça suffit comme ça, tante, dit Tiida, exaspérée.

Le plus curieux, c'est que lorsque tante Tiida nous quittait, dans un nuage de parfum, j'avais l'impression qu'il nous manquait quelque chose... le regard inquisiteur du service d'hygiène, sans doute.

Cette fois, elle ne donna plus signe de vie pendant un an. Elle manquait surtout à Grand-pa parce qu'elle ressemblait beaucoup à sa mère. Elle était la seule fille qui lui rappelât vaguement un amour interrompu brusquement alors que tant de questions restaient en suspens, un amour effacé par les eaux et le sang chauds déversés sur la banquette arrière de la Morris Minor brinquebalante. Il parlait presque tous les jours de Tiida.

Ce fut, évidemment, oncle Kawayida qui résolut l'énigme de la longue absence de Tiida : le docteur Ssali, le mari protestant de Tiida, s'était converti à l'islam ! Dans les années soixante, cela constituait un pas en arrière significatif, car, dans le domaine de la politique, les chrétiens occupaient le premier rang : les protestants avaient la part du lion, les catholiques celle de l'hyène et les musulmans les restes laissés aux charognards. Cette conversion bizarre réveilla, chez Grand-pa, tous les cauchemars de l'échec que lui avaient infligé ses rivaux protestants. Il s'exclama, offusqué : « Ce n'est pas possible ! Comment a-t-il pu faire une chose pareille ? » Grand-pa voyait déjà sa fille destituée, comme lui. Désormais le docteur avait le droit d'épouser quatre femmes et Tiida aurait trois rivales, avec tout ce que cela comportait de jalousies et de sorcellerie. S'il en avait eu le pouvoir, Grand-pa l'aurait lui-même aidée à divorcer.

Moi non plus, je ne croyais pas que Tiida fût femme à partager son mari. Il n'y avait pas de place, dans son univers, pour toutes ces histoires absurdes de conversion ; et comme la loyauté envers et contre tout n'était pas son fort, je m'attendais à la voir, d'un instant à l'autre, franchir Mpande Hill dans une auto chargée de beaux sacs en cuir. Mais cela ne s'est jamais produit. Nous nous étions tous trompés : Tiida resta auprès de son mari.

A supposer que le néophyte ait eu l'intention de prendre encore trois femmes, dans ce monde ou dans l'autre, pour l'instant c'était le moindre de ses soucis. Il était surtout préoccupé par l'inflammation due à la circoncision qui rendait son pénis extrêmement sensible et impossible à manier. L'usage normal de son membre, pour uriner par exemple, était une épreuve indicible qui le contraignait à rassembler toutes ses forces avant de s'y livrer. Le long machin qui pendouillait entre ses jambes frottait contre sa tunique ou son pagne, et des fils ou des poils se collaient alors à la plaie, lui faisant subir mille tortures, qu'il fût assis, couché ou debout. Parfois une croûte se formait, recouvrant la chair rose à vif et le docteur Ssali reprenait espoir mais, comme si le diable s'en mêlait, il bandait la nuit et elle se crevassait. Et tout recommençait : la douleur quand il urinait, les fils qui se collaient à la plaie et la pommade brûlante qui lui arrachait des larmes. Il se rasait les poils pubiens tous les deux jours mais ceux-ci, en repoussant, lui donnaient des démangeaisons autour de la plaie qui le jetaient pendant des heures dans des affres meurtrières. Il se fit faire des analyses de sang, mais on ne constata aucun empoisonnement ni aucune forme de cancer. Il était en excellente santé. Le médecin attribuait la persistance de l'inflammation à son âge. Alors qu'il n'avait que quarante ans !

Pour comble de malheur, les mouches se mirent de la partie. Un matin, en sortant, Tiida poussa le cri de sa vie : les deux avocatiers qui se dressaient derrière la maison étaient recouverts de mouches, vertes, grosses comme des grains de café. La bassine pleine de linge trempé qu'elle portait lui en tomba des mains. Le docteur Ssali, s'approchant de la porte, sentit sa peau se tendre comme si on l'écorchait. C'était du terrorisme pur et simple. L'air empestait comme si une chèvre ou un cochon pourrissait au pied des arbres. Pourriture ! A cette pensée, Tiida vomit sur son linge et le docteur Ssali, qui s'apprêtait à l'envoyer regarder ce qui puait tant sous les arbres, dut y aller lui-même. Les jambes largement écartées, basculant de gauche à droite, il se dirigea vers l'endroit où il découvrit un tas d'entrailles de poules.

Normalement, les mouches auraient dû se poser sur les abats ou, tout au plus, sur les branches inférieures des arbres, mais maintenant elles arrivaient jusqu'au sommet du feuillage. Ecœuré, il retourna dans sa chambre à coucher et manda un ouvrier. L'homme creusa un trou dans la terre et ensevelit les entrailles. Les mouches restèrent encore toute une journée et ne disparurent qu'à la tombée de la nuit.

Quatre jours plus tard, Tiida revit les mouches. Cette fois, c'était un tas d'entrailles de chiens qu'il fallut enterrer et les mouches redisparurent. Une semaine plus tard, ils enterrèrent un nouveau tas d'entrailles de chiens. Les choses prenaient une tournure inquiétante. Quelqu'un tuait des chiens pour attirer le malheur sur leurs têtes ; comme s'ils n'étaient pas déjà assez éprouvés ! Qu'on sacrifie des chèvres et des brebis, passe encore, mais des chiens ! On déposait des têtes de chiens sanguinolentes sur le tas d'entrailles pour qu'aucun doute ne subsiste sur la nature des animaux sacrifiés. C'était un avertissement. Et cet avertissement ne pouvait venir que d'une personne : la mère de l'homme qui avait vendu à Ssali le terrain où s'élevait maintenant sa maison.

Cinq ans auparavant, il avait acheté une terre pour y élever du bétail. A cette époque, il ne connaissait pas les dissensions qui divisaient la famille du propriétaire. La vente s'était faite selon les règles, sans pots-de-vin ou autre forme de concussion. Les problèmes ne s'étaient manifestés que lorsque la vente fut officiellement conclue. La mère de l'homme qui lui avait vendu le terrain avait comparu devant le juge et déclaré que son fils avait volé les titres de propriété et modifié le testament de son père à son avantage. La cour avait rejeté ses accusations et la femme avait menacé de se battre jusqu'à la mort pour récupérer ce bout de terre. Mais pourquoi avait-elle choisi ce moment-là et pas un autre pour engager ses persécutions ? se demandait avec inquiétude le musulman en voie de convalescence. Croyait-elle qu'après sa circoncision il serait trop faible pour se défendre ? Et qu'il lui rendrait tout simplement le terrain ? Il lui envoya une délégation de paix qu'elle renvoya immédiatement, vexée qu'on puisse la croire capable de sacrifier des chiens aux dieux du terrorisme.

Ssali embaucha un garde pour prendre sur le fait celui qui venait déposer les entrailles et les têtes de chiens, mais cela ne servit à rien. Le malfaiteur poursuivit tranquillement ses activités. Certains disaient que c'était un anathème jeté sur Ssali par un membre décédé de la famille pour le punir d'être passé du côté d'Allah. Le néophyte était dans tous ses états. Pendant des semaines et des semaines, il fit tout pour conjurer cette malédiction mais les têtes revenaient sans cesse et les croûtes de sa blessure continuaient de se crevasser. La seule proximité des mouches rendait malade son cerveau médical. La pourriture ! Lui qui consacrait sa vie à tenter de l'éradiquer !

Comme si cela ne suffisait pas, certaines personnes interprétèrent les têtes de chiens et le fléau des mouches dans un sens religieux. Elles prétendirent que les têtes, les entrailles et les mouches avaient fait leur apparition sept jours — pour d'autres, c'était six — après qu'il fut devenu Saïf Amir Ssali. Six, c'était le chiffre qui formait le nombre 666, le nombre de l'Antéchrist. Ssali était maintenant quelque chose entre un anathème ambulant et un démon et il n'avait que ce qu'il méritait ! Ancien chrétien, il n'était pas tout à fait insensible à ces lugubres prophéties et, pour plus de sûreté, il invita quelques cheikhs et deux imams célèbres à venir faire des prières et célébrer un sacrifice. Deux jours après apparurent une nouvelle tête et une montagne d'entrailles. C'était là, à n'en pas douter, un complot organisé pour le chasser de sa maison et de sa propriété.

Une nouvelle angoisse vint s'ajouter aux autres : la crainte que Tiida ne le quitte. Il se torturait les méninges pour trouver un moyen de savoir ce qu'elle pensait ; impossible de le lui demander franchement, il avait peur de la vexer en lui posant une telle question. Et s'il se trompait, si elle n'envisageait absolument pas de le quitter ? Sa question ne pourrait que lui inspirer de mauvaises idées. Combien de temps supporterait-elle cette situation ? Une femme qui prenait quatre bains par jour pouvait-elle rester dans une maison souillée par des entrailles et des têtes de chiens ? La chose était impensable.

Tout le monde lui répétait que les risques de cancer du pénis étaient plus grands chez les convertis moins jeunes. Mais combien de temps cela pouvait-il durer ? A l'école, ses enfants se faisaient maintenant huer par leurs camarades qui leur criaient « homme aux mouches », « pénis bobo » et « papa-tunique ».

Le siège des mouches avait fait sur moi une forte impression : l'homme devait se sentir comme couvert de merde du matin jusqu'au soir. Quel revirement ! Le docteur Ssali, l'air d'un vrai docteur, était venu nous voir deux fois et, les deux fois, il avait accepté de prendre le thé avec nous. Les deux fois, on m'avait donné l'ordre de laver les tasses trois fois dans de l'eau chaude avec de la mousse jusqu'aux coudes. Le docteur Ssali restait assis, sans rien dire, et nous regardait, Grand-ma et moi, d'un air profondément ennuyé. Il portait un pantalon gris, une chemise blanche, une cravate bleue et des chaussures très noires, très brillantes. Il avait une montre en or qui, lorsqu'il levait le bras pour lisser ses cheveux séparés par une raie bien droite, coupait l'air comme un couteau jaune. Tiida ne se tenait plus d'orgueil. Elle mettait son grain de sel partout et le regardait de temps à autre comme si elle attendait une approbation tacite de sa part. Elle me fit essuyer le plateau au moins six fois et les cuillères quatre fois. Mais il restait toujours une tache ou une goutte. Pour s'excuser, elle disait : « Le docteur Ssali a un estomac si délicat ! » Plus tard, je pensai qu'elle aurait mieux fait de dire : « Il a un zizi si délicat ! Il ne faut absolument pas le couper. »

Quatorze mois après sa circoncision, le ciel s'éclaircit et la plaie se cicatrisa. Mais ce n'était pas encore la fin de ses malheurs. La récompense qu'il avait tant attendue, qui l'avait aidé à supporter tous les maux, lui fut refusée. Le représentant du Conseil de conversion lui fit savoir qu'il n'avait plus droit à une Peugeot flambant neuve parce qu'il n'avait pas rempli toutes les conditions du contrat. Ceux qui s'étaient convertis en même temps que lui avaient, une année entière, sillonné le pays dans tous les sens pour divulguer l'islam ; ils avaient tenu des conférences dans les mosquées, les écoles, les parcs et les salles des fêtes des villages. Lui n'avait rien pu faire parce qu'il devait se faire soigner à l'hôpital. Le Conseil promit de payer ses frais d'hôpital et lui offrit, en compensation, un scooter de 125 cc.

— Mais, cheikh, vous me l'aviez promise !

— Regardez un peu ce tas de quittances médicales ! Et vous n'avez pas tenu parole ; vous n'avez pas participé au djihad.

— Ce n'était pas de ma faute.

— Ce n'était pas de la nôtre, non plus. Est-ce que ça vous dirait d'organiser une tournée en solitaire ?

— Je dois reprendre mon travail.

— N'oubliez pas votre calotte, vous devez la porter partout où vous allez. Soyez fier de votre nouvelle religion, Saïf.

L'histoire qui circulait sur son compte s'arrêtait sur l'image de Ssali recevant sa récompense : une Vespa italienne, tout à fait féminine. A mon avis elle avait une autre chute, mais l'oncle Kawayida ne revint plus sur la question. J'essayai de tirer les vers du nez à Grand-pa, mais il me rabroua. Quand elle revint nous voir, Tiida s'entoura d'un mur de silence et refusa de donner de plus amples détails sur leurs épreuves. Alors, je renonçai.

J'étais de nouveau perché en haut de mon arbre, à l'affût de l'aigle au ventre bleu, quand je vis une auto se diriger vers la maison de Grand-ma. Les bras m'en tombèrent. Les gens qui venaient nous voir en auto restaient d'ordinaire trop longtemps, ils prenaient trop de place, troublaient le rythme de notre vie et me tapaient sur le système. Pour ne pas parler des gens qui avaient des enfants : ceux-ci trouvaient naturel que je m'occupe de leurs moutards quand ils sortaient, comme si je n'avais rien de mieux à faire. Les enfants faisaient dans leur culotte, se faufilaient à quatre pattes dans tous les recoins et moi, je devais veiller à ce qu'il ne leur arrive rien. Et quand ils s'en allaient, les parents ne pensaient même pas à me remercier ni, à plus forte raison, à me glisser une petite pièce.

Pendant que je descendais lentement de l'arbre, je me demandais combien d'enfants cette visiteuse inattendue trimballait derrière elle. Berk ! l'idée répugnante de tous ces langes qui trempaient dans la bassine ou se balançaient au soleil sur la corde à linge !

Quand j'arrivai à la maison de Grand-ma, l'auto avait déjà disparu. Deux grandes valises et des boîtes en carton pleines d'affaires avaient été déposées dans la cour. Mes bras en tombèrent encore plus bas. Cette femme avait donc en effet l'intention de s'incruster, de bouleverser notre vie et de venir commander chez nous. Encore une ! C'était tante Nakatu, la deuxième sœur de Serenity. Une petite femme brune, au corps trapu et plein de rondeurs d'où émanait une grande force. Elle avait une voix douce, mélodieuse, faite pour chanter plutôt que pour commander ; aussi devait-elle répéter ses ordres deux fois avant qu'on lui obéisse. C'était la seule fille de la famille qui se fût mariée à l'église. Sur la photo de mariage, elle paraissait encore plus imposante : les kilomètres de tulle et la traîne de trois mètres lui donnaient un air de majesté comprimée. Son mari était très grand, et je me disais qu'il devait se plier en deux s'il voulait lui parler sans crier. Les yeux dans les yeux de cette boule de suif, je récitai mes formules de bienvenue tout en essayant de deviner comment les choses allaient se passer pendant son séjour chez nous. Par bonheur, elle n'avait pas amené d'enfants qu'on aurait mis sous ma surveillance pour que je les empêche d'avaler des chenilles, des mille-pattes ou autres bestioles.

Grand-pa était allé voir quelqu'un. La nouvelle qu'il apprit en rentrant le combla de tristesse. Il aimait beaucoup le mari de Nakatu car celui-ci lui avait offert, avant le mariage, une bicyclette Raleigh dont il se servait encore. Quand il apprit la nouvelle, il leva les yeux vers les arbres comme s'il avait peur de voir son beau-fils venir lui réclamer la bicyclette. Nakatu avait quitté sa maison et elle n'avait pas l'intention de réintégrer le domicile conjugal.

Grand-pa me renvoya, mais je revins en catimini comme d'habitude. Le mariage de Nakatu avait duré près de dix ans. Le refus de Nakatu de retourner chez son mari irritait Grand-pa. Il proposa d'inviter le mari pour entendre l'autre son de cloche. Mais Nakatu resta sur ses positions et déclara qu'elle ne changerait pas d'avis, quand bien même il inviterait le pape en personne. Elle ne cessait de répéter que la concubine de son mari avait tenté de l'assassiner.

— Cela a commencé par des cauchemars. Dès que je fermais les yeux, je rêvais de lions qui m'encerclaient et me dépeçaient. Une voyante me dit qu'une concubine voulait m'évincer. Quand la concubine comprit que je n'avais pas l'intention de vider les lieux, elle essaya de me faire écraser par une auto.

— Il y a beaucoup d'ivrognes et de fous sur les routes.

— J'avais des ulcères à l'estomac et des migraines qui disparaissaient dès que je dormais hors de la maison, mais revenaient quand je rentrais chez moi. Cette femme veut prendre ma place ? Eh bien, qu'elle la prenne !

— Lui a-t-elle donné un enfant ?

— Pas que je sache, mais je ne pense pas qu'il aurait eu le toupet, avec tous les maux qui me tourmentent, de me mettre l'enfant d'une autre sur les bras.

Cette réponse évasive n'était pas du goût de Grand-pa. Il savait, par expérience, que les concubines-mères organisaient des campagnes de terreur pour faire reconnaître leurs enfants et acquérir l'égalité des droits. La mère de Kawayida lui avait joué les mêmes tours. Elle s'était mis en tête, après la mort de la mère de Serenity, de devenir la femme officielle, mais Grand-pa n'avait pas accepté de lui donner ce statut. Il reconnut pourtant son fils qui fut le bienvenu dans la famille. Je soupçonne Grand-pa d'avoir eu honte des deux dents proéminentes de cette femme.

— Tu ne trouves pas curieux qu'une femme sans enfant essaye de t'éloigner de ton toit et de ton mari ?

— Ce comportement n'est pas réservé aux femmes qui ont des enfants. Qui te dit qu'elle ne voudra pas en avoir quand elle sera installée dans la maison ? répliqua Grand-ma.

Grand-ma souffrait d'aménorrhée et de stérilité et son mariage avait été brisé par l'arrivée d'une jeune fille qui avait pris sa place et donné six enfants à son mari. Ce rappel d'une expérience douloureuse cloua le bec à Grand-pa. Il grommela quelques paroles incompréhensibles, se contentant d'ajouter plus tard à haute voix : « Toutes mes filles ont fait un mauvais mariage. »

C'était donner raison à Cadenas quand elle disait que la famille de Serenity était une famille de mariages ratés. Normalement, Grand-pa n'était pas homme à se laisser démonter par une telle déclaration, mais sa belle-fille n'était pas, non plus, femme à se laisser traiter par-dessus la jambe. Il avait essayé de l'écarter de la maison de son fils, mais en vain. Maintenant, sa remarque lui faisait mal parce qu'elle, elle était encore la femme de son fils et avait nettement l'intention de le demeurer. Grand-pa ne l'aimait pas parce qu'elle n'en faisait qu'à sa tête. En revanche, il admirait son sens des responsabilités, une qualité qui ne déparerait pas Nakatu, pensait-il.

Grand-pa n'était pas encore au bout de ses soucis. Deux jours après son arrivée, Nakatu partit rendre visite à sa sœur Tiida. J'étais ravi de son départ. Grand-pa et Grand-ma n'y comprirent rien.

Un mois après, elle était de retour, munie d'une nouvelle demande en mariage. Elle avait rencontré Hadj Ali, un ancien camarade de classe, de dix ans son aîné, et était tombée amoureuse de lui. On n'arriva pas à démêler si elle avait jeté son dévolu sur lui depuis un certain temps ou si c'était un phénomène tout à fait nouveau. Mais, à en juger par son visage rayonnant, il ne faisait pas de doute que Nakatu voulait épouser cet ancien footballeur qui avait transféré son goût de la compétition du terrain de foot au monde du commerce. Grand-pa avait entre-temps écrit deux lettres au mari de Nakatu, toutes deux restées sans réponse. Il avait peur de voir les deux hommes en venir aux mains sous son toit, ce qui aurait porté préjudice à sa réputation. Il tenait à ce que les choses se fassent loyalement. Mais pourquoi le mari de Nakatu ne venait-il pas exposer ses raisons ? Grand-pa ne s'attarda pas sur cette question ; pour l'heure il était préoccupé par un problème plus urgent : il se sentait le devoir d'éteindre le feu de cette récente invasion islamique qui se propageait autour de lui.

— C'est trop fort. Il faut que ça cesse, tonitruait-il, regarde ce qui est arrivé au mari de Tiida : des purulences à sa bite et une montagne d'entrailles dans son jardin ! Pourquoi faut-il que vous, les femmes, vous ayez la tête si dure ! Tu t'es sûrement dit : Ma sœur a quelque chose de spécial, pourquoi pas moi ?

— Père, si vous permettez : c'est vous qui avez donné le feu vert à cette « invasion islamique », comme vous dites, repartit Nakatu. La mère de Kawayida est aussi notre mère et c'est une musulmane. Je puis vous assurer que Tiida et son mari sont très heureux. Leurs soucis communs les ont rapprochés. La folle qui faisait jeter des têtes de chiens dans leur jardin a avoué et retiré ses revendications. Ssali s'est amendé. Il a perdu sa morgue.

— C'est ce qui t'a décidée à goûter aux miracles de l'islam en choisissant un mari musulman ? Réfléchis un instant : tu as quitté ton mari à cause des pratiques exécrables de sa concubine et tu t'apprêtes à épouser un homme qui a le droit de posséder quatre femmes. Pourquoi ?

— Hadj Ali n'a pas l'intention d'en épouser une autre, je lui suffis.

— Stupides propos de femme ! Je peux très bien imaginer que Ssali ne se mariera pas une deuxième fois : lui, il est instruit. Mais qui empêchera Hadj Ali de faire ce qu'il veut ? Es-tu encore vierge ou crois-tu l'être ?

— S'il avait voulu une vierge, il ne serait pas tombé amoureux de moi. Il en a assez de ces filles qui doivent encore tout apprendre. Gardez vos soucis pour vos autres enfants, je sais très bien ce que je fais.

— Il s'agit donc d'un musulman qui en a assez des jeunes musulmanes et, pour changer, il veut tâter d'une femme chrétienne !

— Je suis amoureuse. Et assez grande pour le savoir. Et je sais qu'il va se produire quelque chose d'extraordinaire. Je le sens.

Et, en effet, il se produisit quelque chose d'extraordinaire : après huit ans de stérilité, elle tomba enceinte. Grand-pa bénit le mariage sans savoir que Nakatu avait l'intention de se convertir. Quand il apprit ce détail, il avait déjà renoncé à la convaincre.

— Ils ne vont tout de même pas te circoncire, hein ? dit-il pour faire de l'esprit.

— Depuis quand pratique-t-on la circoncision chez les femmes ? dit Nakatu dans un fou rire.

— Très bien, fais comme tu veux. Si ton mari avait besoin de toi, il serait ici depuis longtemps.

C'est ainsi que tante Rose-Marie Nakatu devint tante Hadija Hamza Nakatu. Son nouveau mariage fut conclu six mois après qu'elle eut quitté la maison de son premier mari, en l'absence de la plus grande partie de la famille. Mais, pour la première fois, Serenity, qui s'était toujours tenu à l'écart des drames familiaux, avait fait acte de présence.

C'était maintenant un Serenity mûri, un « Serenity-cocon » comme se plaisait, quelquefois, à l'appeler Nakatu. Reculer avait toujours été sa tactique pour mieux sauter et après toutes les histoires qui avaient précédé son mariage avec sœur Pierre « Cadenas » Nakaza Nakaze Nakazi Nakazo Nakazu, il avait décidé de se tenir tranquille. Il était allé une seule fois chez Tiida, à la fin de la période des têtes de chiens et des abcès. C'était le genre de beau-frère qui ne se mêlait de rien, et n'intervenait jamais dans les disputes conjugales, sauf quand on le lui demandait expressément. Il fut le premier de la famille à appeler sa sœur Nakatu du nom de Hadija Hamza.

Au temps où il était célibataire, Serenity avait eu sa part d'ennuis, entre autres celui de se débarrasser de Kasiko. Il avait vécu avec elle à la fin des années cinquante et, après la naissance d'une fille, il avait décidé de s'en débarrasser pour pouvoir épouser quelqu'un d'autre. Malgré ses longues jambes et sa beauté, Kasiko était une paysanne du genre « mon-mari-a-dit » qui attendait qu'on lui donne des ordres et des tâches bien précises et elle était entièrement programmée pour faire plaisir aux autres et leur obéir. Pour un homme qui, toute sa vie, avait été obligé de contourner les traquenards des femmes qui entouraient son père, une telle femme était une source d'angoisses. Il sentait que Kasiko l'épiait, l'analysait, le manipulait, bref l'envahissait comme les tiges de papyrus envahissent une rivière. Cela l'angoissait et l'irritait. Il voulait être le seul manipulateur. Il y avait pire : elle l'ennuyait sans cesse avec des questions d'intérêt domestique. Il se sentait au-dessus de ces problèmes terre à terre, mais pas moyen de le lui faire entrer dans la tête. Au lieu de demander conseil aux autres, elle continuait de le consulter pour les achats à faire, pour les plats à préparer tel jour ou tel autre. Et le plus grave, c'est qu'elle essayait de deviner ce qu'il pensait, et ce qu'il aimait ou n'aimait pas. Toutes choses qu'il préférait garder pour lui.

Kasiko était gentille, superficielle, bornée ; savante au lit, excellente à la cuisine, parfaite au jardin. Le genre de femme que beaucoup de maris auraient aimé avoir comme concubine ou deuxième femme. Mais la polygamie n'était pas l'affaire de Serenity, pas encore, en tout cas. Il cherchait le mouton à cinq pattes : une femme indépendante, réservée, prenant des décisions toute seule et, en plus, savante au lit, à la cuisine et dans le ménage. Une femme qui ne le dérangeât pas, quand il préparait ses cours et faisait des plans d'avenir, avec des questions qu'il jugeait indignes de lui.

Quand Serenity informa finalement son père de son désir de renvoyer Kasiko, celui-ci n'hésita pas un instant à lui en donner la permission, croyant que son fils allait lui laisser le choix d'une nouvelle candidate. La coutume des mariages arrangés était de moins en moins pratiquée, mais elle n'avait pas encore entièrement disparu. En outre, Grand-pa voyait là une occasion idéale de montrer son attachement paternel. Il était temps de resserrer les liens avec son fils et de lui donner quelques conseils sur la manière dont un homme et un mari devait se comporter. Il fallait absolument combler les lacunes de son éducation qu'il avait négligée quand il était chef et où il n'avait pas le temps de parler avec Serenity. Il allait donner à son fils une preuve d'amitié, de camaraderie virile en lui proposant d'épouser la fille d'un de ses anciens collègues. Il voulait aussi proposer Serenity comme éventuel chef de clan, ou en tout cas comme un des chefs. Les clans avaient besoin, au jour d'aujourd'hui, d'un chef instruit. Avec sa formation d'instituteur, Serenity avait de bonnes chances de plaire aux commerçants et autres personnes du même acabit qui se trouvaient maintenant à la tête de leur clan. S'il plaisait aux anciens et aux notables, Serenity pourrait prendre petit à petit la direction des affaires. Grand-pa serait heureux de voir les choses rester entre les mains de sa famille.

— C'est bien que tu te sois enfin décidé à prendre une femme officielle ! C'est une preuve de maturité et de sérieux. Un de mes anciens collègues a une fille en âge d'être mariée, bien élevée, cultivée et charmante, qui conviendrait parfaitement à ton tempérament. Cela va nous coûter les yeux de la tête, mais nous serons deux pour affronter les dépenses, mon garçon. J'accepterai toutes les conditions. Qu'en penses-tu, mon fils ?

— Euh...

— Tu sais, mon fils, certaines personnes sont intraitables sur la question de la religion. Mais pour nous, après tout ce qui s'est passé dans notre famille, cela n'a pas beaucoup d'importance, n'est-ce pas ? Cette jeune fille a été élevée dans un milieu protestant, mais sa mère a été catholique. On pourra peut-être la convertir, bien que les protestants n'aient pas l'habitude de passer au catholicisme. Enfin, peu importe. L'essentiel c'est que tu épouses une fille de bonne famille, et cette jeune fille sort d'une excellente famille. Nous pourrons toujours surmonter les différences.

Submergé par le flot de paroles de son père, Serenity perdit pied, il eut l'impression de s'enfoncer dans la boue. C'était comme si la maison au toit vert de son père s'effondrait, se transformait en une coulée de fange qui allait les engloutir.

Serenity avait souvent souhaité voir la maison de son père s'effondrer réellement ; il ne l'avait jamais aimée, cette baraque. Elle avait abrité beaucoup trop de gens qu'il n'aimait pas et ne comprenait pas et qui le lui rendaient bien. La maison avait résonné des cris, des soupirs, des lamentations et des murmures de toutes ces femmes, avec ou sans enfants, qui avaient envahi la concession au temps où les privilèges et l'argent coulaient à flots. Il avait assisté à des pratiques étranges, vu des femmes verser des poudres mystérieuses dans les poêles, poser des feuilles sèches sur des charbons ardents et les recouvrir de formules magiques, et entendu les complots et les contre-complots qui se tramaient dans l'ombre. Les murs de cette maison avaient été témoins de conspirations et de vengeances, d'offensives et de contre-offensives entre les hommes et les femmes de la famille. Ils résonnaient encore des combats, tantôt acharnés, tantôt comiques, qui avaient opposé les parasites aux amis, la famille cupide à la belle-famille ambitieuse. Le toit vert croulait sous les malédictions d'étrangers qui se croyaient victimes d'une injustice ou dont la cause avait été entendue trop tard parce que le grand chef était entouré de gens qui, volontairement ou non, les avaient empêchés d'obtenir une audience.

A l'époque de la chute de Grand-pa, lorsque l'esprit des années cinquante était pratiquement à son apogée, la maison n'était plus qu'un temple peuplé de voleurs. Chacun y faisait ses petites affaires, rivalisait avec les autres ou complotait au profit de celui-ci ou de celui-là. A cette époque, c'était une maison de fous où rien ne fonctionnait plus et où tout le monde avait perdu le nord bien que certains pussent croire qu'ils tenaient fermement les brides. Et Grand-pa s'était retrouvé dans la même situation que n'importe quel habitant de la maison, luttant pour se procurer un lit, essayant de ne pas gêner les autres, s'alliant avec des gens peu recommandables dans l'espoir que tout finirait par se remettre en place.

A cette époque, Serenity, désireux de fuir les intrigues, les jalousies, les plaisirs fugitifs et la gaieté factice qui empestaient l'air comme l'odeur de bouses de vache, ne prenait plus ses repas à la maison. Ce qu'il allait chercher dans la maison du Violoneux, pleine d'assiettes ébréchées, de chopes mutilées, et d'enfants qui se baladaient les fesses à l'air, c'était la liberté d'esprit. Chez le Violoneux, entouré d'enfants morveux et mal torchés, il se sentait à son aise, accepté, et non dévisagé comme s'il avait l'intention de voler quelque chose.

Sa mère lui avait manqué au début, tout de suite après sa disparition, et pendant un certain temps, il avait cru qu'elle allait revenir d'un moment à l'autre. Mais après l'intervention bénéfique de la femme mystérieuse, après ce coup de pouce vers des sphères sereines, il n'avait plus pensé à elle et il avait comblé le vide avec de l'indifférence, des rêves d'études et de musique. Au moment de la puberté, il avait espéré trouver quelqu'un qui lui parle de sa mère, ou qui lui dise les choses qu'une mère dit à son fils quand il a atteint cet âge. Mais personne ne le fit, pas même ses tantes qui, selon la tradition, auraient dû se charger de son éducation sexuelle, et donc il se résigna. Cela ne fit qu'augmenter son indifférence. Ses parents devinrent à ses yeux des fantômes qui s'éloignèrent vers les bords obscurs d'un précipice sans fond. A cette même époque, un de ses bons amis perdit son père et sa mère dans un accident d'autobus spectaculaire : la moitié des passagers fut tuée, l'autre blessée, mais le chauffeur en sortit indemne. Serenity se dit alors que ses parents lui avaient fait une grande faveur en lui épargnant un tel chagrin. Il se sentait comme ce chauffeur, debout, au milieu des débris de tôle et d'un bain de sang, mais sain et sauf ; entouré de cris et de lamentations, mais lui-même impassible.

Il était debout devant l'oranger, considérant son tronc gracile, gris-vert, ses branches fines chargées de feuilles rouillées, ses épines et ses petits fruits verts. On disait que c'était l'arbre préféré de sa mère défunte. Comme il évoquait peu de souvenirs en lui ! Il le laissait tout à fait froid, comme un temple désacralisé ou une grotte pillée. Mille fois déjà il avait balayé ses feuilles avec celles de l'acacia, de l'arbre à pain et du manguier et brûlé la montagne de feuilles sèches sans jamais rien ressentir.

Une tempête s'était déchaînée dans le bois épais de caféiers qui entourait la maison. Les plantes déracinées, renversées, brisées comme des fétus de paille volaient au-dessus du village et allaient atterrir dans le marécage à papyrus, au pied de Mpande Hill. Combien de sacs de café n'avait-il pas cueillis dans sa vie ? Au prix de combien de piqûres de guêpes ? Combien de litres de sueur et de larmes n'avait-il pas versés dans la terre de cette shamba de café ? Impossible d'en faire le compte. Les revenus avaient servi, il est vrai, à payer ses études jusqu'à l'Ecole normale d'instituteurs mais avaient aussi épongé les dettes d'êtres inutiles comme les femmes de son père. Que de gens étaient venus s'empiffrer ! Et tous étaient partis vers des arbres plus durables que ceux de son père. Que de gens étaient venus s'abriter sous l'aile protectrice du clan pour profiter des revenus de la terre et étaient restés jusqu'à la destitution de son père ! Serenity espérait maintenant que la tempête retournerait de fond en comble toute la terre du clan, la réduirait en bouillie et que cette bouillie se déverserait dans le marécage en un immense fleuve tourbillonnant. Il espérait que la tempête laisserait derrière elle des cratères insidieux, inhabitables et des gouffres dangereux où les hommes tomberaient et se casseraient le cou. Il espérait que la terre échappée à la catastrophe serait si inculte que personne ne voudrait s'en occuper. Il espérait qu'une autre famille reprendrait à son compte toutes les terres et tous les problèmes du clan.

Et la religion ? Aux yeux de Serenity, il était juste que son père ait été destitué de ses fonctions à cause de sa religion, vu qu'il n'avait jamais rempli ses devoirs de catholique. Et, en même temps, il n'aurait pas été fâché de voir la même tempête balayer de son bras cadavéreux la puissante église de son enfance et en disperser les décombres jusqu'au bois qui entourait le village. Les panneaux ondulés du clocher lui rappelaient toutes les messes inutiles, toutes les prières qu'il avait faites en vain pour que sa mère revienne, et toute l'énergie perdue dans les choses de l'église. Le clocher lui rappelait aussi la Vierge Marie : il l'avait suppliée de venir chez lui, d'être sa mère. Elle avait refusé. Elle ne voulait pas essuyer ses larmes, les rares larmes amères qu'il eût jamais versées. Puisque c'était ainsi, il désirait que l'église, y compris sa tour, soit entièrement rasée.

Dans la nouvelle vie dont rêvait Serenity, il n'y avait pas de place pour la fille d'un chef qui se vantait de sa naissance, de sa beauté ou de son honorabilité. Cette personne, qu'il n'avait jamais rencontrée et qu'il ne souhaitait pas rencontrer, ne figurait pas, malgré toutes ses qualités, dans le rêve de Serenity. Une autre l'attendait. Une Nouvelle Etoile, le Vin Nouveau, la Nouvelle Vierge qui lui ouvrirait les portes de la liberté, du succès et du bonheur. Grâce à elle, il se libérerait des devoirs qui le liaient à son père, aux autres membres de la famille et au clan. Elle se dresserait entre lui et tout ce qu'il détestait dans sa famille.

— Père, balbutia-t-il, j'ai déjà quelqu'un.

— Est-ce que je la connais ? dit Grand-pa en retenant son souffle.

Pourvu que ce ne fût pas une de ces sorcières du village qu'il avait toujours redouté d'avoir pour belles-filles. Serenity avait-il oublié qu'il y avait des priorités à respecter ? Il ferma un instant les yeux.

— Non, père. C'est une nouvelle. Elle habite dans une autre région.

— Tu l'as déjà demandée en mariage ?

— Non, pas encore.

— Ce choix ne m'enchante pas, fils. Tu ne peux pas bâtir sur du sable. La connais-tu assez ? Ses origines ? Son éducation ? Son caractère ? Es-tu sûr qu'elle ne souffre pas d'épilepsie, qu'elle n'est pas habitée par de mauvais esprits ?

Dans le monde idéal de Serenity, on agissait sans promettre. Personne ne faisait de promesse. Lui-même ne supportait pas qu'on lui en fasse. Il se méfiait des promesses et de ceux qui en faisaient. Il se sentait sûr de cette Vierge. Il sentait qu'il n'aurait aucun souci à se faire. Si elle lui avait promis de l'épouser, il se serait méfié.

— Ne vous inquiétez pas, père.

Grand-pa donna libre cours à sa fureur :

— Quelle descendance prépares-tu pour notre famille ?

Serenity savait à quoi son père faisait allusion. Grand-pa aimait les femmes grandes et élégantes, avec une taille de guêpe, une croupe bien rebondie et « pas ce genre de mamelles qui se balancent sur les assiettes quand elles servent à table ». Et sans dents proéminentes, cela va sans dire ! Toutes les femmes de Grand-pa se ressemblaient. Il aimait la cohérence dans les choix. C'était la preuve d'une grande fermeté de caractère. Il était convaincu qu'un homme tombait toujours amoureux de la même femme sous diverses enveloppes.

Serenity se sentait mal à l'aise. Sa Vierge, sa Nouvelle Etoile, avait un corps très différent : elle était menue, le genre de femme qui se ratatinait en vieillissant au lieu de déborder de tous les côtés et de remplir la largeur d'une porte. Elle ressemblait plutôt à Grand-ma, mais un tantinet plus sensible, plus ambitieuse, plus têtue, plus distante.

— Il y a des choses qu'il faut laisser au hasard ou

à Dieu, dit Serenity, au lieu de demander à son père de lui faire confiance.

— Je ne demande qu'à te comprendre, mon fils, mais tout ce que tu dis est vague et peu convaincant. Je te conseille vivement de réfléchir à ma proposition. Je vais arranger une rencontre avec la jeune personne ; tu comprendras peut-être ce que je veux dire.

— Ce n'est pas la peine, mon père.

Cela était parti comme une sonnerie de clairon proclamant la première victoire sur son père. Et le risque qu'il prenait en choisissant sa Vierge, le fait qu'il se fiait entièrement à son intuition rendait cette victoire encore plus douce. Il rayonnait. Maintenant seuls lui et sa Vierge comptaient. Il misait tout sur la même carte. C'était enivrant et merveilleux.

— As-tu pensé à nos terres et à ton rang parmi les membres du clan ?

Et là une nouvelle sonnerie de clairon s'éleva :

— Je veux d'abord me concentrer sur mon mariage, père.

— Bon, à ta guise, mon fils, dit Grand-pa dans un profond soupir.

Il comprenait que Serenity n'en ferait qu'à sa tête et que personne ne lui ferait changer d'avis. Il renonça. Il avait fait de son mieux. On jugeait un homme à la manière dont il s'était occupé de sa descendance, à l'éducation qu'il avait donnée à ses enfants. Serenity n'avait rien à lui reprocher. Peut-être fallait-il tout de même lui dire quelques mots sur sa mère défunte :

— Retiens une chose, mon fils : ta mère était le grand amour de ma vie, mais les choses ont mal tourné. Elle a fait, je pense, ce qui était juste à ses yeux. Dommage qu'elle ne se soit confiée à personne. Si elle m'avait dit ce qui n'allait pas, j'aurais sûrement tout fait pour lui rendre les choses plus faciles. Elle n'a pas parlé de ses sentiments, avec les résultats catastrophiques que tu sais. J'avais l'intention de vieillir à ses côtés. Je pense encore à elle tous les jours. Tu as plus de chances que moi de bien mener ta barque et celle de ta famille. Saisis-les à deux mains !

Serenity avait conquis sa liberté. La tempête sur la shamba de café s'apaisa. Il entendit des pépiements et des gazouillis. Il vit des vols noirs d'oiseaux migrants qui venaient de l'hémisphère Nord. Il les avait observés toute sa vie et avait attendu leur passage aux changements de saison. Ils étaient ses mascottes. Un jour, il les suivrait, il volerait derrière eux quand ils retourneraient vers le nord. Mais pour l'instant, ce privilège était réservé à une seule personne dans le village : la fille des Stefano, l'hôtesse de l'air, Miss Aéroplane.

Contrairement à la plupart des futurs maris, Serenity ne s'inquiétait pas de savoir si son mariage allait être un succès ou un fiasco retentissant. La perspective du mariage avait sur lui un autre effet, plus insidieux : elle corrodait la couche protectrice de sa sérénité et entamait son calme, mettant à nu la haine profonde, le mépris et l'angoisse qu'il éprouvait pour tous les commerçants et toutes les boutiques, sans distinction. Quoi qu'il arrive désormais, il ne pourrait pas échapper aux griffes de ses fantômes.

Il faudrait acheter de nouveaux vêtements, de nouvelles chaussures, de nouveaux ustensiles ménagers et des tas d'autres choses. Il faudrait passer des heures à faire des emplettes et porter ses fantômes d'un magasin à un autre. Les commerçants allaient le toucher, le tâter, le taxer, lui souffler au visage leur haleine fétide d'ail et de curry, empocher son argent et lui adresser des sourires hypocrites. Mais il ne serait pas dupe. Et d'autres personnes iraient, comme lui, dans toutes ces boutiques et en sortiraient avec autant de marchandises, qu'ils viendraient lui offrir avec tous leurs vœux de bonheur. Ces marchandises seraient le tremplin qui le projetterait dans les eaux tumultueuses du mariage, de la paternité et de la vie responsable des adultes. Il aurait préféré une manière différente d'exprimer les mêmes sentiments et les mêmes intentions.

Les boutiques et les commerçants avaient contribué à faire de sa vie une fosse infernale, noire et glacée. Que de tannées n'avait-il pas encaissées parce qu'il refusait d'aller dans les magasins ou y allait trop tard, quand ils étaient déjà fermés ! Que de fois n'avait-il pas été puni parce qu'il avait envoyé quelqu'un d'autre à sa place et que celui-ci avait disparu avec l'argent ou les commissions ou en avait gardé la moitié pour lui ? Son grand problème était qu'il ne pouvait expliquer à personne sa peur ou sa haine des commissions. Il avait honte de son angoisse.

Et pourtant, il était sûr d'une chose : sa place n'était pas dans les magasins. Et c'était bien comme ça. Il ne se fiait à aucun commerçant et il ne lui était jamais venu à l'idée qu'ils pouvaient avoir confiance en lui. Il avait toujours considéré les Asiatiques, les quelques Africains qui possédaient un magasin et les financiers et fabricants qui se cachaient derrière eux comme une race de cannibales qui, avec leur baratin, étaient prêts à foncer sur les clients pour les dépecer. Il les considérait comme des brigands bien habillés, dissimulant des couteaux avec lesquels ils découpaient les clients en tranches pour leur prendre le peu qu'ils avaient et l'espoir qu'ils n'avaient pas. Il les considérait comme des diables cornus dont le seul but était de miner à jamais la paix de l'âme, la santé et la confiance des gens.

Qui aurait pu croire que des sacs de sucre, de sel ou de haricots et des paquets de bonbons, d'allumettes et de cahiers puissent lui inspirer une telle terreur ? Le fait est que la vue de ces marchandises creusait en lui des puits d'incertitude, des canyons d'instabilité et des cratères de panique. Toutes ces choses dégageaient une indifférence qui dépassait la sienne en intensité et en force, elles faisaient éclater sa propre insignifiance. Les marchandises avaient un air si précieux, si enviable, si indispensable qu'il ne supportait pas de voir les soins dont on les entourait.

C'était l'attrait diabolique de ces marchandises qui l'avait privé de sa mère. Il se disait que si elles n'avaient pas été si désirables et si les commerçants ne les avaient pas tant astiquées, sa mère serait encore là, bien vivante. Ces marchandises précieuses, et les commerçants, et l'homme dont elle s'était éprise, avaient tous comploté pour induire sa mère en tentation et elle s'était laissé faire. L'homme qui lui avait volé sa mère l'avait rencontrée dans une boutique, lui avait offert des cadeaux, en avait promis d'autres et décidé de son sort, à lui, avec la bénédiction d'un boutiquier au sourire de crocodile. Comment aurait-il pu, lui, Serenity, se maîtriser et montrer ou feindre de l'indifférence quand il se trouvait au milieu des mâchoires marmottantes de cette bande de conspirateurs ? Comment aurait-il pu ne pas en tenir compte, alors qu'il lui était impossible de montrer du doigt le conspirateur, vivant ou mort, qui avait causé une telle déchirure dans sa vie ? Enfant, il se sentait des sauterelles dans le ventre dès qu'il se trouvait près d'une boutique et, incapable de commander à sa langue, il se mettait à bredouiller en tremblant de tous ses membres. Il lui arrivait de faire des kilomètres pour aller dans un magasin et, arrivé là, il avait oublié ce qu'il était venu acheter. Ou alors il se trompait de marque. Et tous ces oublis lui causaient des ennuis à la maison. Comment se faisait-il, lui demandait-on, que ces histoires n'arrivent qu'à lui et jamais à ses sœurs ? Avait-il chié son cerveau dans les toilettes ? Ou le faisait-il exprès pour les faire enrager ?

Né en 1933, l'année où une grande partie du pays, y compris le lieu de naissance de sa Vierge, avait été dévastée par une invasion de sauterelles, Serenity rêvait souvent de pouvoir chasser tous les commerçants et de les confiner dans une île déserte, au milieu de l'océan Indien ; de démolir toutes les boutiques et de faire disparaître les décombres dans les eaux du lac Victoria. Et, pour fêter son triomphe, il aurait planté des manguiers et des arbres à pain sur tous les terrains ainsi libérés.

Mais avec le temps, et beaucoup de volonté, il avait acquis de l'assurance. Il était désormais capable de maîtriser ses nerfs et quand il n'y arrivait pas, il pouvait toujours s'accrocher au comptoir ou glisser une main dans sa poche pour en sortir une liste qui mettait sur le visage du boutiquier un large sourire plein de dents pourries.

Pourquoi Grand-pa avait-il demandé à Serenity si sa future épouse n'était pas habitée par de mauvais esprits ? Etait-ce un pressentiment ou de la télépathie ? C'était sans doute un souffle échappé des naseaux de l'hydre à trois têtes de la famille de Vierge.

La première tête crachait le venin corrosif du catholicisme ultra-conservateur : celui qui tue dans l'œuf toute initiative personnelle, glorifie la pauvreté et le zèle, sanctifie la douleur, honnit la politique et garde les yeux fixés sur le ciel. La deuxième soufflait un ordre d'obéissance absolue du genre « toute-autorité-émane-de-Dieu ». Et la troisième expulsait une épaisse fumée de violence dont Vierge avait généreusement hérité comme de l'habitude de défendre des points de vue indéfendables tels que l'opinion de l'Eglise catholique sur l'avortement, les contraceptifs et le célibat.

Grand-pa aurait pu s'épargner tous ces soucis : Serenity était prêt à lutter contre toute forme de lynchage ou autre folie coprophage. Fort de son idéalisme, inspiré par l'indépendance et le sang-froid de Vierge, il pensait pouvoir faire face à tous les problèmes causés par les femmes et éteindre tous les foyers de dissension familiale. Certaines femmes l'avaient fait trembler ; certaines jeunes filles avaient mis le feu à ses couilles et fait couler dans sa poitrine des flots d'huile balsamique. Mais malgré leur intensité et leur profondeur, ces expériences n'étaient rien à côté des sentiments que Vierge éveillait en lui. Un courant tumultueux et volcanique, c'est ainsi qu'il définissait l'amour. Et il sentait qu'il en avait une assez grande réserve pour aller avec elle plus loin qu'il n'avait osé le faire avec Kasiko.

Pour autant que Serenity s'en souvînt, les représentants du futur marié firent deux visites importantes à la famille de la future mariée. Et pendant que les deux Peugeot de location, blanches et rutilantes, chargées d'hommes en tunique blanche, manteau noir et chaussures noires, grimpaient et dévalaient les montagnes, Serenity avait la tête pleine de sauterelles. Ces sales bêtes grouillaient dans l'air comme des haricots dans une boîte de conserve, volant, se posant, dévorant et chiant, chiant et dévorant. Celles qui s'étaient posées tondaient le sol et le conchiaient, les autres s'envolaient vers des régions encore intactes pour dévorer et chier, chier et dévorer.

Le village de Vierge était perché sur le flanc d'une chaîne de montagnes qui rappelait les mamelles gonflées d'une louve ou le dos d'un crocodile monstrueux. Il était entouré d'une forêt épaisse, avait été tondu et conchié par les sauterelles en 1933 et était maintenant traversé par une route dont la latérite se transformait en boue rouge à la saison des pluies. La route entrait dans le village du côté du vent, après avoir longé des champs d'herbe à éléphant et des fermes isolées, séparées les unes des autres par des centaines de kilomètres. Quarante-deux ans après la dernière invasion des sauterelles, le village allait de nouveau être en proie à ces insectes, mais pour l'instant il avait un aspect normal, un peu triste mais résigné, qui rappelait à Serenity les « seins » du Violoneux. Les bananiers et les caféiers défiaient courageusement le soleil, les premiers en agitant doucement leurs feuilles comme s'ils voulaient attirer l'attention des passants, les seconds tout droits comme pour montrer leur inflexibilité. Les quelques boutiques misérables, au toit rongé par la rouille, qui se trouvaient à l'entrée du village vendaient exclusivement du pétrole, des allumettes, du savon et du sel. Quelques curieux regardèrent les chauffeurs qui essuyaient la poussière rouge de leurs autos et les compagnons de Serenity qui défroissaient leurs vêtements et vérifiaient leurs chaussures et leur coiffure. Le miroitement des autos augmentait le grignotement des sauterelles dans la poitrine de Serenity. C'était lui qui, en définitive, allait être soupesé, taxé, évalué, jugé digne ou refusé.

Chez les parents de Vierge, l'heure était solennelle : les hommes portaient tous des vestes différentes sur des tuniques blanches, les femmes s'étaient enveloppées dans des *busutis* à manches courtes qui leur arrivaient aux chevilles. Les hôtes s'étaient disposés dans la cour comme de la poterie bien astiquée sur un plateau méticuleusement ciré. Derrière eux la shamba de café, débarrassée de ses mauvaises herbes, ressemblait au décor dépoussiéré d'une pièce de théâtre répétée à l'infini. Mais le luxe voyant des visiteurs et de leurs autos rutilantes accentuait l'aspect désolé de la maison, dont les murs rongés paraissaient vieux d'un siècle, et le toit rouge de rouille, d'un siècle et demi au moins.

Les visiteurs étaient installés sur des banquettes qu'on avait recouvertes de tissus blancs pour leur donner un aspect uniforme et dissimuler la diversité de leur provenance et de leur appartenance. Les femmes étaient assises sur des nattes multicolores qui, en combinaison avec le brun clair, le vert et le rouge de leurs busutis, démentaient la solennité de l'événement. Un collier par-ci, un jeu de bracelets par-là, une perle ou un bracelet-montre en toc mettaient sur le tout quelques notes de gaieté.

Les épreuves de la vie et la religion avaient creusé sur le visage des parents de Vierge de profonds sillons semblables aux balafres tribales en usage dans les régions du Nord. Le père était de petite taille mais solidement bâti et son visage exprimait la rectitude. La mère était grande et maigre ; sa physionomie reflétait la fermeté et la persévérance. Leurs chaussures étaient peut-être éculées, mais cela ne se voyait guère et même si ça se voyait, la chose n'avait aucune importance sous le portrait encadré de noir de la Sainte Famille aux visages roses surmontés d'une auréole. Le petit Jésus avait une expression trop sérieuse pour son âge et la Vierge Marie, engoncée dans une robe noire à crinoline, avait des traits mous. Saint Joseph se tenait debout derrière sa femme et son fils, dans son éternelle tunique rouge d'anarchiste, le regard triste et éprouvé d'un vieillard trompé, qui n'osait rien reprocher à sa jeune femme. Le moindre soupçon de frivolité aurait été effacé par un crucifix, accroché bien en vue, en face de la porte, qui montrait un Jésus recouvert d'épines, de blessures et de sang.

Pendant cette visite, Serenity n'était pas censé prendre part à la conversation et, en effet, il ne dit presque rien, ayant chargé quelqu'un d'autre de plaider sa cause auprès de la famille et des amis de Vierge. Et pendant que l'orateur de service accomplissait sa tâche, les membres de la famille de Vierge observaient Serenity, à la dérobée certes, mais très méticuleusement. Lui regardait d'un air dégagé autour de lui en évitant l'endroit du toit où des trous de la grosseur de pièces de monnaie laissaient passer le jour — une personne bien élevée évitait de mettre autrui dans l'embarras. La plupart du temps, il tenait ses yeux fixés sur la nourriture ou sur les boissons qu'il consommait ou faisait semblant de consommer. Il lui était permis de tousser ou de se gratter la gorge, à condition qu'il le fasse avec discrétion pour ne pas attirer outre mesure l'attention sur lui. En revanche, il lui était absolument interdit de se nettoyer les ongles ou de se curer les dents, même si un morceau de viande gros comme le petit doigt était resté entre ses dents de devant. Dans ce cas, il devait se lever, relever sa tunique en la prenant par l'ourlet et sortir. Il devait faire de même s'il lui prenait l'envie de se mettre les doigts dans le nez, de péter, de roter et de se gratter l'aisselle ou l'entrejambe. Il lui était interdit de lorgner les femmes. Interdit de leur adresser directement la parole. Interdit de contredire ou de corriger sa belle-famille. En règle générale, il devait se comporter comme un agneau qu'on mène à l'abattoir ou, à la rigueur, comme un loup déguisé en brebis.

Cependant, le respect des bienséances ne l'empêcha pas de faire, pour lui-même, quelques petites constatations : a) ses beaux-frères ne lui en imposaient guère et l'intimidaient encore moins, b) il allait traiter les sœurs de Vierge et les autres membres de la famille comme ils le traiteraient eux-mêmes, et c) une des tantes paternelles, si ses souvenirs de cette époque étaient bons, était d'une beauté aveuglante. Elle devait avoir à peu près son âge et elle n'avait ni baissé ni détourné les yeux lorsque l'insistance de son regard l'avait contrainte à le regarder. Elle avait un visage plutôt ovale et non rond comme le reste de la famille, et ses yeux clairs, son front haut et ses cheveux souples, lissés au peigne chaud, lui donnaient une beauté spectaculaire. Son long cou, aux lignes subtiles, lui rappelait sa sœur Tiida. Elle avait aussi une vague ressemblance avec Vierge, il ne pouvait pas dire si cela tenait à la forme de la bouche ou à la distance qui séparait la bouche du nez. Son sourire, qu'il avait surpris à deux reprises, chaque fois destiné à un autre membre de la famille, explosait en un éclair, comme une noix de coco qui se fend, tant les dents blanches illuminaient le teint foncé de son visage. Pour augmenter la tension et s'assurer qu'il lui avait fait la même impression, il s'efforça longtemps de porter ses regards ailleurs, de s'intéresser aux boissons, puis il brisa le charme en la regardant brusquement par-dessus son verre. Il accrocha de nouveau son regard. Quand il voulut recommencer son petit manège pour la troisième fois, il trouva la place de la belle vide. Elle ne revint qu'au moment des salutations.

Vierge ne s'était montrée qu'une fois, pour souhaiter la bienvenue aux visiteurs. Il l'imaginait déjà dans le jardin ou au milieu des caféiers, entièrement plongée dans ses pensées. La tension de cette visite ne l'avait pas troublée. De ce point de vue, on pouvait faire confiance aux catholiques : ils savaient très bien former le caractère de leurs enfants et l'aiguiser comme la lame d'un couteau sur une pierre séculaire.

Serenity mit une semaine à se défaire du sentiment d'irréalité dans lequel l'avait plongé toute cette attention pour sa personne. Mais quand vint l'heure de la deuxième visite, il était assez détendu pour l'envisager sans déplaisir. Il se sentait l'âme d'un professeur fortuné faisant étalage de sa richesse devant ses élèves bien élevés mais peu argentés. Les sauterelles qui avaient fouillé son ventre et sa poitrine lors de la visite précédente avaient disparu. Cette fois, il était conscient de la valeur qu'il représentait aux yeux de ses hôtes. Ici, dans le centre du pays, les femmes étaient moins chères que dans les régions de l'Ouest et du Nord, riches en troupeaux, où il pouvait en coûter cent vaches. Ici, on se contentait de calebasses de bière, de rouleaux d'étoffe, de bidons de pétrole, de poulets sacrificiels, d'une petite somme d'argent, et d'autres choses de moindre valeur. En ce jour de pourparlers, Serenity était délicieusement conscient du fait que ces gens-là ne seraient pas fâchés, si du moins leur religion le leur permettait, de recevoir une petite aide financière. Ils pouvaient facilement se la procurer posant leurs exigences.

Mais une surprise attendait Grand-pa et Serenity : les parents de Vierge n'avaient pas l'intention de s'enrichir sur le dos de leur fille. Ils demandèrent très peu. Si ridiculement peu que, lorsque les représentants du marié se retirèrent pour en débattre, les deux voitures rutilantes, devant eux, prirent l'aspect de bizarres coffres-forts, et il ne leur resta plus qu'à décider de faire un étalage étourdissant de générosité.

Grand-pa voulait offrir une vache et son veau. Mais Serenity pensait à un toit : c'était le plus urgent et cela ne risquait pas d'attraper la *nagana* ou toute autre maladie bovine. Le père et le fils ne réussirent pas à se mettre d'accord. Pour sortir de cette impasse, on fit appel à Mbale, l'aîné des frères de la future mariée. Mbale, qui avait souffert, toute sa jeunesse, des fuites et d'un cauchemar récurrent où il voyait la famille se réveiller un jour dans une maison sans toit, se rangea du côté de Serenity. Les amis du futur marié le chargèrent d'informer discrètement la famille de leur proposition. Les parents de Vierge s'opposaient à une violation aussi manifeste du temple sacré du mariage. Leur fille n'était pas une vache qu'on pouvait vendre dans le temple à la gloire du Veau d'or. Mais le reste de la famille se jeta avec passion dans la discussion. N'avaient-ils pas tous redouté de recevoir des visites à la saison des pluies ? N'avaient-ils pas tous pensé à venir en aide aux parents en faisant réparer le toit, de force s'il le fallait ? C'était l'occasion ou jamais de le refaire. Plus tard, après la célébration du mariage, ce serait trop tard.

La proposition fut acceptée à la majorité des voix. Le plus intéressant, c'était de voir Mbale et quelques autres, qui s'y connaissaient en matière de toit et savaient le prix de la tôle ondulée, des clous avec ou sans tête, des poutres, de la main-d'œuvre etc., calculer à combien reviendrait la réalisation la plus rapide de toute l'opération. Les parents de Vierge, désespérés de ne pouvoir chasser les marchands du Temple, incapables de supporter le regard attristé de Jésus sur sa croix, sortirent pour faire une longue promenade désenchantée pendant laquelle ils déplorèrent la violation par le Veau d'or du temple sacré du mariage.

Serenity jouissait follement de cette comédie. Pour la première fois de sa vie, il ne regarda pas les commerçants d'un mauvais œil. Il voyait déjà le toit en tôle ondulée briller sous le soleil. Les choses prenaient une bonne tournure : l'esprit de la tour de l'église en tôle ondulée qu'il avait souhaité détruire allait pénétrer dans cette maison et réduire en miettes le catholicisme outrancier de cette famille. Ce toit ne serait pas une tour, mais il en aurait la force. Il serait le signe de la puissance diabolique de son Veau d'or. Cette puissance introduirait dans la maison des étrangers vêtus de bleus puant la sueur qui allaient démolir le toit pourri, et remplir l'air de rouille, de clous tordus et de poutres vermoulues. La Vierge Marie serait ensevelie sous les décombres en même temps que son odeur d'albâtre et ses promesses mortes. Le nouveau toit s'élèverait, proclamant l'ascension de la nouvelle Vierge et de son Vin nouveau. Le nouveau toit s'élèverait, donnant à sa vie un nouvel élan, une nouvelle force et l'éclat de son nouveau rêve. Le tas de billets de banque, qui formait à lui seul une petite tour, le remplissait de satisfaction. Il n'avait rien de ces futurs maris qui promettaient monts et merveilles puis, frappés d'amnésie, ne tenaient pas leurs promesses. Tout serait prêt à temps : il était un homme d'action, pas de vaines promesses.

Vierge observait les ouvriers, entendait leurs plaisanteries grivoises et s'énervait de voir de la rouille nager dans l'huile de karité avec laquelle sa tante la frictionnait pour qu'elle soit en forme le jour de son mariage. Cette huile confectionnée par sa tante sentait vaguement le lait et était plus efficace que l'huile industrielle. Elle donnait à la peau un aspect plus foncé, plus brillant et plus lisse. Comme toutes les paysannes qui n'avaient pas grandi au milieu des vaches et du lait frais, Vierge trouvait cette odeur écœurante. Elle ne supportait pas l'idée que ses vêtements de mariée et son lit nuptial en soient imprégnés. La première impression devait être parfaite. Aucune imperfection ne devait se glisser entre elle et son mari. Elle était assaillie par la crainte que les herbes de son bain ne suffisent pas à chasser l'odeur du lait. Mais elle se maîtrisait, bien qu'elle eût l'impression de sombrer dans des crises d'angoisse kaléidoscopiques. Elle voulait maîtriser la situation autour d'elle. Mais comment y arriver au milieu des coups de marteau, des cris et des regards concupiscents des poseurs de toit ? Comment pouvait-elle rester au centre de l'attention avec tous ces parents, tous ces amis, tous ces étrangers, tous ces villageois et ces gens qui tournaient autour d'elle, lançaient des appels, criaient, donnaient des ordres et faisaient comme s'ils n'ignoraient rien de l'étiquette, de la tradition ou de la religion ? Tous les villageois qui avaient une dette envers ses parents, et même ceux qui n'en avaient pas, venaient proposer leurs services, bienvenus ou pas, et augmentaient le chaos. Et le plus ennuyeux, c'était que la religion avait été reléguée à l'arrière-plan. Personne ne disait plus les prières du soir et du matin. Tout le monde se laissait aller à ses plaisirs sans tenir compte du reste. Ses parents avaient renoncé à imposer le bénédicité avant le repas. Toute la journée, la bière de fabrication locale coulait à flots dans les joyeux gosiers. Bref, le Diable menait la danse alors que cette période aurait dû être consacrée à Dieu. Et elle était incapable d'y porter remède.

Dans son désarroi physique et mental, la future mariée pensait à son futur beau-père, et en avait comme des bouffées de chaleur. Elle n'aimait pas cet homme. Toutes les vibrations qui émanaient de lui étaient mauvaises. Ils avaient des caractères totalement opposés et cependant elle allait devoir vivre dans son voisinage pendant des années. Comment s'en sortirait-elle ? Elle se faisait aussi du souci à propos de la tante de Serenity. Elle ne l'aimait pas non plus. Comment pouvait-on aimer une femme souffrant d'aménorrhée ? On disait d'elle qu'elle n'avait eu que trois menstruations dans sa vie. Souvent ces femmes étaient des sorcières que tout le monde redoutait. Elles avaient la réputation d'être des langues de vipère et de provoquer, parfois à leur insu, les pires catastrophes. Et, pour comble, cette femme avait fait le fameux rêve du buffle. Que fallait-il en penser ? Mon Dieu ! Comment pouvait-elle réfléchir, alors que le monde entier lui marchait dessus ?

Elle aurait pu évidemment annuler le mariage, mais depuis quand une petite paysanne annulait-elle un mariage ? Après tout ce qui était arrivé, qui l'écouterait ? Quels arguments pourrait-elle inventer ? La sensibilité et la nervosité d'une future mariée ? Elle savait que personne, autour d'elle, n'en croirait le premier mot. Et elle ne voulait pas du tout annuler le mariage, même si elle en avait été capable. C'était sa fête à elle, son jour de soleil. Toute son impuissance et son sadisme envers Serenity, envers elle-même, envers les poseurs de toit, envers Mbale et sœur Jean Chrysostome, envers le monde entier, n'étaient qu'une manière de s'habituer à sa nouvelle place dans la vie, son nouveau pouvoir, ses nouveaux espoirs, ses nouveaux rêves.

Serenity était au septième ciel ; la famille de Vierge tremblait sous le tonnerre de son pouvoir. Et le succès avait un goût de miel après tout ce que Vierge lui avait fait supporter. Car elle l'avait mis à rude épreuve. Comme il se servait toujours d'intermédiaires, laissant à d'autres le soin de transmettre ses messages et de plaider en sa faveur dans les affaires de cœur, il connaissait bien la tension de l'incertitude. Mais cette fois, l'absence et le silence mystérieux de ses intermédiaires l'avaient plongé dans une affreuse anxiété. Vierge l'avait-elle refusé et avait-elle filé à l'anglaise ? D'ordinaire, c'était ainsi qu'on donnait à entendre au prétendant qu'il n'y avait plus aucun espoir pour lui. C'était ainsi qu'on essayait de ménager sa susceptibilité et de lui épargner quelques humiliations. Serenity préférait recevoir les mauvaises nouvelles en pleine figure. Au début, ça faisait très mal, mais après, la douleur s'estompait dans le brouillard du destin ou brûlait dans le feu d'une nouvelle passion. Serenity n'était pas un séducteur et, contrairement à son père, il redoutait les refus. Aussi se servait-il toujours d'intermédiaires. Il se faisait l'impression d'un crocodile qui ménage ses forces et laisse la proie venir à lui. Cette tactique le rendait insensible au sentiment de culpabilité qui s'emparait de certains séducteurs quand ils brisaient une liaison amoureuse. Il partait du principe que sa victime avait eu le temps de voir venir la chose. Vierge s'était proposée elle-même à Serenity et l'intensité du feu qu'elle avait allumé dans ses veines, associée au respect qu'il lui avait montré, aurait dû suffire à chasser ses doutes. Pourquoi donc lui faisait-elle subir ce supplice ?

La nuit, quand il se sentait oppressé et que l'angoisse et la douleur s'emparaient des moindres fibres de son être, Serenity récapitulait tous les arguments qu'il avancerait dans une éventuelle rencontre avec Vierge. Il ne s'était absolument pas imposé à elle. L'attirance avait été réciproque. En outre, il s'était montré très respectueux. Il n'avait pas pris de grands airs et n'avait rien dit pour se faire valoir. Bref, il lui avait donné l'impression que seul son avis à elle comptait. Pourquoi donc un tel retard dans la réponse ? Le point faible de la tactique de la médiation était que de nombreuses questions restaient longtemps sans réponse. Combien de temps devrait-il encore attendre ? Les jours s'étaient ajoutés aux jours. La colère et la frustration avaient miné sa patience, sa compréhension et son espoir. Quand la douleur devint insupportable, il envisagea même de renoncer à elle. Il s'en savait capable, ayant déjà essuyé de nombreuses défaites dans sa vie. Il pourrait rappeler ses intermédiaires, jurer qu'il ne reverrait jamais plus Vierge et se réfugier à nouveau dans les bras de son père. Il lui donna encore trois jours et trois nuits. Et comme si Vierge l'avait espionné, avait lu dans ses pensées, avait su jusqu'où elle pouvait aller, il reçut sa réponse deux jours après.

Vierge avait jugé nécessaire de dédier neuf neuvaines consécutives à saint Jude Thaddée en le priant de lui donner la certitude que Serenity était bien le mari qu'il lui fallait, car si elle se mariait c'était pour l'éternité et le divorce était inconcevable. Elle avait prié pour avoir la force de résister à une éventuelle machination diabolique de Kasiko et à toutes les autres difficultés qui l'attendaient. Elle avait demandé à Dieu le bonheur et la santé, douze enfants resplendissants de santé et craignant Dieu, et prié pour qu'Il lui accorde la force de bien les élever. Entièrement absorbée par le sérieux et la sainteté du mariage, elle avait totalement oublié le temps. Elle aurait pu réciter encore dix neuvaines sans se rendre compte qu'elle avait déjà trop attendu. A ses yeux, un homme qui avait vécu dans le péché méritait d'attendre tout le temps que le Bon Dieu jugeait nécessaire pour répondre aux prières de sa promise. Un tel homme avait besoin d'une période de pénitence pour se purifier avant de contracter les liens sacrés du mariage avec une vierge.

La réponse positive à sa demande de mariage combla Serenity de bonheur. Son rêve n'était pas encore mort. Pour fêter sa victoire et pour commencer en beauté sa nouvelle vie, il décida de laisser une trace indélébile dans la maison paternelle de Vierge : le nouveau toit. La mariée ne saurait jamais ce que ces nouvelles plaques de fer rutilant signifiaient pour lui, mais il les regarderait toujours avec satisfaction. Elles marquaient la fin de ses supplices et de sa lutte pour échapper à l'emprise de son père ; elles brillaient de promesses d'avenir.

Outre les amis et parents et les habitants du village, on vint des quatre coins du pays pour fêter le mariage du fils de l'ancien chef de district. Les trois maisons de la propriété et les huttes de paille qu'on avait construites pour la circonstance étaient pleines à craquer d'invités. La fête battit son plein pendant trois longs jours et elle culmina le samedi où la mariée fit son entrée dans la maison du marié pour l'union sacrée. Dans la région, ce mariage devait être le plus mémorable des dix dernières années. Grand-pa fit en sorte que tout se déroule dans les meilleures conditions et que les invités ne manquent de rien. Des étincelles monstrueuses montaient de grands feux et perçaient la nuit noire de leur éclat. L'air était rempli du bruit des chants, des roulements de tambours, des danses et des discussions, des discours, des disputes et autres occupations humaines non enregistrées. L'odeur de la bière, de la viande et des bananes plantains était associée dans l'esprit de beaucoup aux souvenirs de l'époque regrettée où Grand-pa était encore puissant et donnait une fête tous les quinze jours. La belle époque ! C'est ainsi que la vie aurait dû continuer, mais, hélas, elle ne reviendrait jamais plus ! Les doigts tièdes de la mélancolie caressaient leurs vieux cœurs, chargeaient les odeurs, les bruits et les feux des vérités anciennes qui s'étaient transformées en sombres incertitudes dans la réalité actuelle. Ils rêvaient à l'époque lointaine de leur propre mariage, quand les hommes restaient entre eux, qu'une jeune fille devait arriver vierge au mariage et qu'elle se mariait pour la vie.

Beaucoup se souvenaient des mariages de Tiida et de Nakatu. Le mariage d'une fille était un événement moins spectaculaire parce qu'il marquait le départ d'un membre de la famille dont on se séparait pour qu'il aille porter la vie et le bonheur dans une autre famille. Cette fête était unilatérale et ne durait pas toute la nuit. Qu'y avait-il de si réjouissant à la perspective de voir les enfants de ses filles porter le nom d'un autre clan ? Mais dans le cas présent, comme toujours lorsqu'on mariait un fils, la famille recevait une femme qui allait lui donner des enfants. Toute la soirée était placée sous le signe de la reproduction et l'atmosphère était chargée d'érotisme, de volupté et de joie impudique. C'était comme si tout le monde allait se marier, déflorer la mariée et planter ses dents dans sa chair vierge, pure. La bière leur montait à la tête, déliait toutes les langues et ressortait en plaisanteries grivoises, en chansons libertines et en déhanchements obscènes.

Pour Grand-pa c'était la répétition, presque à l'identique, de la fête qu'il avait donnée pour enterrer sa vie de garçon. On clamait son nom autour de tous les feux. On chantait, ici et là, d'anciens éloges en son honneur. Un vieux tambour jouait, de temps à autre, le chant du clan des Ecureuils. Des membres importants du clan et des chefs parlaient de lui et spéculaient sur la fin prochaine de son mandat d'administrateur de leurs terres et sur l'éventuelle succession de Serenity à ce poste. La politique du clan était le thème officieux de cette soirée et de la suivante, celle du mariage. Le lendemain, à la même heure, la mariée ne serait plus vierge et son caractère et sa fécondité seraient les prochains épisodes du drame de son entrée dans cette maison et dans ce clan.

Le mariage de mes parents fut béni dans la vieille église catholique choisie par mes grands-parents maternels. C'est là, enfermés entre les murs épais de cette église, dans la lumière terne tombant des vitraux colorés, sous le regard d'un Christ lugubre qui considérait l'heureux événement du haut de sa vilaine croix, c'est là, accompagnés des sourires épanouis et des murmures des témoins des deux parties, que Serenity et sœur Pierre Cadenas furent déclarés mari et femme.

Une grande partie de la famille de la mariée n'arriva jamais à l'église ni à la nouvelle maison parce qu'elle avait tenu à se déplacer en groupe et avait refusé l'autobus proposé par Grand-pa. Le bus délabré qu'ils avaient loué était tombé en panne, puis le camion non moins délabré par lequel ils l'avaient remplacé eut deux pneus crevés alors qu'ils n'avaient qu'une seule roue de secours. Les camionnettes en plus ou moins bon état qu'ils avaient dégotées ensuite ne purent transporter que les membres les plus importants de la famille et ceux-ci, évidemment, étaient bien moins nombreux que ceux de l'autre partie qui disposaient non seulement d'autos mais aussi de deux autobus Albion bien entretenus.

A la tombée de la nuit, une Mercedes noire vieille de dix ans propulsa les nouveaux mariés dans le tourbillon de la fête. Les invités encerclèrent l'auto, arrachèrent les guirlandes qui l'ornaient et des visages curieux s'aplatirent sur les vitres pour apercevoir la mariée au milieu de ses nuages de tulle. Il fallut du temps avant que le couple fût délivré de l'auto, qui d'ailleurs appartenait au père de celle que Grand-pa, Tiida, Nakatu et d'autres membres de la famille auraient préféré voir à la place de Cadenas. Finalement la mariée, dans une mer de tulle, une couronne en forme de lune sur la tête, un bouquet d'orchidées dans une main et la main de Serenity dans l'autre, navigua parmi les acclamations houleuses, les applaudissements, les roulements de tambours, les chants et les regards avides. C'est à peine si elle sentait Serenity qui marchait à son côté dans un costume noir aux revers étroits, une chemise blanche, une cravate sombre, large comme une langue, et des chaussures à bouts pointus. Sa coiffure en brosse amincissait son visage, allongeait son corps en l'amaigrissant et dégageait ses oreilles d'écureuil.

Le jeune couple fut conduit sur une estrade recouverte de tapis blancs, installé sur deux divans, drapés aussi de blanc, non pour les camoufler mais pour donner à l'ensemble une certaine uniformité et évoquer l'idée de chasteté conjugale. La lumière éclatante d'une lampe tempête en argent, libre de tout papillon de nuit, qui se balançait doucement au-dessus de leurs têtes, scintilla sous le tonnerre des acclamations. On examinait le couple sous toutes ses coutures. Cadenas se sentait transparente, fascinée et écœurée à la fois par tant d'attention. Mais c'étaient surtout les danseurs qui lui donnaient l'impression de suffoquer, d'être sur le point de s'évanouir. Ils gesticulaient, au rythme sourd et infernal du grand tambour, dans des tortillements de bassin diaboliques, repoussants, dévergondés comme elle n'en avait jamais vu. Ils s'étaient ceints d'écharpes en longs poils de colobe qui accentuaient leurs croupes et rendaient leurs coups de hanches de plus en plus forts impudents et obscènes. Les hommes et les femmes tournaient en rond, projetaient leur bassin en avant puis reculaient, vibrants d'excitation, en levant leurs jambes comme pour descendre d'une bicyclette trop haute. La taille souple, aux muscles huilés, les pieds qui touchaient à peine le sol, ils avançaient vers le couple en dansant, agrippaient les poteaux de la tente et s'y enroulaient avec les gestes les plus lubriques que Vierge ait jamais vus. Les invités, bavant comme des chiens torturés de désir, perdirent toute retenue et leur excitation fit trembler la tente lorsque certains d'entre eux, voulant imiter les danseurs, saisirent à leur tour les poteaux et s'y frottèrent en poussant des cris de joie folle.

Vierge se serait volontiers voilé la face si elle n'avait pas eu une couronne et des gants. Elle eut la sensation d'être saisie fermement par des mains puissantes et de sentir dans sa chair la honte de chaque déhanchement. La foule la baisait, la violait, la déflorait, léchait goulûment le sang qui s'écoulait en flots diaboliques de son sexe. Elle aurait aimé mourir, mais c'était son mariage, son spectacle, son passage à une nouvelle vie et à la nouvelle mission dont elle avait tant rêvé. Elle invoqua Jésus sur la Croix, couvert de sang, de plaies et de douleurs. Elle ferma les yeux et, quand elle les rouvrit, les danseurs avaient disparu.

On en était aux discours. Grand-pa, en tunique blanche et manteau noir, dit quelques mots de bienvenue et remercia tous ceux qui honoraient cette fête de leur présence en les priant de rester jusqu'à l'aube. D'autres orateurs vinrent après lui et repartirent sans dire grand-chose. Leurs discours ressemblaient le plus souvent à des sermons. Ils essayaient de réveiller la foule en l'exhortant à « la fidélité », « la loyauté », « la tolérance », au « respect des vieux ». Mais ces paroles tombèrent dans des oreilles de sourds. Elles tombèrent comme des cartouches vides sur la mariée et les autres auditeurs. La mariée se sentait comme un poisson-scorpion tiré du fond de l'océan pour être exposé dans un laboratoire. Elle se sentait tendue, perdue, irritée et impatiente. Oui, bien sûr, elle avait désiré être le centre de l'attention, mais celle qu'on lui réservait aujourd'hui ressemblait plutôt à un déluge où elle risquait de sombrer. Qu'est-ce qui attirait tant les regards des gens ? Son visage ? Le tulle ou la couronne ? Cela n'arrivait-il qu'à elle ou était-ce le lot de toutes les mariées ? Sere avait-il causé un scandale et les gens se demandaient-ils comment elle s'en sortirait ? Ou est-ce que tout cela était le fruit de son imagination ? Pourquoi, mais pourquoi tout le monde la fixait-il avec une telle insistance ? Doux Jésus...

Revenue à elle, elle vit le gâteau de la mariée et le couteau en argent étincelant. Sa demoiselle d'honneur lui donna une bourrade. Elle se leva et suivit machinalement Serenity. Il essaya de l'aider à porter sa traîne mais ne réussit qu'à lui faire perdre l'équilibre. Elle trébucha en essayant de garder les yeux fixés à la fois sur les marches, sur le gâteau et sur son mari. La lune, sur sa tête, sortit de son orbite. Serenity se précipita pour l'empêcher de tomber. Les doigts habiles de la demoiselle d'honneur la remirent en place. La foule poussa des acclamations tonitruantes et le tambour battit quelques mesures endiablées. La mariée coupa le gâteau comme une somnambule.

Elle fut entourée d'enfants qui tendaient les mains, les filles avec une admiration éblouie, les garçons pleins de curiosité. Tout à coup ils se mirent tous à ressembler à la fille de Kasiko, la femme répudiée par Serenity, et Vierge eut l'impression qu'ils se moquaient d'elle, qu'ils la regardaient avec haine parce qu'elle avait évincé leur mère ; elle se mit à accuser Kasiko de la panne des camions qui devaient amener ses parents et sa famille, elle se sentit isolée, encerclée d'enfants prêts à la lyncher et d'adultes prêts à s'en réjouir. Après la honte des coups de hanches et le dépucelage collectif, voilà ce qui l'attendait encore : la fille de Kasiko allait la mettre à mort. Pourquoi cette petite diablesse et tous ses sosies la regardaient-ils si gentiment, si innocemment ? La demoiselle d'honneur vint à son secours : elle lui enleva l'assiette des mains et se mit à distribuer des morceaux de gâteau aux enfants en liesse qui, en présence de leurs parents, étaient sages et disciplinés.

On aurait dit que même le gâteau montait à la tête des invités qui répondaient fébrilement à l'invite des danseurs et des joueurs de tambour. Toute la tente oscillait sous les acclamations, les applaudissements et les sifflements. Au milieu de cette explosion, l'estrade fut prise d'assaut et la mariée emportée loin de l'estrade.

Serenity était nerveux, chancelant, soucieux. C'était la première fois depuis bien longtemps qu'il allait se retrouver seul avec une épouse et il était en proie à une angoisse vague mais non moins réelle. Son courage, sa virilité, sa maîtrise de soi étaient au plus bas. Erections ! C'était comme si on les fabriquait dans une usine isolée de l'hémisphère d'où venaient les corbeaux noirs, ses mascottes. L'étincelle sur laquelle il avait prudemment soufflé, l'explosion dans ses couilles dont il avait rêvé, s'était éteinte doucement. Il se trouvait maintenant dans sa chambre de célibataire, la chambre qui avait été témoin de ses rencontres amoureuses, des merveilleuses et des moins réussies. C'est dans l'espace étroit de ces murs qu'il avait connu ses orgasmes avec Kasiko, des merveilleux et des moins réussis. C'est dans l'étroitesse de cette chambre qu'il avait conçu sa fille, que Dieu la protège. A côté, dans la chambre d'amis, cette même fille était venue au monde sous l'œil vigilant de Grand-ma. Les gémissements des partenaires extraconjugales de son frère Kawayida semblaient se mêler aux soupirs de ses propres femmes pour donner à cette chambre qu'il connaissait si bien une curieuse atmosphère de désastre imminent. Il savait qu'il fallait à tout prix décapiter toutes les hydres fantomatiques qui rôdaient dans cette pièce, les regarder se tordre dans leurs dernières convulsions et attendre qu'un nouvel esprit vienne l'habiter. Sans cela, rien de bon ne pouvait arriver dans cet espace. Il regrettait de ne pas être allé, pour sa nuit de noces, dans la maison d'un ami, sur un terrain neutre, non hanté par le passé.

Pendant que Vierge lavait son corps des soucis, des tempêtes, des angoisses et de la saleté de la journée, il était taraudé par les dernières paroles de Kasiko : « Tu répudies ton Eve, ta propre côte. Si je ne te suffis pas, pourquoi ne nous prends-tu pas toutes les deux ? Je ne négligerai rien pour te faire sentir à quel point tu te trompes... » Etait-ce une menace ou simplement du bluff ? Quelle incertitude !

L'estomac de Serenity se tordit : la mariée entrait dans sa chambre, conduite par la femme avec laquelle il avait échangé des regards significatifs, plusieurs mois auparavant, pendant les pourparlers du mariage ! Etait-ce une ruse ? se demanda Serenity, la gorge sèche et les mains tremblantes. Il ne put proférer un seul mot, tant il était plongé dans les profondeurs du rêve secret de beaucoup d'hommes : s'abandonner entre les bras de deux femmes voluptueuses. Ce n'était pas possible ! Qui avait choisi cette femme pour conduire la Vierge à sa nuit de noces ?

Le rôle de cette femme était d'assister les époux dans la consommation du mariage, dans la mesure où ils en avaient besoin. Elle s'était offerte pour cette fonction, non seulement parce qu'elle aurait le droit de garder les draps du lit si la mariée s'avérait en effet vierge, ou pour l'honneur de la fonction, mais pour des raisons beaucoup plus personnelles. Le marié était un homme intéressant, un homme qui avait de l'instruction, dont l'amitié ou les relations pouvaient lui être utiles. Depuis des années, il ne lui était plus arrivé d'avoir un coup de foudre. Cet homme était la réincarnation d'un de ses amours d'adolescente, un professeur dont elle avait été folle d'admiration amoureuse, dont elle avait chanté partout les louanges et qu'elle avait essayé, par tous les moyens, d'attirer dans son lit. Dieu merci, c'était un homme d'un autre temps et il avait été beaucoup plus sage qu'elle. Elle voulait maintenant investir ce genre d'admiration dans son nouveau beau-parent.

Le mariage de mes parents fut, à plusieurs points de vue, à l'image des premières heures de leur intimité. Serenity exigea que la tante de Vierge quitte la chambre : quand elle serait sortie, les hordes de sauterelles qui le tourmentaient en lui labourant la poitrine et les entrailles se calmeraient peut-être un peu. Et d'ailleurs, lui n'était plus vierge et il n'avait besoin de l'aide de personne. La femme se plia à sa volonté et quitta la pièce, tête basse. Mais elle fut bientôt rappelée car Vierge repoussait toute tentative d'approche.

Serenity personnifiait, aux yeux de Vierge, la concupiscence et la bestialité de la foule qui avait fait un enfer de sa vie en se livrant devant elle à des déhanchements diaboliques et en branlant les poteaux. Elle n'avait pas l'intention de l'accepter comme mandataire de cette foule. Elle pensait à la doctrine de saint Jean Chrysostome : « La beauté physique n'est que mucosité... » Au couvent, on appelait ce qu'il avait l'intention d'injecter en elle « la morve sacrée ». L'expression en disait long !

La tante de Vierge, qui n'était pas contaminée par les paroles de saint Jean Chrysostome ou leur effet différé, rétablit l'ordre en insistant sur l'importance du rituel « sacré ». Morve sacrée ou morve diabolique, l'acte devait être accompli. Sous le regard vigilant de la femme avec laquelle il avait jadis échangé des coups d'œil significatifs, Serenity, le sexe mal dressé, s'escrima et se coupa aux poils, vieux de trois jours, du pubis de sa femme qui venait d'être initiée à l'usage de la lame à double tranchant. Au couvent, elles arrachaient ces poils diaboliques un par un, non tant pour en adoucir la repousse que par mortification. Blessé, frustré, énervé par le grincement du sommier qui labourait sa poitrine comme le grignotement des sauterelles, Serenity sentait monter sa colère. La triste vanité de ses efforts était accrue par la totale indifférence de la mariée et par les regards de la superviseuse sur des parties de son corps qu'il n'avait pas l'habitude de montrer à des étrangers.

Dans le silence total aussi bien de la pièce que de la tente, à l'extérieur, où les joueurs de tambour s'étaient arrêtés de jouer pour manger, la situation devint si pathétique, si insupportable que la tante de Vierge se vit dans l'obligation d'intervenir au-delà de ses strictes fonctions de superviseuse. Car il fallait que la besogne soit portée à bonne fin, elle s'en était portée garante. Elle proposa une pause sur le ton le plus poli et le plus amical que Serenity eût entendu depuis une semaine. Lorsque Serenity sortit du lit, elle effleura son épaule pour lui indiquer une chaise près de laquelle on avait déposé une bière à son intention. Cet effleurement fut la clé qu'il avait cherchée toute la journée : elle ouvrit la glacière qui emprisonnait sa virilité, ferma le livre des angoisses de son passé et le projeta dans des sphères de soulagement peu communes où il plana dans un état de béate insouciance. Son euphorie prit des proportions telles qu'il se demanda, en buvant sa bière, si elle était due uniquement à la libération de ses anciennes angoisses ou à une autre raison cachée. N'était-elle pas en train de dégénérer en désir pour la tante de son épouse ? A la pensée qu'il pourrait éprouver de vrais sentiments pour elle, il sentit la boue aspirer ses pieds et l'entraîner dans des profondeurs qu'il n'osait pas envisager. La tentation était grande de considérer la mariée et sa tante comme des éléments complémentaires d'un seul et même caractère, d'une seule et même personne. Si Vierge en était l'élément sérieux, décidé, ambitieux, égoïste, alors sa tante devait être la dispensatrice insouciante de joie et de volupté. Jamais encore un tel dilemme ne l'avait encorné, et il priait le ciel que ce ne fût que pure imagination, hallucinations d'un époux stressé, épuisé.

La tante de Vierge murmura quelque chose à son oreille, mais Serenity ne l'entendit pas. La main de la femme qu'il sentit à nouveau sur son épaule le fit trembler de tous ses membres. Il sentit un choc électrique le traverser tout entier comme s'il avait reçu un coup de pied de mule. Le désarroi et le désir contenu lui donnèrent le vertige lorsque la femme en s'asseyant découvrit un genou brun et luisant qui captait la lumière dorée, et son corps se remplit de mille sensations délicieuses. Le destin de ces trois personnes ne fut peut-être pas décidé à cet endroit mais c'est sûrement là que leurs vies furent unies, comme trois rivières qui coulent sur une pente raide mêlent leurs eaux et poursuivent leur chemin derrière la brume, vers la mer saumâtre.

Serenity reprit ses esprits, rajeuni, fort, la poitrine en feu, des titillements dans les couilles et des sources de désir qui bouillonnaient dans son ventre. Il se blessa de nouveau mais ne s'en soucia guère. Les murs blanchis à la chaux et toutes les nappes blanches et tous les draps blancs semblaient frémir et trembler. Il lui fallut concentrer toutes ses forces sur le bas de son corps car sa femme avait un hymen de mille femmes réunies. Il haletait à en perdre le souffle, son corps ruisselait de sueur, mais il était bien décidé à transpercer cette membrane, même si elle était aussi coriace qu'une peau non tannée.

Au milieu des craquements des murs qui tanguaient, des débandades effrayées des souris, des froissements et des crissements des draps, Serenity força la barrière de Vierge qui n'était plus qu'une vague ondulante de muscles luisants. L'opération produisit trois gros rubis, deux moyens et un tout petit. Heureuse que la mariée n'eût jamais grimpé sur les arbres, fait de la bicyclette ou joué avec des engins pointus qui auraient pu déchirer son hymen, la tante leur adressa un sourire de félicitation. Le drap taché fut immédiatement soumis à l'inspection d'un ou deux membres des deux familles. Serenity, maintenant rayonnant de bonheur, offrit à la famille de sa femme, comme le voulait la tradition, une grande chèvre bien grasse.

La mariée réapparut sur l'estrade dans d'autres vêtements et sans couronne, le regard fixe et douloureux. Les danseurs reprirent leurs coups de hanches. Les joueurs de tambour et les chanteurs s'étaient installés pour une des plus longues séances de la soirée. La foule brûlait d'impatience. Car la fête finirait par des danses et des chants, auxquels tous participeraient, et par les jurons et les hurlements des hommes jeunes, cherchant avec qui tirer un coup ou se bagarrer tandis que les vieux se retireraient pour permettre à la jeunesse de se livrer à ses débordements. Excités par la nourriture, la bière et les encouragements du public, les joueurs de tambour et les violoneux jouaient avec frénésie. La mariée les maudissait tous, ne serait-ce que pour les regards ambigus qu'ils lui lançaient. Les plus dégourdis avaient déjà appris qu'elle venait de perdre sa virginité et des images de sang et de sexe étroit allumaient leur esprit aviné et les rendaient encore plus provocants.

Serenity était sur la même longueur d'onde que la foule. Il était si sûr de lui et si gai qu'il ignorait la brûlure des profondes coupures de son gland. Il jouissait de l'attention générale et des félicitations : amis, parents et étrangers montaient sur l'estrade de la tente pour lui serrer la main et lui murmurer quelques mots à l'oreille. Leur extrême politesse lui rappelait son père, au faîte de sa puissance. A ce moment, il envisagea même de solliciter le poste d'administrateur des terres du clan. Un rêve inaccessible s'il pensait aux sourires grimaçants et aux dents pourries qu'exhibaient ses élèves pendant les défilés ou sur les terrains de football. Son rêve le transporta dans une réunion politique houleuse, avec des haut-parleurs tonitruants, des hommes politiques hurlants et une foule étourdie par les promesses d'une vie meilleure. L'indépendance était imminente et de cette foule imaginaire lui vint l'idée qu'il ne devait pas perdre une telle occasion. La musique, les chants, les danses et les félicitations serviles lui suggérèrent une seule pensée : il fallait saisir cette chance d'améliorer sa situation.

Serenity se leva lorsque deux danseurs s'avancèrent vers la tente en se tortillant et en secouant leurs ventres, les jambes déjà écartées pour un de ces grands écarts spectaculaires qui auraient déchiré les muscles d'un amateur. Il descendit à leur rencontre et fut accueilli par les sourires lubriques des danseurs qui projetaient vers lui leur pubis en imitant une copulation au moment suprême. Il entra dans la danse avec souplesse quand ils lui saisirent les bras et se mirent à trembler comme si la terre éclatait. Puis ils levèrent une jambe à la manière de chiens ankylosés qui pissent contre un poteau très haut, et reculèrent en frémissant. La mariée les aurait volontiers abattus d'un coup de fusil. Et avec eux Serenity qui, après avoir enlevé sa veste pour la nouer autour de la taille, suivit les danseurs et faillit tomber la tête la première dans la paille, devant l'estrade. Ce n'était pas un bon danseur : trop raide, dénué d'élégance, mais comme il était le marié, le responsable de cette orgie, la foule l'acclama. Il glissait sur une nouvelle onde, dans l'ivresse d'une vitalité nouvelle, jamais ressentie auparavant. Il ne savait pas exactement d'où lui venait tout ce feu et ne cherchait pas à approfondir la question de crainte de le perdre ou de le chasser. Tout en poursuivant ses gambades, il essayait de se convaincre qu'il était causé par les rubis et non par l'attouchement magique sur son épaule. Il se perdit dans la foule qui se mit à l'arroser de bière, lui remplir les poches de billets de banque et le soulever dans l'air à bout de bras. Tous les tambours se mirent à rouler dans sa tête. Grand-pa était lui aussi en pleine extase. Il chancelait comme un danseur ivre. Et Tiida et Nakatu dansaient et poussaient des cris. Grand-ma agitait une écharpe au-dessus de sa tête, au rythme de la musique.

La dernière personne dont il se souvînt fut Nakibuka, la tante-chaperon, qui le déshabilla, débarrassa son corps de la bière, des vomissures et autres souillures et le coucha.

Les mariages ont la réputation de tourner au vinaigre et à en juger par les traces laissées autour de la maison de Serenity, les festivités de la veille s'étaient terminées par une mini-catastrophe. Le sol autour de la tente, sur la véranda et sur la route était jonché de tant de vomissures que, si la chose n'avait pas été par trop insensée, Serenity aurait pu croire qu'un mauvais plaisant avait payé des gens pour dégueuler partout. Toutes les bananes plantains, toute la viande maigre, toutes les entrailles de veau et toute la bière gisaient là, à peine digérés. Dans et autour des latrines, c'était un désastre total. Jamais Serenity n'avait vu autant de merde. Et les traces de diarrhée verdâtre lui soulevèrent l'estomac. Si ce généreux épanchement de merde n'était pas dû à un troupeau d'hippopotames, c'était donc que la bière de banane consommée par les invités était mal passée. Il se souvint tout à coup que, comme le veut la tradition dans ces occasions, différentes personnes avaient fourni les boissons et personne n'en avait établi une liste. A quoi aurait pu servir une liste de donateurs ? pensa-t-il, inquiet, en haussant les épaules.

Il faudrait des jours pour nettoyer toutes ces ordures, ces huttes de paille, ces souillures, mais on ne manquait pas de volontaires. Par bonheur, personne ne se plaignit de la bière et de la nourriture et on n'enregistra aucun décès dans les semaines qui suivirent. Il ne s'agissait donc pas de complot ! Personne n'avait déposé des morceaux de foie de hyène dans les boissons et la nourriture ! Ouf !

Dans une société qui plaçait la famille du mari au-dessus de l'épouse, pour pouvoir mener sa barque comme elle l'entendait, une femme devait prendre les choses en main dès le premier jour de sa lune de miel et faire comprendre sans équivoque à la belle-famille qu'elle seule commandait chez elle. Et c'est exactement ce que Cadenas signifia par sa mine renfrognée et rébarbative. La famille de Serenity se sentit bien vite mal à l'aise en face de cette jeune mariée taciturne et dans le silence oppressant du salon. Certains regrettaient que la mariée ne fût pas Nakibuka car elle, au moins, était gaie et communicative et souriait d'une manière charmante. Et tout le monde comprit qu'il ne fallait pas rendre visite à Cadenas quand Serenity était absent, ce qui arrivait souvent, vu qu'il avait beaucoup de choses à faire en dehors de ses obligations d'enseignant.

Les sœurs de Serenity, Tiida et Nakatu, toutes deux vétérans dans l'état matrimonial et qui en savaient long sur la question, remarquèrent bien vite que leur frère était marié avec une femme qui voulait les tenir à l'écart. Comme de nombreux autres membres de la famille, elles rentrèrent chez elles dès que les tas de merde et les mares de vomi furent nettoyés, les chaises rendues à leurs propriétaires et la tente démontée. Tiida résuma ainsi ses sentiments :

— Quelle femme ! Impénétrable comme Mpande Hill !

— C'est bien ce que j'ai toujours dit, répondit Nakatu.

Pour le reste, elles s'accordèrent pour déclarer que les tas de merde et les mares de vomi étaient un signe de fertilité. Elles étaient sûres que Cadenas allait battre tous les records de fertilité. Non qu'elles voulussent rivaliser avec leur frère cadet, mais c'était toujours un signe de puissance que de revenir à la maison paternelle avec une ribambelle de petits enfants, à l'occasion des mariages, des enterrements ou des réunions du clan. Tiida s'était arrêtée de procréer : le docteur Ssali avait un nez et un estomac trop sensibles pour supporter plus longtemps la vue des langes. Et il n'était plus, non plus, en état de tolérer les cris des enfants quand il rentrait, recru de fatigue, après une journée de travail à l'hôpital. Il aurait préféré n'avoir que deux enfants. Tiida lui en avait donné quatre et elle avait dû le supplier pour avoir les deux derniers. Nakatu n'en avait que deux, des jumeaux, et elle se demandait s'ils ne lui avaient pas déchiré quelque chose dans le ventre car, depuis huit ans, elle n'arrivait pas à être enceinte malgré ses efforts continus et ses calculs. Frustrée dans son désir d'enfants, elle ne voyait pas d'un bon œil l'éventuelle fertilité de sa nouvelle belle-sœur. A cette époque, elle n'avait pas encore rencontré Hadj Ali et son sperme miraculeux. Mais même après, elle n'eut jamais de sympathie pour Cadenas et elle était heureuse de la découvrir si désagréable : au moins, elle n'aurait pas besoin d'excuse pour l'éviter.

Quant à Cadenas, ses belles-sœurs ne lui manquaient pas du tout. Elle trouvait Tiida moins insupportable que sa sœur. Tiida avait l'air de quelqu'un qui agit, qui essaye toujours de se dépasser. Mais hélas, elle se dépassait toujours dans le mauvais sens. Cadenas avait pitié d'elle, de son orgueil impardonnable et de sa vanité. Une femme qui prenait quatre bains par jour, se mêlait de tout, se vantait de la chasse de ses W.-C., de sa salle de bains en marbre et des hautes fonctions de son mari, était malade, insupportable et pitoyable. Si Tiida n'avait pas été sa belle-sœur, Cadenas lui aurait parlé pour l'avertir et l'aider à dominer ses mauvais penchants. Et aussi pour lui dire que la vanité trahissait un manque de connaissance de soi et qu'elle aurait besoin de beaucoup d'efforts pour la combattre. Comme elle aurait voulu enfoncer dans la tête orgueilleuse de Tiida que la beauté, et surtout le genre de beauté qu'elle astiquait quatre fois par jour, n'était que mucosité, sang, bile, morve... ! Elle aurait confronté Tiida avec les écrits de saint Jean Chrysostome et aurait même recouru à la cravache pour la contraindre à s'imprégner de ses principes. Mais il était interdit de signaler leurs fautes aux sœurs de son mari ; elles étaient intouchables et condamnées à mourir asphyxiées dans leur propre merde.

Quant à Nakatu, Cadenas, perchée sur le trône de son nouveau royaume, la regardait avec un dégoût plein de mépris, comme on regarde un pou. Et les éternelles vantardises de cette femme sur ses jumeaux, la beauté et la grandeur de son mari, la belle bicyclette Raleigh qu'il avait donnée à son père la rendaient malade. Elles étaient la preuve d'un manque d'assurance et le manque d'assurance était un signe de faiblesse de caractère ou d'une faiblesse de caractère aggravée par un manque de discipline religieuse. Mais qu'avaient donc fait les professeurs d'instruction religieuse et les prêtres dans cette contrée, dans cette paroisse ? Avaient-ils permis au Diable de s'emparer de leurs paroissiens et de les vider de leur substance ? Nakatu était si instable que Cadenas était sûre qu'elle succomberait à toutes les tentations : coucher avec un musulman, l'épouser et même se convertir à l'islam. Cadenas était convaincue que Nakatu consultait des sorcières qui l'exploitaient en lui promettant des enfants ; elles mangeaient ses poulets, lui prenaient son argent et calmaient sa conscience avec des rituels creux qui paveraient sa voie vers la damnation finale. Elle la voyait déjà dansant nue autour d'un feu ou se baignant dans toutes sortes de saletés : du sang ou de l'urine d'animaux et tout autre ingrédient prescrit par ces sorcières. Elle la voyait buvant des mixtures de bile de salamandre, d'œufs de serpent et de sperme de lion. Elle voyait même clairement Nakatu en train de forniquer avec un sorcier circoncis qui n'en voulait qu'à son argent et à son corps. L'âme de sa belle-sœur avait un besoin urgent d'être exorcisée ! Avec quel plaisir elle aurait chassé tous ces démons de son corps ! Elle aurait jeûné et enfermé Nakatu pendant des jours entiers, elle serait entrée dans sa chambre pleine de démons, l'aurait déshabillée, fouettée et aurait sommé le Diable de quitter le corps de Nakatu. Elle serait restée assise près d'elle jusqu'à ce que tous les démons l'eussent quittée. Pour finir, elle lui aurait administré un lavement d'eau bénite et l'aurait rebaptisée avant de la laisser partir. Mais il était interdit de signaler leurs fautes aux sœurs de son mari ; elles étaient intouchables et condamnées à mourir asphyxiées dans leur propre merde.

Restaient Grand-pa et Grand-ma. Pour leur enlever dès l'abord toute envie de mettre le nez dans ses affaires, elle eut recours à un stratagème sublime : elle mit en scène une de ses fameuses crises de rage. Comme on l'a déjà dit, elle n'aimait absolument pas Grand-pa. Il était la seule personne capable de la mettre mal à l'aise et de saper son assurance. Non mais, pour qui se prenait-il ? Elle craignait qu'à la première occasion il ne rétablisse Kasiko dans son ancienne place, ou qu'il ne pousse son phallocrate de fils à prendre une deuxième épouse. Pour éviter une telle extrémité, elle lui ferait immédiatement un fils, le premier de toute une série qui allait suivre. Elle savait qu'elle serait inexpugnable et à même de tout régenter, si elle accouchait d'au moins une douzaine de descendants. Ce serait la meilleure manière d'effacer la fatuité du visage du vieux prétentieux, cette expression insupportable et triomphaliste de l'homme qui pense avoir guéri son prochain de la lèpre. La lépreuse, en l'occurrence, c'était elle évidemment ; et sa lèpre était la pauvreté. N'avait-il pas déclaré à son fils qu'il se mésalliait en l'épousant ? N'avait-il pas mis en doute, d'une manière peu catholique, la qualité de ses gènes ? Sa religion lui commandait de pardonner sept fois soixante-dix fois, et elle avait déjà pardonné. Mais oublier ? Ça jamais !

Elle l'obligerait, avec le temps, à ravaler ses paroles. Dans les années à venir elle allait effacer l'éclat de la tôle ondulée qu'elle voyait briller dans ses yeux chaque fois qu'il la regardait. Pour l'instant, elle baissait encore la tête, s'agenouillait devant lui, comme on l'attendait d'une belle-fille bien élevée, et elle restait agenouillée pendant qu'il lui posait la question qui la mettait hors d'elle : « Tu vas bien, ma petite ? » Le pauvre crétin croyait-il par hasard qu'elle sortait des mains d'une paire de chirurgiens ivres, qu'elle souffrait d'une maladie de cœur ou qu'elle était tout juste guérie d'une effroyable hernie ? Ou bien est-ce que les rubis qu'elle avait produits et la chèvre qu'il avait offerte à ses parents lui avaient mis de curieuses idées en tête ? Croyait-il peut-être que son fils était armé de l'appareil viril d'un zèbre et qu'il fallait la ranimer en l'arrosant d'innombrables seaux d'eau, et la recoudre chaque fois que Serenity la baisait ? Elle brûlait de dire à Grand-pa que son fils était un piètre amant et qu'il allait désormais être régulièrement soumis à des périodes d'abstinence. Et tout d'abord, elle refuserait tout contact sexuel le samedi et le dimanche, aux fêtes de saints importants comme saint Pierre et saint Jean Chrysostome, pendant le carême, pendant la semaine sainte et pendant ses grossesses. Si le vieux croyait qu'il avait élevé un zèbre, ou si Kasiko le lui avait fait croire, en murmurant des mensonges à l'oreille de Nakatu par exemple, elle redresserait ces opinions erronées. Elle n'excluait pas d'ailleurs que Serenity s'en vantât lui-même.

Pour l'instant elle s'agenouillait comme une belle-fille bien élevée, et elle souriait même lorsque Grand-pa employait le mot « petite ». Petite ! Elle avait toujours détesté ce mot. Elle n'avait jamais attribué de valeur à l'âge, et de toute façon, elle avait toujours désiré être plus âgée qu'elle ne l'était.

Or ce vieil homme, justement destitué de ses puissantes fonctions il y avait des années, continuait à s'exprimer avec l'autorité d'un despote et donnait toujours à ses paroles un ton protecteur ou méprisant : elle avait beau être une paysanne, les travaux pénibles ne l'avaient pas encore abrutie à ce point, Dieu merci. Il y avait dans ce « petite » une nuance de condescendance et de scepticisme. Elle savait que Grand-pa ne voulait, pour lui et pour les autres, que des femmes grandes, et elle n'était pas, c'était évident, une géante. Elle n'avait pas un de ces énormes bassins, considérés comme le premier signe de la fécondité. Et elle n'avait pas non plus une peau d'éléphant, elle allait donc lui montrer un jour ou l'autre qu'il ne fallait pas plaisanter avec elle. Mais pour l'instant, elle se contentait de murmurer pour elle-même en se relevant et en considérant les deux creux laissés dans la terre par ses genoux :

— Seigneur, Seigneur, Seigneur, comme je suis tombée bas ! Combien de temps encore devrai-je supporter d'être comparée à des femmes ordinaires et à des putains ?

Comme tous les êtres apparemment sans défense, Serenity dut en avaler des vertes et des pas mûres pendant de longues années. Le fait est que de nombreuses personnes, même après son déménagement, émettaient des doutes sur la longévité de son mariage et sur les qualités d'épouse de sa femme. Pendant les après-midi étouffants, quand une douce brise soufflait sur le pays et sortait les bananiers de leur torpeur poméridienne, après un bon repas et près du feu sur lequel sifflait la cafetière, Grand-pa et Grand-ma faisaient le bilan des choses. Grand-pa alors changeait brusquement de sujet :

— Il n'aurait jamais dû épouser cette fille. Le fils d'un chef ne doit jamais se laisser prendre dans les filets d'une paysanne.

— C'est lui qui l'a choisie, disait alors Grand-ma, et aussi longtemps qu'ils s'entendent... D'ailleurs, la mère de Serenity était la fille d'un chef et regarde ce qu'il en est advenu !

— C'est pas la même chose. Cette femme avait un ver dans la tête, elle ne tenait pas en place. Elle pensait que le monde entier tournait autour de sa personne. Je lui ai offert les plus belles pièces de soie et le meilleur lait de chèvre, je l'ai traitée le mieux possible, et pourtant elle m'a trompé avec le plus grand des connards. Elle a même abandonné ses enfants pour cet incroyable péquenaud !

— Tu ne t'en es pas assez occupé. Elle était la plus jeune de toutes tes épouses, et tu l'as jetée dans un antre plein de femmes coriaces qui n'ignoraient rien de ce qui se passe entre le ciel et l'enfer.

— Allons donc, ma sœur. C'était ma préférée. Qu'est-ce qu'il lui fallait de plus ? Après coup, je pense que j'aurais dû envoyer la police à ses trousses. Je n'aurais jamais dû accepter qu'elle passe ne serait-ce qu'une nuit dans la maison de ce connard.

— Tu l'as perdue, et maintenant tu as peur d'avoir aussi perdu ton fils.

— Sere ne s'intéresse pas aux affaires du clan. Il est marié avec une femme qui aurait dû épouser le pape ou un cardinal. Est-ce si étonnant que je craigne de l'avoir perdu ?

— Dis-toi bien ceci, dit Grand-ma : Sere a eu d'abord une femme qui le craignait et le mettait sur un piédestal. Qu'est-ce qu'elle n'aurait pas fait pour lui ? Elle lui a donné une fille et elle lui aurait donné de nombreux garçons, mais il l'a répudiée et s'est marié avec cette femme. Tu n'as pas de souci à te faire pour lui. Pense plutôt à sa fille, notre petite-fille, que nous n'avons pas vue depuis si longtemps. J'ai le pressentiment que sa mère va la donner à un autre homme, juste pour le plaisir de cet individu, ou pour se venger de Sere. Réfléchis : depuis quand Sere ne voit-il pas sa fille ?

— J'aimais bien Kasiko. Elle, au moins, savait se conduire avec les gens. D'accord, elle n'était pas cultivée, mais on ne peut pas dire que Sere ait épousé maintenant un docteur ou une avocate. Quoique... il a épousé un docteur en catholicisme.

Grand-pa partit d'un grand rire.

— J'ai essayé de l'intéresser à sa fille aînée, au premier sang de ses veines, mais il détourne la conversation chaque fois que j'en parle. Que puis-je faire de plus ?

— Si j'étais à ta place, je chercherais une jeune fille ou une femme honnête qui prenne soin de moi. Et je ne m'attarderais pas à réfléchir sur mon fils marié avec un docteur en catholicisme.

— Les jeunes filles ne donnent que des ennuis. Dès le lendemain de leur arrivée chez toi, elles vont chercher des jeunes gens de leur âge, auprès desquels elles chopent une chaude-pisse, et après elles te font payer les factures du médecin. Et les femmes moins jeunes ont gardé un traumatisme de leurs échecs précédents.

— Quoi qu'il en soit, je ne me soucierais pas d'un fils qui a épousé une femme qui aurait mieux fait d'épouser le pape.

Grand-ma rit.

— Et maintenant qu'elle m'a offert son premier enfant, malgré la violence des circonstances dans lesquelles elle l'a fait, je ne puis que lui souhaiter tout le bonheur possible.

— La femme de Sere a une influence délétère.

— Toi, méfie-toi des jeunes filles célibataires qui

marchent en tortillant leur derrière..., dit Grand-ma avec un rire entendu.

La première période d'abstinence de Serenity commença quarante-cinq jours après le dépucelage de sa femme : le docteur avait confirmé qu'elle était enceinte de moi. Et pour mieux le prouver, Cadenas vomit tous les matins pendant de longues semaines et elle commença à grignoter de l'argile salée des terrains marécageux qui s'étendaient au pied de Mpande Hill.

Pour sublimer ses frustrations sexuelles, Serenity décida de ranimer son vieux rêve de départ du village et écrivit à toutes les institutions publiques pour solliciter un poste en ville. A cette époque, le pays était balayé par un vent d'africanisation ; de nombreuses fabriques et institutions passaient des mains de patrons asiatiques ou européens dans celles de patrons locaux. Serenity avait bon espoir. Mais après onze mois de mariage, personne ne l'avait encore convoqué pour un entretien d'embauche. C'est alors que je naquis.

Pendant toute cette semaine, la pluie s'était abattue en trombes sur la région et, ce jour-là, elle était si forte qu'elle fit monter les eaux du marécage et le transforma en une multitude de petits marécages. Il y eut des inondations qui provoquèrent l'écroulement des aqueducs. La Zéphyr bleue que Serenity avait louée pour accompagner sa femme à la maternité de Ndere fut emportée par les eaux. Pendant que Cadenas était en plein travail, le chauffeur grimpa sur le toit de sa voiture et s'y cramponna quand une rafale de vent menaça de le projeter dans le tourbillon infernal au-dessous de lui. L'eau continuait à monter et le chauffeur, persuadé qu'il allait y rester, cria dans le vent ses dernières volontés. Mais au bout de deux heures, le vent s'apaisa, la pluie s'arrêta et le malheureux remercia les dieux de l'avoir épargné.

Grand-ma coupa mon cordon ombilical avec une

nouvelle lame Wilkinson Sword à double tranchant. Cadenas me donna les prénoms de Jean Chrysostome Noël, même si ce n'était pas la Noël. Serenity choisit quelques prénoms dans l'arsenal du clan des Ecureuils. Puis il m'investit de la lourde charge de venger Grand-pa en devenant un jour un bon avocat. Et pour mieux souligner qu'il s'était déchargé de cette tâche, il ajouta à mon blason le nom de « Muwabi », c'est-à-dire « procureur de la République ». Il aurait pu, aussi bien, m'appeler « Revanche ». Dans sa jeunesse, Grand-pa n'avait pas pu devenir avocat car cette profession était réservée aux Blancs. Il m'appela « Mugezi » (le brillant ou intelligent) et c'est le seul nom que je gardai quand je jugeai le moment venu de vider la liste de mes prénoms de son lest inutile. Grand-ma ne me donna pas de nom, mais elle me revendiqua dès ma naissance et annonça mon futur rôle d'assistant sage-femme et de mascotte des accouchées (dans leur éternel espoir d'avoir des garçons, les femmes enceintes préféraient les mascottes masculines).

Cadenas détestait Grand-ma pour l'arrogance de sa prédiction, mais elle ne put rien faire contre elle parce qu'elle avait coupé mon cordon ombilical. Les rêves de buffle et de crocodile que Grand-ma avait faits lui revinrent en mémoire et elle commença à penser que Grand-ma l'avait prise pour cible. L'histoire qui se racontait était la suivante : une semaine avant que Serenity présente Cadenas à sa famille, Grand-ma avait fait deux rêves. Le premier montrait Cadenas dans un lac de sable et, derrière elle, un buffle. Le deuxième montrait Serenity les yeux dans les yeux d'un gigantesque crocodile, au fond d'un ravin. Grand-ma refusa de donner une interprétation à ces rêves. Cadenas demanda alors à son fiancé de le faire à sa place. L'explication que Serenity lui en fournit se basait sur l'interprétation des symboles totémiques. Cadenas appartenait au totem des éléphants. Le buffle était aussi un géant des forêts, et donc une espèce d'éléphant, animal qui symbolisait la puissance. Le fait que le buffle se trouvait dans le sable devait être interprété, conclut-il, comme un signe de force indomptable.

Pour le deuxième rêve, il suivit plus ou moins la même méthode. Le crocodile était un symbole de puissance extraordinaire, de tact, de patience, de connaissance de soi, de conscience aiguë de son territoire et de longévité (cent cinquante millions d'années d'évolution). Grand-ma ayant rêvé d'un crocodile et non d'un écureuil, Serenity dut en conclure que son mariage était un contrat passé entre parties égales. Sa femme, le buffle, attaquerait et lui, le crocodile, serait le tacticien, la voix de la prudence, le bon sens.

Cadenas, qui était beaucoup plus méfiante, donna aux rêves un sens plus négatif. Les femmes qui faisaient ce genre de rêves avaient généralement de mauvaises intentions, tout comme les sorcières au temps de l'Inquisition. Elle pensait que Grand-ma essayait de la faire chanter et cherchait par ces rêves à resserrer ses liens avec Serenity. Il arrivait souvent que des mères abusives agissent de la sorte. Certes, Grand-ma n'était pas sa belle-mère, mais Cadenas pensait qu'elle se considérait comme son substitut. Pourquoi un buffle et pas un éléphant, si la chose ne portait pas à conséquence ? Et pourquoi ce sable ? Le sable rendait la marche difficile : c'était un mauvais présage. Son raisonnement la portait à conclure que Grand-ma était le sable qui l'empêcherait d'avancer, entraverait sa liberté d'action et ferait de son futur mariage un enfer.

La conviction que Serenity était issu d'une famille pourrie s'ancra de plus en plus dans son cœur. Il y avait d'abord sa putassière de mère qu'on soupçonnait d'avoir tué deux de ses propres bébés parce que c'étaient des filles, qui avait été engrossée par un autre homme ; qui avait fui pour échapper à sa honte et était morte dans le déshonneur. En second lieu, il y avait son païen de père qui prétendait être catholique mais avait des femmes un peu partout et avait conçu un enfant dans le péché : Kawayida, probablement un des nombreux enfants qu'il avait engendrés et déshérités, ou un des nombreux enfants qu'il avait perdus dans le labyrinthe de ses liaisons extraconjugales. Il y avait aussi les deux sœurs de Serenity. La première était prisonnière de sa stupidité et de sa vanité, l'autre était livrée à l'instabilité, à la sorcellerie, à l'adoration du Diable et à l'apostasie. Et pour finir, cette tante étrange qui souffrait depuis toujours d'aménorrhée, qui aidait les femmes à accoucher, prescrivait des herbes médicinales et inventait des rêves ésotériques qu'elle n'osait pas interpréter. Puisque l'Eglise interdisait de brûler les sorcières, il ne restait plus à Cadenas qu'à surveiller de près ses faits et gestes et à la tenir à l'écart de sa maison, de sa vie et de la vie de ses futurs enfants.

Cadenas ne fréquentant pas les commères du village, les rumeurs à son sujet poussèrent comme les mauvaises herbes après un incendie de forêt. Les gens ne la comprenaient pas, et comme ils ne disposaient pas des informations qu'ils désiraient, ils inventaient de toutes pièces les réponses à leurs questions. C'est pourquoi Cadenas prit le village en horreur. Elle se sentait écrasée entre Grand-pa et Grand-ma, et la maison de Serenity, prise entre les deux autres, était aussi menaçante que le sommet d'une falaise quand on souffre de vertige. Elle se sentait épiée, poussée par des centaines d'yeux invisibles dans la direction des précipices qui se trouvaient de part et d'autre de la maison. Grand-ma envenimait les choses car chaque fois qu'elle m'entendait pleurnicher, elle ne pouvait résister à la tentation de se présenter comme si elle était venue emprunter quelque chose mais avait oublié quoi. Cadenas faisait alors semblant d'être plongée dans une besogne et de ne pas la voir. Mais elle se retournait brusquement, tremblante de rage contenue, regardait Grandma droit dans les yeux et disait :

— Bienvenue, ma tante, qu'est-ce qui nous vaut cette visite inattendue ?

— Ce n'est pas une visite inattendue, répondait Grand-ma calmement, c'est la visite courtoise d'une femme d'autrefois.

Plus tard, quand la haine se fit plus venimeuse et ouverte, elle ajouta : « Une vieille femme qui vient surveiller son mari. » Il arrivait souvent que des grand-mères appellent, par plaisanterie, leurs petits-fils « mari », parce que les petits-enfants de mon genre étaient censés les protéger si leur mari venait à mourir. Cadenas supportait mal cet étalage de paganisme sur son territoire, d'autant plus qu'elle ne pouvait rien faire pour l'éliminer.

Paralysée et impuissante comme une sauterelle sans pattes, elle passait sa rage sur moi parce que c'était à cause de ma naissance en ce jour de pluies épouvantables que sa plus grande ennemie avait pu prendre une telle emprise sur son ménage. Mais toutes ces escarmouches n'étaient encore que les signes avant-coureurs des scènes épiques qui auraient lieu plus tard dans l'atmosphère chargée de la ville.

Cadenas comprit vite qu'elle pourrait difficilement sortir victorieuse d'une guerre contre les mauvaises langues. Elles en étaient déjà arrivées à répandre le bruit qu'elle devait son rang actuel à des sorcelleries plus qu'à autre chose. Sachant bien que les commères pouvaient lui faire encore plus de tort, elle s'efforçait de les éviter et de se taire même lorsque l'occasion se présentait d'administrer une bonne raclée à certaines de ces « païennes ». Ces efforts causaient en elle une tension dangereuse qui lui faisait souhaiter de déménager le plus tôt possible. Elle était le vin nouveau qui devait être versé dans de nouvelles outres. Mais elle craignait de tourner au vinaigre avant d'avoir pu crever les anciennes outres où on l'avait versée le jour de son mariage.

Quand elle était seule, elle se sentait écrasée sous le poids des vieux fantômes, des vieux secrets, des vieilles jalousies et de la vieille haine qui habitaient cette maison. Quand elle pénétrait dans la chambre à coucher, elle était suffoquée par l'odeur de lait aigre mêlée à la puanteur des anciennes débauches de Serenity et elle ressentait l'horreur d'avoir sacrifié sur ce lit son hymen de vierge. Avec les grincements de son sommier, ce lit semblait répandre les odeurs du péché, de l'abcès purulent qui souillait toute la chambre. Elle était accablée par l'idée qu'elle avait accepté d'être une de ses victimes. Ce lit lui rappelait que Serenity n'était plus vierge le jour de leur mariage. Et que son péché, sa déchéance étaient immortalisés par l'existence de sa fille, dont il ne parlait jamais mais qui vivait quelque part à la campagne et se moquait d'elle et de ses enfants. Cet enfant du péché était, par bonheur, une fille qui ne pouvait en aucune manière prétendre à un héritage, mais Cadenas tremblait à l'idée qu'elle perpétuerait le péché de son père en mettant elle-même au monde des enfants conçus, vraisemblablement, dans l'illégalité.

Cadenas pensait souvent aux journées qui avaient précédé son mariage. Elle se revoyait pendant qu'on la frottait d'huile de karité. Tante Nakibuka la frictionnait et lui ordonnait de se tenir tranquille, de ne pas bouger parce que l'huile devait pénétrer dans ses pores, dans sa peau, sous le soleil mordant, brûlant. Et tandis qu'elle avait dû supporter le calvaire de cette odeur, de cette chaleur, de la déshydratation, Serenity, le souillé, n'avait eu qu'à prendre un bain et se faire couper les cheveux. Elle aurait voulu le plonger dans de l'huile bouillante, le rincer à l'eau chaude pour laver son corps et ses pensées de toutes les femmes qu'il avait connues. Elle aurait voulu se servir de savon liquide, chaud comme du plomb en fusion, pour débarrasser ses pores de tous les péchés, le contraindre à dire d'innombrables prières et lui administrer d'innombrables clystères d'eau bénite.

C'est alors seulement qu'il aurait eu le droit de dépuceler une vierge. Mais c'était trop tard. Maintenant, elle ne sentait que l'odeur concentrée de dix ans de péché. Il fallait quitter cette maison profanée, ne serait-ce que pour les enfants. Elle lui avait donné assez de temps pour trouver une solution. Elle allait maintenant le menacer de raser cette sale maison, puante et corrompue.

— Quand partons-nous ? demanda-t-elle, assise sur sa natte rouge.

Elle observait Serenity pendant qu'il mangeait des bananes plantains avec de la viande, ou était-ce des patates douces avec du poisson ?

— Je fais ce que je peux, répondit-il sans la regarder.

Il était satisfait de sa manière de mener le ménage mais n'aimait pas qu'elle trouble ses repas avec des questions trop sérieuses. Certaines femmes, Kasiko par exemple, posaient ces questions quand ils étaient au lit. Cadenas le faisait pendant les repas du midi ou du soir. Il reprochait à toutes les deux de le faire à contretemps, comme si elles guettaient un moment de faiblesse de sa part.

— J'attends d'être convoqué pour un entretien.

— Tu attends depuis si longtemps. Tu as commencé à attendre il y a deux ans. Le bureau des postes égare-t-il tes lettres ? Ou peut-être est-ce l'école qui intercepte ton courrier ?

— Je vais m'en occuper, dit-il d'une voix sombre, frappé par l'ironie qu'il y aurait à penser qu'une entreprise dans laquelle il voulait travailler lui mette des bâtons dans les roues.

Combien de lettres de sollicitation n'avait-il pas écrites ? Elles ne se comptaient plus.

Il me regarda en train de me débattre avec un morceau de viande. Encore deux enfants, et il en aurait trois, pensa-t-il. Après, il se concentrerait sur son travail et ferait en sorte de gagner assez d'argent pour qu'ils puissent fréquenter une bonne école. Que pouvait-on attendre de plus d'un père ?

Au beau milieu de ses rêveries, il prit subitement conscience qu'il en était à sa deuxième période d'assèchement sexuel. Les nausées et les grignotements d'argile avaient repris ! Il avait projeté d'avoir un enfant tous les trois ans de manière à étaler les dépenses. Ce projet avait donc échoué. Il fixa le mur et comprit tout à coup pourquoi sa femme insistait tant à propos de son poste : le jour de l'indépendance était passé sans qu'il s'en aperçoive. Le 9 octobre avait glissé sur des eaux calmes qui n'avaient été troublées que par la dispute de Grand-pa avec quelques malfaiteurs. Serenity trouvait que le vieux parlait un peu trop. Pourquoi défiait-il des gens qui étaient plus dangereux que lui ? « Il faut que je me débrouille pour partir d'ici avant qu'il ne soit trop tard », murmura-t-il pour lui-même.

— As-tu été convoqué, la semaine ou le mois, les mois passés pour un entretien ? demanda Cadenas avec des restes d'argile sur ses gencives.

La dernière fois, le marécage où elle puisait cette argile s'était retourné contre elle et avait englouti l'auto qui devait la transporter à l'hôpital avec son bébé à naître. Qu'est-ce qu'il manigançait cette fois-ci ? Allait-il provoquer une fausse couche ou lui donner un enfant mort-né pour la punir de voler son argile ?

Serenity se demanda quels contraceptifs elle préférait : des capotes anglaises, un pessaire ou un moyen traditionnel... Oh ! elle lui avait posé une question.

— J'ai l'intention d'aller un de ces jours m'informer en ville, répondit-il.

— En tout cas, je ne veux pas élever mes enfants ici, dit-elle sur un ton sévère et en mettant l'accent sur le mot « ici » qui tomba comme une poignée d'argile dans une bassine d'eau.

— Je le sais, dit-il, et il comprit, à sa voix, que le

mot « enfants » impliquait toute une ribambelle de gosses et non trois petits individus seulement.

Il se leva. Il devait absolument aller nettoyer sa bicyclette. Elle était recouverte de boue.

Il jeta deux chiffons dans un seau, fixa le tout sur son porte-bagages et se dirigea vers le ruisseau qui coulait de l'autre côté du village. Cinq kilomètres plus loin se trouvaient l'église, l'hôpital de la mission et l'école. Il longea la maison de « Doigts » et deux autres encore. Des enfants aux pieds sales et nus, aux ventres qui pointaient hors de leurs tricots déformés, jouaient dans des cours boueuses et le saluaient de la main. Ils lui faisaient penser à son école qui était plus pauvre que l'école catholique de Ndere Hill et devait lutter pour rester debout. Il était temps de sortir de cette misère. Il avait donné six ans de sa vie à cette école et ça suffisait comme ça. Il devait partir avant qu'il ne soit trop tard ou qu'il ne soit trop vieux. Certains collègues avaient laissé passer leur chance, et ils étaient maintenant trop vieux et collés à leur poste comme des camions dans une mare de boue.

— Les enfants sont envoyés par Dieu, avait dit sa femme, offusquée, quand il avait soulevé la question des contraceptifs. Combien de gens désirent avoir des enfants et n'arrivent pas à en avoir ? Pense à ta tante, pour ne parler que de ta propre famille. Elle ne connaîtra jamais la joie de l'enfantement alors qu'elle a présidé à la naissance de presque tous les enfants de la région.

— Ça suffit, ça suffit comme ça ! s'était-il exclamé sur un ton péremptoire.

Maintenant, il pensait qu'il avait laissé passer une chance unique. Il aurait dû se montrer plus intransigeant et lui dire sans détour qu'il n'avait pas l'intention de procréer pour compenser la stérilité du monde entier. Il devrait maintenant provoquer une nouvelle occasion de mettre les choses au clair. Ce serait plus facile s'ils habitaient en ville. Là-bas, la vie était plus chère, une excellente raison pour attendre plus longtemps entre un enfant et un autre et pour ne pas en avoir plus que leurs moyens ne le leur permettaient. Mais même en ville, ce ne serait pas facile de la convaincre et il se demandait s'il y arriverait.

Serenity avait souvent regardé les photos du mariage et chaque fois il s'était demandé ce qui le dérangeait tant dans le visage de sa mariée. Il était debout dans les eaux troubles, aspirantes du ruisseau qui disparaissait entre les joncs, traversait le bois pour se jeter finalement dans le marécage à papyrus, de l'autre côté de Mpande Hill. Et tout à coup, il crut avoir trouvé la cause de son embarras et de sa perplexité. Sa femme ne souriait sur aucune photo ; sur quelques-unes, elle arborait une grimace comme si sa culotte était pleine de termites. La seule personne qui riait sur toutes les photos était Nakibuka, la tante de la mariée, la femme qui l'avait sorti de l'impasse nuptiale, la femme qui s'était frayé un chemin dans sa vie par un tapotement magique sur son épaule. Elle riait, sûre d'elle et charmante comme s'il s'agissait de son mariage à elle, comme si elle avait détrôné toutes les anciennes maîtresses de son mari, comme si elle était absolument invincible. Le feu qui l'avait fait descendre de l'estrade et se mêler aux autres danseurs pour les sentir se frotter à lui, danser lui-même et se laisser entièrement aller s'empara de nouveau de Serenity. Il rit avec reconnaissance. Pendant la lune de miel, Nakibuka lui avait raconté en détail la vie de Cadenas. Ce n'était pas la plus belle histoire qu'il ait jamais entendue. Et vu le passé de sa femme, il avait du mal à croire qu'elle accepterait d'employer des contraceptifs.

Serenity était sûr que l'air rébarbatif de sa femme était une éternelle protestation contre le fait qu'on n'avait pas reconnu son droit d'aînesse. Les plis durs de part et d'autre de sa bouche étaient un acte d'accusation contre cette injustice. Dès la naissance de Mbale, son frère cadet, ses parents ne s'étaient plus intéressés à elle. Et l'ironie voulait que ce soit justement Mbale qui avait servi d'intermédiaire et qui l'avait livrée à son mari au nom de toute la famille. Et que ce soit justement à lui que Serenity devait s'adresser s'il était mécontent de sa femme. La naissance de trois autres frères obligea Cadenas à faire tous les durs travaux de la campagne, préparer les repas, faire la lessive, et aller ramasser le bois nécessaire sous prétexte qu'elle devait apprendre à gérer un ménage. On lui avait appris que les femmes devaient se lever les premières et se coucher les dernières. Tous ces garçons, ces hommes en herbe, étaient nés rapidement l'un derrière l'autre et elle avait eu la charge de les laver, de les nourrir, de les préparer pour l'école, de les débarrasser de leur vermine et de les protéger contre les chiens enragés. Elle avait fini par ressembler au marécage de Mpande Hill : elle s'était lentement remplie des eaux pestilentielles de la haine, avait été envahie par l'argile indécollable de la ténacité, parasitée par les papyrus vert sombre de l'obéissance et du stoïcisme. Sa colonne vertébrale craquait sous le poids des sacs de pommes de terre, de cassaves ou de bois que les garçons refusaient de porter. Ses cheveux et ses vêtements puaient la cuisine et l'eau de vaisselle. Ses yeux étaient rougis par les soucis et le manque de sommeil.

Les deux filles puînées, Kasawo et Lwandeka, arrivèrent trop tard et sans aucune réserve de douceur à son égard. Cadenas était à leurs yeux la laissée-pour-compte : trop jeune pour être leur mère et trop vieille pour être leur sœur, trop maléfique pour lui confier des secrets et trop secrète pour en tirer profit. Elles l'évitaient et préféraient rester avec les garçons qui étaient plus proches d'elles. Ses parents ne lui donnaient jamais raison et la traitaient toujours sévèrement parce qu'elle devait apprendre à faire les travaux repoussants et porter les charges les plus lourdes. Ils avaient suivi le même principe pour le choix de ses prénoms. Dans tout l'arsenal des noms de leur clan, ils avaient choisi celui de Nakkazi, qui signifie « femme forte, robuste ». Au début, elle le porta avec fierté, mais lorsqu'elle eut l'âge d'aller à l'école, ce nom fit d'elle un souffre-douleur parce qu'il suffisait de modifier une seule lettre pour qu'il change de signification. Nakaza, Nakaze, Nakazi, Nakazo, Nakazu signifiaient respectivement : poils du pubis féminin, con sec, merde de femme, bâton pour battre les vieilles femmes, et radotage. Les esprits moqueurs pouvaient s'en donner à cœur joie. Mais à la fin de chaque semaine, elle trouvait une goyave dans son cartable, comme si les moqueurs voulaient se faire pardonner leurs taquineries. Au début, elle la mangeait telle quelle sans la laver, jusqu'à ce qu'elle découvre qu'on avait craché dessus ou qu'un esprit malin l'avait frottée entre ses fesses avant de la mettre dans son cartable.

Dans ses rares moments de liberté, elle allait dans le jardin, sous les goyaviers. Plongée dans ses pensées, elle caressait leurs troncs lisses en fixant les fruits durs. Les troncs étaient comme ses propres mains : elle en était fascinée et ne se lassait jamais de les caresser. Elle aurait volontiers échangé tous ses surnoms contre celui de Nakapeela (goyave femelle), mais personne ne lui donnait cette satisfaction. Quand elle se plaignait auprès de ses parents des taquineries subies à cause de son nom, ceux-ci lui enjoignaient de dire le rosaire et de pardonner sept fois soixante-dix fois. A cette époque elle commença à rêver que ses bras étaient des troncs de goyaviers avec lesquels elle punissait les moqueurs.

Elle avait alors cherché refuge dans un couvent, où elle s'appelait sœur Pierre, encore un nom qu'on lui avait imposé. En fait, elle aurait voulu prendre le nom de sœur Jean Chrysostome, par dégoût du corps et pour la gloire de l'esprit et de l'âme. Mais la mère supérieure portait déjà ce nom et il ne pouvait pas y avoir deux Jean Chrysostome dans le même couvent. On considérait en outre comme un signe de grande vanité de vouloir prendre le nom du saint, sachant que sa supérieure avait été appelée et choisie pour porter ce manteau. Elle s'excusa auprès de la mère supérieure et se contenta de saint Pierre, un homme peu réfléchi, mais qui avait su, malgré tous ses défauts, s'élever dans la hiérarchie ecclésiastique et devenir le premier pape.

Par la suite, la situation avait changé à son avantage : derrière les murs frais de son couvent, elle regardait avec satisfaction ses frères, désormais abandonnés à leur sort, labourant la terre dure, fouettés par la pluie, harcelés par toutes sortes de fléaux, nargués par les sécheresses et démoralisés par la perte de leurs moissons. Elle savait qu'ils n'iraient pas loin dans la vie et qu'ils n'iraient jamais au-delà du village. Protégée par sa bure des aléas de la vie, elle observait leurs très jeunes femmes enceintes qui s'esquintaient aux durs travaux de la campagne, de la maison et de l'enfantement. Elle les regardait s'acheminer, le visage crotté, vers un avenir incertain, affligées par la cherté de la vie et par des enfants souffrant des vers. Douce vengeance ! Dès qu'elle avait le temps de réfléchir au sort de ses frères, elle la sirotait, cette vengeance, à petites gorgées délicieuses. Pour ses frères, il n'y avait alors aucune autre issue que d'entreprendre la pénible ascension des pentes raides qui menaient à son couvent pour implorer son aide à elle, le chapeau à la main, sous un soleil brûlant. Elle avait maintenant le pouvoir de prodiguer ou de refuser son aide. C'est ainsi que les rosiers de sa claustration remplissaient parfois ses narines d'un parfum de triomphe. Dans ces moments, elle ne ressentait pas la douleur des épines.

A cette époque, sœur Pierre n'avait qu'un seul grand problème, pour lequel elle priait tous les jours. C'était le seul péché, la seule faiblesse qu'elle s'avouât. Elle avait parfois l'impression d'être immobilisée par des mains gigantesques dans une bulle d'air qui s'enfonçait dans l'eau et était emportée par des courants perfides, parmi des récifs de coraux dangereux et menaçants. Elle était alors inaccessible à tous, y compris Dieu et elle-même. Elle était en proie à des paniques angoissantes et à des explosions volcaniques qui se succédaient avec une rapidité vertigineuse, lui faisant perdre toute maîtrise de soi. Elle se sentait alors comme un aigle sans ailes, précipité du haut du ciel. Quand elle reprenait conscience de ses reins, de ses aisselles et de son odorat, il était généralement trop tard et elle ne pouvait plus que constater les conséquences désastreuses de sa crise.

Cela avait commencé il y avait longtemps, le jour où elle avait décidé de ne plus se laisser faire. Elle saisit un gros bâton et en frappa de toutes ses forces l'épaule de son jeune frère, Mbale. Celui-ci tomba mais elle continua à le frapper et ne se serait jamais arrêtée si deux hommes du village ne lui avaient arraché le bâton des mains et ne l'avaient entraînée loin de là. C'était pour cette raison, entre autres, que ses parents applaudirent à sa décision d'entrer au couvent, car un paysan — et son futur mari serait très vraisemblablement un paysan — la mutilerait et peut-être même la tuerait si elle s'en prenait à lui de cette manière.

Ces crises ou bouffées de chaleur, comme elle les appelait, devinrent alors beaucoup moins fréquentes. Elles étaient habituellement provoquées par un incident anodin, un élève qui s'était mal conduit et l'avait mise dans une rage folle. Elles n'avaient aucun rapport avec la gravité de la faute : il pouvait s'agir indifféremment d'enfants qui avaient cassé le nez d'un de leurs camarades, violé les règles du cloître, ou étaient arrivés trop tard à l'église. Elle entendait des bruits, se sentait soulevée, et le monde autour d'elle disparaissait dans une brume ; elle se mettait à transpirer abondamment et une odeur de citron s'échappait de tous ses pores.

Ce qui intriguait et inquiétait le plus sœur Pierre, d'ordinaire si lucide, c'était l'effet purificateur de ces crises. L'explosion pulvérisait toute sa tension intérieure comme un feu sacré et la remplissait un instant de béatitude. Dans ces moments, alors que les autres entendaient les cris et les lamentations des enfants, elle n'entendait qu'un orchestre phénoménal, le monde entier tournait autour d'elle et elle était le centre de ce tourbillon infernal.

Pour étouffer l'angoisse qui succédait à ces crises, elle se disait que ce qui lui arrivait dans ces moments était une révélation, que Dieu allumait en elle une mèche sacrée dans un but sacré que, dans sa simplicité, elle n'arrivait pas encore à décrypter. Elle priait donc pour que Dieu lui révèle le sens de cette énigme mystique. Elle jeûnait. Portait un cilice à même la peau, travaillait plus dur que les autres sœurs, nourrissait les cochons, nettoyait à fond leurs soues, respirait l'odeur de leurs excréments. On la comblait de louanges et la mèche s'éteignait lentement.

Mais dès qu'elle relâchait ses efforts dans la prière et le travail, elle remarquait que le feu continuait à couver et que son but restait un mystère. Elle consultait les Saintes Ecritures. Elie massacra quatre cent cinquante prophètes du Baal ; Jésus fouetta les marchands qui avaient fait du Temple un antre de voleurs ; Dieu jeta des serpents sur son peuple et fit mourir des milliers de personnes pour calmer sa colère. Mais quel était le but de son feu à elle ? Elle n'était qu'une simple nonne.

Elle découvrit finalement que le but du feu était de mettre à l'épreuve la fermeté de son caractère. Et la sincérité de sa vocation. Elle commença à désirer ses crises pour pouvoir les combattre. Pour faire honneur à la lucidité de sa nouvelle manière de voir, elle pardonna aux coupables, se contentant d'un avertissement oral qui faisait bourdonner leurs oreilles. Elle distribuait parfois des punitions légères : ramasser de la paille pour faire des balais ou balayer les feuilles de manguier qui jonchaient le sol de la cour et aider la cuisinière à laver les marmites où l'on faisait cuire la bouillie. Mais « Qui aime bien, châtie bien », se souvint-elle, et, ne voulant pas priver les enfants de son amour, elle eut de nouveau recours au bâton et le mania comme les autres sœurs mais, cette fois, elle essaya de se contrôler. Elle n'y réussit qu'en partie. Il en résulta que les premières victimes des bastonnades s'en sortaient passablement bien mais les dernières — dont le tour coïncidait avec la chute de l'aigle sans ailes — étaient rossées à tour de bras comme si sœur Pierre voulait compenser sa clémence première. Les enfants s'aperçurent vite que l'état de sœur Pierre empirait de jour en jour. Car, s'ils étaient punis pour la même faute, pourquoi certains étaient-ils frappés plus violemment que d'autres ?

L'inévitable arriva un jour où elle était de surveillance pendant les leçons de liturgie. Elle blessa si gravement sept enfants que sœur Jean Chrysostome, pour éviter un procès et empêcher que la presse à scandale et les détracteurs de l'Eglise ne s'emparent de l'affaire, dut promettre aux parents furieux qu'elle prendrait les mesures nécessaires. Quelques heures plus tard, elle défroquait sœur Pierre et la renvoyait, sans autre forme de procès, au monde qu'elle haïssait et méprisait tant.

La nonne tombée en disgrâce se jeta aux pieds de sa supérieure et jura qu'elle ne toucherait plus jamais un enfant, mais rien n'y fit. Dans son désespoir, elle allégua qu'elle ne savait où aller. Ce à quoi son ex-mère supérieure répondit :

— On sait toujours où aller. Retiens bien ceci : les renards ont aussi une tanière.

Accablée de honte et folle de rage, sœur Pierre dut aller frapper à la porte de son frère Mbale, celui qu'elle avait laissé sur le carreau au début de ses crises.

En l'espace de quelques jours, le toit en tôle ondulée de la maison de Mbale se mit à craquer sous la force volcanique des dépressions de sa sœur. Elle s'enferma dans la chambre d'amis avec un jerrycan d'eau et une bassine en plastique et refusa d'en sortir. Elle refusa aussi de se nourrir et se maintint en vie avec deux gobelets d'eau par jour. Elle pleurait et priait toute la journée et le soir elle s'endormait, épuisée. Pour se mortifier, elle dormait à même le sol, s'ensanglantait les doigts en griffant la terre, demandait à la Mort de venir la prendre et secouait les portes du ciel par des prières poignantes à saint Jude Thaddée, patron des désespérés. Elle gribouillait tous les matins un message sur un bout de papier pour communiquer à la famille qu'elle était encore en vie et qu'il ne fallait pas se faire de souci ni essayer de la détourner de ses prières et de ses mortifications.

Le septième jour, Mbale frappa à sa porte : il voulait lui parler. Mais elle le renvoya. Il la menaça d'enfoncer la porte à coups de marteau et elle lui répondit qu'il s'en repentirait toute sa vie. Craignant qu'elle ne finisse par mourir de ses mortifications, il s'empressa d'aller chez sa tante, une femme de caractère doux, dans l'espoir que ses dons diplomatiques fléchiraient sa sœur. Ils arrivèrent le neuvième jour et trouvèrent sœur Pierre sur la véranda, lavée, nourrie, vêtue d'une robe bleue et se prélassant dans un fauteuil en rotin. Des poules picoraient les ongles de ses orteils, les prenant pour des grains de maïs. Cadenas accepta de suivre sa tante qui lui trouva un travail de comptable dans une petite fabrique de coton d'un bourg voisin.

Sœur Pierre, comme elle continuait à s'appeler, assista pour la première fois de sa vie à un mariage, juste pour sortir un instant de la maison de sa tante et dans l'espoir que le dégoût que lui inspireraient les dandinements obscènes des danseurs et l'attitude profane des fêtards la chasserait chez elle à la fin de la soirée. Elle ne regarda personne, ne but rien, ne prit pas part aux festivités. Elle aurait préféré planer, invisible, au-dessus de la multitude et regarder tous ces fous se couvrir de honte en se vautrant dans leur débauche. Elle se tenait à l'extérieur de la tente, les bras croisés sur la poitrine, les yeux fixés sur l'infini, laissant les bruits, les cris et les batteries de tambour couler sur elle comme l'eau sur des rochers. Mais, à un moment, un visage traversa son champ visuel. Il disparut pour réapparaître un instant plus tard. C'était le visage d'un jeune homme qui avait l'air aussi perdu qu'elle. Il avait l'air de trembler, de frissonner comme s'il était en train de vivre un miracle. En regardant mieux, il découvrit dans la nostalgie sublime, la solitude parfaite qui rayonnait d'elle, une force qu'il n'avait encore jamais vue. Il paraissait hypnotisé par la profonde intensité qui émanait de la frêle poitrine de la jeune femme. La lucidité de son regard sur les mille et une folies qui les entouraient devait avoir éveillé quelque chose en lui, quelque chose de si profond qu'il n'arrivait pas à détourner son regard. La brusque conscience de ses forces, forces qu'elle croyait avoir laissées entre les murs glacés du couvent, la fit frémir et perdre ses moyens. Craignant que son désarroi ne fût remarqué par un deuxième jeune homme qui s'était placé près du premier, elle tourna les talons et se perdit dans la foule excitée.

Le jeune Serenity s'entendit jurer, les mâchoires tremblantes, qu'il remuerait ciel et terre pour conquérir cette femme, ou se faire conquérir par elle. Il sentit de nouveau la boue aspirer ses pieds et les sauterelles grignoter son ventre. Quel allait être son sort ? Elle ne possédait pas le genre de beauté qui plaisait à son père mais il était décidé à suivre sa voie. Subjugué par la solitude de la jeune femme — ou plus exactement par la sienne propre, accentuée par celle de cette femme —, il tourna le dos aux orgies de la fête. Elle avait subitement disparu. Son ami riait à gorge déployée. Il connaissait cette jeune fille et sa tante et il en avait une piètre opinion : elle était excessive, trop austère à son goût. Si Serenity n'avait pas pris un air si sérieux, il aurait fait les pires plaisanteries sur la raideur de son caractère et peut-être même sur son aspect physique.

Pendant plusieurs jours, Serenity n'arriva pas à se remémorer l'image de l'ex-nonne. Il essaya longtemps de se représenter son visage et sa silhouette et la profondeur de sa solitude, mais il n'y réussit pas. Il n'avait bu qu'une bière le soir du mariage, mais c'était comme s'il en avait vidé une caisse entière et que son image, ou ce qu'il prenait pour son image, n'était qu'une hallucination d'ivrogne. Les avertissements de son ami et son manque évident d'enthousiasme l'avaient déconcerté. Ce qui l'encourageait à persévérer, c'était l'intuition qu'il était sur la bonne voie. Son ami lui dit avec un sourire cynique qu'il voulait bien l'aider.

La tante de la nonne avait remarqué le changement survenu chez sa nièce. Les lignes de son visage, habituellement tombantes, avaient disparu, comme consumées par le faible feu de cette nouvelle révélation, faisant place à l'expression d'attente à peine voilée de qui s'apprête à vivre de grandes choses. La tante simula un grand étonnement quand elle entendit la nouvelle parce qu'elle ne connaissait pas ce jeune homme. Mais elle était heureuse pour sa nièce qui avait besoin d'un nouveau départ, d'un nouvel objectif dans sa vie.

L'expression que l'ex-nonne lisait sur le visage du jeune homme donnait, pour la première fois, un sens à son nom, Pierre. Elle était la Pierre sur laquelle on construirait une nouvelle famille, une nouvelle église. Elle sentait déjà les piliers s'enfoncer en elle. Elle voyait la construction s'élever, le firmament transformé par sa splendeur. C'était la raison pour laquelle elle avait été renvoyée du couvent ; la fin de son existence de nonne avait permis cette résurrection.

Pendant les pourparlers entre l'intermédiaire de Serenity et sa tante, Cadenas n'eut pas l'ombre d'un doute sur son futur rôle. Mais il lui fallait l'assentiment de Dieu et le consentement de Serenity. Et il y avait aussi cette histoire de concubine et cette fille du péché qu'il avait eue avec elle : sur ce point, elle s'en remit à saint Jude Thaddée. Sa réponse arriva quatre-vingt-dix jours après : plus rien ne l'arrêtait.

Serenity soupira en pensant à l'enfer de ces quatre-vingt-dix jours, quand il se demandait avec angoisse si Cadenas allait refuser sa demande en mariage. Sa vie suivait toujours le même schéma. Il était toujours la dernière personne à être mise au courant de ses propres affaires. On lui disait tout trop tard, lorsqu'il ne pouvait plus y porter remède. A quoi lui servaient, par exemple, ces révélations sur le passé de sa femme ? Cette information tardive l'aiderait, tout au plus, à se montrer compréhensif envers elle, même dans les cas où il aurait été préférable de ne pas l'être. Pour commencer, il n'avait pas insisté quand elle s'était si violemment opposée à l'usage de préservatifs.

Il faisait nuit maintenant et le marécage exhalait une odeur pestilentielle qui s'étendait sur la vallée comme une couverture humide. C'était un mélange de boue, de poisson, d'herbe en décomposition, de fleurs sauvages et de grenouilles. Les moustiques et autres insectes piqueurs commençaient à concentrer leurs assauts sur l'intrus qui lavait sa bicyclette. Il se dirigea vers sa maison, l'esprit vide. Les arbres et les buissons qui bordaient le sentier prenaient des formes immenses, fantomatiques et grotesques qui réveillaient, dans les poutres de son cerveau tapissées de toiles d'araignées, les histoires de fantômes, de sorcières et de magie de son enfance. La maison de son père était plongée dans l'obscurité. Le soir, le vieil homme ne rentrait jamais tôt chez lui : il sortait pour rencontrer des amis et chercher une compagnie féminine. Les jours où sa maison était remplie du vacarme assourdissant de ses hôtes, où elle semblait silencieuse lorsqu'il n'y avait que vingt invités, étaient trop loin pour qu'on s'en souvienne. C'était comme si un ouragan s'était abattu sur elle et les avait tous rejetés dans le marécage où ils étaient restés empêtrés dans l'eau trouble et s'étaient noyés en masse, laissant la maison comme une énorme gousse vide où ne persistaient, en écho, que des bribes d'airs du Violoneux.

Il était presque arrivé chez lui. Derrière la fenêtre, il vit sa femme, penchée sur la table, les yeux fixés sur quelque chose. C'était une lettre qui portait le timbre des Postes ougandaises : elles lui offraient un poste ! Pour lui, les années soixante seraient désormais à marquer d'une pierre blanche : elles avaient vu son mariage, la naissance de son garçon, et maintenant son déménagement en ville.

Le nouveau vin avait finalement crevé les vieilles outres. Tout ce qui était déménageable dans notre maison — les biens personnels, les photos, les cadeaux de mariage, tout ce qui était nécessaire à un nouveau départ en ville — fut réduit en paquets et en ballots maniables et mis dans des boîtes fermées avec des bandes de papier adhésif ou entourées de ficelles. De grandes caisses en bois engloutirent comme par enchantement tout le contenu de la maison. Il ne resta bientôt que le vieux lit et quelques ustensiles ménagers inutilisables. J'avais l'impression d'être emporté par cette avalanche d'activités et j'avais beau faire des moulinets avec mes bras, je n'arrivais pas à me raccrocher à quelque chose. Des files ininterrompues de gens entraient et sortaient de la maison qui se vidait pour boire du thé ou de la bière et présenter leurs vœux à mes parents. Un camion couleur de vomi s'arrêta devant la maison et engouffra tout. Je compris soudain que nous partions. Le moindre appel se répercutait en écho. Mais pourquoi ne m'avait-on pas habillé pour le voyage ? Malgré la pluie, une petite foule s'était amassée sur l'herbe, à une distance respectable des grosses roues du camion et des giclées de boue. C'est seulement alors qu'on me dit que je ne partais pas avec eux.

Serenity monta dans la cabine. Cadenas se retourna pour monter elle aussi, mais je m'accrochais à elle, salissant sa robe. Elle recula et, dans un réflexe, me donna une gifle retentissante. Je tombai à la renverse dans la boue et m'y roulai plusieurs fois en signe de protestation. Tandis que je donnais des coups de pied sauvages autour de moi, j'entendis le chauffeur dire de sa grosse voix qu'il était toujours vachement difficile de prendre congé. Les giclées de boue aspergeaient la robe de Cadenas. Elle souleva un pied, je vis la plante jaunâtre s'approcher de moi dans un éclair et je crus un instant qu'elle allait m'en frapper en plein visage. A ce moment, Serenity lui dit quelque chose et Cadenas sembla sortir d'un rêve. Elle mit le pied sur le marchepied en acier et, avec l'aide de Serenity, on la souleva dans la cabine. L'éclair de la plante de pied m'avait dégrisé. J'étais assis dans la boue et des gaz d'échappement arrosaient mon visage. Le camion grognait et grondait comme un animal blessé. Quand j'ouvris les yeux, il avait déjà disparu. Il ne restait de lui que les ornières de ses doubles pneus qui se remplirent lentement d'eau.

J'étais crotté comme un porcelet qui se serait vautré dans la boue. Grand-ma vint me chercher. La pluie recommençant à tomber, elle me prit, tout embourbé, dans ses bras et me porta à la maison. Ce n'était pas la première fois qu'elle venait à mon secours ou qu'elle assistait à mes souffrances. Elle avait été le seul témoin de la première tannée que Cadenas m'avait administrée pour me punir, enfant d'une curiosité trop précoce, d'avoir voulu mettre le nez dans ses affaires d'adulte. Il s'agissait des bébés : je voulais savoir d'où ils venaient et elle ne voulait pas me le dire. Or, je savais bien qu'elle le savait, c'est pourquoi je décidai de mener ma propre enquête. Pour commencer, je la suivis, ce jour-là, dans les latrines.

Quand la porte était fermée, il y avait, dans la partie inférieure, une fente longue d'au moins soixante centimètres. A plat ventre devant cette ouverture, le menton posé sur les plantes rampantes, je vis apparaître, accompagnés de maints soupirs et de maintes détonations, de grands cordons bruns qui plongèrent dans le grand trou rectangulaire sous la lumière pleine de poussière dansante. Dans la région poilue du bas-ventre, je crus voir briller quelque chose de rose qui me fit penser à des narines. J'en conclus que je cherchais dans la bonne voie. Un bébé était en train de naître. Je fus pris de l'envie de me précipiter à l'intérieur pour avertir Cadenas qu'il était en train de se passer quelque chose, mais la curiosité me clouait au sol. Le pollen de l'herbe me chatouillait le nez, mais je pus retenir un éternuement. Je me disais : Si le bébé tombe dans ce trou, il faudra l'y repêcher immédiatement... l'idée de la saleté de l'opération me donna des frissons dans le dos. Pourquoi ne s'accroupissait-elle pas un peu sur le côté ? Voulait-elle donc que le bébé soit recouvert de vers qui entreraient dans son corps par toutes ses ouvertures ? Cadenas gémissait maintenant très fort, comme si elle avait très mal. Je fermai les yeux pour ne pas voir une créature humaine périr dans la merde. Donc voilà pourquoi elle gardait le mystère autour de la naissance des bébés !

J'entendis tout à coup sa voix et je sentis en même temps le sol trembler sous mon corps. « Je vais t'apprendre à épier les gens de cette manière ! » criait-elle. Je fus emporté, tantôt marchant, tantôt volant. Nous dérangeâmes le combat de deux poules qui se disputaient un ver. Je me sentais comme ce ver : c'en était fait de moi. Je tentai désespérément de tout expliquer, mais la rage de Cadenas était irrémédiable et elle ne pouvait que frapper à tour de bras avec un fouet de goyavier. Pourquoi personne ne venait-il à mon secours alors que je criais comme un sanglier qu'on est en train de châtrer ?

Grand-ma apparut tout à coup. Elle se tenait au bord du champ de bataille, le cou dans les épaules, les bras croisés, et attendait qu'on remarque sa présence. J'aurais voulu qu'elle serre ses bras autour de la gorge de Cadenas, mais elle les gardait croisés sur sa poitrine. Elle avait l'air de dire à Cadenas : « Tu n'as rien trouvé de mieux ? » Je renvoyai cette question à Grand-ma.

Cadenas, sentant quelque chose de particulier dans l'air, s'arrêta, gênée d'avoir été surprise au summum de sa rage. Je me sauvai en reniflant et me cachai dans les jupes de Grand-ma. Les yeux vitreux de Cadenas s'assombrirent, elle proféra encore quelques menaces, mais je me savais en sécurité. Plein de bleus mais en sécurité.

Ce jour-là, ce fut pareil : trempé et dégoulinant de boue, je me sentais en sécurité. J'étais heureux de cette nouvelle situation. Le fardeau des crises de rage de Cadenas était tombé de mes épaules ; la menace éternelle de sa rage me serait, pour un temps, épargnée. Si je m'étais roulé dans la boue d'une manière aussi théâtrale, ce n'était pas parce qu'elle m'avait abandonné mais parce qu'on ne m'avait pas informé plus tôt de ma libération.

La plus belle époque de ma vie commença là où finit celle de la plupart des gens : au milieu des bébés. Ma nouvelle fonction me catapulta subitement dans le monde des adultes où j'évoluais comme un poisson dans l'eau. Je me trouvai subitement parmi les pères et les mères qui s'affairaient autour de la naissance de leurs bébés. Je fus subitement admis à partager les secrets des adultes, je les vis dans des situations qui les rendaient vulnérables, un privilège dont aucun autre garçon de mon âge ne pouvait se vanter. Je fus subitement traité comme un petit prince par les femmes superstitieuses qui attribuaient à mon pouvoir de mascotte la facilité de leurs accouchements et la naissance des garçons qu'elles avaient si longtemps désirés. Je fus subitement impliqué dans la vie de tas de bébés nés dans notre village ou dans les villages proches. Subitement, je me rendis compte que j'avais un pouvoir de vie et de mort parce que je pouvais donner aux femmes enceintes des herbes susceptibles de provoquer ou de prévenir une fausse couche, ou de faciliter le développement du fœtus. L'immensité de ce pouvoir était à la fois sensationnelle et insupportable.

A titre d'aide-sage-femme et de mascotte des parturientes, j'assistais aux consultations que Grand-ma donnait aux femmes enceintes venues lui parler de leur grossesse. Ces femmes racontaient dans le détail comment elles se sentaient, combien de fois elles avaient vomi, la quantité et l'odeur de leur vomi. Elles donnaient des comptes rendus imagés de leurs accès de fièvre, de leurs maux de reins, de la fréquence de leurs pipis, de leurs hémorroïdes, de leur constipation, de l'enflure de leurs chevilles et de leurs aigreurs. Elles parlaient de leur appétit, de leurs angoisses, de leurs espoirs et demandaient jusqu'à quelle semaine de leur grossesse elles pouvaient avoir des rapports sexuels. Arrivé à cette phase de la consultation, on m'envoyait toujours faire une course, mais j'écoutais souvent derrière la porte. Grand-ma demandait quelquefois à voir le ventre. J'avais une envie folle de toucher la peau tendue de ces ballons, mais je savais que cela me serait toujours interdit. Grand-ma les caressait, les pinçait, les palpait et donnait des conseils aux femmes. Dans les cas qui nécessitaient un examen plus approfondi, Grand-ma emmenait la femme au fond de la maison, et alors je les entendais susurrer, rire ou discuter. Puis elles réapparaissaient, la femme en rattachant sa ceinture ou redescendant sa jupe.

Pour ramasser les herbes qu'elle leur donnait, Grand-ma parcourait le bois, le jardin, les buissons et le marécage. Elle en revenait avec toutes sortes de feuilles, d'écorces et de racines. Je la suivais avec un panier ou un cabas et je regardais attentivement comment elle s'y prenait. Elle choisissait avec compétence et précaution les feuilles dont elle avait besoin, éliminant les fanées et épargnant les plus tendres pour que la plante n'en souffre pas. Pour l'écorce, elle employait un canif ou un racloir avec lequel elle enlevait la partie superficielle, celle qui se régénère rapidement. Quand elle avait endommagé des racines ou des tiges, elle les entourait de terre ou de feuilles de bananier. Je m'impatientais souvent et lui disais que les arbres savaient très bien se débrouiller tout seuls, mais elle continuait à dire que ces arbres nous rendaient service et que nous avions le devoir de bien les traiter.

Notre village, Mpande Hill et le marécage me faisaient toujours penser à une énorme pieuvre : la montagne en formait la tête, le marécage, les longs tentacules tortueux qui enserraient notre village. Du côté d'où nous venions, le marécage ressemblait à un grand serpent que nous abordions avec circonspection, restant à une distance respectueuse de la tête. L'eau, parfois transparente, parfois noire, verte ou brune, était toujours froide et pleine de vie, peuplée de libellules, de têtards, de fretin, de sangsues, de longs chapelets d'œufs de grenouille et de plantes aux racines sombres, pareilles à de longs cheveux étirés. Lorsque nous pataugions dans les eaux basses, nous nous efforcions d'éviter les bords coupants des roseaux et les plantes vénéneuses. C'était la partie la moins agréable de notre expédition parce que nous en revenions toujours avec des éraflures, des vêtements trempés, des morsures de sangsues et diverses autres blessures, car les plantes que nous cherchions poussaient dans des eaux relativement profondes ou à des endroits relativement dangereux.

Parmi les herbes que nous cueillions, certaines devaient être consommées telles quelles, d'autres réduites en pulpe et étalées sur le ventre, le dos et les articulations des femmes. D'autres encore étaient jetées dans l'eau du bain avec leurs racines, leur boue et leurs têtards. Les restantes étaient séchées au soleil et conservées dans des sachets en plastique en attendant d'être utilisées. L'herbe la plus importante était celle qui élargissait le bassin de manière à faciliter l'accouchement. Les femmes devaient, pendant toute la durée de leur grossesse, prendre deux ou trois fois par jour un bain de ces herbes et en boire une tisane. C'est ce qu'on appelait « briser les os ». Grand-ma prévenait les futures mères de ce qui les attendait si elles ne « brisaient » pas assez « les os » : le bébé pouvait être étouffé ou naître avec des malformations et, dans les cas extrêmes, la mère et l'enfant pouvaient mourir.

Grand-ma conseillait en outre aux femmes de prendre une nourriture saine : beaucoup de viande, de poisson, d'œufs, de soja et de légumes. A cette époque, les femmes commençaient à peine à manger du poulet, des poissons sans écailles et des œufs. Ce genre de nourriture était jusque-là méprisé et consommé uniquement par les hommes. Une femme qui se respectait condescendait tout au plus à la préparer, mais ne la portait jamais à sa propre bouche. Grand-ma essayait de changer ces habitudes.

Tiida fut la première à suivre les conseils de sa tante. Les femmes conservatrices disaient qu'elle rongeait des os de poulet et avalait des blancs d'œufs comme un homme et que ses bébés seraient sûrement couverts de plumes et auraient des ailes à la place des bras. Tiida se moquait d'elles et elle se moquait aussi des hommes voraces qui privaient encore leurs femmes et leurs filles de ces mets délicieux. Contrairement aux prévisions des autres femmes, les bébés qui sortirent du ventre de Tiida n'étaient pas couverts de plumes, n'avaient pas d'ailes et ils étaient resplendissants de santé. Les femmes furent alors plus ou moins convaincues sauf une minorité de sceptiques invétérées. Et parmi ces dernières se trouvait tante Nakatu qui, pour une raison ou une autre, n'arrivait pas à transgresser le tabou. Elle avait essayé de manger du poulet mais elle lui avait trouvé une odeur suspecte.

Je n'ai parlé jusque-là que des côtés agréables du bébé-business.

Les difficultés commençaient lors de l'accouchement. Ces sales petites bêtes de bébés choisissaient pour naître les moments les plus extravagants : ils arrivaient trop tôt ou trop tard, en pleine nuit ou à l'aube, à la saison des pluies ou le jour de Noël. Et certains s'amusaient à faire monter la tension : ils provoquaient les douleurs, brisaient la poche des eaux, puis refusaient de sortir pendant des heures et quelquefois des journées entières. Dans ces cas, nous découvrions souvent, Grand-ma et moi, que beaucoup de femmes négligeaient de prendre les bains d'herbes et les tisanes prescrits pour élargir le canal utérin. « Combien de fois as-tu brisé les os ? » demandait Grand-ma d'un ton sévère. Les lèvres fendillées, déformées par la douleur laissaient le plus souvent échapper la réponse qui confirmait nos doutes. Alors, à chaque cri d'angoisse de cette femme, on marmonnait que c'était bien fait pour elle. Mais c'était une piètre consolation, pour Grand-ma et moi, car le bébé devait de toute manière sortir.

Il ne m'était jamais permis d'assister à la naissance proprement dite. Je sortais généralement au moment où la femme s'allongeait sur le dos, un coussin sous la tête, jambes pliées, genoux relevés et écartés sous un drap, le visage couvert de sueur, les yeux tout ronds d'angoisse, tandis que Grand-ma essayait de prévenir tout accès de peur hystérique. Dans ces moments, Grand-ma était comme une déesse, une prêtresse dont les gestes, les soupirs et les tics nerveux étaient des oracles. Quand elle claquait des doigts, je quittais l'arène, les narines remplies d'une odeur forte, l'image du visage douloureux de la femme greffée dans mon esprit, mes oreilles bourdonnant de sa voix et essayant d'évaluer ses chances de survie.

Les premières fois que j'accompagnai Grand-ma, j'avais une peur bleue que la femme ne s'en sorte pas. Je tremblais de tous mes membres et des douleurs aiguës traversaient ma poitrine. Chaque femme avait sa manière à elle de gémir et certaines me donnaient la sensation que leur sang allait se coller à mes mains et à celles des enfants de mes enfants si jamais elles mouraient. L'attitude des hommes, sombres et silencieux comme des fagots de bois solidement liés, n'était pas faite pour me rassurer. Ils avaient l'air d'enregistrer le moindre changement de ton, la moindre nuance dans les cris sauvages de leur femme, prêts à se jeter sur moi si elle venait à expirer. C'est pourquoi je partageais mon attention entre ce qui se passait là-bas, essayant d'imaginer les douleurs et les efforts, et la recherche d'une échappatoire, le cas échéant. Mais parfois, les choses duraient si longtemps que les cris de la femme s'estompaient comme des volutes de fumée dans l'air vespéral et je m'assoupissais lentement, m'endormais pour être réveillé brusquement par des cris.

Alors j'allais dehors où j'avais la respiration coupée par l'odeur fétide des excréments de vache ou de cochon, ou du purin de chèvre selon le genre de bétail élevé par la famille. Les jours de pluies, les soues à cochons, d'où s'écoulait le purin, puaient à des kilomètres à la ronde ; elles puaient encore plus que les bergeries et les étables inondées. Cette puanteur et le purin dans lequel j'étais régulièrement obligé de patauger ne m'inspiraient pas un grand amour pour les animaux.

Il était dans l'intérêt de tous que l'accouchement se passe sans problèmes. Car si les choses se gâtaient à la dernière minute, quand on voyait déjà la tête du bébé ou qu'une de ses jambes était déjà sortie, si, par conséquent, la femme devait être transportée d'urgence à l'hôpital, alors là, tout le monde perdait la tête. Il n'y avait qu'une auto au village ; elle appartenait à un membre de la famille Stefano. Mais elle était en panne plus souvent qu'à son tour. Elle s'arrêtait au beau milieu de la route et nous étions invités à descendre pour la pousser.

La fiabilité de ce véhicule étant ce qu'elle était, on était souvent obligé d'aller à la recherche d'une camionnette quelconque, vu qu'une femme dans cet état peut difficilement se déplacer à bicyclette. Dans la plupart des cas, d'ailleurs, le médecin avait déconseillé l'accouchement à domicile. Mais il y avait toujours mille raisons pour ne pas tenir compte de ses conseils.

Les métamorphoses opérées chez les adultes pendant ces accès de douleur aiguë me fascinaient et me remplissaient d'épouvante. Des femmes qui, normalement, abattaient les plus durs travaux de la campagne, puisant de l'eau, trimballant des montagnes de bois, lavant des tas de linge, étaient réduites à l'état d'épaves larmoyantes, secouaient leur tête de-ci, de-là, s'affaissaient, perdaient toute maîtrise de soi. Elles me faisaient penser à un chien assailli par un essaim d'abeilles ou à un petit bateau en papier perdu dans un marécage tourmenté par la tempête.

C'était tout aussi fascinant de les voir après la naissance de leur bébé. Elles avaient l'air d'avoir oublié d'un seul coup toutes leurs douleurs, toutes leurs angoisses et elles se donnaient entièrement à la joie, au soulagement et au bonheur. Je les voyais rire, rayonner, pleurer des larmes de joie comme si ce qu'elles venaient de vivre n'avait été qu'une plaisanterie, un jeu.

Le bébé, cause de tout ce remue-ménage, gisait là, luisant comme un jeune singe enrobé de graisse ou un porcelet immergé dans de l'huile pure, tout ridé, couvert de taches violettes, avec son affreux cordon ombilical qui enflait à chaque inspiration. Notre mission était alors accomplie : on oubliait les nuits blanches, les inquiétudes, les tensions, tout le sang des coqs décapités, étranglés ou enterrés vivants offert par les sorciers.

Le premier accouchement auquel j'assistai reste le plus mémorable. Nous fûmes réveillés un peu après minuit. Il avait plu et un vent déchaîné faisait claquer les plaques en tôle ondulée et gémir les arbres. Le temps de chien qui sévissait dehors rendait mon lit encore plus douillet et le sommeil plus merveilleux. Quand j'entendis les appels de l'homme, je souhaitai que le vent les emporte, lui et son message, et qu'il les enterre dans un fossé jusqu'au lever du jour. Mais il était impossible d'arrêter ce genre d'individus. Ils étaient toujours pressés comme le lait qui déborde dès qu'il entre en ébullition.

Grand-ma m'appela plusieurs fois mais je feignis de dormir comme les enfants de l'histoire de Kawayida écoutant les ébats amoureux de leurs parents. Quand elle me secoua, je fis comme si je me réveillais en sursaut d'un profond sommeil. Elle rit et je fis de même mais notre insouciance s'arrêta là. La femme qui était sur le point d'accoucher, je l'avais vue deux fois auparavant. Elle était petite et maigre et portait son ventre comme un sac de pommes de terre suspendu à son corps malingre. Pourquoi n'était-elle pas allée à l'hôpital ? Je souhaitai qu'elle meure, mais retirai ma malédiction car de toute manière il fallait y aller.

Le messager, un grand adolescent aux mollets énormes, était venu à bicyclette, mais Grand-ma refusa de monter sur le porte-bagages, bien que le garçon fût réputé pour son adresse : il gravissait régulièrement à bicyclette l'inexorable Mpande Hill avec des sacs de café qu'il portait à l'usine de torréfaction et prenait part aux compétitions suicidaires qui consistaient à dévaler la montagne sans autres freins que ses talons nus. Je fis une partie du chemin sur le porte-bagages mais, rebuté par les secousses, je préférai continuer à pied. Nous arrivâmes à destination couverts de boue ; je m'étais blessé un orteil en me cognant contre un rocher mais l'affolement qui régnait sur les lieux ne permettait pas de s'apitoyer sur soi-même.

Le père du garçon, un gars vigoureux, au teint foncé, claquait des dents et tremblait de tous ses membres et essayait avec peine de retenir ses larmes.

La femme geignait faiblement comme si elle était à bout de forces. C'était plus effrayant que les cris déchirants que j'ai pu entendre durant les missions postérieures. C'étaient les lamentations d'un femme qui portait en elle un enfant mort, lourd comme une pierre. Les lamentations d'un chien qu'on massacre parce qu'il a volé des œufs ou une poule ou mordu quelqu'un. Et par-dessus le marché, elle réclamait un prêtre ! Je jetai un coup d'œil dans la chambre, vis les yeux exorbités de la femme, sentis l'odeur de longues douleurs et d'autre chose que je ne sus pas définir et me retirai. Grand-ma mit deux heures pour la délivrer. On s'attendait à un gros paquet rebondi mais l'enfant n'était pas plus gros qu'un poing. Nous passâmes le reste de la nuit avec la famille. Le matin, le petit bout de rien du tout nous réveilla par un cri retentissant qui remplit Grand-ma d'orgueil.

Il y avait au village un lépreux du nom de *Doigts*. C'était un homme aimable, doux, inoffensif. Je n'avais pas peur de lui, comme d'ailleurs je n'avais pas peur de la plupart des personnes de haute taille, mais les cicatrices de sa maladie m'effrayaient toujours un peu. Les bosses rose pâle qui marquaient la place de ses doigts me retournaient l'estomac. Mes poils se hérissaient quand il me touchait ou me donnait un petit coup sur la tête en me demandant de passer le bonjour à Grand-pa et Grand-ma. Je m'arrêtais pile sans me retourner pour ne pas le blesser, mais je priais en même temps tous les saints du ciel de provoquer quelque chose de définitif qui mette fin à ma torture. *Doigts* était un homme généreux : parfois il m'arrêtait sur le chemin de l'école et m'emmenait chez lui où il me donnait de grandes mangues jaunes et des morceaux de canne à sucre violets et juteux. Ses enfants jouaient tranquillement dans le jardin. Je ne pouvais pas refuser ses présents, cela aurait été très grossier. Je les mangeais donc avec le courage du désespoir, comme devait le faire l'homme adulte que je prétendais être. Mais je n'étais pas plus tôt hors de vue que je mettais les doigts dans ma gorge. Il fallait que tout ressorte : toute la lèpre, tous les microbes, tout le jus. Que sa femme et ses enfants ne portent aucune trace de lèpre ne suffisait pas à me rassurer. Il était fort possible que la lèpre ne se transmette qu'à des personnes étrangères à la famille.

La femme de *Doigts* était de nouveau enceinte, et j'étais sûr que cette fois, ça y était : la chance de notre lépreux ne pouvait pas durer éternellement. Je priai pour que ce soit un accouchement à l'hôpital, à proximité d'infirmières et de sages-femmes qui disposaient de tous les médicaments nécessaires pour combattre cette maladie. Chaque fois que je voyais cette femme, je la détaillais morceau par morceau : je commençais par la tête ou les pieds et je déplaçais lentement mon regard vers le bas ou vers le haut dans l'espoir qu'elle ne serait plus enceinte au moment où mes yeux arriveraient à hauteur de sa taille. Mais son ventre ne cessait de grossir. Les rares fois où elle me demanda une certaine herbe, je lui en donnai deux censées provoquer les douleurs. Cela m'aurait bien fait plaisir.

Nous fûmes appelés un après-midi. Ce jour-là, j'avais projeté de grimper sur mon arbre préféré pour y guetter la moto de l'oncle Kawayida, l'aigle au ventre bleu. J'avais une envie folle d'entendre d'autres histoires d'oncle Kawayida. Pourquoi avais-je tant tardé ? Il n'en était plus question maintenant. Pire : Grand-ma renvoya le messager en lui disant que nous arrivions.

— Je ne veux rien avoir à faire avec l'accouchement d'un bébé sans doigts.

Grand-ma sursauta :

— Qui t'a dit une chose pareille ?

— Regardez un peu les doigts de son père.

— Il est guéri. Sinon il n'habiterait pas dans le village.

— Vous n'avez pas peur d'attraper la maladie ?

— Non.
— Eh bien, moi oui. S'il était guéri, ses doigts auraient déjà repoussé, dis-je avec aplomb.
— Petit sot. Les doigts et les orteils ne repoussent jamais. Si tu te coupais un doigt en t'escrimant avec un couteau sur un fruit d'arbre à pain, ce serait la fin de ton doigt. Alors tu lui ressemblerais et les petits garçons de ton espèce se mettraient des idées stupides en tête.
— Je n'irai quand même pas.
— Dépêche-toi d'aller chercher la trousse et vérifie qu'il y a bien des lames dedans. Voudrais-tu, avec tes doutes stupides, être responsable d'un malheur ?
Le bébé naquit intact, avec tous ses doigts et tous ses orteils et sans aucun trou dans le visage ou dans le ventre. Il allait sûrement se produire quelque chose dans les prochains mois et, dans cette attente, je ne cessai d'épier la famille. Entre-temps, j'eus ce que Grand-pa et Serenity avaient souvent : un furoncle. Et tout de suite après, des cauchemars insupportables. Mes doigts et mes orteils pourrissaient à vue d'œil et tombaient dans mon lit. *Doigts* se penchait sur moi et me demandait quel effet cela faisait de n'avoir ni doigts ni orteils. Il riait à gorge déployée et son rire se répercutait dans les couloirs sombres. Je me réveillai dans un bain de sueur, avec l'impression de ne plus rien sentir. Quel soulagement quand je découvris que tout était encore à sa place !

Dans le cadre des soins postnatals, nous étions quelquefois confrontés à des phénomènes peu ragoûtants. Le nombril d'un bébé pouvait s'ulcérer et sécréter une affreuse matière jaunâtre qui affolait les parents inexpérimentés. Grand-ma donnait des herbes et recommandait aux parents d'observer minutieusement toutes les règles d'hygiène. Les vagins qui ne s'ouvraient pas assez devaient être incisés et, comme le pénis du docteur Ssali, étaient longs à se cicatriser. Certains saignaient encore pendant des semaines parce que les points de suture avaient lâché, rendant douloureuses la position assise ou la marche des patientes. Certaines femmes, lasses de toutes ces douleurs, demandaient à Grand-ma d'enlever tous les points de suture et de concentrer tous ses efforts sur la cicatrisation de la plaie. C'était ridicule, bien sûr, et Grand-ma s'efforçait de leur expliquer ce qui adviendrait de leur vie sexuelle si elle les écoutait. Elle allait même jusqu'à citer une chanson à boire où il était question de « seaux », de femmes qui avaient un trou si large qu'on aurait pu y faire pousser un arbre. Convaincues par ces arguments, les femmes retournaient souvent à l'hôpital pour se faire recoudre.

Vers la fin de notre carrière, en 1971, nous avions mis plus de cinquante bébés au monde dont dix étaient morts : trois à la naissance, sept durant les premières années de leur vie, surtout de varicelle. Quatre femmes étaient mortes, pendant ou tout de suite après l'accouchement ; à trois d'entre elles le médecin avait conseillé de ne plus avoir d'enfants. La quatrième fut un accident déplorable qui eut des conséquences fâcheuses pour nous.

Pris d'une crise de rage comme je n'en avais jamais vu jusque-là, le mari de la défunte brandit un *panga* sur Grand-ma. Mais Grand-ma fut une actrice sublime : elle ne cilla pas, elle tourna même la tête pour offrir son cou au scintillement du coutelas. Lorsque le panga eut atteint la hauteur maximale, je fermai les yeux. Qu'est-ce qui allait tomber, la tête ou le bras ? Je voyais déjà la tête de Grand-ma rouler dans la cour, éclaboussant tout le monde de sang dans une scène tragique, inoubliable, qui serait immortalisée par une chanson. A ce moment, je fis dans ma culotte.

Personne ne sut ce qui retint subitement l'homme. Fut-ce l'impavidité de Grand-ma ? Un miracle ? Ou l'incapacité de l'homme à commettre un crime, et son *panga* n'était-il qu'un signe de lâcheté ? Cet homme avait une réputation de querelleur. Je l'avais vu un jour se battre avec un autre. Il n'avait pas l'air de beaucoup aimer sa femme et on savait qu'il la frappait souvent. Je pense qu'elle est morte de méningite ou d'épuisement, ou des suites de blessures causées par la violence de son mari. Quoi qu'il en fût, la vie de Grand-ma me tenait trop à cœur pour que j'eusse envie d'approfondir la question.

En 1967, à l'âge de six ans, je tentai ma chance dans l'enseignement scolaire. La crise de 1966 était passée sans trop de dommages pour notre région. L'école se trouvait tout en haut de Ndere Hill et avait été épargnée par les troubles récents. Serenity avait fréquenté la même école ainsi que Tiida, Nakatu et quelques autres membres de la famille. Tous les matins, les enfants quittaient le village et se rendaient à Ndere Hill pour étancher leur soif aux sources de la connaissance. Quand on regardait du haut de la colline ces centaines de créatures, grandes et petites, débouchant de la brume blanchâtre avec leurs bulles d'haleine condensée, le bruit de leur boîte à compas et le craquement de leurs pas sur les cailloux, on aurait pu croire qu'il s'agissait d'un essaim de sauterelles apocalyptiques envoyé sur la colline par la colère d'un dieu. Je rejoignis les rangs de ces êtres en chemise verte, désolé d'être tombé de mon piédestal dans le précipice de l'anonymat. Le prix de cette humiliation était une trotte quotidienne de cinq kilomètres et, en prime, la toux et les éternuements provoqués par le froid. Pour adoucir ma souffrance, je rêvassais tous les matins sur l'histoire de la gigantesque tour de l'église de Ndere Hill. Je la voyais parfois luisant dans le soleil matinal, parfois regardant, d'un air endormi, à travers les nappes de brouillard ; parfois, je ne la voyais pas du tout, comme si elle s'était effondrée, et je me demandais alors combien de place elle occupait sur le sol. Mais je la retrouvais toujours debout, respectable et majestueuse, sûre de sa puissance et drapée dans son manteau d'invulnérabilité. Elle avait vingt-cinq ans, cinq ans de moins que l'église dans l'ombre de laquelle se nichait notre école.

L'église aussi bien que la tour avaient été construites par un prêtre français. Il venait d'enjoliver d'une croix noire la façade de la tour, lorsque certaines femmes, qui le disaient capable d'accomplir des actions surnaturelles, dirent l'avoir vu voler, sous les traits d'un ange, d'un oiseau ou de Jésus-Christ. Il tenait ainsi sa promesse d'un grand miracle pour fêter l'inauguration de l'église. Il avait fait cette promesse, parce que la tour s'était déjà effondrée deux fois avant que le prêtre n'eût la lumineuse idée de la couvrir de tôle ondulée et non de briques. Les gens s'étaient mis à applaudir et à chanter « Hosanna au plus haut des cieux » lorsqu'ils l'avaient vu planer dans l'air, bras et jambes tendus, sa bure blanche gonflant dans le vent comme une voile, un marteau suspendu dangereusement à sa ceinture. C'est le professeur d'instruction religieuse qui comprit ce qui se passait réellement. Il saisit rapidement les mains d'un autre homme pour amortir la chute de son maître. Le père Lule (une déformation locale de Roulet) tomba avec une telle violence qu'il cassa les quatre mains qui essayaient de le sauver. Son dos se brisa, sa cervelle dégoulina et il mourut sans un mot. L'échelle, que, dans la confusion générale, tout le monde avait oubliée, tomba après le père Lule, tua une femme et cassa la jambe de sa fille. Deux mois après, un catéchiste d'une commune voisine tomba de la chaire et se cassa la colonne vertébrale, le bassin et un bras. Certains prétendirent qu'il était soûl, d'autres qu'il avait facilement le vertige. Mais la plupart des gens croyaient que toutes les morts et tous les accidents avaient un rapport entre eux parce que tout grand édifice exigeait un sacrifice inaugural avant d'être ouvert au public. On n'avait pas immolé de taureau pour l'église et la tour, c'est pourquoi, concluaient-ils, l'église avait décidé d'immoler ses propres victimes.

Normalement, avant d'entrer dans une maison neuve, on sacrifiait une chèvre et on aspergeait les murs de son sang. Si on n'avait pas les moyens de se payer une chèvre, on pouvait se contenter d'une paire de coqs. Le propriétaire de l'auto éternellement en panne avait sacrifié un coq : il lui avait coupé la tête et avait jeté la bête décapitée sur le toit de sa voiture. Elle glissa, en battant spectaculairement des ailes, le long du pare-brise et mourut, exsangue, sur le capot.

Lorsque je demandai à Grand-pa si c'était vrai que l'église avait tué le prêtre, la femme et le catéchiste et avait blessé les autres, il se contenta de me demander :

— Que penserais-tu si tu étais : a) un catholique fanatique, b) un sceptique, c) un païen ?

— La vérité a des aspects multiples, dis-je après une minute de réflexion.

— Tu feras un bon avocat, répondit-il.

A l'école, il fallait que je rivalise avec d'autres élèves. Je m'en sortais fort bien : je connaissais par cœur les tables de multiplication et je savais assez bien lire et écrire, mais j'avais une écriture affreuse.

Les élèves peu doués avaient souvent des problèmes mais les intelligents n'en avaient pas moins. Les grands garçons — certains commençaient à avoir de la barbe — me faisaient passer des lettres qu'ils avaient reçues et pour lesquelles ils me demandaient de rédiger une réponse à leur place. Le maître me surprit quelques fois et me donna des coups de bâton. Les grands garçons, les « grands-pères », donnaient à tous des sobriquets. On me baptisa « Graine de diable » parce que, selon Idiot A, il fallait être un diable pour, si jeune, connaître par cœur les tables de multiplication et savoir l'orthographe. Il écrivit « Greine de diable » sur un morceau de papier qu'il colla sur mon pupitre avec une glaire du jus d'un fruit d'arbre à pain gros comme le poing. C'est moi qui fus puni, mais la sœur fit une remarque sur l'orthographe contestable de l'auteur de ces mots, ce qui me consola un peu.

J'essayai de convaincre Idiot B, un autre grand garçon, de corriger Idiot A à ma place, mais il refusa. On redoutait les représailles d'Idiot A. Il était capable de vous enfermer dans un placard jusqu'à ce que vous demandiez grâce, de s'asseoir sur votre ventre et de vous cracher à la figure, de vous fourrer dans un chaudron dégueulasse ou de menacer de vous casser les jambes pendant une partie de football. Nous avions tous peur de lui.

Un matin, j'entendis deux jeunes instituteurs dire que les intimidations n'étaient que du chantage. Je décidai de vérifier leurs dires. J'allai dans la classe avant l'arrivée du maître et je dis : « Ma grand-mère est un médecin-sorcier. Si, à minuit, elle jette une chenille dans le feu, elle n'a qu'un mot à dire pour que celui qui a collé "Greine de diable" sur mon pupitre se retrouve avec une bite recouverte de poils et qu'il n'arrive jamais plus à bander. » Je crachai trois fois dans mes mains et les frottai sur ma braguette. Un silence de mort descendit sur la classe. Pendant la récréation de midi, le coupable me retint derrière les toilettes, me faisant craindre le pire, mais il avoua. Je le laissai un moment mariner dans sa sueur jusqu'à ce qu'une odeur écœurante se dégage de ses aisselles mouillées. Nous passâmes un accord. Je venais de me procurer mon premier garde du corps.

Maintenant, c'était le tour des filles. Elles se croyaient intouchables parce qu'elles n'avaient pas de pénis. Elles criaient : « Greine de diable » et se sauvaient à toutes jambes en se tordant de rire. Idiot A prenait leurs livres, cachait leurs ballons de basket, les menaçait, mais sans beaucoup de succès.

Un matin où je fus encerclé par six filles, j'eus recours à la poudre de perlimpinpin. Je crachai dans mes paumes et me tournai vers la meneuse, une fille plantureuse avec des seins gros comme ma tête. « T'as un mec, dis-je avec aplomb, et tu accoucheras d'une créature sans membres et le lait de tes mamelles se transformera en pus. » A ma grande surprise, elle ne se jeta pas sur moi, ne proféra aucune injure. Pot-au-lait s'effondra comme un bloc d'argile sous une pierre meulière. Elle se mit à pleurer et moi, du coup, à paniquer. Je courus vers le mur aveugle de l'église où je fus saisi par le directeur lui-même. Me tenant fermement par les poignets, il me poussa vers le cercle des comparses de Pot-au-lait. Je plaidai la légitime défense et expliquai que je n'avais pas eu l'intention de blesser quelqu'un. Pot-au-lait se rendit ridicule : elle continua à pleurer et quand le directeur lui mit un bâton dans les mains pour qu'elle m'en frappe, elle laissa tomber le bâton comme si c'était une grosse chenille velue. Le directeur me renvoya après m'avoir passé un bon savon, interdit de proférer des menaces sur les pénis ou les seins et donné deux coups de bâton. J'étais furieux.

J'espérais que Grand-ma me donnerait raison et condamnerait mes persécutrices. Mais je me trompais.

— Ne t'abaisse jamais à leur niveau, tu entends ?

— M'abaisser ! Une fille assez grande pour me mettre au monde m'embête et si je lui rends la monnaie de sa pièce, c'est indigne de moi !

— Tu ne m'as sûrement pas dit toute la vérité, conclut-elle.

En effet, j'avais omis de lui parler du médecin-sorcier.

Pendant mes premières années scolaires, une seule personne fit une énorme impression sur moi : Santo, le fou du village. Il était silencieux, inoffensif et furtif comme une ombre. Il portait toujours une chemise blanche, propre, et un pantalon kaki et ne puait jamais comme Idiot A. Parfois, on l'entendait se parler à lui-même, compter sur ses doigts comme s'il était en train de résoudre un problème de mathématiques. Personne ne l'embêtait, ce qui était un miracle vu qu'il y avait beaucoup de grands garçons comme Idiot A qui s'ennuyaient à mourir. Les enseignants avaient menacé les élèves de punitions sévères s'ils étaient surpris en train d'embêter Santo : plusieurs coups de bâton et la corvée de déterrer deux gros troncs de manguiers à l'aide d'une binette.

Nous étions jaloux de la belle écriture penchée de Santo et de sa bosse des mathématiques. Les enseignants nous disaient souvent que le jour où nous serions capables d'en faire ne serait-ce qu'une pâle imitation, ils nous donneraient une récompense. Avant de quitter l'école, nous effacions tous les tableaux. Mais tous les matins nous trouvions l'inscription « Kyrie eleison, Kyrie eleison, Christe eleison » sur chacun d'eux. L'orthographe était toujours parfaite, la configuration toujours la même sur tous les tableaux. On disait que Santo était un génie et qu'il était devenu fou juste la veille de son départ pour l'université Urbaniana de Rome. Il était destiné à devenir le premier prêtre de notre région. Les festivités précédant son départ avaient duré cinq jours. Le père Mulo (une altération de Moreau), le successeur du père Lule, devait l'accompagner à l'aéroport. Ce matin-là, tout le monde fut réveillé par un incendie. Santo avait versé du kérosène sur ses bagages, sur son lit et sur ses rideaux et avait mis le feu partout. Depuis, il n'avait jamais plus dit un mot. Toutes les tentatives, y compris les tortures, pour le faire parler avaient échoué.

Il venait parfois à l'école pour manger de la

bouillie. Des élèves désespérés lui donnaient parfois des feuilles de papier qu'ils avaient recouvertes d'opérations difficiles. Tantôt il les aidait, tantôt il se contentait de mâchonner les papiers. Les plus malins écrivaient des problèmes compliqués sur le tableau avant de quitter l'école et, quand ils avaient de la chance, ils trouvaient la réponse le lendemain à côté de l'inscription habituelle. Mais il arrivait aussi que la réponse ne vienne que quelques jours plus tard.

Je m'étais levé plusieurs fois de bonne heure et j'avais couru à l'école dans l'espoir de le surprendre en train d'écrire sa formule sur le tableau ou d'enjamber la fenêtre. Je n'ai jamais pu le prendre sur le fait. Je n'ai jamais pu résoudre l'énigme et je n'ai jamais pu découvrir s'il avait une clé de réserve ou bien s'il passait par la fenêtre comme tout le monde le croyait.

Il n'y avait pas beaucoup de travail d'obstétrique à l'époque où je fréquentais l'école élémentaire. Le nombre des naissances avait radicalement chuté. La plupart des jeunes, hommes et femmes, avaient succombé à l'appel louche des petites et grandes villes. Je ne leur donnais pas tort. A leur retour, ils avaient beaucoup changé : ils étaient plus grands, plus riches, plus malins et connaissaient des tas de blagues obscènes. Ces exilés ne m'en imposaient pas. Ils n'étaient que de pauvres copies d'oncle Kawayida et leurs plaisanteries de pâles ombres des histoires passionnantes qu'il nous racontait. Je me lassai vite de leurs vantardises, si bien que je passais beaucoup de temps dans l'ancienne maison de Serenity, dans les arbres et à errer dans le village. Je montais souvent dans mon arbre préféré pour épier l'horizon. Je surprenais parfois des gens en train de couper des roseaux de papyrus pour en faire des nattes ou des toits. Ils se tenaient dans l'eau et coupaient des heures durant, défiant les sangsues et les serpents de mer et évitant de se blesser aux papyrus qui étaient aussi coupants que les lames à double tranchant de Grand-ma. J'adorais observer ce qui se passait sur Mpande Hill. Je suivais parfois le déroulement d'une course cycliste, cette descente suicidaire organisée par les casse-cou du village. Les gagnants étaient toujours ceux qui avaient l'habitude de transporter des sacs de café à l'usine de torréfaction parce qu'ils étaient les seuls à pouvoir freiner avec leurs talons nus. Je participai une seule fois à une de ces compétitions, sur le porte-bagages d'un ami : je faillis y perdre un pied. Et après, les garçons ne voulurent plus de moi car ils avaient peur des foudres de Grand-pa.

Après un temps qui me parut interminable, je vis enfin l'aigle au ventre bleu descendre la pente de la colline. « Oncle Kawayida, oncle Kawayida ! » m'exclamai-je. Je me dépêchai de prendre la clé de la maison de Serenity et de balayer toutes les pièces. J'entendis la moto grincer pendant que j'aérais la maison. Oncle Kawayida était arrivé mais il avait de mauvaises nouvelles.

Son beau-père, monsieur Kavule, était mort. Oncle Kawayida était de mauvaise humeur et taciturne, d'où je conclus qu'il avait beaucoup aimé le défunt. Il repartit le lendemain matin avec Grand-pa. Ils revinrent tous les deux dégoûtés.

L'homme était mort d'un cancer et il puait comme un cadavre d'éléphant, mais on avait tardé à l'enterrer parce qu'il avait exigé, par testament, qu'on le veille pendant quatre jours et que le dernier vœu d'un trépassé était sacro-saint. La dépouille était placée dans le séjour. Lorsque le vent soufflait, la moitié des habitants du village tombaient à la renverse tant l'odeur était pestilentielle. Tout le monde avait faim parce que tous ceux qui prenaient quelque nourriture la vomissaient immédiatement, et leur bile avec. L'homme avait un nombre record de descendants : quarante enfants — trente filles et dix garçons. Grand-pa se demandait à haute voix où il avait déniché toutes ces belles femmes qui lui avaient donné ces filles splendides. Il faut dire que vingt de ces filles dépassaient, en beauté, toute imagination. Et même les moins belles étaient encore belles aux yeux de beaucoup de gens. (La femme de Kawayida était une beauté : plutôt grande, brun-noir, bien faite ; son seul défaut était peut-être la grandeur de ses oreilles.) Tout le monde regrettait cependant qu'elles aient eu une si mauvaise éducation. Elles disaient généralement tout ce qui leur passait par la tête et certaines menaient une existence dissolue. Sur les trente filles, neuf seulement s'étaient mariées. « Quantité ! Quantité ! Quantité ! nous dit Grand-pa un après-midi en hochant la tête avec regret. C'est un bonheur d'être si belles, mais quel malheur d'être si ignorantes ! » C'est le seul commentaire sur la femme de Kawayida que j'aie jamais entendu de la bouche de Grand-pa.

Entre-temps, on s'était fait à l'idée que la politique était une maladie qui n'avait touché que Grand-pa dans notre famille. On avait tous l'impression qu'il cherchait les ennuis et les punitions pour racheter les fautes qu'il avait commises quand il était *chief*. Le jour de l'indépendance, le 9 octobre 1962, il avait provoqué une bagarre avec quelques voyous adeptes du gouvernement en place d'où il était sorti avec une blessure superficielle et une dent cassée. En 1966, lorsqu'on abolit la constitution et qu'on proclama l'état d'urgence, il se mit encore une fois dans de mauvais draps. Cela se passa dans un village éloigné où des soldats avaient rossé ceux qui n'avaient pas respecté le couvre-feu. Pour le punir de ses critiques, on le plongea dans une fosse à purin. Des semaines après, les villageois lui demandèrent d'intervenir en leur faveur auprès des soldats. Grand-ma lui déconseilla de se mêler de l'affaire, mais il le fit quand même. Cette fois, il fut attaqué sur le chemin du retour et garda une balle dans la jambe pour le restant de sa vie.

C'est pourquoi le bouleversement fut général quand la politique décida de s'en prendre à Grand-ma. La nuit du 25 janvier 1971, le général Idi Amin s'empara du pouvoir avec l'aide de ses amis anglais et israéliens. Il fit ainsi tomber son ancien protecteur Milton Obote, le ministre-président qui avait obtenu l'indépendance du pays pour ensuite abolir la constitution. Le général Amin justifia son coup d'Etat par sept raisons, entre autres : corruption, réclusion injustifiée, pas de liberté d'expression et mauvaise politique économique.

Les villageois fêtèrent son avènement par des danses, des chants et autres festivités. Quant à moi, je ne savais qu'en penser. Pour une raison obscure, je dormais cette nuit-là chez Grand-pa. Nous fûmes réveillés par un incendie. Nous nous précipitâmes vers la concession de Grand-ma d'où venaient des hurlements affreux. Sa maison s'était transformée en un canot échoué dans une mer déchaînée de flammes roses, bleues et rouges. Le canot fut affreusement ballotté sur les hautes langues de feu. Les portes et les fenêtres s'effondrèrent de lassitude et disparurent dans le tourbillon des flammes. Les plaques de fer se tordirent de douleur et s'enroulèrent en forme d'entonnoirs ridicules. Les poutres rongées par le feu se brisèrent en emportant dans leur chute le toit tout entier. Les femmes regardaient le désastre bouche bée, les bras levés, les lèvres brûlées par la chaleur, laissant échapper des cris d'angoisse. Les hommes regardaient fixement, impuissants, paralysés, muets. Des paroles désordonnées montèrent en moi que ma bouche arrêta, me condamnant au chagrin étouffant, silencieux d'un bouledogue. Devant moi, Grand-ma était dévorée par les flammes tortueuses, après une carrière de sage-femme de quarante ans.

Je ne voyais qu'une personne susceptible d'être l'auteur de cet incendie : l'homme qui avait essayé de couper la tête de Grand-ma. Le coup d'Etat était un alibi parfait. Je sentis quelque chose de chaud couler le long de mes jambes. C'était la deuxième fois de ma vie que je pissais dans ma culotte.

Ma vie fut totalement bouleversée.

LIVRE II

La ville

La cuvette effervescente, en forme de haricot, qui faisait fonction de station de taxis, était à l'origine une colline volcanique en repos. Au cours de la dernière phase d'activité du volcan, elle avait éclaté : à sa place était née la cuvette, et à l'emplacement des anciennes vallées avaient surgi les sept collines rondes qui formaient maintenant le centre de la ville.

Quand on se tenait debout sur le rebord de cette dépression et que l'on respirait les odeurs infectes du fameux marché d'Owino ou les gaz d'échappement des nombreuses voitures, on pouvait croire que toutes les histoires d'oncle Kawayida étaient venues se fondre ici en un mélange multicolore qui se répandait dans la cuvette comme un acide caustique. L'asphalte, rongé lentement par la multitude de pieds et de pneus qui le foulaient, tremblant sous le courant ininterrompu de voyageurs, de désœuvrés, de marchands, de charmeurs de serpents et autre piétaille, rappelait les anciennes époques marécageuses, quand l'eau de la cuvette n'avait pas encore été pompée ni détournée, quand la végétation n'avait pas été coupée ni brûlée et les animaux pas encore chassés ni exterminés.

La chaleur volcanique qui montait du fond de la cuvette, le flamboiement voilé du soleil qui la surplombait et le va-et-vient incessant des voyageurs, des camions et des esprits qui la traversaient faisaient de ce tombeau de rêves poussiéreux, de ce cocon d'ambitions contrariées, de ce buveur de sang et de ce dévoreur de chair le point le plus fascinant de toute la ville. Ma poitrine gonflait lorsque je me trouvais au milieu de ce pandémonium. Je tremblais malgré moi pour toutes les grandes choses qui s'y préparaient. J'étais conscient des événements à la fois merveilleux et épouvantables enfermés dans cet asphalte. Ils dressaient parfois leurs têtes comme des bolets Satan pour souffler une bouffée de passé et même d'avenir. Il me suffisait de regarder la foule des maraudeurs, des marchands à la sauvette, des livreurs, des charlatans, des mendiants et autres créatures sans nom, pour sentir que cette cuvette allait être le théâtre de grands événements historiques. Ce spectacle me donnait, à chacune de mes visites, l'impression d'être là pour la première fois et faisait vibrer l'air de toutes les possibilités latentes.

C'est là que, pour la première fois de ma vie, dans l'air métallique du matin, alors que le soleil se levait pour déverser sur la cuvette une nouvelle journée de folie spectaculaire, je fus tout simplement témoin d'une naissance. J'étais là, à renifler l'air corrompu du marché, quand tout à coup, sortant du néant, une femme roula devant moi, projetée hors d'une camionnette anonyme. Sa robe s'envola jusqu'à mi-corps et je vis, dans un éclair, plusieurs bébés sortir de l'ouverture béante et enflée. Il me semblait que les cinquante et quelques bébés que j'avais laissés au village m'avaient suivi jusqu'ici pour se manifester tous ensemble dans une extraordinaire explosion natale, et me tourmenter de leur caca, de leur pipi et de l'inéluctabilité de leur existence.

La femme poussa un hurlement déchirant qui, pendant un moment, plongea la cuvette dans un silence épouvanté ; la violence de ses douleurs était telle que son visage se recouvrit de la sérénité blafarde de comas successifs. Puis le silence fut brisé par des appels réclamant un médecin, une sage-femme ou quiconque pouvant venir au secours de la malheureuse. Je restais immobile, incapable de bouger et ne le voulant pas. J'étais encore sous le choc de la fin abrupte de ma carrière d'assistant sage-femme et des sombres perspectives de ma vie actuelle. A ce moment, une muraille de dos humains et une forêt de jambes dissimulèrent à ma vue le spectacle ahurissant de cet accouchement en plein air. Je voyais les eaux de la femme, mêlées à son sang, contourner les pieds et les monticules de sable, se déverser dans les trous de l'asphalte et se coller aux plantes de pieds et aux pneus, avant d'être transportées vers une destination inconnue.

A l'horizon, une ligne en dents de scie, d'une extrême indigence architecturale, entourait la cuvette comme une mâchoire aux dents cariées ou manquantes. Les immeubles ressemblaient aux vestiges détériorés, lézardés d'une époque révolue. Leurs murs décrépits, leurs fenêtres poussiéreuses, leurs toits rongés par la rouille et leur aspect prématurément vieilli désolaient les zones les plus fertiles de mon esprit. L'indescriptible monotonie de ces constructions, l'absence totale d'imagination architecturale qu'elles trahissaient m'empêchaient d'aimer cette ville prétentieuse et me faisaient regretter les marécages, les villages et les collines de mon pays natal. Les architectes qui avaient affublé cette ville de telles horreurs devaient avoir opéré dans un état de sénilité avancée ou sous l'effet anesthésiant du paludisme tropical.

Un peu plus loin, se consumant dans de vaines illusions, tournant vers la cuvette son dos balafré de traînées de pisse et de graffitis, se dressait le stade Nakivubo d'où étaient retransmis de nombreux matchs de football. Les réverbères du stade, groupés comme les ventouses d'une pieuvre géante, surplombaient la rivière Nakivubo dont les eaux corsetées de béton servaient de décharge pour les cadavres de chiens et de chats.

Perchée sur Kampala Hill, la mosquée du Conseil suprême dominait le stade de ses murs beiges, défraîchis, qui gardaient encore un peu de leur ancienne splendeur arabe bien que sa façade donnât sur le quartier le plus pauvre de la ville où vivaient les Asiatiques les plus démunis.

Sur la colline suivante trônait la cathédrale catholique Lubaga, retranchée derrière de hauts arbres élancés et son histoire prétentieuse. Ses deux tours phalliques défiaient avec coquetterie le dôme mammiforme de l'église protestante Namirembe. Leur rivalité datait de 1877 et 1878, c'est-à-dire de l'arrivée en Ouganda des missionnaires protestants et catholiques, et avait fait couler inutilement beaucoup de sang. Dans leurs affrontements politiques et religieux, les chrétiens des deux confessions recherchaient régulièrement l'alliance des païens et des musulmans. Cette partie de la ville où se concentraient les églises, les hôpitaux et les écoles était appelée le Quartier religieux.

Nakasero Hill partait de la cuvette en direction du nord. Elle était sillonnée de routes asphaltées, semblables à de grosses cicatrices, bordées de constructions carrées. C'est là que vivaient les grossistes et les commerçants qui avaient du mal à survivre dans l'atmosphère étouffante du marasme commercial. Leurs boutiques minuscules étaient groupées comme un tas de conteneurs échappés d'un bateau naufragé : brûlées par le soleil et l'acidité des pluies et rongées, à l'intérieur, par cette lèpre plus ou moins voulue de l'abandon où se complaisent les pirates rejetés par la mer. Sur un plateau plus élevé se dressaient, au bord d'avenues majestueuses qui regardaient de haut les conteneurs et leurs habitants, le palais de justice, quelques bâtiments annexes de moindre importance et le bureau de police. On y avait aussi construit des habitations pour les officiers de l'armée qui passaient en jeep devant les fenêtres ouvertes du palais de justice et lâchaient leurs gaz sur les archives des défenseurs de la loi. Une tension formidable semblait sourdre de cette colline pour se déverser dans la cuvette. Je me tenais sur le rebord et tentais de discerner les grondements des séismes imminents.

Pour l'instant je n'entendais que les cris démentiels des livreurs, les murmures rauques des diseuses de bonne aventure édentées et les chants monotones des charmeurs de serpents. Finalement, mon attention fut attirée par l'appel fluet du muezzin, le hurlement métallique des sirènes et le vrombissement des jeeps de l'armée en direction de Nakasero Hill. Mais le craquement irrésistible des failles sur lesquelles s'élevaient ces collines présomptueuses allait bientôt couvrir le bruit des sirènes. J'essayais de toute la force de ma volonté de contraindre ces failles à repousser les collines, à les ensevelir, à renverser les vallées et à soulever un gigantesque champignon. Quant à Serenity et Cadenas, dont je fuyais en ce moment le joug intolérable pour respirer un peu librement et méditer une vengeance, je leur souhaitais, à tous deux, le même sort que les animaux qui avaient jadis habité dans ces vallées.

Les deux despotes avaient, selon leurs propres critères, bien réussi dans la vie. Ils avaient troqué l'obscurité provinciale du village natal de Serenity contre une maison asiatique pompeuse aux fenêtres à deux battants et au toit rouge. Les fenêtres de la façade étaient grillagées car les Asiatiques avaient une peur bleue des cambrioleurs. La porte d'entrée, rarement utilisée, ouvrait sur un escalier de douze marches donnant à la construction un air lugubre de pagode.

La salle de séjour était bondée de divans, de layette et de quantité d'autres objets, saturant l'air de la poussière qui recouvrait toute chose. L'espace habitable avait visiblement rétréci depuis qu'il était occupé par une famille de catholiques stricts dont l'expansion était inexorable.

Derrière la maison, une cour non clôturée faisait partie d'un espace plus étendu où se comprimaient, dans une intimité structurelle, les vies, les histoires et les religions. Elle me faisait toujours l'effet d'une cour de prison dans un régime dictatorial pour lequel la réclusion était une forme supérieure de discipline et d'éducation.

Pour Serenity, le fait de vivre en ville constituait une ascension significative sur l'échelle sociale, car cette région avait connu jadis la ségrégation raciale. Les Africains avaient tout juste le droit d'y travailler comme domestiques ou jardiniers, mais pas celui d'y vivre. Le quartier de Kampala où il habitait était appelé « Mini-Bombay ». Pendant quelque temps Serenity y avait vécu dans le luxe idéal de celui qui n'a que trois enfants et peut mettre de l'argent de côté pour s'acheter une auto et tous les attributs d'une vie tranquille. Mais l'hydre à trois têtes du catholicisme qu'il avait rencontrée jadis chez les parents de sa femme avait bientôt soufflé sur son rêve. Les tortures du Christ crucifié accroché au mur de ses beaux-parents, désormais à l'abri des fuites du toit, s'étaient emparées de sa vie. Le souffle de l'hydre avait brûlé la mince pellicule de son rêve et il n'était pas loin d'avoir autant d'enfants que le fonctionnaire asiatique qui l'avait précédé dans cette pagode. Il en avait six maintenant, grâce à la naissance de jumeaux, et sa tête était pleine de soucis. Désorienté par la rapidité avec laquelle les choses lui avaient échappé des mains, il se méfiait du présent et craignait l'avenir.

Pour la gestion du ménage, Serenity s'en remettait autant que possible à la poigne de fer de Cadenas. C'était un homme qui aimait régler les affaires à distance, comme s'il réservait son énergie pour une tâche plus importante. En général il préférait ne pas savoir comment sa déléguée maintenait l'ordre chez eux. Il se disait, en secret, que Cadenas méritait les difficultés de tout ordre qui l'assaillaient : n'avait-elle pas voulu tous ces enfants ? Il cherchait fébrilement un moyen de sortir de cette situation précaire, mais il était trop fier pour baisser les bras et s'en aller. Il était aussi assez loyal pour reconnaître que Cadenas n'était pas la seule responsable de l'expansion de leur famille. Où ? Quand ? Comment avait-il perdu le contrôle de la situation au profit de Cadenas ? Cadenas avait, dès le début, suivi une ligne de conduite bien déterminée, refusant tout compromis et toute discussion. Les tensions qui avaient accompagné leur arrivée en ville avaient joué en sa faveur. En moins de temps qu'il n'en faut pour le dire il avait perdu la bataille de la contraception et toute la guerre. Il garda de sa défaite ces profondes rides sur le front qui lui donnaient un air renfrogné et comique à la fois. L'image même du tyran tyrannisé.

Cadenas avait profondément changé. Elle avait acquis plus d'assurance et de fermeté maintenant qu'elle se savait libre dans l'exercice de ses pouvoirs. Elle exigeait une obéissance inconditionnelle. Ses dons disciplinaires s'étaient épanouis et elle avait renforcé son autorité par l'introduction d'un nouveau rituel : tous les enfants devaient la saluer à genoux. Tous les matins, à l'aube, je devais me rendre dans la chambre à coucher qu'elle partageait avec Serenity et me jeter à genoux et exprimer mes salutations. Sinon, je devais la rejoindre dans la cour où elle passait la majeure partie de son temps, appuyer mes genoux sur le ciment rugueux et prononcer la formule honnie. J'étais écœuré à l'idée d'appeler cette femme « mère ». Il me venait des envies de dégobiller sur ses pieds. Cette nécessité quotidienne de mentir en l'appelant d'un nom auquel je ne croyais pas me familiarisa très tôt avec la fiction et les illusions du pouvoir. Et elle exacerba en même temps nos conflits.

Dressée au-dessus de l'écureuil affalé à ses pieds chaussés de sandales, elle pouvait rendre ou ne pas rendre le salut. Si elle ne le rendait pas, c'était signe qu'elle ne l'avait pas agréé. Il fallait que je m'y reprenne, et encore, et encore, jusqu'à ce que je l'aie formulé correctement. Pendant ce temps, elle se tenait droite comme une tour dans l'air matinal, ses cheveux strictement ramenés sur la tête comme un couvre-théière.

— Je ne t'entends pas, sifflait-elle entre ses dents,

le visage levé vers le ciel comme pour implorer l'intervention de Dieu.

Pour un homme impatient de se relever et d'échapper aux regards apitoyés des voisins, c'était à crever de rage. N'allez pas croire qu'elle avait les oreilles bouchées, non, elle avait parfaitement entendu mon salut, mais le ton de ma voix n'avait pas assez flatté sa sensibilité dictatoriale. C'était juste lorsqu'il exprimait une totale subordination à son pouvoir, une reconnaissance servile pour le moindre des travaux qu'elle avait faits pour moi. Quand j'avais trouvé le ton adéquat, elle répondait à mon salut et me permettait de me relever. Pour mes frères et sœurs nés en ville, la chose n'avait guère d'importance. Mais pour moi qui avais vécu libre comme l'air dans un village, qui ne m'étais agenouillé devant personne, qui, au contraire, avais eu bien des mères reconnaissantes à mes pieds, ce rituel était insupportable. Cadenas eut besoin de tout un bois de goyaviers pour me faire marcher au pas.

Si je détestais particulièrement présenter mes respects dans la cour, c'est que je n'aimais pas être surpris, à genoux, par la troisième femme du voisin. Quand je me savais regardé, je me sentais comme un petit oiseau désemparé qui, le bec dressé et la langue tremblante, attend que sa mère dépose un ver dans son bec. Je la remarquai dès le premier jour, cette Sauya Lusanani, la voisine, et dès le premier jour, je pressentis en elle un mélange de sœur et de maîtresse et la personnification de l'esprit de cette ville. J'étais convaincu que mes plans de vengeance réussiraient si je l'avais dans mon camp. Parmi les gens qui m'entouraient, elle était la plus jeune adulte avec laquelle je pouvais m'associer et, dans la situation difficile où je me trouvais, j'avais un besoin urgent de faire plus ample connaissance avec elle. Elle était musulmane et elle allait probablement me repousser a priori parce que j'étais catholique. Dans mon désespoir, je me promettais de me convertir immédiatement à l'islam s'il n'y avait pas d'autre moyen de l'avoir. Je redoutais seulement les conséquences de la circoncision : était-il possible de se convertir sans se faire circoncire ? Comment se soumettre à une telle opération quand on savait qu'elle provoquait le cancer du pénis ? Les épreuves du docteur Ssali ne m'avaient donc rien appris ? En outre, je pouvais être sûr que Cadenas me déshériterait et empêcherait Serenity de payer mes frais scolaires. Et alors, comment ferais-je pour devenir avocat ?

La nuit, je pensais au voisin, Hadj Gimbi, et à ses trois femmes, et je me demandais s'il était couché auprès de Lusanani. Comment faire pour le supplanter ? J'étais sûr que cet homme ne méritait pas cette belle fille. Il aurait pu être son père ou son grand-père. Il portait une longue barbe qui donnait à sa bouche une expression mauvaise. Ses épais sourcils ombrageaient des yeux porcins, ridiculement petits dans son gros visage charnu. C'est lui que Cadenas aurait dû rosser parce que, à son âge, il continuait à répudier ses femmes pour en épouser de plus jeunes. Je cherchais désespérément le moyen de m'introduire dans sa maison et de lui prendre Lusanani. Je savais que cela allait me coûter beaucoup de temps et d'efforts, mais j'étais prêt à tout pour l'avoir.

Comme toutes les femmes qui font des enfants à la chaîne, Cadenas avait horreur des conséquences sanitaires de cette nombreuse progéniture. Elle détestait surveiller les selles de ses enfants et encore plus laver les montagnes de langes et de draps qu'ils salissaient. Mon arrivée fut pour elle un don du ciel et elle n'en fit pas mystère. Je fus immédiatement promu Grand Inspecteur de la merde familiale. Tous les matins, mon odorat était bombardé par des rafales d'explosions excrémentielles et ma vue asphyxiée par le désastre de matières fécales de toutes les couleurs et de toutes les consistances possibles et imaginables. Au village, je m'étais senti bien au-dessus de ces servitudes terrestres et j'avais laissé les enfants de nos visiteurs mariner dans leur merde. Il ne serait pas venu à l'idée des mères superstitieuses qu'étaient nos clientes, à Grand-ma et à moi, de me faire torcher leurs enfants. Mais ici, en ville, je dus payer tous mes privilèges passés.

A cette époque, je dormais d'un sommeil très profond, comme si je devais rattraper toutes les nuits blanches de la veillée funèbre de Grand-ma, et j'avais du mal à me réveiller. Cadenas ne supportait pas cette paresse et elle avait cogité plusieurs manières de me réveiller : elle me saisissait par les épaules et me secouait comme un prunier, aboyait dans mes oreilles, m'aspergeait d'eau froide ou recourait à son instrument préféré : la cravache de goyavier. Elle avait une méthode différente pour chaque jour de la semaine. Les jours où elle appliquait la méthode de l'eau froide ou de la cravache, je n'arrivais pas à la saluer comme elle l'exigeait et je devais donc rester pendant de longues minutes à genoux.

Le matin, ma tâche principale consistait à réveiller les chiards, à les aligner à distance respectable l'un de l'autre pour qu'ils ne se disputent pas pendant l'opération car ils devaient déposer leur merde fumante exactement au milieu des journaux sur lesquels je les faisais s'accroupir. Pour éviter d'être asphyxié par la puanteur, je me tenais toujours à une bonne distance d'où je pouvais rappeler à l'ordre quiconque menaçait de dévier son rectum de l'objectif prescrit. Les pets, gémissements et plouf des enfants ne différaient guère de ceux que Cadenas avait produits le jour de mon enquête sur la naissance des bébés. Lorsque la séance-caca arrivait à sa fin, je préparais des bandes de papier journal : ceux qui avaient fini devaient m'appeler et j'essuyais alors leur derrière en prenant soin de ne pas souiller leurs couilles ou leurs chattes chauves sinon je devais, pardessus le marché, les laver, ce pour quoi je n'avais ni le temps ni la patience.

Cadenas se méfiait de moi. Elle se postait toujours à un endroit stratégique, généralement au fond de la cour, pour m'épier. Sa présence était un avertissement aux chiards de bien se tenir et son regard menaçant en disait long sur ce qui m'attendait si, par malheur, je torchais ses enfants sans trop d'égards, dans une vaine tentative de vengeance. Elle rôdait dans les parages jusqu'à ce qu'elle se fût assurée que j'accomplissais ma tâche convenablement et que mes mains ne succombaient pas à l'envie de lui jouer de mauvais tours, puis elle disparaissait sans bruit.

Quand tous les derrières étaient torchés, les chiards rentraient tous dans la maison, me laissant en proie aux effluves pestilentiels de leurs excréments. Si les journaux n'étaient pas trop humides, je n'avais qu'à en replier rapidement les coins sur la merde et la pisse, puis jeter les paquets. J'accomplissais cette dernière phase de ma tâche avec une certaine alacrité car je savais que j'allais, ensuite, partir pour l'école. Mais dans les mauvais jours, les journaux étaient détrempés et se déchiraient en chemin. La puanteur calmait bien vite ma colère naissante. Je courais chercher un autre journal dans lequel j'enveloppais le paquet déchiré et je respirais de soulagement en passant à la tâche suivante.

Je me lavais toujours en rêvassant ; le souvenir de Miss Savon Sunlight, la femme qui prenait quatre bains par jour, me redonnait courage. Son profil se dessinait lentement devant moi, et quand son corps m'apparaissait tout entier, c'était la fin de ma toilette.

Le petit déjeuner m'écœurait. Après tout ce que j'avais vu, senti et nettoyé, c'était comme si la nourriture qui était sur la table avait pris l'aspect des excréments. Au bout d'un certain temps je ne mangeais plus d'œufs brouillés ni d'avocats, pour des raisons faciles à comprendre, et j'employais mes rations à acheter les faveurs des chiards qui, eux, en raffolaient. Ils se les disputaient avec tact en me lançant des regards suppliants, significatifs. Si l'un d'eux m'avait surpris la veille en train de faire quelque chose d'interdit, il faisait mine de ne rien voir, sachant que je le lui revaudrais. Dans ce cas, je ne tenais pas compte des regards suppliants des autres et je récompensais le silence du chiard complice. Un ou deux petits malins me proposèrent spontanément leurs services. A ma demande, ils espionnaient les autres et me tenaient au courant de tout. Je faisais de mon mieux pour rester en bons termes avec tous parce que ma vie dépendait d'eux comme la vie d'un alpiniste dépend de la résistance de ses cordes.

L'école était pour moi un paradis. Là, je pouvais rivaliser avec mes semblables et je faisais tout mon possible pour être le meilleur de la classe. C'était le seul endroit où les adultes me complimentaient et où mes camarades, qui redoutaient les compositions autant que je redoutais les tas de merde du matin, me demandaient de les aider. Je regardais le nez luisant de sueur de ces grands garçons et les taches d'humidité de leurs aisselles et je souriais avec compassion. Mais je n'étais pleinement heureux que lorsque j'avais réussi à battre les plus intelligents. Alors mon cœur se remplissait de zèle et mes narines du doux parfum de la victoire.

A l'école, le temps passait comme un éclair et lorsque la cloche sonnait la fin des cours, je sentais un nœud dans ma poitrine à l'idée des corvées qui m'attendaient à la maison. Je revoyais, en esprit, les langes sales qui nageaient dans l'eau immonde comme des crocodiles rassasiés au milieu des étrons. Que faisait donc cette sorcière toute la sainte journée ? me demandais-je en donnant un coup de pied dans la bassine, pas assez fort pourtant pour me faire mal au pied ou la renverser avec tout son contenu.

Après avoir, à l'école, essayé de comprendre le principe d'Archimède, senti les typhons d'Asie rugir sur ma tête, galopé dans les pampas d'Amérique du Sud, grimpé en haut des gratte-ciel de New York, admiré les vignobles français et gravi les sommets enneigés des montagnes d'Afrique, ce travail dégradant, dégoûtant, était insupportable. A cette époque, je ne connaissais rien de plus détestable que l'invention démoniaque des langes.

Je les sortais un par un de l'eau infecte, en détournant la tête. Je les tenais entre le pouce et l'index et les secouais pour faire tomber la merde restée dans les plis du tissu. Je passais une éternité à les frotter car les taches des langes trop souvent employés résistaient aux efforts les plus acharnés. Je n'étais jamais sûr d'avoir bien fait. Et Cadenas ne faisait rien pour calmer mes doutes. Elle était prête, si elle n'était pas satisfaite du résultat, à me faire décrocher les langes déjà secs et raides, étendus sur la corde, pour que je les relave. « Tu continueras à laver jusqu'à ce que je te dise de t'arrêter », disait-elle depuis son poste de commandement, c'est-à-dire depuis la pièce attenante au séjour où se trouvait la machine à coudre Singer. Cadenas y passait sa journée à pédaler et y recevait ses clients.

J'écoutais les coups de pédale de la machine et le ronronnement de l'aiguille jusqu'à ne plus pouvoir les distinguer et je rêvais que son pied se prenait dans la pédale et que l'aiguille se fichait dans son doigt. Tous les appels au secours seraient couverts par le bruit, et plus j'étais écœuré de ma corvée, plus elle souffrait. Puis j'allais regarder si Loverboy était dans les parages. Loverboy était un garçon de vingt ans, boutonneux et plein d'arrogance, qui devait sa réputation au fait qu'il était le seul capable de susciter un rire franc chez Cadenas. Il arrivait souvent l'après-midi, en roulant des mécaniques comme s'il venait de gagner une bataille navale, passait sa tête dans l'embrasure de la porte et pénétrait dans le poste de commandement pour regarder Cadenas travailler. Il venait soit apporter des vêtements à réparer, soit les reprendre, soit tout simplement faire la causette. Quand il était là, je me cachais derrière la porte pour écouter ce qu'ils se disaient. Ils parlaient surtout du passé : Cadenas parlait de la maison de ses parents, de son séjour au couvent, de son mariage et autres choses du même genre.

Loverboy écoutait le récit de ces pans de l'existence de Cadenas avec un petit sourire ironique, piquant dédaigneusement de ses critiques acérées les passages qui ne lui plaisaient pas et récompensant ce qui lui plaisait par un grand rire et des commentaires approbateurs. Il traversait la vie de Cadenas avec l'insolence d'un aimable pirate. Le plus curieux c'est que Cadenas avait l'air de jouir de toutes les minutes de sa présence et ils riaient ensemble, lui sans retenue, elle avec précaution comme si elle filtrait un liquide précieux à travers un tissu de coton. Au début, je ne sus que penser de ce boutonneux qui traitait Cadenas avec le mépris que l'on réserve aux vêtements d'occasion. Je l'observais, paralysé d'étonnement, quand il entrait à grands pas dans notre cour, bras écartés loin du corps, poitrine bombée. Il avait l'air d'une fabuleuse arme gargantuesque que je n'arriverais jamais à manipuler avec dextérité ou cruauté.

Je l'ignorais, je détournais la tête quand il arrivait et ne lui parlais que pour répondre à ses questions. Mais au bout d'un certain temps je me mis à le regarder et à le saluer poliment. Il me rendait alors mon salut avec hauteur et insolence, faisait une grimace en direction de la saleté de la bassine ou de mes mains et rejoignait la maison en deux bonds élastiques. Une fois entré, il restait longtemps à bavarder avec Cadenas. Lusanani, qui m'avait montré de la sympathie en me demandant si cette femme était vraiment ma mère, attendait ce moment pour venir jusqu'au bord de la cour, là où Cadenas avait l'habitude de se placer pour surveiller les séances-caca, et nous bavardions : « Elle n'est pas ta vraie mère, hein ? » disait-elle en penchant la tête de côté.

Cette question cessa de m'irriter lorsque je trouvai une réplique : « Hadj est-il ton vrai mari ? » Elle se mit à rire et moi aussi. Nous riions comme deux bons amis qui partageaient le même sort, portaient le même fardeau. Je la regardais en essayant d'imaginer comment s'était déroulée sa première grossesse et comment le bébé était né. Elle avait un corps jeune, souple et ferme. Je sentais parfois une envie irrésistible de bondir, de passer ma main sous sa jupe et de palper tout son corps. Mais en même temps je me rendais bien compte que j'étais trop jeune pour ces choses et qu'elle refuserait de se déshabiller, même si je le lui demandais. Je voyais, en pensée, Hadj Gimbi allongé sur elle, haletant, geignant et suant. Cette vision m'inspirait de la haine pour elle et pour lui, et je me mettais à souhaiter que le pneu avant de sa moto éclate sur la route et le projette sur l'asphalte, de préférence devant un camion arrivant en sens inverse ; et sa petite bouche se fermerait à jamais. D'autres fois, je le voyais tomber, le ventre en premier, du haut d'un grand bâtiment et s'écraser sur le sol comme le père Lule. S'il mourait, Lusanani serait à moi et je n'aurais plus à laver ces maudits langes ni à faire les choses que je détestais.

En attendant, nous parlions de la ville, de la station de taxis, des Asiatiques et de leurs boutiques, des soldats dans leurs jeeps et des enfants chez elle. Nous commencions toujours avec hâte, dans un flot de paroles désordonnées, puis nous nous calmions et à la fin nous radotions comme un couple de vieillards. Souvent, Lusanani s'apercevait trop tard de l'apparition de Cadenas et elle n'avait pas plus tôt disparu que l'autre s'abattait sur moi et faisait danser sa cravache sur mes mollets et mes fesses. Je la regardais alors avec de grands yeux tout ronds, déçu que son pied ne se fût pas pris dans la pédale de la machine, que son doigt ne fût pas resté piqué sous l'aiguille et qu'elle ne se fût pas égosillée à crier dans la torture de sa solitude.

Cadenas croyait lire de l'insolence dans mon regard et du défi dans mes yeux écarquillés par la douleur : « Sale vermine de village ! Ta sorcière de tante t'a bien gâté mais tu vas voir comme je vais te dresser ! » Et l'instrument de torture tournoyait sur moi avec la furie d'un buffle chassant les hérons de son dos blessé.

Je regrettais le renvoi de Nantongo, notre bonne, l'unique concession que Cadenas eût jamais faite à l'ivresse du standing. Toute famille qui se respectait devait avoir une bonne. Quand Nantongo était encore chez nous, j'avais moins de soucis : elle balayait, faisait la cuisine, la lessive, enfin tout. Dans le laps de temps qui sépara mon arrivée de son départ, elle s'occupa de tout le ménage. Elle lavait les draps de Cadenas, qui étaient aussi grands qu'un terrain de football, elle frottait et tordait si longtemps ces pièces de coton blanc que je craignais de la voir finir comme *Doigts,* elle lavait les langes et la layette avec l'efficacité stoïque d'une machine. Ses mains frêles n'étaient jamais en repos ; elles se pliaient et se dépliaient comme les anneaux d'un mille-pattes, sans jamais s'arrêter. Son dos était toujours ployé sous un fardeau quelconque, et pourtant son visage restait ouvert, affable, sans aucune trace d'amertume, comme si toutes ses peines n'étaient que passagères. « Ta mère est sa propre ennemie », me dit-elle un jour comme si cela suffisait à tout expliquer. J'attendais des éclaircissements mais elle ne me les donna pas et, ne voulant pas passer pour un imbécile, je fis semblant de comprendre.

Le seul avantage sensible du départ de Nantongo fut que les diatribes de Cadenas diminuèrent. Quand la bonne était encore là, Cadenas n'arrêtait pas de la critiquer et de la semoncer d'un ton froid, irritant, éteint, presque geignard. On aurait dit que la bonne la mettait hors d'elle par sa seule présence. « Tu laves mal mes draps », « Tu bois le lait des bébés », « Tu portes mes vêtements avant de les laver », « Tu baves dans la saucière quand tu la portes à table », ou encore :

— Tu tortures mes enfants, tu les négliges, tu les pinces, tu les menaces.

— Dois-je me taire quand ils me lancent des injures ?

— Ne réponds pas. Non mais, elle ose contredire sa patronne ! Créature ingrate ! Crois-tu, par hasard, qu'on ait envie de voir la cavité de ta bouche ou de compter tes molaires ? Tu inculques de mauvaises manières à mes enfants. Comment puis-je te supporter sous mon toit ? Tu regardes tout le monde comme si tu étais sur le point de mordre. On ne t'a pas appris, dans ton bled, à respecter tes supérieurs ?

— Mais, madame...

— Voilà que tu me montres de nouveau tes dents ! Ton palais ! Ecoute un peu ce que te disent tes supérieurs. Quel homme voudrait épouser une fille qui n'a pas de manières et qui dévore comme une tondeuse à gazon ?

« Moi, moi, moi », aurais-je voulu répondre. Et d'autres aussi ! J'avais vu des hommes flirter avec des femmes qui avaient une seule jambe ou un pied bot. J'avais vu des hommes tomber amoureux de femmes qui n'avaient qu'un œil. La mère d'oncle Kawayida avait des dents proéminentes. La liste serait longue.

Cependant, on ne tarda pas à comprendre que Cadenas n'avait pas l'intention d'étaler devant la bonne sa connaissance des hommes, mais qu'elle voulait tout simplement s'en débarrasser.

— Souviens-toi du jour de ton arrivée. Tu pleurais, tu étais prête à tout pour avoir du travail et un toit sur la tête. Je t'ai tout donné et tu n'es même pas capable de préparer un repas convenable.

Le drame atteignit son paroxysme lorsque Nantongo fit tomber, par mégarde, une tasse qu'elle voulait ranger dans le buffet. Je n'ai jamais vu personne regretter avec tant de douleur une misérable tasse en porcelaine au bord ébréché, au fond strié de rayures et aux décorations effacées. C'était une tasse de rien du tout qui n'aurait jamais acquis une valeur d'antiquité, mais Cadenas en fit tout un drame :

— Oh ! Je le savais, je savais bien que tu en étais capable. Que nous réserves-tu encore, Nantongo ? Le botulisme ? ou quelque chose de pire ? On trouve de la mort-aux-rats dans les magasins, tu sais ? On en a même à la maison !

Le visage de Cadenas se contracta dans une rage théâtrale. La bonne se retourna, la dévisagea et, un sourire sur les lèvres, fit tomber toutes les autres tasses sur le béton.

— Oh ! Oh ! Oh ! s'écria Cadenas en se frappant les cuisses de douleur et en regardant les débris.

Son visage prit une expression qui annonçait le désir de frapper. Nantongo fit un bond de côté avec la souplesse d'une antilope et siffla entre ses dents :

— Je vous ai laissée dire tout ce que vous vouliez, mais je ne vous permettrai jamais de lever la main sur moi.

Cadenas fut estomaquée par la violence contenue des paroles de la bonne. Un instant, elle ne sut que faire : pleurer sur ses tasses ou tordre le cou à la coupable ? Pour garder un semblant d'autorité, elle hurla :

— Je te renvoie !

Nantongo partit le lendemain matin. Tous les autres objets en porcelaine furent rangés dans des boîtes et nous eûmes tous droit à une chope en matière plastique.

Serenity affichait des airs de despote bienveillant. Il exerçait son autorité non en recourant à la violence, mais en menaçant de le faire. Il aimait que son pouvoir fût implicite, ne manifestant jamais ouvertement sa colère et se contentant de proférer à voix basse des avertissements. Il écoutait les rapports sur la mauvaise conduite de l'un ou l'autre de ses enfants comme un crocodile écoute le vrombissement des mouches au-dessus de sa tête. Il donnait à savoir, d'une manière indirecte, qu'il approuvait la sévérité de sa déléguée, sauf si elle allait trop loin. Quand il remarqua la disparition de Nantongo, il ne dit pas un mot. Pour lui, Nantongo n'était qu'une ride de plus sur la surface d'une mare qui n'était pas près de tarir. Il laissa la ride glisser vers le bord de la mare où elle disparut. Après le départ de Nantongo, Cadenas me choisit comme nouveau souffre-douleur. Mais Serenity faisait comme s'il n'avait jamais entendu une plainte sur mon compte.

Raide dans sa chemise amidonnée et son pantalon

de couleur assortie, il arrivait en tenant une serviette en cuir dans une main et en saluant de l'autre les voisins comme un aimable général en vacances. Si la cour était propre, sans ordures ni excréments, il hochait la tête et entrait dans la maison. Si les enfants avaient bien travaillé à l'école et qu'il n'y eût ni facture scolaire ni plainte des enseignants, il les laissait tranquilles. Il se retirait généralement avec ses livres ou bien se changeait et allait à la station-service pour tailler une bavette avec Hadj Gimbi et deux autres amis, regarder la circulation, passer en revue la politique mondiale ou jouer aux cartes.

Les quatre compères commentaient la situation d'après l'indépendance, l'abolition de la première constitution, l'état d'urgence de 1966, le coup d'Etat de 1971, l'avenir du pays, d'Amin, des musulmans, des catholiques, des protestants et des étrangers. Quand ils avaient épuisé tous ces sujets, ils se remémoraient leur passé, leur jeunesse, leur carrière, leurs rêves et tout ce qu'ils aimaient.

Pour aller prendre de l'eau au puits, je devais passer devant la station-service Total avec ses trois pompes semblables à des statues décapitées ; dans la boutique qui se trouvait derrière, les couvercles luisants des bidons d'huile ajoutaient à l'éclat des néons ; la fosse rectangulaire où des mécaniciens aux mains pleines de cambouis s'allongeaient sur le dos pour examiner le dessous des autos était béante comme un charnier. Les quatre amis, personnification de tous les privilèges masculins, se laissaient tranquillement intoxiquer par les gaz d'échappement des voitures, la poussière soulevée par la circulation et le grincement du temps qui passait. Ils semblaient tantôt complètement absorbés par leur jeu, tantôt excités par une conversation sur les délices du corps d'une certaine femme ou le premier sourire d'un enfant. Parfois je les entendais se raconter des histoires cochonnes et rire à gorge déployée.

Dans le centre commercial africain du quartier, l'humeur était changeante. La musique diffusée par les haut-parleurs accrochés aux vérandas remplissait l'air et donnait le ton aux discussions bruyantes, aux gros rires et aux tapes dans le dos qui accueillaient une bonne blague ou un mot d'esprit. Parfois une dispute éclatait et les badauds se tordaient de rire en entendant les grosses injures qui s'échangeaient. Une autre fois, un acrobate ou un contorsionniste se donnait en spectacle et un guitariste pinçait les cordes usées de son instrument désaccordé. Ou bien c'étaient les muscles luisants et les cris rauques d'une bagarre à coups de poing qui provoquaient les acclamations joyeuses et admiratives des curieux. Et d'autres fois encore un camelot vantait les vertus d'un médicament miraculeux : une seule dose et vous étiez guéris de la calvitie, d'une mauvaise haleine, de la stérilité, du malheur et des éjaculations précoces !

Je ne m'arrêtais jamais pour regarder ; il fallait que j'aille au puits pour placer mes bidons dans la queue et attendre mon tour. C'était une vieille pompe anglaise, lourde, munie d'une large ouverture et d'un gros levier difficile à actionner l'estomac vide et destinée à durer encore un siècle. Le levier en bois sentait toujours la graisse dont on l'enduisait pour décourager les termites.

Quand une fille bien faite comme Lusanani actionnait la pompe, je me plaçais derrière elle, à quelques pas de distance, et je regardais ses bras se lever, son corps se courber en avant et son visage disparaître sous le levier. Alors je souhaitais qu'elle continue à pomper pendant une éternité parce que sa bouche ouverte, ses yeux écarquillés et tout son corps concentré dans le dur labeur éveillaient en moi des fantasmes d'extase voluptueuse. Sa taille fine, le bord de ses sous-vêtements se dessinant sous la robe, ses cuisses, ses mollets et jambes tendus par l'effort alimentaient mon esprit éveillé. Pendant que je regardais Lusanani, dont les fesses se contractaient et se détendaient rythmiquement, dont la culotte se tendait quand elle se baissait sur le levier, je savais qu'un membre adulte de mon corps la désirait, la posséderait un jour et s'emparerait de son esprit pour le greffer dans la prochaine étape de ma vie. Je me sentais maudit.

Sur le chemin du retour, tandis que les autos me dépassaient à tombeau ouvert ou s'arrêtaient à la station-service, la vue de Hadj Gimbi avec sa calotte blanche et sa barbe caractéristique me mettait mal à l'aise. Il me regardait comme s'il voulait m'étudier, lire mes pensées. Et je le craignais d'autant plus que de nombreux diseurs de bonne aventure étaient des musulmans. Il était de notoriété publique que le Coran était un livre puissant, plein de magie, de bénédictions et de malédictions. Hadj Gimbi avait l'air de savoir ce que je pensais de sa femme et le sort que je lui souhaitais. Il avait l'air de vouloir me surprendre en flagrant délit avec sa femme, mais d'attendre d'avoir des preuves concrètes, uniquement parce qu'il était un ami de mon père. Quand je le rencontrais ou qu'on m'envoyait porter un message chez lui, je tremblais de tous mes membres à l'idée qu'il allait me prendre à partie pour mes mauvaises pensées. Mais rien de ce genre n'est jamais arrivé. Au contraire, il semblait très heureux de me voir, ce qui me désorientait sans toutefois changer mes sentiments pour Lusanani.

Le régime dictatorial de la maison et l'impossibilité de dire ce que je voulais m'avaient fait croire que j'étais le seul à souffrir en silence, mais l'histoire de l'encre rouge me détrompa. Je m'étais tant bien que mal adapté au cul-de-sac qu'était pour moi la maison paternelle. J'avais appris à me taire, à ne rien dire même si la chandelle de morve qui pendait du menton de Serenity ou de Cadenas était sur le point de tomber dans leur thé ou dans leur soupe. C'était une nouvelle forme d'instinct de conservation que je n'avais pas connue au village et qui me donnait des démangeaisons dans la gorge quand j'étais sur le point de faire une observation dangereuse. Je pris l'habitude de détourner les yeux plutôt que de risquer de recevoir à la figure le thé ou la soupe que j'aurais voulu sauver de la morve. Je ne comprenais pas pourquoi les despotes étaient si sensibles à ces petites choses que je devais taire.

Un matin, pendant que je faisais ma génuflexion rituelle dans la cour, je remarquai quelque chose de curieux dépassant du derrière de Cadenas ; c'était comme si elle avait planté une bouteille d'encre Quink sous sa robe, dans son anus. Ce n'était pas une plaisanterie car, à supposer que Cadenas eût le sens de l'humour, il n'était sûrement pas de ce genre. Mais alors, qu'est-ce que cela pouvait bien être ? La bosse était trop visible pour passer inaperçue. Que se passait-il ? Agréablement surpris par cette farce peu commune, je me sentis de meilleure humeur et je trouvai du premier coup le ton juste. Cadenas, qui s'attendait à ma mauvaise volonté habituelle, fut décontenancée par mon humilité. J'accomplis rapidement mes tâches quotidiennes, fis ma toilette et me préparai pour aller à l'école.

C'était Cadenas qui tenait les cordons de la bourse et comme, quelques jours auparavant, j'avais demandé de l'argent à Serenity pour acheter des cahiers, c'était à elle que je devais m'adresser. Rien d'anormal à cette procédure : Serenity nous avait demandé de planifier nos dépenses : « L'argent ne me pousse pas sous les pieds, j'ai besoin de temps pour le trouver », avait-il l'habitude de dire en guise d'avertissement.

Je trouvai Cadenas dans le salon. Quand je lui dis ce que je voulais, elle se retourna sans me répondre pour aller chercher son porte-monnaie dans la chambre à coucher. Et alors, je découvris ce que c'était : une tache de la couleur du rubis et de la grandeur d'une bouche de bébé ! Je n'arrivais pas à détourner mes yeux de son derrière. Non parce que je n'avais jamais vu de sang ; j'en avais vu assez souvent et je connaissais aussi son odeur. Je conclus qu'une telle perte de sang chez quelqu'un d'aussi soigné annonçait un grand danger. J'ouvris la bouche pour lui faire remarquer la tache, mais me contentai de toussoter. Il valait mieux avaler ses paroles : il n'était pas sage de signaler cette chose à la despote avant d'avoir reçu ce que j'attendais d'elle : elle aurait pu se sentir gênée et me refuser l'argent. Je ne pouvais pas me permettre de m'attirer des difficultés et de gâcher un jour d'école en faisant quelque chose dont je ne pouvais pas prévoir les conséquences. N'avais-je pas bien gardé le secret de tante Tiida ? Ne savais-je pas que le silence est d'or ? Ce nouveau secret était-il plus dur à garder ? Je ne le pensais pas.

J'étais tout guilleret : j'avais maintenant un moyen de faire chanter mon ennemie. A l'avenir, je pourrais me servir de ce secret contre elle. J'en aurais sûrement besoin pour l'empêcher de me rosser. Mais comment m'y prendre ? Ce qui coulait était vraiment du sang, son propre sang tyrannique. Qu'elle y baigne encore un peu, juste le temps que je trouve un moyen magistral pour mettre fin à mes misères ! Qu'elle en souille toute la maison ! Qu'elle s'en serve pour retoucher les dates rouges du calendrier ! Tout le monde pourrait ainsi constater que même les tyrans saignaient quand on coupait dans leur chair.

La prochaine fois, ce serait le tour de Serenity. Lui saignerait sûrement par-devant, du côté de sa braguette. Quant à moi, il pouvait arroser de son sang toute la cour, les toilettes et le quartier entier. Il pouvait même en arroser la Kawasaki vert citron de Hadj Gimbi, et la station-service, et aussi — pourquoi pas ? — quelques autos qui passaient.

Quand elle me donna l'argent, je fis en sorte de ne pas me trahir en reculant pour éviter qu'elle me touche. Je ne doutais pas que ses doigts sentent le sang et que l'argent ait pris une odeur écœurante. Ses doigts étaient moites et froids, ce qui était inquiétant : Grand-ma m'avait appris que les mains et les pieds froids étaient un signe d'anémie. Mais l'anémie de cette femme était-elle si grave ? Probablement pas assez pour qu'elle meure avant mon retour de l'école. Je reniflai l'argent : il avait une odeur normale.

Sur le chemin de l'école, j'essayai d'imaginer ce qu'il pouvait bien y avoir dans la culotte de Cadenas. Saignait-elle comme un coq décapité ? Si c'était le cas, elle était drôlement dure à cuire pour saigner ainsi et faire comme si de rien n'était ! Cette fois, elle aurait eu raison de se plaindre comme elle le faisait du temps de Nantongo, mais elle ne le faisait pas. Les femmes enceintes paniquent et appellent au secours dès qu'elles perdent une goutte de sang. Les coqs se démènent et meurent dans d'affreuses convulsions : cette femme feignait-elle l'indifférence ? J'en conclus que Cadenas était insensible à la douleur. Voilà pourquoi elle recourait si facilement à la cravache. Alors ma curiosité s'éveilla. Je voulus m'assurer que Cadenas était en effet insensible à la douleur. Qu'en pensait Loverboy ? Lui plaisait-elle pour cette raison ?

Ce fut un jour de grâce : j'eus une note excellente en classe et, pendant la récréation, je trouvai un billet de dix shillings dans l'herbe, derrière les classes les plus proches de la cour. C'était un vrai coup de chance car je trouvais rarement quelque chose.

Je tournai et retournai le billet pour m'assurer qu'un porteur de furoncles ou d'une autre maladie infectieuse ne l'avait pas mis là avec l'intention de transmettre ses microbes, car dix shillings, ce n'était pas rien dans les années soixante-dix. Cadenas m'aurait fouetté jusqu'au sang si j'avais perdu dix shillings et Serenity probablement aussi.

Pour fêter la chose, j'appelai deux amis et leur offris des petits pains et des boissons fraîches. Pendant que nous nous régalions, je me demandai où j'allais cacher mon butin. J'aurais pu partager mon bonheur avec les plus loyaux des chiards mais je craignais qu'ils me trahissent en montrant trop d'excitation. La générosité gratuite était à déconseiller sous un régime dictatorial.

La journée scolaire passa avec la rapidité d'un orage chassé par un ouragan. Tout à ma joie, j'avais oublié de réfléchir sur le moyen d'utiliser ma découverte contre Cadenas. Et sur le chemin du retour, je ne trouvai rien. Cependant, j'arrivai à la maison de fort bonne humeur. La tête me tournait. Je me sentais bien ancré dans le triomphe de mes aptitudes académiques et de ma chance.

La Cadenas que je trouvai en pénétrant dans la cour écrasa mon exubérance comme on écrase une feuille sèche : elle se tenait là comme un château, ses douves étaient pleines de piranhas et son pont levé. Elle n'était donc pas morte ! Elle n'avait donc pas tout souillé de son sang, même au plus fort de son angoisse ! Mais elle avait l'air d'être rongée par tant de sauterelles que sa façade semblait sur le point de s'effondrer.

Sur ce arriva une cliente, mandée par des dieux inquiets qui l'avaient chargée de briser l'atmosphère gelée de la maison. Elle repêcha Cadenas des profondeurs glaciales de sa douleur solitaire. Cadenas s'informa de sa santé, de celle de ses enfants, lui demanda si la camionnette de son mari avait été réparée et si... Je me sentais superflu.

Les citadines comme elle, même celles qui étaient enceintes ou laides, avaient leur propre monde. Cette femme, dont le ventre, les cuisses et les fesses avaient souffert de ses trop nombreuses grossesses, était du genre qui, dans notre village, nous harcelaient, Grand-ma et moi, de demandes de philtres et d'amulettes douteuses auxquels les femmes peu sûres d'elles ont recours pour réveiller une flamme éteinte. Mais ici, elle ne daigna même pas regarder ce garçon en pantalons courts, la terreur de la classe, dont les cahiers recouverts de papier journal étaient ornés de traits rouges soulignant l'excellence de ses résultats scolaires.

Cadenas continuait à combler la femme de gentillesses. Elle se leva et, nous tournant le dos, elle se dirigea vers son poste de commandement pour prendre les mesures de la femme. Je vis la tache. Etait-ce la même que ce matin ou une nouvelle ? Elle semblait plus grande, plus dangereuse aussi : il fallait s'en occuper sans tarder.

Je perdis subitement le contrôle des paroles que j'avais enfermées et barricadées dans ma tête. Les phrases en eurent subitement marre de ces silences lâches de la journée et sortirent comme des bébés qui se présentent par le siège. Je m'entendis subitement dire : « Vous allez mourir. Vous ne savez donc pas, m'man, que vous saignez depuis ce matin ? »

D'autres paroles se bousculaient pour sortir mais je les en empêchai en mettant ma main devant la bouche. Cadenas s'arrêta pile, sa tête se projeta d'abord en avant, puis vers le haut, comme tirée par une main gigantesque. Elle fit une pirouette avec la grâce et la souplesse des danseurs lors de son mariage. Son visage se couvrit de mille rides. La cliente, d'abord effarée par mes paroles, soupira avec soulagement comme si on venait d'échapper à une condamnation à mort et ses yeux brillèrent de malice quand elle découvrit la tache. Cadenas s'en aperçut et les souvenirs de toutes les hontes subies pendant son enfance et son séjour au couvent lui revinrent à la mémoire. Alors, perdant toute maîtrise de soi, elle explosa. Ce fut comme si, frappé et fendu en deux par le tonnerre, un arbre s'était abattu sur moi avec une telle force que les lumières s'étaient éteintes.

Je me réveillai plusieurs heures après avec un affreux mal de tête et un œil enflé. Aucun de nous deux ne fit plus allusion à ce qui s'était passé. J'appris alors que dans une dictature, le passé et le présent étaient des frères siamois qu'il valait mieux ne pas séparer si on voulait maintenir l'ordre au-dehors et l'harmonie au-dedans. Ceux qui ressentaient le besoin de connaître l'histoire n'avaient qu'à le cultiver dans des catacombes où sa laideur ne risquait pas d'offusquer les peuples.

Pour l'instant, je gravais l'incident dans les patates. Les patates douces que je devais préparer pour le repas du soir étaient ce jour-là dures comme la pierre. Serenity se taisait. Cadenas me lançait des regards où je pouvais lire qu'elle n'avait ni oublié ni pardonné.

Les semaines suivantes, je préparai les meilleures recettes de mon répertoire culinaire parce que j'avais vu les vêtements maculés de sang de Cadenas. Craignant que son sang ne contamine notre nourriture, je m'occupais de tout le travail de la cuisine avec le fanatisme d'un néophyte. Comme elle me laissait en paix depuis quelque temps, je me dis qu'elle avait pris mon zèle pour une marque de repentir et un changement total de mon attitude.

Mais la nuit, je faisais des tas de rêves affreux, à croire que Cadenas avait renoncé aux tortures physiques pour passer au harcèlement moral : je recevais la visite du Christ cloué sur sa croix en bois. J'avais vu beaucoup de christs crucifiés, ceux de l'église, ceux des livres de prières et ceux des rosaires, mais celui-ci prenait l'apparence surréaliste d'un rêve. Je ne voyais pas Jésus sur la Croix mais Cadenas. Sa peau était entièrement lacérée et son sang dégoulinait sur les pierres qui soutenaient l'horrible croix. Seul témoin de ses épreuves, le reproche que je lisais sur son visage lugubre ne pouvait être adressé qu'à moi pour m'inspirer un sentiment de culpabilité éternelle : le responsable de sa crucifixion, c'était moi. D'autres fois, elle m'apparaissait déguisée en Vierge Marie, dans une tunique blanche serrée à la taille par un ruban bleu. Elle portait dans ses mains un globe terrestre et ses pieds disparaissaient derrière des nuages. Puis on la crucifiait tout habillée, on la fouettait et son sang commençait à couler.

J'avais beau analyser froidement mes rêves, me dire que mon imagination me jouait de mauvais tours, je ne pouvais pas m'empêcher de penser que ces cauchemars étaient l'œuvre de Cadenas.

Le matin, pendant la cérémonie des génuflexions, j'épiais son visage à la recherche de signes confirmant ses déguisements nocturnes. Mais elle ne trahissait aucune émotion, ne semblait pas avoir la moindre idée de mes terreurs de la nuit. Je me demandais ce que je pourrais faire pour briser le cercle infernal de ces visions sanglantes. J'aurais voulu lui faire comprendre que ses efforts absurdes pour me culpabiliser n'avaient pas prise sur moi ; c'était trop tard. J'aurais aussi voulu lui faire comprendre que nous avions tout intérêt à collaborer comme des partenaires adultes plutôt que de neutraliser nos efforts dans cette guerre souterraine.

Je commençais à croire qu'elle était un de ces êtres qui, lorsqu'ils sont possédés par des esprits errants, s'assoient dans le feu, courent tout nus, grimpent aux arbres et démolissent tout ce qui leur tombe sous la main, puis, une fois que les esprits les ont quittés, ne se souviennent de rien et nient tout. Grand-ma m'aurait aidé à vérifier mes soupçons ou, en tout cas, à les repousser. Je décidai de tout raconter à Lusanani. Mais les cauchemars se firent plus rares, et finalement ils disparurent.

Les rêves eurent ceci de bon qu'ils me guérirent définitivement de mon sommeil de plomb. J'avais maintenant un sommeil léger et je me réveillais avant que Cadenas ait pu me crier dans les oreilles, m'arroser d'eau froide ou me frapper avec une cravache. Je repris mon rythme d'antan, lorsque ma tranquillité villageoise était régulièrement interrompue par l'arrivée soudaine d'un bébé. C'était délicieux d'être réveillé la nuit et de penser que le monde, autour de moi, dormait d'un sommeil profond. J'avais l'impression de vivre dans un autre fuseau horaire, sur un autre continent, dans un autre hémisphère, à un endroit où tout le monde était réveillé lorsque nous dormions et enfilait son pyjama lorsque nous mettions notre tenue scolaire.

J'avais parfois une envie folle de me lever, de sortir de la maison et d'errer dans les allées sombres et les venelles qui sentaient la pisse. J'aurais voulu même pousser, dans l'obscurité, jusqu'à la station de taxis pour la contempler, vide, à minuit. J'aurais voulu en évaluer les dimensions réelles, traverser la place de long en large et la remplir de mon imagination. L'obscurité fourmillait de brigands. La nuit mystérieuse dissimulait toutes sortes de bandits aux aguets. La ville était pleine de patrouilles militaires, de soldats à la recherche de plaisirs nocturnes et d'aventures interdites. Le ciel grouillait des âmes de ceux qui avaient été assassinés pendant le coup d'Etat, assassinés avant le coup d'Etat, assassinés pendant l'état d'urgence, assassinés à la veille de l'indépendance, tandis que la politique se couvrait des masques les plus affreux et faisait couler de plus en plus de sang. La nuit était pleine d'âmes qui sentaient encore la terre, d'âmes qui cherchaient leur nouvelle demeure, d'âmes qui s'éternisaient dans des adieux anonymes, d'âmes errantes qui essayaient d'apercevoir une dernière fois leurs bien-aimées et d'âmes qui griffaient le visage de leurs amantes avec des pattes semblables à celles des chauves-souris. Grand-ma était une de ces âmes. A cause d'elle, il valait mieux que je ne bouge pas, au cas où elle me chercherait, au cas où elle me sentirait, au cas où elle aurait choisi cette nuit-là pour se manifester à moi.

Allongé sur le dos, je pensais d'abord à elle, puis aux despotes, à l'harmonie étouffante avec laquelle ils procédaient, sans états d'âme. Habitué comme je l'étais aux discussions de l'après-midi passionnées de Grand-pa et Grand-ma qui m'avaient fait croire que tout raisonnement, toute parole avait un sens, je trouvais que l'harmonie des dictateurs avait quelque chose de primitif et d'écœurant. Ils avaient l'air d'interpénétrer leurs pensées par télépathie et d'échanger ainsi leurs informations sans passer par les mots. C'était un truc ingénieux pour monopoliser le pouvoir et laisser tous les autres dans l'incertitude. Etait-il possible que deux despotes s'entendent aussi parfaitement ? Oui, mais il se pouvait aussi que quelque chose se trame sous mon nez et que mon manque d'expérience et mon aveuglement m'empêchent de le voir. Ces questions me préoccupaient jusqu'à l'obsession. Mes réflexions nocturnes prirent de telles proportions que, la nuit où j'entendis le bruit d'une vive altercation, je crus tout d'abord que je rêvais. Je pensai que j'assistais à une de ces bagarres, près des boutiques africaines. Ou était-ce plutôt sur le terrain de sable, derrière la cour de l'école, où les sportifs s'exerçaient au saut en longueur et les bagarreurs s'affrontaient dans des luttes dramatiques pour établir leur suprématie ?

Cependant, les cris vibrants de rancune et de frustrations longtemps refoulées continuaient à siffler dans l'air et force me fut de constater que j'assistais par hasard à tout autre chose. Je m'empressai de sortir du lit. Les petits chiards, plongés dans un sommeil enfantin, presque paradisiaque, laissaient échapper des pets sourds, des ronflements doux et des gémissements inoffensifs, comme s'ils regrettaient d'être privés de ma découverte. Je me glissai dans la salle de séjour où traînaient encore les relents de poisson de notre repas du soir, m'aventurai le long des grands fauteuils verts, contournai la table en bois rouge à laquelle Serenity mangeait toujours seul en nous surveillant du regard et m'arrêtai bientôt devant la porte mitoyenne qui menait à l'épicentre des salves verbales. Cette porte restait généralement entrebâillée pour permettre aux cris nocturnes des chiards de parvenir jusqu'au sanctuaire de la chambre de Cadenas. Mais cette nuit, elle était plus largement ouverte et j'entendis clairement mes parents s'engueuler, dans l'illusion que tout le monde dormait. Ces scènes nocturnes n'étaient pas nouvelles, je les avais entendues quand ils étaient encore au village, mais ils les avaient apparemment transférées sur le théâtre actuel des différends conjugaux.

Debout sur le bord du cratère en ébullition, je passai rapidement en revue les différents cas de figure : l'un d'eux était allé chercher un couteau dans la salle de séjour ou la cuisine et, dans sa rage meurtrière, avait oublié de fermer la porte. Dans ce cas, qu'était-il advenu de l'autre ? Depuis combien de temps cela durait-il ? Serenity avait enfin décidé de rappeler à l'ordre sa préposée au maintien de la discipline. Ou était-ce Cadenas qui distribuait les gnons ? Je tremblais de tous mes membres mais un fracas de verre brisé me rendit mes esprits. Je distinguai d'autres bruits : chutes d'objets, halètements, soupirs. Un épais rideau d'ombre se dressait entre moi et ce qui se passait dans la chambre de mes parents. Mais l'idée que les despotes étaient en train de se battre, de se griffer, de s'étrangler peut-être, m'excitait au plus haut point. Lorsque le bruit cessa, je compris que la pomme de discorde était Loverboy.

Je le revis tout à coup, assis sur un tabouret, le bras posé sur la table sur laquelle glissaient les rangées de violettes des deux pièces de tissu que Cadenas assemblait sur la machine à coudre pour en faire une robe. Un léger sourire flottait sur les lèvres de Loverboy et les yeux de Cadenas brillaient d'une lueur que je n'avais jamais vue auparavant. Elle avait l'air d'être au septième ciel. Personne, aucun être vivant ou mort, n'avait jusque-là eu un tel effet sur elle.

Cela étant, je comprenais très bien que les visites de Loverboy puissent vexer Serenity et exciter sa jalousie. Je voyais déjà les médisances s'amasser au-dessus de sa tête en nuages paresseux. De ce point de vue, les citadins ne différaient guère des villageois. Ils adoraient tous les ragots, à cette différence près que les derniers en consommaient des timbales pleines tandis que les premiers les sirotaient dans des dés à coudre.

Serenity pensait que, pour se venger de son mariage à l'essai avec Kasiko, Cadenas faisait ce qu'elle voulait avec Boy — c'est ainsi qu'il appelait Loverboy — ; elle voulait, pensait-il, lui faire sentir ce qui se passait quand on intervertissait les rôles. Un désir de vengeance à froid et une jalousie mal placée avaient probablement poussé le crocodile et le buffle dans de dangereux sables mouvants.

— Tu aimes ce garçon, hein ? demanda Serenity,

exposant ainsi son derrière de crocodile aux cornes destructrices du buffle.

— Pas comme tu le crois, répondit Cadenas froidement. Sa présence me fait plaisir, tout simplement.

Sa voix avait pris une intonation plus chaude en prononçant ces dernières paroles.

— Pourquoi ne veux-tu pas me dire la vérité sur ton Boy ? Tu me prends pour un imbécile ?

— C'est la vérité. C'est un simple client qui me dit des choses qui font rire.

Serenity sentit ses anciens préjugés sur les boutiques et les commerçants s'enfoncer dans son cœur comme des pointes acérées, et se demanda ce qui lui avait pris de donner une machine à coudre à sa femme, attirant ainsi chez lui l'enfer du commerce et des clients.

— Quoi ? Quoi ? Quel genre de choses te dit-il ?

Il s'était mis à bégayer comme lorsqu'on l'envoyait faire des courses et qu'il ne trouvait personne pour y aller à sa place.

— Il me fait des compliments sur ma manière de travailler avec les étoffes ; il admire ma façon de transformer de simples morceaux de coton en robes splendides.

Je pris appui contre le chambranle de la porte pour ne pas tomber assis. Cadenas, une femme qui, dès sa jeunesse, avait banni de son vocabulaire le mot « compliment » pour le remplacer par « menace », Cadenas désirait qu'on lui fasse des compliments ! Et elle en avait un tel besoin qu'elle les buvait aux lèvres suppurantes de Loverboy ! Loverboy, le seul bipède ou quadrupède au monde capable de s'opposer à Cadenas, de la contredire et de lui faire des compliments ! J'étais consterné de voir à quel point je m'étais trompé sur son compte et, en même temps, je sentais ma poitrine se gonfler de plaisir : malgré son indifférence devant les pertes de sang, malgré sa promptitude à recourir à la cravache, elle n'était donc pas entièrement insensible à la douleur. Je pouvais la blesser si je voulais !

— Ah ! bon ! ce que je dis, moi, ne te fait pas rire, je ne fais aucun cas de ton travail malgré toute la liberté que je te laisse !

— C'est pas la même chose, répliqua-t-elle d'une voix pleine d'impatience et sur un ton imprégné de condescendance.

Ce qu'elle ne mentionnait pas, c'était ce qu'elle ressentait en présence de Loverboy : une pureté, une innocence libérée de toutes les tensions habituelles entre hommes et femmes. Loverboy ne voulait d'elle que le baume de ses paroles. Ses louanges procédaient d'un sentiment qui avait tout d'un amour d'adolescent et d'une adoration qu'elle n'avait jamais connue.

— Qu'est-ce que tu entends par là ? dit Serenity avec une rage contenue.

— S'il existe des femmes capables de te faire rire, pourquoi n'existerait-il pas aussi des jeunes hommes capables de faire rire une femme mariée ? Je sais que de nombreuses femmes attendent avec impatience qu'il m'arrive quelque chose pour pouvoir prendre ma place. Mais retiens bien une chose : tu peux engendrer tous les bâtards que tu veux, ils n'auront jamais une place sous ce toit.

Serenity était ennuyé qu'elle remette sur le tapis la fille de Kasiko. Il en avait assez de devoir toujours se disculper. Il lui avait pourtant dit, il n'y avait pas longtemps encore, qu'il avait trop de soucis d'argent pour courir après d'autres femmes. Pourquoi revenait-elle toujours sur ce sujet ?

Ce qu'elle ne lui disait pas, c'est qu'elle continuait à faire des cauchemars sur le jour de son mariage, sur les enfants diaboliques de Kasiko qui tendaient la main pour avoir un morceau de gâteau. Les morceaux de gâteau se transformaient en pierres avec lesquelles ils la lapidaient parce qu'elle avait supplanté leur mère. Elle commençait à se demander si la fille de Kasiko était vraiment une fille. Les rêves de Cadenas étaient peuplés de garçons qui prétendaient être les héritiers de Serenity, parce qu'ils étaient les véritables aînés de la famille. Elle désirait ardemment être rassurée sur le sexe de la fille de Kasiko, mais elle ne savait pas comment aborder la question sans se trahir.

— Pourquoi reparles-tu de ça ? dit Serenity.

Cadenas se sentait intimidée en face de cet homme cultivé ; il se moquerait sûrement d'elle si elle lui racontait ses rêves où une fille se transforme en une horde de garçons lapideurs. C'est pourquoi elle eut recours à l'arme qu'elle brandissait le plus facilement : les grands mots et les menaces :

— Hadj Gimbi saura sûrement te dire comment faire pour devenir bigame, mais c'est une maladie qui ne contaminera jamais cette maison.

— Laisse Hadj tranquille. C'est mon ami, pas le tien.

— Je ne partagerai jamais ma maison avec une autre femme.

— J'en ai par-dessus la tête de tes conneries ! Si c'est ta manière à toi d'exprimer ta culpabilité, dis-le tout de suite et après tais-toi. Je n'ai pas envie de passer la nuit à écouter tes bêtises. Je dois me lever tôt pour aller à mon travail.

— Comment peux-tu avoir confiance en ces musulmans ? C'est à l'islam ou à l'animisme qu'ils essayent de te convertir ?

— Arrête tes conneries, te dis-je. Hadj est un ami. Et fais-moi grâce de ta paranoïa. Tiens, refile-la plutôt à Boy et dis-lui de la jeter dans le puits. Les gens racontent des histoires sur toi et moi et ils me traitent de cocu. Ils pensent que Boy t'a totalement envahie comme la gale.

— Je ne veux plus jamais entendre une chose pareille, tu entends ? Plus jamais, aboya-t-elle.

Et elle se retourna avec rage en faisant grincer le sommier.

— Et moi, je ne veux pas que les gens disent du mal de moi ou de toi. Nous sommes une famille exemplaire. Tu ne vas pas détruire en quelques minutes une réputation que nous avons mis des années à établir.

— Il ne fait que flirter, pourquoi devrais-je tenir compte des pensées dégueulasses des gens ?

— Flirter ! Dans ma maison ! Par-dessus ma machine à coudre ! Que fait-il donc ? Il te chante des romances ? Dis-lui d'arrêter les frais et de chercher une autre couturière. Je ne veux plus le voir traîner par ici !

Tout ceci était de l'information en vrac ; il fallait encore l'assimiler et voir comment je pouvais l'exploiter. Je commençais à m'ennuyer et envisageai même de retourner dans mon lit : ça suffisait largement pour une seule nuit.

— Tu n'as pas toi-même la conscience tranquille. Ne m'as-tu pas accusée d'avoir renvoyé la bonne parce que j'étais jalouse ?

— Je n'ai jamais dit ça, dit-il d'une voix pleine de sommeil.

— Elle était toujours en train de te fixer.

— Elle voulait uniquement que tu t'arrêtes de l'engueuler. C'est à peine si je l'ai regardée.

— Et je ne pouvais plus lui faire confiance par rapport à Mugezi, dit tout à coup Cadenas.

— Qu'est-ce qui s'est passé entre vous deux ?

— Les enfants doivent obéir et il ne le fait pas. Il se prend pour l'homme de la maison. Tu l'abandonnes à son sort. Mais ne t'en fais pas, je le ferai marcher droit. Je ne veux pas qu'il devienne un ces êtres qui volent, torturent et tuent. Ta tante l'a totalement gâté, mais je ferai en sorte que le mal soit éradiqué. Je n'ai jamais eu confiance en cette femme.

Mes genoux se mirent à trembler et je faillis tomber contre la porte.

— Maintenant ça suffit, tu vas trop loin. Arrête, arrête !

La voix de Serenity était comme la plainte d'un chien en rut, torturé par l'odeur inaccessible de sexe.

Voler ! Tuer ! Torturer ! Qui est-ce qui me volait, me torturait, me tuait à longueur de journée, dans cette maison ? Qui est-ce qui m'accablait d'injures à longueur de journée, me torturait avec la puanteur de la merde et la brûlure des coups de cravache ? Qui est-ce qui faisait main basse sur mes biens spirituels pour me réduire à l'insignifiance d'une dent de rouage ? Une guerre venait d'éclater. Une guerre de tranchées. Je ne me berçais pas de l'illusion que j'allais la gagner, mais j'étais décidé à vendre chèrement ma peau, très chèrement. La maîtrise exigée pour tirer le maximum d'effet de ces connaissances toutes fraîches m'effarait et je sentis une sueur froide couler le long de mon dos. Comment regarder mes parents, les saluer et leur obéir comme si de rien n'était ?

— Promets-moi de ne pas me laisser seule dans la lourde tâche de dresser ce garçon. Nous devons le sauver du mal.

— Je t'aide ! Qui est-ce qui paye ses frais scolaires ?

— Je parle d'une aide physique, de mesures disciplinaires.

— Je t'aiderai, et je ferai en sorte que Boy ne mette plus les pieds ici.

— Mais je t'ai dit qu'il n'y a rien entre nous.

Cadenas était furieuse que Serenity mélange des questions qui n'avaient rien de commun.

— Ah ! Flirter sous mon toit ne signifie rien ?

— Ce garçon fait des kilomètres pour me trouver des clients. Et il le fait gratuitement. Sans lui, je n'aurais presque rien à faire. Que deviendrais-je sans son aide et ses relations ? Ce n'est de l'intérêt de personne que tu le renvoies.

— Si tu ne lui dis pas de ne plus se montrer, c'est moi qui le ferai.

— J'ai compris.

— C'est un ordre.

J'étais saturé d'informations. Les voix semblaient parvenir d'une grotte lointaine en même temps que leur écho et elles résonnaient comme le bourdonnement désespéré d'abeilles agonisantes. Peu m'importait ce qui allait encore arriver ; peu m'importait qu'il lui casse un bras ou une jambe ou qu'elle lui brise ou lui caresse les rotules.

Mon séjour à la ville n'avait été jusque-là pour elle qu'une tentative bien méditée de me réduire à zéro, de me tailler et de piler tous les scions de ma personnalité dans le mortier de la convention. On me donnait des ordres sans aucune explication. On me parlait avec condescendance. On me battait et me façonnait au tour du mépris. J'étais tout juste bon à laver les langes, faire la cuisine, chercher l'eau et faire tout ce que Cadenas n'avait pas envie de faire elle-même. En d'autres termes : le chevalet de torture tournait et broyait, accomplissant son lent travail de destruction du corps et de l'esprit.

Ma découverte nocturne m'avait appris une chose : il fallait procéder avec la même sournoiserie dont usaient les despotes envers moi. Il fallait frapper avec la patte de velours empoisonnée d'un léopard, en effaçant mes traces et en cachant mes griffes. Il fallait combattre leur feu en allumant le mien avec précaution de sorte qu'en se rencontrant, les deux feux se détruisent réciproquement sans brûler la maison. Il fallait agir avec l'entêtement hargneux d'un porc.

Au village, quand on achetait un porc, on le transportait dans un sac pour l'empêcher de s'enfuir en chemin. Certains porcelets essayaient encore de se sauver si la porte de la soue était restée entrouverte ou s'ils n'étaient pas assez solidement attachés. Ils ne s'échappaient pas tant pour retourner d'où ils venaient que pour se venger d'avoir été condamnés à l'ennui de la réclusion. Les porcelets qui arrivaient à s'échapper se vengeaient en dévorant la récolte des voisins. Certaines truies attendaient : le jour où elles devaient être couvertes par le verrat, elles en profitaient pour s'enfuir et alors il fallait leur courir après à travers tout le village. Quand on les attrapait et qu'on les ramenait vers le mâle, elles se tortillaient si bien qu'elles gaspillaient le sperme de première qualité, torpillant ainsi la naissance d'animaux de race. J'avais la ferme intention d'appliquer quelques-unes de ces leçons porcines.

Je me sentis nerveux pendant plusieurs jours. Je n'arrivais pas à dormir et je n'osais pas, non plus, aller écouter aux portes. La tension paralysait ma poitrine et mon ventre et m'enlevait l'appétit. En revenant de l'école, je passais par la station de taxis et je regardais les camionnettes des livreurs, les voyageurs, les parasites, les charmeurs de serpents, les diseuses de bonne aventure, les chanteurs et les âmes errantes. Je fus harcelé par des garçons de mon âge qui voulaient me refiler des piles de radio, des sous-vêtements, des cahiers, des brosses à dents et autres marchandises. Je fus poursuivi par des pickpockets qui croyaient que j'avais sur moi de l'argent de poche ou l'argent des commissions. Un diseur de bonne aventure bidon m'aborda et me promit de me prédire l'avenir et de me donner sa bénédiction si j'avais de l'argent pour payer ses services. Je vis des escrocs qui donnaient de faux renseignements concernant les autobus, les marchands, les adresses que cherchaient des paysans analphabètes. Je vis les complices de ces escrocs qui se faisaient passer pour des chauffeurs, des livreurs ou des détectives. Je vis comment ces paysans naïfs se laissaient berner. Je vis des femmes habillées d'une manière provocante se promener en tortillant leur derrière, faire des clins d'œil et s'évertuer à attirer l'attention des hommes. Je vis des femmes qui avaient l'air de s'être égarées mais n'osaient pas demander leur chemin.

J'en conclus que dans ce pays les rats continuaient à proliférer malgré le grand choix de mort-aux-rats et de pièges à rats dont on disposait. Au village, on ouvrait les vieilles piles pour en extraire le carbone que l'on mélangeait avec du poisson pour en camoufler l'odeur et on déposait ce mélange dans un trou de souris ou derrière les sacs de café pour que les rats le mangent et en meurent. Ici, on disposait de liquides, de granulés et de poudres pour tuer ces rongeurs. J'avais de quoi acheter du poison pour tuer le rat gigantesque qu'était Cadenas. Mais l'instinct de conservation des rats me remplissait d'inquiétude. Il arrivait souvent que le rat ignore le poison. Et si, au lieu de manger le poison elle-même, Cadenas le donnait à l'un des chiards ? Je ne le supporterais pas. Et peut-être que ma conscience n'accepterait pas non plus la responsabilité de la mort de Cadenas. De plus, il fallait aussi tenir compte de la police. Cadenas ne sortait que pour aller à la messe et il ne serait pas difficile de découvrir qu'elle avait été empoisonnée par un membre de la famille.

Je me tournai vers les serpents, surtout les cobras brillants qui dansaient et se contractaient et dressaient leur cou lorsque les charmeurs édentés soufflaient dans leur flûte ou sifflaient. La beauté étincelante de leurs écailles et la noirceur de leurs yeux me faisaient brûler du désir d'en acheter un et de le déposer dans le lit de Cadenas. Les serpents n'avaient plus de crocs et ils étaient inoffensifs, mais la peur pouvait toujours provoquer une crise cardiaque. Cependant, je ne voyais pas bien en quoi ceci me donnerait plus de liberté ou de droits. Et donc, je passai mon chemin.

Curieusement, la ville semblait toujours baigner dans le soleil : un soleil dur ; brûlant, épais comme de la lave gluante qui se déversait lentement sur votre corps en le débilitant. Mais ce jour-là l'air sentait la pluie. Le ciel s'était obscurci. Des nuages lourds planaient sur les dents pourries de la ligne d'horizon, pareils à des vautours affamés ou à des marabouts soumis au supplice de Tantale, cachant à la vue le soleil, le minaret et les cathédrales de la colline. Un vent froid propagea des vagues de frissons sur les corps. Le ciel se précipita en un mur de pluie. Tout devint gris et la foule se débanda en désordre.

Du haut de Nakasero Hill un déluge s'abattit dans la cuvette avec la furie impuissante des cours judiciaires et la force de destruction d'une armée toute-puissante. La rivière Nakivubo déborda, vomissant toutes ses ordures sur les berges, les rues et les boutiques les plus proches. Des serpents furent emportés par les eaux et aussi une tortue, quelques chiens et un poivrot pris dans les mailles de son ivresse. Le tumulte des eaux se mêla au grondement des tanks, des lance-fusées et des troupes mobilisées pour le coup d'Etat du 21 janvier 1971. Idi Amin se laissa porter par les flots.

Avec l'appui du général, j'aurais pu broyer les despotes comme des noix dans un mortier. Je voyais ses soldats trempés luttant contre les vagues pour escorter un officier supérieur. Leurs visages hiératiques exprimaient le fatalisme, la résignation et un dévouement total au dieu de la guerre. Le moment venu, c'était ta tête ou la leur. L'air vibrait de la grandeur de leur puissance meurtrière comme il avait vibré lors de l'accouchement à ciel ouvert, sur l'asphalte.

Si j'étais moi-même capable d'un tel dévouement et si j'avais le courage de Grand-ma sous l'éclair du panga, je n'aurais pas besoin de poison ; il suffirait d'aborder un de ces gardes et de lui dire que Cadenas et Serenity sympathisaient avec Obote. Ils seraient alors arrêtés, jetés dans une jeep et transportés dans les baraquements militaires. Là on leur casserait les dents, on les rosserait avec des crosses de fusil et des fouets en corne de rhinocéros ; là on les obligerait à faire des choses qui dépasseraient en horreur toutes les histoires d'oncle Kawayida. Mais recourir aux soldats, ce n'était pas agir avec la circonspection d'un léopard.

Je pouvais, si je voulais, entrer au Bureau du service de sûreté, l'organisation chargée de surveiller le pays et de dénoncer tous les ennemis de l'Etat, réels ou potentiels. En tant qu'employé de la Sûreté nationale, je disposerais d'une Carte Rouge et personne n'oserait plus me faire quoi que ce soit. Je pourrais montrer ma carte à mes professeurs, ou à Serenity, ou à Cadenas, ou à quiconque se mettrait en travers de mon chemin. Armé de cette carte, je pourrais remplir d'effroi le cœur de Cadenas et lui faire sentir ce que c'est d'être tyrannisé. Je pourrais aussi exiger Lusanani et partir avec elle ; et ni Hadj Gimbi ni personne d'autre n'oserait m'en empêcher. Seule me retenait la conscience que, sans les conseils de Grand-ma, le pouvoir me briserait. Le pouvoir me tenterait avec ses fusils, ses couteaux et ses menaces virulentes et finirait par faire de moi un fou dangereux. Encore une fois, ce ne serait pas agir avec la patte de velours d'un léopard. J'écartai donc cette nouvelle possibilité.

Non, le plus prudent, c'était de me mettre sous la protection d'Amin. Cet homme était un réaliste. Il ne tendait jamais l'autre joue. Il rendait à chacun la monnaie de sa pièce : amour pour amour, haine pour haine, guerre pour guerre. Il était fier, à la limite de l'arrogance. Mais si on le jugeait sur ses actes — tout ce qu'il avait conquis, tout ce qu'il avait supporté à cause des Anglais et de ses compatriotes —, sa fierté était justifiée, son arrogance bien placée. C'était un homme qui, contrairement à de nombreux autres Africains, ne craignait pas de dire ce qu'il pensait parce que, comme moi, il n'avait pas peur des représailles. Les représailles, c'était son affaire.

Le jour de la fête de l'indépendance de cette année-là, il avait donné une démonstration de sa puissance. D'innombrables cymbales avaient déchiré l'air, d'innombrables tubas avaient lancé leurs pets jusqu'au plus profond de la stratosphère. La somptuosité de sa présence avait fait reculer la mer de sang, de sueur et de larmes, consolé les âmes anxieuses, rassuré les hésitants. Il avait prononcé des paroles de sagesse et semé des graines d'autorité. Les baleines de la domination avaient grondé en lui. Quand il tonitruait, ses ennemis tremblaient. Quand il riait, c'était comme un ciel d'orage fendu par les lames de l'éclair. Quand il récompensait ses acolytes, il ne se contentait pas de multiplier les pains et les poissons, il multipliait les autos, les villas, les hautes fonctions et l'argent. Oui, bien sûr : c'était lui le bébé que j'avais vu naître sur l'asphalte. C'était le bébé qui était né pour se dresser comme une montagne, pour couler comme mille rivières et pour mourir mille morts. Mon deuxième ange gardien s'était incarné.

Je rentrai chez moi à vive allure.

LIVRE III

Amin, le parrain

A l'âge de sept ans, je formais déjà le principal auditoire de Grand-pa. J'écoutais attentivement ses discours politiques et en mémorisais les points principaux sans les comprendre. Après chacun de ses discours, il me soumettait à un jeu de questions et réponses dans lequel je devais défendre les points de vue anglais, asiatique et africain sur certains problèmes nationaux. Je serais l'avocat qu'il aurait voulu être et, qui sait, peut-être même un homme politique puisque de nombreux avocats entraient en politique ; je serais en quelque sorte son mini-double idéal. A cette époque, plusieurs années de réflexion avaient porté Grand-pa à conclure que l'Etat moderne était une poudrière et que cette poudrière allait bientôt sauter à la suite d'une série d'explosions dramatiques ; que c'était un édifice bâti sur le sable dangereux de l'inégalité, des luttes intestines et de l'exploitation. Grand-pa attendait secrètement le jour où tout partirait en flammes car il était convaincu qu'un nouvel ordre ne pouvait naître que des cendres de l'ancien.

La ville jouait un rôle important dans ses réflexions politiques. Lorsqu'il était jeune, les Européens et les Asiatiques se partageaient Kampala, la capitale. Les Africains habitaient dans les villages proches ; ils n'allaient en ville que pour y travailler, généralement dans des emplois subalternes, et retournaient le soir dans leur village. La politique anglaise encourageait la ségrégation raciale. Les Anglais s'étaient d'abord servis des soldats asiatiques pour soumettre le centre du pays à leur autorité, ensuite ils avaient mis les *chiefs* protestants de ces régions à la tête des troupes qui conquirent le reste du pays. Pour gouverner le territoire conquis grâce aux soldats asiatiques, les nouveaux maîtres importèrent des bureaucrates et des marchands asiatiques et les *chiefs* protestants locaux furent investis de pouvoirs administratifs dans les territoires qu'ils avaient envahis. Cette politique contenait les germes des luttes tribales qui sévissent de nos jours.

Grand-pa prit conscience de l'injustice raciale au sein du système colonial lorsqu'il se vit interdire l'accès à l'Ecole d'études juridiques, et il décida de se défendre. Il fit campagne et fut élu sous-chef de district dans les années quarante, puis chef de district dans les années cinquante. A cette place, il pouvait mieux étudier les rouages du système pour les combattre de l'intérieur. Les Anglais siégeaient au sommet, en toute sécurité, séparés des Africains par les Asiatiques. Les Asiatiques étaient heureux de jouer les intermédiaires sans avoir à se salir les mains. Et Grand-pa fut chargé de deux choses qu'il détestait au plus haut point : percevoir les impôts pour faire tourner la machine administrative et recruter des soldats pour la Seconde Guerre mondiale, des jeunes gens qu'on envoyait au casse-pipe sur des champs de bataille dont ils avaient du mal à prononcer le nom. Son frère unique, utérin, se porta volontaire. Il avait envie d'aller casser du Blanc, de préférence des soldats anglais parce que la police britannique l'avait arrêté, déshabillé et fouetté un jour où il rôdait du côté du Club britannique. Grand-pa essaya de le retenir en l'engageant à lutter avec lui pour que les choses changent sur place, mais ce fut peine perdue.

Pendant la guerre, Grand-pa avait choisi le camp des Allemands. En réalité, il trouvait que la guerre était une affaire strictement européenne dans laquelle il n'avait aucun intérêt. Il la considérait comme un match de football bizarre. Les équipes anglaise et allemande avaient repris les affrontements au point où elles les avaient laissés en 1918. Et comme il était contre les Anglais, il avait choisi le côté de leur grand adversaire. Les nouvelles du front mettaient un temps infini à parvenir en Afrique et quand elles arrivaient, elles étaient brèves, mauvaises et incomplètes. Des milliers de jeunes gens retournèrent chez eux « dans une enveloppe », c'est-à-dire que leur famille fut informée par lettre de leur mort sur le front. Et parmi les jeunes gens recrutés par Grand-pa, nombreux furent ceux qui revinrent ainsi, « dans une enveloppe ». Il attendait l'enveloppe de son frère mais elle ne vint pas. La guerre prit fin, les vétérans rentrèrent chez eux, mais pas de nouvelles de son frère. En attendant, Grand-pa soutenait le boycott économique contre les Asiatiques. C'était sa façon de porter le deuil de son frère. Il trouvait aussi qu'on le devait à la mémoire des soldats revenus « dans une enveloppe ». Mais durant les actions de boycott, son frère refit subitement surface. Il avait marché sur une mine, à Birma, et perdu une jambe. Il ne dit rien de ce qu'il avait vécu pendant la guerre car il avait perdu l'usage de la parole. Il passa le restant de ses jours noyé dans les miasmes de son esprit.

Le plus grand résultat du boycott fut de desserrer l'étau dans lequel les Asiatiques tenaient le commerce et de faire passer quelques usines de torréfaction de café et quelques fabriques de coton entre les mains des Africains. Mais le déclin de Grand-pa suivit de près : il fut dénoncé pour activités subversives, plus particulièrement pour sabotage des efforts militaires, et destitué. Toutes ses tentatives ultérieures pour être réélu *chief* aboutirent à une défaite écrasante en faveur du chef protestant. Et son déclin fut irrémédiable ; toute sa vie s'effrita entre ses mains. Pendant la campagne de boycott qui fit rage dans les années cinquante, il tenta d'en rassembler les débris, mais sans grand succès car, tout d'abord, sa femme préférée lui fut enlevée par un autre homme et mourut peu après. Serenity, Tiida et Nakatu devinrent de ce fait orphelins. Son train de maison se désagrégea : famille, femmes et amis le quittèrent et si Grand-ma n'avait pas été là, il se serait totalement écroulé.

Les années soixante s'annoncèrent sur fond de tensions politiques grandissantes. L'Empire britannique commençait à se désintégrer de l'intérieur et l'agitation régnait dans toutes ses parties constituantes. Les Anglais s'apprêtaient à plier bagage pour échapper aux flammes de l'incendie qu'ils avaient allumé eux-mêmes : ce n'était pas du goût de Grand-pa. Il aurait préféré les voir payer pour la manière dont ils avaient divisé le peuple, dressé les tribus les unes contre les autres, exploité l'économie et amorcé tous les désastres qui allaient s'abattre sur le pays. Les protestants avaient la haute main sur la politique nationale tandis que les populations du Nord contrôlaient l'armée, la police et les prisons. Les populations centrales et méridionales se composaient essentiellement de paysans et de bureaucrates. Il y avait donc trop de failles le long desquelles pouvait se produire une éruption volcanique.

A cette époque, Grand-pa ne participait activement ni à la politique nationale ni à la politique régionale ; il se contentait d'observer. Il lui arrivait encore de parler à des réunions où il préconisait une politique sans parti, ce qui paraissait curieux aux néophytes à qui les partis avaient promis monts et merveilles s'ils votaient en leur faveur. L'élite locale se jeta dans l'arène politique. Les Asiatiques se tinrent en dehors de la mêlée, trop heureux de posséder quatre-vingt-dix pour cent du commerce et de jouer les poules aux œufs d'or. Après soixante-huit ans de domination anglaise pendant laquelle les Africains avaient été confinés en marge de la vie politique et économique, Grand-pa ne voyait pas beaucoup de raisons de se réjouir. Il ne voyait que la fumée des poudrières sur le point d'exploser.

Avant même la proclamation d'indépendance, les partis politiques manifestèrent leur propension à la violence en détruisant les bananiers et les caféiers appartenant aux membres des partis opposés. Grand-pa fut confirmé dans son idée qu'un édifice bâti sur l'inégalité, la lutte et l'exploitation était irrémédiablement condamné à s'écrouler, et probablement plus tôt qu'on ne l'aurait imaginé. Et lorsqu'il fut assailli par une bande de fanatiques, furieux de ses critiques contre le parti triomphant, protestant et dirigé par les Ougandais du Nord, il considéra sa blessure comme une preuve éclatante de la justesse de ses théories. Cette conviction l'aida à se remettre rapidement et le confirma dans son intransigeance et son stoïcisme. L'explosion n'allait pas tarder et, par là même, la construction d'un nouvel édifice dans lequel tous auraient leur part. L'ancien, bâti sur la domination anglaise, la collaboration asiatique et les luttes tribales entre Africains, n'appartenait à personne. Personne ne s'y sentait en sécurité. C'était un édifice dont on usait et abusait au service des petits intérêts particuliers. Un édifice qu'il fallait démolir parce que le cancer de la cupidité l'avait atteint en plein cœur. A cette époque, je soupçonnais Grand-pa d'inventer beaucoup de choses.

Mais Grand-pa parlait d'expérience. Ses yeux s'étaient dessillés lorsqu'il avait perdu le pouvoir, que ses femmes l'avaient quitté et que la troupe des parents et des parasites s'était envolée comme plumes au vent. Il n'avait plus de pouvoir politique, mais il se sentait soulagé, libéré des fantômes de la puissance et des parasites qui vivaient à ses dépens. Sa maison avait été une petite île infestée de pirates, terrorisée par des intérêts opposés, des divergences intestines et des jalousies, une maison sans joie. Il ne savait pas ce qui se fomentait à l'intérieur de ses murs. Elle était bourrée d'intrigues, d'hypocrisie et de cupidité. Il lui suffisait de mettre le pied dans sa concession pour sentir les tensions, dans les branches des arbres et dans l'odeur de la terre de sa shamba de café. Les revenus de sa récolte l'obsédaient parce que les parasites y mettaient immédiatement leurs griffes de rapaces.

A l'apogée de sa puissance, parmi la foule de ses admirateurs, il n'en trouvait pas un disposé à lui dire la vérité. En rentrant du travail, il avait l'impression que tous mettaient un masque sur leur visage. Chaque parole était une flèche, un projectile qu'il ne fallait pas gaspiller mais utiliser avec prudence dans la lutte individuelle ou collective pour les faveurs, l'argent ou une place. Grand-pa ne pensait pas que le pays s'effondrerait aussi rapidement que sa maison. Il savait que cela allait prendre du temps.

1966. Quatre ans après l'indépendance. La constitution temporairement suspendue. L'état d'urgence déclaré dans le centre de l'Ouganda. Pour la première fois dans l'histoire nationale, des soldats armés s'installèrent au village. Grand-pa crut le temps venu où l'édifice national allait partir en flammes. Il aviva le feu en l'aspergeant de l'huile de son éloquence. Il stigmatisa la stupidité des hommes politiques et employa des paraboles peu flatteuses pour décrire leur situation désespérée. Il agissait avec le courage de l'homme convaincu que le destin est de son côté.

Lorsque des salauds le jetèrent dans une fosse à purin, il crut que sa fin était proche et que sa mort ferait monter les flammes jusqu'aux poutres de l'édifice. Mais ils le lâchèrent et il eut alors l'impression d'avoir manqué une occasion historique. Puis les villageois lui demandèrent de les aider à combattre la violence militaire, et il vit là une occasion en or pour remplir sa mission. Sur le chemin du retour, après une réunion orageuse, on tira sur lui et il pria que la mort vienne le prendre. Mais il ne reçut qu'une balle dans la jambe. Il attendit en vain la salve qui ferait de lui un martyr national. Il se réveilla sur un lit de l'hôpital de Ndere et, à sa grande déception, sans garde militaire. L'heure du règlement de comptes national n'avait pas encore sonné, apparemment. Il craignait que cette heure-là ne lui passe sous le nez.

Le coup d'Etat du général Idi Amin prit Grand-pa

au dépourvu. De deux choses l'une : ou il s'était grossièrement trompé, ou il s'agissait d'un caprice du destin. Grand-pa avait prédit que le président de cette époque, Milton Obote, conduirait le pays vers le communisme ou le socialisme, que les entreprises asiatiques seraient nationalisées et que l'armée anglaise interviendrait pour défendre les intérêts du capital britannique. Avec l'aide des Russes ou des Chinois, Obote s'y opposerait. Et finalement, il serait renversé par les forces du mouvement anticommuniste. Mais avant que les choses en arrivent à ce stade, Amin s'était emparé du pouvoir et Grand-ma était morte, brûlée, dans des circonstances obscures.

Assommé par le chagrin et l'incertitude, renvoyé à lui-même, sans la compagnie de sa conseillère favorite, antagoniste et sœur, Grand-pa coupa court à toutes ses réflexions et tous ses monologues politiques. Une idée mûrissait dans sa tête et s'imposait de plus en plus à son esprit : il se pouvait fort bien que Amin soit l'homme que tout le monde attendait, l'homme qui causerait la ou les prochaines explosions. Les pilleurs anglais avaient abandonné l'arène politique à leurs homologues locaux et, avec l'aide de leurs hommes de paille asiatiques, ils essayaient d'influencer l'économie à distance. Amin était-il l'homme qui allait démolir tout l'édifice ?

La nouvelle que tous les Asiatiques étaient sommés de quitter le pays dans les quatre-vingt-dix jours sortit Grand-pa de son profond chagrin. « Ça y est, se dit-il, encore quelques explosions, et l'édifice s'écroulera. Ensuite on pourra procéder à la reconstruction. » Cette fois, il s'était laissé prendre dans les filets de l'optimisme et il se mit à croire qu'Amin tiendrait ses promesses et retournerait à sa caserne après avoir remis le pays sur pied. Grand-pa commença à fréquenter les cafés. Il y avait trop d'électricité dans l'air pour rester chez soi à ruminer le passé alors que l'avenir brillait à l'horizon. Les gens chantaient les louanges d'Amin. Grand-pa voyait déjà les lourds cadenas des affaires asiatiques tomber comme des breloques rouillées, ouvrant aux Africains la voie vers les bastions de la puissance économique. Les bruits de la fête couvraient les murmures d'appréhension. Personne ne voulait troubler, par ses doutes, l'euphorie générale. Ils avaient tous attendu ce bonheur depuis si longtemps qu'ils voulaient le goûter dans sa forme la plus pure. Grand-pa ne prêta pas l'oreille à ce qui se disait sur les abus économiques commis sur les capitaines d'industrie asiatiques ; il avait dépassé ce stade, il était déjà à l'étape suivante, à l'explosion suivante, car, une fois engagé dans cette voie, il fallait la poursuivre jusqu'à sa fin logique. Amin avait montré qu'il avait des couilles, c'était indéniable ; comment allait-il les utiliser ?

Novembre 1972. Les Asiatiques commençaient à quitter le pays. Grand-pa ne les regretterait pas parce qu'il n'avait pas d'amis parmi eux. Ses gros achats, il les faisait toujours dans la même boutique où on le traitait avec courtoisie. Mais les contacts, basés sur des espèces sonnantes et trébuchantes, n'allaient pas au-delà. Il avait vu des boutiques asiatiques s'ouvrir, s'agrandir et prospérer, il en avait vu d'autres péricliter, mais cela était resté une affaire essentiellement asiatique.

Désormais, les temples asiatiques allaient rester tristement vides, sans fidèles. Désormais, on allait ouvrir toutes grandes les portes des écoles asiatiques pour les rendre accessibles à tout le monde. Désormais, de nouvelles têtes allaient fréquenter les clubs asiatiques et profiter de leurs installations sportives. En tant que groupe, les Asiatiques avaient trop de pouvoir pour inspirer de la sympathie à Grand-pa, mais il ne pouvait s'empêcher de penser aux vieillards. Qu'allaient-ils devenir, ces hommes et ces femmes au triple menton, ces vieilles carcasses ? Qu'aurait-il fait si, Dieu l'en préserve, il avait été à leur place ? Qu'aurait fait Grand-ma ? Qu'aurait-elle ressenti ? Qu'aurait-elle dit ? Il n'arrivait pas à imaginer comment ces vieillards pourraient vivre en Angleterre, un pays où il avait toujours refusé d'aller, dans la conviction que, si les Anglais pouvaient, ici, lui gâcher à ce point l'avenir, que serait-ce alors dans leur propre pays où ils jouissaient de plus de pouvoirs, de plus d'ascendant, de plus de liberté d'action ?

Grand-papa vit la communauté asiatique éclater comme un fruit d'arbre à pain tombant sur un sol dur. Il y avait les riches et les pauvres, les cultivés et les incultes, les aristocrates et les intouchables, les Indiens de l'Inde et ceux du Goa. Quel sort attendait les intouchables en Angleterre alors qu'ils étaient méprisés par leur propre peuple et souvent encore plus noirs que les Africains ? S'il avait été à la place d'Amin, Grand-pa aurait laissé aux vieux le choix de partir ou de rester. C'était une question de pure loyauté. La chose s'était déjà produite. Lorsque les *chiefs* du centre de l'Ouganda avaient été chassés des régions où ils avaient été envoyés pour établir la loi britannique, ceux qui le voulaient les suivirent, les autres restèrent.

Mais maintenant, tous les Asiatiques sans exception devaient partir. On parlait déjà de suicides : de gens qui se brûlaient vifs, avalaient du poison ou se noyaient. Grand-pa se frottait les mains à l'idée que, cette fois, les Anglais ne pourraient pas échapper au boomerang qu'on leur réservait. Amin leur envoya des milliers d'Asiatiques au nombre desquels se trouvaient ceux à qui ils avaient su interdire l'accès en Angleterre en alléguant leur quota d'immigration. Le plus beau de toute l'histoire, c'est que les officiers anglais avaient aidé Amin, que l'Angleterre s'était compromise dans son coup d'Etat et que le salaud leur rendait la monnaie de leur pièce. C'est un fait que les officiers anglais étaient passés par-dessus de nombreux officiers africains de valeur pour pourchasser l'hydre et maintenant il était trop tard pour couper toutes les têtes de ce monstre. Ce qui était venu sur les ailes du racisme et de la rapacité s'en retournait par la même voie.

Craignant pour l'avenir, Grand-pa profita des soldes offerts par les boutiques qui se trouvaient derrière Mpande Hill. Il engrangea un sac de cinquante kilos de sucre, un bidon de dix litres d'huile végétale, un bidon de vingt litres de pétrole et du ciment pour combler les fissures des tombes familiales, près de mon arbre préféré. Grand-pa voyait bien qu'Amin était un chef de brigands, un caïd de la mafia, un homme qui, en d'autres circonstances, se serait taillé un empire financier aussi grand que la banque Barclay parce qu'il avait le courage, la chance et la cruauté d'un pirate. Mais ce qui irritait Grand-pa, c'était de voir qu'Amin avait des pouvoirs trop étendus et qu'il était peu fiable. Personne n'était capable de prévoir jusqu'où il pouvait aller. L'avenir était donc plein de nuages.

Grand-pa se souvint de la consternation de Serenity, à son arrivée en ville, après l'indépendance. La ségrégation raciale y était à son comble et les bidonvilles s'y multipliaient de manière inquiétante. La vie se déroulait dans des espaces strictement séparés par des parois en verre, selon les races, les classes et les tribus. Voilà donc ce qu'était la ville d'après l'indépendance ! L'ancien instituteur de village était effaré par le climat agressif qu'il y trouvait.

Les Blancs s'étaient retirés dans leurs forteresses de marbre, leurs privilèges et leur pouvoir de corps élitaire constitué. Dans leur propre pays, ils jouissaient de la protection des armes nucléaires entreposées dans des silos et ici, de celle des navires de guerre, en rade dans l'océan Indien. C'étaient des poissons rouges dans des aquariums portables et on les regardait, bouche bée, quand ils traversaient la ville en auto pour aller à leur école, leurs clubs, leurs postes importants. Serenity sentait la jalousie lui grignoter les tripes.

Les Asiatiques qui habitaient à « Mini-Bombay » avaient leurs maisons, leurs écoles, leurs hôpitaux et restaient un mystère pour les Africains et une énigme absolue pour l'ancien instituteur qui traînait encore à ses chaussures l'argile de son village natal. L'Asiatique qu'il connaissait encore le mieux était son chef de section, un homme qui distribuait les ordres et les tâches avec une voix de tête. Tout ce qu'il savait de la vie privée de cet homme, c'était qu'il avait dix enfants et que ses parents étaient originaires de Gujarat où il n'avait jamais mis les pieds lui-même.

Serenity fut horrifié par la ségrégation tribale. Tous les soldats qu'il rencontrait étaient grands et noirs, fils du nord de l'Ouganda. Les policiers étaient un mélange de gens du Nord et de gens de l'Est. On sentait leur agressivité envers les gens originaires, comme lui, du centre du pays, et lorsqu'il croisait des soldats armés, Serenity sentait ses pieds s'enfoncer dans la boue et des sauterelles grignoter sa poitrine et son ventre. Ces gens-là le regardaient avec arrogance et jalousie parce qu'il était fonctionnaire, avait un poste plus lucratif et plus sûr que le leur. Il se sentait, sous leurs yeux, une victime potentielle de la frustration armée, de la cupidité et de la haine tribale. N'ayant connu, toute sa vie, que les bonnes manières villageoises, Serenity avait du mal à se faire à ces haines cosmopolites. L'arrogance désespérée avec laquelle ses congénères essayaient de se défendre contre l'accusation de collaboration avec les colonialistes le remplissait d'angoisse : Serenity ne savait pas être arrogant. Il avait survécu à force d'effacement. Il évitait les conflits, modérait ses opinions et fuyait les feux de la rampe. Ici, c'était comme s'il était toujours sur une scène de théâtre, observé par un public hostile et obligé de jouer des rôles qui ne l'avaient jamais intéressé. D'ailleurs, tout le monde semblait faire du théâtre et jouer des rôles imposés par le destin ou par les étrangers. Il sentait du danger dans l'air.

Les Africains se trouvaient tout en bas de l'échelle sociale, plus ou moins unis par leur aversion commune pour les Asiatiques et les Européens, et par leur passé commun, durant lequel ils avaient bâti des châteaux et étaient tombés d'échafaudages d'hôtels particuliers où ils n'avaient jamais habité. Race signifiait classe et la classe était encore une question de race. Les Africains voulaient sortir des profondeurs boueuses dans lesquelles ils se trouvaient, et respirer un air pur. La plupart d'entre eux croyaient que le temps jouait en leur faveur, ce en quoi ils n'avaient pas tout à fait tort. Mais Serenity ne voulait pas attendre que les quittances s'amoncellent. Ce qu'il voulait, c'était un avenir sans soucis, un poste plus lucratif et un pèlerinage au pays où retournaient, tous les ans, les oiseaux noirs. Dans le tourbillon de compétitions, de haines et d'incertitudes où il vivait, il ne se sentait pas tranquille. Comment pourrait-il gagner assez d'argent pour donner à ses enfants la meilleure éducation possible et garder quelques sous pour lui-même ?

Les élites politiques d'après l'indépendance possédaient ce qu'elles désiraient, mais il redoutait les tensions auxquelles elles s'exposaient, le sang et la boue dans lesquels elles avaient dû patauger pour en arriver là. C'est ainsi que s'y prenaient les politiciens retors. Son voisin et ami Hadj Gimbi avait l'habitude de dire qu'on était à la veille de grands changements, mais quels avantages pourrait-il en tirer lui-même ? Les avantages étaient réservés à ceux qui étaient prêts à passer sur le ventre d'autrui, mais sa situation n'était pas assez désespérée pour qu'il en arrive à cette extrémité.

Serenity avait toujours considéré l'autorité avec une méfiance mêlée de crainte et Amin l'effrayait tout particulièrement. Comment ne pas craindre un homme qui s'était emparé du pouvoir par un coup d'Etat, qui commandait à des milliers de soldats, et qui n'avait pas peur de la mort ? Il avait accentué les contrastes entre la loi écrite, la loi sociale et la loi armée. Dans la situation actuelle, la loi armée était toute-puissante, les arrestations et les réclusions arbitraires étaient à l'ordre du jour, et tout le remplissait d'angoisse. Il se rassurait à l'idée que Hadj Gimbi avait des relations parce qu'il était musulman et qu'il connaissait des gens influents. Hadj Gimbi lui avait promis de l'aider au cas où il aurait maille à partir avec l'armée ou la police.

La nouvelle de l'expulsion des Asiatiques lui coupa le sifflet, tandis qu'une douce euphorie distillait du baume dans son cœur. Il y avait de l'espoir dans l'air et des changements, de nouvelles possibilités à l'horizon. La réalisation de son rêve d'enfant le sidéra. Les commerçants dont les complots avaient détruit sa jeunesse, qui avaient empoisonné toute sa vie, ces commerçants devaient quitter le pays ! Fini leur rêve, tombé irrémédiablement en miettes ! Il savait que les Asiatiques ne partiraient pas sans se défendre : les poules aux œufs d'or donnent des coups de bec, battent des ailes et piétinent les œufs. Mais les choses prirent subitement une autre tournure. Tous leurs abus, toutes leurs insinuations, toute la haine, toute l'angoisse, tous leurs pouvoirs et leurs monopoles se diluèrent subitement dans l'air comme des nuages toxiques. Subitement, ni le Bien ni le Mal ne pouvaient sauver les Asiatiques.

Serenity trouvait curieux que les Anglais refusent de les accueillir après tout ce que ces derniers avaient fait pour eux, tout l'argent qu'ils avaient gagné pour eux, alors que l'Angleterre avait profité pendant des centaines d'années de l'Inde. Pour la première fois de sa vie, Serenity comprit comme il était précieux d'avoir une nation, important d'avoir une patrie, un lieu où se rendre. L'image de Cadenas expulsée du couvent effleura un moment son esprit, bien que cette épreuve-ci fût bien plus dramatique pour les gens qu'elle touchait. A la vue des larmes, de l'angoisse et de la douleur des Asiatiques, il comprit qu'il avait surestimé la nature et la portée de leur puissance.

Divers bruits circulaient à leur propos : on disait que certains se suicidaient, d'autres vendaient tout ce qu'ils possédaient, d'autres encore jetaient du sel dans le moteur de leurs voitures. Les marchés aux puces poussaient comme des champignons, et devant l'ambassade britannique s'était formée une longue queue d'Asiatiques nerveux qui espéraient obtenir des laissez-passer. Ces files d'hommes désespérés et désemparés sous un soleil brûlant augmentaient la méfiance de Serenity.

Il arriva un soir avec une télévision en matière plastique beige, une Toshiba qui avait la curieuse habitude de sentir le cuir brûlé et le poisson pourri à partir de quatorze heures. Quand on l'éteignait, la puanteur diminuait, mais dès qu'on la rallumait elle reprenait de plus belle. Cette odeur fétide éveillait toujours ma curiosité, car il m'était interdit de regarder. Cadenas et Serenity pensaient que la télévision pouvait causer des dommages irréparables chez un sujet naturellement porté au péché et qu'elle aggravait l'esprit de rébellion. Les chiards avaient l'ordre de me moucharder si je regardais en l'absence des despotes.

Toutes les nouvelles que je recevais étaient par conséquent de seconde main. Les chiards me donnaient un bref résumé de tout ce que faisaient les héros des bandes dessinées, les boxeurs, les acteurs de cinéma et les trapézistes coréens et j'inventais les détails. J'essayais d'imaginer ce qui se passait sur l'écran en écoutant les rires des chiards et leurs bousculades pour avoir une place près de l'appareil. Dans la mêlée, un pet empestait quelquefois l'atmosphère et les accusations fusaient de l'un à l'autre. Je souriais en moi-même en entendant alors Cadenas hurler et appeler les flammes de l'enfer sur le coupable.

Le pire, c'était que l'on m'empêchait de voir comment s'écrivait l'histoire de notre pays. Je ne pouvais pas voir les décrets sortir de la bouche d'Amin comme je l'avais espéré en apprenant que la technologie moderne avait fait son entrée dans notre pagode. Je désirais voir le visage d'Amin, son maintien, son humeur quand les déclarations qui allaient influencer la vie de millions de personnes quittaient son corps comme des formules magiques. J'avais des visions de Moïse frappant avec un bâton sur les eaux pour ouvrir un passage aux fils d'Israël. En quoi Amin différait-il de ce personnage biblique ?

J'entrais parfois dans le salon sous prétexte d'y chercher quelque chose et je jetais des coups d'œil furtifs sur les images. Le visage d'Amin remplissait tout l'écran et s'il avait quelque angoisse, la moindre conscience de l'importance de ses décisions, en tout cas il ne le montrait pas. Il avait l'air d'un seigneur, d'un magicien sûr de la puissance absolue de sa baguette.

Après la télévision, Serenity décida de s'acheter un château de rêves : il acquit la bibliothèque complète d'un Asiatique refusé par les Anglais, les Canadiens et les Américains et qui, en désespoir de cause, s'apprêtait à partir pour le Pakistan. Les rêves portèrent chez nous leur propre histoire violente : la moitié de la collection avait appartenu à un homme qui, plusieurs semaines auparavant, avait ingurgité de la mort-aux-rats, s'était coupé les poignets et s'était vidé de son sang au milieu de ses livres, de sorte que plusieurs volumes durent être brûlés. La nouvelle acquisition de Serenity fut livrée dans la camionnette jaune vomi des postes qui avait aussi fait son déménagement. Le chauffeur portait toujours ses rouflaquettes à la Elvis Presley et lorsqu'il se plaignait du poids des caisses, sa voix nous parvenait comme à travers un gros pot en argile.

Serenity fit la connaissance d'Oliver Twist, de Madame Defarge, du Petit Finaud et d'autres personnages de la jungle dickensienne, mais il préférait la jungle américaine. Les écrivains américains, avec leur fascination pour les migrants, leur obsession de l'argent, du succès et de la puissance, l'emportaient dans un monde où des vauriens avenants arrivaient à leurs fins. Retranchés dans leurs penthouses, ils faisaient des affaires, sirotaient du champagne, prenaient part à des orgies avec des nymphomanes bien roulées et s'éclataient comme des fous. Ils jouaient, roulaient dans des bolides, se déplaçaient en avion particulier, traversaient les Caraïbes dans des voiliers dégoulinants de volupté. Serenity s'en imbibait, s'en irriguait le cerveau et rageait à l'idée que toutes ces délices n'étaient pas à sa portée.

Il fut consterné de découvrir que le caractère n'était pas un roc inébranlable, un vaisseau qui s'ancrait à l'approche de la trentaine, fixé par les amarres du mariage et de la paternité, surveillé par la police des amis, de la famille, des collègues, des connaissances et des étrangers. Il se sentait au contraire emporté par un courant rapide et percevait dans son corps les tensions de désirs inassouvis. Libérée par le tumulte des derniers événements, la tentation s'insinuait dans son corps comme le paludisme sur le point d'exploser dans un violent accès de fièvre. Quand avait-il, pour la dernière fois, couché près d'une femme dont la force et l'élégance l'excitaient ? Quand avait-il vu, pour la dernière fois, un corps beau, parfumé et qu'il suffisait d'effleurer pour se sentir chavirer de volupté ?

Et que penser de Loverboy ? Etait-il la réincarnation de l'homme qui avait séduit sa mère et causé sa mort ? Sinon, que pouvait-il représenter ? La jeunesse, la liberté, un flirt innocent ? Ou bien un amour sans obligations ? Serenity se souvint du temps où il était célibataire et faisait le tour des ménages à la recherche d'épouses frustrées. Il était libre alors d'aller et de venir comme il lui plaisait, n'avait pas encore de responsabilités, prenait et donnait tout ce qu'il voulait et se souciait de l'avenir comme d'une guigne. En même temps, il revit la tante de sa femme telle qu'elle s'était montrée le jour du mariage : elle surgit du tombeau des occasions inexploitées avec l'élégance hautaine d'une déesse qui s'ennuie.

Le départ imminent des Asiatiques souleva des discussions passionnées dans de nombreux bureaux. Un des collègues de Serenity qui s'amusait à empoisonner le monde lui tendit un piège :

— Crois-tu que tous les Asiatiques partiront ? lui demanda-t-il.

— Oui.

— En bon catholique, tu n'oserais pas parier sur ce que tu viens de dire. Certains d'entre nous pensent que tu fais comme si, et que, le moment venu, tu te déroberas, comme d'habitude.

— Ils sont obligés de partir ; Amin ne plaisante pas.

— Amin ne peut pas se permettre une chose pareille. L'économie va s'effondrer. L'Angleterre va le bombarder. Il ne peut pas se permettre le risque d'un embargo. Et puis, il a peur de l'Amérique : des navires militaires sont amarrés non loin d'ici, dans l'océan Indien. Je parie qu'il reviendra sur sa décision avant un mois. Amin veut seulement leur flanquer la trouille pour qu'ils sachent qui commande ici. Il se peut même que ce soit une tactique pour soutirer un peu plus d'argent à l'Angleterre et à l'Amérique.

Pourquoi l'Angleterre et les Etats-Unis ne réussiraient-ils pas à faire barrage à Amin ? Pourquoi Amin ne renoncerait-il pas à son décret ? Serenity n'avait pas de réponse raisonnablement fondée à ces questions. Il se basait uniquement sur son intuition. La guerre froide et la lutte contre le communisme battaient leur plein ; pouvait-il se fier à son intuition ? Il décida de se mouiller.

— L'Angleterre et l'Amérique ne s'en mêleront pas, dit-il avec bravoure.

— Elles chieront sur Amin jusqu'à ce qu'il étouffe dans la merde et revienne sur sa décision.

— Je ne pense pas, insista Serenity.

— Je parie cinq cents dollars ; si tu as raison, c'est moi qui te les paierai, mais si c'est moi qui ai raison, tu devras me payer la même somme.

L'homme se lécha l'index, le passa sur sa gorge comme un couperet, et le dressa en l'air pour prêter serment.

Toute l'attention se porta ensuite sur Serenity. Cinq cents dollars, ce n'était pas rien pour un fonctionnaire : s'il perdait, il se débattrait pendant des mois dans de grosses difficultés. Il serait obligé de revendre les livres et la télévision. Pourquoi ferait-il le jeu de ce charlatan ? Par respect de soi ? Pour sentir l'angoisse de marcher au bord du précipice ? Pour faire ce qu'on fait impunément dans les livres ? Sa tête dodelinait comme celle d'un veau pris dans la boue d'un marécage. Il frappa sur la table : une fois pour accepter le pari, deux fois pour exprimer son dégoût, trois fois pour amadouer dame Fortune. A sa stupéfaction, le charlatan sortit de sa poche un contrat tapé à la machine. C'était un coup prémédité. Il signa et un tiers, neutre, rangea le papier.

Epouvanté à l'idée qu'il pouvait perdre son pari et que Amin pouvait changer d'avis, Serenity n'arrêtait pas de rebattre les oreilles de Cadenas avec ses discours sur la politique internationale, les relations mondiales, l'économie universelle, la force et les faiblesses du capitalisme occidental — des sujets qui donnaient à Cadenas envie de vomir. Elle ne l'écoutait que parce qu'ils avaient convenu de ne jamais violer le code de l'harmonie despotique en présence des enfants. C'était comme si Serenity espérait que, dans l'incohérence de ses palabres politiques, le destin sentirait les tremblements de sa voix, l'angoisse de sa poitrine et les brûlures de son ventre et se rangerait de son côté.

Cadenas aurait volontiers rabattu le caquet de son mari en lui assénant un bon coup de cravache de goyavier. Mais il parlait, parlait, minant le pouvoir secret du silence despotique, commettant le péché impardonable d'interrompre les nouvelles à la télévision, retardant la prière du soir et la récitation du rosaire et troublant ainsi le repos de son âme.

Cet attentat impitoyable à ses facultés mentales par l'obsession politique de Serenity lui rappela une question d'importance capitale : son devoir sacro-saint de me mater. Elle plantait déjà le décor du premier de ses grands triomphes. Elle tenait à la main la liste de mes méfaits qu'elle récapitulait chaque fois que ma conduite lui avait déplu. Dans ces cas, elle prenait le ton geignard des grandes catastrophes. Cependant beaucoup de mes péchés restèrent impunis à cette époque. Elle continuait à en faire le rapport à Serenity mais, malheureusement pour elle, celui-ci était tellement pris par son pari qu'il ne tenait pas sa promesse de passer immédiatement aux voies de fait. Et plus il la décevait, plus elle s'acharnait dans sa volonté d'accélérer ma destruction. Elle se mit à faire son rapport tous les soirs, juste avant le journal de huit heures, lorsque les facéties puantes de l'appareil interrompaient pour un moment les monologues politiques de Serenity.

Un après-midi, la plupart des Asiatiques étant partis et le charlatan ayant donné cent dollars à Serenity — il ne lui donna jamais un sou de plus —, la camionnette jaune vomi des postes s'arrêta de nouveau devant notre maison. Cette fois, il en sortit un réfrigérateur, une cuisinière, un immense sommier, une boîte de cache-théières noirs qui s'avérèrent plus tard n'être que de vieilles perruques afro, d'autres machins et quelque chose qui me fascina immédiatement. C'était fait de deux pieds, comme un panneau publicitaire, surmontés d'une surface carrée si lisse, si luisante qu'on pouvait s'y voir comme dans un miroir. Je surveillai attentivement les mains velues du chauffeur pour voir si ses paumes se mouillaient en touchant la surface étincelante. J'attendis, en retenant mon souffle, qu'il s'essuie les mains à sa combinaison de travail, mais il n'en fit rien. Je me plaçai près de Serenity, brûlant du désir de toucher cette chose pour calmer ma curiosité. Mais Serenity grommela une de ses demi-menaces habituelles : « Si jamais tu le touches... »

J'en déduisis que ce nouvel achat était un objet précieux, plus précieux que la Toshiba puante ou les nouvelles chaussures en suède de Serenity. Je n'arrivais pas à cacher la curiosité que m'inspirait l'objet qu'on avait installé dans la grande chambre à coucher des despotes.

Pendant toute l'heure qui suivit le départ du camion et de Serenity, je restai à regarder les nuages, de vagues chevaux écumants qui traversaient les airs, chacun poussant son museau contre la croupe du précédent. Allait-il pleuvoir ?

Cadenas n'était pas à son poste de commandement, ni aux toilettes, et j'en conclus qu'elle était allée acheter des cotonnades, du chiffon et autres tissus pour sa couture. Loverboy n'était pas venu et ne risquait plus de venir à cette heure. Les chiards étaient entièrement pris par leurs petites affaires et leurs jeux. C'était le moment ou jamais de prendre d'assaut le théâtre de mon humiliation et de pénétrer sur le terrain où je devais me prosterner presque tous les jours. C'était le moment ou jamais de m'introduire dans le temple du sommeil despotique comme un pirate qui s'empare d'une île pour y piller les trésors qu'il convoite. Cette fois, il n'y avait personne pour critiquer mes pieds, mon comportement, le ton de ma voix, mon attitude. J'allais soumettre à ma volonté cette chambre des décrets despotiques, des rêves, de l'amour, de la conception, des débats nocturnes et des conflits secrets. C'était mon coup d'Etat à moi, ma réponse aux tortionnaires. J'allais ouvrir leurs tiroirs, fouiller dans leurs boîtes, leurs habits et leurs bijoux et regarder s'ils ne cachaient pas quelque part des petits livres cochons, pleins de secrets malpropres. L'objectif principal de ce putsch était l'objet luisant. Il avait sabré de ses reflets brillants l'obscurité de mon angoisse, redonné à mon sang le courage de monter ce coup et fait renaître en moi la conscience de mon ancienne puissance.

Je passai rapidement devant la Toshiba qui me lança des regards polis. Les plantes de mes pieds rebondissaient sur la laine du tapis, si raide de poussière que le brosser, c'était comme rouler le rocher de Sisyphe. Le bougonnement de Cadenas me revint à l'esprit : « Tu brosseras jusqu'à ce que je te dise de t'arrêter. » Elle n'avait jamais pardonné à Grand-ma d'être morte avant que Serenity eût acheté un aspirateur parce que l'argent mis de côté à cet effet avait servi à payer les frais d'enterrement. Serenity avait ensuite toujours refusé d'en acheter un.

Je poussai la porte contre laquelle je m'appuyais en tremblant lorsque Cadenas avait déclaré qu'elle allait me mater. Sa chambre était plongée dans une demi-obscurité, comme si les murs croulaient sous les secrets. L'ancien lit avait été défait, les ressorts se dressaient vers le plafond comme des entonnoirs vides. Je m'assis sur le sommier qui fit un bruit métallique. Le lit ressemblait à celui qui avait accueilli les conquêtes amoureuses de Serenity avant son mariage. Les ressorts et le cadre me rentraient dans les fesses. Je me levai pour étudier le nouveau lit. Avec ses taches rouges et brunes, la grosse couverture aux poils rêches avait l'air d'un serpent. Je la tâtai, les traits tendus, et elle grésilla d'électricité statique. Le coussin gonflé, soyeux, me fit penser à la peau d'une truie en chaleur, juste avant que la semence mal orientée ne se répande sur elle. Des têtes pleines de fantasmes libidineux s'étaient posées sur ce coussin : celles des despotes quand ils baisaient, et avant celles des Asiatiques qui l'avaient vendu aux despotes. L'air était rempli d'une odeur de bois moisi qui, associée aux fantasmes de volupté, exaspérait mon excitation.

Cadenas avait une drôle de lampe de chevet :

l'abat-jour était une espèce d'entonnoir jaune à pois noirs, le pied représentait une célèbre femme blanche, aux lèvres épaisses retroussées dans un rire provocant ; la jupe plissée remontait jusqu'à sa taille comme si elle était soulevée par le souffle d'un ventilateur. Elle était là, vétéran de l'écran, abandonnée par les Asiatiques, adoptée par les despotes. Je tâtai et caressai sa croupe, étonné de sa présence obscène dans cette chambre. Avant de poursuivre mon tour de reconnaissance, je lui pinçai une dernière fois les fesses.

J'approchai le plus possible mon nez de l'objet miroitant qui avait été placé à la tête du lit. A ma déception, il sentait le cirage : une odeur piquante, huileuse. La tentation fut alors trop grande : je tendis ma main et effleurai la surface luisante. C'était sec et doux à la fois, comme j'imaginais le dos de Lusanani. Les yeux fermés, j'explorai la surface si fraîche, si lisse, plongeant mes doigts toujours plus loin dans des cavités imaginaires, le regard rivé sur des lèvres brillantes, entrouvertes. Je me renversai sur l'épais coussin tandis que ma main effleurait le bord de l'objet, tout près du mur. J'avais la sensation enivrante de nager dans une mare sombre, chaude et pleine de sperme de sanglier, l'impression que la femme de la lampe, Nantongo et Lusanani étaient montées ensemble sur mon ventre et aspiraient dans mes reins un liquide épais. En me retournant sur le ventre je vis la boîte des perruques. L'une d'elles trônait comme une poule sur ses œufs. Les cheveux me firent penser aux poils de pubis de tante Tiida. Mais vue de près, la perruque ressemblait plutôt à un mille-pattes monstrueux formé d'un nombre incalculable de mille-pattes cousus les uns aux autres. Je me tournai de nouveau vers la planche luisante avec, dans mes reins, une délicieuse volupté. Que cachait cette splendeur miroitante ?

Je commençai à gratter de mon ongle le coin de la planche. Je procédais lentement, d'un geste régulier, mais la surface lisse ne se détachait pas. Il m'aurait fallu un instrument, clou ou couteau, mais je ne voulais pas le rayer ; je devais me servir de mes ongles mais d'une manière différente. Je les poussai dans la couche de colle, entre le revêtement et le cadre. Un morceau de la surface, de la grandeur d'un ongle, se brisa. Sous le revêtement, il n'y avait que du bois ! Du bois terne, zébré de longues veinures. Une rigole de sueur froide coula dans mon dos. Que faire du morceau ? Je sentis en même temps une immense déception qui me fit, un instant, oublier ma panique.

Je léchai la colle de l'écaille et essayai de la recoller. N'y avait-il pas une bonne colle à la maison ? Oui, il y avait un tube du produit que nous employions pour coller les chambres à air de bicyclette. Je poussai un soupir de soulagement : j'allais échapper à la punition qui m'attendait pour avoir violé le territoire des despotes, pour avoir endommagé l'objet et avoir découvert que sous la surface luisante il n'y avait que du bois terne. Je tremblais comme le jour où j'avais cru que le bébé de Cadenas allait tomber dans le trou des W.-C. Cette fois encore, je serais plus malin qu'elle.

J'eus l'impression de planer dans les airs, de voler sans danger dans des couches d'air épaisses comme le brouillard matinal. Mais juste à ce moment, une paume furieuse souffla de l'air brûlant sur mon visage. Deux ongles s'implantèrent dans ma lèvre inférieure, là où mes dents ne pouvaient les atteindre. C'était nouveau, car Cadenas excellait plutôt dans l'art de tirer les oreilles. Elle devait être vraiment furieuse pour oublier ainsi d'appliquer ses méthodes habituelles.

— Tu te rends compte de ce que tu as fait ?

Cette femme savait exactement comment elle pouvait me mettre hors de moi : en prenant ce ton geignard de petite country-girl qu'elle avait copié d'une nonne blanche, la même qui lui avait appris les pieux trémolos dont elle accompagnait tous les soirs le dernier psaume. S'il fallait à tout prix me torturer, je préférais qu'on s'y prenne en homme ou en femme, mais pas de cette manière enfantine qui me donnait l'impression qu'une petite merdeuse de cinq ans me crachait au visage.

— Ma, ma, ma lèvre, murmurai-je en essayant de maîtriser mon angoisse.

— Tu te crois encore au village, où ils agissent sans réfléchir ?

— Non, non, répondis-je, ne trouvant rien d'autre et dépité de me trahir.

Au village, ils ne faisaient absolument rien sans réfléchir. Au contraire, ils s'adaptaient aux règles. A la ville, les gens faisaient justement des tas de choses sans réfléchir, mais ils étaient trop orgueilleux pour le reconnaître et ils avaient probablement trop honte pour regarder la vérité en face. Au village, Grand-pa et Grand-ma m'auraient dit simplement que le machin luisant était une planche en bois recouverte d'une autre matière et qu'il servait de tête de lit, un point, c'est tout. Ici, dans cette jungle de prétentions et de despotisme, les adultes se comportaient d'une manière ridicule, n'expliquaient rien et, par-dessus le marché, ils étaient convaincus de l'excellence de leur éducation. Cadenas tourna encore ma lèvre d'un cran et me gifla de nouveau.

— Sais-tu le prix de ce lit ?

Je restai silencieux. Ma lèvre était toute tordue ; de la bave colorée mêlée à mes larmes coulait sur mon menton.

— Mets-toi bien ça dans la tête : je ne suis pas ta grand-mère, et je n'ai pas l'intention de te gâter comme elle l'a fait. Je vais t'apprendre les règles de bienséance. Je vais te les faire entrer dans la tête à coups de marteau.

— Oui, oui, Grand-ma, m'man.

— J'en ai assez de ta conduite grossière. J'en ai assez de tes manières de malotru. J'en ai assez d'être obligée d'avoir honte de toi. Tu m'entends ?

Et chaque fois, elle tournait ma lèvre d'un cran ; ses yeux crachaient du feu noir, jaune et rouge.

— Et arrête de manger comme un goinfre. Arrête

de t'empiffrer comme si c'était le dernier jour de ta vie, tu m'entends ? Arrête, arrête, arrête.

Une telle injure était insupportable : me traiter de goinfre, moi ! c'était la pire des insultes ! Je méprisais la manière dont mangeaient les gens de la ville, surtout lorsqu'ils essayaient de faire passer leur manque de nourriture pour des bonnes manières. Au village, on mangeait jusqu'à plus faim et quelquefois on vous forçait à manger plus, sans compter les cannes à sucre, les fruits d'arbre à pain et les papayes qu'on dégustait entre les repas. Mais ici, on était censé travailler comme une bête de somme en crevant la faim ou, en tout cas, en mangeant le moins possible, et en tirer gloire ! Et si on avait envie d'une canne à sucre ou d'une papaye, on n'avait qu'à l'acheter avec ses propres sous. Faute d'argent, beaucoup de gens ne pouvaient se permettre d'acheter des fruits, mais ils faisaient comme s'il était noble de ne pas en manger. Si les citadins voulaient se vautrer dans cette frugalité masochiste, libre à eux ! Mais s'ils croyaient que j'allais la sanctifier et la désirer comme on désire le Saint Sacrement, ils pouvaient se brosser, car j'avais connu mieux. Si les despotes avaient du mal à nourrir leur progéniture, c'était leur problème, pas le mien. Ils auraient peut-être mieux fait de ne pas venir vivre en ville. Ou, en tout cas, de mieux planifier les naissances. Mais attendre de moi que j'applaudisse à la carence de leur nourriture, c'était faire injure à mon intelligence, surtout que je travaillais dur pour les débarrasser de la merde. En conséquence, je n'ai jamais pu pardonner à Cadenas sa langue de vipère, ses métaphores ampoulées et le despotisme de ses points de vue bornés.

A mesure que les filets de sang et de bave, coulant goutte à goutte entre ses doigts, tombaient sur ma chemise, les paroles d'Amin, passant goutte à goutte à travers le filtre de mon cerveau, pénétraient dans ma conscience. Amin avait recommandé à tous ses sujets de garder la tête haute, d'être fiers, de ne pas accepter qu'on porte atteinte à leurs droits, à leur dignité et à leur respect de soi. Il les avait engagés à être forts et à exceller sur leur propre terrain. Lui, avait-il déclaré, avait toujours fait en sorte qu'un match de boxe finisse par un knock-out, de manière à exclure toute partialité de l'arbitre et le moindre doute sur le vainqueur. Il avait encouragé ses sujets à éliminer tous les obstacles, par tous les moyens, quels qu'ils soient, de triompher et de rester au sommet. Il nous rappelait que l'axe du pouvoir se déplaçait continuellement et que, finalement, rien n'était immuable, surtout pour ceux qui étaient prêts à travailler dur pour réaliser leurs ambitions. Il disait que si certains n'avaient pas réussi à obtenir ce qu'ils désiraient, c'était parce qu'ils avaient été trop timides, s'étaient mis trop vite à la traîne des autres, n'avaient pris aucune initiative et n'avaient pas osé prendre des risques. Il disait que son gouvernement n'était pas un gouvernement de paroles creuses, mais un gouvernement d'action, un gouvernement révolutionnaire, décidé à ranimer le feu sous la cendre et mobiliser tout le monde. Il demandait à tous de s'engager dans la lutte. Aux élèves, il demandait de chasser les mauvais professeurs, aux ouvriers, de renverser les patrons tyranniques, aux femmes, de divorcer de leurs mauvais maris, aux enfants, de rendre la vie difficile à leurs mauvais parents, aux victimes, de se révolter et de prendre le pouvoir et aux pauvres de saisir leur chance, de gagner de l'argent et de profiter des richesses de ce pays. Il répétait que l'Ouganda était un pays libre pour un peuple libre, dans lequel tout le monde était libre de faire ce qui lui plaisait.

J'étais enchaîné et que faisais-je pour me défendre ? Je saignais, pleurais, demandais grâce et laissais libre champ à l'injustice.

J'aurais pu, si je l'avais voulu, donner un coup de tête dans le menton de Cadenas et lui briser la mâchoire, lui crever un œil, lui casser le nez ou lui envoyer un coup de pied de côté qui lui aurait brisé les rotules. Si j'en avais eu le courage, j'aurais pu faire des tas de choses pour mettre un terme à mes souffrances. Mais, pareil aux poules mouillées dont parlait Amin, je n'agissais pas. Dans ce cas précis, j'avais peur de Serenity. Je pensais qu'il m'assassinerait si je blessais sa femme. Comment faire coïncider les puissantes exhortations d'Amin avec le danger imminent des représailles paternelles ? Saint Amin, venez à mon secours. Saint Amin, priez pour moi. Saint Amin, pardonnez-moi ma lâcheté. Saint Amin, délivrez-moi de mes frayeurs. Mes pensées étaient tellement concentrées sur Amin que ma douleur diminua. Je commençai à être fier de ne pas crier et de ne pas pisser dans mon froc. Je résistais à ma manière.

Amin avait dit : si tu perds malgré tout, retourne chez toi, rassemble tes forces, entraîne-toi mieux et retourne sur le ring pour infliger à ton ennemi le plus mémorable des knock-out. Il disait que certaines personnes devaient s'y reprendre à deux ou trois fois avant de réussir mais qu'il ne fallait jamais désespérer ni baisser les bras. Je gardai mon calme, apparemment réfractaire aux punitions. J'avais décidé d'attendre mon heure.

Mon indifférence à ses paroles et à ses tortures commençait à énerver Cadenas : elle me lâcha après une dernière bourrade. J'étais couvert de sang, comme sa jupe il n'y avait pas si longtemps, mais je me sentais coriace et plein d'orgueil. Ma lèvre était enflée et insensible, elle pendait comme le téton d'une truie, mais je la portais comme le trophée de mon courage. Amin pouvait être fier de moi.

Je n'étais pas assez bête pour croire que les choses allaient en rester là. Après avoir essuyé le sang qui tachait le sol, je quittai le paradis de la femme-lampe avec sa jupe au vent ; l'angoisse battait dans ma tête comme le mécanisme d'une bombe à retardement.

Serenity rentra de son travail comme d'habitude, la serviette au bout du bras, son pantalon amidonné fendant l'air, le regard absent. Il se changea et partit vers la station-service ; l'angoisse était maintenant descendue dans ma poitrine et résonnait comme un gong. Il revint, l'air satisfait, s'installa devant la télévision et se lança dans ses habituels monologues politiques. Cadenas faisait du crochet : avec une longue aiguille crochue et du gros fil, elle fabriquait de longs cordons serpentins qui lui servaient pour la confection de ses nappes.

Serenity était-il au courant ? Jouait-il un petit jeu sournois ? Etait-il en train de tisser sa toile d'araignée et attendait-il le bon moment pour me sauter dessus ? Son visage ne laissait rien paraître. J'entrais et je sortais du salon en me déplaçant comme une sauterelle, tandis que la voix tonitruante d'Amin qui sortait, déformée, de l'unique haut-parleur de la télévision me bourdonnait aux oreilles. La maison était pleine de l'odeur prémonitoire du désastre imminent. Je sentais la terreur avancer pas à pas, mais j'étais incapable de l'arrêter. Ne possédant pas le don de télépathie nécessaire pour percer les intentions insondables de mes despotes, je me réfugiai dans la cuisine et essayai d'étouffer mon agitation dans les glouglous de la nourriture qui mijotait sur le feu. En vain. Amin lui-même ne pouvait pas venir à mon aide. J'appelai de tous mes vœux un tremblement de terre qui aurait secoué la pagode de fond en comble et nous aurait engloutis tous ensemble. Mais je m'aperçus bien vite que les séismes, comme toutes les autres calamités, ne frappaient que là où ils n'étaient pas attendus et qu'ils n'écoutaient ni les prières ni les ordres des hommes.

Le tribunal-duumvirat siégeait toujours après la prière du soir, lorsque les poutres vibraient encore des trilles monacaux de Cadenas et avant de passer à table. Ce qui signifiait que la plupart des condamnés étaient doublement punis : ils portaient sur leur dos les zébrures des coups de cravache et allaient au lit l'estomac gargouillant de faim. Cette dernière punition leur était parfois remise, mais quand on venait d'être projeté dans l'air comme une balle de tennis, hurlant comme une sorcière dans le feu de l'enfer, la nourriture n'avait pas beaucoup de goût.

Au moment de la sentence, pendant que le tribunal prenait le temps de me demander si je me rendais bien compte du prix d'un vrai lit, puis faisait monter les enchères en alléguant la valeur affective des biens fraîchement acquis et finalement se concertait sur le verdict, j'eus brusquement l'impression d'être le bouc émissaire de toutes les malédictions lancées par les Asiatiques sur les biens dont ils avaient dû se défaire. Ce lit, avec sa tête magique, aurait-il appartenu à une famille qui, par désespoir, s'était noyée dans le lac Victoria, ou avait avalé du poison, ou s'était jetée sous les roues d'un camion ? Les taches rouges que j'avais vues sur un des pieds du lit étaient peut-être les éclaboussures du sang d'une femme crachant des malédictions sur les soldats frustrés qui la violaient. J'étais sûr que Serenity, dans son arrogance de commande, n'avait offert ni coq bien gras, ni chèvre pour conjurer le sang et les malédictions des propriétaires précédents. La victime propitiatoire, c'était peut-être moi. Et tout cela expliquerait ma fascination morbide pour cette planche banale.

D'autre part, je savais bien qu'un despote n'a pas besoin des malédictions d'Asiatiques expropriés pour se livrer à des excès meurtriers. Il faisait ce qu'il faisait parce que c'était le moment de le faire et parce qu'il s'était laissé pousser dans les derniers retranchements de sa rage frémissante.

Serenity frappait avec la violence griffue d'un léopard s'acharnant sur l'antilope qu'il a longtemps poursuivie. Je n'étais pas le seul à avoir senti l'orage. Les chiards suivaient le spectacle de près pour voir si la confrontation serait à la hauteur de leur attente. Serenity avait fondu sur moi avec une de ses chaussures en suède. Au début, j'étais trop suffoqué pour me défendre contre ses coups brûlants. Ils pleuvaient sur moi de toutes parts tandis que Serenity bougonnait : « Tu l'as voulu, tu l'as voulu. »

Passée la première douleur, je crus que j'allais mourir. Cela ne m'effrayait pas car Grand-ma m'attendait de l'autre côté. En fait, j'avais plutôt peur de ne pas mourir et de rester invalide, d'avoir un bras irrémédiablement cassé ou quelque chose qui ne tournerait plus rond dans ma tête comme chez le pauvre vieux Santo, ou une colonne vertébrale esquintée comme celle du catéchiste qui était tombé de sa chaire. Il y avait un homme, au village, qui ne pouvait ni s'asseoir, ni marcher : il avait été encorné par un taureau et puis il s'en était suivi quelque chose de grave. Moi aussi, on me balançait dans l'air en ce moment, mais je n'avais pas envie de devoir pisser et chier dans un bassin hygiénique pour le restant de ma vie. Plutôt mourir.

Involontairement, je commençai à me défendre. Je donnais des coups de tête contre les tibias et les rotules de Serenity et je visais l'entrejambe. Il frappait de plus en plus fort et le public s'arrêta de ricaner. Serenity perdit la maîtrise de soi, relevant le défi de celle qui l'avait mis en demeure de montrer ses talents de despote. Il s'agissait d'une démonstration musclée. Je désirais qu'il continue. Chacun de ses coups me purifiait en me débarrassant de mes scories. J'étais à un point crucial de ma vie, à un moment historique, et je voulais qu'il soit assez grandiose pour que ses cicatrices alimentent pendant longtemps le feu de ma vengeance. Je tombais, tombais, tombais comme l'eau qui tombe dans un verre en laissant les grains de sable dans le filtre. Le martèlement me ramenait sur les pentes de Mpande Hill où j'avais un jour failli perdre un pied dans les rayons d'une bicyclette endiablée. Cette fois, je n'étais pas sur le porte-bagages, c'était moi qui conduisais l'engin et je devais faire en sorte qu'il ne tombe pas dans le précipice. Et tout à coup, je me retrouvai en bas dans le marécage fourmillant de mes camarades : je m'enfonçais et remontais, m'enfonçais et remontais, et avalais de l'eau verte comme j'avalais de l'air solide. Mes amis m'appelaient. J'étais sur le rivage. C'était fini.

Je me réveillai dans mon lit, couvert de bleus, et lorsque j'essayai de bouger mes membres enflés, une douleur insupportable me traversa le corps. Le soutien moral du général Amin était un baume pour ma défaite et fit en sorte qu'elle ne se transforme pas en ulcères gangréneux et purulents de désespoir. J'avais perdu cette bataille ; maintenant, il fallait que je rassemble les débris de moi-même et que je m'entraîne pour reprendre la lutte contre les despotes, cette fois quand et où, je le déciderais moi-même. La guerre était déclarée et je jubilais à l'idée d'une confrontation imminente. Cadenas n'avait jamais caché ses armes. Serenity avait aussi montré les siennes. Maintenant c'était à moi de révéler les miennes.

Trois jours entiers, je fus trop malade pour aller à l'école et ma faiblesse me révulsait. Mes os étaient entiers, j'avais seulement mal dans tout mon corps. Pourquoi ne pas aller à l'école ? Pourquoi rester là à entendre la voix geignarde de Cadenas ? Pourquoi supporter le ton triomphant de sa voix ? C'était son moment de gloire, une confirmation de son pouvoir, et ma présence lui en donnait une preuve éclatante. Elle chantonnait, remplissant la maison de sa bonne humeur, aboyait des ordres ou travaillait à sa machine à coudre.

Serenity avait peur de moi, mais il était trop constipé, trop enraciné dans son despotisme pour venir me demander pardon. Je le lui aurais accordé pour moins que rien, pour un tout petit geste, car je savais trop comme il est difficile pour un tyran de s'excuser ou même d'avoir l'air de le faire. Mais je n'avais pas l'intention de lui faciliter la tâche. C'était lui qui devait faire les premiers pas et demander pardon, comme un homme, à l'homme qui avait acheté ce pouvoir de son sang, de ses larmes et de ses bleus.

Un fanatique de boxe comme lui devait savoir que les boxeurs se donnent l'accolade à la fin de chaque match, si violent et sanglant soit-il, non tant par affection que pour reconnaître l'autre dans son rôle de vainqueur ou de perdant. J'étais prêt à le reconnaître comme vainqueur et lui pardonner de ne pas avoir su maîtriser sa colère, de ne pas s'être tenu aux règles du jeu et d'avoir agi avec une telle sauvagerie. Mais il ne vint pas me rendre visite. Il prit l'habitude de rentrer plus tard de son travail. Il évitait de me regarder en face. A table, il s'abritait de mon regard et de ceux de Cadenas et des chiards derrière un livre de Beckett à la couverture rouge décolorée. Il se cachait en attendant Godot. Il avait oublié que j'avais usurpé le rôle de Godot.

Serenity avait une préférence marquée pour des écrivains comme Beckett et Dickens qui avaient eu des problèmes avec leur mère, mais je ne comprenais pas bien ce qu'il attendait d'eux dans la précarité de sa situation actuelle. Derrière sa fortification de papier, crispé dans sa raideur despotique, son visage était aussi buriné que l'était celui de Beckett dans ses vieux jours. Il avait l'air de se protéger contre la langue empoisonnée de Cadenas, cette langue qui avait introduit l'idée de meurtre dans la maison, lors de leurs affrontements nocturnes. Il avait l'air de chanceler sous l'évidence qu'il avait failli se rendre coupable de meurtre. Il avait l'air de se demander où et comment il s'était ressaisi, car personne, et sûrement pas Cadenas, n'avait émis la moindre protestation durant la séance meurtrière.

Pendant ma résidence forcée, j'envisageai de retourner au village pour aider Grand-pa, aux prises avec son âge et sa hernie, mais je savais qu'il ne m'approuverait pas et me renverrait. N'avais-je donc rien appris de ses épreuves et de ses discours ? C'était donc pour rien qu'on l'avait rossé et jeté dans la fosse à purin ? Ce qu'il voulait, c'était un avocat dans la famille, et puisque Serenity l'avait déçu, c'était moi qui devais reprendre le flambeau. N'avais-je donc pas appris qu'il ne fallait jamais renoncer et qu'il fallait lécher ses plaies et se redresser fièrement ? J'avais honte de moi. Il n'y avait plus de village où retourner, le village, il était en moi et je continuerais de le porter jusqu'à la fin de ma vie pour la simple raison que les années passées avec Grand-ma étaient à jamais révolues.

Le souvenir de ma dérouillée encore frais dans leur mémoire, les chiards obéissaient à tous les ordres avec la ponctualité et la docilité de rescapés conscients de ce qui aurait pu leur arriver. Ils se gardaient bien de défier le sort ou de réveiller la fureur des dieux qui dorment. Je les surprenais quelquefois en train de parler de moi, mais je faisais mine de n'avoir rien entendu. Ils m'évitaient comme si j'avais une maladie étrange, une espèce de lèpre qui leur rappelait tout le temps les despotes. Je ne leur en voulais pas : ce n'était pas leur faute s'ils n'arrivaient pas à trouver leur voie dans les pièges marécageux de l'imprévisibilité despotique.

De son côté, Cadenas faisait comme si rien ne s'était passé. Elle agissait comme si elle avait réglé ses comptes avec moi. Je l'avais un jour condamnée à mort et elle m'avait montré, à son tour, les abîmes où la mort était censée régner. La seule chose qui l'intéressât encore, c'était de voir si je m'étais repenti. Un jour où j'essayais d'agir sur son sentiment de culpabilité en disant que je me sentais trop mal pour faire mes devoirs merdiques, elle répondit : « Avec moi, ça ne prend pas, mon bonhomme. Mets-toi bien dans la tête que je ne suis pas ta grand-mère. » Depuis lors, je remplis ma tâche avec la froide efficacité d'un soldat de planton.

Je fuyais Lusanani comme la peste. La lettre qu'elle avait glissée dans ma poche sur le chemin de la fontaine était poisseuse de compassion, et c'était justement ce dont j'avais le moins besoin. Sa sympathie m'énervait autant que ses tétons dressés sous sa chemisette mouillée. Elle aurait dû, au contraire, me féliciter d'avoir supporté l'épreuve et d'en être sorti vivant.

Je m'introduisis un jour dans la bibliothèque de Serenity avec l'intention de rafler Beckett. Mais je décidai finalement de voler *Treasure Island,* le livre le plus populaire de la maison. Je le cachai pendant plusieurs jours dans l'espoir qu'on l'oublierait. Je voulais le donner à une fille pour laquelle je sentais poindre en moi un certain intérêt. Elle était plus jeune que moi, suivait les cours d'une classe inférieure, et je ne savais pas du tout quel genre de livres elle aimait : de pirates, de bateaux ou d'aventures. Serenity fit comme s'il n'avait rien remarqué, mais Cadenas s'engagea dans une poursuite sauvage. Elle ne se calma que lorsqu'elle se rendit compte que personne n'était assez bête pour se rendre et confesser son « larcin ». Elle disait de temps à autre : « Je sais bien qui est le voleur. Dieu viendra un de ces jours le confondre. Ce qui se fait dans le plus grand secret sera alors crié sur les toits. »

Je savais par expérience que lorsque Cadenas faisait appel à l'intervention de Dieu et aux Saintes Ecritures, ce n'était jamais par piété, mais parce qu'elle sentait le danger d'une défaite. Je gardai donc tranquillement le livre en attendant l'occasion de l'offrir. Cependant, un de mes amis voulut le lire. Je le lui prêtai, mais ce fut une idée déplorable car une de ses petites amies, dévoreuse de livres, le lui faucha et mon ami, qui attendait depuis longtemps une occasion de coucher avec elle, n'osa pas le lui reprendre.

A l'école, je me faisais de l'argent de poche en écrivant les lettres d'amour que les grands garçons envoyaient à l'objet de leur désir. C'était mon passetemps favori car il me permettait d'étudier l'effet énervant des hormones et ce que les garçons étaient capables de faire pour les calmer. En second lieu, je m'entraînais à l'exercice du chantage et de l'abus de confiance qui culmina dans une lettre d'amour adressée à Cadenas.

D'ordinaire, les choses se passaient de cette manière : un des garçons plus âgés s'adressait à moi, généralement sur les recommandations d'un tiers. Il abordait le sujet, souvent après avoir longtemps tourné autour du pot, surtout s'il était intimidé par mes facultés intellectuelles. Je le laissais parler, et alors il me demandait si je connaissais la fille en question. Nous suivions la fille. Il chantait ses louanges, même si elle ne les méritait pas, et je retenais ce qu'il aimait en elle. De retour à mon pupitre, j'écrivais une lettre dans laquelle j'insistais sur ses qualités. Si elle n'était pas particulièrement belle, j'inventais et lui attribuais des mérites propres à lui faire tourner la tête, mais sans trop forcer la note. Le truc fonctionnait souvent. Si la fille était intelligente, je consultais les recueils de poésies de Serenity d'où j'extrayais des vers remarquables, pour caresser son cœur avec les mots d'un poète défunt. Mais ma source d'inspiration majeure était l'Ancien Testament que la plupart des élèves n'avaient pas lu, de sorte que mes citations faisaient plus d'effet.

Certains garçons perdaient la tête au point d'acheter des mouchoirs imprimés, de la lingerie, des jupons, de la poudre de riz, du parfum et des friandises pour des filles qui n'avaient aucune sympathie pour eux. Souvent elles ne cachaient pas leur mépris, mais elles ne résistaient pas à la tentation des cadeaux. J'en déduisis que l'amour était une maladie qu'il fallait ignorer ou supporter avec patience, ou guérir en faisant les plus grandes folies.

Quand les filles tardaient à répondre aux lettres que nous leur avions fait parvenir, les garçons me demandaient souvent pourquoi cela durait si longtemps comme si je connaissais la réponse et refusais de la leur communiquer.

— Parle-lui, supplie-la s'il le faut, dis-lui que je ne dors plus, que je ne fais plus rien sans penser à elle. Dis-lui que je suis prêt à lui donner tout ce qu'elle veut...

Alors je trafiquais les suppliques et les réponses pour ménager mes clients. Si, par exemple, une fille disait que le garçon puait du bec et qu'il ferait mieux d'aller se faire pendre pour épargner à la gent féminine le supplice de sa compagnie, je rapportais à ce garçon que les parents de la fille l'avaient menacée d'une tannée si elle fréquentait un garçon à l'école et qu'ils la faisaient suivre pour être sûrs qu'elle ne parlait pas aux garçons. Ou bien, j'inventais que les parents de la fille avaient juré de lui faire avaler du bleu de lessive pour provoquer un avortement si elle tombait enceinte et qu'ils poursuivraient le garçon avec un panga. Je concluais toujours que, malgré son amour pour lui, la fille ne voyait pas comment faire, du moins pas pour le moment. La plupart des clients croyaient à mes mensonges, en tout cas pour quelque temps.

Quand deux garçons se disputaient la même fille, j'empochais l'argent des deux prétendants et je choisissais moi-même l'élu. Si c'était une fille que je ne blairais pas, je faisais de mon mieux pour l'un des deux, lui arrangeais un rendez-vous, puis j'allais le raconter à l'autre.

Aux brutes, je réservais une punition personnelle : je prenais l'argent ou les cadeaux qu'ils destinaient à leurs belles et les donnais à Lusanani, puis je disais aux garçons que la fille n'était pas encore convaincue ou qu'ils devaient attendre une réponse. Si la brute menaçait de passer à l'action, je demandais à Lusanani d'écrire une lettre où la fille l'injuriait et lui demandait de la laisser en paix.

Tous ces tours de passe-passe allaient me servir plus tard quand je serais entré dans le monde des affaires. Mais pour l'heure, ils faisaient de l'école l'endroit le plus excitant de la terre, exception faite de la station de taxis, dans la cuvette. En dehors des lettres d'amour, des abus de confiance, des promesses, des succès et du chantage, il y avait le sport : le football pour les garçons, le basket-ball pour les filles et l'athlétisme pour les deux sexes. Quand s'ouvrait la saison de football commençait aussi celle des paris et des bagarres entre les perdants qui refusaient de payer et ceux qui avaient gagné le pari. On demandait souvent aux grands garçons d'intervenir et d'obliger les perdants à payer. Quand les disputes s'envenimaient, on décidait de régler la question par les poings sur le champ de sable où les amateurs de saut en longueur pratiquaient leur sport élégant. On convenait d'une date et, après l'école, les passionnés d'émotions fortes se faufilaient derrière les bâtiments scolaires pour assister au spectacle.

Un jour que je suais sur une lettre pour un professeur stagiaire, que m'avait commandée un de nos garçons déstabilisé par ses hormones, j'eus une idée géniale. J'allais pouvoir me venger des despotes en écrivant à Cadenas une lettre d'amour et faire comme si elle lui venait de Loverboy. Le projet était si osé que j'en perdis le repos pendant quelques jours. La nuit, quand je ne pouvais pas dormir, j'allais écouter à la porte de communication pour savoir s'ils se disputaient toujours au sujet de Loverboy. Je n'avais pas envie de me prendre au piège de mes propres mensonges. Je voulais frapper au bon moment dans l'espoir d'asséner un coup fatal à l'harmonie et au mariage des despotes. Je n'arrivais pas à démêler où ils en étaient de leur brouille : c'était comme s'ils sentaient que j'écoutais aux portes et qu'ils réglaient leurs histoires avant mon arrivée ou après mon départ. La seule constante dans le drame c'était que Loverboy continuait à venir, mais moins souvent que par le passé. Je supposais que Cadenas lui avait dit d'espacer ses visites, juste le temps d'endormir les soupçons de Serenity pour pouvoir par la suite reprendre normalement leurs rencontres. Serenity n'approuvait pas vraiment l'attitude butée de sa femme, mais comme elle avait changé quelque chose à la situation, il avait diminué la pression et feignait d'ignorer les visites irrégulières de Loverboy en attendant la prochaine occasion pour frapper plus fort.

Je consultai *Le Manuel de la correspondance* et *Comment ne pas écrire les lettres.* C'est ce dernier qui me fut du meilleur secours parce qu'il donnait des exemples de mots mal choisis et de fautes de grammaire, le genre de fautes que devait faire un type comme Loverboy qui avait quitté prématurément l'école. Je mis deux mois à écrire et réécrire la lettre en m'efforçant de m'éloigner le plus possible de ma première version littéraire. Il me fallut encore quelques jours pour convaincre mon ami du *Treasure Island* de demander à sa sœur, qui connaissait la dactylo, de taper la lettre et de la mettre pour moi à la poste.

Un seul coup d'œil sur l'enveloppe brun clair adressée à sa femme suffit à Serenity pour comprendre que quelque chose clochait. Pour commencer, depuis qu'il connaissait sa femme, elle n'avait jamais reçu de lettre tapée à la machine et elle ne lui avait pas dit qu'elle en attendait une. Deuxièmement, la lettre ne portait pas le tampon du « Service d'Etat Ougandais » ou de l' « Archevêché de Kampala ». Et troisièmement la typographie ne lui inspirait aucune confiance : certaines lettres étaient rouges, d'autres noires. Quel était le crétin qui n'avait pas été fichu de remplacer le ruban de sa machine à écrire ? Il décida de décacheter immédiatement la lettre.

Les soupçons de Serenity furent confirmés dès la première ligne. Boy, ce furoncle ambulant, était passé à l'action ! Serenity se doutait bien qu'il continuait à flirter avec sa femme. L'enthousiasme avec lequel elle avait accepté les perruques afro qu'il lui avaient données était la preuve indéniable qu'elle s'était laissé prendre au piège de la luxure. La passivité avec laquelle elle avait accepté la lampe-Monroe lui apparaissait tout à coup sous un autre jour. Il relut plusieurs fois la lettre, les mains tremblantes, la gorge sèche, les aisselles en eau et un prurit au derrière.

Chère Madame Singer,

Comment sentez-vous le cosmos en ces jours statiques ? Je suis très honoré de vous faire parvenir cette splendide missive. Souvenez-vous, je vous prie, du délicieux bonheur que nous avons partagé avant que ce bâton malencontreux ne vienne s'implanter dans les roues de notre cosmos et mettre fin à notre béatitude.

Laissez-moi, je vous prie, deviner qu'en refoulant votre amour volcanique, vous bouleversez le fonctionnement du cosmos. Sachez que je suis désolé de vous savoir dans cet état. Votre refus de reconnaître plus avant notre amour et la poussée verticale qui l'accompagne ne peut avoir qu'un écho négatif dans nos cœurs. Souvenez-vous, je vous prie, de notre Cantique des Cantiques :

Votre cou fabuleux est une tour d'or pur
Votre nez prodigieux, un monument phonétique
Vos yeux doux comme le miel, des puits d'argent lin-
[guistique
Vos seins miraculeux, des ballons d'amour aqua-
[tique
Votre corps affolé, un volcan de sèves brûlantes.

Madame Singer, n'oubliez pas, je vous prie, que je suis votre meilleur ami. Le sage dit qu'il faut avoir beaucoup d'amis mais ne se fier qu'à quelques-uns. Le sage dit aussi que nombreux sont les mariés mais peu les heureux, ne l'oubliez pas.

Madame Singer, vous êtes la reine de mon cœur et je voudrais que vous me nommiez président et commandant en chef du vôtre.

Avant de prendre congé de vous, à genoux, sachez que je suis amoureusement, merveilleusement, dangereusement et tempétueusement votre

Mbaziira le Grand.

Serenity connaissait la chanson. Il sentait à des kilomètres de distance la verbosité post-pubertaire, la flatulence, l'ignorance crasse, l'immaturité. De son temps, on aurait orné la lettre de cœurs rouges et roses et mis de la poudre dans l'enveloppe.

Il trouvait « Madame Singer » écœurant. Si c'était un signe d'enfantillage chez sa femme, par ailleurs si mûre, il aurait préféré le découvrir d'une autre manière. Il savait qu'il y avait des hommes et des femmes d'âge mûr qui couchaient avec des partenaires plus jeunes qu'eux et il savait aussi que ces gens s'abaissaient et compromettaient leur personnalité et la dignité du mariage pour se mettre au même niveau que leurs jeunes amantes ou amants. Les jeunes, eux, tournaient en dérision la dignité et l'âge de leurs partenaires en leur donnant des petits noms ridicules et enfantins pour avoir plus de prise sur eux. Mais le virus s'était maintenant introduit dans sa propre maison. N'avait-il pas donné l'ordre à sa femme de se tenir à distance de ce blanc-bec ? Qui était l'imbécile qui s'était fait payer pour écrire ces inepties au nom de Boy ?

Serenity était en proie à la rage du mari cocufié. Mais sa fureur fit bientôt place à la tristesse : le sentiment pénible que tout était de sa faute. Pourquoi n'avait-il pas affronté lui-même Boy ? Pourquoi s'être posé en *gentleman* ?

Sa tristesse augmentait chaque fois qu'il relisait « ballons d'amour », « volcan de sèves brûlantes » et « corps affolé ».

Quoi ? De telles paroles à une femme aussi prude que Cadenas ? Pour oser les lui adresser, pensait Serenity, il fallait vraiment qu'elle l'ait encouragé.

Elle essayait très probablement de s'accrocher aux lambeaux de sa jeunesse fanée ou aux haillons d'une puberté éclipsée par les sanctions parentales et les règles monacales.

Le plus pathétique de toute l'histoire, c'est que c'était elle qui avait décapité la passion conjugale en décrétant de nombreux jours d'abstinence, si bien que leur vie sexuelle était réglée comme les visites à une esthéticienne.

Il déplorait le rôle qu'il avait joué dans ce drame. Il aurait dû se plaindre de la conduite de sa femme auprès de Mbale, leur arbitre conjugal. Mais cela aurait été trop humiliant, trop compromettant pour lui de se confier à un homme qui le respectait tant. Il y avait pensé, plusieurs fois même, mais sans trouver une bonne formule d'introduction : « Hum... *muko*, écoute... ma vie sexuelle est... » ou bien : « Ma femme refuse d'assouvir mes besoins tel et tel jour... », ou : « Je n'arrive pas à décider ma femme à... » Mbale aurait perdu tout son respect pour un homme incapable d'imposer ses droits conjugaux à une femme qu'il avait épousée à l'église. Serenity savait aussi qu'un paysan comme Mbale ne pouvait pas comprendre qu'un homme brûlant de désir puisse avoir la décence de ne pas imposer ses droits. Serenity s'était aussi abstenu d'en parler à Hadj Gimbi de crainte de perdre son amitié.

Il se sentait maintenant doublement triste et furieux parce que sa femme était tombée dans son propre piège : elle désirait, à l'évidence, plus de contacts sexuels mais elle ne savait pas comment enlever ses propres barrières sans perdre la face et aussi son pouvoir dans d'autres domaines. Serenity en venait à penser que ses obsessions récentes à propos de la polygamie de Hadj Gimbi et de ses liaisons présumées, à lui, n'étaient qu'un rideau de fumée derrière lequel elle cachait ses propres secrets malpropres.

Au cœur de sa tristesse se nichait encore le souvenir de l'abandon de sa mère et du chagrin qu'il en avait eu. Il se souvenait de toutes les grandes femmes vers lesquelles il avait couru pour leur souhaiter la bienvenue à la maison. Et l'angoisse inconsciente que des esprits malins se déguisent en effet en femmes grandes. Il se souvenait de la condescendance avec laquelle elles caressaient ses cheveux avant de le décevoir ou de lui faire savoir que son imagination lui avait de nouveau joué un mauvais tour. D'où lui venait l'idée que sa mère était grande ? Quand il avait trois ans, presque toutes les femmes devaient lui paraître grandes. Il se souvenait de la grande femme qui avait mis un terme à ses obsessions quand il avait sept ans. Il se sentit tout à coup furieux. Pourquoi son père n'avait-il rien fait ? Il était au courant des manigances de son rival, mais il avait décidé de les ignorer. La suffisance était-elle donc un défaut de famille ? Il eut subitement envie de faire des tas de choses. Il allait montrer qu'il était capable de prendre les choses en main et de mettre un terme à cette situation. Il ne voulait pas finir sa vie sans femme, avec tous ces enfants à élever. Il ne voulait pas non plus confier l'éducation de ses enfants à une autre femme. Pour finir, il réalisa qu'un cocu marié et père de famille ne pouvait pas s'abandonner à une vengeance qui risquait de détruire la famille : la vengeance devait être de courte durée.

Serenity envisagea de disparaître pendant une semaine. Il pouvait aller dans un bon hôtel pour se détendre en attendant que sa colère et son chagrin s'apaisent. Il pouvait rendre visite à sa famille : voilà longtemps qu'il n'avait pas vu ses sœurs et ce serait une bonne occasion pour prendre de leurs nouvelles.

Une pensée le traversa comme un tonnerre tombant sur un arbre le fend en deux : Nakibuka ! Cette femme n'avait-elle pas fait de son mieux pour l'intéresser à sa vie ? Ne la désirait-il pas au fond de son cœur ? Avait-il jamais oublié son caractère ensoleillé, son sens de l'humour ? Sa féminité généreuse et sûre d'elle ? Les racines, peu stables, de la bienséance traditionnelle le retenaient en lui disant qu'il n'était pas de bon ton de désirer un membre de la famille de sa femme. Mais les champignons de ses désirs refoulés avaient trouvé un point faible dans les couches de la décence hypocrite. Sa libido refoulée et ses instincts sexuels mutilés furent réveillés par le souvenir de la gorge de la femme qui, le jour de ses noces, avait redressé sa virilité chancelante rien qu'en l'effleurant. La sueur coula le long de son dos, son cœur se mit à battre la chamade et le feu parcourut ses entrailles.

L'après-midi s'acheminait péniblement et chaudement vers le soir. Il était temps d'aller à la réunion hebdomadaire de son département. Il arriva le premier dans le bureau du directeur. Il but un verre d'eau, puis un autre, et se campa devant la fenêtre. Où étaient donc les autres ? Il ne songeait qu'à la fin de cette maudite réunion, au moment où il pourrait partir, aller chez Nakibuka. Mais où habitait-elle ? En fait, il ne le savait pas au juste et cette idée l'énerva. Impatient, toujours seul et furieux, il courut dans son propre bureau pour voir s'il avait l'adresse dans son agenda. Et si elle avait déménagé ? Un voix perverse lui souffla que Boy retournait les mêmes idées que lui dans sa tête, faisant des projets, pesant le pour et le contre, hésitant. Et si Boy était maintenant au poste de commandement de Cadenas, la faisant rire en vantant ses ballons d'amour, ses puits d'argent grammatical ? Les crises de rage succédaient aux crises de tristesse. Il envisagea de rentrer quand même chez lui pour surprendre Boy et lui donner une leçon, mais il y renonça, ne sachant pas ce qu'il pourrait lui faire, au cas où il le surprendrait effectivement. Il avait peur de perdre son sang-froid comme il l'avait fait avec son fils. Au nom de la discipline, il avait failli se rendre coupable de meurtre et cela avait été une expérience fort désagréable. Il s'était juré de ne jamais plus en arriver là.

Il allait donc se rendre chez Nakibuka, même si son mari était à la maison, même s'il lui était impossible de passer la nuit avec elle. Il trouva son adresse et se mit à rire, mi-triste, mi-furieux. Il trouvait la polygamie de Hadj Gimbi très peu pratique : à quoi bon fourrer toutes ses femmes sous le même toit ? Chaque femme avait droit à sa propre maison, car elle pouvait, de cette manière, se détendre et échapper aux soucis, aux sautes d'humeur et aux travers des autres femmes.

Serenity retourna au bureau du directeur. La réunion avait déjà commencé, mais il n'entendait pas ce qui se disait. Rien ne pouvait plus l'intéresser ou l'irriter.

Je balançais entre la joie folle et la tristesse : joie folle parce que j'avais été assez malin et maître de moi pour vaincre des adversaires beaucoup plus forts et plus pervers ; tristesse à cause de la crainte irrationnelle que Serenity ait découvert l'identité de l'auteur de la lettre et qu'il me réserve une correction carabinée. Pendant que je pilais des cacahuètes dans un mortier de bois que l'usage avait patiné de rouge, j'essayai de me mettre à la place de Serenity. Qu'aurais-je fait moi-même ? On pouvait combattre le feu avec le feu et, par exemple, mettre dans sa poche de la lingerie féminine, prendre une maîtresse ou refuser quelque temps de payer les factures.

Cadenas ne me semblait pas femme à partir de sitôt : les reproductrices de son espèce en arrivaient rarement à cette extrémité. Avant d'entreprendre quoi que ce soit, elle ferait tout son possible pour savoir ce qui se passait. Et malgré ma responsabilité dans le drame, et la haine que j'éprouvais pour cette femme, je ne tenais pas vraiment à ce qu'elle s'en aille. Elle était, quoique d'un manière très cruelle, une garantie de stabilité, un mur contre lequel je pouvais exercer ma combativité, une meule à laquelle je pouvais aiguiser mes armes.

Pour moi, qui étais l'aîné, les choses ne changeraient guère si Cadenas partait et était remplacée par une autre femme. J'étais pratiquement sûr de garder les corvées de la merde, de la lessive, du nettoyage, de la cuisine et de l'eau. Mais je n'accepterais jamais d'être battu par une autre femme ou obligé de m'agenouiller devant elle. Cadenas allait-elle partir ? Cette idée l'avait-elle seulement effleurée ? Ou est-ce que j'étais en train de me monter la tête ?

Dans son ignorance, Cadenas ressemblait à une porte qui ne tient que par un gond. Son comportement avait le charme nerveux et cassant d'un buffle piqué par des abeilles. Elle pensa que pour faire une entorse à la routine, Serenity avait rejoint ses amis directement après son travail, sans l'avertir. Mais il n'était pas à la station-service.

Je fis semblant de n'avoir rien remarqué et son regard plein de panique, lorsque je lui annonçai que Serenity n'était pas encore rentré, me combla de joie. Son inquiétude était compréhensible. Quand un mari honnête, digne de confiance, rentrait tard de son travail ou ne rentrait pas du tout, c'est que quelque chose de grave s'était passé : un membre important de la famille était mort, avec tous les désastres financiers que cela comportait, ou il avait eu un accident, ou bien on l'avait arrêté sans raison. Serenity tenait toujours sa femme au courant de ses allées et venues et il ne se serait jamais permis de s'absenter sans l'avertir.

Le soir, Cadenas avait l'air d'un rhinocéros coléreux et triste. Je luttais de toutes mes forces contre ma malheureuse tendance à la pitié pour cette femme car mon but était justement de la voir souffrir, se tordre et gémir comme une femelle en chaleur.

Le deuxième soir, Cadenas était complètement abattue. Son visage de marbre avait fait place à l'expression chiffonnée, renfrognée d'une adolescente en proie à un amour non payé de retour. Elle me lançait des coups d'œil furtifs, presque conspirateurs, comme si elle rassemblait ses forces pour me révéler un secret douloureux. Epinglée et se débattant comme un cafard sur une planche de sciences naturelles, elle suscitait une espèce de pitié involontaire. Etonné moi-même du succès qu'elles avaient récolté, je repassais dans ma tête les expressions « amour volcanique », « yeux doux comme du miel » : à l'école, elles faisaient fondre les cœurs des adolescentes et me rapportaient de l'argent ; ici, elles mettaient un régime despotique sens dessus dessous et une femme toute-puissante sur des charbons ardents. Je me surprenais en train d'observer Cadenas pour voir si je n'étais pas allé trop loin. Mais elle s'était trop abandonnée aux tempêtes brûlantes de son cauchemar pour être digne de cette attention. En écrivant cette lettre, je n'avais pensé qu'à Lusanani et à la fille à laquelle je voulais donner *Treasure Island*.

Lorsque je vis Serenity entrer dans la cour avec sa serviette au bout du bras, je sentis des frissons dans mon dos. Il avait l'air calme, comme s'il ne se faisait aucun souci. Je ne savais pas s'il avait mis en doute certains passages de la lettre ou s'il avait tout avalé en bloc. J'attendais en retenant mon souffle. Mais Cadenas avait entre-temps relevé la tête, le venin s'était de nouveau installé sur son visage, sa démarche était coléreuse. J'avais eu raison de ne pas céder à ma pitié : cette femme ne changerait jamais. C'était maintenant seulement que commençait mon combat contre elle.

Il y avait de l'orage dans l'air. Pour la première fois, la porte de communication fut fermée à clé et le vide entre la porte et le seuil bouché avec des chiffons, des jupons peut-être. Pendant toute la soirée, Serenity avait fait comme si de rien n'était et, à table, il s'était retranché derrière *Godot*. Les yeux de Cadenas lançaient des étincelles et sa fureur, à peine dissimulée, avait faussé ses trémolos vespéraux. Pour la première fois depuis qu'elle était mariée, elle avait laissé tomber l'assiette de Serenity en servant la soupe et elle n'avait pu réprimer un juron plus ou moins altéré. Derrière sa barricade de papier, Serenity n'avait pas cillé. Il avait l'esprit trop plein des événements des trois derniers jours et des deux dernières nuits pour remarquer la nervosité de sa femme.

A une heure, je sortis de mon lit pour aller appliquer mon oreille contre le trou de la serrure. On n'entendait que des murmures indistincts. Je me glissai dehors et allai me poster sous la fenêtre de la chambre à coucher. Les moustiques bourdonnaient rageusement ; une meute de chiens hurlaient à qui mieux mieux. Je ne tins compte de rien, ni des voleurs, ni des fantômes, ni des soldats qui rôdaient par là. Un vague bruit de voix, et finalement je fus récompensé :

— Je suis parti pour ton bien.

— Pour mon bien ? Comment ça ?

— Mon premier réflexe fut de te fracasser la tête.

— Quoi ?

— Tu as vu la lettre. Arrête de jouer ta petite innocente : tu fais injure à mon intelligence.

— Je n'ai rien à voir avec cette lettre.

— Ah, non ? Un garçon t'appelle « Madame Singer » et tu n'as rien à voir avec ça ? Tu t'abaisses au niveau de ce débile, et ça ne veut rien dire ? Tu me trompes sous mon propre toit, et ça ne veut rien dire ? Rien ? Rien ? Rien ?

La voix de Serenity s'était effilée comme une stalactite. Consciente de se trouver sur un terrain glissant, Cadenas s'enveloppa dans son immunité despotique et dit, sur un ton plaintif :

— Pourquoi ne veux-tu pas me croire ?

— Je n'aurais aucun mal à te quitter, tu le sais. Tu n'es pas la seule femme sur la terre.

Il n'en dit pas plus pour ne pas trahir le secret délicieux de son escapade. La tante de Cadenas l'avait entouré de toutes les délicieuses attentions d'une amante expérimentée, dans sa petite maison bien astiquée. Quel soulagement de ne pas avoir à s'expliquer, puisqu'elle avait toujours su qu'il viendrait un jour chez elle ! Serenity en aurait presque remercié l'ex-mari de Nakibuka de l'avoir frappée et de lui avoir ainsi fait désirer un amour plus tendre, la spécialité de Serenity. L'homme avait obligé Nakibuka à s'allonger, puis il avait fait danser un tuyau de bambou sur les collines de ses fesses et les colonnes de ses cuisses.

La première nuit, Serenity et Nakibuka n'avaient fait que parler. Leur conversation impromptue se déroulait en méandres, mais revenait sans cesse à eux-mêmes et à leurs vies. Le plaisir d'être ensemble n'avait pas été gâché par des confessions hâtives et une intimité artificielle. La lettre de Boy, intervenue beaucoup plus tard dans leurs conversations, s'était perdue dans leurs éclats de rire, et la colère et le chagrin de Serenity s'étaient dissous dans leur entente réciproque. Il attribua à la splendide Nakibuka les yeux mythiques et « doux comme le miel » et « le corps affolé » du texte dactylographié rouge et noir. Au moment d'explorer les cratères volcaniques des saintes humeurs, ils étaient tous les deux ivres de désir passionné.

Cadenas interrompit les rêveries de Serenity :

— Quelqu'un essaye de me détruire, dit-elle.

— T'es-tu donc fait tant d'ennemis ? Ou est-ce une ancienne amie de Mbaziira le Grand qui essaye de repousser une rivale hors de ses plates-bandes ?

— Je n'aime pas ce langage cru.

— Qu'y a-t-il de distingué dans le fait qu'une vieille femme se repaisse de sang jeune ?

J'entendis un bruit de papier qu'on déchire et le grincement du sommier trop chargé.

— Que fais-tu ? dit Serenity avec inquiétude, rends-moi immédiatement cette lettre. Tu ne vas tout de même pas manger la preuve du délit ?

Par bonheur, Serenity n'aimait pas la violence, sinon Cadenas se serait retrouvée avec une mâchoire fracassée. Il avala sa colère et concentra ses pensées sur Nakibuka. Il avait déposé la triste croix de la monogamie ; sa soif ne serait plus étanchée par l'éponge trempée dans le vinaigre du sexe de sa femme. Ayant à choisir entre fertilité et beauté, Cadenas avait opté pour la première, sa tante pour la seconde. Malgré ses deux grossesses, Nakibuka avait encore un corps ferme, souple et élastique. Il la désirait plus que jamais. Elle était ce qu'il lui était arrivé de mieux depuis des années.

Dévoré par les moustiques, j'envisageais de me retirer quand j'entendis la voix stridente de Cadenas :

— Où étais-tu ces deux dernières nuits ?

Silence.

— Où as-tu passé tout ce temps ?

Silence.

— Je veux savoir où tu as passé ces deux nuits.

Les hurlements passionnés de chiens qui s'accouplaient se rapprochèrent. Ils étaient deux maisons plus loin et on entendait le grattement de leurs pattes, accompagné de halètements puissants et de gémissements. Une vingtaine de chiens se livraient, dans l'obscurité, à la grâce de leurs hormones. C'étaient des chiens dangereux. Quelques jours auparavant, un ivrogne trop chancelant pour s'enfuir avait été attaqué par une bande de quadrupèdes frustrés. Je n'attendis pas d'autres avertissements. Je rentrai. Plusieurs minutes après, alors que j'essayais de m'endormir, j'entendis des coups de feu. Un gémissement démentiel, comme un long cri de jouissance, s'éleva de l'orgie, puis ce fut le silence.

Cadenas, je l'avoue, avait une grande intuition mais aucun style. Quelques jours plus tard, elle m'appela à son poste de commandement et me demanda, sans me regarder, si j'avais un ami qui possédait une machine à écrire. Une de ses amies, m'expliqua-t-elle, avait des documents importants à faire taper. Je feignis d'être étonné qu'on me mêle à ce genre d'affaires d'adultes et répondis que je ne connaissais personne d'assez riche pour pouvoir se permettre une machine à écrire. Je suggérai que

Serenity avait peut-être une dactylo ou une machine à écrire. Dépitée, elle cherchait un moyen de sauver la face quand une cliente entra. Je filai.

Quelques jours plus tard, je m'aperçus qu'on avait fouillé dans mes affaires. Je n'étais pas non plus sans remarquer que Boy n'avait plus mis les pieds dans notre cour.

Quatorze jours après, je me rendis compte que les investigations s'étaient poursuivies jusque dans mon lit et que mon matelas avait été déplacé. Je pris alors l'habitude de coller de la glu et du chewing-gum sur ma boîte à compas, mon lit et les coins de ma mallette.

Il existe deux pièges dans lesquels les despotes-nés ont l'habitude de tomber : ils classent les gens selon des stéréotypes et veulent coûte que coûte un bouc émissaire. Cadenas n'était pas différente. Lorsque ses enfants commencèrent à faucher de l'argent et des objets de toutes sortes au lieu de pisser au lit, elle dit immédiatement qu'elle savait fort bien qui était le coupable, suggérant par là que le coupable, c'était moi.

Or, s'il y avait quelque chose que je détestais, c'était bien voler, et particulièrement voler les parents ou les autres membres de la famille. Mais Cadenas ne le savait pas et elle continuait à me soupçonner et à m'accuser. Bon, j'avais volé *Treasure Island,* mais pas pour m'enrichir. Le plus intéressant, c'est que les livres disparaissaient de plus en plus souvent, et plus ils disparaissaient, plus on mettait ma chambre sens dessus dessous. Certains chiards se plaignaient continuellement qu'on leur volât leurs stylos, leurs crayons et leurs cahiers. La vérité était que, comme beaucoup d'enfants, ils perdaient leurs affaires à l'école, mais ils avaient une telle peur de la punition qui les attendait à la maison qu'ils se servaient de moi comme bouc émissaire.

Elevé dans une communauté qui pratiquait les

sacrifices, je décidai de m'offrir en sacrifice aux dieux qui n'avaient pas mêlé mon nom au scandale de Madame Singer. J'avais la vague impression que Serenity me soupçonnait mais qu'il avait décidé de ne pas le montrer parce que mon intervention lui avait permis de rejoindre la femme qu'il désirait. En m'offrant en sacrifice, je voulais aussi remercier les dieux de Cadenas qui avaient contribué à mon triomphe. Mais surtout, je voulais reconquérir mon ancien arrière-ban, les chiards qui continuaient à me considérer comme un croisement de bandit et de paria. Je voulais être leur héros et affaiblir le pouvoir de Cadenas sur eux.

C'est pourquoi je suggérai, par deux fois, que j'avais volé un stylo. Heureuse de voir que, grâce à Dieu, le malfaiteur avait été découvert, Cadenas m'administra vingt coups de cravache. Elle mit, dans chaque coup, toute la rage, toutes les frustrations, tous les soupçons des jours passés, et si je n'avais pas été endurci par la conscience de ma mission, j'aurais été sérieusement abîmé. Mais, les deux fois, j'encaissai les coups avec une extraordinaire résistance : pas un cri, pas une larme. Elle essayait de m'atteindre aux points faibles, mais je me forçai à penser à autre chose en me concentrant sur mon rôle de héros et mes larmes restèrent dans leurs canaux lacrimaux. Je lus de l'admiration dans les yeux des chiards et mon visage se couvrit d'une impassibilité de marbre, de la fermeté arrogante et insouciante du héros. J'étais leur héros. C'était une sensation agréable. J'avais repris les rênes en main. Convaincue que je ne verserais pas une larme, même si elle me crevait un œil, Cadenas finit par me lâcher. Je chancelai comme un agent de police qui vient de maîtriser un bandit. Je chancelai comme Amin après le knock-out final. Cadenas ne le supporta pas. Elle me rappela et me donna trois coups supplémentaires sur le mollet droit. Je chancelai un peu plus, mais ce fut tout. Alors, elle renonça.

Protégé par un bandit héroïque, le voleur se sentit plus fort. Je commençais à prendre plaisir à son jeu et à la part que j'y tenais. Le porte-monnaie de Cadenas fut dévalisé plusieurs fois. Le voleur avait un flair spectaculaire pour faire son coup au bon moment. Lorsque Cadenas dressait un piège évident, il l'humiliait en l'ignorant totalement. Il était forcé de pourchasser sa proie, de déployer des efforts extraordinaires pour mettre la main sur son butin. Il devait savoir que seuls les dieux attendent des offrandes et les acceptent. Un jour où Cadenas s'était cachée sous le lit pour le prendre en flagrant délit, il ne vint pas. Et pour défier encore plus sa persécutrice, il étendit le domaine de ses opérations à « l'argent des dents », appelé aussi « l'argent du rat ».

Lorsque Cadenas était arrivée, après force menaces et farfouillements brutaux de ses doigts, à arracher une dent de lait, on déposait l'objet sanguinolent au fond du buffet et un rat le remplaçait par une pièce de monnaie. C'est cet argent que le voleur se mit à subtiliser. Cadenas était d'autant plus ennuyée que, par deux fois, elle avait utilisé un fil en soie et elle s'y était prise avec une telle sauvagerie que la victime avait saigné abondamment et nous avions tous craint qu'elle ne lui ait endommagé la mâchoire. La conscience tachée de sang, elle fut dans tous ses états lorsqu'elle découvrit que « l'argent du rat » avait disparu. Par respect pour la tradition, elle dut le remplacer, les deux fois. Et pour comble, elle avait remarqué que cela s'était passé en mon absence ; quelqu'un cherchait à se jouer de son intelligence ! Elle se mit donc immédiatement à fouiller les affaires des chiards.

Le jour du jugement, les prières du soir furent dites comme d'habitude et le toit fut pollué par les trémolos de Cadenas, comme d'habitude. On allait passer à table dans quelques minutes. Mais cette fois, deux des chiards n'eurent pas droit à leur soupe de cacahuètes, qui ce jour-là sentait bon la morue.

L'arôme se répandait dans toute la maison et chatouillait l'appétit de tous. Avec un sadisme raffiné, Cadenas avait choisi ce jour-là le meilleur poisson, les meilleures cacahuètes et fait mijoter sa soupe dans les meilleures feuilles de bananier pour en relever le goût. Nous mangeâmes notre soupe à quelques centimètres des chiards dont le front était couvert de sueur coupable et les yeux rouges d'angoisse. Nous rinçâmes nos doigts sales dans de l'eau que les chiards coupables avaient versée dans de petites coupes en forme de bidet ; des années plus tard, à l'étranger, je devais retrouver les mêmes dans un bordel et je les associai toujours à la saleté, le savon, le poisson et les repas gâchés. Droit comme Ponce Pilate sur sa chaise, Serenity se lava les mains sans prêter attention au morceau de savon bleu qu'on lui présentait ni au chiard tremblant qui le lui tendait. Godot, sur sa couverture délavée, était la seule personne qui l'intéressât. Et évidemment la tante, toujours radieuse, de celle qui s'occupait de la marmaille.

Bien décidé à montrer ma désapprobation et à saboter le sens de la justice de Cadenas et sa manière de l'appliquer, je me levai de table le premier. Une vague profonde de dégoût m'envahit, me faisant haïr le sadisme prémédité de la justice officielle. Il se peut que j'aie eu une pitié exagérée pour les malfaiteurs. Quoi qu'il en soit, j'avais pris part à ce drame en me réjouissant des sales tours des deux gamins. Disons tout simplement que j'étais torturé par la question de savoir si je ne devais pas intervenir en leur faveur. Cadenas me rappela à l'ordre.

Elle plongea la main sous le divan vert, en sortit trois cravaches de goyavier de la grosseur d'un doigt et déclara, un peu trop triomphalement, avoir découvert les voleurs qui avaient terrorisé la maison. Les deux accusés reçurent l'ordre de s'allonger par terre, côte à côte. Serenity qui n'avait encore rien dit et qui, au nom de l'harmonie despotique, n'avait le droit de rien dire, se cachait derrière son *Godot* rouge. Cadenas les fouetta avec l'avidité d'un aigle affamé qui fond sur des poules. Dans une vaine tentative pour faire appel au machisme de leur Big Brother, qui les avait sauvés les deux fois précédentes, ils tournèrent vers leur héros des yeux vitreux. Mais mon rôle était trop héroïque pour être répété et, à leur âge, je n'aurais pas été capable d'accomplir de tels exploits. L'orgie des chiens hurlants, bavants, sautillants franchit les barrières du champ d'accouplement nocturne et pénétra dans la maison. Au tapage des quadrupèdes s'ajoutèrent les supplications humaines, les promesses de ne jamais plus le faire et les prières au fameux saint Jude Thaddée, patron des désespérés. Un des chiards en arriva même à implorer l'aide de Serenity, peut-être celle de Godot, mais Cadenas redoubla ses coups pour bien lui faire comprendre qu'il ne pouvait compter sur aucune intervention, despotique ou non.

Le général Idi Amin nous avait encouragés à lutter de toutes nos forces et à nous relever après chaque chute. Et sa montée au pouvoir avait montré que, pour apprendre à lutter, la plupart des gens avaient besoin d'un sauveur, d'une personne qui les protège contre eux-mêmes et contre leurs angoisses. Il fallait des géants, des héros comme moi, pour sauver les faibles. Il était facile de se caler dans sa chaise, de regarder faire et de lever les bras au ciel. Tout le monde avait levé les bras au ciel le jour où Serenity m'avait rossé ; sans doute n'avaient-ils pas écouté Amin comme je l'avais fait. Sans doute n'avaient-ils pas bu à la source de l'héroïsme et du sacrifice que Grand-pa m'avait montrée. Sans doute n'avaient-ils pas été réveillés au beau milieu de la nuit et fait cinq kilomètres à pied pour aller avec Grand-ma aider une femme à accoucher. Je voulais m'élever au-dessus d'eux et encaisser les coups à leur place. Je me demandais ce qu'Amin aurait fait dans de telles circonstances. Il serait intervenu pour sauver les chiards, ou du moins détourner l'attention de Cadenas pour permettre aux victimes de respirer.

Bien plus : le général Amin aimait envoyer des messages et des avertissements à ses ennemis. Il faisait savoir aux impérialistes, aux colonialistes, aux racistes, aux sionistes et à leurs partisans que leur temps était fini. Il était temps que quelqu'un fasse savoir à Cadenas que punir ne signifiait pas assommer. Et surtout, pour la première fois depuis mon arrivée en ville, l'idée me frappa que j'étais moi aussi, pour les chiards, un parent au même titre que les pourvoyeurs de sperme et d'ovules. En réalité, je les connaissais mieux que les despotes. A force de les laver, de les aider à faire leurs devoirs, de les soudoyer, de les faire chanter, j'avais acquis avec eux une grande intimité. J'avais appris à les aimer.

La chose n'était-elle donc pas connue ? Ne savait-on pas que j'étais co-parent ? Ne savait-on pas que j'étais la troisième puissance dans cette dictature ? Ne savait-on pas que je considérais Serenity comme un frère aîné et Cadenas comme sa femme abusive qu'il fallait persécuter, corriger et maudire parce qu'elle était trop hypocrite pour s'amender ?

— C'est moi qui leur ai donné l'argent, dis-je soudainement.

— Quoi ? rugit Serenity.

— Je leur ai donné l'argent.

— Ils ont avoué leur méfait, dit froidement Cadenas après leur avoir asséné encore quelques coups.

Je fus pris de court. J'avais oublié que les despotes excellaient dans l'art de soutirer des aveux.

— Tu veux dire que c'est toi qui as volé l'argent et le leur as donné ? dit Cadenas furieuse.

Le héros s'était pris aux basques de son propre habit.

— Non.

Le chiard au cœur le plus tendre leva les yeux, alarmé. Cadenas flaira le sabotage et voulut démontrer qu'il n'y avait pas d'héroïsme sans cicatrices et mortification du moi. Elle m'envoya un coup de cravache sur le dos, faisant tomber l'un des chiards en se retournant maladroitement, comme un buffle qui vient de recevoir une lance dans la croupe.

Je fis un petit saut et allai me rasseoir ; quatre coups supplémentaires tombèrent sur moi ; ça faisait mal, mais pas question de crier : il fallait sauvegarder mon image. Encore quatre coups de cravache dans ma direction, cette fois dans mes jambes. La pensée des chiards m'aida à retenir un hurlement de chien. J'eus peur d'avoir fait dans ma culotte, mais non, heureusement ! Je souriais. Une fois de plus, je l'avais empêchée de triompher. Furieuse du sifflement inefficace de sa cravache, Cadenas releva le bras dans l'intention de mettre mon dos en feu, mais on entendit un bruit sonore et du verre tomba sur la table. Elle avait touché la lampe. Serenity était furieux : il détestait être dérangé dans sa lecture.

— Maintenant, ça suffit, aboya-t-il sans lever les yeux. Ça suffit, Nakibuka, ça suffit.

— Qui, dis-tu ?

Cadenas se retourna vers Serenity, la cravache encore levée.

— Quoi ? murmura Serenity.

Il s'était trahi. Je l'avais entendu, et sa femme aussi.

Cadenas laissa tomber la cravache. Les chiards furent convaincus qu'ils venaient d'assister à un miracle de saint Jude Thaddée. Un nuage de silence tomba sur la maison. Cadenas envoya tout le monde au lit et, miracle ! elle ne demanda même pas aux chiards de la remercier pour les mesures qu'elle avait prises.

Cette nuit-là, je dormis comme un loir. Désormais, je pouvais compter sur deux adeptes fidèles.

Oncle Kawayida me manquait affreusement. Il ne venait jamais nous rendre visite. Il rencontrait quelquefois Serenity au bureau, puis s'en retournait directement chez lui, à Masaka, à cent kilomètres de chez nous. Pendant l'exode asiatique, il avait acheté un pick-up et maintenant il élevait des dindons. Seul un match de Muhammad Ali aurait pu l'attirer chez nous, mais il y avait belle lurette qu'Ali ne s'était plus opposé à un boxeur connu et on ne l'avait encore jamais vu sur la Toshiba puante. Je n'étais pas un fan d'Ali parce qu'il était encore plus arrogant que je n'aurais voulu l'être et parce qu'il se vantait publiquement de ses triomphes. Moi, je préférais attendre que ce soient les autres qui me vantent. Mais j'aurais été prêt à tout lui pardonner si oncle Kawayida était venu chez nous pour voir un de ses matchs. Le fait qu'il ne vienne pas nous voir était une preuve que la rivalité entre sa femme et Cadenas n'avait pas diminué. J'étais inquiet pour lui et pour sa famille car la petite ville où il habitait se trouvait sur la route de la Tanzanie ; et c'était là, à la frontière entre l'Ouganda et la Tanzanie, qu'opéraient les guérilleros anti-Amin, sous le commandement de l'ancien dictateur Obote. Amin avait réussi à repousser un assaut où avaient péri de nombreux assaillants, mais difficile de savoir quelle tournure allaient prendre les choses. Et si les guérilleros franchissaient la frontière et occupaient la région où habitait oncle Kawayida ?

A y bien réfléchir, la guérilla m'en imposait. Ce qui m'attirait, c'étaient les risques à prendre, le courage de planter des épingles dans le gros derrière d'un despote. Je savais que ce que je faisais avec Cadenas n'était ni plus ni moins qu'une guérilla. Ce n'était pas du terrorisme comme je l'avais cru jadis. Depuis l'époque du village, ce mot était resté associé pour moi aux chiens morts et aux hommes convertis à l'islam qui craignaient d'avoir un ulcère incurable au pénis. J'aurais dû appeler ça du « guérillisme ».

Je décidai de faire une descente dans le poste de commandement de Cadenas et de saboter sa machine à coudre. Pour commencer, cet engin ne m'avait jamais offert le moindre avantage ; mes vêtements étaient toujours réparés en dernier, même si j'en avais fait la demande le premier. Je voulais, par la même occasion, frapper aussi Serenity : il s'en sortait à trop bon compte, à mon goût. Si je réussissais mon coup, il serait obligé d'acheter de nouvelles pièces de rechange pour la Singer. Je n'ignorais pas que le représentant de Singer était retourné à Nairobi, Bombay ou Londres et que, par conséquent, il fallait commander les pièces à l'étranger. Je pourrais ainsi me venger et en même temps tirer quelque argent de mon sabotage en vendant les pièces subtilisées ; mais mon motif principal était de montrer à Cadenas que la force brutale avait ses limites. A cela s'ajoutait que je ne supportais pas d'entendre les despotes se plaindre continuellement d'Amin : de son régime, de ses pelotons d'exécution, de la montée des prix, de l'instabilité de l'économie et de la cruauté des soldats.

A l'heure où je pénétrais dans le poste de commandement de Cadenas d'autres événements se déroulaient ailleurs qui allaient me lier à une femme chez qui j'habiterais plus tard, que j'épierais par le trou de la serrure, que je supplierais de calmer mes hormones sexuelles affolées et dont j'essaierais d'élever les enfants qui avaient perdu leur père.

Dans le noir, je renversai une boîte, retins ma respiration et repris ma marche. Le poste de commandement sentait le coton, le lubrifiant, le bois et la chaleur nocturne confinée. Dans l'obscurité, la machine à coudre ressemblait à un de ces instruments de torture moyenâgeux que des ecclésiastiques sadiques utilisaient pour punir les pécheurs, au nom d'une cause sainte. Une joie perverse souleva ma poitrine, compensant le tremblement de mes jambes. « Ce n'est pas ta vraie mère », murmurait la voix de Lusanani à mon oreille. Que faisait-elle en ce moment ? Serais-je un jour seul avec elle dans l'obscurité ? Comme ce serait délicieux de percer les secrets de ses jupons, ici, dans le saint des saints de Cadenas !

J'avançai, tâtai le linge du panier : des vêtements pour la plupart féminins : robes, chemisiers et soutiens-gorge que Cadenas avait confectionnés. Le panier en osier cylindrique, coiffé d'un couvercle qui ressemblait à une capsule de bouteille, se trouvait sous la table à découper, à quelques centimètres du ventre de la Singer. Je mis un doigt dans un petit trou huileux. L'acier poli avait une douceur perverse dans l'obscurité. Je sortis la canette, qui avait la forme d'un petit citron, et je la fis rouler dans ma main.

Ce matin-là, Cadenas était en train de se préparer avant de s'installer à son poste, lorsque nous reçûmes la nouvelle que Lwandeka, sa sœur cadette, avait maille à partir avec le Bureau du service de sûreté nationale. On ne savait pas où elle était. Cadenas, qui s'attendait au pire, partit immédiatement. Pendant quatre jours, la maison fut remplie d'une joie insouciante et les oiseaux chantèrent dans les arbres avoisinants.

Soudain, tout le monde se prit à respirer un air pur, comme si une brise rafraîchissante venait de chasser une odeur de cadavre. Les chiards se poursuivaient à travers toute la maison et se bombardaient de jouets, salissaient leurs vêtements, criaient, se lançaient des injures et dansaient comme les souris quand le chat n'est pas là. Je jouissais de mon rôle de surveillant indulgent ou de père suppléant et je les laissais faire à condition qu'ils ne m'ennuient pas et ne me causent pas de problèmes. Une heure avant l'arrivée de Serenity, le jeu ayant atteint son point culminant, les chiards commençaient, à tour de rôle, à débarrasser de manière que le despote taciturne trouve une maison parfaitement en ordre. Serenity était beaucoup plus détendu que d'habitude, comme s'il venait de prendre congé d'une femme aimée. Les rides de son visage semblaient moins profondes et il avait l'air de vouloir mettre tout le monde à son aise. Il nous déclara que si on se conduisait bien, si on faisait correctement le ménage et si on allait normalement à l'école, pour le reste, chacun était libre de faire ce qu'il voulait.

J'étais le sous-chef, heureux de mon pouvoir et de cette occasion unique d'agir à ma guise. Je dirigeai ma propre révolution. En montrant aux chiards qu'on pouvait convaincre par la parole, sans recourir à la cravache, je les dressais contre Cadenas et contre la vie qu'elle leur faisait mener. Le chiard le plus peureux me suivait comme un chiot, se chargeait volontairement du service d'espionnage, me faisait le rapport des infractions à la règle et je faisais semblant de les noter pour ne pas décevoir ses initiatives. Il était préposé aux marmites, c'est-à-dire qu'il devait écouter leurs mijotements, surveiller le niveau de l'eau, faire en sorte qu'il y en ait assez pour que ça ne brûle pas et pas trop pour que ça garde la consistance d'une soupe. En cas d'urgence, il devait m'appeler.

Je pris le temps de converser longuement avec Lusanani. Elle rentra une fois, juste quelques minutes, mais repartit avant que j'aie pu lui faire visiter le poste de commandement. Je fus déçu : j'avais pensé que le pouvoir magique de mes rêves la retiendrait un peu dans le saint des saints de Cadenas et qu'elle me livrerait de son propre gré quelques secrets de ses jupons froufroutants. Pendant que je la regardais partir, je me demandai si Grand-pa avait réussi à trouver une jeune femme qui s'occupe de lui. Un black-out officiel incontournable m'empêchait d'avoir de ses nouvelles.

Quatre jours loin de son royaume parurent une éternité à Cadenas. Quatre jours sous un toit étranger, quatre jours à respecter l'emploi du temps d'autrui, à manger une nourriture étrangère, à dormir dans des lits de fortune — c'était comme quatre jours gaspillés en enfer. La légèreté et l'incohérence des conversations de ses parents la choquaient. Ils avaient l'air de lancer dans l'air des plumes de poulet et de s'amuser à les rattraper. Seule sur son île de sérieux mortel, Cadenas essayait d'analyser la tragédie avec gravité, alors qu'autour d'elle ils avaient tous l'air de prendre la chose à la légère. Ses frères et sœurs maraudaient dans les plaines sableuses et les marécages de leur enfance, mais elle préférait laisser ce passé pour ce qu'il était. Après avoir passé en revue les vieillards édentés, les vêtements d'antan, les messes du dimanche, les repas copieux de Noël et les incartades juvéniles, ils en vinrent finalement à l'unique sujet qui l'intéressât : les enfants. Les aînés réussissaient, les cadets, non : était-ce la faute des parents ?

— Lwandeka était un exemple typique d'enfant puîné, finit par dire Mbale. Elle a profité de la sénilité croissante de papa et maman et elle a toujours pensé qu'elle était le centre du monde.

— On nous a dit qu'elle avait été arrêtée pour collaboration avec des saboteurs allemands. Pourquoi a-t-elle fait une chose pareille ? Ne savait-elle donc pas qu'on ne rit pas avec Amin ? Ne savait-elle pas qu'il est dangereux d'écrire des lettres aux Allemands ? demanda quelqu'un.

— Ceux d'entre nous qui ont été bien élevés réussissent bien, ajouta Cadenas. Ceux qui ont eu la vie facile doivent maintenant payer le prix de la liberté dont ils ont joui.

Elle regarda sa deuxième sœur, Kasawo, d'une manière significative.

Aux yeux de Cadenas, ses deux sœurs cadettes étaient des putains. Pour commencer, Lwandeka n'avait pas réussi à se marier et elle avait déshonoré la famille en mettant au monde des enfants illégitimes. Kasawo, l'aînée et la plus grasse des deux, ne valait guère mieux. Elle avait eu une adolescence sauvage, s'était rebellée contre ses parents et s'était enfuie avec un vaurien, un ivrogne qui la battait et avait même failli la tuer. Elle non plus, elle n'avait pas connu l'honneur du saint mariage et maintenant elle était une femme monnayable, quelque chose entre une putain à cols-blancs et une maîtresse éternelle.

Cadenas reprochait à ses parents d'avoir négligé l'éducation des enfants, et en particulier celle des plus jeunes filles qu'ils n'avaient pas assez punies ; ils avaient bien mérité toutes les humiliations qu'ils avaient subies dans leur vie. Au plus fort de leur rébellion, les deux filles s'étaient opposées à la volonté de leurs parents ; elles rentraient à la maison quand bon leur semblait et refusaient d'aider au ménage. Maintenant elles se vautraient dans le péché comme des porcs dans la merde, et faisaient les mêmes fautes que les chiens qui mangeaient leurs vomissures. Cadenas pensait que ce qui pouvait encore arriver de mieux à sa jeune sœur Lwandeka, c'était la prison, à condition qu'elle ne soit pas violée. La prison la guérirait de son besoin de correspondre avec des femmes allemandes dépravées, probablement des putains qui ne craignaient pas Dieu et poussaient à la rébellion.

Cadenas passa de nouveau sa jeunesse en revue. Dieu, comme elle s'était crevée au travail pour ces gens ! Elle avait fait la lessive pour eux, fait la cuisine et trimé dans les champs. Comme elle avait mal au dos après avoir fini toutes les corvées que ces demoiselles refusaient de faire ! Comme sa peau était griffée lorsqu'elle rentrait de la forêt où elle était allée ramasser du bois ! Comme elle avait mal au cou après avoir porté sur la tête toutes ces marmites et tous ces pots pleins d'eau ! Et ses parents prenaient toujours la défense des plus jeunes et l'accusaient, elle, des fautes commises par les autres ! Comme elle avait été battue pour des peccadilles ! Et ses parents l'avaient abandonnée à son sort, quand les autres enfants la persécutaient à l'école, sous prétexte qu'elle en sortirait plus forte ! Et pour comble, ses parents s'étaient montrés tendres pour les plus jeunes !

Cadenas dut constater qu'elle devait jouer le rôle de financier et que toutes ses économies allaient servir à payer la rançon pour Lwandeka. Deux personnes ayant des relations importantes, envoyées très probablement par ceux qui avaient arrêté Lwandeka, la recherchaient. Elles faisaient semblant de se donner beaucoup de mal pour libérer la captive dans l'espoir de recevoir un pourcentage de la rançon et la gratitude de la famille rassemblée. Fière du pouvoir que lui donnait son argent, Cadenas n'exprima pas ouvertement ses opinions les plus radicales sur l'effondrement de l'autorité de ses parents. C'est pourquoi elle s'abstint de réagir lorsque Kasawo lui répliqua :

— Nous avons toutes eu la vie difficile. Seulement, nous, nous avons eu le courage de nous rebeller et de persévérer dans notre rébellion. Nous avons été plus fortes que toi en ce sens ; toi, tu t'en es tenue au règlement de papa et maman. Le plus beau c'est que maintenant nous avons toutes des enfants.

— Tu as déshérité ton premier enfant parce que son père a failli te tuer, tu n'as pas droit à la parole, répliqua Mbale, le troisième dans l'ordre des naissances.

— Ta femme ne t'a-t-elle jamais battu ? Attends voir, elle finira par te tomber dessus avec un panga, et alors tu changeras de ton, répondit calmement Kasawo, et Mbale se tut.

— Nous sommes tous un peu déboussolés, intervint Cadenas avec tact, ne vaudrait-il pas mieux parler de la fiabilité de l'homme à qui nous allons donner la rançon ?

La tension baissa d'un cran. Cadenas se mit à parler le plus fort sans prêter attention aux bavardages des autres membres de la famille sur les femmes, les nièces, les neveux, les tantes, les oncles... Elle pensait à sa maison et se demandait si le toit ne s'était pas déjà effondré. Elle devait reprendre sa vie, coudre des robes et élever des enfants.

Mais les conversations revenaient sans cesse à sa jeunesse. Kasawo, vexée par les remarques désobligeantes de Mbale, prit le parti de son plus jeune frère et accusa Cadenas et Mbale de les avoir maltraités. Ils les avaient pincés, grondés, laissés tous seuls le soir quand ils allaient chercher de l'eau à la fontaine ou ramasser du bois dans la forêt. Cadenas avait une envie folle d'envoyer une baffe à sa sœur et de leur dire, à tous les deux, de se taire ou de réciter le rosaire. Mbale et elle ne réagirent pas aux accusations, la crise de rage des cadets se calma et on s'empressa de trouver un sujet plus inoffensif. Ils rirent et la maison chancela sous le poids de l'histoire de la famille que chacun extirpait des marécages enlisés de sa mémoire.

Cadenas ne supportait pas de les voir déterrer le passé comme une motte d'argile qu'ils façonnaient à leur convenance, recouvraient d'une fausse patine et exaltaient comme s'il s'agissait de l'Age d'or de l'histoire familiale. A les entendre, la nourriture de cette époque avait meilleur goût, l'eau était plus fraîche, le romantisme plus sauvage. Elle avait horreur de cette malléabilité du passé et des formes que ces gens lui donnaient. Mais, désireuse de ne pas troubler l'harmonie, elle ne contesta pas leurs opinions et leurs versions. Quel dommage pourtant que l'on puisse être en désaccord avec les autres sans pouvoir les défaire de leurs illusions ! Elle était étonnée de voir comme leurs colères étaient de courte durée ; ils avaient l'air d'accepter même les mauvais souvenirs parce qu'ils étaient passés. Ils ne voyaient pas l'intérêt de se disputer sur des tempêtes de sable qui étaient tombées depuis longtemps et de risquer pour elles leur bonne entente.

Le troisième jour, Cadenas avait conclu avec eux une sorte de compromis : elle tolérerait leurs bavardages à condition qu'on ne lui demande pas d'y prendre part de bon cœur. De voir ces mortels se vautrer dans la boue de leur mémoire lui donnait un sentiment de supériorité. Elle ne pouvait pas partir avant qu'ils aient eu des nouvelles de l'accusée, et celles-ci se faisaient attendre. L'armure de sa patience commençait à se craqueler. Puis elle s'effondra en miettes quand elle vit l'unique personne qu'elle ne désirait pas rencontrer : tante Nakibuka. Une colère, une haine, un dégoût impuissants mordirent ses entrailles et elle dut lutter de toutes ses forces pour dominer la violente agitation qui la secouait. Elle réussit cependant tant bien que mal à recouvrir ses émotions d'un vernis de politesse.

Normalement, les nièces s'entendaient bien avec les tantes qui les avaient préparées à leur nuit de noces, pour la première célébration publique de leur sexualité. Elles chérissaient généralement ces tantes parce qu'elles étaient le symbole de leur féminité et de leur maternité et parce qu'elles les conseillaient sur la manière de tenir en laisse leur mari et de le manipuler sans qu'il s'en aperçoive. Ces tantes jouaient pour elles le rôle d'avocat, de conseiller, de complice et de juge. Les nièces avaient, par exemple, l'habitude de dire : « *Notre* mari a fait ceci ou cela », ou « *notre* mari menace de demander le divorce », ou « *notre* mari nous trompe... » Le mariage de la nièce était aussi le mariage de la tante, car elles espéraient, l'une et l'autre, que ce serait un mariage réussi.

Mais Cadenas n'était pas une nièce comme les autres : la nonne en elle ne mourrait jamais. De temps à autre elle quittait sa tombe peu profonde pour terroriser son alter ego marié. La nonne en elle était dégoûtée par les événements de sa nuit de noces et s'insurgeait contre le phallus. L'ex-nonne susurrait à l'oreille de Cadenas qu'il y avait une grande différence entre se faire frictionner avec de l'huile de karité par sa tante et la faire assister à son dépucelage.

L'ex-nonne ne se sentait pas à son aise près de Nakibuka. Cette femme l'avait vue nue, ce qui au couvent était un péché grave. Au couvent, il était interdit de regarder son corps, même en se lavant ou en arrachant ses poils diaboliques. Le corps appartenait au Christ, et au Christ seul. L'ex-nonne suggérait aussi que cette tante savait trop de choses sur Serenity : ne l'avait-elle pas fait bander ? Ne l'avait-elle pas vu impuissant, craintif, abattu ? Ne l'avait-elle pas lavé après qu'il se fut ridiculisé pendant la fête des noces et qu'il eut dansé avec ces ivrognes dégoûtants, ces pécheurs qui l'avaient couvert de leurs vomissures ?

Le plus grave, c'est que cette femme avait raconté à Serenity des secrets familiaux. Cadenas ne le lui pardonnerait jamais. Ne lui avait-elle pas raconté par le menu sa jeunesse, à elle, ses différents surnoms, son séjour au couvent, son désespoir d'en avoir été chassée et les coups qu'elle avait donnés à Mbale ? Toutes choses que Serenity aurait dû ignorer. Comment avait-elle osé trahir la famille ? Les gens qui parlent trop sont toujours punis et Cadenas était sûre que c'était ce qui attendait Nakibuka. Cadenas était convaincue que Nakibuka avait signé un pacte avec le Diable et qu'elle voulait détruire son mariage et sa famille.

Nakibuka avait mis beaucoup de temps avant de comprendre que les rapports avec sa nièce étaient tendus. Elle avait, à son avis, fait un travail remarquable en préparant cette ex-nonne incroyablement frustrée à un mariage que la famille considérait comme important. Elle y avait mis beaucoup de patience et d'infinies cajoleries et elle attendait en retour un peu de cordialité et de gratitude. Mais, apparemment, c'était trop demander. Les invitations envoyées à Cadenas étaient restées sans réponse. Quand elle lui avait rendu visite, à l'époque du village, elle avait été reçue avec une extrême froideur. Ses tentatives d'engager une conversation avec sa nièce s'étaient heurtées à un mur invisible. Le choix de Cadenas comme marraine de sa fille avait été une catastrophe. C'est alors seulement que Nakibuka avait compris que quelque chose n'allait pas, et qu'elle avait tiré son épingle du jeu. Elle se consola en se disant que le mariage de sa nièce reposait sur de bonnes bases et qu'elle n'avait besoin ni de ses conseils, ni de son aide.

Des années passèrent sans que les deux femmes se rendent visite. La tempête souffla sur le mariage de Nakibuka : son mari voulait d'autres enfants, elle, non : elle ne voyait pas l'intérêt de prolonger leurs mauvais rapports en faisant six enfants. C'est alors qu'il commença à la battre. Elle exigea, puisqu'il ne pouvait pas faire autrement, qu'il la frappe sur « la chair d'Etat », comme on avait l'habitude d'appeler les muscles fessiers. C'était le seul endroit où les enseignants avaient la permission de battre les écoliers et, bien que son époux ne fût pas enseignant ni elle écolière, elle en avait décidé ainsi. Elle n'avait pas envie de se balader avec un œil au beurre noir, une lèvre déchirée ou un nez cassé.

Les coups sur sa « chair d'Etat », avec leur connotation scolaire, avaient réveillé le fantôme endormi de son amour d'adolescente et de sa fin platonique. Des cendres de cet amour s'éleva, par association d'idées, l'image du mari de sa nièce : Serenity. Ce qui avait commencé par des regards furtifs sous le toit des parents de sa nièce et qui avait atteint son apothéose avec l'effleurement d'une épaule, la nuit des noces, avait suscité chez Serenity beaucoup d'effusions joyeuses et d'attentions à son égard quand elle venait leur rendre visite et qu'ils se rencontraient dans les réunions familiales. A l'une de ces réunions, un enterrement où il était venu seul, car Cadenas n'assistait jamais à ce genre de manifestations, ils avaient parlé à bâtons rompus pendant presque une heure. Elle l'avait alors invité chez elle et son mari, dans l'espoir que ses manières civiles déteindraient sur son époux, mais Serenity n'y était jamais allé.

Contrairement à l'époque lointaine où elle avait écrit tous les deux jours à son professeur et avait même menacé de se tuer, cette fois elle se tint tranquille. Jusqu'au jour où elle se mit à rêver de ce qui s'était passé pendant la nuit de noces de sa nièce. Jusqu'au jour où le souvenir de ce membre viril luisant dans la moiteur de la chambre à coucher nuptiale la fit frissonner. Jusqu'au jour où son cœur se mit à battre comme un forcené et où ses muscles furent temporairement paralysés chaque fois qu'elle croyait reconnaître Serenity. Jusqu'au jour où l'image de Serenity en sueur lui apparut chaque fois qu'elle s'allongeait pour recevoir les coups de bâton sur sa « chair d'Etat ». Elle criait, elle suppliait et son phallocrate de mari reluisait d'orgueil en entendant ses cris d'amour qu'il prenait pour des cris de douleur. Une secrète humidité intime la mouillait pendant que son visage se couvrait d'une sueur mensongère. Mais son mari s'y laissait prendre, vibrant d'autosatisfaction. Les mois passèrent, et elle attendait que Serenity entreprenne quelque chose. Elle allait à toutes les réunions de famille, à tous les mariages, à tous les enterrements et à toutes les réunions du clan dans l'espoir de nourrir ses sens de sa voix, de son regard, de son odeur. Mais il l'évitait.

Le jour où elle le vit devant sa porte, ses vêtements pleins d'air frais, ses chaussures poussiéreuses, des chiens hurlants en arrière-fond, elle eut du mal à cacher son excitation : son arrivée venait trop à point nommé pour être une coïncidence. Elle se cacha longtemps dans sa chambre pour retrouver ses esprits et se préparer à une désillusion, à des lamentations sur Cadenas et des prières pour qu'elle vienne sauver leur mariage. Mais quand elle rejoignit Serenity, la conversation s'établit d'une manière tout à fait naturelle et s'emballa lorsqu'elle comprit qu'il ne venait pas l'appeler au secours mais justement demander ses caresses, sa bénédiction. Elle ne cherchait pas un nouveau mari, elle voulait un amant, et lui une maîtresse. Le mari avait débarrassé le plancher, ils étaient donc seuls et les hurlements des chiens, au-dehors, étaient les signes avant-coureurs de ce qui allait arriver. Ils ne pouvaient plus faire marche arrière. Elle ne renoncerait pas à Serenity et lui ne renoncerait pas à elle.

Un sentiment inattendu de douce culpabilité fit trembler légèrement la voix de Nakibuka, mais elle réussit à regarder sa nièce droit dans les yeux ; en définitive il n'était pas interdit, chez eux, de partager un homme. La tension et la résistance qu'elle lisait dans les yeux de Cadenas étaient compréhensibles. Un oncle dont le neveu aurait ravi la femme se sentirait aussi frustré et regretterait tout autant qu'aucun tabou ne frappe un tel acte. Nakibuka devait reconnaître qu'elle était la rivale de sa nièce. Plus belle qu'elle et plus sûre d'elle, elle pouvait se permettre d'être amicale et chaleureuse envers cette nièce qui avait l'air d'une vieille savate. Cette femme, avait été balayée par des vents prénuptiaux, post-conventuels qui lui donnaient l'air de porter sur ses épaules tous les malheurs du monde. Si elle ne prenait pas garde, pensa Nakibuka, les oiseaux ne tarderaient pas à faire leurs nids dans ses cheveux, les bébés hippopotames viendraient farfouiller son ventre et les hyènes pousseraient leurs gueules dans ses aisselles.

Nakibuka en conclut que Cadenas se faisait trop de souci, qu'elle se complaisait dans les tensions et les malheurs et qu'il lui était désormais trop tard pour changer. Elle n'avait rien appris des leçons de la vie et faisait trop ouvertement la morale à son mari ; pas étonnant qu'il se détourne d'elle. Nakibuka était heureuse que tout se passe en famille. Que le diable l'emporte si elle ne voulait pas partager Serenity !

Cadenas ne dit pas grand-chose ; elle préférait cacher ses sentiments et laisser Nakibuka les deviner. Serenity l'avait trompée et cette femme aussi. Elle n'avait pas rappelé Serenity à l'ordre et elle ne voyait pas pourquoi elle entrerait en discussion avec cette femme. Les vingt heures qui suivirent furent si terribles qu'elles lui firent penser au désarroi, au dégoût qu'elle ressentit lorsque sœur Jean Chrysostome la renvoya du couvent. L'envie la prit de tordre le cou de cette putain, mais elle ne pouvait pas s'humilier à ce point. Elle offrit ses épreuves à Jésus en pensant à Judas l'Iscariote. La proximité de sa tante dévergondée lui coûta des heures de désespoir solitaire au milieu des autres membres de la famille qui riaient, rappelaient le passé et le romantisaient. Chaque minute qui passait la blessait comme la griffe d'un aigle. Elle luttait contre le temps avec l'unique arme dont elle disposait : la pensée de sa maison, la maison où elle était la maîtresse absolue. Le reste, sa famille, leurs voix, la nourriture, les bruits lointains, se perdit dans un épais brouillard.

Le soir, Cadenas s'attarda à rêver dans l'obscurité en regardant les étoiles. Elle pensa tout à coup à Mbaziira et à la lettre à Madame Singer : Nakibuka n'était-elle pas, par hasard, à l'origine de cette mauvaise plaisanterie ? Mais non, ce n'était pas possible : comment pouvait-elle être au courant pour Mbaziira ?

Dans l'autocar qui la ramenait chez elle, Cadenas ne regarda personne. Elle n'avait regardé personne, non plus, quand sa famille avait pris congé d'elle dans une forêt de mains agitées, un éclair de dents souriantes et une cacophonie de caquètements joyeux. En route, elle fut assaillie par des vendeurs à la sauvette qui lui fourraient leurs marchandises sous le nez, mais elle ne vit rien.

En pénétrant dans sa pagode, Cadenas tremblait d'excitation, comme si elle venait d'échapper à une troupe de diablotins baveurs. La maison sentait vaguement le poisson et le savon, mais ce n'était pas grave : les odeurs, comme les fléaux, pouvaient toujours être détruites. Elle contrôla les pièces pour voir s'il ne manquait rien. Tout était à sa place : elle en fut saisie d'étonnement. Elle n'aurait jamais cru que

Serenity rangerait si bien la maison, lui qui était toujours plongé dans un bouquin ou en train de penser à ses amis de la station-service. Voilà ce qu'on appelle puissance, se dit-elle, rêveuse : un système qui fonctionne même à distance. Elle quitta précipitamment la salle de bains à cause de la puanteur des langes ; son nez désirait l'odeur plus raffinée de l'huile de graissage. Elle entendait déjà le ronronnement agréable de la machine. C'était un bruit qui lui faisait penser au train, stable sur ses rails, impossible à arrêter, ferme dans ses efforts pour atteindre son but. Voilà, elle était un train. Que Nakibuka essaye donc de bloquer ses rails ! Elle serait écrabouillée comme quiconque était assez suicidaire pour se mettre en travers de son chemin !

Les nerfs tout à fait reposés par les bruits et les odeurs familiers, elle se prépara avec plaisir à sa prochaine tâche : une robe pour une petite fille qui devait être baptisée dans deux jours. S'il lui restait du temps, elle pourrait aussi faire la robe de cette femme qui devait aller à un mariage la semaine suivante. Et elle avait encore des tas de raccommodages à faire. Sa vie était de nouveau sur ses propres rails. Il fallait d'abord penser à la petite fille : elle serait sans doute nonne, pensa-t-elle avec mélancolie. Elle regretterait toujours l'état religieux et les vœux solennels. Etre nonne, disait-elle au mur, c'est être la femme des femmes, une prêtresse, une déesse, une reine du royaume céleste.

Si Cadenas s'était distinguée des autres despotes, si elle n'avait pas souffert des maladies propres à la dictature, c'est-à-dire la croyance à sa propre infaillibilité et la pensée erronnée que tout se soumettrait à sa volonté, elle n'aurait pas été si désolée en découvrant que la canette avait disparu. La Singer ne répondait pas à ses ordres et restait indifférente à ses caresses. Elle était sidérée de constater qu'elle ne pouvait rien faire sans cette petite chose qu'était une canette, volée par qui sait quel diable.

Comment pouvait-elle avoir disparu ? Ce n'était qu'une canette et pas la précieuse boule grise qui retenait les aiguilles, ni les vêtements, ni les ciseaux ! Quel vol rusé, froidement calculé ! Et avec un sens supérieur du moment juste ! Si humiliant dans sa simplicité ! La tête lui tournait d'étonnement et d'incompréhension. Elle avait mis son doigt au moins mille fois dans le petit trou vide, il béait comme une grotte dévalisée. Elle faillit plusieurs fois se mutiler l'index parce qu'elle avait appuyé sur la pédale sans s'en rendre compte. Mais le trou restait vide.

Elle renversa le contenu de toutes les boîtes, secoua tous les morceaux de tissu et déplaça tous les meubles. Mais la pire des injures, le pire des antimiracles continuait à la fixer.

Si une armée de soldats ivres ou de voleurs armés s'était introduite chez elle, lui avait intimé de descendre de son trône, avait pris son argent et lui avait donné l'ordre de démonter la boule grise, de la mettre dans un sac et de la leur donner en disant : « Merci, messieurs, pour ce vol », elle aurait pu le comprendre. Elle comprenait très bien la violence brutale et l'exercice arbitraire de la puissance, mais pas l'intelligence rusée, surtout pas dans son poste de commandement qui respirait toujours l'invulnérabilité. La subtilisation du cœur de sa machine et la volonté évidente de l'humilier remplissaient sa tête d'un désir irrésistible de tuer.

Si Cadenas avait été une femme verbale, ses jurons auraient percé le toit, ses paroles violentes auraient inondé la pièce de salive, mais elle ne l'était pas, verbale. Elle s'assit sur son trône profané et laissa la rage, la tristesse, l'impuissance bouleverser ses entrailles sans prendre la peine d'essuyer le désespoir qui coulait librement avec ses larmes. Elle aurait voulu faire quelque chose de terrible, quelque chose qui l'aurait libérée de ce sentiment paralysant de faiblesse.

Quel sale animal, humain ou diabolique, avait pu faire une chose pareille, une semaine après qu'elle eut extirpé à coups de cravache la pisse, la merde et le sang du corps de deux voleurs ? Quels vers occupaient la tête pourrie de ce voleur ? Fallait-il voir ici de l'insensibilité à la douleur ou un désir pervers de souffrir ? Elle frissonna à l'idée que ce monstre-là pouvait être sorti de ses entrailles, qu'elle ait pu le porter neuf mois avant de l'introduire dans cette planète et de le nourrir à sa mamelle.

Comme si cette piste était trop douloureuse à suivre, elle s'efforça de croire que le malfaiteur venait du dehors et avait profité de son absence.

Elle nous soumit à un interrogatoire serré de plusieurs heures. La question principale était : « Qui est entré dans cette maison pendant mon absence ? » Elle nous bombardait de la même question, formulée chaque fois d'une manière différente, tournée et retournée dans tous les sens.

Cadenas fut désarçonnée devant nos réponses. Pour la première fois dans l'histoire de son mariage, elle constata l'émergence d'un nouveau type d'enfants : ses centaines de coups de cravache avaient produit une espèce de chiards lâches et timorés, disant tout ce qu'on voulait leur faire dire. Dans ces conditions, elle ne pouvait pas mener correctement son enquête.

Au plus fort de l'affaire, quand nos déclarations contradictoires commençaient à lui donner le tournis, elle pensa que Mbaziira, *alias* Loverboy, pouvait bien être le coupable. Ne lui avait-elle pas intimé sèchement de ne plus revenir ? N'avait-il pas nié toute implication dans cette lettre fatale, comme l'aurait fait n'importe quel jeune homme à sa place ? N'avait-il pas dit que ses accusations étaient infondées et mis en doute sa santé mentale ? Et même s'il n'avait proféré aucune menace, il était parti un peu trop silencieusement à son gré. Il avait un motif et savait fort bien comment s'introduire chez elle. Il connaissait mieux que quiconque les secrets du poste de commandement. Cependant, les enfants prétendaient qu'il n'était pas venu. Avait-il profité que tout le monde était parti pour faire son coup ?

Dans la confusion où elle se trouvait se dressa tout à coup, comme le Léviathan surgissant des eaux troubles, l'image de Lusanani. Une femme mariée qui fréquentait les jeunes garçons devait avoir un esprit pervers, surtout si elle était mariée avec un homme assez vieux pour être son père, et même son grand-père. Cette excentricité à elle seule était, aux yeux de Cadenas, une cause suffisante d'instabilité. Lusanani n'avait-elle pas dernièrement entremêlé ses cornes à celles d'une autre femme parce qu'elle refusait de lui payer une dette ? Ce jour-là, il s'était répandu beaucoup de venin qui avait sali les âmes innocentes. Pour finir, la femme avait accusé Lusanani d'avoir couché avec son mari.

Il ne faisait pas de doute que Lusanani était une voleuse qui avait délibérement mis le grappin sur son fils pour s'emparer de sa canette, de la virginité de son fils et Dieu sait quoi encore. Et son mari lui avait donné carte blanche pour ses péchés en déclarant : « Mes femmes n'empruntent jamais de l'argent ou autre chose : je le leur ai interdit. »

Cadenas n'en avait pas cru ses oreilles ; les paroles de Hadj avaient jeté un énorme rideau de fumée sur les sinistres activités de cette voleuse. Sa haine pour lui s'en était accrue, elle s'en méfiait encore plus. Elle était convaincue qu'il était responsable des fricotages de Serenity avec Nakibuka, car il ne faisait pas de doute qu'on pouvait être contaminé par les mauvaises fréquentations. Elle souhaita voir partir l'homme et ses quatre femmes au fin fond d'un bled perdu ou, mieux, dans une caverne lugubre où ils succomberaient des suites de leur vie païenne.

Au milieu de l'enquête, un espoir fou commença à

poindre en moi : Cadenas avait changé, ou était sur la voie du changement. Elle avait montré une très grande maîtrise : elle n'avait frappé personne et, pour la première fois depuis une éternité, elle semblait, malgré son immense douleur, avoir du respect pour nos corps. Elle aurait pu nous mettre sur un rang et nous battre à nous en arracher la peau, mais cette fois, elle semblait avoir été illuminée par une autre pensée. N'y avait-il pas un moyen de remettre en douce la canette à sa place pour arrêter sa souffrance ? Je me dis que, dans les journées à venir, je pourrais peut-être la lui faire récupérer en la mettant, par exemple, à un endroit où un chiard la découvrirait.

L'enquête fut interrompue par la bonne nouvelle que Lwandeka avait été libérée après un procès rapide. Mais, au lieu de tirer Cadenas de sa profonde misère, cette nouvelle l'y enfonça davantage. C'était, une fois de plus, comme si sa sœur s'en était tirée à bon compte et n'avait rien appris. Au lieu de se remplir de joie, la maison fut plongée dans une atmosphère funèbre de rancune.

Cadenas reprit son enquête de plus mauvaise humeur. La maîtrise des jours passés avait disparu. Dans sa tête résonnaient les bruits métalliques d'un train qui déraille et s'écrase.

— Lusanani est-elle venue ici ?

— Oui, répondis-je.

— Comment ? Pourquoi ?

— Pour bavarder, dis-je à voix basse.

— Combien de fois t'ai-je déjà dit de rester loin d'elle ? De quoi avez-vous parlé ? Tu lui as dit de voler ma canette ?

Sa voix était dangereusement calme, presque froide et indifférente.

— Elle ne l'a pas volée.

— C'est donc toi qui l'as volée ? Qui, sinon ? Tu étais le chef, n'est-ce pas ? Ou bien as-tu préféré lui laisser l'honneur de cette sale corvée ?

Elle faillit tomber de sa chaise. Ses muscles étaient tendus comme ceux d'un cheval sur le point de franchir une haute haie.

— Qui était responsable du ménage ? Réponds.

— Papa, dis-je faiblement pour freiner sa colère et diviser la responsabilité en morceaux plus maniables, le plus grand morceau, comme de juste, pour son co-despote.

Elle se dressa tout à coup devant moi, me bouchant la vue de ses vêtements gris et amples.

— Toi, toi, toi, toi, j'ai dit toi.

Et pour mieux accentuer ses dires, elle me frappa la tête avec les jointures de ses doigts repliés. C'était comme si un calao me donnait des coups de bec et la douleur était telle que je faillis hurler. Toutes mes bonnes intentions s'envolèrent : je ne rendrais pas la canette. Elle ne m'aurait jamais comme elle avait eu les chiards. Elle pouvait hurler, tempêter, se démener comme un beau diable, me casser le nez ou un bras, la précieuse canette, qui était devenue encore plus précieuse grâce à la pénurie créée par mon parrain Idi Amin, resterait où elle était. Elle était maintenant à moi, je l'avais gagnée. Si je n'arrivais pas à trouver un acheteur, je serais ravi de la voir engloutie par la merde et les vers des latrines.

— Oui, j'étais chargé du ménage, dis-je pour la calmer un peu.

Je jubilais à l'idée que les Asiatiques étaient partis et, avec eux, le dernier représentant de Singer. J'espérais de toutes mes forces qu'aucun propriétaire de machine Singer, dans le voisinage, n'aurait une canette de rechange à lui prêter ou à lui vendre. J'espérais que sa Singer se recouvrirait de poussière et deviendrait un nid d'araignées.

Je me réjouissais d'avoir impliqué Serenity dans l'affaire : il allait devoir chercher une nouvelle canette ou demander à Hadj Gimbi s'il connaissait quelqu'un qui importait des canettes de Londres ou d'ailleurs. Cela prendrait du temps. Je me frottais les mains.

Cadenas crèverait d'impatience sous mes yeux.

Elle n'avait qu'à s'adonner à une activité moins casanière, vendre du poisson au marché Owino où elle serait obligée de respirer les odeurs fétides d'intestins pourris, de poisson pourri, de chou pourri et d'ordures pourrissantes, et où, en outre, elle devrait supporter l'humiliation de la concurrence d'autres marchandes et marchands, adorateurs du Diable et serviteurs de Mammon.

Serenity joua son petit jeu bas de gamme habituel en se demandant pourquoi, parmi tout ce qui pouvait être volé, le voleur avait choisi justement une canette. Il promit de demander l'aide de Hadj Gimbi pour en trouver une nouvelle. « Hadj, Hadj, Hadj... », souffla Cadenas, les narines fumantes et le visage couvert de perles de sueur.

Le poison de l'incertitude s'enfonçait toujours plus dans sa tête : qui avait écrit la lettre à Madame Singer ? Qui avait fauché la précieuse canette ? Serenity avait-il vraiment couché avec sa tante ? Quelqu'un voulait-il vraiment la faire dérailler et la démolir ?

Cadenas se rongeait les sangs et remplissait la maison de son venin, de sorte que tout le monde était nerveux. Assise sur son trône, du fil à crocheter sur la machine à coudre, la pointe des pieds posée sur la pédale, les talons sur le sol, elle plongeait un gros crochet en métal dans son ouvrage avec la rage de quelqu'un qui trame un plan diabolique. Le poste de commandement était saturé du silence tendu et lugubre d'un cimetière. Elle devenait dangereuse : elle fouillait tous les jours dans mes affaires, cherchait à surprendre Lusanani aux abords de la cour. Mais j'avais dit à Lusanani de faire gaffe ; nous ne nous rencontrions plus que sur le chemin du puits.

Un après-midi, à genoux sur le maudit tapis pour le brosser, je passai la main sous le divan vert, et que vis-je ? Une botte de cinq cravaches de goyavier à moitié sèches, récemment coupées aux deux extrémités ! Gare au voleur ! Gare au paysage inhospitalier de l'esprit de Cadenas ! Gare à celui qui s'écraserait sur les rochers rugueux de ce paysage ! Quelle chance que je sois le vrai voleur ! Ce genre de vengeances planifiées ne m'impressionnaient plus.

Il était évident que, cette fois, elle n'attendrait pas le soir : elle opérerait le matin, après le départ de Serenity. On intimerait au voleur de rester à la maison, la porte serait fermée à clé et la clé disparaîtrait dans la poche de Cadenas. Malheur au voleur qui verrait ensuite, s'il lui restait des yeux pour voir, la cravache se lever avec une rage infernale et la frénésie d'un orgasme. Je souris avec insolence, caressai la petite botte comme je l'aurais fait d'un chien fidèle et poursuivis mon nettoyage. Je ne craignais qu'une chose, c'est que Cadenas, au comble de la frustration, ne cherche une excuse quelconque, une mauvaise note en classe par exemple, pour passer à tabac un des chiards sans défense. Que représentait cette petite botte de cravaches ? le comportement prévisible de Cadenas ? l'entêtement d'un parent ou la faillibilité despotique ? Ou les trois à la fois ?

Cadenas nous lisait maintenant tous les soirs, après la prière, des passages de l'Ancien Testament. Elle commençait toujours par une invocation à Dieu pour qu'Il révèle le nom du voleur. Comme Il refusait, elle L'implora de mettre Son immense force, avec laquelle Il avait libéré Israël de l'Egypte, à retrouver sa canette. Je remarquai que, sous l'influence narcotique de sa foi, elle cherchait, matin et soir, aux endroits les plus impensables ; elle devait penser que le Tout-Puissant allait faire tomber la canette du ciel comme une manne métallique, rien que pour étancher sa soif de miracles.

Plus elle cherchait, plus j'étais stupéfait de sa persévérance aveugle. Un jour, je fus pris de panique : avait-elle fait un rêve, comme mes héros bibliques, qui lui avait révélé l'endroit où j'avais enterré la canette ? Je pensai tout à coup que les femmes, au village, avaient une croyance aveugle en mon pouvoir de mascotte et que certaines furent récompensées par la naissance d'un garçon. Et si la foi de Cadenas allait être finalement récompensée ?

Je commençai à faire des cauchemars où Cadenas se penchait sur moi, la canette dans une main, un marteau dans l'autre.

Cadenas intensifia sa campagne de terreur en nous lisant des passages horrifiants de l'Ancien Testament, et en souhaitant au voleur la lèpre ou toute autre maladie du même genre. J'avais vu ce que la lèpre avait fait à *Doigts* : elle avait rongé ses mains et laissé des cicatrices roses sur ses moignons. Et si les bouts de canne à sucre que *Doigts* m'avait donnés avaient sécrété des microbes qui allaient se libérer sous les malédictions de Cadenas ?

Cadenas nous asséna l'Exode, chapitre 32, insista sur les Israélites qui avaient commis le péché de fabriquer un Veau d'or, s'attarda sur les trois mille hommes qui périrent le jour où Dieu assouvit sa colère et sur la maladie qu'Il leur envoya de surcroît pour faire bonne mesure.

Je m'étais juste habitué à ses fulminations qu'elle me rebattit les oreilles de Josué, chapitre 7, sur l'avidité d'Akân. Elle lut avec lenteur les versets 19 et 22 : « Mon fils, rends gloire à Yahvé, Dieu d'Israël, et faislui hommage ; déclare-moi ce que tu as fait et ne me cache rien. » Et Akân répondit : « En vérité, c'est moi qui ai péché contre Yahvé... J'ai vu dans le butin un beau manteau de Shinéar et deux cents sicles d'argent ainsi qu'un lingot d'or pesant cinquante sicles, je les ai convoités et je les ai pris ; ils sont cachés dans la terre au milieu de ma tente. » Une voix me disait : « Il vaudrait peut-être mieux que je me confesse. » Mais qu'arriva-t-il au pauvre Akân ? « Alors Josué prit Akân et le fit monter à la vallée d'Akor (Souci) avec l'argent, le manteau et le lingot d'or, avec ses fils, ses filles, son taureau, son âne, son petit bétail et tout ce qui lui appartenait... et on les livra au feu et on leur jeta des pierres... Yahvé revint alors de son ardente colère. » En langage actuel cela signifiait qu'il faudrait la peau du dos, des jambes, des fesses et des bras du coupable, et cinq cravaches de goyavier pour calmer la colère de Cadenas. Je n'étais pas si bête. En fait, Cadenas ne faisait que tirer dans ses propres pattes en nous lisant ces horreurs parce que le voleur fut confirmé dans sa détermination. Le général Idi Amin, mon parrain, ne parlait jamais de martyrs. Il ne prêchait que l'autodéfense. Je me promis de ne plus jamais décevoir le général en me laissant tabasser par cette femme, pour rien ou pour quelque chose que je pouvais garder pour moi. C'était à l'évidence une guerre psychologique et j'étais plus malin que mon ennemie mortelle, Cadenas.

Serenity menait sa propre guerre psychologique. Lorsque sa femme se mit à harceler la famille avec ses représentations de fléaux horribles, son propre fléau, l'amour secret, s'ancra en lui avec plus de force. Lorsqu'elle parla de la cupidité d'Akân, Serenity devint lui-même Akân, considéra les trésors que Dieu avait ordonné de détruire et, ne pouvant résister à la tentation, il en prit une part pour lui-même. Serenity aimait les histoires de combats personnels parce qu'il s'y reconnaissait et qu'elles jetaient une lumière sur sa situation difficile. Pendant ses visites à Nakibuka, ils commentaient ensemble les terribles passages de la Bible, riaient jusque tard dans la nuit et les images d'horreur leur servaient de pistes de lancement pour leurs cabrioles passionnées. Jamais encore le péché n'avait été si doux, n'avait abouti à de si doux plaisirs. Serenity se laissait aller et poussait des gémissements qui semblaient sortir du plus profond de sa gorge et de l'extrémité inférieure de sa colonne vertébrale. Elevé dans la crainte, la surestimation et la méfiance du pouvoir, il se libérait des chaînes de sa jeunesse et des abîmes béants de sa puberté. Nakibuka n'avait pas besoin de lui, ne s'appuyait pas sur lui, elle ne faisait pas pression sur lui : elle ne désirait que ce qu'il pouvait lui donner, et moins elle demandait, plus son désir de donner se faisait pressant.

Cadenas n'était pas bête : elle savait très bien qu'on s'habitue aux pires cruautés, à condition d'y être exposé assez longtemps. Elle s'arrêta abruptement de raconter des histoires cruelles et se baigna dans les eaux gluantes du psalmiste. Elle choisit des vers qui la décrivaient comme un être bon et éprouvé. Elle espérait en secret que la subtilité, la commisération de soi et une bonne dose de vieille sentimentalité réussiraient là où avait échoué la cruauté briseuse d'os. Pensant que la vue d'une despote toute-puissante à genoux suffirait à faire fondre les cœurs et à déplacer des montagnes, elle sombra dans les psaumes mielleux, et se couvrit le visage d'un masque délicat de petite fille ingénue.

Le pathétique et la grossièreté de son comportement étaient ridicules : après le bombardement acharné, les baisers baveux ! Et tout cela pour arracher une confession suicidaire qui serait récompensée par une punition sans merci ! Son imposture ignoble me rendait malade ; j'aurais voulu avoir volé dix canettes.

Vers toi, Yahvé, j'appelle,
mon rocher, ne sois pas sourd !
Que je ne sois, devant ton silence,
comme ceux qui descendent à la fosse !

Ecoute la voix de ma prière
quand je crie vers toi
quand j'élève les mains, Yahvé,
vers ton saint des saints.

Ne me traîne pas avec les impies,
avec les malfaisants,

qui parlent de paix à leur prochain,
et le mal est dans leur cœur.

Donne-leur, Yahvé, selon leurs œuvres
et la malice de leurs actes...

La fourbe impudente !

Pour rappeler au voleur que ses implorations poisseuses n'avaient rien changé à son attitude contre le crime, Cadenas fit appel au fameux argousin saint Jude Thaddée, patron et sauveur des désespérés. Cet homme avait la réputation de venir en aide à tous les détectives, vivants ou morts. Les catholiques fervents l'appelaient entre eux du nom affecteux de « fusil automatique ». Il suffisait d'avoir confiance et de dire une neuvaine, et le magicien recollait les unions déchirées, repêchait les cadavres dans la rivière, enrichissait les pauvres, guérissait la frigidité, l'impuissance sexuelle, la chaude-pisse et la syphilis et donnait aux femmes stériles les petits singes ridés et les porcelets bien gras dont elles rêvaient.

Le stratagème fit mouche : je tremblais de tous mes membres. J'avais vu, de mes propres yeux vu, des prestidigitateurs repêcher dans le cou d'une personne les pièces de monnaie qu'ils avaient dans la paume quelques secondes auparavant. Et si ce type était une version plus puissante des prestidigitateurs de la station de taxis ? Je me souvenais que Moïse avait beaucoup souffert des tours de passe-passe des prestidigitateurs égyptiens qu'il connaissait pourtant lui-même. Il suffisait que cet hurluberlu lui suggère, dans un rêve vague ou un signe obscur, de retourner la terre du jardin et Cadenas détenait la maudite canette. Et sa douce vengeance ! Je décidai immédiatement de déterrer la canette et de la cacher ailleurs. Je me réveillai, le lendemain, dans un bain de sueur. Si, la nuit, je sentais un prurit, je me réveillais épouvanté et je courais à la lumière pour voir si le saint détective ne m'avait pas envoyé la lèpre. Si je me coupais avec une lame Gillette en me coupant les ongles ou en taillant un crayon, je craignais que mon sang ne s'épanche jusqu'à former une rivière et à m'arracher une confession.

C'est mon ami du *Treasure Island* qui me sauva. Lui aussi était catholique. Une de ses tantes avait été jadis une adepte fanatique de saint Jude Thaddée. Elle avait fait d'interminables pèlerinages à son autel, l'avait imploré fiévreusement tous les jours, avait donné des masses d'argent pour les pauvres, invité chez elle des estropiés, prié jusqu'à en avoir des cals aux genoux, mais, après dix ans, elle était toujours stérile et amèrement déçue. Elle était furieuse contre le fameux argousin. Elle avait l'impression d'avoir été abusée. Je la comprenais.

La première neuvaine passa sans qu'il arrive rien. La sentimentalité psalmique de Cadenas renchérit et elle ajouta neuf jours de prières à saint Jude. Elle s'arrêta de fouiller matin, midi et soir, dans les endroits les plus curieux. La manne métallique qu'elle attendait du ciel était en sûreté sous terre, dans le jardin, à un endroit où elle passait tous les jours. La troisième neuvaine fut à mourir de honte. La veine des psaumes s'était tarie. Cadenas était abattue et Serenity se marrait. Au début des prières, il portait sur sa femme un regard indifférent, l'air de dire : à quoi bon tant de simagrées ? puis il regardait ailleurs.

Convaincu que même le Père Tout-Puissant ne rapporterait pas la canette, Serenity acheta des dollars au marché noir et demanda à un ami de ramener une canette du Kenya. La nouvelle canette arriva quatre-vingt-dix jours après la disparition de l'autre. Cadenas était folle de joie malgré l'embarras dans lequel l'avait mise l'impuissance de ses prières.

Certaines femmes dont les commandes n'avaient pas été livrées à temps avaient montré leur mécontentement et accusé Cadenas de sabotage. Elles avaient juré qu'elles ne s'adresseraient jamais plus à elle ; mais quelques-unes revinrent tout de même et Cadenas accepta leur commande sans leur rappeler leurs durs propos. Le ronronnement monotone de la machine expulsa toute la folie de sa tête et lui redonna la paix de l'âme. Son train était de nouveau sur les rails et elle avait l'air joyeux ; ses terribles dépressions prirent fin. Mais je savais qu'elle était encore dangereuse : elle attendait que le voleur se trahisse un jour ou l'autre et tombe entre ses mains meurtrières. Elle ne m'y prendrait pas. La canette resta où elle était, comme un butin d'or brut qui attendait l'arrivée d'un pirate.

J'allais bientôt devoir changer d'école. Je ne voulais pas aller dans une école catholique mais comment sonder les intentions de Serenity, le despote qui décidait en matière d'enseignement ? Impossible de le lui demander directement parce que les secrets despotiques ne se divulguaient pas de cette manière. Je ne pouvais que l'espionner. Je demandai à mes fidèles chiards de le filer, d'écouter ce qu'il disait en regardant la télévision et de faire tout leur possible pour acquérir l'information que je désirais. J'attendis pendant des semaines et, tous les deux jours, je leur demandai ce qu'ils avaient appris. Rien de neuf, disaient-ils. Mais un jour, Serenity aborda la question de l'école, juste avant les nouvelles. Le speaker l'interrompit. Des semaines passèrent sans qu'il revienne sur le sujet. Puis, un après-midi, un des plus loyaux chiards capta cette conversation des deux despotes, qui se déroulait dans le poste de commandement :

— Ça le redressera, disait Cadenas.

Et Serenity :

— Leur enseignement est bon. Tu n'imagines pas à quel point les écoles publiques sont mauvaises. Il y a des élèves qui portent des couteaux à l'école, certains même des revolvers avec lesquels ils menacent les professeurs et les directeurs d'école. Les enfants de militaires ont empoisonné nos écoles. Mugezi a besoin d'un climat plus tranquille.

— Mes parents seraient ravis d'avoir un petit-fils prêtre, ou directeur d'un séminaire et, qui sait, peut-être évêque, dit Cadenas.

— L'Eglise est très riche, reconnut Serenity, avec un peu d'intelligence un prêtre peut gagner beaucoup d'argent.

— Tu ne penses qu'à l'argent, dit Cadenas sur un ton de reproche.

— Je ne veux pas que mes enfants souffrent plus tard. Je veux qu'ils aient la possibilité de rouler dans de grosses voitures, de vivre dans de grandes maisons et de se payer ce que je ne peux pas leur offrir.

— Encore faut-il qu'ils survivent au temps présent.

Cette nouvelle me mit dans une grande agitation. Pendant une semaine entière je me rendis tous les jours à la cuvette pour me perdre, moi, mes *blues* et ma rage impuissante, dans les vagues tumultueuses de l'activité qui régnait là. Je rêvais d'un tremblement de terre qui mettrait fin à tout. Je dressais mes oreilles dans l'espoir d'entendre la terre trembler, signe avant-coureur de la prochaine explosion apocalyptique. Mais hélas, seuls le vrombissement continu des voitures, les cris ininterrompus des livreurs, des charmeurs de serpents et des colporteurs remplissaient ma tête comme une migraine infernale.

A quoi servait un prêtre ? Et ces vêtements affreux ! Le célibat n'était absolument pas mon affaire. J'avais décidé depuis longtemps de prendre plus tard trois femmes et j'étais sûr que mon salaire d'avocat me permettrait de leur offrir une existence confortable. A mon avis, l'Eglise avait besoin de gens sans couilles, comme les chiards, pas de gens comme moi qui étaient prêts à suivre les appels à l'autodéfense lancés par le général Amin. Amin n'était pas un défenseur de l'Eglise et il accusait le clergé de se mêler de politique, comme on avait pu le constater par le passé, et de ne rien faire pour combattre la corruption à l'intérieur de l'Eglise même.

Je n'avais pas l'intention d'échanger une dictature contre une autre. Quand je serais avocat, j'aurais sûrement affaire à des dictateurs, mais alors, j'aurais le pouvoir de les combattre, de les frapper durement et de prendre ma vengeance. Si j'avais tiré une leçon de mes années chez les despotes, c'était bien qu'une victime devait vendre sa peau très cher, ce que j'avais fait sans aucun doute, mais qu'il valait encore mieux être soi-même juge et bourreau.

La décision despotique de m'envoyer dans un séminaire fut encouragée par la nouvelle que le roi Faysal d'Arabie Saoudite viendrait bientôt en visite officielle en Ouganda. Cadenas redouta que l'Ouganda ne devienne islamiste et que toutes les églises soient fermées, les prêtres et les nonnes enfermés ou tués ou contraints de se convertir à l'islam et que la polygamie ne se généralise. La rumeur de l'islamisation du pays était aussi sinistre que l'anticommunisme divulgué par l'Eglise dans les années cinquante, lorsqu'on put craindre que le communisme ne prenne le pouvoir, ferme les églises, tue le clergé, marie les nonnes et instaure l'échangisme et la communauté des biens.

— Il a d'abord chassé les missionnaires, puis les Anglais, les Israélites, les Asiatiques, et maintenant il va ouvrir nos portes aux Arabes, ces sales esclavagistes qui nous traitent d'infidèles. Kadhafi passera tous ses week-ends chez nous pour surveiller le progrès des conversions forcées. Ce Faysal vient seulement s'assurer qu'Amin ne fait pas traîner les choses.

Aux yeux de Cadenas, tous les Arabes étaient des esclavagistes et les Israélites descendaient de ceux dont elle lisait les exploits dans la bible. Les peuples blancs, bénis par le Livre saint, étaient au même niveau que les Israélites. Selon elle, les Blancs ne faisaient aucun mal tant qu'ils s'en tenaient à ce commandement de Dieu : conquérir le monde et le sauver du péril islamiste. La seule chose qu'on demandait en échange aux races noires, c'était leur travail et leurs ressources. C'est pourquoi elle ne voyait aucun mal à la tactique pratiquée par les missionnaires : invasion enrobée de sucre, guerres de religion et intervention politique.

Serenity considérait les choses avec plus d'intelligence. Et pour commencer, il ne mélangeait pas les Arabes actuels et les esclavagistes arabes d'Afrique orientale, ni les Israélites actuels avec le peuple biblique, pour lequel d'ailleurs il n'avait pas beaucoup de respect. Quant aux races blanches, il admirait leur technologie et aurait aimé avoir leur puissance, mais il ne les vénérait point et ne les considérait sûrement pas comme le peuple élu de Dieu. Absurde, cette idée de peuple élu : il savait trop bien ce qui s'était passé pendant les deux guerres mondiales. Les massacres insensés dans les tranchées pendant la première lui faisaient penser aux champs de bataille coloniaux dans le tiers-monde. Le génocide implacable de la deuxième avait éveillé en lui beaucoup de scepticisme envers les Blancs. Plus près de lui, il n'avait jamais pu oublier que son oncle avait perdu une jambe sur une mine, à Birma. Le mutilé venait leur rendre visite deux fois par an et c'était lui qui lavait son moignon et le bandait. Après chaque départ de son oncle, l'image de cette chair molle le poursuivait pendant plusieurs jours, et il n'arrivait pas à avaler une bouchée de viande. Serenity était impressionné par l'aphasie de cet homme. Qu'est-ce qui se passait dans sa tête ? Pourquoi s'était-il arrêté de parler ? Que voyait-il quand, à la fin de la journée, il repassait dans sa tête toutes les conversations ? Sans jamais l'avoir exprimé clairement, Serenity associait sa haine de la violence à son oncle. Chaque fois qu'il était sur le point d'éclater de rage, il pensait à son oncle et se maîtrisait. Devenu adulte, son angoisse des Blancs augmenta car il croyait dur comme fer qu'ils n'hésiteraient pas à faire sauter tout le continent africain si cela leur convenait. Il avait jadis essayé de corriger l'opinion erronée de sa femme sur la race blanche, mais il dut y renoncer : sur le plan politique, Cadenas était aussi inaccessible que Dieu.

— Personne n'est obligé de se convertir, répondit Serenity après un silence qui lui sembla avoir duré une éternité.

— On les achète, répliqua-t-elle en pensant au docteur Ssali, le beau-frère de son mari. On leur donne des autos, des postes importants, des avancements, dans le seul but de les convertir.

— Les gens choisissent ce qui leur convient, dit Serenity pour clore la discussion.

Déçue, Cadenas se remit à surveiller la tenue des enfants à table ; Dieu merci, tout se passait correctement : ils ne mangeaient pas comme des loups, ne soufflaient pas sur la nourriture au lieu d'attendre patiemment qu'elle tiédisse, en enfants bien élevés, ne pêchaient pas d'abord le poisson ou la viande dans leur assiette, ne faisaient pas de bruit en mangeant et ne faisaient pas couler de soupe entre leurs doigts.

J'en conclus que Cadenas intensifiait sa campagne anti-islamique pour m'éloigner de Lusanani, une entreprise aussi noble qu'inutile. Lusanani était ma complice ; elle m'avait déjà montré qu'elle était prête à faire pratiquement tout pour moi, ce que je ne pouvais pas dire de Cadenas. J'avais déjà commencé à préparer un plan de campagne pour échapper au séminaire et même si je ne savais pas encore quel rôle Lusanani aller y jouer, j'étais sûre qu'elle y prendrait part.

Pour le moment, la visite imminente du roi Faysal me remplissait d'excitation. L'admiration que je vouais à mon parrain s'en était accrue : il avait chassé tous les étrangers de notre pays, et aussi quelques missionnaires imprudents et avait cherché des sponsors dans le monde arabe. Idée lumineuse ! J'avais vu à la télévision quelques fragments du reportage de ses visites aux chefs arabes. C'était beau. Et maintenant, je me réjouissais de la visite du roi Faysal.

On nous avait changé l'emploi du temps à l'école. Tous les matins, nous faisions de la gymnastique, de l'athlétisme, nous chantions l'hymne national, récitions des poésies, préparions des danses et un défilé avec l'orchestre scolaire.

La ville vibrait sous le charme de la visite officielle de l'hôte de marque : les boutiques étaient tapissées de drapeaux en papier de l'Ouganda et de l'Arabie Saoudite et de vrais drapeaux flottaient sur d'autres bâtiments. Toutes les façades des boutiques avaient été ravalées et certaines rues refaites. Le général Amin se montrait tous les jours à la télévision : il prononçait des discours, surveillait les travaux routiers, ouvrait de nouvelles écoles et de nouveaux hôpitaux et installait de nouveaux fonctionnaires à leur poste. Il donna le signe de départ pour un rallye-safari auquel il participa dans sa Citroën Maserati. Il était indomptable, infatigable et indispensable comme l'air.

On distribua de nouveaux uniformes, de nouvelles bottes et de nouvelles armes aux soldats. Nous les rencontrions sur le chemin de l'école, droits comme des arbres, dévoués comme des poseurs de bombes suicidaires. J'étais fier d'eux : ils étaient là pour mon bien et pour celui du pays. Un seul cri et ils seraient accourus à mon secours, haletants et pantelants comme des bouledogues. Grâce à eux, je me sentais bon et généreux car, après tout, je n'avais qu'un signe à faire et les despotes se trouveraient dans de mauvais draps.

Le jour de l'arrivée du grand homme, nous nous tenions sur le bord de la route, deux drapeaux dans la main : un vert pour l'Arabie Saoudite et un noir-jaune-rouge pour l'Ouganda. Amin trônait comme un ours sur une grue au côté du roi qui agitait frénétiquement son bras dans l'air matinal. Les rayons pâles du soleil traversant la brume nous reportèrent à des milliers de siècles en arrière, à la vision d'Elie : de notre asphalte, un char de feu fut enlevé vers le ciel. Sur le passage du char, tout le monde semblait implorer : « Mon père, mon père, ne m'abandonne pas ! » Tout ce que nous eûmes en retour, ce fut le large sourire d'écolier d'Amin et la main immobile du roi, figée dans un salut. Le visage du roi était tout aussi pétrifié et même si un muscle avait bougé, le mouvement se serait perdu dans ses rides profondes. Du vieil homme émacié rayonnait une certaine puissance qui me fit penser à Abraham. Il considérait le monde avec la sublime majesté de qui regarde calmement la vie et la mort. En fait, il était l'image de la vie et de la mort.

Le roi ne s'arrêta pas à notre école : nous n'étions, bien sûr, pas assez importants pour retenir l'attention de la-vie-et-la-mort-sur-quatre-roues. Mais cela ne m'affecta pas personnellement. J'avais l'impression d'avoir été touché par sa grâce : je n'avais plus peur de la mort au sens réel du mot. C'était comme s'il s'était emparé de ma personne et avait dissipé mes angoisses. Je n'avais aucune objection à ce que cet homme islamise l'Ouganda. Kadhafi, non : Kadhafi avait raté son coup. Peut-être était-il trop impatient, voulait-il prouver trop de choses, proposait-il trop de choses à la fois. Mais le vénérable vieillard portait sur tout ce qui l'entourait le regard détaché de l'éternité, il ne voulait rien prouver et dans chacun de ses mots résonnaient les siècles et les forces du ciel et de la terre. Il me captivait parce que je désirais l'être. C'était cette force que je cherchais dans ma vie. Je voulais délivrer certaines personnes des mâchoires de la mort et en condamner d'autres aux feux de l'enfer. Pendant des semaines, je rêvai du roi Faysal : des rêves innocents où il n'arrivait pas grand-chose.

Serenity et ses compères de la station-service suivaient de près les changements qui survenaient dans le pays. Ils en discutaient des heures entières, se demandant comment en tirer le meilleur parti pour l'avenir.

— Je vais ouvrir un magasin pour mes femmes, annonça Hadj. Associons-nous. Ma banque avancera l'argent. Ils font tout en ce moment pour encourager les entrepreneurs. Il suffit de proposer un projet viable et la banque est prête à le financer. Joignons nos forces avant qu'il ne soit trop tard.

— Je ne suis pas un homme d'affaires, confessa Serenity. La seule vue d'une vitrine où sont étalées des marchandises me donne la chair de poule.

Ses anciens préjugés ne l'avaient pas encore quitté ; il n'arrivait pas à se débarrasser de son angoisse envers les boutiques et les boutiquiers.

— Le problème avec vous, les catholiques, c'est que vous avez l'esprit naturellement moutonnier, commenta Hadj tout en suivant des yeux, avec les autres, les autos qui passaient, certaines avec des autocollants d'Arabie Saoudite. Vous cherchez toujours à vous mettre à la traîne de quelqu'un, pour lui obéir, travailler pour lui. On vous a appris le respect de l'autorité et du pouvoir et à ne pas prendre de risques. Nous, les islamistes, nous sommes de vrais débrouillards, toujours à la recherche d'une combine, d'une faillle où nous faufiler. Ce gouvernement est un gouvernement d'action ; ceux qui hésitent seront abandonnés dans la maison qui brûle.

C'était peine perdue, ces paroles ne faisaient aucun effet sur Serenity :

— Les gens ne changent pas d'un jour à l'autre.

— C'est la première fois dans l'histoire de ce pays que les musulmans ont la majorité, qu'un musulman invite son frère catholique à s'associer à lui pour aller à la rencontre du bonheur.

— Je veux lutter sur mon propre terrain. Je me suis mis dans l'idée de militer dans le syndicat des postiers. Je veux être membre du comité directeur, trésorier ou quelque chose dans ce goût-là. C'est mon ambition à moi, avoua Serenity pour la première fois.

— Tu veux que j'en glisse deux mots à un de mes amis ? demanda Hadj avec un sourire malicieux.

— Si tu veux bien, dit Serenity avec hésitation ; un homme qui a plusieurs bouches à nourrir ne refuse aucun appui.

— Je connais des gens qui ont le bras long. N'oublie pas qu'Amin n'est pas près de partir. Ceux qui comptent sur son départ prochain s'en mordront les doigts.

Des sauterelles gastriques et pulmonaires s'en prirent aux organes de Serenity. Les lamentations paranoïaques de sa femme résonnèrent dans ses oreilles. Qu'est-ce que les bienfaiteurs exigeraient en retour ? La conversion à l'islam ? L'embrigadement dans les services de la Sûreté nationale ? Des agents de la Sûreté commençaient déjà à s'infiltrer dans le service public ; Serenity ne voulait pas avoir affaire à eux. Il aurait voulu demander à Hadj des renseignements sur ces bienfaiteurs, mais il ne savait pas comment aborder la question sans avoir l'air de douter de l'honorabilité des amis de Hadj.

— Je te ferai savoir quand je serai prêt, dit-il vaguement pour se ménager une porte de sortie.

— Je t'assure qu'on ne te demandera pas de faire des choses dangereuses. Je t'aide uniquement parce que tu es mon ami et mon voisin, un homme en qui je peux avoir confiance.

Serenity n'avait pas réussi à le tromper ; Hadj avait senti sa réserve.

— Je te suis très reconnaissant. Je t'avertirai quand il y aura des élections.

— Prends ton temps, mais pas trop tout de même.

Je n'avais pas encore trouvé de solution à mon problème : comment échapper au séminaire. Je demandai deux fois à Serenity la permission d'aller rendre visite à Grand-pa. Je pensais impliquer le vieil homme dans cette affaire, dans l'espoir qu'il écraserait dans l'œuf cette idée ridicule. Les deux fois, Serenity me renvoya à Cadenas qui me garda dix minutes à genoux avant de me répondre froidement : non. J'étais fait comme un rat, et furieux. J'avais de l'argent, celui que j'avais récupéré en vendant la canette, mais je ne pouvais pas dévoiler ma situation financière. Ma boîte à surprises était vide : Bâton, le pendant d'Idiot A, m'avait conseillé de ne jamais employer le même truc deux fois de suite. Mais que faire ? Je décidai de lui demander conseil.

Mes liens avec Bâton dataient du temps des lettres. Je l'avais aidé à écrire quelques épîtres à des filles qu'il convoitait. Deux étaient tombées dans son piège, mais il ne m'avait jamais payé. Il m'avait seulement promis qu'il me le revaudrait, le cas échéant. Bâton était grand, très noir et il avait un charme fallacieux qui vous poussait à le croire, même si, au fond, vous ne lui faisiez pas confiance. Nous, ses camarades de classe, nous l'admirions et en avions peur à la fois parce que c'était un type du Nord, né dans les plaines arides de l'Ouganda. Son père, un soldat, l'avait abandonné quand il était encore enfant et il avait été élevé par sa mère, venue avec lui, à pied, jusqu'à Kampala en suivant la route asphaltée du Sud. Comme la mère de Kawayida, elle vendait des crêpes, de la nourriture et tout ce qu'elle pouvait obtenir pour survivre avec son fils. Et voyez donc quel jeune malabar il était devenu ! Bâton débordait de cette assurance agressive que donnent la haine et une trop grande connaissance des bas-fonds de la société. Il avait une opinion sur presque tout. A nous, qui venions du centre du pays, il disait souvent : « Ce ne sont pas les Anglais qui ont ruiné notre pays, ce sont vos ancêtres lèche-bottes, et vos *chiefs* avides et votre roi qui ont fini par vendre le pays à Obote. » Elevés dans des principes de loyauté, la plupart d'entre nous étaient suffoqués de l'entendre critiquer Obote, originaire, comme lui, du Nord. « Et le vendre à Obote, c'est comme le vendre à Amin. Ne vous plaignez donc pas si les choses tournent mal. Supportez votre châtiment en hommes. » Mais comme nous ne savions pas pour qui il était, nous nous taisions.

Bâton réussit pendant un certain temps à semer le doute dans les principes politiques que Grand-pa m'avait inculqués. Les ayant appris par cœur en bloc, sans les comprendre, j'étais incapable de les analyser, ce qui n'arrangeait pas les choses : dès que j'essayais de les examiner un par un, ils s'effritaient comme du vieux papier. Mais, lentement, je commençais à me poser les bonnes questions : Bâton pensait-il que, si nos *chiefs* n'avaient pas été divisés en protestants, catholiques, musulmans et païens, ils auraient pu empêcher l'expansion de l'autorité coloniale britannique ? Nos troupes, au début du siècle, étaient-elles plus fortes que les armées anglaises en Afrique orientale ? Et qu'en était-il du fusil proverbial du capitaine Lugard ? Non, Bâton se trompait ; les Anglais seraient venus quand même. Les *chiefs* n'avaient eu qu'un rôle secondaire dans le drame qui avait suivi. J'aurais bien aimé soumettre quelques-unes des questions de Bâton à Grand-pa et j'aurais défendu l'opinion de Bâton, juste pour taquiner le vieil homme, mais je n'eus pas la permission d'aller chez lui.

Bâton se chargea aussi de notre éducation sexuelle. Il nous introduisit dans le monde des revues pornographiques. Un de ses oncles, qui était dans l'armée, les importait en contrebande du Kenya. Pour la première fois de ma vie, je vis comment étaient faites les nonnes blanches sous leur habit. Certains modèles ressemblaient tellement aux bonnes sœurs de la paroisse de Ndere que je pensai tout d'abord que c'étaient leurs sœurs ou elles-mêmes. La plupart d'entre elles n'étaient pas blanches, mais de la couleur brun doré de la pâte à biscuits. Quelques-unes ressemblaient à des mulâtresses ou à des métisses mi-asiatiques, mi-noires.

Nous avions beaucoup de questions à poser à Bâton. Par exemple : comment les éditeurs de ces revues se procuraient-ils toutes ces beautés ? Aucune d'entre elles n'était grasse, laide ou désagréable à voir. Et comment s'étaient-ils débrouillés pour qu'elles posent ainsi, nues, leurs derrières dressés comme des sauterelles, avec leurs lèvres roses, brillantes et engageantes, et leur anus brun qui vous regardait à la dérobée ? Etaient-ce des femmes en chair et en os ou des poupées ? Quel dommage que Grand-pa fût vieux ; s'il avait pu les voir !

J'eus le privilège d'étudier les revues aussi longtemps que je le voulais. D'autres voyeurs, moins heureux, devaient payer, en espèces ou en nature. Bâton apporta aussi des petits volumes qui avaient pour titre : *Tout ce qu'il faut savoir sur le sexe* ou *Le Manuel complet du sexe.* Il jouissait de nos réactions quand j'en lisais à haute voix des passages, dans un cercle de visages excités. Il y avait des mots tels que pénis, sperme, semence, vulve, vagin que Bâton nous faisait prononcer à haute voix, mais dont il refusait de révéler le sens. Il n'était pas très fort dans ses réponses. Tout le monde voulait savoir la différence entre sperme et semence et entre vulve et vagin, mais il refusait de nous la dire.

C'est aussi Bâton qui m'expliqua pourquoi Cadenas m'avait assommé de coups le jour de la tache d'encre rouge. « Les mères font comme si elles ne saignaient pas, les menteuses », dit-il en riant. J'étais trop furieux pour avoir envie de rire. « Et si tu entendais les bruits enfantins, plaintifs qu'elles produisent quand on les baise ! » Il s'esclaffa et me donna une grande tape sur l'épaule.

Quand nous rejoignîmes le groupe, il dit : « Vos mères sont baisées toutes les nuits, sauf les jours où elles saignent. Vos pères enfilent leur... dans le... de vos mères. » Il nous dit de remplir les silences par les mots adéquats. Quelqu'un voulut savoir comment leurs pères versaient leur... dans le... de leurs mères. Quelqu'un d'autre suggéra qu'ils se servaient peut-être d'une cuillère ou d'un entonnoir. Bâton faillit lui tomber dessus à bras raccourcis ; il n'admettait pas qu'on puisse être d'une ignorance aussi crasse.

Bâton n'avait pas peur des professeurs et s'amusait particulièrement à faire enrager les professeurs de sexe féminin. C'est de là d'ailleurs que venait son surnom, parce qu'il défiait ces professeurs en leur disant : « Prends un bâton et frappe-moi tant que tu veux, ma garce. » La première qui releva le gant le frappa jusqu'à en avoir les aisselles mouillées et la sueur qui lui coulait entre les seins. Finalement, elle renonça à le corriger. Bâton adorait s'allonger par terre pour recevoir sa volée de coups et, quand il se relevait, il avait une érection spectaculaire. Il se tenait debout, les mains sur les hanches et le pénis dressé derrière sa braguette comme un gros rat impatient. Les professeurs comprirent ; désormais elles l'envoyèrent chez le directeur ou chez un collègue.

Je rencontrai Bâton en allant à l'école et lui soumis le problème du séminaire. Il me donna une tape dans le dos en disant que ce n'était rien. En classe, il déchira une page d'une précieuse revue porno sur laquelle on pouvait voir une fille aux cheveux dorés et aux yeux bleus, assise sur une chaise, les jambes ouvertes. Il déchira une page blanche d'un cahier, la plia en deux et fit un croquis de la tête du professeur de sciences naturelles en accentuant sa coiffure, son nez et ses lèvres. Il colla son croquis sur la tête de la fille et le tout sur le tableau.

En arrivant en classe, le professeur tomba au milieu de murmures excités qui s'arrêtèrent brusquement à son entrée. Elle posa sa serviette sur une chaise, regarda le tableau et fut prise d'une violente crise de nerfs.

— Qui ? Qui ? Qui ?

— Moi, dit Bâton du fond de la classe, avec sa voix de contrebasse.

— Pourquoi ?

— Vous ne trouvez pas ça beau, madame ?

— Enlève-moi cette saleté du tableau et sors de la classe. Je ne veux pas te revoir avant un mois.

— Je préfère des coups de bâton, madame, dit Bâton calmement.

Nous faillîmes éclater de rire ; notre héros allait lui faire la démonstration d'une érection d'étalon, notre érection, notre riposte. Quel courage !

— Sors d'ici, te dis-je.

— Non, madame, s'il vous plaît, frappez-moi.

— Dehors, dehors, hurla-t-elle.

— Frappe-moi, garce.

Nous pleurions de rire et tapions du poing sur nos tables, au comble de l'excitation. Bâton était notre vengeur. Nous jouissions de l'humiliation de cette charogne aux mamelles pendantes ! D'habitude elle n'hésitait pas à se servir du bâton et à nous envoyer chercher dix seaux d'eau que nous devions verser sur l'herbe, devant la classe. Mais Bâton était intouchable.

Il s'avança nonchalamment vers le tableau, dévisagea la prof, décolla son image et sortit. Quel splendide effet théâtral ! Mais un doute s'éleva en moi : devais-je traiter Cadenas de la sorte ?

A l'heure du déjeuner, Bâton fut entouré par ses admirateurs ; mais il les ignora et nous fit signe, à mon ami du *Treasure Island,* que tout le monde appelait Island, et moi. Nous traversâmes le terrain de football pendant que la cour de l'école résonnait des bruits des élèves et que le soleil était immobile au-dessus de nous comme un ballon de feu et de soufre. Deux terrasses plus bas, se trouvait le « ring », la cuvette de sable où ceux qui pratiquaient le saut en longueur s'entraînaient et où nos coqs de bataille s'affrontaient dans des luttes où tous les coups étaient permis. Nous fûmes engloutis par les patates douces et l'herbe à éléphant. Balayés par le vent sec, les bois craquaient et bruissaient et nos membres nus étaient chatouillés et piqués par les feuilles coupantes. Dans la vallée, des arbres gigantesques s'élevaient à une vingtaine de mètres et leurs dômes ressemblaient aux papyrus qui poussaient dans les marécages, au pied de Mpande Hill.

A une certaine distance des arbres et du sentier plein de ronces gisait un homme mort, vêtu d'une chemise noire et d'un pantalon bleu, le visage tourné vers le sol et les bras écartés comme s'il rampait vers les arbres.

— Je voulais vous montrer ça, annonça Bâton.

Où étaient les fameuses mouches ? Pourquoi n'avais-je pas peur ? Island, par contre, faisait dans son froc et tremblait comme une feuille. La mort de Grand-ma m'avait apparemment vacciné contre ce genre d'horreurs.

Un peu plus loin gisait le corps d'une femme, sur le dos, le bras droit replié sur son visage comme si elle protégeait ses yeux du soleil. Dormait-elle ? Comment se faisait-il qu'il n'y eût aucun signe de lutte avant la mort ?

— Qui l'a tuée ? demandai-je.

— Notre ami, peut-être, dit Bâton en désignant Island.

— N... non, pas moi.

Je soupçonnais Bâton d'avoir erré dans les parages après que la prof de biologie l'eut renvoyé de la classe, et, ayant découvert les cadavres, il avait voulu nous effrayer.

Il me défia du regard et se dirigea vers la femme, souleva sa robe du bout du pied et dit : « Vous voulez voir sa... ? » Il regarda Island et l'obligea à dire le mot. Je crus que l'effort allait le tuer. Bâton le saisit par la peau du cou et poussa sa tête vers le bas. Un filet jaune, comme de l'or liquide, tomba goutte à goutte sur l'herbe.

— Trouillard, dit-il en le relâchant. Ces gens sont morts et pourtant vous avez peur d'eux. Comment est-ce possible ? Si vous n'étiez pas mes amis, je vous aurais obligés à les déshabiller et à les rhabiller. Les leçons vont reprendre, les gars, dit-il sérieusement tout de suite après.

Avait-il répondu à ma question ? Non, bien sûr. Je

préférais les gens qui parlaient clairement, tandis que tout ce théâtre correspondait à un langage creux et cette fois, comme tant d'autres, j'étais sidéré. Pourquoi nous avait-il montré les cadavres ? Pour nous prouver qu'il n'avait peur de rien, peut-être ? Je ne comprenais pas. Pensait-il que j'allais traiter mes ennemis de la même façon ? Etait-ce ce qu'il voulait dire ?

Lusanani engloutit ma virginité entre les murs de la maison en ruine où nous avions tenu nos pourparlers sur la canette. Au lieu de compter de l'argent et de le partager, nous explorâmes nos corps et y prîmes tout le plaisir qu'ils renfermaient. J'étais enfin sur le point de sauter la dernière haie avant la maturité et, pendant toute l'opération, j'avais encore des regrets : je ne cessais de me dire que j'aurais dû le lui demander plus tôt. Pour rattraper le temps perdu, je cherchai à en jouir au maximum.

J'étais de nouveau dans mon cher arbre, imbibé par l'odeur des fruits mûrs de l'arbre à pain, salivant de toutes mes glandes et inondé d'une vague de plaisir. Lusanani soupirait comme trois buissons sous la tempête et j'essayais de découvrir dans ses gémissements toutes les plaintes des accouchées du village et la voix terrible de la femme sur le parking des taxis. Le plus gros succès de cette soirée fut la liberté de l'étudier, et de prendre possession de ses zones secrètes, vaguement marécageuses, aussi longtemps que j'en eus la force. Je me barbouillai de ses humeurs et rentrai chez moi parfumé comme un fruit d'arbre à pain trop mûr. Il était tard. Cadenas était dans tous ses états. Elle me demanda où j'étais passé. Près du puits, répondis-je, le regard brillant après mon expédition sexuelle. Je m'attendais à un commentaire sur mon nouveau parfum, mais elle n'en fit pas cas. J'étais fier de ne plus être un puceau et je m'en glorifiais. Maintenant, elle serait bien obligée de changer ses projets de séminaire, car je n'étais plus apte au célibat. Je faillis lui rire au visage.

Je jouissais de ce nouveau sentiment de danger et marchais la poitrine bombée. Je n'avais plus peur de Hadj Gimbi, car j'étais capable de faire ce qu'il faisait. Maintenant je voulais que Cadenas nous surprenne, mais Lusanani le permettrait-elle ? Elle craignait de mettre en jeu son mariage, ce qui, selon moi, était peu probable : elle était la plus jeune des épouses et avait donc en main tous les atouts de la séduction. Je savais qu'elle pouvait se permettre beaucoup de choses.

La première fois que je lui en parlai, Lusanani refusa de collaborer. Elle pensait qu'il valait mieux qu'elle m'envoie une lettre d'amour. Mais Bâton m'avait averti de ne pas répéter deux fois le même truc. Et surtout, je voulais provoquer une réaction immédiate. Elle accepta et je rentrai de nouveau très parfumé. Cadenas tempêta et cria, mais elle ne se risqua à aucune confrontation directe. Je me flattai d'être le plus fort.

Au jour convenu, je baignai tous les chiards sauf un. La nuit tomba très vite, comme d'habitude. Je donnai l'ordre au chiard non lavé de rester dans la salle de bains puis me rendis au bord de la cour. Lusanani se faisait attendre, mais elle finit par venir. Quand la plupart des gens furent rentrés, nous nous glissâmes vers la pagode ; nous avions devant nous les marches de l'escalier et la ville qui nous faisait des clins d'œil. Je tournais le dos à l'endroit d'où Cadenas allait venir. Nous faisions semblant de faire l'amour. Hadj était parti pour quelques jours. Serenity était près de la station-service. Tout se déroulait comme prévu. Nous parlions des écoles que nous avions fréquentées. Je rêvais de l'université et d'un diplôme de droit.

— Quand tu seras arrivé au diplôme, tu m'auras oubliée, murmura-t-elle.

— Jamais, dis-je sincèrement. Je te le promets.

Nous nous trouvions dans le couloir entre les deux

pagodes. Tout à coup, elle s'écria : « *Allah akbar !* » Elle avait reçu un coup sur la tête avec l'extrémité d'un bâton. Cadenas se jeta contre moi pour pouvoir l'atteindre, mais Lusanani s'enfuit rapidement. Alors Cadenas concentra toutes ses forces sur moi. Elle avait un gros bâton dans la main et elle frappait sur mon épaule, mon dos et mes jambes. Je ne protégeais que ma tête : je n'avais pas envie de perdre un œil. Mes bras furent bientôt paralysés. J'essayai de lui donner des coups de pied dans le ventre, mais elle me frappa la tête par-derrière. Ce jour-là, elle gagna la manche.

Pendant une semaine, ma main gauche resta insensible. J'avais peur qu'elle ne se dessèche. Je priai tous les dieux du ciel pour que cela ne se produise pas, car je ne voulais pas en venir à de violentes représailles. Au bout de dix jours, la sensibilité revint lentement et dans les quinze jours qui suivirent, j'étais de nouveau capable de soulever quelque chose avec cette main.

Mon séjour chez les despotes avait commencé dans le sang — celui de Grand-ma — et avait failli se terminer dans le sang — le mien. Serenity empêcha Cadenas d'approfondir le côté Lusanani de l'affaire. Je lui dis que c'était entièrement de ma faute, et je dis aussi pourquoi je l'avais fait. Depuis quelque temps, il n'avait pratiquement plus de doute sur l'auteur de la lettre à Mme Singer et du vol de la canette. Serenity et Cadenas décidèrent de se débarrasser de moi. Serenity proposa de m'envoyer chez Kasawo, mais Cadenas ne fut pas d'accord. Le séminaire ouvrirait ses portes dans quinze jours. Finalement, je fus envoyé chez tante Lwandeka. Quel soulagement !

J'étais épuisé par les conflits. Je me sentais vieux et craquelé comme une vieille botte. Il n'y avait pas de temps à perdre. Le séminaire était un détour que je devais accomplir le plus vite possible de manière à faire les études qui me remettraient sur mes rails d'avocat. Bien que je n'eusse connu aucune véritable explosion dans cette dernière époque, j'avais en tout cas pu me faire une idée de ce que Grand-pa voulait dire quand il comparait l'Etat moderne à une poudrière qui sauterait à la suite d'une série d'explosions. Au fond de moi, j'espérais ne pas être impliqué dans ces déflagrations.

LIVRE IV

Les années de séminaire

Au cœur de l'autocratie, plus connue sous le nom de séminaire, vivait un dragon à trois têtes venimeuses, à savoir : le lavage de cerveau, la schizophrénie et la bonne vieille autorité. Ces têtes opéraient d'un commun accord comme une Trinité infernale. Le lavage de cerveau consistait à détruire tout rapport entre ce que les élèves pensaient, ce qu'ils sentaient et ce qu'ils faisaient, de manière à obtenir ces êtres malléables dont les chefs du clergé avaient grand besoin.

Les séminaristes étaient en théorie des orphelins, de pauvres bâtards, que les pères religieux avaient arrachés au monde corrompu des pécheurs et qu'ils dressaient à la pureté pour qu'un jour, avec l'aide de Dieu, ils les assistent dans l'exercice du saint sacerdoce. C'est pourquoi le mot d'ordre pour les séminaristes était : plaire, obéir, être souple et digne de confiance. Un séminariste devait renoncer à sa personnalité et à sa sexualité et devenir volontairement eunuque. Il devait se consacrer entièrement à sa vocation et, pour récompense, on lui confierait, le jour de sa consécration, les trésors du royaume de Dieu. La meilleure définition que l'on puisse donner d'un séminariste c'est celle de future putain du temple : il confiait sa personne et ses droits à Notre Mère l'Eglise qui pouvait faire de lui ce qu'elle voulait, même le renvoyer sans autre forme de procès. S'il persévérait dans la bonne voie et surmontait tous les obstacles, il était sûr d'être récompensé : tout ce à quoi il renonçait ici-bas lui serait rendu au centuple dans l'au-delà.

Comme la dictature que je venais de quitter, le séminaire était une école de théâtre, car il fallait, ici aussi, essayer de survivre en étudiant sans cesse de nouveaux rôles et en les interprétant le mieux possible. Avec les supérieurs, il fallait jouer au plus fin : deviner leurs pensées, leur dire ce qu'ils voulaient entendre, leur montrer le visage qu'ils voulaient voir et leur souffler les meilleures répliques, car les pères jouaient eux aussi un rôle. Plus on maîtrisait le métier d'acteur, plus on avait de chances de rester au séminaire et de persévérer jusqu'à l'autel et jusqu'à ce que les fidèles viennent se prosterner à vos pieds pour que vous les bénissiez et les délivriez du mal et de leurs péchés.

Le séminaire ressemblait à n'importe quelle autre école, légèrement contestataire, des années soixante-dix, sûrement pas à une sainte pépinière d'enfants obéissants, angéliques, qui passeraient leurs récréations à étudier les papillons et à cueillir des fleurs. Il est vrai qu'ils ne cachaient pas des fusils ou des couteaux de cuisine dans leur cartable mais, contre les nouveaux venus, ils se servaient avec une grande dextérité d'armes conventionnelles, moins meurtrières. Pendant de nombreuses nuits, il nous fut pratiquement impossible de dormir : des bandes de bizuteurs de deuxième année, qui ne s'étaient pas encore entièrement remis des blessures reçues l'année précédente, nous attaquaient à la nuit tombée, généralement après l'extinction des lumières, et provoquaient de sérieux dommages.

Leurs agressions n'étaient pas inattendues : le jour même de l'inscription, on pouvait prévoir que ça allait barder. Les brutes inauguraient toujours leur puissance toute neuve en donnant des surnoms aux nouveaux venus ou en leur transmettant ceux qu'on leur avait donnés l'année d'avant. Ils les accueillaient à coups de pied, les sifflaient et les appelaient « Bochimans ». Ceci n'était qu'un prélude.

La première nuit, ils arrivèrent, armés de bâtons, de massues, de câbles électriques et autres armes improvisées, pour nous réveiller — mais personne ne dormait, bien entendu — et reprendre les choses où ils les avaient laissées durant la journée. Les malheureux qui faisaient semblant de dormir furent aspergés d'eau froide et traînés hors du lit. Les bizuteurs nous divisèrent en petits groupes et nous poussèrent au fond du dortoir où se trouvait une plate-forme qui ressemblait à une longue estrade (cette salle avait jadis servi de salle des fêtes). Là, ils nous firent mettre à genoux, les paumes levées, et ils nous contraignirent à réciter le Psaume 23 : « Yahvé est mon berger... Devant moi tu apprêtes une table... » C'est cette table que nos maîtres nous apprêtèrent pendant toute une année. Ils nous obligeaient à réciter un Notre Père, un Je vous salue Marie et quelques autres prières, sous les commandements de : « Debout, assis, à genoux, levez les mains, tournez-les. » Ceux qui ne réagissaient pas assez vite recevaient des coups de pied ou de bâton. Un deuxième année arriva avec un grand seau d'eau froide et un broc. On annonça la cérémonie du baptême. Nous attendions à une extrémité de l'estrade pendant qu'on posait une chaise à l'autre. Un garçon habillé d'une soutane, ou quelque chose y ressemblant, s'installa sur la chaise, coiffé d'une mitre en papier et flanqué du garçon au seau d'eau. C'était le grand prêtre qui devait régler la cérémonie. Un autre garçon en soutane vint les rejoindre ; il tenait à la main une feuille de papier et nous fit signe de ramper, un par un, jusqu'aux pieds du grand prêtre. Le gars en soutane éclairait son papier avec une lampe de poche, lisait un nom, se tournait vers le prêtre et lui murmurait à l'oreille le nouveau nom du candidat. Le prêtre saisissait le broc qu'on lui tendait et le versait sur le candidat en prononçant ces mots : « Je te baptise, au nom du Père, du Fils et du Saint-Esprit. Désormais, tu répondras au nom de Rhinocéros (ou un des autres noms qu'ils avaient inventés). Que Dieu te bénisse, mon fils, va en paix. » Le garçon en soutane nous faisait ensuite répéter notre surnom, remercier le prêtre et retourner à quatre pattes à l'autre bout de l'estrade.

Les quatre dortoirs avaient officiellement des noms de saints patrons mais leurs noms courants étaient : Vatican, La Mecque, cap de Bonne-Espérance et Sing-Sing. Je dormais dans Sing-Sing, le plus mal famé des dortoirs, résidence des « sécheurs » de cours, des caïds et des gros bras, livré constamment aux mesures disciplinaires, à l'abandon et à la saleté. Les quatre dortoirs étaient le théâtre de la même cérémonie de baptême, avec des gradations dans l'intensité des mesures. Sing-Sing, avec sa situation unique, au fond du bâtiment, près des toilettes, des acacias et de la clôture du séminaire, l'emportait sur tous les autres. A Sing-Sing, les bizutages prenaient de telles formes que les « Bochimans » se demandaient pourquoi les pères les toléraient, car ils ne les ignoraient sûrement pas.

Cette première nuit, à deux heures, alors que je venais de me rendormir et que la rosée coulait en petits filets tortueux sur le toit en zinc, le dortoir fut de nouveau pris d'assaut : on nous fit sortir du lit et on nous aligna, en pyjama, dans le couloir entre les deux rangées de lits. Après un rapide contrôle pour voir si nous étions tous présents, on nous dirigea vers les toilettes, dix mètres plus loin. L'heure était soigneusement choisie : il faisait un froid glacial, le vent chassait des nuages sombres : il y avait de l'orage dans l'air. Nous étions debout sur un tapis de feuilles mortes, sous les acacias, tremblant de tous nos membres, claquant des dents en attendant de connaître notre sort. La rosée qui tombait des feuilles sur nos têtes avait chassé de nos yeux le dernier reste de sommeil et toute la fatigue de nos corps.

Les bizuteurs, armés de bâtons, se placèrent devant et derrière nous et leur chef nous donna des ordres : flexions des jambes et sauts de grenouille. On nous répéta plusieurs fois que nous étions à la merci de ces gaillards et que nous avions tout intérêt à leur obéir. Je décelai là une vieille méthode de chantage, mais je me tins tranquille et décidai de tâter le terrain avant de passer à la contre-offensive. Les faibles et les mollassons qui avaient des crampes ou étaient épuisés recevaient des coups de pied au derrière ou des coups de poing sur la tête. La gymnastique dura longtemps car nous étions lents, peu habitués à de telles rigueurs et les bizuteurs prenaient un plaisir sadique à attendre que tout le monde y soit passé.

Finalement, on nous intima de nous mettre en rangs, les vêtements et les cheveux pleins de feuilles et de souillures, et d'ouvrir nos braguettes : « Astiquez votre goupillon, Bochimans. Plus vite, voyons. Vous aurez la permission d'aller vous coucher quand vous aurez éjaculé. » Comment obtenir l'ombre d'une érection dans ces conditions ? Les pénis avaient l'air de vers rabougris ou de champignons ramollis ou de mille-pattes roulés en boule.

Le lendemain matin tôt, deux Bochimans annoncèrent qu'ils s'en allaient : l'un d'eux déclara qu'il était venu là pour devenir prêtre et non brigand, mais les pères ne s'en émurent guère. Il y avait beaucoup d'appelés et peu d'élus, n'est-ce pas ? Et ceux qui se préféraient à Dieu n'étaient pas dignes de la vocation. Est-ce que le bon grain ne finissait pas par être séparé de l'ivraie ? Et les morts ne s'enterraient-ils pas tout seuls ? Les bateaux qui ne résistaient pas à la première tempête n'étaient pas faits pour le voyage, telles étaient les maximes que l'on nous serinait.

La quatrième nuit, au comble de la frénésie, quelqu'un tira si fort sur mon bras qu'il me le déboîta ; je criai de douleur et, pris de panique, les bravaches filèrent en douce. Il fallut quand même faire appel à l'infirmier qui me remit le bras en place. L'angoisse me saisit de nouveau que mon bras reste paralysé et que je ne puisse plus m'en servir. Je déménageai à l'infirmerie avec toutes mes affaires. J'exagérais ma douleur et jouissais de l'immunité temporaire qu'elle me donnait. J'étais sauvé des horreurs de Sing-Sing. Ici, protégé par les murs bleus de l'infirmerie qui donnait sur le bois, j'étais en sûreté. Personne ne m'ennuyait. Personne ne me molestait ou ne m'obligeait à faire quoi que ce fût. Je dormais tout mon soûl. J'étais dispensé de la messe et de toutes les activités qui me déplaisaient. Pour la première fois depuis mon arrivée, j'avais le temps de réfléchir.

Qui avait tiré sur mon bras m'importait peu. Dans de telles circonstances tout le monde pouvait l'avoir fait. Les bravaches faisaient ce qu'ils voulaient et les pères fermaient les yeux. A mon avis, les élèves avaient trop de liberté d'action. Que faire ? Comment améliorer ma propre situation ? Pour l'instant, il s'agissait de tenir bon et d'attendre l'occasion de frapper.

Je me proposais de prendre un garde du corps, quelqu'un dans le genre d'Idiot A ou Bâton. J'avais déjà repéré un bravache débraillé, du nom de Lwendo. Il s'en prenait sauvagement aux bizuts, les frappait, les injuriait, volait leurs affaires, les obligeait à porter l'eau de son bain, mangeait leur pitance et leur donnait l'ordre de laver son linge pendant le week-end. Je flairai en lui une furieuse envie d'attirer l'attention, d'en imposer. Je décidai de lui donner ce qu'il cherchait en échange de sa protection.

Un après-midi, je l'abordai et lui proposai de faire pour lui tout ce qu'un deuxième année détestait faire. Je promis de balayer sous son lit, de cirer ses chaussures, de laver et de repasser son linge et d'aller chercher de l'eau pour lui à la saison sèche.

— Ça va pas la tête, Bochiman ? dit-il en ricanant. Tu es invalide. Tu ne peux même pas te torcher le derrière et tu me proposes de travailler pour moi ? Comment veux-tu t'y prendre ?

— Mon bras sera guéri plus vite que tu ne le crois. Je suis déjà en état de bouger mes doigts. Dans une ou deux semaines, je serai à ta disposition.

— Offre tes services à Jésus en échange d'un miracle, dit-il, satisfait de lui.

— Je parle sérieusement.

Un silence s'établit entre nous. La première cloche sonna pour annoncer le début des cours ; la deuxième n'allait pas tarder et alors tout le monde devrait être en classe. Des ombres en pantalon noir et chemise blanche nous dépassaient déjà en courant dans un craquement de chaussures trop étroites.

— J'ai compris, Bochiman, tu es un espion. Qui t'a envoyé pour me surveiller ? Le directeur ou un de ces salauds de prêtres ? Tu me prends pour un arriéré ou quoi ? Fous le camp, Bochiman.

— Je ne suis pas un espion. C'est une chose qui ne me viendrait pas à l'esprit. Je le jure sur mon bras malade.

— D'accord, Bochiman, j'accepte, mais prends garde : si jamais je m'aperçois que tu te payes ma gueule, tu le sentiras passer, compris ? Et que veux-tu en contrepartie ?

— Je veux que tes amis me laissent en paix. L'un d'eux m'a déboîté l'épaule et n'a même pas eu la décence de s'excuser. Ce n'est pas ce que j'attends de lui, mais je ne veux pas les voir sur mon passage.

— Je vais voir ce que je peux faire, Bochiman, dit-il avec un sourire triomphant.

Quand il tourna son dos mouillé de sueur, je dis :

— Un jour, tu cesseras de m'appeler Bochiman.

Dès que Lwendo eut accepté de chasser mes mouches, je commençai à planifier ma libération. Je n'avais pas l'intention de lui servir de laquais pendant toute une année. J'avais le chantage dans les veines : Lwendo ne tarderait pas à tomber dans mon piège. De plus, il m'était antipathique et je ne tenais pas à sa compagnie. Il était, à mon goût, trop bruyant, trop minable et dénué de tact. J'avais l'intention de me servir de lui, de l'exploiter et de le jeter ensuite dans le caniveau, à la place qui lui revenait.

De mon séjour chez les despotes, j'avais gardé une horreur absolue du travail manuel. Mon idéal, c'était de cultiver le même amour des livres que Serenity. Ma démarche suivante devait aboutir à un travail de col-blanc, dans la bibliothèque, à la sacristie, dans l'infirmerie ou au laboratoire. Il fallait trouver un prêtre à qui je pourrais en imposer à force de zèle et qui me pistonnerait pour un des postes dont je rêvais.

Le prêtre responsable de la sacristie était trop bon acteur lui-même pour tomber dans les pièges d'un amateur tel que moi. Et d'ailleurs, il n'encourageait pas la familiarité. Son gros visage aux petits yeux avait les sourcils éternellement froncés et, à cause de sa grande taille peut-être, il avait toujours l'air de chercher quelque chose : les burettes de vin et les burnes d'acier, disaient les élèves. Il ne décolérait jamais, trouvant que, de nos jours, nous avions la vie trop facile. Il déclarait régulièrement que les séminaires actuels n'étaient qu'une pâle copie de ceux de jadis, lorsque les prêtres avaient encore des couilles d'acier. De même que la plupart de mes compagnons, je détestais cet atrabilaire et l'évitais comme la peste. La blague qui courait sur son compte était qu'il avait pissé l'acier de ses couilles parce que ce métal ne résistait pas à la chaleur de sa hargne.

La victime de choix était le père Kaanders, un missionnaire néerlandais à la retraite, chargé de la bibliothèque. La bibliothèque n'était pas très populaire : la plupart des séminaristes auraient préféré mourir plutôt que se faire surprendre en train de lire un livre qui ne fût pas un manuel scolaire. Je pensais que le vieillard finirait par succomber à mes charmes si je montrais assez de zèle.

Je pris la bibliothèque d'assaut comme si ma vie en dépendait. J'arrivais toujours le premier et j'étais le dernier à partir. En entrant, je marchais lentement le long des étagères en m'arrêtant de temps à autre pour consulter un livre. J'essuyais la poussière de la couverture, je l'ouvrais et faisais semblant d'être totalement absorbé par ma lecture. Je regardais une page illustrée en pensant à autre chose, dans l'espoir que Kaanders s'en apercevrais. Quand je jugeais y avoir passé assez de temps, je le glissais soigneusement entre les autres livres. Puis j'allais vers une autre étagère et répétais le même rituel. Après avoir fait le tour de toutes les étagères, je prenais deux ou trois volumes, les plaçais sur ma table et me mettais à lire mes livres préférés. J'interrompais parfois ma lecture pour faire semblant de chercher quelque chose dans les gros livres de la bibliothèque.

D'autres fois, j'apportais un bloc-notes et je feignais de prendre des notes ou de recopier des tableaux. Je voulais donner l'impression de tirer le maximum de connaissances de chaque livre. Chaque fois que je voulais échapper aux bizuteurs, réfléchir ou faire un petit somme, je me rendais à la bibliothèque. Quand la cloche sonnait, je faisais semblant de ne pas l'entendre. Je restais assis jusqu'à ce que le père Kaanders vienne me tapoter l'épaule en montrant l'heure sur sa montre-bracelet et je me levais alors comme si j'avais vu un fantôme. Je lui souriais, m'excusais, remettais rapidement et bruyamment les livres à leur place, ramassais mes affaires et me précipitais hors du bâtiment.

Je savais que pour décrocher une place à la bibliothèque, j'avais besoin d'une aide supplémentaire. Je misai sur le professeur de littérature. Pour beaucoup d'entre nous la littérature n'était qu'une forme plus noble du cours de grammaire et de rédaction. Moi-même, je ne savais rien sur la littérature et longtemps j'ai même ignoré le sens de ce mot. Je le cherchai dans un dictionnaire, en appris la définition par cœur, puis l'oubliai de nouveau. J'étais sûr que, dans ce domaine, l'hypocrisie ne me mènerait pas loin. Cet homme était le prêtre le plus pondéré que j'aie jamais rencontré. C'était aussi le plus savant : un prêtre diplômé d'une université laïque était encore rare à cette époque. Certains de ses collègues se méfiaient de lui. Qu'est-ce qui pouvait pousser un universitaire à choisir le sacerdoce plutôt qu'une bonne place en ville ? Maigre, ascétique, il avait un regard perçant et l'on avait l'impression qu'il savait tout de vous et qu'il était inutile de mentir. C'est pourquoi les séminaristes qui le choisissaient comme confesseur ou directeur de conscience étaient peu nombreux. Les garçons détestaient les prêtres qu'ils ne pouvaient pas mener en bateau.

Sachant que je ne pouvais pas lui en faire accroire, je décidai de déployer un intérêt sincère pour le sujet. Je lui posai des questions et tentai de l'amener à nous dévoiler le secret de la littérature. Je lus tous les livres qu'il nous recommandait en essayant de comprendre réellement de quoi ils parlaient. L'analyse approfondie n'était pas mon fort, mais je faisais de mon mieux et me servais beaucoup de mon dictionnaire Longman. Quelqu'un me donna le nom de Zobi Longman parce que, disait-il, je me servais de ce livre beaucoup plus que de mon zob.

Dans cette matière considérée comme louche, je commençai à me faire remarquer à cause de mes bonnes notes. Mais je ne faisais rien de particulier pour attirer l'attention du professeur. Je voulais que ce soit lui qui me remarque, me sollicite, fasse le premier pas. Je finissais souvent mes devoirs bien avant le jour de la remise des copies, mais je ne les rendais qu'au jour dit. A ma grande joie, la stratégie porta des fruits, mais je tâchai de ne pas trahir ma satisfaction.

Après deux mois de campagne dans la bibliothèque, Kaanders vint vers moi et me dit :

— Mon vieux, tu aimes beaucoup les livres, tu les aimes beaucoup, hein ?

— A la maison nous avons une bibliothèque avec

beaucoup de volumes. Ce sont les seuls jouets que nous ayons.

— Les livres ne sont pas très populaires ici, dit-il en laissant son regard courir sur les étagères rectilignes et froides. Est-ce que cela te ferait plaisir de venir m'aider ici, mon vieux ?

— Oh, oui ! mon père, dis-je en tâchant de dissimuler mon trop grand enthousiasme.

— Très bien, mon vieux. C'est très bien !

Il avait le travers d'appeler tout le monde « mon vieux ». Les prêtres ne le supportaient pas. Au directeur, il disait : « Comme je viens de te le dire, mon vieux... » Au trésorier : « Quand arriveront les livres que j'ai commandés, mon vieux ? » A table, il se penchait vers le prêtre responsable de la sacristie et lui disait : « Il n'y avait pas de vin dans la chapelle où je dis ma messe, mon vieux. » ou : « Tu voudrais me passer le sel, mon vieux ? » Les jeunes prêtres, qui avaient un ego grand comme une maison, ne supportaient pas de s'entendre appeler « mon vieux ». Chaque fois que le bonhomme prononçait ce mot, surtout quand des élèves étaient à proximité, ils le regardaient comme s'ils voulaient lui envoyer une paire de baffes. L'expression ingénue sur le visage de cet homme marqué par la vie les troublait et les énervait en même temps. Le pauvre n'avait nullement l'intention d'ennuyer les gens et, à plus forte raison, de les vexer en les appelant ainsi. Mais d'où lui venait cette obsession ? Un des jeunes prêtres essaya de le reprendre en lui disant qu'il n'était pas si vieux que ça, mais la première phrase que Kaanders prononça ensuite commençait par : « Mon vieux ». Tout le monde éclata de rire et le jeune prêtre renonça à le corriger, mais il garda le surnom de « mon vieux » jusqu'à sa mutation dans un autre séminaire. Au grand plaisir de tous, Kaanders employait aussi cette expression quand il s'adressait aux nonnes qui vivaient dans de petites cellules, dans une autre aile du bâtiment, à proximité des cuisines.

Le corps épuisé de Kaanders portait les cicatrices

d'une vie passée à combattre la polygamie dans le diocèse de Jinja. Au plus fort de sa lutte contre le paganisme, la polygamie et l'ignorance, sur les bords du lac Victoria infesté par les mouches tsé-tsé, il avait contracté la maladie du sommeil. La maladie et la dépression qui suivit avaient été soignées et déclarées guéries, mais la mouche releva la tête quand il fut atteint de gâtisme pour lui rappeler qu'elle avait inoculé quelque chose dans son sang. Maintenant il s'assoupissait partout où il se trouvait : pendant la messe, en classe, dans les W.-C., dans la bibliothèque ou au beau milieu d'une leçon de français. Nous le regardions alors, amusés ; il dormait, le menton sur la poitrine, la tête oscillant dangereusement, un filet de bave au coin de la bouche et les bras sur ses cuisses. Mais il se réveillait aussi soudainement qu'il s'était endormi et s'exclamait alors : « Ah, mon vieux, mon vieux... cette sale mouche. Où en étions-nous ? »

Pendant la messe, surtout si le sermon durait longtemps, il s'envolait au pays des rêves sur les ailes de la mouche. Quand le sermon était terminé et que tout le monde se levait, il restait assis, le menton sur la poitrine et des taches de bave sur sa soutane. Si on essayait de le réveiller, il se mettait à marmonner. Kaanders retenait mal les noms, sauf ceux des grands écrivains. Il se souvenait à peine des noms de ses collègues, mais n'oubliait pas celui du garçon qui nettoyait son bureau.

L'amnésie faisait de Kaanders le professeur préféré des élèves, surtout des sécheurs de cours et autres contrevenants chroniques. Chaque fois qu'il en surprenait un, il lui demandait son nom qu'il inscrivait ingénument sur une feuille de papier et le transmettait au directeur avec ce message : « Mon vieux, ce jeune homme a enfreint le règlement, ô mon vieux. » Le directeur faisait semblant de le prendre au sérieux en retenant un fou rire car il ne connaissait aucun séminariste de ce nom. C'étaient parfois des noms d'officiers de l'armée, de chanteurs à la mode ou d'autres personnages inventés par les élèves pris en faute. Quand il était de bonne humeur, il imitait Kaanders : « O mon vieux, mon vieux, j'ai vu le capitaine Jonas, le père Adriga avec sœur Pantalon derrière la clôture... ô mon vieux. » Il se tordait de rire, donnait des coups de poing sur son bureau et tapait des pieds.

Certains jours, l'amnésie de Kaanders était si grave qu'il oubliait avoir déjà pris son petit déjeuner. Il retournait alors au réfectoire et demandait au prêtre de service : « Qui a touché à ma tasse ? O mon vieux ! il n'y a plus de respect de nos jours. Ma tasse ! Je m'en sers depuis vingt ans et quelqu'un d'autre s'en est servi et a oublié de la laver et de la remettre à sa place. Oôôô mon vieux ! » La plupart des prêtres se contentaient de le regarder en haussant les épaules et le laissaient mariner dans ses humeurs étranges. Il allait et venait nerveusement du mur au frigidaire en s'exclamant : « O mon vieux, on a aussi mangé mon fromage, ô mon vieux ! »

Ce que Kaanders n'oubliait pas et ne confondait jamais, c'étaient nos notes de français. Son cerveau se surpassait en cette matière. Il voyait la moindre faute, la soulignait à l'encre rouge et comptait un demi-point pour chacune. Il nous apprit sur l'air d'une rengaine cette suite d'adjectifs : « *Bon, mauvais, méchant, bon, grand, petit, joli, gros*[1]. »

Tout allait bien tant que les élèves étaient d'humeur à fredonner une telle chansonnette, mais quand ils n'en avaient pas envie, ce qui arrivait assez souvent avant la récréation, ils mettaient Kaanders hors de lui en bouleversant l'ordre des adjectifs et le faisaient trépigner de rage impuissante.

Il me demandait mon nom un jour sur deux, à l'ouverture de la bibliothèque et, pour bien s'en pénétrer, il le marmonnait pendant quelques minutes en détachant et en allongeant systématiquement

1. En français dans le texte.

chaque syllabe. Mais il y avait tant de trous dans sa mémoire qu'il était obligé de me le redemander la fois suivante. Il se souvenait bien de mon visage, bien sûr : je venais tous les deux jours, pour préparer un devoir, balayer la bibliothèque, rapporter des livres, faire une liste des livres non rendus et mettre de côté les volumes qui devaient être reliés.

Tandis que les autres élèves peinaient dans les champs, tondaient le gazon, frottaient le réfectoire, faisaient la chasse aux cafards dans la dépense, tuaient les rats dans le placard aux provisions et se tapaient mille autres corvées, moi, je bichonnais les livres de la bibliothèque.

Au début, je m'ennuyais : j'avais atteint mon but et je ne raffolais pas vraiment des livres. La poussière me tapait sur les nerfs parce qu'elle me faisait éternuer etje redoutais surtout les jours où Kaanders reliait un livre usé : mesurer, couper, mettre sous presse et frotter les nouvelles reliures prenait tant de temps et d'énergie que j'en devenais dingue. Mais les yeux de Kaanders se remplissaient de larmes lorsqu'il examinait le livre qu'il venait de relier : il avait donné une nouvelle vie à un objet endommagé ; il avait donné à un chasseur de trésors anonyme la chance de se pencher sur le volume remis à neuf. Ça le rendait si heureux qu'il sifflotait et caressait le livre comme si c'était un chien de manchon.

Entre-temps, je cogitai un plan pour me débarrasser de Lwendo. J'avais envie de le tenir à ma merci et de le faire chanter. Plus tard, je concentrerais mon attention sur des membres du staff particulièrement ennuyeux mais, pour l'instant, je les ignorais délibérément car je voulais mettre de l'ordre dans mes propres affaires. J'étais convaincu que je ne pourrais pas me dédier à d'autres tâches tant que ce sale rat de Lwendo serait mon maître.

Bien avant que l'on me demande de travailler pour la bibliothèque, Lwendo fut préposé à la distribution du charbon. Cette fonction lui donnait un grand pouvoir car nous avions tous besoin de ses services le samedi après-midi, jour du repassage de nos habits du dimanche et de la semaine. Nous nous rassemblions dans sa grange, une construction en briques décolorées pourvue d'une cheminée carrée qui avait servi de cuisine à l'époque où les séminaires étaient encore des séminaires et les prêtres avaient encore des couilles d'acier. Lwendo avait la charge de remplir nos fers à repasser de charbons incandescents, mais la demande était souvent plus grande que l'offre et la concurrence et la discrimination régnaient. Les anciens élèves étaient servis les premiers, puis ceux qu'ils pistonnaient ; les Bochimans qui n'avaient personne pour les protéger devaient se contenter des derniers tisons à moitié éteints, des cendres plutôt que du feu.

Quand il avait envie de se marrer, surtout les jours où il pleuvait et où il était difficile de ramasser assez de bois pour tout le monde, Lwendo se retirait après avoir servi les deuxième année et laissait les Bochimans se disputer le reste des charbons. Le visage en sueur et une pelle dans la main, il allait se placer dehors sur l'herbe piétinée et se payait le spectacle en pleurant de rire. Il s'esclaffait : « Les Bochimans s'entretuent pour quelques tisons, ah ! ah ! ah ! » — et certains camarades de deuxième année, pour lesquels des Bochimans s'étaient déjà procuré les charbons nécessaires en échange de leur protection, riaient avec lui. Lwendo avait de la chance que personne ne se fût encore sérieusement brûlé et que les élèves qui étaient tombés dans les cendres brûlantes ne l'aient pas dénoncé.

Le travail de Lwendo lui donnait une assez grande marge de liberté et le mettait en contact avec les nonnes qui faisaient la cuisine pour nous et pour le staff. Pendant les heures de travail, on le trouvait souvent dans la cuisine en train de tailler une bavette avec les nonnes sous prétexte qu'il se préparait à sa tâche du samedi. De temps à autre, il interrompait ses bavardages pour rassembler du bois, des branches, de vieux meubles et ce dont il avait besoin, ou feignait d'avoir besoin, pour faire son feu. Lwendo passait aussi beaucoup de temps avec la bande de la soue à cochons, qui devait s'occuper des cochons et les tuer pour les repas des pères. Les membres de la bande subtilisaient, pour leur propre usage, de gros morceaux de viande qu'ils cachaient, dans des seaux, dans la grange de Lwendo où plus tard ils les grillaient et les boulottaient. Cette activité était contraire au règlement et les coupables étaient passibles de suspension immédiate ou de renvoi de l'établissement, mais personne n'avait envie de rapporter leurs crimes.

Ils étaient tous passés maîtres dans l'art de faire courir des bruits. Pour savoir la vérité, il suffisait d'écouter les racontars. Une de ces rumeurs concernait les rapports de Lwendo et de sœur Bison, une petite nonne noire, boulotte, aux jambes rondes, aux gros bras et au derrière imposant sur lequel, selon les mythomanes, on aurait pu poser une grosse Bible sans qu'elle tombe. Le bruit courait aussi que cette même nonne avait des rapports avec le révérend père Mindi, le trésorier et maître de discipline du séminaire. Je ne m'intéressais pour le moment qu'aux fricotages de Lwendo.

Je commençai à le filer le soir, dans l'espoir de le surprendre en train de consommer le fruit défendu. En cas d'insuccès, j'espérais le surprendre dans une autre situation compromettante. Peine perdue. Je savais que lorsque nos repas étaient infects, il allait dans la cuisine manger les restes du repas des frères. Dans les semaines où étaient de service des nonnes avec qui il ne s'entendait pas, il allait moins souvent à la cuisine. J'avais le choix entre deux possibilités : le surprendre pendant qu'il volait et faisait griller la viande de porc dans sa grange — et dans ce cas, je devrais faire en sorte qu'intervienne un prêtre intéressé — ou le surprendre pendant qu'il baisait sœur Bison ou une autre nonne.

Huit semaines passèrent avant que j'arrive à le prendre en flagrant délit. Je le suivais tous les soirs, pendant l'heure d'étude qui commençait à neuf heures. Ce fameux soir, il n'était ni en classe, ni dans la grange, ni dans la bibliothèque. Il ne pouvait donc être que dans le bureau d'un père ou dans la cuisine. Vers neuf heures trente, j'allai à la cuisine : elle était déserte, seuls les chauffe-eau couverts de suie regardaient par les fenêtres encrassées. J'étais dehors, et je réfléchissais profondément. La dépense, une petite pièce froide où l'on gardait des sacs de grains de maïs, de farine de maïs et de haricots pourris, était à ma droite. D'habitude, deux lourds cadenas, en forme de poing, pendaient à sa lourde porte. Je jetai un coup d'œil : la porte était fermée mais pas cadenassée. Je tentai ma chance. La pièce était interdite d'accès à tout le monde sauf aux porteurs d'une permission spéciale. Je pouvais très bien me passer de la permission : n'étais-je pas bibliothécaire ? Je dirais que je cherchais le père Kaanders ou bien que celui-ci m'avait envoyé chez le trésorier pour lui demander si le livre qu'il attendait était arrivé.

Une odeur lourde de charançons empestait l'atmosphère de cette pièce et la faisait paraître encore plus exiguë et désolée. Les sacs en jute ventrus sur leurs hautes étagères en bois me faisaient penser aux sacs de café rebondis de Grand-pa qui attendaient d'être transportés à l'usine de torréfaction, au sommet de Mpande Hill. Comme les lits de Sing-Sing, les sacs étaient entassés contre le mur, si bien que le couloir en béton qui les séparait ressemblait à un long tunnel foré dans une montagne. Je m'arrêtai pour écouter, retenant avec peine un éternuement et craignant d'être découvert ici tout seul, dans l'obscurité. Le silence était total. Une branche morte de l'arbre qui ombrageait le cloître tomba sur le toit en tôle ondulée avec un long crissement de griffes. Je sursautai comme si on m'avait donné une bourrade dans les côtes.

D'autres bruits me parvinrent du fond du tunnel, qui ressemblaient à des couinements de rats. D'autres espions peut-être ? Puis des halètements de chiens, contenus, perçants et répétés, qui vous pénétraient comme des aiguilles de pin ou des langues de feu. Soudain, l'image de Lusanani s'imposa à moi, sa poitrine trempée par un robinet qui fuyait, ses tétons durs sous la chemisette en coton mouillée. Je sentais sa présence dans cette obscurité, quoique sa chanson fût différente. Sa chanson d'amour était plus raffinée, plus ornée de petits staccatos et de gentils mots fleuris et caressants. Ce bruit était authentique, pur, pressant et excitant. Je me dirigeai du côté des halètements canins, sur la pointe des pieds et très agréablement encombré par mes grelots qui sonnaient dans mon pantalon comme une cloche d'église.

Lwendo baisait la nonne avec conviction, en poussées longues, puissantes et maîtrisées. Un rayon de lumière insolent, tombant d'un ventilateur coincé, éclairait une culotte rouge de nonne, roulée sur des chevilles de nonne musclées. Des yeux de nonne voluptueux me virent en premier et le sanglot de nonne qui déchira l'obscurité fendit mon entrejambe avec la force corrosive de l'acide sulfurique. Le mal étant déjà fait, Lwendo ne se laissa pas voler son plaisir : il continua à besogner jusqu'à la jouissance suprême avec la suffisance triomphante d'un étalon. Quand il se rendit compte que l'intrus n'était pas un prêtre mais moi, son laquais, il se mit à rire et, dans son enthousiasme, essaya de me serrer la main.

J'avais acheté ma liberté, son amitié et, en outre, les rogatons des repas des pères, les semaines où la nonne reconnaissante était de service.

Mon excitation me rappela oncle Kawayida, le magicien, le charmeur, le narrateur d'histoires comme celle des trois sœurs. J'aurais bien aimé lui raconter mon coup et lui parler de la vie au séminaire en général mais, depuis mon départ du village, nous n'avions pas eu beaucoup de contacts. Lisait-il ? Non, bien sûr, il n'en avait pas le temps avec son élevage de dindons et de poulets. Avait-il oublié le bon vieux temps ? Je ne le croyais pas.

J'étais maintenant un homme libre. J'aurais pu me retourner contre quelques-uns des bizuteurs, mais leurs brimades avaient diminué. Je décidai de m'en prendre à des gens plus forts que moi, de vrais chefs. Les victoires sur des personnes de mon propre niveau ne me donnaient aucune satisfaction ; je voulais me mesurer à des supérieurs et triompher, quitte à en garder quelques bleus. Je me concentrai sur le père Mindi, le maître de discipline et désormais peut-être l'unique baiseur de sœur Bison. Cet homme ne se contentait pas d'administrer des coups de bâton aux élèves, il les poursuivait, se cachait partout, derrière des buissons ou des bâtiments, de hauts murs ou des barrières, pour surprendre ceux qui enfreignaient des interdictions ridicules : parler dans les intervalles de silence ou manger entre les repas, par exemple. Il connaissait tous les chemins empruntés par les sécheurs de cours et se cachait souvent derrière les acacias, près de Sing-Sing, dans l'espoir de surprendre des élèves en train de manger des bananes, des épis de maïs, des galettes, des cannes à sucre ou n'importe quoi pour calmer leur faim. Certains sécheurs de cours avaient le sens des affaires : ils prenaient des commandes et livraient de la nourriture sur laquelle ils faisaient des bénéfices. Le père Mindi poursuivait ces « marchands du Temple » avec l'acharnement d'un missionnaire. Il les faisait venir à des heures étranges dans leur dortoir pour fouiller leurs placards, espérant y trouver des marchandises de contrebande ou de l'argent.

Il faut savoir qu'il était officiellement chargé de gérer l'argent de poche de tous les élèves ; mais de nombreux séminaristes préféraient cacher leur argent dans des lieux secrets où ils pouvaient puiser à leur convenance sans avoir à en justifier l'usage. Sing-Sing souffrait, plus que les autres dortoirs, des perquisitions du père Mindi.

Les sécheurs de cours et les spéculateurs bien aguerris ripostèrent. Ils firent courir des bruits qui le mettaient sur une mauvaise piste pendant qu'ils cherchaient refuge ailleurs. Mindi tomba plusieurs fois dans le piège, jusqu'au moment où il s'aperçut que les garçons se moquaient de sa crédulité. Il s'empara de quelques-uns des rigolards et les punit sévèrement. Les informations sur l'imminence d'une perquisition provenaient, d'une manière ou d'une autre, du réfectoire des pères, et le père Mindi trouva plusieurs fois des placards et des valises vides.

Le succès d'un maître de discipline était lié à l'image que s'en faisaient les élèves. Dans le cas du père Mindi, cette image n'était pas reluisante, ce qui le rendait furieux.

Comment était-il possible que cet homme instruit ne fût pas capable de voir le ridicule de sa situation ? Les élèves qui n'avaient à leur table que du mauvais posho et des fayots pourris ne mangeaient pas à leur faim et devaient combler la carence de leur alimentation. N'en aurait-il pas fait autant lui-même ? Ne voyait-il pas qu'il imposait des règles impossibles à suivre ? Ne voyait-il pas qu'il était comme le pharisien de la Bible, commandant le repos total le jour du sabbat mais sauvant son âne tombé ce jour-là dans un ravin ? Il était facile d'interdire aux autres de manger entre les repas quand on avait soi-même la panse pleine de viande de porc, de poisson, de pommes de terre, de légumes et autres délices qui faisaient le menu quotidien des prêtres.

Je condamnais aussi le manque de maîtrise dont faisait preuve cet apôtre de la maîtrise lorsqu'il prenait quelqu'un en défaut. S'il était vraiment responsable de l'obéissance à des lois impersonnelles, édictées à Rome et importées dans ce pays par l'évêque, il était tenu de s'en tenir lui-même à plus d'impersonnalité et d'impartialité. Mais non : punir les insoumis le faisait jouir, surtout quand il leur faisait mal. C'était une jouissance tout à fait personnelle. Et comme il n'arrivait pas à s'emparer de tous les fauteurs, il se rattrapait sur ceux qui se faisaient prendre. C'est dans ces punitions que résidaient son orgueil, son ambition, son avancement et sa puissance.

Bref : le père Mindi était l'homme le plus détesté du séminaire. On l'appelait « le faucheur lugubre » et tout le monde lui souhaitait un accident d'auto qui l'obligerait à finir ses jours dans une chaise roulante. Ou la cécité, le cancer et toutes les maladies suppurantes possibles et imaginables. Nous avions tous l'impression que notre vie changerait du tout au tout s'il disparaissait de la circulation car tout le monde croyait qu'il envenimait la situation de propos délibéré. Personne ne comprenait pourquoi la nourriture était si mauvaise alors que le séminaire possédait des terres et probablement assez d'argent pour les faire fructifier. Il devait croire que pour devenir bon séminariste et, en fin de course, bon prêtre, il fallait se nourrir d'aliments infects.

« Cet homme doit mourir », disaient souvent les élèves, surtout lorsqu'ils le voyaient dribbler sur le terrain de foot avec une souplesse féline. Il était le protecteur de « Vatican », et les élèves de ce dortoir gagnaient généralement le match annuel car il les entraînait et faisait partie de l'équipe. Chaque fois qu'ils gagnaient, le père Mindi leur donnait deux cochons et beaucoup de nourriture pendant le weekend.

— Non, non, non, disaient d'autres élèves, qu'il vive et qu'il souffre pour l'éternité.

— Comment allons-nous nous y prendre ?

Nous décidâmes à l'unanimité de nous en remettre aux dieux qui sauraient lui envoyer une fracture de la jambe, un accident ou une attaque à main armée.

Le père Mindi occupait souvent mes pensées. Je voyais en lui un frère de la fameuse sorcière constipée : Cadenas. Ils avaient eu, tous deux, une vocation religieuse et l'avaient suivie. Mais tandis que la première y avait renoncé pour devenir une vraie mère, l'autre avait persévéré dans sa voie et était devenu un père symbolique. Ils étaient, tous deux, convaincus que pour obtenir des enfants bien élevés, il fallait être dur, méchant et sournois avec eux.

En somme, il ressortait de mes réflexions que le père Mindi était très limité. Avec toutes ses petitesses de nonne campagnarde, Cadenas ressemblait à un buffle blessé qui n'arrivait pas à chasser les milliers de puces et les hérons argentés de son dos purulent. Mindi, au contraire, était farci de théologie, de philosophie, de latin, d'italien, d'histoire de l'Eglise et de toutes les autres formes du savoir religieux et laïque emmagasiné dans les différents séminaires nationaux et étrangers qu'il avait fréquentés. Les quatre années qu'il avait passées à l'université Urbaniana de Rome avaient confirmé son conservatisme, exaspéré ses tendances au sadisme et émoussé sa capacité de compassion et d'autoanalyse.

Et c'était cet homme-là que nous étions censés appeler « mon père », respecter et mettre sur un piédestal ! A quoi bon une bourse d'études pour une université étrangère et tant d'années d'études si c'était pour en arriver à cette comédie aride et ces régurgitations ? Cet homme était programmé pour obéir et se faire obéir. Cet homme avait souffert et voulait maintenant faire souffrir les autres pour qu'à leur tour ils en fassent souffrir d'autres. C'est ainsi que Mindi comprenait les promesses de compensation au centuple sur terre et de récompense au centuple dans l'au-delà faites aux futurs prêtres. Ses biens matériels, surtout son auto, faisaient partie de l'accord passé au moment de l'ordination ; ils compensaient la vie de famille à laquelle il avait renoncé. Mindi s'en vantait auprès de nous, croyant, de cette manière, nous encourager à persévérer. En définitive, son rêve ne différait pas tellement du mien, compte tenu de son pouvoir et des bruits qui couraient sur lui et sœur Bison. Ce qui m'offusquait, c'était l'huile de sainteté et de prédestination dont il enrobait son matérialisme. Je me donnai pour objectif d'enlever cette couche d'huile luisante pour mettre à nu le noyau rugueux sous-jacent.

Je retombai dans mes insomnies habituelles. Se lever au petit matin est angoissant mais a aussi un côté excitant : la poussée d'adrénaline des maraudeurs payait des difficultés de l'entreprise. Je quittai Sing-Sing vers deux heures du matin. Dorobo, le nouveau veilleur de nuit, faisait sa ronde ou dormait. Il était très grand, très fort, noir comme le charbon et dangereux car il était armé d'un arc et de flèches. L'image de cet arc énorme s'était gravée en demi-lune dans ma tête et elle me poursuivait tandis que je me glissais d'une ombre à l'autre. Je remerciais le ciel de ne pas avoir fait de nous, les Africains, des adorateurs de chiens : comme il serait terrifiant, cet homme, s'il avait à ses côtés un berger allemand ! Mais il n'y avait pas l'ombre d'un chien dans tout le campus.

Le séminaire se trouvait au sommet d'une colline et ses bâtiments entouraient la chapelle centrale que l'on pouvait rejoindre de tous les côtés. Il était facile de se rendre de Sing-Sing, à l'autre bout du campus, jusqu'à la chapelle sans être vu parce qu'on était protégé par des arbres et une haie de pins. Je tombai sur un Dorobo endormi dans un recoin, derrière la chapelle, ronflant bruyamment dans son sommeil illégal. Mon objectif se trouvait à gauche de la chapelle, dix mètres plus loin. C'était un bâtiment allongé, au toit pentu, dont une partie servait de remise à outils, l'autre de garage pour les autos des pères.

Je traversai le chemin pierreux pour me rendre dans la remise. J'ouvris la porte latérale avec la clé dont se servait l'étudiant chargé de la surveillance des lieux et je pénétrai dans le bâtiment long et froid qui abritait des montagnes de sécateurs, de binettes, de pangas, de râteaux, de tondeuses cassées et de tronçonneuses qui sentaient la poussière, l'huile et l'abandon. Je m'emparai d'un panga cassé et le soupesai en pensant au maniaque qui avait menacé de décapiter Grand-ma. Je le reposai à sa place en essayant de faire le moins de bruit possible et poursuivis jusqu'à la porte mitoyenne.

Elle grinça sur ses gonds, au risque de réveiller Dorobo. Le garage sentait les autos : un mélange âcre d'huile, d'acier et de caoutchouc, confiné dans un espace réduit. Il y avait là la Peugeot bleue de Mindi, la Volkswagen blanche de Kaanders, la Renault beige du directeur et une vieille auto grise laissée par un de ses amis. Tout au fond du garage, au-dessus d'une flaque d'huile, une moto ventrue sur son support semblait s'appuyer contre le mur.

Il me fallut ferrailler pendant quelques minutes, les mains moites, avant de pouvoir pénétrer dans l'auto. Je revis, en pensée, tante Tiida sur son trente-et-un, attendant que le docteur Ssali, rouge de plaisir secret, ouvre la portière de leur Peugeot sous le regard des voisins dissimulés derrière leurs rideaux.

Un relent de tabac me ramena sur la terre : j'étais dans l'auto d'un fumeur invétéré. J'aurais pu mettre du sel dans le moteur de manière à rendre l'auto inutilisable, mais je n'étais pas venu ici avec un esprit de destruction ; j'étais venu rendre une visite de courtoisie, transmettre au grand homme un message modeste, mais pas aussi modeste que ceux de la plupart des séminaristes en quête de vengeance. J'avais mangé quelques papayes, achetées à un sécheur de cours et, avec les fayots pourris qu'on nous servait au réfectoire, mes selles répandaient une odeur pestilentielle. Je pinçai mon nez en ouvrant le sac en polyéthylène. J'avais choisi l'arme des hooligans dans l'histoire racontée par oncle Kawayida : la merde. A l'aide d'une truelle, j'en enduisis les sièges, le toit, le plancher, le volant, le levier de changement de vitesse, le tableau de bord et les tapis. Après avoir refermé la portière sur l'odeur nauséabonde, je badigeonnai les poignées de la porte et abandonnai finalement le sac infâme sur le capot de la voiture.

L'odeur fétide s'était entre-temps répandue dans tout le garage. Je me dépêchai de quitter cette pestilence, fermai la porte aussi doucement que possible et contournai, sur la pointe des pieds, les tas de tondeuses, de binettes... J'étais très conscient de la précarité de ma situation : j'empestais à cent lieues à la ronde. En me dirigeant vers les toilettes, je me frottai avec des aiguilles de pin odorantes que j'arrachais à la haie.

Cet attentat était une preuve que je commençais à dérailler. Le sentiment de perdre mon temps, de m'être engagé dans une voie qui ne m'intéressait pas, pour une carrière que je ne voulais pas, me torturait l'esprit. J'avais besoin d'une ancre, de quelque chose qui me maintienne les pieds sur terre et me permette de concentrer mes efforts sur les connaissances que ce séminaire pouvait m'offrir. La plupart des cours étaient de haut niveau et les prêtres prenaient au sérieux les devoirs qu'ils nous donnaient. Mais la vie trop réglementée qui nous était imposée tuait dans l'œuf toute initiative de notre part. Nous étions comme les poulets d'oncle Kawayida : enfermés dans une cage, nourris, vaccinés et soumis à un programme établi d'avance, ponctué de prières inutiles et d'activités ennuyeuses.

J'avais imaginé des suites plus compliquées à mes activités picturales. Les membres du staff restèrent curieusement dans le vague sur l'événement : « On a détruit l'auto du père Mindi. » « On a sérieusement endommagé la propriété d'un membre du personnel. » « On s'est conduit d'une manière irrespectueuse envers notre trésorier. » Mais les détails furent finalement révélés par les élèves qui durent nettoyer cette saloperie. Le père Mindi les avait surpris en train de parler pendant l'intervalle de recueillement obligatoire et leur avait donné la tâche révulsante de décrasser le symbole de son prestige, de le rincer et de l'astiquer.

A la fin, c'est le père Mindi qui nous communiqua la chose officiellement. Il enveloppa sa colère dans un discours truffé de malédictions et de menaces et annonça les pires malheurs pour le coupable s'il ne se livrait pas avant trois jours. Décidément, je me retrouvais en terrain connu car c'est fou comme le raisonnement des dictateurs est toujours bâti sur le même schéma ! Cet homme, dont l'ego était aussi gros qu'un foie atteint de cirrhose, pensait que le coupable s'écraserait devant son odeur sacrée. Si c'était à cela que menait le conservatisme de l'université romaine, je ne lui enviais pas les lasagnes qu'il avait mangées en Italie. Il aurait dû savoir, après tout ce que lui avaient fait voir les sécheurs de cours, que ses malédictions assaisonnées de sauce bolognaise n'en imposaient pas à tout le monde.

Le père Mindi revint nous rendre visite, cette fois au réfectoire.

— Qui est le séminariste capable de faire une chose pareille ? Pourquoi est-il venu ici ? A-t-il l'intention de devenir prêtre ? Comment s'est-il introduit dans notre institution ? Il est de votre intérêt de le dénoncer. Je suis sûr qu'il en a parlé à quelqu'un : les criminels ont l'habitude de se vanter. Je vous demande de me le dire. Si un tel comportement reste impuni, nous courons tous un grand danger. Ce genre de voyou pourrait mettre le feu partout.

Son discours ne fit pas grand effet sur moi, ni sur la plupart des élèves qui trouvaient que le père Mindi n'avait que ce qu'il méritait.

Le lendemain, le directeur, sombre comme un juge souffrant d'hémorroïdes, nous supplia de dénoncer le coupable. Comme Mindi, il pensait que quelqu'un, parmi nous, avait dû entendre, voir ou sentir quelque chose. Ce voyou nourrissait peut-être de la rancune contre le trésorier, mais la manière dont il l'avait exprimée était bestiale et indigne d'une personne qui se destinait au sacerdoce. Il en rajouta :

— Venez nous voir si vous avez un problème. Nous sommes toujours prêts à vous écouter. Sans vous, nous ne serions pas là. Nous sommes une grande famille et si un membre de la famille souffre, nous souffrons tous avec lui. Vous savez bien qu'une seule orange pourrit tout un panier. Si vous savez quelque chose, parlez-en à votre directeur de conscience, ou glissez un mot sous ma porte. Je promets que personne ne sera puni pour avoir donné l'information. Et si on vous menace, si on vous impose le silence, venez immédiatement me trouver, et j'interviendrai.

Je connaissais la chanson, je l'avais assez entendue dans ma vie passée et elle me laissait froid.

Quatre jours après le fameux attentat, le père Mindi annonça un peu trop triomphalement et dans un brouillard de spéculations qu'il avait saisi les coupables. Les membres du staff avaient des opinions divergentes sur les mesures à prendre. Mindi demanda le renvoi immédiat de trois bizuteurs. D'autres proposèrent de les punir sévèrement mais de ne pas les empêcher de poursuivre leurs études. D'autres encore exprimèrent leurs doutes sur le jugement un peu trop expéditif : un délit est commis, des accusations anonymes, et hop ! les têtes tombent.

Lwendo et ses camarades de classe se rebellèrent. Ils racontèrent à qui voulait l'entendre qu'un Bochiman avait dénoncé le trio au personnel, menacèrent les Bochimans et jurèrent de les harceler jusqu'à ce que la vérité éclate. Un seul élève fut renvoyé, les deux autres furent suspendus pendant deux semaines et les insurgés se calmèrent.

Voilà ce qu'on appelait la justice ! Je n'avais pas encore découvert qui était le malin qui s'était vengé des bizuteurs en leur mettant sur le dos la responsabilité du délit. Mais peu m'importait. Mon voisin de dortoir me dit que je riais souvent dans mon sommeil.

Je me replongeai dans les livres. Je n'avais pas le choix. La vie était bien ordonnée et monotone. Les sports étaient ennuyeux et ne devenaient passionnants que pendant les compétitions annuelles.

La prédominance des activités religieuses et liturgiques était étouffante. Tandis que les autres se laissaient prendre par l'ennui ou explosaient de temps à autre dans un acte de bravoure, je me perdais dans les livres. L'univers secret qui se cachait sous leurs couvertures poussiéreuses m'intriguait et les connaissances infinies que l'on pouvait tirer du moindre des volumes m'excitaient. Sous les couvertures les plus quelconques se cachaient des guerres, des aventures, des meurtres, des amours, des personnages spectaculaires, *terra incognita* à découvrir.

Dans ce milieu dominé par la tromperie et la peur des mouchards à l'affût du moindre mot compromettant, les livres offraient une échappatoire de tout repos vers le monde plus sûr de l'imagination et des idées.

Comme dans la plupart des dictatures, les livres libéraux n'étaient pas populaires au séminaire où on leur reprochait d'être subversifs. Les bons séminaristes se méfiaient de ces livres : ils avaient le pouvoir démoniaque de jeter un doute sur la vocation, les bons pères et notre Mère l'Eglise. Ils faisaient de ceux qui les lisaient des révoltés, des présomptueux et des renégats. Ils promettaient leur propre paradis, encourageaient les opinions personnelles et soulevaient des questions erronées.

Je me souvins de la Seconde Guerre mondiale et des hommes que Grand-pa avait envoyés sous les drapeaux. J'épluchai pendant des journées entières des reportages de guerre pour voir si on y parlait de l'Ouganda. Tout ce que je pus trouver, c'est que des centaines de milliers d'Africains étaient tombés pendant cette guerre. Rien sur l'Ouganda en particulier. Le massacre de plusieurs millions d'Européens, dix-neuf ans à peine après la Première Guerre mondiale, ainsi que les vingt millions de victimes de la grippe espagnole, immédiatement après, jetaient sur la civilisation moderne que l'on nous proposait en exemple une lumière tout à fait différente. Cette image de la civilisation moderne était tout aussi fausse que le manteau de sainteté dont l'Eglise recouvrait les massacres perpétrés par les croisés et toutes les autres guerres de religion, y compris celles qui avaient sévi dans notre pays au tournant du siècle.

Je commençais à comprendre le père Kaanders. Il avait passé une grande partie de sa vie à combattre la polygamie, à défendre des valeurs morales qu'il croyait universelles et d'importance capitale et il était sorti du combat à moitié mort de fatigue et de la maladie du sommeil. Face à la mort, il avait enfin compris que ses efforts avaient été inutiles, ses sacrifices dépourvus de sens et son désir d'avancer le temps de milliers d'heures, utopique. Il avait eu la sagesse d'arrêter la pendule, de vider le sablier et de laisser le temps au temps. C'est ce que j'allais faire moi-même. J'allais embrasser la mort dans une étreinte intemporelle, la regarder en face et en faire une alliée. Je jubilais. Ma découverte me fut une source d'excitation pendant plusieurs jours.

Ce fut au milieu de ces rêvasseries que le père Mindi me surprit un jour lisant pendant l'heure de prière. La cloche venait de sonner. Les autres élèves avançaient déjà en rangs en direction de la chapelle et je pense que ses mains le démangeaient. Je ne m'étais pas levé assez vite et je n'avais pas non plus montré que je m'apprêtais à le faire. Il avait, pour sa part, mis un point final à l'affaire de la merde et repris, avec un regain d'énergie, ses espionnages et ses filatures, comme s'il voulait prouver qu'il ne se laissait pas démonter par une bande de morveux. Il se tenait, menaçant, devant moi, dans sa robe noire qui le rendait encore plus grand.

Je me présentai à son bureau à la fin de la matinée pour recevoir ma punition. C'était une pièce agréable : de la musique pop jouait en sourdine, douce comme des papillons derrière une fenêtre. Je pensai à sœur Bison et me demandai s'il faisait jouer cette musique pendant qu'elle poussait ses couinements lascifs. Tous les meubles étaient protégés contre la poussière par des napperons propres. Le tapis de fibres sur lequel il m'ordonna de m'allonger chatouillait et me rappela le sale tapis de la pagode.

Il m'asséna trois coups cuisants sur ma « chair d'Etat ». Mais le souvenir de mes barbouillages de merde me rendit insensible. Cet homme n'avait rien appris. Il était la personnification du savoir, donc fermé à tout enseignement. Je le remerciai de sa punition avec un air docile, plein de contrition. Ses yeux se mirent à briller.

— Très bien, mon garçon. Tu es très silencieux, très soumis et tu ne causes jamais de problème. Je suis sûr que tu seras un jour un très bon prêtre.

Je ne croyais pas un mot de ce qui sortait de la bouche de cet ancien étudiant de l'université Urbaniana, mais je répondis :

— Merci, mon père.

Le sujet principal de nos conversations était toujours la nourriture : elle était de plus en plus mauvaise. Le posho était à moitié cru ou simplement inmangeable, préparé avec de la farine de mais véreuse parce qu'on l'achetait en trop grande quantité et qu'on la gardait trop longtemps. Les haricots étaient pleins de charançons et ne réagissaient pas à la cuisson. Ils restaient durs et indigestes et nous lâchions des pets de rhinocéros. Le personnel se plaignait de ces garçons irrévérencieux qui pétaient dans l'église, en classe et dans les couloirs. Bien fait ! On séchait de plus en plus les cours et le prix des papayes illégales, de la canne à sucre et des galettes montait en flèche.

La saison sèche arriva, l'herbe passa du vert au doré, notre réserve d'eau fut menacée et la contrebande de marchandises illégales devint un peu plus aisée. Pendant que nous descendions avec des seaux, des bassines et des bidons pour chercher de l'eau au puits du séminaire, à un kilomètre de là, les malins filaient dans le sous-bois pour y rencontrer leurs fournisseurs et ils rapportaient la marchandise de contrebande dans leurs bidons. D'autres la cachaient et allaient la chercher la nuit, pendant le dîner ou l'étude du soir. C'est alors que les malheureux tombaient dans le piège du père Mindi.

Deux élèves furent renvoyés, un de Sing-Sing et l'autre de La Mecque. Cela n'alla pas sans une bordée d'injures et de menaces à l'adresse du père Mindi. On allait le rouer de coups et mettre le feu au garage pour punir tout le personnel. Mais nous avions beau être convaincus que le père Mindi, trésorier, imposteur et tortionnaire de notre séminaire, était à l'origine de tous nos maux, personne ne leva le petit doigt.

N'ayant aucune notion de la gestion financière du séminaire, je me concentrai sur ce qui me tenait le plus à cœur : dissuader le père Mindi de poursuivre ses espionnages et ses filatures. S'il s'arrêtait de nous mettre des bâtons dans les roues, nous pourrions après tout le laisser faire ce qu'il voulait. Mais cet homme était un démon, un obsédé, un psychopathe. On ne pouvait l'arrêter qu'en le combattant avec ses propres armes.

Pour un bibliothécaire, filer un prêtre était simple comme bonjour. La bibliothèque se trouvait au bout du bâtiment des bureaux : je pouvais toujours longer celui-ci pour voir si un prêtre était à son bureau ou non. J'avais mes entrées libres dans les appartements des pères, même dans ceux qui étaient derrière les bureaux, car je pouvais toujours alléguer que je cherchais le père Kaanders. Je savais que l'heure préférée du père Mindi pour ses séances d'espionnage était entre neuf et dix heures du soir, lorsque les séminaristes étaient censés se trouver en salle d'étude. C'était aussi l'heure la plus sûre pour l'attirer dans un piège, celle où une intervention était le moins probable.

Le terrain de foot, derrière Sing-Sing, était traversé par un réseau de sentiers qui menaient jusqu'aux terres en friche du séminaire, descendaient la vallée à travers la forêt et la remontaient en direction de la route principale et des villages avoisinants. La route se trouvait à un kilomètre : d'un côté, elle menait à l'évêché de Jinja, le théâtre des anciens cauchemars du père Kaanders, de l'autre, à l'archevêché de Kampala dont dépendait notre séminaire. Le père Mindi avait travaillé pendant six ans à l'archevêché avant d'être muté chez nous. Il n'avait pas trop souffert des polygames ressortissants à l'archevêché qui, contrairement à ceux de l'évêché de Jinja, ne se vantaient pas d'avoir une deuxième ou une troisième épouse. Son fléau à lui avait été les femmes qui, attirées par sa belle prestance et ses exploits sur le terrain de foot, se jetaient à sa tête en public.

Maintenant, à la saison sèche, le père Mindi était toujours dehors pour jouir de l'air frais tout en guettant sa proie. Ses promenades nocturnes lui rappelaient le temps où il était curé d'une paroisse et devait se lever en pleine nuit pour aller apporter le saint sacrement à un mourant. Le père Mindi était fier comme un paon de sa vocation et absolument convaincu que le sacerdoce était la profession la plus noble qui soit. Il avait plus ou moins programmé sa carrière pour les dix années à venir. Il se proposait de rester ici encore quatre ans, de retourner ensuite à sa paroisse où il cultiverait du maïs et des haricots ; les revenus de ses cultures lui permettraient de mener une vie confortable, indépendante des subventions paroissiales. Pendant son temps libre, il entraînerait le club de foot de la paroisse qu'il mènerait petit à petit en première division. Il rêvait régulièrement de ses shambas et de ses récoltes de maïs et de haricots. Il rêvait de récoltes surabondantes et de riches compensations financières.

Mais ses rêveries furent interrompues par des bruits provenant de l'autre côté de la haie de pins, à un jet de pierre des acacias. Il entendit un sifflement et se demanda si c'était un serpent. Le deuxième sifflement fut plus clairement humain, délibéré, insolent. C'était nouveau : les sécheurs de cours se sauvaient d'habitude à son approche et n'essayaient pas d'attirer son attention. Qui était-ce ? Le veilleur de nuit qu'il avait grondé pour avoir mal surveillé sa voiture ? Oui, il l'avait même menacé de le mettre à la porte s'il continuait à dormir au lieu de veiller. Le bruit suivant fut un sifflement court : quelqu'un sifflait comme on siffle un chien ! Il n'était le chien de personne. Ni ici, ni même en Italie. Il s'arrêta et envisagea de surprendre le salaud en sautant d'un bond souple par-dessus la haie. Curieusement le siffleur secouait une branche de pin pour indiquer où il se trouvait. Décidé à sauter, le père Mindi se rapprocha du bruit et regarda par-dessus la haie pour voir ce qui se passait et s'assurer qu'il pouvait sauter. Il sentit trop tard l'odeur infecte.

« O mon Dieu ! » s'écria-t-il lorsque le paquet de merde vieux de deux jours lui éclata au visage. Son deuxième cri, plus long, fut étouffé par un nouveau bruit de matières molles. Son visage était couvert de merde qui dégoulinait le long de son cou, sur sa chemise et son pantalon. Il porta instictivement ses mains à son visage, étalant un peu plus la souillure. Avec une poignée d'aiguilles de pin, il commença à essuyer son visage et ses vêtements. Il courut comme un fou vers le réfectoire en contournant la chapelle. Mais les réservoirs d'eau en aluminium étaient vides. Il se précipita en bas de la colline vers la soue à cochons et se servit de l'eau de l'auge pour se laver. L'odeur ne disparut pas. Il avait des nausées, mais ne vomissait que des filets de bile. Il remonta la colline et se faufila dans sa chambre par la porte de derrière. Sa chambre se remplit immédiatement de l'odeur pestilentielle. Il s'aspergea d'eau de Cologne ainsi que toute la chambre et se mit en devoir de nettoyer.

Le père Mindi n'était pas le premier dictateur qui, aveuglé par le sentiment que sa puissance était incontestable, avait mal évalué une situation épineuse. Incapable de sortir de son enveloppe d'indignation despotique, il ne voyait pas le cœur du problème. Il croyait que l'attentat était causé par la haine, ce en quoi il avait tort. Cet acte était une leçon de maîtrise de soi. L'attentat avait été préparé et perpétré froidement, comme devrait l'être toute punition. Mais Mindi avait été aveuglé par le sentiment de son pouvoir et son obstination. Sa vue était troublée par une myopie sacerdotale qui l'avait rendu paranoïaque. Il était convaincu qu'un séminariste fou en voulait à sa vie. Il se souvint avec effroi de l'empoisonnement de son père. A sa mort, le corps de son père était devenu tout noir. Son image planait devant ses yeux. Le père Mindi commença à croire que la mort par empoisonnement était une malédiction qu'un inconnu avait jetée sur sa famille. Dans ce cas, il serait la prochaine victime. Cette pensée le bouleversa. Il ne voulait pas mourir si misérablement. La conscience de sa vulnérabilité et de son insécurité le plongea dans une crise profonde de dépression, de dégoût et de méfiance. Quelqu'un, dans son entourage, le tournait en dérision et jouait avec lui au chat et à la souris. Comment se montrer en public ? Le bandit s'était-il déjà vanté de son acte répugnant ? Des excréments ! Pour la première fois depuis son retour de Rome et son ordination, il n'était pas sûr d'être le plus fort. Comment s'attaquer à cet ennemi invisible ? Comment raconter ses déboires à ses confrères ? Et qu'en diraient-ils ? Ce séminaire formait-il des psychopathes ou des prêtres ?

Le père Mindi se fit porter malade pendant quelques jours, puis quitta le campus pour une semaine. Le bruit se répandit qu'il avait un ulcère à l'estomac et, plus tard, qu'il avait demandé sa mutation.

A son retour au séminaire, il avait l'air malade et ne fut pas en état d'afficher le peu d'arrogance nécessaire pour traverser cette lourde période. Il avait pris les élèves en haine. Et le séminaire. Et son bourreau mystérieux. Il avait, en tout cas, cessé ses espionnages et ses filatures. On disait qu'il s'était procuré trois grands chiens. Personne ne comprenait pourquoi le trésorier et ancien tortionnaire avait lâché la bride. Le changement avait été si subit que personne n'osait s'en réjouir en public : on pensait que ce n'était qu'un truc, une ruse pour mieux attraper les insubordonnés. Mais pourquoi allait-il si souvent en voyage ? Pourquoi ne sortait-il presque pas de son bureau quand il était au séminaire ? Pourquoi n'assistait-il pas à la messe commune ? Les élèves se disaient qu'il y avait anguille sous roche.

La censure était chez nous de règle : on ouvrait et lisait nos lettres avant de nous les transmettre, et celles que nous écrivions devaient passer chez le directeur, dans une enveloppe non cachetée, pour qu'il puisse les lire avant de les envoyer. Ecrire des lettres n'était permis que pendant le week-end et il était interdit de les poster soi-même.

Un soir, on vint me dire que le directeur voulait me parler. J'avais la gorge nouée : cette fois, j'étais fait comme un rat. Quelqu'un m'avait-il surpris pendant mon deuxième attentat ? Je ne tenais pas particulièrement à rester au séminaire mais cela m'aurait ennuyé de le quitter au milieu de l'année. Je ne voulais partir qu'à la fin, après les examens. Evidemment cela pouvait être une lettre de Lusanani. Dans ce cas, que dirais-je au directeur ? Quelle ruse pouvais-je inventer pour me sortir de là ? Je me mis à trembler.

— Tu n'as pas l'air à ton aise, dit le directeur avant même que j'aie ouvert la bouche. As-tu quelque chose sur la conscience ?

— Non, mon père, mais...

— Mais quoi ?

Il était d'humeur loquace, ce jour-là, malgré toutes les paperasses qui jonchaient son bureau. Je vis aussi une pile de lettres ouvertes et je me demandai pourquoi cet homme nous contrôlait. Pensait-il vraiment que c'était un péché, pour des garçons de notre âge, de fréquenter des filles ? Pensait-il vraiment que les puceaux faisaient de meilleurs prêtres ? Qu'est-ce qu'ils avaient dans la tête, ces gens de Rome, pour imposer de telles règles ? Et ce clergé indigène savait-il à quoi il s'exposait en les appliquant aveuglément ? Comment était-il possible qu'un homme d'âge mûr, assez aimable, ayant le sens de l'humour, lise notre courrier comme un vieux saligaud en quête d'excitations gratuites ? Nous l'aimions bien parce qu'il nous racontait toujours des histoires amusantes, mais je commençais à me demander s'il ne les empruntait pas parfois à notre correspondance.

— As-tu quelque chose sur la conscience ? répéta-t-il en fronçant les sourcils d'une manière théâtrale.

— Nous avons tous quelque chose sur la conscience, dis-je courageusement. Hier, j'ai dit un mensonge à un camarade de classe ; j'ai pris un livre d'exercices tout neuf sur son pupitre et m'en suis servi sans le lui dire. Il m'a demandé qui avait volé son livre et j'ai répondu que je ne le savais pas. Je l'ai remis à sa place le soir, mais je n'osais pas le lui confesser car il est soupe au lait.

C'était de la pure invention, mais une invention plausible. Nous nous mettions généralement d'accord sur les péchés que nous allions confesser : mensonges, jurons, petits larcins... Je cherchais, par un détour, à le prendre au piège de ma franchise.

— Comment va ton travail à la bibliothèque ?

Soulagé, mais le soupçonnant de chercher lui aussi un détour, je dis :

— J'aime beaucoup ce travail et depuis que je le fais, mes résultats sont meilleurs.

— As-tu des ennuis ?

— Il arrive que des livres soient volés et nous ne trouvons pas toujours les auteurs de ces vols.

— As-tu fait tout ce qu'il fallait pour éviter qu'on les vole ?

— Le plus ennuyeux c'est que certains élèves volent les livres empruntés par d'autres.

— Je suppose que tu entends des tas de choses dans la bibliothèque.

— Parfois.

— As-tu entendu parler de ce qui est arrivé au père Mindi ?

— Oui, on a détérioré son auto : c'est une honte qui retombe sur nous tous, futurs prêtres.

— Non, pas ça. Je veux dire ce qui lui est arrivé dernièrement.

— Non, oui, j'ai entendu dire qu'il avait un ulcère à l'estomac.

— Tu n'as pas entendu parler d'un attentat ?

— Non, mon père, quel attentat ?

— Tu n'en as pas entendu parler ?

— Non, tout le monde parle d'un ulcère à l'estomac et prétend que le père Mindi travaille trop.

— Je ne parle pas d'ulcère, je parle d'une autre atteinte physique.

— Non, mon père, je n'ai rien entendu de la sorte. Mais les pères sont tout de même au-dessus de ces contingences ?

— De mon temps, les insubordonnés se trahissaient toujours en se vantant de ce qu'ils avaient fait. Tu es sûr de n'avoir entendu personne se vanter d'avoir donné une leçon au père Mindi ? Je n'ignore pas que de nombreux élèves ont une dent contre lui.

— Je n'ai vraiment rien entendu, mon père. Mais je suis sûr que les coupables se feront prendre comme l'autre fois.

Le directeur avait l'air de trouver mes réponses un peu trop mielleuses. Il savait très bien que je savais qu'il ne savait pas qui était le coupable et il trouvait frustrant de ne pas arriver à nous tirer les vers du nez, à moi ou à un autre.

— Si tu entends quelque chose, il faut absolument me le faire savoir. Un tel comportement n'est pas tolérable. Le séminaire ne peut pas tomber dans l'anarchie comme certaines écoles publiques. C'est important pour toi aussi, tu sais : si on attaque les prêtres, il n'y a aucune raison qu'on n'attaque pas les séminaristes. Et si les coupables restent impunis, quel genre de prêtres deviendront-ils ? Qui acceptera d'exercer dans la même paroisse qu'eux ?

J'aurais aimé lui répondre que tous les bizuts étaient pendant une année entière les victimes d'attentats physiques et qu'on les obligeait toutes les nuits à se branler pendant que les prêtres se livraient, dans leurs lits, à leurs pollutions nocturnes. J'aurais aimé lui dire que les attentats sur les prêtres étaient une manière de les payer de retour. Mais je ne pouvais pas dire ce genre de choses sans être renvoyé de l'école. J'avais pitié de cet homme parce qu'il me sous-estimait : je n'étais pas un mouchard.

— Ah ! autre chose, dit-il en me montrant la lettre que j'avais écrite à tante Lwandeka. Pourquoi as-tu collé cette enveloppe ? Est-ce une lettre compromettante ?

— Non, mon père, je l'ai collée par mégarde, par étourderie. C'est une lettre que j'ai écrite à tante Lwandeka, une sœur de ma mère. Elle ne contient rien d'inavouable.

— Par mégarde, hein ? Cela t'arrive-t-il souvent ?

— Non, mon père.

— Qu'est-ce que tu lui dis ?

— Elle a été arrêtée, un jour, par des soldats d'Amin, et depuis elle est sujette à des cauchemars. Je lui ai écrit qu'elle devait consacrer une neuvaine à saint Jude Thaddée.

— Faut-il que je l'ouvre ?

— Vous pouvez le faire, répondis-je avec calme.

Il n'était pas question de saint là-dedans, mais j'osai prendre ce risque.

— Bon, va. Mais si tu entends quelque chose, n'hésite pas à venir me le dire. Je compte sur toi, mon fils.

— Je ferai de mon mieux, mon père, dis-je pour lui signifier qu'il pouvait se dispenser de cette comédie de « mon Père-mon fils ».

Ouf ! J'étais profondément soulagé : Dieu merci, ce n'était pas une lettre de Lusanani. Comment aurais-je pu défendre mes rapports avec une musulmane mariée dans ce haut lieu du catholicisme ?

Brûlants du désir de savoir ce qui était arrivé à leur trésorier-maître de discipline, les élèves prirent d'assaut, l'un après l'autre, les membres du personnel. Ils leur posaient des questions tendancieuses pendant les cours. Les prêtres noirs, des vieux de la vieille dans ce genre de pratiques, nous laissèrent dans le vague. J'y voyais un signe de solidarité envers leur malheureux collègue. Mais c'était aussi sûrement une manière de se venger de nous car ils n'ignoraient évidemment pas que celui qui avait puni le père Mindi se trouvait dans nos rangs hypocrites.

C'est le père Kaanders qui vint à notre secours. Après les séances habituelles de *bon/mauvais/-méchant,* à un moment où le brouillard n'obscurcissait pas son esprit, des élèves lui posèrent quelques questions. Il lissa d'abord plusieurs fois ses rares cheveux sur le sommet de sa tête, puis dit : « Ah, mon vieux, le père Mindi s'en va. » On lui demanda bien sûr où il allait. Après une série de « Mon vieux », il nous confia que le père Mindi était muté. Ce qui me frappa, c'est que le vieil homme n'avait pas l'air tranquille. Je me demandai s'il connaissait l'histoire du sac de merde et s'il cherchait à savoir qui d'entre nous avait perpétré cet attentat. Nous insistâmes pour qu'il nous révèle le nom du successeur du trésorier, mais il refusa de nous le dire.

Le séminaire se remplit subitement de bruits sur le départ imminent du père Mindi. Mais impossible de savoir qui allait le remplacer : les prêtres noirs auxquels nous posâmes la question nous laissèrent dans l'ignorance : ils ne nièrent ni ne confirmèrent les bruits.

Une semaine plus tard, nous reçûmes la visite inopinée du vicaire général. Le vicaire était un homme grand et gras ; il avait un ventre flasque, des fesses énormes, et marchait curieusement, en écartant les jambes. Pour cacher son zézaiement et son bégaiement, il parlait trop vite, si bien qu'on le comprenait mal. Mais malgré son défaut de langue, il aimait bien s'entendre parler et il nous soumit à un sermon de cinquante minutes que nous écoutâmes sans broncher et que le père Kaanders traversa en dormant bruyamment. Nous trouvâmes presque tous que son rabâchage sur notre vocation, sur le sens du sacerdoce, sur la situation privilégiée qui était la nôtre, sur le devoir de préserver et de porter haut cet honneur, et autre blablabla, était vaseux, mais surtout nous étions de très mauvaise humeur car notre déjeuner avait été ce jour-là particulièrement immangeable : une bouillie pleine de vers et du pain sec tandis que, dans le couloir, se répandaient les arômes des mets les plus exquis servis à la table du personnel. Il faut savoir que chez nous l'importance d'un visiteur se mesurait aux repas que l'on nous servait le jour de sa visite. Quand c'était l'évêque qui venait, on nous servait toujours ce qu'il y avait de meilleur car le grand manitou venait voir ce que nous avions dans nos assiettes. Cet homme était-il assez stupide pour croire vraiment que ce qu'il voyait ce jour-là était notre menu quotidien, ou voulait-il simplement contrôler si nous lui étions assez reconnaissants de manger, pour une fois, autre chose que la pâtée habituelle ? Mais le vicaire n'avait pas même pris la peine de venir voir ce qu'on nous servait, c'est pourquoi la plupart d'entre nous se moquaient éperdument de ses propos zézayants et bégayants. La chapelle sembla se réveiller un moment quand il se trouva aux prises avec le mot « chef » et dérapa misérablement : « Zesssus est le ze-ze, ze veux dire le zef de zette inchtituchion. » Ensuite, il se mit à parler plus lentement. Au moment de l'*Ite missa est,* nous étions au comble de la bonne humeur.

Dans ces occasions, les prêtres se montraient eux aussi sous leur meilleur jour : ils ne bâclaient pas la messe, ne quittaient pas leur soutane, ne fumaient pas en public et faisaient comme s'ils étaient les prêtres les plus dociles et les plus exemplaires de l'évêché. Au quartier général du diocèse, ils avaient tous un dossier personnel qu'ils voulaient garder aussi vierge que possible car plus il était vierge, plus ils avaient de chances d'être nommés dans les meilleures paroisses.

Le gros vicaire fila à l'anglaise après la messe. Nous apprîmes enfin officiellement que le père Mindi était muté. Le grand homme avait réuni le personnel pour lui annoncer le nom du nouveau trésorier car l'événement n'allait pas de soi et il fallait faire passer la pilule. On nous fit savoir uniquement que le nouveau trésorier était un missionnaire blanc.

Au séminaire, c'était la fête et, pour la première fois, les élèves avaient l'air heureux plus d'espionnage, plus de contrôles policiers, plus d'angoisse d'être mouchardés ! Les sécheurs de cours s'en donnaient à cœur joie. Leurs intermédiaires portaient leur marchandise — papayes, cannes à sucre et autres produits de contrebande — jusqu'au bord du terrain de foot, derrière Sing-Sing. C'était mon objectif et j'étais heureux de l'avoir atteint. On jetait maintenant beaucoup de nourriture et l'euphorie causée par les délicieux repas poussait les plus dociles à la rébellion.

Je considérai toute chose à distance en me demandant pourquoi le veilleur de nuit et les prêtres fermaient les yeux sur tant de choses. A l'apogée de cette frénésie, par un après-midi torride, je fus témoin d'un acte pervers. Quelqu'un s'était procuré un agrandissement d'une photo du père Mindi qu'il avait collé sur du papier bulle et cloué à un arbre. Un groupe de gaillards frappaient dessus à coups de bâton en proférant des injures. Je m'éloignai lorsqu'il ne resta plus de son visage que des bouts de papier déchiquetés. L'euphorie causée par le changement m'avait inspiré beaucoup de réserves et des pressentiments effrayants. Qu'en serait-il de toutes ces émotions si le nouveau patron n'intervenait pas ? Je n'avais pas tellement envie de jouer les Cassandre : chaque chose en son temps. Pour l'instant, nous avions affaire à l'image pâlissante de l'ancien trésorier qui avait l'air de dormir le jour et de faire ses malles la nuit.

Le successeur du père Mindi était le père Gilles Lageau, un missionnaire canadien français originaire du Québec. Le père Lageau n'avait rien du missionnaire typique barbu et patelin. C'était un bel homme au nez droit et aux yeux bleus, dont la vanité reposait sur une conscience aiguë de sa beauté, de son pouvoir, de son influence et de sa mission de tout repos. Un bronzage distingué mettait en valeur ses cheveux roux et le duvet doré qui recouvrait ses bras charnus, sans cacher les belles couleurs de son visage. Il avait la démarche élégante d'un acteur de film américain ; les mouvements souples de son corps bien entretenu pouvaient s'interpréter comme un signe évident de cette puissance dont tous les séminaristes optimistes espéraient jouir plus tard. S'il était arrivé avec un air maladif et tristounet, les années dégoulinant le long de ses joues, il aurait déçu tous les séminaristes. Mais grâce à ce mélange de puissance américaine et d'arrogance française, il était apparu comme la personnification de la lutte contre la léthargie dont ils rêvaient tous. Sa réputation l'avait précédé. A son arrivée, nous savions déjà que c'était un prodige de la finance et qu'il détenait tous les atouts pour nous sortir de l'ornière de la pauvreté, de la torpeur, de la malnutrition et de tous les malaises propres au sous-développement. On le consacra sur-le-champ héros et on l'attendit comme un vrai messie.

L'homme était aussi remarquable que les circonstances dans lesquelles il arriva chez nous. L'ère des missionnaires blancs était révolue. Ils avaient fondé l'Eglise, en Ouganda, il y avait environ cent ans. Avant de partir, ils avaient construit une église dans chaque évêché, ou presque, et formé un clergé indigène, sauf dans l'évêché de Jinja où se perpétuait une culture polygame qui n'exilait pas sa progéniture dans l'arrière-pays aride des couvents. L'Eglise indigène que les missionnaires avaient instaurée se développa rapidement. Lorsque tous les missionnaires furent partis ou morts, l'Eglise eut un archevêque indigène, plus tard un cardinal et de nombreux évêques indigènes, et l'encadrement administratif assuré par l'Eglise catholique était aussi indigène. L'élément missionnaire se résorba lentement et disparut à cause de la mort des missionnaires et du déclin de l'Eglise en Europe. Si les organisations missionnaires avaient quelque chose à craindre, c'était bien cette montée de la race noire dans la mission jadis composée uniquement de Blancs. Les missionnaires conservateurs voyaient venir avec angoisse la prise de pouvoir des Noirs car la plus grande partie du travail se faisait en Afrique et il n'y avait pratiquement plus de vocations en Europe.

A cette époque, quelques missions avaient leur propre séminaire. Les séminaires épiscopaux étaient tous dirigés par des prêtres indigènes, secondés, çà et là, par un missionnaire blanc. Le poste d'un missionnaire blanc qui partait restait généralement vacant par manque de personnel. Remplacer un prêtre indigène par un missionnaire blanc était donc quelque chose d'extraordinaire. Mais le père Lageau n'était pas un prêtre ordinaire.

Si Lageau avait été bombardé sur-le-champ héros, c'est que nous, les séminaristes, les opprimés, nous croyions que cet homme blanc, nouveau, énergique serait un défi pour les prêtres noirs et que son enthousiame les entraînerait sur la voie d'une révision totale du système administratif, financier et liturgique. Toutes sortes de bruits couraient sur les motifs qui l'avaient amené chez nous. Les uns pensaient qu'on l'avait envoyé ici pour le punir d'un faute grave car, disaient-ils, personne n'échangerait de son propre gré les plaines splendides du Québec contre nos collines. Les autres, au contraire, prétendaient que Lageau avait demandé lui-même à être placé ici parce qu'il avait besoin d'un nouveau défi. Raider affirmé, il cherchait, pour caresser son ego, une firme périclitante qu'il ferait renaître de ses cendres comme un phénix. D'autres encore pensaient que Lageau était une sorte de médiateur envoyé par Rome et des financiers pour faire une enquête sur la corruption dans l'évêché et dans le séminaire, avant d'imposer les changements nécessaires. Il y avait aussi ceux qui déclaraient que Lageau était un cow-boy en quête d'aventures et qu'il s'en irait dès qu'il en aurait assez de nous. D'après les rares informations qui nous parvinrent, il avait travaillé en Asie et en Amérique latine et maintenant il se trouvait en Afrique. Quoi qu'il en soit, Lageau avait fait une entrée théâtrale et il avait pris, dans notre petit univers, une importance prépondérante.

Nous apprîmes finalement par voie officielle que Lageau avait été nommé pour remettre à flot les finances du séminaire. On chantait et dansait dans nos rues, surtout entre les rangées de lits des dortoirs. Partout les aisselles se mouillaient d'excitation juvénile à l'idée des repas fabuleux qui nous attendaient. Plus de fayots pourris, plus de maïs rongé par les vers, plus de riz à moitié cru le dimanche. Vive la *matooke* et la viande ! Vive les patates douces et le poisson ! Vive les repas délicieux, tous les jours de la semaine ! Que de choses ce riche Américain du Nord allait pouvoir faire dans ce pays où les prix étaient si bas !

La nourriture était la préoccupation majeure de notre petit monde isolé. Nous mangions pour vivre et pour libérer nos corps de désirs superflus. Nous allions nous coucher en pensant à la nourriture et la nourriture était la première chose à laquelle nous pensions en nous réveillant. Comme nous étions jaloux des bons repas quotidiens des prêtres et de leurs banquets du dimanche ! Les nonnes mettaient dans la préparation des plats pour les prêtres tout leur cœur et toute leur libido refoulée. Elles choyaient les prêtres comme elles l'auraient fait d'un superamant, un homme qu'elles désireraient rendre fou de désir en lui servant des mets épicés propres à exciter toutes les zones de son corps. A cette époque, le sacerdoce équivalait à bien manger. Bien manger était un objectif digne de toutes les luttes. C'était à table qu'on se rendait compte de l'énorme fossé qui séparait la réalité des discours : on faisait beaucoup de sermons sur l'égalité, douces paroles qui sombraient dans l'odeur infecte de notre pâtée. Moi-même, je n'avais pas trop à me plaindre depuis que je m'étais assuré, par le chantage, des rogatons des prêtres. Cependant, le contraste était ahurissant, surtout les jours où il ne restait rien pour moi.

Il y avait des périodes où j'avais l'impression de vivre dans les pages de certains livres. J'étais heureux de ne pas m'être montré égoïste. J'aurais pu, aussi bien, me renverser sur ma chaise, grignoter mes restes et laisser Mindi faire ce qui lui plaisait. Mais j'avais fait mon possible comme si j'étais un de ceux qui souffraient le plus de la pénurie alimentaire. Pas étonnant que je me balade comme si tout le séminaire avait une dette envers moi : tout bien considéré, c'était, en partie, grâce à mes sacs de merde que le millionnaire canadien français était venu ici et qu'il allait révolutionner notre vie. J'avais la sensation que les bonnes choses se cachaient toujours dans des enveloppes mystérieuses.

Le père Kaanders était très excité par l'arrivée du père Lageau. Le macho pointait sous sa vieille peau recouverte de taches de vieillesse et son regard terne s'illuminait. Sa démarche était maintenant plus guillerette et quand il relevait son pantalon sur son nombril, il le faisait d'un geste presque provocateur. Il lui semblait être revenu au temps où il travaillait dans la grande paroisse de l'évêché de Jinja, au bord du lac Victoria. Malgré l'indifférence notoire de ses habitants pour les grâces de l'Evangile, il avait choisi cet évêché. Le catholicisme s'y était dégradé parce qu'il persistait à prêcher la monogamie. Durant ses visites au domicile des paroissiens, il tombait trop souvent sur des familles où un seul homme de cinquante, soixante ou même soixante-dix ans était entouré de femmes dont la plus âgée avait cinquante ans et la plus jeune un peu plus de dix. Kaanders brûlait d'attaquer le problème de fond. Il considérait la polygamie comme une des conséquences directes du sous-développement. Les familles polygames mettaient au monde beaucoup d'enfants et avaient un très bas niveau de vie. Ils étaient tous malades, analphabètes et tombaient dans le cercle vicieux de la polygamie : plus de femmes, plus d'enfants et plus d'ignorance. Kaanders ne comprenait pas que les quelques catholiques restants puissent justifier la polygamie en alléguant que Marthe et Marie-Madeleine étaient, toutes deux, des femmes de Jésus. Il rejetait l'opinion de ceux qui disaient qu'Abraham, Joseph, et jusqu'au roi Salomon, étaient des polygames de premier ordre. Il refusait tous ces faux-fuyants et prêchait, de toutes ses forces, contre le mal de la polygamie. Il faisait remarquer que l'évêché de Jinja était le seul, dans tout le pays, à n'avoir presque pas de prêtres indigènes parce que les gens refusaient de s'amender, que les séminaristes qui étaient refusés dans d'autres évêchés se réfugiaient à Jinja où ils étaient consacrés prêtres. Les gens de ce diocèse n'avaient-ils donc aucun amour-propre ? Il refusait de considérer la polygamie comme normale, et qu'il fallait plusieurs femmes pour s'occuper du ménage. Il refusait de même l'idée que toutes ces naissances étaient nécessaires pour compenser le taux élevé de mortalité infantile. Il ne s'en laissait pas imposer par l'opinion selon laquelle la polygamie était un moyen de combattre la prostitution parce qu'elle permettait à toutes les femmes d'avoir un mari. Il prêchait, conseillait et voyageait jusqu'à l'épuisement. Il habitait dans une paroisse de vingt kilomètres carrés, avec de mauvaises routes, d'énormes marécages et de mauvaises voies de communication. Il traversait la paroisse dans tous les sens sur son vélomoteur, défiant les tempêtes tropicales, les ponts emportés par les pluies torrentielles, et visitait des endroits infestés par la maladie, où aucun Blanc n'avait mis les pieds avant lui. Les gens reconnaissaient le bruit de son véhicule et le saluaient de la main quand il passait, certains l'appelant « Flageolet tressautant » en dialecte local. « Flageolet » était un synonyme de testicule. Certains esprits frondeurs prétendaient qu'il n'avait qu'un testicule car seul un homme n'ayant qu'un testicule pouvait se dresser comme il le faisait contre la polygamie alors qu'il n'était même pas marié. Ils l'accueillaient poliment et lui offraient parfois une chèvre ou un poulet, mais ils gardaient toutes leurs femmes malgré la menace d'aller en enfer. Ce qui les intéressait c'étaient les écoles et les hôpitaux plutôt que ses bénédictions. Ils voulaient une motocyclette, comme lui, et une bicyclette et une auto pour transporter leurs produits au marché. Il condescendit à baptiser leurs enfants naturels, sinon il n'aurait eu, de toute l'année, aucune cérémonie baptismale. Il refusait la sainte communion et les autres sacrements à ceux qui persistaient dans le péché, mais peu s'en émouvaient.

Il était toujours surmené et brisé de fatigue. Les courbatures gâchaient ses soirées. On allégua que son agitation venait du fait qu'il ne prenait jamais son pied et on commença à lui envoyer des jeunes filles de quinze ou seize ans qui prétendaient avoir un démon dans l'entrejambe. Troublé, il ne comprit pas tout de suite où elles voulaient en venir ; il pensait qu'elles souffraient de blennorragie ou de syphilis et s'étonnait de la précocité de leur vie sexuelle. Mais lorsqu'elles vinrent le trouver en plus grand nombre, et toutes avec les mêmes troubles, il finit par comprendre. Il distribua quelques claques et quelques coups du fouet en peau de rhinocéros qu'il employait normalement pour chasser les cambrioleurs. Mais elles continuaient à venir et attendaient avec une patience infinie qu'il rentre pour lui parler du démon de leur entrejambe. Certaines l'attendaient depuis le matin jusque tard le soir et, s'il ne rentrait pas, elles refaisaient plusieurs kilomètres à pied pour retourner chez elles. C'est à cette époque que le père Kaanders fut terrassé par la mouche tsé-tsé. La maladie du sommeil, ajoutée à l'épuisement, l'induisit à la réflexion. Il fut malade pendant de longs mois. Il était oppressé par l'idée que quinze ans de travail n'avaient abouti à rien, en dehors des misérables petites écoles qu'il avait construites et qui avaient été emportées par les tempêtes, à la saison des pluies. Il sombra dans la dépression et lorsqu'il se remit, il demanda à être muté dans notre séminaire. Depuis lors, son amour des livres et de la vie bien réglée du séminaire n'avait été troublé que par son amnésie grandissante.

L'arrivée du père Lageau le ragaillardit. Elle lui redonna la sensation juvénile qu'ils allaient s'attaquer ensemble aux problèmes séculaires. Avec un homme jeune à ses côtés, il ne se sentirait plus isolé dans sa blancheur. Il aurait quelqu'un avec qui boire, à l'occasion, un verre de vin, avec qui parler de l'autre côté du monde.

Le père Gilles Lageau avait l'allure de Sean Connery dans le rôle de James Bond. A côté de lui, Kaanders avait l'air d'un mendigot demandant quelques sous à un as de la planche à voile californien. Avec ses cheveux filasse, son arthrose, son incontinence et ses dents cariées, il faisait piètre figure auprès du Nord-Américain plein de sous. Il ne faisait pas l'ombre d'un doute que, si une amitié devait s'établir entre les deux, ce ne serait qu'à la demande de Kaanders. Nous considérions les Blancs avec des regards d'anthropologues. Les contrastes inhérents au monde occidental nous fascinèrent, en tout cas, pendant un certain temps.

Le narcissisme sacerdotal et séminariste s'exprimait généralement par un intérêt très prononcé pour les biens matériels. Les autos, les vêtements et les meubles du personnel étaient normalement analysés dans tous leurs détails au niveau de la qualité, de la marque, du prix et de la solidité. Lageau nous stimulait en ce sens en se vantant de sa montre-bracelet en or Rado (le champion des chronomètres !) dont il prétendait qu'elle retardait au maximum d'une seconde en dix ans. Ah, la fiabilité occidentale ! Ah, la précision occidentale ! Des plaisantins avaient calculé les montagnes de nourriture que cette seule montre-bracelet aurait procurées aux deux cents séminaristes du campus. D'autres essayaient de découvrir où Lageau achetait ses chemises de couleur pastel et pantalons assortis. Un camarade qui travaillait dans son bureau nous révéla que Lageau ne portait que des vêtements français. On commentait passionnément les ceintures luxueuses, les chaussettes à carreaux et les sandales de vrai cuir qu'il portait en classe. On paria sur la question de savoir s'il possédait une soutane ou non car ni lui ni Kaanders ne portaient ces vêtements inélégants, pas même pour recevoir l'évêque.

L'apparition soudaine de cet homme flamboyant

dans une communauté tourmentée par la pauvreté marqua un point en faveur des riches. On avait pour eux une espèce de vénération subtile ; on leur attribuait des veines gonflées de générosité et on ignorait ou excusait tous leurs défauts. Peu de gens avaient l'air de s'étonner qu'un homme de quarante ans se vante ouvertement de sa montre, vu qu'il venait d'un monde où ce genre de montres était chose commune : de telles peccadilles étaient généralement considérées comme le seraient des puces sur un chien par ailleurs vigoureux.

Il y allait aussi de l'intérêt personnel de chacun de nous : on ne mord pas la main de celui qui vous nourrit, ou qui pourrait le faire. C'est pourquoi on tendait souvent l'autre joue et on montrait beaucoup de patience dans l'espoir de jours meilleurs. L'eau, n'est-ce pas, coule toujours vers les zones de moindre résistance. Et cet être puissant, cette rivière occidentale qui coulait parmi nous, serait plus porté à alléger notre fardeau si nous nous tenions tranquillement à ses pieds.

L'ignorance était une autre composante de cette attitude panachée. Nous ne savions pas grand-chose sur la vie réelle en Occident, sur la manière dont les riches, là-bas, se taillaient une part du gâteau. Presque personne ne savait comment fonctionnait la puissante machine économique occidentale dont Lageau était la personnification. On avait tendance à glorifier ce que l'on ne connaissait pas, de sorte que les Occidentaux, c'est-à-dire pour nous le père Lageau, étaient parfois l'objet d'une vénération révulsante. La plupart d'entre nous croyaient que Lageau avait été envoyé par Dieu pour servir d'intermédiaire entre les bienfaiteurs occidentaux et nous. Il pouvait ouvrir toutes les portes, assouvir tous les désirs. Les bienfaits attendus allaient de l'argent de poche à toutes sortes de produits de consommation de haute qualité et, pour commencer, la bonne nourriture. Nous savions par expérience que les prêtres qui avaient un bienfaiteur vivaient mieux que ceux qui n'en avaient pas. Ils possédaient une voiture convenable, de l'argent et de beaux vêtements. Ils allaient parfois en vacances à l'étranger. Aussi le système de récompense au centuple en faveur des prêtres qui avaient abandonné père et mère pour suivre Jésus se mit-il à clignoter à chaque apparition du père Lageau aux yeux bleus.

Cette pléthore de supputations se poursuivit pendant un certain temps. Les prêtres étaient prudents ; nous, au contraire, nous étions optimistes : tout ne venait-il pas à point pour qui savait attendre ? On ne mourrait pas d'un peu de patience supplémentaire. Et, en effet, nous n'en mourûmes pas, mais elle ne nous apporta pas non plus les fruits attendus.

Lageau ne tarda pas à nous montrer son vrai visage aristocratique : il était fermé aux opinions d'autrui, à toutes les opinions. Des larmes de douleur coulèrent sur les débris de nos rêves. Nous ne voulions pas réviser notre attitude ni renoncer à nos rêves et à notre piètre connaissance de l'Occident. Personne ne voulait admettre s'être trompé et avoir caressé trop d'espoirs car rien n'était impossible pour un homme comme Lageau qui évoluait dans un monde de richesse et de pouvoir. Mais il fallait voir la réalité en face. Lageau dit : « Certains pensent que j'ai une fortune personnelle en Europe. » Le clin d'œil qui ponctua cette déclaration provoqua un frémissement de douleur parmi l'auditoire. Si les mines d'or ne se trouvaient pas en Europe, où étaient-elles donc, nom d'un chien ? Ici peut-être ? En Sibérie ? Ou au ciel ? N'aurait-il pas mieux valu dire que le plus important n'était pas l'argent mais la manière dont on le dépensait ? Ce clin d'œil, nous le comprîmes bientôt, était une manière de faire de nous ses complices, ses confidents. Il s'expliqua : « Je reçois continuellement la visite de prêtres qui viennent me demander des autos, des chaînes stéréo, de l'argent et des bailleurs de fonds. » Ce fut dit en passant, pendant un cours de maths — c'était notre professeur de mathématiques. En fait, son explication était le sucre dont il enrobait la pilule amère qu'il nous présentait. Si les élèves ne riaient pas, il faisait un clin d'œil, tapotait sa tempe et attendait que tout le monde éclate de rire. Nous riions des prêtres naïfs, avides, matérialistes, mais notre hilarité était fausse et douloureuse, parce que nous savions bien, tous, que nous n'étions pas ses complices et que, de toute manière, c'était de nous-mêmes que nous nous moquions.

Une sensation désagréable, oppressante s'empara de moi, pareille à la flatulence produite par des fayots pourris, et qui menaçait de décapiter mon vif intérêt pour cet homme. Mes antennes étaient dressées, j'étais prêt à tout absorber comme une éponge. Je me trouvais, pour la première fois de ma vie, en présence d'un homme qui possédait tout et j'avais la ferme intention d'en tirer le plus grand nombre de leçons possible. J'avais pris une longueur d'avance sur Serenity : j'avais devant moi un de ces « millionnaires » qu'il ne rencontrait que dans ses livres. Cet homme fut le premier à me faire remettre en question l'idée de pouvoir avec laquelle j'avais grandi. Dans les périodes de crise, je me remémorais les pleurs de cinquante nouveau-nés, preuve de mon importance, plus exactement de mon ancienne importance. Je pensais souvent que ma place n'était pas au séminaire, que je vivais parmi les marmots que Grand-ma et moi avions mis au monde. J'avais l'impression de savoir des choses que les prêtres ignoraient : ce qu'il fallait faire au moment où une vie commençait sur la terre. Lageau fut le premier homme qui me fit prendre conscience de l'existence d'un autre pouvoir, un pouvoir plus destructeur qui décidait à distance de la vie de millions de personnes. J'avais honte : mon ancien pouvoir était fait de sang, de liquide amniotique et des odeurs de la naissance, tandis que son pouvoir à lui avait l'éclat de l'argent et le brillant de l'or. Il me terrifiait et m'éblouissait.

Mais la foi que j'avais mise en lui prit bientôt un

sérieux coup dans l'aile : je n'étais pas un homme de foi. Les semaines passaient mais notre nourriture ne s'améliorait pas. A mes yeux, tout chef digne de ce nom se devait d'apporter de nouvelles idées, de proposer des changements, même s'ils étaient uniquement de façade, et d'enthousiasmer les gens, la règle étant qu'un dictateur n'était jamais meilleur que son prédécesseur. Mais Lageau ne semblait pas prêt à améliorer quoi que ce fût, ce qui nous étonnait et nous révoltait en même temps. Qu'avait-il fait de l'argent ? Etait-il venu les mains vides ? Mais alors, quelle différence existait-il entre lui et le père Mindi ?

Juste au moment où le mécontentement allait se manifester, Lageau eut l'air de se rendre compte de la situation et il condescendit à nous demander ce que nous pensions du séminaire. J'eus un peu honte d'avoir mis en doute l'esprit démocratique de cet homme. Grandi dans la tyrannie, j'étais pardonnable de penser que toute autorité contenait les germes de la tyrannie. Mes camarades hésitant à prendre la parole, je levai le doigt, fier de mon courage, et passai directement à l'attaque :

— *Mens sana in corpore sano,* citai-je. Monsieur le trésorier est sûrement au courant de la nourriture infecte que l'on nous sert tous les jours : les haricots sont pourris, fades et loin d'être nourrissants ; les vers de la farine de maïs continuent à grossir et ont l'air encore plus gros dans nos assiettes. Nous aimerions avoir de la nourriture plus saine, des menus plus variés. Nous aimerions que les nonnes soignent mieux nos repas, surtout le dimanche, car ce jour-là le riz est à moitié cru et généralement plein de cailloux. Nous serions aussi très reconnaissants à monsieur le trésorier s'il voulait offrir une pompe au séminaire pour faire monter l'eau sur la colline pendant la saison sèche.

Lageau, fringué de bleu ciel, me regarda en plissant son œil gauche. Je ne me sentais pas très à mon aise. Puis il souleva ses sourcils comme James Bond avant de déclencher une bombe à distance en appuyant sur un bouton de sa montre-bracelet. La détonation suivit immédiatement :

— Tu crois peut-être que l'argent pousse sur les arbres ou coule dans les gouttières en Europe ? Je vais te dire : votre pension scolaire couvre, en tout et pour tout, huit pour cent des frais annuels du séminaire. Nous payons la plus grande partie de votre formation. Soyez heureux qu'on n'ait pas encore fait de coupes dans le budget. Je suis venu ici pour établir un compromis entre le séminaire et ses financiers et faire en sorte que le séminaire ne soit pas obligé de fermer ses portes pour manque de fonds. Grâce à des renflouements européens, je peux vous garantir que nous n'arriverons pas à cette extrémité avant la fin de vos études.

Je tremblais de tous mes membres, mes genoux étaient comme du coton et mes aisselles moites de sueur. Si je n'avais pas, dans le passé, dû payer ma rébellion à l'autorité par des coups de poing et de cravache, je lui aurais demandé pourquoi il portait des vêtements aussi voyants. L'Europe, ses amis pleins aux as et son luxe, tout cela n'avait aucun sens pour nous tant qu'on nous servait de la pâtée pour cochons. Nous nourrir correctement, c'était la moindre des choses qu'il pouvait faire. Nous continuerions à aller chercher notre eau, la plupart d'entre nous n'avaient pas connu autre chose dans leur vie. Mais la nourriture ! Je sentais que l'opinion publique se retournait contre Lageau.

La nouvelle se répandit comme une traînée de poudre. Les efforts que Lageau fit dans les autres classes pour encourager les élèves à exprimer leur opinion se heurtèrent à un mur d'indifférence. Cette attitude n'était pas dépourvue de sagesse : les gens qui parlaient pour ne rien dire n'étaient jamais respectés, surtout si, en plus, ils se vantaient. Lageau était désormais considéré comme un fanfaron qui, en contrepartie de ses vantardises, n'avait même pas la décence de nous nourrir convenablement. Sa popularité tomba en chute libre et Kaanders, auréolé de sa gloire passée, regagna la sympathie de ses élèves.

La conséquence immédiate des révélations de Lageau fut que je me réfugiai davantage dans la bibliothèque. Qu'y avait-il à attendre de ces escrocs ? La chose la plus insupportable dans une situation de dépendance, c'était de devoir accepter la compagnie de gens ennuyeux. Le général Amin, que j'avais négligé depuis quelque temps, refit subitement surface comme le Léviathan. Il prêchait toujours l'enrichissement personnel. L'important était donc que je gagne ma vie, ce qui, heureusement, correspondait aux vues de Grand-pa pour mon avenir. Mais je ne serais peut-être jamais avocat, comme il l'avait désiré ; j'élèverais peut-être des dindons et des poulets comme l'oncle Kawayida, ou je distillerais des alcools comme tante Lwandeka. En tout cas, j'étais fermement décidé à ne pas vivre comme les prêtres, à combattre la dépendance et toutes les humiliations qu'elle impliquait.

A vrai dire, nous n'étions pas nombreux à mépriser Lageau car, en dépit de son inutilité patente, plusieurs séminaristes continuaient à l'admirer. Ils avaient pour lui une espèce de respect défaitiste : Lageau était, en tout cas, plus riche que notre clergé. Il se comportait comme une star de cinéma. Il détenait l'arrogance et les privilèges que de nombreux séminaristes rêvaient d'exercer sur les pauvres fidèles après leur ordination.

— Regarde un peu nos prêtres, me disait Lwendo, ne font-ils pas pitié ? Ils lui demandent une auto, de leur procurer de riches bailleurs de fonds.

— Euh...

— Ils sont sûrement jaloux de son pouvoir. Lageau a réparé les tondeuses qui étaient dans la grange. Le séminaire n'a plus besoin de payer des électriciens.

— Peu m'importent les frais du séminaire : tant que notre nourriture reste aussi lamentable, c'est de l'argent gaspillé.

— Je travaille avec lui. Tout le réseau électrique est pratiquement remis à neuf.

— Admires-tu aussi la manière dont il gueule comme si nous étions tous sourds ? Ou bien est-il lui-même sourd ? On l'entend quelquefois à un kilomètre réclamer un marteau.

— Nous sommes un peuple lent et ne réagissons pas assez vite quand il nous demande quelque chose. Nous ferions mieux de nous secouer un peu.

— Je n'aime pas ses manières, et encore moins sa richesse, insistai-je.

— Le problème, c'est que tu ne vaux guère mieux que lui : vous avez tous les deux un ego trop important.

— Le problème ne vient pas de mon ego, mais des couilles molles de certaines personnes de ma connaissance. N'as-tu pas remarqué comme les prêtres noirs sont silencieux quand Lageau est dans les parages ? Comme s'ils avaient peur de faire des erreurs. On dirait des femmes qui se laissent maltraiter par leurs maris en attendant de pouvoir elles-mêmes maltraiter leurs enfants.

Lageau avait remplacé Mindi dans ses fonctions de saint patron du dortoir Vatican. Il était très fort en volley-ball et Lwendo me le rappela :

— Regarde comme il a fait revivre le volley-ball ; c'était un sport sans vie, à son arrivée, et maintenant il est en deuxième position sur la liste des sports choisis ! Tu vois ?

J'aimais bien regarder un match de volley-ball spectaculaire mais je préférais un bon repas.

— Ecoute, cet homme ne moucharde personne. Il nous laisse enfreindre le règlement comme il nous convient.

— Ah ! Ah ! Ah ! dis-je sans détour.

— Pourtant, je me demande ce qui est arrivé à Mindi. Il s'est effondré trop vite. On ne change pas si rapidement.

— Il est... (je m'arrêtai à temps.) Bah ! Quelqu'un lui aura peut-être mis un couteau sous la gorge et il a pris une telle peur qu'il a fait dans sa culotte. La même chose pourrait arriver à Lageau s'il ne s'arrête pas de faire le fanfaron comme si toute l'Europe lui appartenait.

— Impossible. Il est invulnérable. Où trouver un point faible chez lui ? Il me semble que tu emploies deux poids et deux mesures dans tes jugements. Tu râles parce qu'un prêtre blanc se vante, mais que faisais-tu quand le père Mindi faisait son petit chef ?

Il se mit à rire.

— Je me cachais derrière une haie...

J'avais de nouveau failli me trahir.

— Tu te cachais, tu te cachais. Tu ne faisais rien de particulier. Nous avions tous l'air de nous cacher.

Je renonçai.

Cependant, je commençais à me poser des questions sur ma famille. Un chiard loyal me tenait au courant de ce qui se passait à la maison. Il m'informa de la dernière passion de Serenity : Muhammad Ali. Serenity était sous le charme du come-back de ce héros. Le match « Rumble in the Jungle » avait eu lieu au Zaïre. Ali avait repris le titre de champion et Serenity n'arrêtait pas de chanter ses louanges.

Lorsqu'il y avait un match avec Muhammad Ali, Serenity n'arrivait pas à dormir. Il se réveillait après minuit et allait dans le salon regarder les commentaires et les interviews en attendant la retransmission du match qui commençait à quatre heures. La générosité et la désinvolture d'Ali l'étonnaient, mais sa santé l'inquiétait. Cadenas supportait avec une moue de dégoût les éternels palabres de Serenity sur la boxe.

J'avais fait tout mon possible pour éviter de revoir Serenity et sa Cadenas mais un grand évènement dans le monde catholique finit par nous réunir. Un dimanche — Lageau était tout juste devenu un des principaux acteurs de notre théâtre —, le directeur nous communiqua la nouvelle qui avait déjà mis tout le pays en effervescence. Il fit savoir aux séminaristes impassibles, préoccupés uniquement par la pâtée pour cochons qu'on allait leur servir au déjeuner, que le Saint-Père avait déclaré l'année 1975 année sainte et encourageait les catholiques du monde entier à faire le pèlerinage à Rome et en Terre sainte. Le directeur, qui avait déjà trouvé un bailleur de fonds pour son voyage et allait représenter le séminaire, nous expliqua qu'on proclamait une année sainte une fois tous les vingt-cinq ans. Il nous promit de prier tout particulièrement pour nous pendant ce pèlerinage. Comme si cela nous intéressait ! Chaque commune avait commencé à enregistrer ses pèlerins potentiels et le directeur nous demanda de prier pour notre archevêque et pour que tous les organisateurs du pèlerinage puissent s'acquitter convenablement de leur tâche. La belle affaire !

Pour limiter la discrimination, la corruption et les magouilles, on avait fixé des quotas pour chaque paroisse. Dans les communes pauvres, les plus riches avaient plus de chances car la plupart des paysans et des fonctionnaires n'avaient pas les moyens de se payer le voyage. Serenity s'était inscrit. Cadenas voulait aussi le faire, mais elle buta sur des problèmes administratifs : dans chaque paroisse, on n'inscrivait qu'un seul membre par famille ; elle ne pouvait pas, non plus, s'inscrire dans sa paroisse natale car son frère cadet, Mbale, s'était déjà inscrit, ni à Ndere Hill car elle n'en était pas originaire. Et les problèmes ne s'arrêtaient pas là, car, à supposer qu'elle arrive à s'inscrire sur une liste quelconque, Serenity n'aurait jamais pu payer son voyage sans se ruiner.

Cadenas rêvait d'être la première de la famille à baiser la main du Saint-Père et à se faire photographier à son côté, la première à mettre les pieds sur la Terre sainte, à sentir la terre qu'avaient foulée Abraham, Joseph, la Vierge Marie et Jésus-Christ. Elle voulait être la première de la famille à respirer l'air qui avait inspiré les auteurs du Livre saint. Mais, encore une fois, Mbale s'apprêtait à saboter ses plans et à démolir ses rêves.

Les sautes d'humeur de Cadenas reprirent de plus belle. Elle broyait du noir et empoisonnait l'atmosphère familiale de sa mélancolie. Elle se sentait comme une canette bloquée dans sa navette, incapable d'en sortir, sauf si quelqu'un décidait de l'enlever. Elle eut des crises d'étouffement. Elle se dit avec effroi qu'elle allait exploser et se souvint des prières amères et des jeûnes qu'elle avait faits dans la maison de Mbale après qu'on l'eut chassée du cloître. Elle aurait voulu se jeter sur la terre nue et la griffer jusqu'à en avoir les ongles ensanglantés. Ne pouvant s'enfermer pour dire des neuvaines car elle devait s'occuper de sa famille, elle croisait les bras sur sa poitrine et confiait ses problèmes à Dieu. Et, en attendant, elle tabassait les chiards à coups de cravache pour la moindre peccadille, et Serenity se rongeait les sangs.

Serenity était embroché sur les cornes d'un sérieux dilemme : d'un côté, il voulait donner une chance à la mère de ses enfants car il savait ce que ce pèlerinage représentait pour elle ; de l'autre, il désirait faire une surprise à la tante de sa femme et lui offrir ce qu'aucun autre amant n'avait pu lui offrir : un voyage à Rome et à Jérusalem qui tatouerait pour toujours le nom de Serenity dans le cœur de Nakibuka. Serenity en perdit le sommeil. Il se tournait et se retournait dans son lit, écoutait les bruits de la nuit et s'en prenait aux chiens qui s'accouplaient avec tant de chahut. Il rageait de ne pouvoir payer le voyage aux deux femmes, il se levait et allait chercher conseil dans sa bibliothèque. Il relisait *Godot* et autres héros et se demandait ce qu'ils auraient fait dans sa situation. Il était furieux à l'idée que Muhammad Ali avait tant d'argent tandis que lui, un de ses fans, était torturé par la pauvreté et incapable de profiter de cette belle occasion. Il réfléchit pendant des semaines, ballotté entre la tentation des beaux rêves et la dure réalité.

Les sœurs de Serenity, Tiida et Nakatu, avaient, entre-temps, soulevé une tempête dans leur village. Généralement peu portées vers le catholicisme, elles n'avaient aucune envie d'aller en pèlerinage mais, pour snober les familles du village, et en particulier les Stefano, elles avaient décidé que Grand-pa irait à Rome. Les deux époux musulmans de Tiida et Nakatu avaient promis de participer aux frais du pèlerinage, et aussi Kawayida, qui gagnait bien sa vie avec son élevage de dindons et de poulets. Grand-pa avait de fortes chances d'obtenir une place car les villageois étaient généralement pauvres et, après la première ruée sur les registres, il était resté quelques places.

Tiida et le docteur Ssali avaient gagné, l'année précédente, leur combat contre le Conseil de conversion et s'étaient vu attribuer une Peugeot blanche rutilante qu'on lavait et bichonnait tous les jours. Tiida adorait se rendre en auto aux réunions importantes parce que la voiture était neuve et élégante et aussi parce que l'odeur de cuir de ses sièges gris clair lui donnait l'impression qu'elle était elle-même aussi résistante. Son mari l'accompagna chez Serenity pendant la pause du déjeuner. Elle sortit de l'auto, toute pénétrée de l'odeur de cuir et de l'assurance que son adversaire n'avait aucune chance d'avoir le dessus. Son but était de forcer Serenity à participer aux frais du pèlerinage de Grand-pa. Elle aurait pu aller le voir à son bureau, mais elle s'était dit que la majesté de sa présence dans cette pagode, et dans les circonstances actuelles, aurait plus d'effet.

Pendant qu'elle observait la pagode en imaginant le chaos qui avait accompagné l'exode des Asiatiques, elle se disait qu'elle pouvait être fière de la situation de sa famille. Serenity, ou Mpanama comme elle avait l'habitude de l'appeler quand il portait encore des culottes courtes et s'accrochait aux jupes de toutes les femmes grandes qui passaient, habitait donc ici, dans une maison bâtie par les Asiatiques et qui, en effet, était bien différente de sa sombre maison de célibataire. Il habitait ici, en plein centre-ville, vivant avec son temps et plein d'ambitions. Son affiliation au syndicat du travail avait été une manœuvre géniale, elle devait le reconnaître. Jadis, dans leur adolescence, elle avait pensé que Serenity était trop mou pour réussir. Elle avait craint de le voir rester pauvre, porter des pantalons rapiécés et s'endetter jusqu'au cou simplement parce qu'il n'était pas assez malin pour se pousser dans la vie. Mais maintenant, après tant d'années et tous les bouleversements survenus dans la famille, elle trouvait qu'il s'en était mieux sorti que les Stefano. Voilà un père et un fils qui s'apprêtaient à partir pour Rome, Kawayida et elle avaient tous les deux une auto et Serenity était membre du comité de gestion du syndicat. Les Stefano ne comptaient plus. Le vieux Stefano luttait contre les séquelles d'une embolie cérébrale qui avait paralysé la moitié gauche de son corps. L'étoile de la famille Stefano s'était éteinte.

Tante Tiida savait bien que ce genre de rivalités n'intéressait pas Serenity, mais elle allait l'asticoter, éveiller en lui un sentiment de culpabilité et le convaincre qu'il devait cette dernière faveur à son père en reconnaissance de tout ce qu'il avait fait pour lui. Elle lui rappellerait que Grand-pa lui avait donné un morceau de terrain pour y construire sa maison de célibataire et qu'il avait joué un grand rôle dans l'organisation de son mariage. Elle pensait avoir Mpanama à sa poigne. Elle n'avait rien laissé au hasard. C'est pourquoi elle arrivait ici, bien décidée à neutraliser sa belle-sœur et à la reléguer dans un coin de sa propre pagode. Cette villageoise, dont la maison de famille avait été sauvée de l'effondrement par les soins de son frère à elle, ne pouvait rien faire contre elle. Tiida allait la remettre à sa place, dans le coin le plus reculé.

Comme beaucoup de gens qui viennent d'acquérir un nouveau symbole de prestige social, Tiida pensait que sa Peugeot flambant neuve lui conférait une supériorité notable sur les autres et, en effet, la villageoise que son frère avait épousée ne possédait rien qui puisse rivaliser avec une voiture de fabrication française. Au point où en étaient les choses, il était peu probable que Serenity puisse un jour se permettre une auto. Pas avec cette ribambelle de gosses, pas avec toutes ces responsabilités. Tiida pensait donc avoir tous les atouts en main pour en imposer à son frère.

Ce qu'elle ignorait, c'est que Cadenas n'avait pas changé pendant toutes ces années. Dans ses veines coulait encore le poison de l'hydre qui la rendait insensible aux biens matériels. Elle continuait à nourrir un profond mépris pour les biens acquis d'une manière scandaleuse. Et une personne qui échangeait son prépuce et sa religion contre un bout de tôle recouverte de peinture était à ses yeux tout ce qu'il y avait de plus méprisable. D'après elle, la Peugeot avait été achetée au Diable, par des moyens dignes du Diable ; ses propriétaires ne méritaient aucun respect, et elle ne leur en montrerait aucun, sûrement pas sous son propre toit.

Cadenas reçut Tiida avec un formalisme offensant, comme si elle se trouvait en face d'une folle qu'elle devait traiter avec mille précautions de peur qu'elle ne lui fasse une crise psychotique. Elle joua la petite fille intimidée en face d'une visiteuse de sang royal. Elle bloqua tout sujet de conversation par ses réponses courtes, faites sur un ton de politesse exagérée. Elle se retrancha derrière la tactique appliquée le jour de son mariage : une courtoisie distante qui laissa Tiida sans défense et l'obligea à chercher des moyens de lever les barrages.

Tiida ne fut pas intimidée — elle l'était rarement — mais elle eut l'impression d'être assiégée, confuse, incapable de fonctionner dans un climat aussi glacial. Elle sentait comme un nœud qui empêchait son pouvoir, son charisme, son don de persuasion de se manifester librement. Cadenas n'était pas le genre de femme qui lui en imposait normalement. Au contraire, c'étaient les femmes plus riches qu'elle, plus élégantes ou plus jeunes, plus évoluées, qui lui faisaient battre le cœur plus rapidement et, même dans ce cas, elle n'en laissait généralement rien paraître. Elle fut assaillie par l'idée étrange qu'elle avait fait, jadis, quelque chose de mal et qu'elle était en train de le payer. Mais, avec toute la bonne volonté du monde, elle n'aurait pas su dire en quoi elle avait trompé la femme de son frère. En fait, elle était la seule de la famille à avoir pris quelquefois sa défense, surtout sur la question de sa fertilité.

On mit beaucoup de soin à lui servir des rafraîchissements dans un silence qui rendait la maison et l'après-midi encore plus oppressant. Tiida regardait les petits morceaux d'orange pressée qui nageaient dans le liquide jaune et elle se disait que son esprit se trouvait dans les mêmes conditions, incapable d'imaginer un plan d'attaque ou de défense. Elle se rendit compte que sa belle-sœur n'avait même pas pris la peine de demander des nouvelles de ses enfants. Etait-ce parce qu'elle habitait maintenant en ville où les bonnes manières du village n'étaient pas d'usage et où les ménagères se conduisaient comme des petites reines dans leurs royaumes poussiéreux ? Ou était-ce parce qu'elle, Tiida, était mariée avec un musulman, que ses fils étaient circoncis et que sa belle-sœur catholique la désapprouvait ? C'était la première fois qu'on traitait Tiida de la sorte, et cela la rendait furieuse. Jadis, une infirmière qui travaillait dans le même hôpital que son mari avait essayé de miner sa position, probablement parce qu'elle rêvait de lui prendre le docteur Ssali. Tiida lui avait dit son fait une seule fois ; un peu plus tard, elle avait appris que l'infirmière avait demandé sa mutation. Elle lui avait dit simplement de ne pas mettre ses sales pattes sur le docteur si elle tenait à les garder intactes. Qu'est-ce que cette femme avait bien pu croire ? Qu'elle lui couperait les mains ? Quoi qu'il en soit, ça avait marché. Mais dans la situation actuelle, elle ne savait pas comment s'y prendre, et sa colère grandissante avait l'air de se retourner contre elle.

La vue de cette Tiida, élégante mais perdant pied, confirma Cadenas dans son intention d'aller à Rome. Elle allait montrer à cette femme qu'on pouvait combattre la pauvreté en travaillant honnêtement et que le catholicisme était encore puissant dans cette société. Elle allait montrer à cette femme et à la femme de Kawayida qu'elle était capable de défendre ses droits. Elle voulait que Tiida se confesse et se distancie des paroles haineuses de la femme de Kawayida. Elle voulait que Tiida avoue qu'elle ne l'avait pas défendue, comme aurait dû le faire une belle-sœur digne de ce nom, contre la femme de Kawayida. Le jour où Tiida et son mari étaient allés dans leur nouvelle Peugeot rendre visite à Kawayida, sa femme avait dit : « Quel dommage que Nakkazi ne soit pas assez intelligente pour confectionner des robes avec des plumes de poulets ! A mon avis, ce serait le seul moyen pour eux d'acheter une auto. » Et cette même femme avait exprimé le regret que les frères de Cadenas ne soient pas capables de transformer en briques et en carreaux les excréments de leurs dindons : ils auraient pu ainsi construire une cuisine convenable pour leurs parents. Cadenas voulait maintenant entendre une confession de la bouche de Tiida. Mais Tiida n'avait absolument pas l'intention d'aggraver sa situation, déjà précaire, en se mettant à genoux devant la terrible femme de son frère. Elle avait de l'orgueil, et même à revendre : elle n'allait pas s'aplatir devant une paysanne.

Pour ne pas laisser planer de doutes sur ses intentions, Cadenas sortit du salon à reculons après avoir servi les rafraîchissements. Et lorsque les enfants rentrèrent de l'école, elle leur intima de se tenir tranquilles et de ne pas ennuyer la visiteuse sinon elle leur arracherait la peau du dos. Elle se retira dans son poste de commandement et fit ronronner la machine. L'aiguille piquait l'étoffe, la Singer remplissait la maison des bruits monotones de son voyage sur place et répandait dans la cour la joie vindicative de la maîtresse de maison. A intervalles très espacés, Cadenas entrait dans le salon pour surveiller sa visiteuse, comme on surveille une vipère venimeuse qui s'est lovée dans un beau vase en porcelaine. Elle prononçait quelques mots de politesse ironique, puis laissait Tiida étouffer dans la chaleur de sa déconfiture.

Au moment où Serenity rentra de son travail, Tiida regrettait déjà en secret de l'avoir attendu. Ses yeux d'habitude si clairs étaient maintenant injectés de sang, son front et les ailes de son nez, humides de sueur. Elle avait envie de hurler et de lancer les pires injures à la tête de sa belle-sœur. A cinq heures, au début des émissions nationales, Cadenas avait daigné allumer la Toshiba puante pour lui tenir compagnie. Tiida était énervée par le déferlement précipité des images de dessins animés américains et par leur bavardage nasal qui, pour elle, n'était que du baragouin parce qu'elle n'en comprenait pas un traître mot. Les machins blancs et noirs volaient, se tamponnaient, se catapultaient, roulaient en auto les uns sur les autres et effectuaient toutes sortes de cabrioles que seuls des enfants ou des idiots pouvaient apprécier. Pour calmer un peu sa rage folle, Tiida se mit à penser au docteur Ssali. Elle aurait voulu qu'il vienne la chercher, qu'il écrase sous la Peugeot la femme de son frère, qu'il soit assez riche pour payer tout seul le voyage de Grand-pa et qu'elle n'ait pas à supporter les humiliations de cette femme.

Lorsque Serenity entra, elle était si furieuse qu'elle n'arriva pas à proférer un mot ni, à plus forte raison, à mettre de l'ordre dans ses idées.

Serenity invita sa sœur à faire une promenade. Il

faisait presque nuit. Un brouillard fin descendait au loin, coiffant le sommet des hauts édifices et des collines lointaines. Ils n'allèrent pas vers la station-service, car Serenity ne tenait pas à la présenter à ses amis. Serenity lui dit qu'il était très fatigué car il se trouvait en pleine campagne pour le poste de trésorier du syndicat des employés des postes. Il lui parla des longues réunions, des tournées électorales et des visites à domicile. La campagne lui avait fait perdre le sens de la réalité et le sommeil. Il souhaitait gagner les élections et avoir accès à des ressources supplémentaires. Il était furieux parce que quelqu'un d'autre lui avait soufflé la présidence. Mais il n'avait pas à se plaindre : les amis de Hadj Gimbi s'en étaient occupés, avaient éliminé un musulman et appuyaient sa candidature au poste de trésorier.

Serenity n'arrêtait pas de parler et il pérorait devant sa sœur comme jamais auparavant. Tiida se sentait poussée au second plan et s'émerveillait de l'éloquence de son jeune frère et de ses succès. Elle le voyait bien maintenant comme représentant d'autres personnes, un peu anguleux peut-être mais capable. Avant même qu'elle ait dit la raison de sa visite, il avait déclaré qu'il ne lui restait absolument plus d'argent : il allait à Rome pour renforcer son crédit de chef syndicaliste, dit-il. Tiida était d'accord avec tout ce qu'il disait et se demandait tristement si, à son arrivée ce matin-là, elle avait eu affaire à une femme ou à un chien. Tant de malchance ne pouvait pas être le simple fait du hasard.

— Ta femme va-t-elle avec toi ? demanda-t-elle poliment alors qu'elle frémissait de rage contenue.

— Elle voudrait bien mais elle n'a ni argent, ni paroisse où s'inscrire.

Tante Tiida ne put retenir une méchanceté :

— Sa famille n'a jamais été très forte sur le chapitre des finances.

— Mais son frère cadet, mon beau-frère, est inscrit, dit-il avec fierté.

— Où a-t-il pris l'argent ?

— Il y va sur les ailes d'un de ses cochons, dit Serenity pour rire, se rappelant vaguement une histoire de cochons volants, mais sa sœur ne comprit pas.

Elle fit une grimace parce que les cochons étaient considérés comme impurs par la religion de son mari. Les membres de la famille de la femme de son frère étaient pour elle des cochons et elle ne voulait rien avoir à faire avec eux.

Tiida éprouvait une pénible sensation de défaite, semblable à celle qu'elle avait connue lors du fléau des mouches et des têtes de chiens et lorsque les voisins avaient déclaré que la conversion de son mari à l'islam était une malédiction. Elle n'aurait pas dû venir ! Elle était accablée par la mauvaise nouvelle qu'elle devait porter, par le poids de cette négociation qui n'en était pas une et par l'insuccès humiliant de son charme personnel. Elle entendit de nouveau la voix de Serenity lui demander comment ils s'étaient procuré la Peugeot et elle sentit sa colère monter. Mais il n'avait posé la question que pour adoucir l'effet de son échec.

— Une question de politique au sein du Conseil de conversion. Certaines têtes devaient tomber et, dans l'euphorie de sa nomination, le nouvel homme a réglé les arriérés, dit-elle avec langueur en pensant à Nakatu.

Sa sœur avait probablement prévu l'échec et avait refusé de l'accompagner.

La visite de Tiida ne fit que souligner la piètre situation financière de Serenity. Où allait-il prendre l'argent nécessaire ? Il espérait en secret une aide de Hadj Gimbi, mais il pouvait difficilement la lui demander après tout ce que celui-ci avait déjà fait pour lui. Serenity était pareil à une vipère qui vient d'apercevoir un lapin dodu : pour l'avaler, elle devrait se décrocher les mâchoires, souffrir les douleurs de la digestion et ensuite raccrocher ses mâchoires. Etait-il prêt à prendre un tel risque ? Oui, se dit-il, mais comment présenter la chose ? Il y avait d'autres empêchements auxquels il fallait réfléchir : et si les amis de Hadj Gimbi en avaient assez de lui et demandaient un service en contrepartie ? Par exemple de verser des sommes importantes du syndicat sur un compte secret ? Cette pensée le tortura pendant des semaines.

Quand il rejoignait ses amis à la station-service, il était soucieux, silencieux comme sa femme, réagissait à contretemps aux plaisanteries qui se disaient et montrait le plus souvent une distraction qui commençait à ennuyer ses amis.

— Je ne savais pas que les trésoriers dormaient le jour et comptaient l'argent la nuit, dit pour le taquiner Mariko, un ami protestant qui ne disait pas grand-chose lui-même mais gagnait toujours aux cartes.

Tout le monde se mit à rire, Serenity aussi.

Hadj Gimbi entreprit de raconter le pèlerinage qu'il avait fait à La Mecque et à Médine, cinq ans auparavant. Plus il en parlait, plus il s'excitait, comme si chaque phrase le rapprochait du cœur flamboyant du pèlerinage et de la signification qu'il avait pour lui.

— Les gens étaient comme des grains de sable sur une immense étendue !

— Et tous habillés en blanc, murmura Serenity, rêveur.

C'était la première fois depuis des semaines qu'il s'animait. Il imaginait des anges qui planaient au-dessus d'une plaine céleste.

— Raconte un peu comment ça se passe à Rome, lui demanda Hadj Gimbi.

— J'aimerais bien le savoir, dit Serenity.

— Parle-nous de toutes ces femmes en jupes courtes qui attendent, languissantes, la venue du pape, continua Hadj avec un sourire coquin.

— Hélas...

— Mais pourquoi n'y vas-tu pas ? Nous pourrions ainsi avoir le récit d'un témoin oculaire. Achète une caméra et fais de belles photos en couleurs pour tes amis, suggéra Hadj Gimbi, et les autres approuvèrent en chœur.

— L'argent, dit prudemment Serenity, et tout le monde éclata de rire.

— Il y a toujours un obstacle, si ce n'est pas l'argent, c'est autre chose. Mais dis-moi, ce pèlerinage se fait tous les... ?

— Vingt-cinq ans, répondit Serenity.

— C'est ça : vingt-cinq ans. Le nôtre a lieu tous les ans. Que veux-tu raconter à tes petits-enfants ? Que tu n'as pas pu y aller parce que tu n'avais pas d'argent ? L'argent, mon vieux, se trouve toujours, mais une telle occasion ne se produit qu'une fois tous les vingt-cinq ans.

Tout le monde était de cet avis.

— J'ai une idée, dit Hadj Gimbi, les yeux brillants.

— Dis !

Serenity rapprocha sa tête de celle de Hadj. Il était clair qu'il voulait garder l'idée secrète, mais Hadj n'aimait pas les secrets. Il n'avait rien à cacher, disait-il toujours.

— Commande, au nom du syndicat, trois mille rouleaux d'étoffe à la fabrique nationale de Jinja. Vends-les au marché noir et paye-toi un voyage à Rome en avion avec « Hadjati », dit-il en faisant allusion à Cadenas.

Tout le monde se mit à rire.

— L'argent, dit Serenity, tristement.

— L'argent, murmura Hadj, ironiquement.

— L'argent, dirent les deux autres amis en chœur.

— Pour plus de sûreté, il vaut mieux commander cinq mille rouleaux. Ainsi tu n'auras plus de soucis d'argent. Il suffit que tu vendes le bulletin de livraison aux marchands du marché noir, ils s'occuperont du reste.

— Le service de la Sûreté, dit Serenity, mi-figue, mi-raisin.

— Le service de la Sûreté ? demanda Hadj Gimbi comme s'il n'en avait jamais entendu parler.

— Le service de la Sûreté ? renchérirent les autres.

— Tu es un vrai chef et, comme tous les chefs, tu as la folie des grandeurs, dit Hadj à Serenity. Ces gens-là ont d'autres soucis en tête, crois-moi. Ah ! ah ! ah !

En bon mari et en homme sage, Serenity ne dit rien à sa femme. Cadenas, vexée que son mari réagisse avec tant d'indifférence à ses problèmes, insistait pour qu'il entreprenne quelque chose avant qu'il ne soit trop tard.

— Tu n'es même pas inscrite, se défendait-il, tandis qu'il se demandait avec angoisse si les hommes de la Sûreté ne viendraient pas le chercher à son bureau le lendemain matin pour le flanquer dans le coffre d'une auto et le jeter au fond d'un bois ou d'une rivière ou dans une prison immonde.

— Fais quelque chose.

— Nous verrons.

— Il ne suffit pas de dire : « nous verrons », tu le sais très bien.

— Nous verrons, dit-il pour la énième fois. J'ai dit que nous verrons.

Le général Amin savait mettre tous ses atouts dans son jeu. Il savait qu'il perdrait un capital politique important s'il permettait aux catholiques de se servir des dollars subventionnés[1] de la Banque de l'Ouganda. Il voulait convaincre définitivement les catholiques de l'importance qu'il avait dans leur vie, surtout pour ce pèlerinage. S'inspirant du système

1. Il s'agit de dollars que le gouvernement autorise la Banque d'Etat à revendre à des particuliers, pour certains usages précis, à un cours inférieur au cours officiel, ce qui constitue une forme de subvention (*N.d.T.*).

des quotas, il en proposa trois. Le premier de cinq mille personnes qui reçurent les papiers officiels nécessaires ainsi que des dollars et se virent chargées de représenter officiellement le pays. Par des voies officieuses, on vint à savoir qu'il y avait encore des places pour ceux qui pouvaient se procurer des devises étrangères. C'était le deuxième quota, qui était composé de gens appartenant à l'élite, qui avaient de l'argent et des relations. Mais les députés à la Chambre avertirent que ceux qui vendraient les dollars de l'Etat au marché noir seraient arrêtés et leurs passeports déchirés. Les catholiques se sentirent blessés qu'on puisse les soupçonner d'une telle bassesse.

Cadenas était déprimée, Serenity au septième ciel : les cinq mille personnes sélectionnées pouvaient partir sans que ça leur coûte les yeux de la tête et il en faisait partie ! Ça avait marché : il avait vendu le bulletin de livraison, s'était assuré qu'on le payait en argent comptant, et les marchands n'avaient pas pointé leur revolver sur lui, ne l'avaient pas flanqué dans le coffre d'une voiture. C'était une révélation. Pour remercier Hadj Gimbi, il lui avait offert une chèvre énorme avec des mamelles qui traînaient presque sur le sol. Il passa aussi tout un week-end avec Nakibuka, acheta des vêtements pour elle et pour ses enfants, mais ne lui dit pas l'origine de cet argent.

Un beau jour, en fin d'après-midi, Serenity monta avec trois cent quarante-neuf autres passagers à bord d'un jumbo-jet d'Alitalia. Ce qui l'avait le plus frappé, se souvint-il plus tard, c'était la vue aérienne du lac Victoria : le lac ressemblait à une flaque de mercure de forme elliptique. Le lendemain matin, il atterrissait à Rome, ressuscité, sa vie transformée. La ville frémissait, soupirait, bruissait sous les pas des pèlerins venus du monde entier, des touristes et de ses propres habitants.

Serenity visita avec beaucoup d'intérêt les monuments anciens, le Colisée, les maisons romaines, les musées et tout ce qui faisait revivre les personnages des cours d'histoire de sa jeunesse. La Renaissance, la Réforme, l'Eglise primitive, l'Empire romain : toutes ses connaissances s'animaient maintenant qu'il les voyait dans leur contexte où se rejoignaient le passé et le présent. La ville lui donnait l'étrange impression de se retrouver chez lui.

Serenity se tenait sur la place Saint-Pierre, au milieu de la foule, muet d'admiration. Il reçut un morceau de pain des mains du vieux pape et s'émerveilla de son nez crochu et de la fragilité de ses traits que tout l'apparat n'arrivait pas à camoufler. Il avait du mal à croire qu'une créature aussi délicate pût être le chef d'une organisation aussi monstrueuse, vaste et puissante, que l'Eglise catholique. Que savait-il de lui, cet homme ? Que savait-il des catholiques en Ouganda ? Que savait-il des gens qui le prenaient le plus au sérieux ? Qu'avait-il fait, réellement, pour eux si ce n'est les nourrir de ses dogmes ? Et pourtant, il influençait leurs vies comme s'il les connaissait personnellement !

Aux yeux de Serenity, cet homme ressemblait à un tatou qui contrôlait son immense organisation depuis sa résidence souterraine et remontait parfois à la surface, sous une carapace de dogmes, pour montrer au monde qu'il avait toujours les rênes en main. Couvert de vêtements fastueux et des plus précieux bijoux, ce tatou monstrueux semblait être sorti de son poste de contrôle souterrain pour les éblouir un bon coup. Il parlait avec la lenteur calculée d'un homme qui se sait assuré d'une audience éternelle et sa carapace magnifique brillait comme si elle avait été trempée dans le sang de la puissance impériale. Le saint tatou se déplaçait avec une grâce arthritique. Son corps respirait l'indifférence de la puissance suprême. Sa personne était un tissu de contradictions : il prêchait aux autres la négation sadique du corps tout en couvrant le sien d'or. Il avançait avec la distinction majestueuse des saints dictateurs, des tyrans qui n'avaient pas peur du lendemain, des despotes impériaux qui contrôlaient de très loin les vies de centaines de millions de personnes.

Au tournant du siècle, les agents de ce saint tatou étaient venus en Ouganda, avaient attaqué les agents d'autres religions, avaient entrepris des guerres sanglantes et avaient corrompu la politique du pays pendant que lui dormait tranquillement dans son lit. Les descendants des Ougandais qui avaient péri dans les guerres de religion se bousculaient maintenant pour baiser son anneau, recevoir sa bénédiction et se faire photographier à ses côtés. Tout était oublié ! Tout était pardonné ! Serenity pensa à sa femme. Il était outré à l'idée que cet homme, qui l'avait marquée pour la vie et avait fait d'elle une femme rigide et frigide, ne sût rien d'elle ni des problèmes que l'obéissance à ses principes et à ses dogmes implacables lui avait causés, à lui, son mari.

La nuit, dans sa chambre d'hôtel, Serenity repensait aux événements de la journée. Les pèlerins riches allaient chez les prostituées. L'un d'eux se fit dévaliser, un autre s'égara et erra toute la nuit. Les femmes avaient un hôtel à part où leurs partenaires venaient les rejoindre pour des orgies bien arrosées et où certaines d'entre elles furent agressées par des zigotos qui se faisaient passer pour des photographes.

De sa fenêtre, Serenity pouvait voir les prostituées faire le trottoir, vanter leur marchandise aux hommes qui passaient, négocier, entrer dans des autos ou en sortir ou regarder simplement d'un air ennuyé parce qu'elles étaient lasses d'attendre. Il ne comprenait pas qu'elles soient si chères : elles ne lui inspiraient qu'une grande indifférence ; il ne lui serait pas venu à l'idée de gaspiller une partie de son précieux revenu du marché noir pour une misérable putain. Il se languissait de Nakibuka qui aurait pu lui donner, ici, quelques instants merveilleux. Il ne mangeait qu'une fois par jour pour faire des économies, mais il se sentait rassasié. Il avait l'impression de se nourrir de rêves. Jésus-Christ dans le désert. Ce n'étaient pas les tentations qui manquaient, mais il n'y succomberait jamais.

Serenity acheta des souvenirs, mais il perdit la tête pour une plaque en bronze qui représentait la légende de Remus et Romulus. C'était ce qu'il cherchait inconsciemment, ce que les oiseaux noirs portaient dans leurs becs. La louve, grande, dominatrice, dressant un museau menaçant vers des intrus invisibles, occupait le milieu de la plaque. Ses tétons enflés ressemblaient à des fruits étranges. Ses yeux étaient voilés par la joie et le plaisir de la tétée. Les jumeaux, nus et doux comme des porcelets, tétaient le lait diabolique tandis que la louve arc-boutait son corps pour les protéger.

C'était trop pour un enfant abandonné par sa mère et laissé en proie aux lubies cruelles des femmes de son père. Il serra la plaque contre son cœur comme si on risquait à tout moment de la lui arracher. Le marchand, un vieil homme avec une grosse moustache et des yeux gris, le regardait, intrigué : Serenity, son premier client ce jour-là, avait un comportement étrange.

Les sauterelles se livraient à des grignotements frénétiques dans la poitrine et le ventre de Serenity. Il en oublia presque où il se trouvait, dans une rue transversale pleine de touristes en shorts et en mini-jupes, qui passaient près de lui tels des fantômes en papier. Une coulée de boue semblait l'emporter loin de ces gens, de leur ville et de leurs marchandises, le long de la tour de la paroisse de Ndere et le long des marécages, au pied de Mpande Hill, jusqu'au cœur de son village.

Le marchand proposa de lui faire un prix s'il prenait trois plaques. Serenity se réveilla tout à coup. Cet homme lui rappelait le Violoneux et les seins de son entrejambe. Un orgue de Barbarie venait du bout de la rue. Il se souvint qu'il avait désiré apprendre à jouer du violon. Le marchand réitéra son offre, regarda Serenity fixement et dissimula son malaise grandissant derrière un large sourire. Le message de la plaque était trop personnel pour être confié à Hadj Gimbi ou à Nakibuka ; non, il n'en prendrait qu'une, pour lui tout seul.

Le reste de son séjour à Rome passa dans une brume rapide. A des éclairs de lucidité et de conscience euphorique, pour un tableau qui l'avait frappé, par exemple, succédaient des périodes d'hébétude où il suivait le flot, le trafic, la foule. Les autocars, les saintes messes, plus tard la visite de Lourdes, tout cela avait quelque chose de surréaliste. Il avait l'impression de glisser.

Serenity avait acheté un immense rosaire, long d'un mètre, avec des grains gros comme des tomates. Il détestait ce machin et le cliquetis des grains de bois qui accompagnait chacun de ses mouvements. Ses compagnons de voyage le portaient avec orgueil pour montrer qu'ils étaient des pèlerins et non de simples touristes, mais lui ne partageait pas leur enthousiasme, il se voyait plutôt comme une réclame ambulante du commerce ecclésiastique.

Serenity se ranima en Israël. Il y faisait sec et chaud et un brouillard de sable grisâtre planait dans l'air. Il reconnut les fortifications de Jérusalem, cet éternel théâtre de violences. Il se représenta la ville au fil des siècles, sa destruction et sa reconstruction, sa montée et son déclin, l'éternel ballottement entre guerre et paix, à travers les siècles et jusqu'à nos jours. Comment pouvait-elle résister à une telle concentration de l'Histoire à l'intérieur de ses murs ?

Serenity avait atterri au cœur de l'Ancien Testament. Il se souvint de quelques guerres, des luttes intestines et des épreuves souffertes par Moïse durant son commandement. Lui-même chef, quoique d'un calibre bien plus modeste, il comprenait la position insoutenable de Moïse, coincé entre la volonté de Dieu et le désir des Israélites. Il se souvint de la légende du Veau d'or et des serpents et se demanda pourquoi Dieu avait choisi d'opérer dans un tel climat de violence. Serenity n'en apprécia que davantage l'esprit révolutionnaire de Jésus. Les récits sur les pauvres, les déplacés, les victimes du colonialisme et de la cupidité des Romains firent sur lui une grande impression. A l'époque de Jésus, les gens avaient eu besoin d'un chef charismatique pour les débarrasser de la gangue d'oppression et de misère qui les entourait. Il se sentait un peu comme Jésus. Il aurait aimé être, lui aussi, le héros d'une mythologie. Il aurait aimé que les paysans de l'Ouganda puissent se transmettre son histoire et celle de sa famille de génération en génération. Il prit conscience du fait que son désir enfantin d'apprendre à jouer du violon renfermait déjà les germes de ce désir. Il voulait dès cette époque devenir une personnalité plus forte que le temps. Un esprit du genre de Jésus-Christ qui aspergerait de son nom les sables du temps. Un esprit libre qui inspirerait les étrangers en fécondant leur esprit avec les semences universelles des fruits de leur propre pays. Mais que pouvait-il offrir aux paysans de son village et aux habitants des quartiers pauvres de sa ville en échange de l'éternité ? Ses exploits de trésorier du syndicat ? Les hauts faits de son père quand il était *chief* ? Les prouesses de sage-femme de feu sa tante ? Quelles semences universelles renfermait le fruit d'arbre à pain du nom de Serenity ?

Certains pèlerins se mirent à pleurer en mettant les pieds sur la Terre sainte. C'était trop écrasant pour ces paysans qui n'avaient jamais imaginé une chose pareille quand ils labouraient les champs, cueillaient le café, nourrissaient leurs chèvres et leurs cochons. Les puissants de la terre étaient tous venus ici et maintenant — ô, miracle ! — ils foulaient eux aussi cette terre. Ils étaient émerveillés par les techniques modernes qui permettaient aux Israéliens de faire de l'agriculture dans le désert. C'était un miracle sorti tout droit des récits bibliques qu'ils avaient entendus dans leur jeunesse. Serenity était, lui aussi, épaté par le niveau de leur technologie. Mais ceux qui en jouissaient avaient perdu ce don d'émerveillement : pour eux, tout était aussi naturel que la présence de pois dans les cosses : quelle tristesse !

Les nuits étaient fraîches et calmes, bien différentes des journées torrides et trépidantes de son pays qui, maintenant, lui manquaient. Elles lui permettaient de se retrouver seul et de se détendre. Voilà trois semaines qu'il n'avait pas caressé Nakibuka. Le miracle de son ardeur brûlait ses entrailles et le mettait à rude épreuve.

L'arrivée de Serenity à l'aéroport d'Entebbe le dégrisa. Il descendit de l'avion avec, à son cou, l'affreux rosaire dont les grains en bois et les maillons de fer cliquetaient comme une chaîne de chien et se dirigea vers le hall d'arrivée. Au premier étage, agglutinés contre les verrières qui avaient vue sur les pistes d'atterrissage et, plus loin, le lac d'argent, les parents et les amis faisaient de grands gestes et poussaient des exclamations ; c'était un mélange de ululements, de chants passionnés et d'appels aigus. Serenity, ahuri, agita son bras lui aussi. Il était de nouveau chez lui : Cadenas, Kawayida, Nakatu et Hadj Gimbi étaient parmi les gens qui l'entouraient et l'aspergeaient de l'huile de leur joie et de leur soulagement. La tristesse qui l'avait assombri toute la nuit dans l'avion s'était dissipée comme la brume matinale sous le soleil.

Le poing pragmatique d'Idi Amin était resté fermé pendant quinze jours et il frappa Serenity en plein visage. Pendant son absence, le général avait mis quatre cents nouvelles places et des changes avantageux à la disposition du peuple. Cadenas ne dormait presque plus depuis cinq jours : Mbale avait retenu une place pour elle dans leur commune ! La soudaineté de ce coup de chance lui avait fait craindre qu'un malheur ne vienne neutraliser ce bonheur inespéré. Serenity aurait pu ne pas revenir : les avions explosaient régulièrement de nos jours ou s'écrasaient contre une montagne. Et il était revenu ! Mais où allait-il prendre l'argent du voyage ? « Nous verrons ; nous verrons », dit-il. Impatiente jusqu'à la mœlle des os et le cœur serré d'angoisse, Cadenas restait taciturne et un peu renfrognée au milieu de la joie générale. Une foi aveugle l'avait soutenue avant le revirement surprenant d'Amin et maintenant elle comptait sur sa foi aveugle pour le succès définitif. Elle n'osait pas regarder plus loin : le puits des analyses et des spéculations était trop profond pour oser s'y jeter. La vue de Serenity la remplissait d'orgueil, son Serenity à elle qui était si distingué. Elle essayait d'être joyeuse et de le montrer dans l'espoir que sa joie serait récompensée. Etait-il vraiment allé à Rome ? et à Lourdes ? et en Terre sainte ?

Le retour à la maison fut une épreuve douce-amère. Tout le monde parlait en même temps. La voix de Hadj Gimbi bourdonnait et Cadenas était heureuse de constater que même les païens louaient Dieu maintenant : comme si les pierres s'étaient mises à crier. Cadenas ne ressentit plus aucune haine pour ce barbu, ni pour Kawayida, ni pour sa femme ; et non plus pour Nakatu qui restait une énigme peu intéressante pour elle.

A la maison, ce fut un joyeux branle-bas. Une importante délégation du syndicat des postes, catholiques, protestants, musulmans et païens confondus, avait profité de l'occasion pour organiser une fête et faisait comme si la pagode lui appartenait, aboyant des ordres, servant généreusement à boire et à manger et entonnant, de temps à autre, un chant tonitruant. Cadenas aurait préféré une soirée tranquille, mais ces énergumènes n'avaient aucun respect pour les troubles dus au décalage horaire et autres problèmes de luxe. Ils étaient venus manger, boire, danser et montrer leur dévouement à leur nouveau chef. Le son des tambours ramena à la mémoire de Serenity et de Cadenas le souvenir de leur mariage. A la tombée de la nuit, la fête avait déjà atteint son apogée et les soûlots tempêtaient, juraient et en venaient aux mains. Serenity ne pouvant les séparer, de peur de mécontenter ses électeurs, se laissa aller à la liesse générale.

Au petit matin, Cadenas présenta sa requête. Le moment choisi indisposa Serenity : elle ne lui laissait aucune marge de manœuvre, aucune chance d'opérer dans son dos et de favoriser sa tante qu'il mourait d'envie de revoir. Il accepta de financer son voyage, vu, surtout, que les dollars étaient subventionnés par l'Etat. Pour la mettre à l'épreuve, il lui dit qu'il emprunterait l'argent à Hadj Gimbi, mais Cadenas ne protesta pas. Elle avait elle-même pensé à cette possibilité quand elle craignait encore que l'avion de Serenity ne s'écrase ou ne soit détourné. Mais tout cela était du passé : elle partait !

Tout avait bien marché pour Cadenas. Elle partit quelques jours avant Mbale car celui-ci avait encore des affaires à régler. Elle alla le chercher à l'aéroport de Rome, lui montra les endroits qu'elle avait déjà découverts et l'avertit de prendre garde aux escrocs, aux pseudo-photographes et pseudo-guides qui harcelaient les touristes et les dévalisaient.

Dans l'avion qui l'emportait vers la Terre promise, volant sur les nuages qui avaient l'air de boules de ouate lancées de haut sur un champ vide, elle se sentit comme la Vierge Marie. Elle se voyait trônant au milieu des nuages, un globe dans la main et les yeux levés vers le ciel, mesurant l'éphémère et l'éternel, le ciel et la terre, la vie et la mort. Elle était assise près du hublot, de sorte que sa voisine ne voyait pas les larmes de joie qui roulaient sur ses joues. Elle aurait voulu qu'elles continuent à rouler jusqu'à graver des sillons dans sa peau et détremper les nuages de ouate. Elle repoussa les mauvais souvenirs de sa jeunesse, s'efforçant de n'avoir que des pensées sereines, pacifiques et vertueuses. Dans la plaine céleste des nuages, elle distingua une vieille petite femme.

C'était Grand-ma. Elle pensa aux paroles de Jésus qui exhortait ses fidèles à vider leurs querelles avec leurs voisins avant de faire un sacrifice. Elle envoya, dans un murmure, le message de la fin de sa colère et de son désir de vengeance dans l'atmosphère en espérant que Grand-ma lui pardonnait elle aussi.

Enfermée hermétiquement dans ce sarcophage volant à la vitesse de mille kilomètres à l'heure, Cadenas constata qu'il était aisé de pardonner les torts terrestres. Elle se souvint que, dans le rêve de Grand-ma, elle s'était trouvée nez à nez avec un buffle dans un lac de sable. Elle comprenait ce rêve maintenant : le sable c'était les nuages et elle était elle-même le buffle gigantesque. Que n'avait-elle su que les murmures de la vieille femme étaient des présages ! Que n'avait-elle su qu'elle avait été l'annonciatrice du plus grand triomphe de sa vie ! Que n'avait-elle su ! Mais tout cela était du passé, maintenant elle regardait vers le futur.

Là-haut, dans l'avion qui survolait Israël, Cadenas vit le sable et elle se souvint qu'elle était le buffle puissant venu de son humble village pour assumer sa parenté biblique. Elle était la Vierge, issue de la boue et des ronces d'un petit village insignifiant pour donner la vie au fils de Dieu et sauver le monde. Elle était la Vierge de Nazareth, un village dont on n'attendait rien de bon et où pourtant l'homme suprême avait vécu avant de commencer sa carrière de prédicateur et de guérisseur. Arrivée aux portes de Jérusalem, elle sentit la force phénoménale de l'histoire de la Bible s'élever au zénith. En foulant cette terre, elle se sentit elle-même gonflée de toutes les promesses, de tous les miracles, de toutes les épreuves et de tous les triomphes des Israélites parce qu'elle était la nouvelle Israélite, au cœur circoncis, la personnification du pain de la vie, venue de Nazareth. Elle voulut voir tous les petits villages que Jésus-Christ avait visités, parler avec les gens, goûter le vin, manger le pain, toucher les palmiers et chercher l'essence du phénomène qui, issu de ces lieux, s'était répandu dans le monde entier. Elle voulut voir la source près de laquelle Jésus avait parlé à la Samaritaine. Elle voulut voir les femmes qui portaient les cruches d'eau sur leur tête comme les femmes en Ouganda. Elle voulut dormir sous une tente et écouter la musique de ce pays. Elle voulut atteindre au plus profond de sa foi. Elle voulut aller au Golgotha et gravir la montagne du calvaire et transpirer comme l'avait fait Jésus. Elle voulut prier sur le lieu de la crucifixion. Elle voulut prier à l'endroit d'où Jésus était monté au ciel. Elle pensa à la femme qui avait saigné pendant des années : quelle foi ! Elle se sentit pénétrée par le pouvoir guérisseur de Jésus.

Le frère et la sœur firent ensemble une cérémonie d'action de grâces dans leur village. Mbale, catéchiste, et le plus éloquent des deux, fit le rapport de leur pèlerinage et de leur émotion quand ils avaient rencontré le Saint-Père et s'étaient retrouvés au Vatican. Il essaya d'expliquer aux autres ce que l'on ressent lorsqu'on se trouve au milieu de la foule, à Lourdes, et qu'on visite les montagnes et les monuments de Jérusalem. La journée se termina par la musique des tambours, des danses et des chants.

Mais toutes ces belles choses ne diminuaient en rien les soucis de Mbale. Il s'était endetté pour payer le voyage, il avait hypothéqué sa prochaine récolte. Son gage vivant, respirant, était son immense champ de belles tomates. Sa femme et ses enfants avaient arrosé pendant son absence, et chassé les singes curieux et les oiseaux affamés. Ils avaient eu trois récoltes extraordinaires et celle-ci promettait d'être meilleure. Mbale voyait dans cette réussite un don de Dieu, une récompense pour tout ce qu'il faisait dans la paroisse. Personne ne le mettait en doute, pas même ses ennemis. Ils disaient tous que Mbale était celui qui travaillait le plus dur. La famille se levait avant six heures du matin, disait ses prières, prenait son petit déjeuner et, défiant la rosée et le brouillard, se mettait au travail. Qu'il pleuve ou qu'il fasse soleil, ils travaillaient toute la journée, ne s'interrompant que pour le lunch, pour boire quelque chose ou sucer une canne à sucre. Le régime était le même pour les hommes et les femmes. La famille de Mbale travaillait comme une bête de somme et méritait jusqu'au dernier centime ce qu'elle soutirait à la terre. Au village on disait que la canne à sucre de Mbale sentait la sueur.

En outre, Mbale secondait le curé du village ; il prêchait la bonne parole, donnait des conseils aux nouveaux mariés, préparait les gens qui voulaient recevoir le sacrement du mariage ou d'autres sacrements. Sa foi était indestructible et il ne supportait pas qu'on dise que la Vierge Marie avait des menstruations ou que saint Joseph était impuissant. Toute remarque sceptique au sujet de la Bible était un sacrilège et Mbale remettait l'impertinent à sa place et lui envoyait même une baffe quand il avait bu un verre de trop.

Aucun pèlerin n'était aussi fier de son pèlerinage que mon oncle. Il raconta son histoire un millier de fois. Le rosaire d'un mètre devint son signe distinctif. Tout le monde pouvait voir qu'il n'était pas un simple paysan qui s'escrimait sur ses champs, baignant dans la sueur sous un soleil de plomb, mais un homme qui avait conquis l'espace, était allé au Vatican, à Lourdes, à Jérusalem et avait visité plusieurs lieux bibliques. Ses sermons du dimanche devinrent légendaires. Si l'Evangile du jour parlait de Jésus à Cana, à Capharnaüm ou à Jéricho, Mbale disait aux fidèles : « A Cana... je sentis la force du Seigneur me brûler les veines. Ce jour-là il me commanda de retourner au pays et de vous prêcher, vous, mon peuple... » Quand il parlait du pape, il disait souvent : « Le Saint-Père m'a recommandé de vous dire qu'il vous aime. Il vous demande de faire pénitence car la fin approche... » Mais deux mois après son retour, une violente tempête s'abattit sur le village et dévasta une grande partie de la campagne.

Au début, les vents descendirent des montagnes en claquant comme une multitude de rosaires en bois cognant les uns contre les autres. Ils trouvèrent Mbale dans la halle à bière en train d'écouter le chant composé par une villageoise pour le remercier de la renommée que son pélerinage avait donnée à leur village. Ils se précipitèrent alors sur le village avec la furie de quarante-deux ans de désastre latent, arrachèrent le toit de la halle à bière, en firent une grosse boule qu'ils déposèrent deux terrains de football plus loin ; ils décapitèrent les arbres coupe-vent et éparpillèrent à la ronde les branches brisées. Puis, visant plus bas, ils déracinèrent et brisèrent en deux ou trois morceaux les bananiers et les caféiers. Ils terrorisèrent les maisons bancales, soufflèrent des trous dans les murs, arrachèrent les portes de leurs gonds et les transportèrent dans des zones inconnues. L'église paroissiale était une bâtisse solide. Elle se défendit de toutes ses forces, mais les vents l'attaquèrent de toutes parts, déposèrent sur son toit les caféiers qu'ils avaient arrachés à des mètres de là et tambourinèrent sur les portes avec des palmes de bananiers. Ils pénétrèrent sous le toit avec l'intention coquine de le soulever indécemment comme la jupe de la lampe-Monroe, mais ils ne purent en arracher que quelques bouts de poutres vermoulues. Ils s'acharnèrent sur l'école anémique qui faisait corps avec l'église, écrasèrent les vieilles constructions, transformèrent les latrines en gadoue et couvrirent la cour des excréments du service du dimanche et du cours de catéchisme. L'eau vint compléter la destruction et emporta la récolte, les routes, les chiens, les rats, les draps déchirés, enfin, tout ce qui était dehors. Mbale retrouva les misérables restes de ses plants de tomates au fond du puits où ils empêchaient l'écoulement des eaux.

Le pèlerin fut le plus désolé de tous, qui échappa

de justesse à une décapitation. A son grand chagrin, il perdit son rosaire dans la tourmente.

— Dieu éprouve ceux qu'il aime, dit-il avec philosophie en se demandant comment il allait payer ses créanciers.

Cadenas, la femme qui allait perdre la vie dans les forêts voisines, retourna au village pour constater les dégâts et voir ce qu'elle pouvait faire.

Les catastrophes naturelles qui allaient s'abattre sur leurs familles et leurs belles-familles venaient de faire connaître leurs intentions. Contrairement aux sauterelles qui avaient sévi dans les années trente et que les gens du village avaient pratiquement oubliées, les nouveaux fléaux allaient laisser des cicatrices indélébiles.

Avant toute chose, les villageois unirent leurs efforts pour reconstruire leur village. Mbale mit sept ans à payer ses dettes.

D'innombrables messes furent dites durant cette période et si toutes les prières avaient été écoutées, la situation se serait inversée et le pays n'aurait pas connu les catastrophes qui allaient lui tomber dessus. Au séminaire, c'était comme une longue messe ininterrompue que nous suivions. La lumière du matin semblait en éternelle lutte avec les vitraux de la chapelle et nous étions pris dans un drame répétitif. Les séminaristes, le visage empreint d'un ennui sublime et les lèvres remuant dans un murmure somnolent, avaient l'air de petits oiseaux affamés attendant leur becquée. Le directeur, sans rosaire autour du cou, ressassait à l'infini le récit de son pèlerinage. Le Vatican, Jérusalem, Lourdes. Ou était-ce Saint-Pierre, Jérusalem, Lourdes ? Ou un tout autre itinéraire ? Quand il prenait un indiscipliné en flagrant délit, il le faisait venir dans son bureau et prononçait son verdict sans conviction. Il répétait sans cesse : « Donne-moi une bonne raison » et cette expression lui resta comme surnom. Certains de ses confrères désapprouvaient sa clémence et se demandaient ouvertement quand cette conversion du « chemin de Damas » prendrait fin.

La popularité de Lageau continuait à baisser et nous lui trouvâmes finalement un surnom : « Peau-Rouge ». Non parce qu'il était roux mais parce que, en dépit de son origine et de sa richesse évidente, il ressemblait beaucoup à un de ces Indiens provenant d'une réserve. Nous l'appelions généralement « Rouge ».

Au summum de cette tempête dans un verre d'eau s'éleva la question — *Agathe* qui nous fit craindre le pire jusqu'à la fin de l'année. C'était comme si Lageau nous gardait un chien de sa chienne.

Le séminaire était construit au sommet d'une colline, à trois kilomètres du lac Victoria, ce même lac que Serenity avait vu de son avion et au bord duquel Kaanders avait perdu son combat contre la polygamie et contracté la maladie du sommeil. Du côté de chez nous, le lac était riche en poissons et offrait de nombreuses possibilités de se baigner. La population riveraine écumait l'eau avec des filets qu'on jetait à partir de pirogues et pêchait des poissons, grands et petits, mais personne ne pensait à nager. Nous, les séminaristes, nous avions la permission de le faire une fois par mois mais peu étaient attirés par la perspective d'une trotte à pied de trois kilomètres pour faire un plongeon puis retourner, à pied, avec une faim de loup et la seule perspective d'un misérable repas. Seuls usaient de ce privilège les sécheurs de cours aguerris qui en profitaient pour rencontrer leurs fournisseurs et quelquefois même leurs petites amies.

Lageau devint graduellement la personnification de la natation et de la navigation. Quand il n'avait pas envie de jouer au volley-ball, il prenait son auto et allait nager et, pendant les week-ends, il emmenait quelques bons nageurs. C'est à cette élite qu'il annonça l'arrivée d'*Agathe*.

La nouvelle se répandit comme un feu de poudre

dans une grange en bois. Les matérialistes, parmi nous, chantèrent ses louanges. Ils étaient impatients de voir *Agathe*. Une photo, volée par l'un d'eux, passa de main en main avec plus de rapidité qu'une revue porno dans une caserne. Nos yeux dévoraient le bateau en forme de cygne avec un mélange d'admiration, de respect et d'envie. Le message que Peau-Rouge voulait ainsi transmettre était important et remettait tout le monde à sa place, y compris le directeur avec ses histoires de Vatican — Jérusalem et Lourdes. Ce bateau qui était encore à des centaines de kilomètres de notre séminaire était une espèce de Saint-Graal plein de potions magiques contre un fléau national. Les malins déclarèrent que nos repas allaient finalement s'améliorer.

— Tous les gros poissons qu'il va prendre ! Vous verrez, nous aurons aussi notre part.

— Dieu pense finalement à nous, dirent les optimistes.

Lageau se prélassait dans sa gloire sans se faire mousser. Il laissait ce soin aux séminaristes et à quelques prêtres trop bavards, prenant lui-même une attitude réservée qui lui ressemblait peu. Moi, je me tenais à l'écart. Kaanders et moi étions très pris, à cette époque, par la reliure de plusieurs vieux volumes : nous coupions, collions, mettions sous presse, recoupions, et la colle de poisson nous donnait des hallucinations. Les mains de Kaanders qui, normalement, tremblaient comme si elles étaient traversées par un courant électrique continu, étaient fermes comme des mains de chirurgien dès qu'elles opéraient dans la reliure, avec des montagnes de papier, le couperet effrayant du massicot et les pauvres bouquins en loques. Il travaillait pendant des heures d'affilée, oubliant l'heure des repas, l'air complètement égaré. Il avait toujours un gros morceau de fromage dans son tiroir qu'il grignotait comme un rat grignote un pain de savon, avant de se remettre au travail. Rien ne pouvait le sortir de sa concentration. Nous travaillâmes toute la semaine, y compris pendant les heures de sport, et il n'arrêtait pas de dire : « Mon vieux, il faut absolument finir ce boulot. »

Lorsque *Agathe* arriva enfin, cygne gigantesque qui se dessina, au crépuscule, sur fond de montagnes lointaines, comme un éclair blanc sur un ciel sombre, elle était déjà la propriété commune, et le sujet principal des spéculations communautaires : un voilier de douze pieds sur un remorqueur, baignant dans une lumière fluorescente, étincelant comme une Vierge en albâtre toute neuve. Lageau se tenait devant lui, sous les feux des caméras, fasciné comme un inventeur qu'on aide à franchir les derniers obstacles. Il rayonnait, le visage traversé par un large sourire, comme s'il voulait dire que le sacerdoce était la plus belle profession du monde, comme si tout prêtre ordonné était censé recevoir un bateau à un certain moment de sa carrière. Il avait dû attendre longtemps avant qu'*Agathe* n'arrive et maintenant il était aussi impatient qu'un petit garçon.

Des semaines d'attente suivirent. Chacun était sur le qui-vive. Un prêtre africain, un lèche-bottes notoire, remorqua *Agathe* à sa voiture et la transporta vers le lac, installa le moteur et attendit l'arrivée de Lageau. Lageau se faisait parfois accompagner par des élèves qui l'aidaient dans son bateau. Vêtu d'un short blanc, de chaussures de toile blanches et d'un T-shirt blanc, il ressemblait à un joueur de tennis insouciant. Les premiers temps, il pêchait à la ligne, mais bientôt il jeta des filets. Il prit d'abord des poissons tilapia, puis il pêcha des perches du Nil de trente à soixante-dix kilos. Les frigidaires et les congélateurs des pères débordaient, mais notre menu était toujours constitué de haricots pourris et, une fois par mois, d'un morceau de perche.

J'aurais bien aimé demander sans détour à Lageau pourquoi il nous donnait si peu de poisson, mais je me retins. Je préférais que quelqu'un d'autre s'en charge : je ne voulais pas donner l'impression de ne penser qu'à la nourriture. Mon attente ne fut pas longue.

Nous eûmes pour commencer de fréquentes pannes de courant que nous prîmes d'abord pour des dérangements locaux ou régionaux relevant de la responsabilité de la compagnie d'électricité. Mais nous nous aperçûmes bientôt que le séminaire en souffrait plus que les autres usagers. Lageau s'emportait parce qu'il était obligé de se servir de lanternes et perdait du temps à détecter l'origine de la panne.

Au début, le saboteur se contenta d'arracher quelques fils et quelques plombs que le père Lageau remontait rapidement en pestant. Puis il décida de relever la barre. Il démantela une partie du système central, poussant Lageau au bord de la folie. Certains soirs, les bâtiments des pères étaient plongés dans l'obscurité pendant que les nôtres baignaient dans la lumière des néons. La semaine suivante, toute l'école fut plongée dans le noir. Le père Lageau construisit des armoires autour des transformateurs et garda les clés dans son bureau. Cette fois, dit-il, il avait déjoué les vues du saligaud. Le saligaud, qui avait dû l'entendre, ne fut pas ravi. Il attendit une semaine et frappa de nouveau. Les pannes de courant dérangeaient nos études du soir, mais, en revanche, elles nous permettaient de nous coucher tôt. C'est pourquoi peu de séminaristes en voulaient à ce personnage mystérieux et toute espèce de colère envers lui s'évanouit lorsque éclata le drame des congélateurs. Après chaque attaque réussie, le trésorier donnait l'ordre de vider les congélateurs et nous nous régalions de poisson. Le saboteur attendait que les congélateurs se remplissent, provoquait une nouvelle panne et obligeait ainsi les responsables à nous servir du poisson. Mais pendant ce temps, on poursuivait la chasse au malfaiteur. Ce personnage me fascinait. Je voulais savoir qui c'était. Il me ressemblait tant dans son comportement ! Il aurait sûrement plu à Serenity car il avait l'air de sortir des pages d'un bon roman.

Les quatrième, cinquième et sixième coupures de courant nous plongèrent, en tout, pendant vingt jours dans l'obscurité. Chaque fois, le directeur nous fit un discours et engagea le saboteur à arrêter ses activités subversives. Le plus intéressant, c'est qu'il ne le menaça pas de la vengeance divine ou autre. Il devait savoir que cet énergumène était tout à fait indifférent aux choses célestes. Je pensais que le directeur allait m'appeler pour me demander qui était le coupable, mais il ne le fit pas.

Après la sixième coupure, quelque chose changea dans notre menu : on nous servit du poisson trois fois par mois. Les pannes cessèrent.

Mon indifférence dans le drame d'*Agathe* ne dura pas longtemps. Un matin, le père Lageau découvrit une éraflure au niveau de la deuxième côte d'*Agathe*. Comme il n'était pas allé au lac depuis deux jours, il ne put en tirer qu'une conclusion, et elle était révoltante. Rouge comme une tomate, ses cheveux à la Elvis Presley dressés sur la tête, Lageau annonça qu'on avait maltraité *Agathe*, brisé son orgueil, compromis son inviolabilité. Qui, au nom du ciel, avait osé porter la main sur elle ? Qui l'avait marquée ? Après tout ce qu'elle avait fait pour ces misérables élèves et ces misérables prêtres ? Quel rustre avait pu faire une chose pareille ? Que voulait-il prouver ou exiger par un tel acte ? Il ne lui vint pas à l'idée que ce pouvait être une erreur, un accident. Il n'y voyait que malignité et, s'agissant d'*Agathe*, il n'avait pas l'intention de prendre des gants. Ça suffisait comme ça. Au fond, il pensait que les beaux bateaux, comme les belles femmes, n'étaient jamais profanés par accident. On les attaquait de propos délibéré. On ne s'en était jamais pris à son auto, à ses fleurs, à sa personne ; pourquoi justement à la sacro-sainte *Agathe* ?

Ignorait-on qu'*Agathe* était le prénom de sa mère, de sa première petite amie et de son idéal de femme ? Ignorait-on qu'*Agathe* éveillait en lui tous les instincts protecteurs ?

Comme beaucoup de puissants qui s'enferment dans leur bulle d'inviolabilité, Lageau était affreusement blessé et offensé. Une douleur aiguë le tourmentait et lui faisait craindre une crise cardiaque. Il se sentit menacé par une migraine destructrice : le mal dont souffrait sa mère. Il avait toujours vécu dans l'angoisse qu'il en hériterait un jour. Trop furieux pour exprimer ses émotions, il se précipita dans sa chambre et s'enferma à double tour. Il prit une gorgée de whisky qui le soulagea un instant. Mais le feu familier s'éteignit aussitôt : O Dieu ! C'était son tour de dire la messe ! Vite, il se changea et courut à la sacristie.

La chapelle était inondée de lumière dorée. Des élèves étaient en train de marmonner les prières précédant l'angélus et la messe. La lumière dorée aurait aussi bien pu être un éclair de feu rouge. Du feu, c'était tout ce que Lageau avait en tête lorsqu'il avait demandé au directeur de lui laisser dire la messe de ce matin à sa place. Le pèlerin avait protesté faiblement :

— C'est mon tour aujourd'hui.

— Mais j'ai quelque chose de spécial à dire aux élèves.

— Ça ne peut pas attendre jusqu'après la messe ? Vous ne pouvez pas leur parler au réfectoire ?

— Non, il faut tenir compte de la particularité de cette circonstance.

— Spirituelle ? demanda le directeur qui se demanda si le trésorier avait eu une apparition, une expérience du genre « chemin de Damas ». Il était si rouge !

Le directeur capitula bien que Lageau eût refusé de dire si la circonstance était spirituelle ou profane ou ni l'une ni l'autre. Comme ses oreilles sont rouges ! s'était dit le directeur.

Au bout de deux minutes, le directeur comprit que Lageau ne plaisantait pas : il passait à l'attaque. « Sales bêtes ! » Tous les prêtres et les élèves le regardèrent, décontenancés. Quel introït curieux ! Nous n'étions pas le public indiqué pour un discours sur la protection des animaux : nous battions nos vaches ou laissions les bergers le faire quand elles s'éloignaient du troupeau ; nous frappions nos cochons à coups de pilon ou leur coupions la gorge pour les mettre dans notre marmite ; nous poursuivions les écureuils parce qu'ils nous volaient nos cacahuètes ; nous éliminions nos rats avec des poisons et des pièges ; nous chassions hors de chez nous les chiens porteurs de puces ; avec les singes nous avions un rapport ambivalent et s'ils échappaient à la mort après avoir pillé nos cultures, ils le devaient uniquement à leur intelligence. Les bêtes étaient pour nous des bêtes, rien de plus. De quoi parlait-il donc, ce Lageau ? Après avoir pêché, tué et mangé tant de poissons, était-il devenu subitement un défenseur des droits des animaux ?

— Bande de singes. Bande de singes noirs. Bande de singes sans aucun respect pour la beauté et la propriété. Comment avait-on pu détériorer *Agathe* ? Qu'est-ce que cette merveille avait fait de mal ? Pourquoi avait-on éprouvé le besoin d'égratigner sa côte ? Savez-vous pourquoi ? Je vais vous le dire, moi : parce que vous êtes une bande de singes. Priez avec moi, pendant cette messe, pour que les singes apprennent à montrer un minimum de respect de la propriété.

Les prêtres, plus longs que des poteaux télégraphiques dans leur soutane impeccable, se tenaient autour de l'autel et derrière Lageau comme des gardes du corps déguisés ; leurs visages noirs et luisants étaient impénétrables. Etaient-ils intérieurement aussi impassibles que leur aspect le suggérait ? Qui pouvait le dire ? Ils avaient l'air d'être au-dessus des paroles de Lageau. Leur collègue n'ignorait pas que la plupart d'entre eux étaient matérialistes et il devait aussi savoir qu'ils n'auraient jamais touché à *Agathe*. Ils montraient un visage aussi placide que la Vierge Marie et, comme elle, ils ne disaient rien.

La plupart des séminaristes, en tout cas ceux qui ne dormaient pas et avaient entendu cette introduction tapageuse, étaient trop offusqués pour réagir. J'entendis quelques trépignements et un ou deux sifflements d'indignation. Peut-être n'étais-je pas entièrement lucide car j'avais cessé de coller des livres depuis deux jours seulement. Mais j'étais sûr de l'avoir entendu. J'étais sûr que la plupart de mes camarades dissimulaient la douleur causée par les paroles de Lageau sous une carapace de torpeur et de respect pour l'autorité. Tout le monde ne réagissait-il pas à la manière du bon Samaritain ? En présentant l'autre joue ? Laisser cracher jusqu'à ce que la salive se tarisse, puis tourner les talons. N'était-ce pas la preuve ultime de la maîtrise de soi ?

On avait murmuré une fois qu'*Agathe* était trop belle pour ne pas causer la ruine de quelqu'un. Qu'était-il arrivé au juste ? Quelqu'un m'avait-il imité en la souillant ? Ou bien avait-il fait une entaille avec un couteau juste pour voir si elle était en bois, en matière plastique ou en fibres de carbone ? Combien d'enfants n'enfonçaient-ils pas un couteau dans le divan de leurs parents pour voir ce qui le rendait si doux ? N'avais-je pas moi-même enlevé une écaille de la tête de lit des despotes ? Combien d'enfants n'arrachaient-ils pas les bras de leur poupée pour voir d'où venaient leurs cris ? Le saboteur avait-il rechargé ses batteries et joué un mauvais tour à *Agathe* ? J'avais presque envie de rire. Ce type avait des couilles d'acier. Je comprenais le dépit de Lageau : le saboteur qui s'était moqué de ses talents d'électricien rôdait encore, impuni. Et maintenant quelqu'un, très probablement le même bougre de salaud, s'en était pris à *Agathe* ! Je donnais à Lageau le bénéfice du doute parce que je croyais qu'on avait fait une entaille sur la côte d'*Agathe* uniquement pour mettre « Peau-Rouge » hors de lui.

Toute la messe se déroula comme dans un sous-marin, loin de la terre ferme et de la réalité. D'habitude, pendant cette messe matinale, les élèves ne se rendaient pas compte de ce qui se passait autour d'eux avant la communion. On branchait le pilote automatique parce que la messe ne variait jamais. Mais ce jour-là, ils étaient tous réveillés comme s'ils avaient reçu un message diffusé par de minuscules émetteurs dissimulés dans l'autel. En un certain sens, tout le monde était épaté par le courage et l'outrecuidance de Lageau. La plupart des Blancs n'auraient pas osé jeter à la tête de deux cents mines noires renfrognées qu'ils étaient des singes sans avoir un revolver en poche. La plupart des colonialistes auraient réfléchi à deux fois avant d'aller si loin sans la protection d'un détachement de tireurs d'élite. Mais lui, cet homme sans arme, au visage d'adolescent, nous mettait le nez dans la merde en toute impunité. Plusieurs d'entre nous auraient voulu lui ressembler : les joues glabres, la voix posée, un physique comme tout le monde et des couilles en acier. J'avais envie de l'applaudir. Ce type s'en prenait à des gens que j'aurais voulu moi-même gifler. Mais oui, c'était merveilleux ! Je sentais la chaleur irradier ma poitrine.

Lageau faisait penser à Jésus maudissant les Pharisiens, les traitant de tombeaux ambulants, ornés de chair pourrie et de puanteur. Mais oui, cet homme devait être une réincarnation de Jésus. Il était transformé. La douce lumière dorée qui tombait sur ses lunettes à monture dorée éclatait en innombrables étoiles dorées qui se multipliaient quand il bougeait la tête. En ce moment, il était la personnification du pouvoir et de la gloire. Quand sa main fendait l'air, sa montre Rado explosait en arcs liquides surfant sur des vagues incolores. Quand la lumière tombait dans sa bouche, elle faisait étinceler ses dents en or comme des étoiles lointaines. C'était un spectacle fantastique. J'étais suspendu à ses lèvres, mes jambes étaient molles comme du coton parce que j'avais conscience d'être à proximité d'un être hors du commun. J'étais attiré par son sens du pouvoir et par sa personnalité.

Il représentait pour moi la force de l'empire catholique qui avançait, conquérait, soumettait, manipulait, donnait des ordres et régnait. Il m'était donné de voir le respect dans les yeux des pauvres fidèles quand ils se trouvaient nez à nez avec les dieux de cet empire. Cet homme portait aussi les signes de l'hégémonie de la Banque mondiale et du Fonds monétaire international. Il personnifiait les lois de fer forgées dans des salles dorées, consacrées dans des livres à lignes dorées au moyen de gros stylos en or dans de lointaines villes saupoudrées d'or. Il avait l'attitude rigide, le « c'est-à-prendre-ou-à-laisser » des puissants quand ils ont mis le grappin sur quelqu'un. Cet homme, serti d'or, se dressait au-dessus de républiques déguenillées, ayant la morve au nez, et commandait, cajolait, utilisait et exploitait à satiété. Il enroulait son fardeau doré autour de ses doigts bagués d'or et le leur lançait en leur donnant l'ordre de l'entretenir. D'un simple trait de plume de son stylo en or, sur une page aux lignes dorées, dans la salle dorée, il pouvait doubler, tripler ou quadrupler les charges d'une personne ou, s'il décidait, pour une raison ou pour une autre, de récompenser un subordonné, les diminuer de moitié. Voilà le vrai pouvoir dont je rêvais. Voilà le vrai pouvoir que je voulais détenir. Voilà le vrai pouvoir qui protégeait contre la mort des bébés, les visages émaciés et les vieillards malodorants. Voilà le vrai pouvoir qui permettait d'aller se coucher dans le parfum des roses et de se réveiller sans être contrarié par la vue de choses que l'on préférerait ignorer.

J'étais à genoux. La plupart de mes camarades pensaient sûrement que je priais. Loin de là. J'étais en adoration devant la personnification du pouvoir dans son auréole de gloire, se précipitant dans la vallée comme les vents qui avaient dévasté les champs du village de Mbale. Je voulais demeurer ici pour le reste du trimestre, pour le reste de l'année, peut-être pour le reste de mes jours.

Je fus réveillé par la voix de mes camarades qui avaient entonné le dernier hymne, ou fut-ce quand je les vis quitter la chapelle ? Tout était sens dessus dessous. Je remarquai que je m'étais isolé dans un rêve, loin du reste du troupeau. J'avais la morve au nez, la bouche desséchée d'être restée ouverte. Je revins lentement à moi. Chassés par la conscience qui me revenait, les démons du pouvoir se retirèrent. Je me mis à réfléchir.

L'exercice arbitraire du pouvoir sur les faibles, n'était-ce pas la raison pour laquelle je haïssais Cadenas ? Et Lageau n'avait-il pas fait la même chose ? Si oui, pourquoi alors étais-je si hypnotisé ? Etait-ce une question de couleur de peau ou un autre mirage que je n'avais pas encore reconnu comme tel ? Qu'avait-il fait dans la vie, cet homme, si ce n'est exercer un pouvoir qu'il empruntait à sa naissance ? Avait-il gravé son nom dans le diamant en écrivant un livre superbe ? Quelqu'un avait-il pu oublier le temps en écoutant une chanson de sa composition ? Avait-il inventé une machine ou une formule mathématique qui permette à la science de progresser ou de porter remède à la souffrance et au gaspillage ? Pas à ma connaissance. Tout cela n'était que du bluff. De même que Cadenas n'avait pas inventé l'utérus, de même Lageau n'avait pas inventé l'argent, le savoir ni même le pouvoir. Comme la plupart d'entre nous, c'était un chiffonnier, un usager des restes d'autres peuples. Son outrecuidance n'était qu'une supercherie de fils à papa. Il avait peut-être de l'argent ; il était peut-être assez riche pour acheter tout un village ou la moitié de l'Ouganda. Grand bien lui fasse ! Il n'était pourtant qu'un rouage dans la grande roue de la fortune, qu'un modeste boulon dans la machine du pouvoir. Quant à la couleur de sa peau et à ses privilèges défendus par des armes atomiques : qu'avait-il ajouté à l'ancien argument ? Rien. Comme beaucoup de gens de son espèce, il était tombé dans le piège de la défense ou de l'exaltation d'un misérable point de vue, avait localisé les faiblesses des autres et n'avait pas trouvé de nouvelle manière de penser. Bref, il n'avait fait que remâcher cent années de régurgitations philosophiques, sociales, politiques et autres.

J'étais très déçu, et fatigué. Lageau avait perdu son charme, comme tant d'autres personnes qui ne pouvaient rien m'apprendre de nouveau. Un jour, je serais plus grand que lui, plus grand que Serenity et sa Cadenas et autres despotes de petit calibre. J'avais la nausée comme si mon corps rejetait, dans une crampe douloureuse, toute la colle de poisson que j'avais respirée la semaine précédente. Malgré sa formation de missionnaire, Lageau ignorait un chapitre de l'anthropologie culturelle : le singe était pour nous un symbole de ruse, de curiosité et de ce genre d'intelligence dont il était fier — il avait des idées personnelles. Il jouait même un rôle prépondérant dans les cinquante-deux clans totémiques. Les jeunes filles du clan des singes avaient la réputation d'être alertes, courageuses, intelligentes et dévouées. Lusanani, la femme qui avait englouti ma virginité, appartenait au clan des singes. Le mépris superficiel pour les singes, qui datait des missions coloniales, était tout à fait ridicule. C'était le son creux de déracinés qui se cassaient les jambes en dansant sur des musiques étrangères. La plupart des Blancs pensaient qu'ils avaient gagné un point sur nous en nous traitant de singes, mais pas du tout, ils n'avaient gagné que de la monnaie de singe.

Cet homme qui proclamait sa propre ignorance dans l'église se payait lui aussi de monnaie de singe. Cet homme, qui avait choisi l'autel pour révéler sa superficialité, n'avait rien d'original. Il singeait, il imitait ses ancêtres, les représentants du saint tatou qui avaient fait la guerre et empoisonné notre politique de leur religion. Le général Amin n'avait-il pas dit et redit que l'Eglise catholique était bâtie sur le meurtre, la terreur, la guerre inutile, le génocide, le vol et autres abus ? Ce nouveau massacre des innocents et des moins innocents n'était pas nouveau pour nous et seuls quelques débiles s'en émouvaient. Et pour une Eglise qui glorifiait la douleur et le martyre, dont l'étendard était une croix, il était insignifiant. Et si Lageau pensait, comme le père Mindi, qu'il était un exemple dont nous pouvions nous inspirer, il se trompait car il était loin des standards psychopathes de l'Eglise. Où était donc la nouveauté ? C'était encore et toujours l'ancien principe que Lageau exprimait en nous traitant de singes. Il ne m'inspirait pas, il m'irritait.

Il y avait peu, Serenity m'avait presque tué de coups, quelques heures seulement après que Cadenas m'eut torturé, pour avoir détaché une parcelle de la tête d'un lit d'occasion, abandonné et maudit par les Asiatiques forcés de partir. Depuis ce jour, j'avais perdu tout respect pour la propriété d'autrui. Je n'avais plus aucun respect pour *Agathe*. Ses superbes rondeurs ne faisaient plus battre mon cœur. Elle était tombée, des hauteurs où l'avait placée mon adoration, au rang inférieur de produit de consommation de masse, échappé de justesse au démantèlement des objets décrépits par les soins d'un rafistoleur de génie. Une âme généreuse, au Canada, avait payé *Agathe*, mais pas pour qu'elle soit livrée aux mauvais traitements des séminaristes parmi lesquels elle allait vivre. Certains élèves croyaient peut-être qu'*Agathe* était neuve et que Lageau l'avait payée de ses propres fonds. Erreur ! *Agathe* était un vieux clou, une petite putain maligne qui avait camouflé son histoire sous une couche brillante de fard.

Que fallait-il en conclure sur nous, les séminaristes, et sur les prêtres qui étaient censés nous servir d'exemple ? Etions-nous vraiment des ramollis aux couilles en verre ? Les prêtres étaient-ils vraiment des ramollis qui ne respectaient que l'argent ? Ils étaient là, assis ou debout, tandis qu'une grosse mouche bleu-vert s'essuyait les pattes sur leur visage stupide, traçait des courbes sur leur peau comme un patineur sur la glace, déposait dans leur bouche des œufs dont ils feraient tout à l'heure un succulent petit déjeuner tandis qu'on nous servirait une bouillie aqueuse où baignaient des vers. Etait-ce pour cette raison qu'ils se taisaient ? J'avais perdu tout respect pour la plupart d'entre eux. Qu'avaient-ils ajouté au sacerdoce, en dehors de la couleur de leur peau ? Qu'avaient-ils inventé ? Avaient-ils élargi la manière de voir la vie et la spiritualité ? S'étaient-ils dressés contre la douleur ? Avaient-ils contribué au savoir humain ? Pas à ma connaissance. Lorsqu'ils ouvraient la bouche c'était pour éructer des règles ecclésiastiques, des dogmes véreux et des clichés baveux fabriqués dans la tanière du saint tatou de Rome. Ils ne faisaient que perpétuer l'ancienne hiérarchie puante : d'abord les prêtres blancs, protégés par les armes nucléaires, au-dessous les prêtres noirs, ploucs frileux qui trônaient au-dessus des nonnes, péquenaudes noires, lesquelles commandaient à leur tour au menu fretin des fidèles culs-terreux : hommes, femmes et enfants confondus. Voilà à quoi avaient abouti cent ans de dictature catholique, à quatre-vingt-dix pour cent indigène ! Que de temps perdu !

La réaction de Lwendo me mortifia. Je le rencontrai près du réservoir. Il pompait de l'eau dans une cuvette en plastique jaune dans le fond de laquelle se trouvaient une vieille brosse et un morceau de savon Sunlight usé. Ah, le savon Sunlight ! Un éclair de triomphe passa dans mon regard quand je me souvins du temps où je devais aller chercher de l'eau pour lui et la porter dans la salle de bains.

— Il y a ici des tas de saligauds qui n'ont aucun respect de la propriété, dit-il. Sais-tu ce que ce bateau a coûté ?

— Comme si « Rouge » l'avait payé lui-même ! Que sais-tu des bobards qu'il a racontés à ses bienfaiteurs pour se le faire payer ? Et à la mission qui a payé les frais de transport jusqu'ici ? Mais il fait comme si tout était sorti de sa poche. Ça n'est qu'un bateau, pas un voilier.

— Peu importe ce que c'est : une pirogue ou un baleinier, il faut respecter la propriété. Un prêtre doit protéger les biens de sa paroisse. Charité bien ordonnée commence par le séminaire.

— Quelle pensée originale !

— Ils n'avaient pas besoin de l'endommager.

— Comme tu es sensible ! Et comme « Rouge » tortille son derrière de singe avec sensibilité ! L'an prochain, il n'aura plus de fesses pour s'asseoir.

— Qu'aurait-il dû faire, selon toi ? Nous traiter de saints ?

— Il aurait dû chercher le coupable et le punir. Mais nous mettre sur les bras une culpabilité collective, c'est comme de lécher ses fines babines de singe : ça ne sert à rien.

— Mais tu dois avouer qu'il avait raison d'être furieux.

— Bien sûr, et il avait aussi raison de maudire l'électricien saboteur qui continue à se promener librement, dis-je en riant.

— Tu as l'air de défendre ce salaud.

— Avant son intervention, le poisson puait dans le congélateur. Grâce à lui, nous en mangeons de temps en temps. J'éclatai de nouveau de rire.

— C'est peut-être toi le saboteur, dit-il en ricanant. Il faudra peut-être que je dise au père Lageau que j'ai trouvé son homme.

— C'est beau de voir le père Peau-Rouge jurer comme un charretier.

— Le salaud finira bien par se faire prendre et alors il s'en mordra les doigts.

Tout de même, le conformisme de Lwendo me dépassait. C'était le même loustic qui prenait les affaires des autres et s'en servait sans demander la permission. C'était le même zigoto que j'avais surpris dans une partie de jambes en l'air avec sœur Bison. Et maintenant, il défendait le luxe du père Lageau. Avait-il passé un abonnement au « pouvoir c'est la force » ? Et sa sauvagerie n'était-elle qu'un conformisme à rebours ? Sa réaction me porta à croire que j'étais le seul, dans le séminaire, qui, élevé dans une discipline de fer, sentais le roussi là où il n'y avait pas de feu. Pourquoi étais-je le seul à sentir l'outrage ? Avais-je, au début, trop attendu du père Lageau ? Et ma réaction n'était-elle que l'expression de ma frustration ?

Je me retirai dans la bibliothèque. Je voulais porter un coup fatal à Lageau et à sa vanité. Mais quel mot serait aussi acéré que les flèches monstrueuses de Dorobo ? Les injures étaient à exclure : elles ne feraient que confirmer l'opinion que Lageau avait de nous. L'ironie se prêtait mieux à la traversée des vagues tumultueuses de la frustration et de l'outrage.

Il y avait un tas d'espèces de soutanes que revêtaient les enfants de chœur ; j'en dérobai une, la cachai derrière la chapelle et allai la chercher plus tard pour la dissimuler dans un réduit où nous gardions les vieux livres. Personne ne remarqua le vol. La soutane était indispensable pour les virées nocturnes : de cette manière, on pouvait être sûr que Dorobo ne tirerait pas avant de pousser trois cris stridents. Les sécheurs de cours avaient leurs propres soutanes et arrivaient souvent à tromper le monde parce que les prêtres qui rôdaient les prenaient pour des confrères. La plupart des prêtres laissaient tranquilles ceux qui, la nuit, se promenaient en soutane, parce qu'il était arrivé que des sécheurs de cours leur envoient du poivre de Cayenne dans les yeux pour leur échapper. Le père Mindi avait été trois fois victime de ce truc, mais cela ne l'avait pas empêché de faire le guet.

Je répétai les opérations un certain nombre de fois et passai à l'action un matin à trois heures. *Agathe* était rangée dans un endroit dangereux, parce qu'éclairé de tous les côtés. Il y avait de fortes chances que je sois pris en flagrant délit par un prêtre insomniaque ou le gardien. Le plus ardu était d'arriver au couloir et aux bureaux qui se trouvaient à vingt mètres de la chapelle, soixante-dix mètres des locaux scolaires, dix mètres du réfectoire et trois cents mètres de Sing-Sing.

Il faisait nuit noire. Mon itinéraire partait des salles de bains, longeait la grange de Lwendo pour arriver derrière la chapelle, le seul endroit où clignotait une lampe à huile. Comme il n'y avait pas de chiens sur notre terrain, je poursuivis ma route sans crainte d'être attaqué par surprise. Arrivé là, je marchai courageusement de la chapelle au couloir, ouvris la porte du hall éclairé et retins ma respiration en entrant. *Agathe* était devant moi ! elle exhalait une odeur d'huile, et sa peau d'albâtre semblait douce sous la lumière fluorescente. S'ils me surprenaient en train de la caresser, ils me renverraient immédiatement, mais je n'étais pas là pour ça. J'évaluai le dommage : une petite égratignure de rien du tout, superficielle, et pas la blessure béante que j'imaginais. Ce n'était qu'une marque de curiosité ; si l'intention avait été mauvaise, la blessure aurait été beaucoup plus profonde et voyante.

Je sortis un long clou de dessous ma soutane, choisis un endroit près du milieu du flanc et commençai à m'escrimer sur le ventre d'*Agathe,* au niveau de la quatrième côte à partir du haut. Mes entailles étaient profondes et longues. Graver sept lettres et un point d'exclamation semblait devoir durer une éternité. En réalité, j'eus vite fini. Sur le ventre d'*Agathe* s'étalait maintenant : *Mon Dieu !* J'en tremblais d'émotion. Je fis quelques pas en arrière et collai l'oreille contre la porte. Jusqu'à la chapelle, j'avançai avec le maximum de précautions, puis je retournai par le même chemin vers les salles de bains.

Le père Lageau eut ce matin-là sa première vraie migraine. La moitié de sa tête, son cou et son flanc étaient comme paralysés. Il était trop enfermé dans les filets de sa colère pour pouvoir réfléchir. Il se retira dans sa chambre, furieux que tout le monde ait sous les yeux la preuve de son humiliation. C'était une migraine affreuse ; il avait envie de dégobiller. Son anus brûlait sous l'effet de la diarrhée. La lumière lui faisait mal aux yeux et il se coucha dans l'obscurité. « Mon Dieu ! » murmura-t-il. O, ironie ! Le prêtre qui remorquait toujours *Agathe* jusqu'au lac l'accompagna à l'hôpital.

Lageau avait perdu la face, mais pas la tête. Quelques jours plus tard, il transporta une balle de vêtements de seconde main, destinés aux séminaristes démunis, dans la grange de Lwendo, l'aspergea de pétrole et en approcha une allumette. Le feu attira un petit nombre d'élèves et de nonnes, curieux de voir ce qui se passait. Lageau, droit devant la grange, au même endroit où Lwendo s'offrait le spectacle des séminaristes luttant pour quelques tisons, regardait devant lui sans rien dire. Lorsqu'elles virent ce qui était en train de cramer, les nonnes portèrent les mains à leur bouche, mais elles ne crièrent pas. Les élèves se tenaient à une distance respectable de Lageau et murmuraient entre eux.

Le même soir, Lageau vint nous voir au réfectoire et nous communiqua d'un ton calme qu'il prendrait le coupable, quand bien même il devrait aller le chercher sur la planète Mars. Il faisait son discours à deux mètres de ma table. Tout le monde savait qu'il avait brûlé les vêtements par mesure de représailles et beaucoup se demandaient pourquoi il s'attardait encore sur le sujet alors qu'il avait déjà donné libre cours à sa colère dans un feu de joie. Je n'étais pas le seul à rêver de le bombarder avec les morceaux de posho dégueulasse qui se trouvaient dans nos assiettes.

Le professeur de littérature, qui n'avait pas assisté à ce que nous appelions « la messe des singes », fit allusion à l'évènement en ponctuant la leçon, à intervalles irréguliers, de : « Mon Dieu ! » Nous essayâmes de le faire parler, mais il se contenta de dire avec un sourire ironique : « Je m'abstiens de commentaire. La parole est d'argent et le silence est d'or. Je préfère m'en tenir à l'or. »

Au séminaire, c'était un bourdonnement ininterrompu de spéculations : qui s'était payé la tête de Lageau ? Je me tenais à l'écart de cette effervescence. Lwendo essaya d'engager la conversation sur ce sujet, mais j'affichai une totale indifférence.

L'enquête de Lageau prit un tour qui m'inquiéta. Il rassembla des échantillons de notre écriture et annonça qu'il allait les entrer dans un ordinateur. Je me précipitai à la bibliothèque pour voir à quoi ressemblait un ordinateur. J'essayai de découvrir le fonctionnement de différents ordinateurs, mais ça ne me servit pas à grand-chose. Kaanders remarqua mon intérêt subit pour les ordinateurs et dit :

— Ah ! mon vieux, le père Lageau trouvera le coupable, mon vieux.

— C'est une honte, ce qu'ils ont fait à *Agathe,* mon père.

— Ah, mon vieux !

— J'espère qu'on trouvera le coupable, dis-je pour tâter le terrain. C'est sûrement le même qui vole les livres de la bibliothèque.

— Oui, mon vieux, oui.

Je demandai à Kaanders comment on se servait d'un ordinateur pour trouver le coupable et il me répondit que la machine pouvait trouver les similitudes dans la forme des lettres. Il fallait maintenant que j'efface mes traces en sabotant les efforts de Lageau.

Comme souvent le siège d'une dictature, le séminaire était pris dans des filets de rumeurs et de mystères. Au bout de plusieurs jours, Lwendo vint me dire que Lageau avait trouvé le coupable.

— Le staff s'est réuni hier soir à ce sujet, mais le personnel n'est pas unanime sur les mesures à prendre.

— Comment l'ont-ils trouvé ?

— Quelqu'un a glissé une feuille de papier sous la porte de Lageau et l'ordinateur a fait probablement le reste. Ils disent que le même type avait été signalé, il y a quelques nuits, dans le dortoir.

J'étais sûr maintenant de ne pas être le seul à haïr Lageau. Cela sentait le « Pêcheur ». C'est ainsi que nous appelions l'interrupteur de courant mystérieux. Ce type m'intriguait de plus en plus. Il devait ressembler à Bâton : toujours prêt à provoquer les autorités. Pêcheur m'avait-il vu, et voulait-il maintenant s'amuser à tourner Lageau en dérision ? Mais alors, pourquoi dénonçait-il certaines personnes ?

— C'est comme si on s'en prenait toujours aux petites brutes, dis-je avec une fausse indifférence.

— Mais Lageau, ce n'est pas comme Mindi. Les petites brutes ? Ce sont aussi ceux qui jouent les mauvais tours, non ?

Je me dis que je devais entreprendre au plus vite quelque chose. Il était fort probable que l'élève ne serait pas renvoyé de l'école. Mais pour le moment, je tablais sur la possibilité que Lageau n'ait pas le temps de surveiller convenablement *Agathe* parce qu'il avait trop de soucis en tête.

L'élève fut renvoyé chez lui dans la matinée. Il dit à ses camarades qu'on le rappellerait sûrement parce qu'il était innocent. La chose me semblait improbable car, une fois renvoyé, un élève n'était jamais repris, à moins qu'il fût issu d'une famille puissante, avec des relations épiscopales, ce qui n'était pas le cas de ce garçon. J'étais fermement décidé à enrayer le déroulement des événements.

Cette fois, je surveillai le gardien de nuit. Il dormait. J'arrivai au hall par le réfectoire. L'odeur d'*Agathe* m'excitait. *Agathe* ! Telle une magicienne qui astique sa boule de verre, elle suscitait en moi toutes sortes d'images. Je l'imaginai sur le lac et entendis le vent gémir autour d'elle, au-dessus du vrombissement monotone de son moteur. Le bruit avait l'air d'enfler jusqu'à remplir le couloir et faire vibrer le sol.

Je mis un genou en terre, prêt à envoyer un coup à l'estomac de toute personne qui m'espionnerait.

Sous les mots « Mon Dieu ! » qui n'avaient toujours pas été effacés, je gravai : « Peau-Rouge ». Une sueur froide coulait dans mon dos et sous mes aisselles. Je me relevai en sursaut, croyant qu'on m'avait tapoté l'épaule. Fausse alerte !

Je sortis du couloir, soulagé, en laissant derrière moi le clou rouillé. J'avais réussi une deuxième fois ! Cette fois, je pris par le réfectoire et derrière les locaux scolaires. Les bancs bien rangés avaient quelque chose de divin. Ils représentaient un monde à part, avec ses lois, ses récompenses et ses châtiments. J'apercevais déjà les acacias, au loin. J'étais presque arrivé. Les arbres, le bruissement des insectes, le bois un peu plus loin me faisaient penser à mon village, aux marécages, aux montagnes, à l'école élémentaire de Ndere, à la tour de l'église, aux nonnes et à Santo, le fou du village.

Je n'étais plus très loin des salles de bains ; elles sortirent de l'ombre comme des statues décapitées et me rappelèrent les pompes à essence près desquelles se retrouvaient Serenity et ses amis. Je tournai l'angle du dernier bâtiment et faillis littéralement renverser Dorobo. Il devait sourire car le disque noir de son visage était traversé par un trait blanc. La surprise me figea sur place.

— Bonjou, mon pè, grommela-t-il.

— B-bonjour.

J'avais oublié son nom. J'aurais voulu l'appâter avec le son de son vrai nom, mais le seul qui me vint à l'esprit fut Dorobo, le nom d'une tribu du Kenya que les séminaristes lui avaient donné parce qu'il était si noir. Ce qu'il était très grand ! Il me faisait penser à ces lutteurs en cage américains, terrifiants. J'aurais pu être moi-même à l'intérieur d'une cage en acier, glissant sur le tapis couvert de sang et de sueur, essayant d'imaginer un moyen d'échapper à ce monstre. Que pouvais-je faire sinon attendre qu'il dise quelque chose et peut-être implorer sa grâce ? Dorobo me surprit avec un trait d'humour :

— Vous pas domi, mon pè ?

— Euh, je dormais...

Je fus tenté d'ajouter à ma réponse les mots hautement paternalistes de « mon fils », mais je n'osai pas. Il pouvait m'arrêter pour vadrouille, vol de soutane et viol d'*Agathe*...

Je pensai à Bâton et aux cadavres : comme il devait se sentir grand quand il nous montrait les macchabées comme si c'étaient des poupées ! Comme il devait se sentir puissant quand il poussait la tête d'Island sur le bas-ventre de la femme ! L'idée me vint ici que cela avait dû le faire bander. Sinon pourquoi aurait-il relevé de son pied la jupe de la femme ? J'étais heureux de n'avoir rien vu. De ne pas avoir vu ce qu'il y avait sous sa jupe.

— Vous pas domi, mon pè ? et le géant rigola.

J'aurais voulu rire moi aussi, mais je ne savais pas ce qui me pendait au nez.

— Oui, beaucoup de souci pour les examens.

J'étais bon pour un plus grand choc ; il dit :

— Mèci pou le tuc de *Agathe,* hi, hi, hiii.

— Euh...

— Mèci pou le boulot de Mindi aussi, hi, hi, hi ! dit-il dans un nouveau rire.

Bon, sûr qu'il me réservait un chien de sa chienne : il allait me faire chanter. Mais s'il avait su dès le début, pourquoi alors avait-il attendu si longtemps avant de se manifester ? Pour avoir assez de preuves de manière à me mettre le couteau sous la gorge ? Ah, oui, bien sûr ! Il voulait que je falsifie des documents à son avantage et que j'y appose un cachet. Il voulait probablement une recommandation écrite sur papier du séminaire, avec un cachet et la signature du directeur. Je pouvais lui fournir tout ça, même si ce n'était pas si facile. Je pensais qu'il cherchait un meilleur emploi, mais à l'insu du personnel.

— Tu me remercies ? dis-je en attendant l'explosion de la bombe.

— Oui, oui. Tès for, tu sais. Pè Mindi pas bon. Pè Lago pas bon. Toi ? Ha ! ha ! ha ! for. Autes gaçons, lâches, mais toi ? (Il partit de nouveau dans un grand éclat de rire qui me mit mal à l'aise.) Pè Lago demandé moi su le bateau et moi di chèché voleu, pas ékivain, ha ! ha !...

Le géant se plia en deux, se frappa les cuisses et hurla de nouveau de rire.

Je commençai à craindre qu'un prêtre insomniaque ne nous entende et ne me mette la main au collet.

— Tu es très malin de chercher des voleurs et pas des écrivains !

Je n'arrivais pas vraiment à rire de bon cœur.

— Moi aussi ékivain, dit-il en indiquant son énorme poitrine traversée par un carquois plein d'horribles flèches. Moi mète papié avec nom dans bueau Mindi et Lago. Hi, hi, hi !

Il partit dans un de ses rires tonitruants. Cette fois, je le suivis.

— Toi ?

— Oui, pou jeu Doobo.

Je me bidonnais, car je comprenais enfin. Un groupe d'élèves se moquaient de cet homme, sous couvert de jouer à faire des phrases.

— J'ai rencontré hier un guerrier Dorobo disait l'un.

Et l'autre :

— Tu savais que la mère du père Mindi est une Dorobo ?

— Ça alors, quel hasard ! L'oncle de l'évêque était aussi un guerrier Dorobo !

Ces mêmes élèves avaient été accusés d'avoir endommagé l'auto du père Mindi. Aucun d'eux ne savait qui les avait accusés. Le gardien de nuit nous avait tous eus ! Tout s'expliquait maintenant : aussi bien le père Mindi que le père Lageau avaient voulu le renvoyer, mais le directeur s'y était toujours opposé.

— Toi, mainant, pè. Domi, domi.

Il émit un ou deux ronflements et disparut dans l'obscurité. Rien ne m'enlevait de la tête que c'était lui Pêcheur, le saboteur du courant électrique, un vrai pêcheur d'hommes. Je m'empressai de rejoindre les salles de bains. En me glissant dans mon lit, je claquais encore des dents. Le séminaire fut frappé de consternation et d'incrédulité lorsque le matin révéla qu'*Agathe* avait de nouveau été maltraitée. Le directeur nous montra le clou laissé par le malfaiteur et condamna cet acte. Le père Lageau eut une nouvelle crise de migraine, avala des pilules et resta au lit toute la journée. Les membres du personnel, qui craignaient de voir leurs autos subir le même sort, prirent la défense de Lageau et lancèrent des menaces.

Agathe fut repeinte et munie d'un système d'alarme fabriqué en Allemagne. Le bruit courut que Lageau avait commandé un chien policier farouche. Comme si j'étais assez bête pour refaire le même coup ! Le chien arriva après mon départ du séminaire. Des années plus tard, les soldats envoyés par le gouvernement pour débarrasser la forêt des francs-tireurs le dépecèrent et le rôtirent.

— Le système d'alarme d'*Agathe* va vous coûter une année de nourriture, avait confié Lageau à ses amis de volley.

Soit ! De toute manière, nous n'attendions plus rien de lui et notre espoir de temps meilleurs s'était évanoui. Les séminaristes plaisantaient maintenant sur *Agathe* et sur le chien.

— Comment va *Agathe* ?

— Oh ! Très bien.

— Qui est cette *Agathe* ?

— Une petite putain aux cheveux jaunes.

— Où a-t-elle passé la nuit ?

— Elle a trompé son maquereau qui, pour se venger, l'a marquée.

— Comment a réagi son ami ?

— Il lui a acheté un chien policier.

Cadenas perdit ses parents à peu près à la même époque. Au moment même où je me trouvais nez à nez avec le gardien de nuit, une vipère heurtante aux dessins flamboyants fut attaquée et chassée par des fourmis rouges. Elle déplaça son quartier général dans un champ de patates douces, à bout de forces, et se terra sous les rares feuilles laissées par la saison sèche et les premières récoltes. Quelques heures plus tard, la vieille femme réveilla son mari pour les prières du matin, le rosaire et les hymnes à la gloire du nouveau jour de Dieu. Ce rituel était comme une deuxième nature : ils le suivaient depuis quarante ans. Ils étaient ravis de pouvoir adresser une prière au Dieu qui avait envoyé deux de leurs enfants à Rome et en Terre sainte, et les avait ramenés sains et saufs à la maison. La vieille femme prépara du thé dans la cuisine, sur un feu de bois, en but une tasse et s'empressa d'aller dans le jardin, laissant son mari dans le salon sous le regard protecteur de Jésus sur sa croix et du reste de la Sainte Famille. La journée s'annonçait torride. Le ciel était pur et elle distinguait déjà le bois dans le lointain. Une partie portait encore les marques de la tempête récente, cette tempête que des impies attribuaient à Mbale. Quelle pensée ridicule et désolante ! Ces gens-là avaient besoin d'une base sur laquelle s'appuyer : Dieu. La tempête n'avait pas causé de grands dommages à sa maison et à ses jardins. Dieu les avait protégés et non pas la colline, comme le prétendaient certains. Mbale avait été plus touché et avait beaucoup de dettes, mais ce n'était pas grave : il devait maintenant travailler encore plus dur et prier encore plus, Dieu ne refusant rien quand on le lui demandait d'un cœur sincère.

La vieille femme se pencha pour ratisser les rares feuilles de patates douces qui tenaient encore à leurs tiges serpentines. Elle sentit dans le bas du dos cette douleur lancinante dont elle souffrait depuis des années et qu'elle avait offerte à la Vierge Marie. Elle enjamba des plants malingres de pommes de terre, ramassa les feuilles et les entassa au fond du jardin. Elle promena son regard sur les mottes dénudées qui avaient survécu au vent, à la pluie et à la première récolte faite en creusant avec des bâtons. Elle prit sa bêche pour remuer la terre, ramasser les dernières pommes de terre et préparer le terrain pour la prochaine culture. La douleur la traversa de nouveau. Il allait falloir demander à un de ses petits-enfants, peut-être un enfant de Mbale, de venir vivre chez elle pour l'aider dans ses travaux. Elle leva sa bêche, la planta profondément dans la terre qui recouvrit ses pieds et ramassa les pommes de terre une à une. Les dernières récoltes étaient généralement pauvres et celle-ci ne faisait pas exception : les pommes de terre étaient petites et filandreuses.

A ce moment, elle sentit quelque chose griffer son pied droit. C'était sûrement une de ces fourmis rouges qu'elle avait vues courir près des latrines. Tout en remuant la terre, elle remerciait Dieu pour les dons dont il avait comblé sa famille : ses enfants qui étaient rentrés avec la bénédiction du pape et des photos où ils se tenaient au côté du Saint-Père, c'était plus qu'elle n'eût jamais osé espérer. Toute la peine qu'elle avait mise à les élever montait maintenant vers les portes du ciel comme un nuage d'encens. Ses enfants à elle, des enfants qui avaient eu la vie dure, qui étaient allés à l'école pieds nus, qu'on avait tournés en dérision à cause de leur pauvreté, ses enfants s'étaient rendus en avion en Terre sainte ! Les bénédictions rapportées par Nakkazi étaient la preuve que Dieu avait pardonné à ses sœurs d'avoir péché, de s'être révoltées contre la volonté de Dieu, d'avoir jeté le déshonneur sur la famille en mettant au monde des enfants illégitimes et en dédaignant le mariage.

Elle ne sentit pas non plus la deuxième égratignure car elle était entièrement prise par ses réflexions. Elle pensait au mariage de Nakkazi. Que de monde à la fête : une multitude de parents, d'amis et d'étrangers. Elle entendait encore les coups de marteau des ouvriers qui démolissaient l'ancien toit et plaçaient le nouveau. Elle voyait la mariée étinceler au soleil sous la couche d'huile de karité qui pénétrait de plus en plus dans sa peau. Elle s'était sentie bousculée par la belle-famille et avait insisté pour qu'on refuse le moyen de transport qu'elle leur avait offert. Puis, le jour du mariage, leurs voitures étaient tombées en panne et la plupart de leurs invités n'avaient pas pu assister à la fête. Un instant, elle avait craint que Nakibuka ne sème la zizanie : la manière dont elle avait regardé le marié était indécente. Dieu merci, il ne s'était rien passé et Nakkazi était heureusement mariée depuis des années et n'avait jamais proféré la moindre critique sur sa tante. Et maintenant, un des garçons de Nakkazi allait devenir prêtre ! Quel honneur ! la vieille femme avait le sentiment d'avoir accompli sa mission sur terre.

La troisième égratignure la secoua : c'était une piqûre aiguë comme celle d'une longue épine ou d'une grande aiguille. Comme elle ne voulait pas interrompre le cours de ses pensées, elle fit ce qu'on fait machinalement dans ces occasions-là : elle souleva son pied gauche et frotta énergiquement son talon sur l'autre pied, sans regarder, pour écraser la fourmi rouge. Mais son talon rencontra quelque chose de gros et mou comme une pomme de terre pourrie. Elle fit un saut en l'air et vit la queue de la vipère se balancer comme un morceau de corde sale. La frayeur aidant, la pointe de flèche attachée à son pied prit la dimension d'une citrouille. Jésus, Marie, Joseph, qu'est-ce qui se passait ? Elle se mit à crier et sortit du jardin en courant ; la vipère était toujours accrochée à son pied. Elle sentait déjà le poison couler dans ses veines, sa jambe s'alourdir. Reprenant ses esprits, elle revint sur ses pas pour se saisir de la bêche, trancha la bête en deux et, ce faisant, elle faillit perdre son gros orteil. Elle vit son mari se diriger péniblement vers elle avec les voisins. Qui s'occuperait de son mari quand elle ne serait plus là ? Elle devait rester en vie. Les voisins, plus rapides, la rejoignirent les premiers. Ils arrachèrent la vipère, calmèrent la femme et l'aidèrent comme ils purent.

Elle succomba au poison sur le chemin de l'hôpital, les oreilles pleines du bruit sauvage de vents furieux.

Son mari n'assista pas à son enterrement. La mort de sa femme avait déchaîné en lui la tempête d'un paludisme vieux de dix ans qui s'en prit avec une fureur diabolique au cœur même de son être. Au bout de deux jours, son fils lui administra les saints sacrements et, après lui avoir donné l'extrême-onction, Mbale retourna chez lui pour s'occuper de l'enterrement de sa mère. La nouvelle de la mort du vieil homme parvint au moment où les gens ayant assisté aux obsèques de la vieille femme s'en revenaient chez eux.

Je n'assistai ni à l'un ni à l'autre enterrement : je laissai les morts s'enterrer tout seuls à cause de mes examens et parce que le père Kaanders avait besoin de moi pour récupérer les livres que gardaient encore les élèves excités par leur départ proche. Ce fut une semaine agitée, tourmentée par la faim et l'école buissonnière. Quelques volontaires se proposèrent pour nous aider, mais ils ne firent pas avancer les choses. Sur chaque livre, nous contrôlions le cachet du séminaire et le numéro de série. Beaucoup d'ouvrages manquaient, mais je ne pouvais rien y faire. Kaanders continuait à s'endormir et à baver sur les livres. Pendant mes rares moments de liberté, je me forgeai une lettre de renvoi du séminaire que je munis d'une signature et du cachet du séminaire avec le tampon dont nous nous servions à la bibliothèque. Je me recommandai aussi aux meilleures écoles que je connaissais.

Lwendo ne comprenait pas pourquoi, au nom du ciel, je quittais le séminaire. Lorsque je le revis plus tard, il était lieutenant de l'armée. Une guérilla avait eu lieu et avait été maîtrisée, et l'unité des guérilleros à laquelle il s'était rallié après avoir été chassé lui-même du séminaire était devenue l'armée régulière.

LIVRE V

Mille neuf cent soixante-dix-neuf

Les années soixante-dix furent celles des self-made-men qui, malgré la pauvreté de leur bagage, s'élevèrent à des hauteurs vertigineuses dans la machine du pouvoir, avant que leur char de triomphe ne se précipite dans l'abîme. Je pense à Richard Nixon, au président Mao, à l'empereur Bokassa et à Elvis Presley. Ils étaient comme les papillons de nuit jaunes qui venaient de loin voleter autour de la lampe tempête de Grand-pa. Fascinés par la lumière, ils faisaient des ronds autour du verre, sans le toucher, et évitaient les trous d'aération mortels pratiqués sur le dessus de la lampe. Mais les plus insatiables ne résistaient pas à la tentation suprême. Ils étaient aspirés dans les trous et grillés. D'autres se brûlaient au verre ou tombaient d'épuisement. Ce rapport apparent entre la luminosité et la mort m'a donné à réfléchir pendant plusieurs années.

Ma jeunesse était aussi, en quelque sorte, en train de s'éteindre : elle se dépouillait de sa carapace de précocité téméraire pour pénétrer dans la nouvelle lumière de la maturité. J'étais en train de prendre une nouvelle orientation. Mes yeux s'ouvraient au monde et découvraient des perspectives que j'avais ignorées jusque-là. Mon flirt avec le général Amin avait pris fin, tué par la lumière assassine de la vérité. J'avais dépassé ma phase de révolte contre Serenity et Cadenas. Pendant toute cette période, j'en prenais conscience maintenant, j'avais refoulé mon dégoût du gouvernement de mon pays pour la simple raison que je voulais défendre mon propre territoire. Se défaire de sa vieille peau s'avérait une opération douloureuse. Je me sentais irritable, désorienté, coincé. L'avenir semblait bouché. Je balançais sans cesse entre la joie et le désespoir. Je tremblais à l'idée de devoir me redéfinir. Longtemps je crus que je poursuivais un mirage.

Pendant les vacances scolaires, j'avais toujours eu l'impression que la vie, au séminaire, se déroulait dans un cercle magique ou dans un corral invisible. Le monde extérieur était un chaos cruel, informe, compliqué, où seuls les plus forts gagnaient. La connaissance des rouages de la société exigeait un don d'observation, de l'intelligence et de la perspicacité, mais le séminaire ne stimulait pas ces qualités. Après avoir fait pendant des mois ce qu'on nous demandait de faire, nous retournions dans le monde des survivants impitoyables avec le sentiment insupportable d'être étrangers et faibles. Les pères parlaient du monde comme d'une « fosse aux lions » et, en effet, il devait l'être en grande partie mais, avec tous ses dangers, il renfermait l'incontestable ivresse de l'exploration. C'était le seul endroit où l'on pouvait sonder ses sentiments et ses pensées parce que les rôles que l'on jouait n'étaient pas prescrits d'avance comme ceux du séminaire. Le monde extérieur était une école impitoyable, pourtant sous les montagnes de paille étaient enfouis des grains précieux pour la confection du pain de la vie.

Je passais toutes mes vacances chez tante Lwandeka car les despotes m'avaient exilé chez elle après le pseudo-incident sexuel avec Lusanani. Comme tous les collégiens, je les attendais avec impatience. Mais j'arrivais chez ma tante épuisé par la corvée du ramassage des livres de bibliothèque, à la fin de chaque semestre, et les premiers jours se passaient dans une délicieuse sensation de dépaysement ;

j'essayais de remettre les pieds sur terre et de récupérer des forces. Je ressemblais en quelque sorte à un touriste qui arrivait au début de la saison et ne repartait qu'après avoir satisfait tous ses appétits. Je jouissais de mon anonymat dans une ville industrielle en perte de vitesse, dont le passé était plus grandiose que le présent. Je m'amusais à observer des gens différents de ceux que je fréquentais au séminaire et dont les histoires me fascinaient. Je faisais temporairement partie de cette foule maudite, folâtrant sur les chemins de Sodome et Gomorrhe sans vraiment risquer de m'y perdre. Les histoires d'oncle Kawayida sur la vie dans les villes affluaient à ma mémoire. Je les habillais de neuf avec les nouvelles qui nous parvenaient sur les dernières cabrioles d'Amin : fluctuation des prix, corruption, meurtre, parades militaires, viols, amour... et j'essayais d'en faire un tout. Je me régalais comme un ours qui s'empiffre en prévision de la saison froide.

C'est pendant ces vacances que je me rendis compte de la force du poison que l'hydre déversait au cœur même du séminaire. C'est alors que les efforts des pères pour nous persuader que notre vocation était unique et que nous étions tout à fait différents des pécheurs qui vivaient à l'extérieur portaient leurs fruits. Il n'était pas facile de prendre part à la vie ambiante. La réalité était une boîte de Pandore vide. Les cabrioles d'Amin ressemblaient à celles des bandes dessinées. Les cadavres trouvés dans la forêt vierge étaient des personnages qui jouaient le rôle de morts. La pénurie des ressources de première nécessité et les privations en général n'étaient que des phénomènes temporaires qui prendraient fin en même temps que le film. Et la résignation se couvrait du brillant de l'héroïsme. La catastrophe imminente avait des échos apocalyptiques. C'étaient les derniers soubresauts avant l'arrivée du sauveur. Cette vision faussée des choses avait beau être une manière d'autodéfense, elle n'en exigeait pas moins de grands efforts de la part de ceux qui la proclamaient. En fait, je n'étais ni le premier ni le dernier séminariste à ployer sous ce lourd fardeau.

J'abordai tante Lwandeka comme un puzzle, une personne tombée en morceaux qu'il fallait que je recompose dans les circonstances presque surréalistes de cette époque où beaucoup de choses n'étaient pas ce qu'elles paraissaient. Elle ne me donna jamais de détails sur son enlèvement, son emprisonnement et sa libération. Il lui arrivait de dire qu'elle avait été emportée dans une auto, questionnée, menacée et traînée devant les tribunaux. Rien de plus ; tandis qu'elle avait donné tous les détails à tante Kasawo, Cadenas et les autres adultes. Désireux de faire partie de ce petit nombre d'initiés et ne pouvant pas obtenir mes informations de la bouche de la principale intéressée, je dus chercher d'autres sources de renseignements. Je mis presque deux années scolaires pour recomposer le puzzle, mais j'y parvins.

Au début des vacances, j'espérais toujours trouver un nouveau document, une nouvelle rumeur vague ou une histoire à ajouter au dossier. Ma principale découverte fut une note écrite par tante Lwandeka en grosses lettres maladroites sur une page déchirée d'un cahier d'un de ses trois enfants. Je la trouvai entre les pages d'une bible, au fond d'une valise. Elle disait :

7/3/73 alèst. balak. inteogatoi. sèpan. gantom, couto. bligadié, libèté.

La première fois que je lus ces mots, je partis d'un grand éclat de rire. Je n'avais jamais vu une orthographe aussi originale chez un adulte. Il y avait là de quoi amuser toute une classe pendant plusieurs jours. Qui sait de quoi Bâton aurait traité une telle personne ? Mais il s'agissait de ma tante maternelle, de cette petite paysanne qui avait tenu tête à ses parents catholiques et refusé d'aller jusqu'au bout de l'école élémentaire. J'aurais bien aimé qu'elle écrive un journal intime, avec des tas de détails succulents ! Mais comme la plupart des paysannes, elle n'avait pas fait la chronique de sa vie. Cette note était une manière de pense-bête et j'étais convaincu que la seule décision de l'écrire avait dû être pour elle un vrai casse-tête. La vue de cette écriture enfantine éveilla en moi le besoin de la protéger. Je me sentais très lié à elle parce que je connaissais son secret, son talon d'Achille. Et je sentais aussi que j'avais le pouvoir de la sauver.

J'ajoutai les nouveaux faits à l'esquisse de son histoire que j'avais déjà tracée. Je savais maintenant qu'elle avait été arrêtée le 7 mars, conduite dans une baraque où elle avait subi un interrogatoire dirigé par un homme de haute taille qui tenait un couteau dans sa main. Elle parla au grand homme d'un certain brigadier qui influença la suite des événements. Elle dut comparaître devant les tribunaux et fut finalement libérée. Mais qui était Sèpan ? Etait-ce une anagramme ? Et si c'était le cas, était-ce le nom d'un étranger ou d'un fier-à-bras quelconque de notre propre terroir ? Désignait-elle l'homme de haute taille ou le brigadier ? Ou ni l'un ni l'autre, mais l'Allemande dont la lettre adressée à Tante avait été à l'origine de tous les problèmes ? Je fus plusieurs fois tenté de laisser tomber le mot « sèpan » dans la conversation pour voir sa réaction, mais je me maîtrisai héroïquement car je ne voulais pas qu'elle ait une mauvaise opinion de moi.

Lorsque je compris enfin que « Sèpan » n'était pas une personne mais un reptile, je sentis une vraie colère contre Tante : pourquoi ne m'avait-elle pas mis au courant ? Je savais qu'elle avait une peur bleue des serpents et des vipères, mais je voulais savoir pourquoi. Le saligaud l'avait peut-être contrainte à manger du serpent cru ? Ou à forniquer avec un serpent ? Que signifiait tout cela ? Je sentais qu'elle me cachait quelque chose d'essentiel.

Après sa libération, tante Lwandeka était entrée dans la politique. Quelque chose avait changé pendant cette semaine où elle avait vu la mort de près. On pourrait dire que le poison du serpent lui était monté à la tête. Son écriture restait peut-être enfantine, mais ses années d'enfance étaient définitivement révolues. Son engagement politique avait été insignifiant avant son arrestation, mais dans les années soixante-dix, lorsque les activités des guérilleros réfugiés en Tanzanie s'intensifièrent, il prit un grand essor. Petit à petit, elle me raconta toute l'histoire. Elle s'était affiliée au N.R.M.[1]. Le N.R.M. était une petite cellule de la guérilla, chapeautée par le mouvement général qui opérait à partir de la Tanzanie. Le N.R.M. avait pour mission d'effectuer de petits attentats contre le gouvernement : saboter des centrales électriques, faire sauter des ponts, casser des barricades militaires et contrecarrer les projets des autorités.

J'appris, par le peu qu'elle voulut bien me dire, que Tante était chargée de transmettre des informations sur les mouvements des troupes locales, les barricades et les adresses de personnages importants. Elle faisait aussi partie du groupe qui planquait les guérilleros du N.R.M., leur procurait des laissez-passer, des attestations de paiement des impôts, des cartes d'identité, etc. C'était évidemment un jeu dangereux. Si les soldats d'Amin la reprenaient, ils ne la lâcheraient pas de sitôt : cette fois, ils la violeraient, la tortureraient et l'assassineraient peut-être, à moins qu'elle ne les supplie elle-même de mettre fin à sa souffrance. De toute façon, j'étais sûr que ce qu'on lui avait fait la première fois — la pousser dans le coffre d'une voiture à trois heures du matin — aurait l'air d'une plaisanterie d'écolier en comparaison. Tout le monde savait désormais que les ser-

1. National Reform Movement (Mouvement national de libération).

vices de la Sûreté nationale et militaire, et autres organismes secrets, avaient une peur bleue de ce qui se préparait en Tanzanie. Tante savait de quoi étaient capables les hommes d'Amin, mais elle leur faisait un pied de nez : elle avait déjà dépassé le dernier handicap : l'angoisse devant la mort. Tout ceci n'était pas très rassurant. Au séminaire, on nous apprenait que toute autorité émanait de Dieu, et même si je ne croyais pas à ce postulat, il n'était pas impossible qu'il contienne quelque vérité. Les pièces du puzzle que j'étais en train de rassembler avaient parfois quelque chose de diabolique. Je n'aimais pas ça.

La première fois que Tante se trouva dans des difficultés, la fois où Cadenas s'absenta pendant quatre jours, où je dus m'occuper tout seul des chiards et où je m'emparai de la canette, ce fut à cause de la lettre d'une Allemande. Le docteur Wagner était venue en Ouganda dans l'intention d'ouvrir un cabinet médical, mais pour s'habituer au nouveau pays elle avait commencé par travailler dans un hôpital catholique. Tante l'avait connue à cette époque. Le docteur Wagner l'avait d'abord engagée comme femme de ménage, mais plus tard, impressionnée par son ardeur au travail, elle lui avait conseillé de retourner à l'école pour améliorer son anglais et poursuivre ensuite ses études. Tante applaudit à ce projet, et la proximité d'une personne instruite la motivait encore plus. Elle admirait le docteur Wagner et la trouvait facile à vivre parce que ses règles étaient claires et que tout se passait à heures fixes et selon un ordre fixe.

Le docteur Wagner ne fut pas troublée par le coup d'Etat de 1971 : elle savait que, quel que fût le régime, on avait toujours besoin de médecins. L'exode des Asiatiques la secoua sans la démonter — sa profession exigeait qu'elle reste — et, au lieu de la décourager, il raffermit sa résolution car il élargissait son terrain d'action. Elle devait maintenant s'occuper de tous les patients qui, avant, se faisaient soigner par des médecins asiatiques. La guerre économique et la politique économique indigéniste créèrent des troubles qui l'inquiétèrent. Mais comme l'hôpital de la mission dans lequel elle travaillait existait depuis le début du siècle, elle ne craignait pas de perdre sa place, bien qu'elle commençât à douter de pouvoir un jour ouvrir son propre cabinet. L'épée d'Amin s'abattit ensuite sur les Anglais, les Américains et les Allemands. Elle eut la permission de rester, mais les choses allèrent de mal en pis. Deux ambulances furent volées. Des membres du personnel disparurent puis revinrent sans vouloir dire où ils étaient allés. Le docteur Wagner pensait que, au sein du gouvernement, il y avait une personne qui harcelait l'hôpital catholique parce que l'archevêque avait critiqué le régime d'Amin. L'hôpital prit des mesures et engagea des gardiens. Il conseilla aussi à son personnel de ne pas sortir le soir et de n'ouvrir la porte à personne après le couvre-feu. Le docteur Wagner croyait malgré tout qu'elle avait encore une chance. Elle n'était pas en état de rentrer en Allemagne : sa mère était morte d'un cancer et elle était encore trop bouleversée pour retourner dans son pays. L'ordre de renouveler son permis de travail tous les mois lui mit la puce à l'oreille. Elle envisagea d'aller travailler au Kenya voisin, mais les rares fois où elle s'y était trouvée en vacances, elle avait senti un climat racial qui ne lui plaisait guère. Lorsque, enfin, on lui signifia de quitter le pays dans les vingt-quatre heures, elle rentra en Allemagne, offusquée.

Le docteur Wagner envoya à son ancienne femme de ménage une lettre qu'elle avait réécrite à plusieurs reprises pour diluer un peu le venin qu'elle contenait. Mais elle n'avait pas voulu effacer certains passages comme celui-ci : « A l'aéroport, les soldats m'ont volé mon argent. Ils voulaient aussi me prendre ma montre, mais je ne la leur ai pas donnée. Je leur ai conseillé de demander une augmentation de salaire au général Amin s'ils trouvaient qu'ils n'étaient pas assez payés pour terroriser les gens. L'un d'eux essaya de me frapper avec la crosse de son fusil, mais son collègue l'en empêcha. Je me demande comment tu fais pour vivre dans une telle atmosphère. Tu es toute seule maintenant. Bûche ferme et fais en sorte de décrocher ton diplôme. Tiens-moi au courant de ce que tu fais et de la situation du pays ; si ce que tu dis est important, je ferai circuler tes lettres parmi les amis et les intéressés. Prends soin de toi et retiens une chose : les soldats ougandais sont très dangereux... »

L'ouverture du courrier en provenance de l'étranger était chose courante et les zélés, qui voulaient en imposer à leurs chefs tyranniques et être dans leurs petits papiers, se jetèrent sur la lettre du docteur Wagner comme une troupe de lionnes affamées sur un énorme buffle. Le jour même, ils se rendirent chez Tante qui vivait encore à l'hôpital Nsambya où était adressée la lettre. Ils prirent d'assaut les appartements du personnel subalterne, l'arrachèrent de son lit, la fourrèrent dans le coffre d'une voiture et la transportèrent à deux kilomètres de là, dans les baraquements militaires de Makimbe où ils avaient un bureau.

Tante Lwandeka accueillit toutes les menaces sans ciller. Elle était consciente de l'importance de son cas qui serait sans aucun doute porté devant les tribunaux comme preuve de l'infiltration, de l'espionnage et de la campagne de calomnies organisés par les Allemands. Il confirmerait l'opinion selon laquelle ceux qui travaillaient pour la mission et autres employés de l'Eglise étaient des espions au service des gouvernements étrangers. Les ravisseurs de tante Lwandeka voulaient obtenir une confession sans lui laisser des marques visibles de contrainte physique car elle devait comparaître devant le juge. Mais, n'obtenant pas ce qu'ils voulaient, ils commencèrent à s'énerver. D'ordinaire, les femmes se mettaient vite à table, mais Tante n'ouvrit pas la bouche et laissa leurs injures et leurs menaces glisser sur elle avec un regard calme et vide. Le *gantom* commanda à ses soldats de la renverser sur une table et de l'y lier. Il tira son couteau et menaça de la taillader. Sans résultat. Alors, d'une boîte en fer, il sortit un cobra furieux qu'il approcha de son pied. La bête la mordit plusieurs fois ; elle fut désemparée mais garda tout de même son sang-froid en essayant de se persuader que les dents du serpent avaient été limées et son venin dilué. Elle cria pourtant d'angoisse et les hommes rirent et lui caressèrent le visage avec arrogance. Le serpent la mordit encore à plusieurs reprises, mais elle sut se taire. Furieux, l'homme s'empara de la bête et l'introduisit dans le décolleté de sa robe. Saisie d'horreur, elle se mit à crier comme une folle en tirant sur les cordes, mais les hommes se marraient et se donnaient des tapes dans le dos. Ils chantaient en dansant en rond : « Amin, yé, yé ; Amin, you, you ! » Tante crut qu'elle allait perdre connaissance. Le reptile continuait à ramper sous sa robe comme s'il voulait pénétrer au plus profond de son corps et les détruire, elle et ses futurs enfants, en lui injectant son poison mortel. La terreur ne peut avoir qu'un temps, les brutes le savaient bien. L'homme la délivra finalement du serpent dont il caressa la tête. Pour la dernière fois il le passa sur le visage de sa victime et lui commanda de répondre aux questions suivantes : « Quel était le nom du service d'espionnage pour lequel travaillait le docteur Wagner ? Quel genre d'espions recrutait-elle ? Quelle attaque militaire préparait-elle ? Etait-elle impliquée dans la tentative d'invasion des guérilleros en 1972 ? Quelles informations secrètes Tante envoyait-elle à cette espionne allemande ? Quels autres employés de l'hôpital étaient impliqués dans cette affaire ? Et depuis combien de temps durait-elle ? »

Tante refusa de répondre. Ils portèrent leur couteau tout près de son visage, mais elle ne desserra pas les dents. Elle savait qu'ils ne la tailladeraient pas. Elle attendait le bon moment pour porter son coup. Quand elle le jugea venu, elle demanda à parler sans tarder à un brigadier qui était fort connu.

Non, mais putain de merde, pour qui se prenait-elle ? Putain de merde, à qui croyait-elle avoir affaire ? Putain de merde, pour qui prenait-elle le brigadier ?

Elle répéta plusieurs fois qu'elle avait travaillé pour lui. Et qu'elle avait attiré dans un piège des dissidents et des espions étrangers.

Pourquoi n'avait-elle pas parlé plus tôt ? Désemparés, les hommes commencèrent à avoir des doutes et un peu d'appréhension. Si on voulait garder sa place à la Secrète — et le grand homme et ses acolytes ne l'ignoraient pas —, il ne fallait surtout pas marcher sur les pieds des huiles et, à l'occasion, il fallait savoir mettre la pédale douce. Bien que le grand homme eût une terrible envie de donner une leçon à cette femme, il savait qu'il creuserait sa propre tombe en continuant sur cette voie, surtout si ce qu'elle disait était vrai. C'est ce qui sauva ma tante. Même si le brigadier n'allait pas réagir tout de suite, Tante savait qu'elle avait assez effrayé les brutes pour qu'ils la laissent tranquille.

Le brigadier commanda de la faire comparaître devant le tribunal où elle arriva dans une robe à fleurs, large et longue, qui cachait les morsures de serpent. Mais le dossier de l'affaire avait été volé ou caché, ou les deux à la fois, et la lettre du docteur Wagner avait aussi disparu. Le juge était furieux d'avoir ainsi gaspillé son temps. Au bout de quinze jours, on prononça un non-lieu. Les frères et sœurs de Tante achetèrent, avec l'aide financière de Cadenas, les brutes qui l'avaient arrêtée et l'affaire n'eut pas de suite. Tante fut relâchée une semaine après. Plus tard, le brigadier passa en Tanzanie où il rejoignit les exilés et les rebelles.

Cadenas et Kasawo se servirent dès lors de cet incident pour dissuader leur sœur de continuer à faire de la politique et de s'occuper des dissidents. Elle-même victime d'un attentat, dans le passé, Kasawo pensait qu'elle était un expert assez crédible dans l'art de survivre aux difficultés et elle espérait que sa sœur cadette écouterait ses conseils et avertissements. Elle pensait aussi que sa jeune sœur faisait de la politique pour compenser le fait qu'elle n'avait pas réussi à trouver un homme qui veuille l'épouser et fonder une famille avec elle.

En bonne sœur cadette tout juste réchappée des mâchoires de la mort, Lwandeka ne se défendait pas et montrait le respect dû aux sœurs aînées. Elle les laissa causer tout leur soûl.

— Arrête toutes tes absurdités politiques, ordonna Cadenas. Nous avons été malades de peur. Nous avons craint qu'il ne te soit arrivé quelque chose de grave. Tu ne peux pas penser aux autres, pour une fois ? Tu te rends compte que tu entraînes toute la famille dans le malheur si tu ne renonces pas à tes activités ?

— Cherche-toi un homme, épouse-le et fonde une famille. (Kasawo dit sa formule favorite avec un sourire.) Et si tes propres enfants ne te suffisent pas, tu peux toujours t'occuper d'orphelins.

— N'écris plus de lettres à des espions étrangers ! s'écria Cadenas avec colère. Que veux-tu que cette Allemande fasse pour toi ? Pendant tout son séjour ici, elle s'est servie de toi ; elle t'a obligée à laver ses culottes et ses serviettes de toilette. Ça ne te suffisait pas ? Maintenant elle est repartie dans son pays et elle t'a laissée tomber comme une vieille chaussette. Elle ne sait même pas quel enfer tu viens de vivre. Elle s'en moque pas mal. Tu te rends compte de ça ?

— Ecoute ta sœur aînée, dit Kasawo, qui concentrait toute son attention sur Lwandeka.

— Je sais que tu es intelligente, mais ce que tu peux être naïve ! Depuis que tu as renoncé à la religion, que tu t'es arrêtée de prier et que tu ne te prosternes plus aux pieds de Dieu, les choses ont mal tourné pour toi, reprit Cadenas en haussant le ton, mais sans bouger le moindre muscle de son visage.

On aurait dit une statue douée de parole.

— Le premier homme instruit qui passait par là s'est payé notre tête à tous et t'a laissée tomber pour épouser une femme plus instruite que toi. Qu'a-t-il fait depuis, pour toi et pour ton fils ? Qu'ont fait les autres hommes pour toi et pour tes enfants ? Tu te crèves la peau à travailler pour eux comme si c'étaient des orphelins. Maintenant tu flirtes avec des hommes politiques qui te laisseront tomber à leur tour quand tu auras fait ce qu'ils attendent de toi. Cesse de te fier aux gens, mets ta confiance en Dieu, c'est le seul qui ne t'abandonnera jamais.

Tante reçut la semonce sans rien dire, tête baissée, mais elle reprit ses activités normales dès qu'elles eurent tourné les talons. Elle ne pouvait plus revenir en arrière. Elle envisagea de s'exiler en Tanzanie et de rejoindre les rebelles du N.R.M. Elle pouvait laisser ses trois enfants chacun chez son père. Elle s'en ouvrit à plusieurs reprises au brigadier qui ne demandait pas mieux que de l'accueillir en Tanzanie car ils avaient là-bas besoin de beaucoup d'aide. Mais un de ses amis intimes, qui était engagé dans la même lutte, lui parla un jour en tête à tête et lui déconseilla de mettre tous ses œufs dans le même panier. Il lui demanda si elle avait des notions de guérilla, si elle savait combien de temps le combat allait durer, si elle était sûre qu'on lui donnerait un poste important à la fin de la guerre. Il lui demanda si elle croyait que tous ces groupuscules plus ou moins unis dans la lutte contre Amin resteraient unis à sa chute. Il lui demanda si elle voulait vraiment gâcher sa vie comme s'il n'y avait aucune autre issue. Et pour finir, il lui demanda de faire un testament, de le signer et de le lui confier.

Cet entretien ouvrit les yeux de tante Lwandeka et elle décida de rester. Elle comprit qu'il était plus sage de lutter de l'intérieur, de continuer à transmettre des renseignements au N.R.M. et à trouver des planques pour les membres du N.R.M. pendant qu'ils perpétraient leurs coups. C'était une solution beaucoup plus satisfaisante. Qui lui permettait de continuer ses activités sans mettre sa vie sens dessus dessous ni se séparer de ses enfants, et de garder en mains les rênes de sa vie.

Après avoir subi la vue des visages de bois des despotes, c'était un véritable bonheur de vivre auprès d'une personne au visage vivant. Tante Lwandeka avait un visage très expressif où l'on pouvait lire facilement ses émotions. Elle savait sourire, rire aux éclats et pleurer. Son visage pouvait aussi exprimer toutes les nuances du sérieux, de la détermination et de la colère. Quel choc de découvrir qu'une femme issue des mêmes entrailles paysannes et catholiques que Cadenas puisse être si différente. Sa voix était toujours aussi chaleureuse, que ce fût le matin quand elle se levait, dans la journée quand elle faisait un brin de causette ou le soir quand elle demandait comment on avait passé la journée. Elle jouait avec ses enfants et s'intéressait à leur bien-être. Elle leur racontait des histoires marrantes et leur chantait des chansons joyeuses. Elle les mettait à leur aise, mais exigeait aussi une certaine discipline.

Tante donnait elle-même le bain à tous ses enfants, leur frottait le dos et inspectait minutieusement leurs pieds. Elle les prenait dans ses bras, tant pis s'ils vomissaient sur elle et l'arrosaient de diarrhée quand ils étaient malades. Quand ils avaient la rougeole et que leurs yeux brûlaient, quand ils ne voulaient pas manger et n'arrêtaient pas de pleurer, elle les calmait avec des paroles tendres et les consolait avec des petits riens. Et elle ne perdait jamais patience, même quand elle était très fatiguée.

Lourdement marqué par le cadenasisme, j'engageai une croisade pour protéger ces enfants contre ce que je considérais comme une mauvaise éducation. Je surveillais leurs devoirs, leur faisais apprendre par cœur les tables de multiplication, les tuais d'exercices d'orthographe, leur donnais l'ordre de faire la vaisselle et de ne pas lambiner quand ils faisaient des courses. Je conseillais à Tante d'être sévère avec eux, c'est-à-dire de les battre et de ne pas admettre qu'ils lui parlent avec insolence. Je lui disais qu'elle devait leur faire passer l'habitude d'inventer des excuses quand ils s'étaient mal conduits. Je voulais qu'ils deviennent dociles, obéissants et dignes de confiance. Je voulais qu'ils s'arrêtent de jouer au ballon, de lancer des objets en l'air, de déchirer du papier et de se poursuivre dans la maison. J'étais d'avis que le jeu menait au laxisme et le laxisme ne figurait pas sur la liste des vertus.

Je pris sur moi de servir de père à ces bâtards sans père qui n'avaient en commun qu'une mère. Où étaient leurs pères biologiques ? Et, en fait, Tante n'était-elle pas une sorte de prostituée ? Les juifs bibliques ne l'auraient-ils pas lapidée ? Le mot « prostituée » avait dû toucher, au fond de moi, une corde très sensible. Prostituée ! Cela me rappela les photos de Bâton, ces femmes nues au vagin béant et aux regards provocants. Tante couchait avec plusieurs hommes, me disais-je. Cette pensée provoqua en moi une excitation agréable, mais aussi de la colère. Je détestais la voir parler avec un homme. Je tremblais de rage contenue quand elle parlait à son ami. Cette manière qu'elle avait de s'occuper de lui, de réagir à ce qu'il disait même lorsqu'il s'agissait de choses aussi banales que les langes, la fièvre ou les rayons de soleil ! J'étais « l'homme de la maison », le « papa » des enfants, le deuxième maître de céans, et je me sentais vexé et supplanté.

Je n'aurais pas été si ennuyé si Tante avait été laide, grosse et méchante. Mais elle était délicate, élégante et charmante. Elle me rappelait Lusanani. Quand elle souriait, ses lèvres ne découvraient pas vulgairement les gencives, mais s'alignaient sur la base des dents dans un sourire maîtrisé, qu'on aurait dit conscient. Je ne me lassais pas de la regarder sourire. Son sourire était, dans son visage, ce que j'aimais le plus, je ne cessais d'y penser quand le razde-marée se retourna contre elle et creusa des trous dans les vieux rêves.

Je me surpris à avoir des envies de meurtre quand je la voyais en compagnie de son ami. Je souhaitais le voir écrasé par une auto. Cet homme avait sa propre maison, assez loin de celle de Tante. Quand il venait, il apportait des bonnes choses et se montrait très gentil pour elle, mais je ne voulais rien avoir à faire avec lui. Je rêvai de le voir frappé d'impuissance sexuelle car je savais qu'après l'avoir amadouée avec des cadeaux, il lui montait dessus, enfilait son énorme pénis dans son corps et lui arrachait des bruits idiots. Je l'imaginais en train de fourrer ses doigts en poussant de toutes ses forces dans tous les trous de ma tante. J'étais en proie à la rage impuissante des gens honnêtes impliqués malgré eux dans une situation compromettante.

Sa présence était menaçante et humiliante pour moi. Cet homme pouvait jouer le rôle de père des trois petits bâtards. Je trouvais vexant de devoir me maîtriser quand il était dans les parages. J'aurais voulu que ce soit lui qui se maîtrise, se sente mal assuré et doute de lui. J'aurais voulu qu'il tombe de son piédestal et se casse les jambes, sinon c'est moi qui l'aurais poussé. Pour le surprendre le pantalon baissé, je me mis à regarder par le trou de la serrure. C'était l'époque où toutes les informations que j'avais récoltées dans la bibliothèque prenaient forme. Je posais mon oreille contre le trou de la serrure et souhaitais de toutes mes forces surprendre un murmure voluptueux, un soupir haletant ou un gémissement bruyant. Je voulais comparer les bruits simples, secs et efficaces de sœur Bison et les exclamations mélodieuses de Lusanani avec le répertoire inconnu de ma tante. Quand j'étais récompensé par un de ces bruits, je tombais dans un grand trouble. Le célibat sacerdotal était en jeu. Si c'était ainsi qu'un séminariste devait faire l'expérience de la vie sans pécher contre le commandement du célibat, alors le bateau dans lequel je naviguais faisait eau de toutes parts.

L'air me manquait, je me noyais. Finalement, je cessai d'écouter aux portes, heureux qu'on ne m'ait jamais surpris.

Quand son ami avait passé la nuit avec elle, Tante était rayonnante et étrangement sereine ; et si gentille qu'elle avait l'air de vouloir se faire pardonner quelque chose. Je continuai à rêver du jour où Jésus, dormant dans un bateau, provoqua une tempête. Après tous les soubresauts, les soupirs et les gémissements qui avaient secoué Tante, la tempête, en elle, semblait s'être calmée. Monsieur Dompteur-de-tempête était toujours la nonchalance même, comme s'il venait d'écraser une mouche. Tante, ces matins-là, mettait un soin particulier dans la préparation du petit déjeuner comme si elle voulait apaiser tout le monde. Mais un malaise planait ; c'était comme s'il y avait eu un méfait, que tout le monde connaissait le coupable mais personne ne pouvait en parler, pour cause d'intérêts contradictoires. Tante ressemblait à un jongleur jonglant avec plusieurs chapeaux. Après le repas, elle quittait celui d'amante et de mère pour prendre celui de fonctionnaire du N.R.M., surveillante de marché, distillatrice de boissons alcoolisées et assistante bénévole à l'église. Quel théâtre ! Moi, j'étais heureux quand M. Dompteur-de-tempête vidait les lieux.

J'appréciais tous les chapeaux de Tante, sauf celui d'assistante bénévole à l'église. Sa réconciliation avec l'Eglise avait quelque chose de dramatique, en regard de sa révolte d'adolescente et de son attitude indépendante de femme adulte. Cela ressemblait à une volonté délibérée de récupération d'une partie de son passé. Elle allait tous les dimanches à l'église et était membre d'une association de femmes catholiques. L'idée ne m'était pas venue, à cette époque, qu'elle fréquentait ce milieu pour rassembler des informations au service des guérilleros, car de nombreux catholiques sympathisaient avec la bonne cause.

Durant la semaine, elle passait le plus clair de son

temps sur la place du marché où, tout en résolvant des conflits, en étudiant les demandes d'attribution d'une place sur le marché, en percevant les droits de stationnement et en entretenant ses contacts avec les autorités locales, elle s'adonnait à ses activités pour le N.R.M. Elle échangeait des informations avec d'autres contacts, des guérilleros déguisés en clients, commerçants potentiels ou solliciteurs. En dehors de ces activités, elle allait, une fois par semaine, distiller des boissons chez un ami qui habitait à la périphérie de la ville. C'était une entreprise dangereuse et le manque de distinction de cette activité m'offusquait. Elle était, à mes yeux, du même ordre que la reliure du père Kaanders, et je la trouvais aussi révulsante. Pourquoi Tante prenait-elle tant de risques ? Ne trouvait-elle pas d'autres moyens d'arrondir ses fins de mois ? Ce n'est que bien plus tard, après avoir eu maille à partir avec la Trinité infernale de la soldatesque, que j'en pris mon parti.

Je n'étais pas mécontent de la vie que je menais en ce temps-là. Je jouissais beaucoup de mes vacances, sauf lorsque Tante rentrait tard le soir. Parce qu'alors je me faisais bien du souci. Avait-elle eu un malheur ? La Sûreté l'avait-elle arrêtée avec un sac plein de documents sur le N.R.M. ? Mais chaque fois, elle réapparaissait en s'excusant de son retard.

Mes souhaits furent exaucés. Son ami ne vint plus dormir chez elle quand j'étais là. Je l'avais fait tomber de son piédestal. Peu m'importait qu'elle aille le retrouver chez lui, pourvu que je ne le voie pas dans mon voisinage.

Durant mes deuxièmes vacances, je vis une photo du fameux brigadier. Elle se trouvait dans la même bible où Tante cachait les choses qui lui étaient chères. J'avais vu le type une fois à la télévision et trois fois dans le journal. Je commençais à me douter que Tante faisait plus que discuter des affaires de guérilla avec lui. Un militaire ne donnait jamais sa photo à un civil, sinon pour des raisons personnelles. Cette intrigue m'excita et me dégoûta en même temps. Ma tante maternelle se faisait baiser par un des grands dirigeants du pays ! Quel culot ! La photo avait été prise avec un polaroïd, un appareil pratique pour quelqu'un qui n'osait sûrement pas mettre les pieds dans un studio. Mais pourquoi gardait-elle ce cliché chez elle ? N'était-ce pas une lubie de gamine exaltée ? C'était tout à fait en accord avec son écriture enfantine. Ma famille était-elle condamnée à trouver toujours des soldats sur son chemin ? J'étais moi-même consumé d'idolâtrie : j'aurais donné beaucoup pour savoir quel genre de type était cet homme. Quel était son secret ? Quel effet cela faisait-il de travailler pour le gouvernement et de sympathiser en même temps avec les guérilleros ?

Sans la présence de M. Dompteur-de-tempête, je me sentais en sûreté dans la maison de ma tante. Je n'avais plus aucune raison d'être sévère avec ses enfants. Je m'étais pris à les aimer : ils étaient la version franche de mes anciens chiards que je n'avais pas vus depuis longtemps.

Au début de 1976, je retournai au village après bien des années d'absence. Les collines, les marais et les bois étaient toujours aussi magnifiques. Le village avait rétréci et ressemblait à une île déserte, éprouvée d'abord par les tempêtes, les tornades et les éruptions volcaniques et maintenant par les pirates. Les vieux quartiers étaient à l'abandon tandis que les nouveaux respiraient une prospérité suspecte. Les cafés avaient poussé comme des champignons dans les coins les plus inattendus. Une musique assourdissante provenait d'un coin sombre où jadis se trouvait la maison de *Doigts,* le lépreux. A sa place se dressait maintenant une maison neuve, avec un toit en tôle ondulée flambant neuf qui scintillait au soleil et un énorme haut-parleur sur la véranda. Des jeunes gens étrangers au village, en jeans et grosses chaussures inélégantes à semelles compensées, me dépassèrent en titubant sous l'effet des boissons étrangères. Des garçons ivres, bruyants, accompagnés de grosses filles éméchées, perchées sur de grosses chaussures, coiffées de perruques afro et couvertes de bijoux clinquants. En passant, ils firent des remarques scabreuses, inconnues jadis dans ces régions. D'où venaient tous ces gens ?

Aux vérandas de quelques nouvelles maisons en briques rouges étaient accrochés des panneaux publicitaires tape-à-l'œil : Supermarché, Hôtel, Restaurant, Casino. Devant la porte de ces « supermarchés », assis à des tables aux couleurs vives, des jeunes gens jouaient avec des cartes crasseuses pendant que d'autres les regardaient en s'esclaffant. Des narines expérimentées propulsaient un double canon de fumée à la nicotine. L'alcool coulait à flots, éveillant dans les cerveaux de furieuses envies de bagarres et dans le bas-ventre des raideurs encombrantes. Je fus témoin d'une partie de cartes qui tourna en mini-bagarre. Les cartes volèrent, la table perdit ses pieds ; sous les huées des grosses nanas émoustillées, une chaussure à semelle compensée vint s'abattre sur un visage qui mordit la poussière. Tout près, trois garçons essayaient un vélomoteur Honda, faisant tourner le moteur à plein régime et envoyant de la fumée bleue dans les yeux des filles hilares. Quelqu'un collectait de l'argent pour un match, en faisant le tour du groupe avec un grand chapeau. Le vacarme me chatouillait l'occiput comme s'il voulait m'entraîner dans la mêlée. Je fus rejoint un peu plus loin par les vélomoteurs qui m'aspergèrent de boue en roulant à tombeau ouvert en direction de l'autre bout du village. Une Honda Civic les suivait, pleine de jeunes qui tambourinaient sur les vitres, les sièges et le toit.

Je m'empressai de rentrer dans le vieux village. Les vieillards étaient accroupis à l'ombre de la désolation. C'était comme si les explosions prédites par Grand-pa avaient d'abord aspiré le village dans des tornades de violents changements et l'avaient fragmenté en éléments irréconciliables. La douce mélancolie qui avait marqué mes jeunes années et qui émanait des histoires du bon vieux temps racontées par Grand-pa et Grand-ma avait disparu, effacée par l'énergie agressive des jeunes contrebandiers et de leurs acolytes. Ce que l'on respirait maintenant dans l'air, c'était l'angoisse.

La maison de Serenity était prise dans les mailles du délabrement. Les fenêtres étaient scellées de l'intérieur par les termites et les portes soulevées par les fourmis. Le toit était écaillé et rouillé par les pluies incessantes et le soleil. Serenity n'avait pas l'air de s'intéresser à cette maison ni au village et il se moquait bien de voir le passé tomber en ruine. Je pénétrai dans la maison comme je le faisais jadis lorsque s'annonçait une visite inopinée. Je fus accueilli par des effluves de moisi, un mélange d'air chaud, de poussière et de chauves-souris. Je traitai portes et fenêtres avec un maximum de prudence, craignant de les faire tomber de leurs gonds. Je ne touchai pas aux traces de termites, je ne balayai pas. A quoi bon ? Le vent emportait la poussière vers les branches des arbres. Une fourmilière d'un mètre de haut s'était formée dans le coin du salon où Cadenas gardait jadis son tapis. Dans la chambre de Serenity, un gros serpent avait mué sous le lit des souvenirs. Le lit était poussiéreux mais tenait encore debout grâce au vernis des insecticides. Je sortis vivement dans le jardin. Il était envahi par les mauvaises herbes qui avaient poussé jusque dans les latrines et dans le brasero sur lequel je faisais chauffer l'eau du bain de tante Tiida. C'est là, quelque part, que j'avais reçu ma première volée de branches de goyavier ; et là-bas se tenait Grand-ma, méditant un moyen d'intervenir. Les latrines où j'avais épié les parties secrètes du corps de Cadenas s'étaient aplaties comme une boîte de conserve dans la main d'un géant.

La maison de Grand-ma gardait encore des traces

de l'incendie. La petite baraque construite tout près de la vieille maison par un membre de la famille était abandonnée. Le jardin était couvert d'une végétation sauvage et les feuilles du vieil arbre sous lequel Grand-pa et Grand-ma avaient l'habitude de discutailler après le repas de midi jonchaient le sol. Je me postai à l'endroit où la foule s'était rassemblée le soir de l'incendie et sentis ma vessie se contracter. Elle était vide, heureusement, mais j'avais la sensation que le fond se détachait de mes entrailles. Je n'appartenais plus à ce lieu ; il me fallait chercher un autre point de référence dans ma vie. Je quittai l'endroit, oppressé par le poids du passé et la cruauté de tous les changements.

La maison de Grand-pa était toujours aussi grande et imposante, mais avait toute l'apparence d'un monument en ruine. La shamba de café se débattait contre les mauvaises herbes, la haie contre le gui, les terrasses contre l'érosion.

Grand-pa avait, lui aussi, pris un coup de vieux. Tous les coups de massue, de fusil et de couteau qu'il avait encaissés et les bouleversements de sa vie politique et privée l'avaient très affecté. Seuls ses yeux laissaient encore transparaître un peu de son ancienne combativité : il avait toujours le même regard ouvert, interrogateur. Son ouïe avait perdu de son acuité, surtout du côté où les bandits l'avaient frappé en 1966. Maintenant il fallait crier un peu pour se faire entendre. Il tournait sa bonne oreille vers son interlocuteur en penchant légèrement la tête. Nous fûmes très heureux de nous retrouver. Il s'étonna de me voir si grand. Il n'arrêtait pas de me demander quand je finirais mes études de droit, et moi de lui expliquer que j'avais encore du chemin à faire.

Nous allâmes nous recueillir sur la tombe de Grand-ma. Grand-pa regardait, le dos droit, pendant que je m'évertuais à arracher les mauvaises herbes, à remettre en place les pierres que la nature avait déplacées et à redresser la croix que le vent avait fait pencher. La même question tacite taraudait notre esprit : qui avait tué cette femme ? Qui avait décidé de sa condamnation et de son exécution ? Je pensais à tous les bébés qu'ensemble nous avions aidés à venir au monde et à toutes les herbes que nous avions cueillies partout, dans le bois et dans le marais. J'eus de nouveau la sensation de faire dans ma culotte, une drôle de sensation après tant d'années. Je m'attendais à ce que l'esprit de Grand-ma se lève d'un moment à l'autre et fasse bruisser les feuilles de mon arbre préféré. J'attendais un miracle, mais il ne se produisit pas. Elle m'avait enjoint de porter à terme l'œuvre qu'elle avait commencée et j'avais promis de troquer le liquide amniotique et le mucus contre l'encre d'avocat et l'eau de la parole.

Nous quittâmes le cimetière. La shamba de café aurait pu être mieux entretenue. Plusieurs arbustes auraient dû être taillés. Grand-pa était à la merci d'ouvriers saisonniers qui venaient arracher les herbes de la plantation et cueillir le café. La shamba rapportait encore assez pour lui permettre de vivre, même si les usines de torréfaction attendaient des mois avant de payer et rejetaient la responsabilité du retard sur le gouvernement. Le rêve de Serenity avait l'air de s'être réalisé. La propriété de Grand-pa ne rapportait plus autant qu'avant. Mais cela ne le dérangeait pas. Il n'aurait pas, non plus, voulu aller à Rome. Il voyageait rarement sauf pour assister à un enterrement, à un mariage important ou à une réunion des membres du clan. Les terres du clan étaient passées en d'autres mains. Grand-pa était maintenant libre et n'avait plus à les surveiller. Il n'avait plus qu'à rester assis et à contempler les fluctuations du climat politique.

Il me demanda de le raser. Je mis du temps avant de trouver les lames de rasoir. Il s'installa dans un fauteuil, les jambes allongées et son visage creusé de rides à la Beckett levé vers moi. Le rasoir que je passais sur les creux et les bourrelets de son visage crissait et se couvrait de mousse. Des oisillons pépiaient nerveusement dans le plus haut coupe-vent, un *mtuba*. Ils sautillaient d'une branche à l'autre.

— Des serpents, dit Grand-pa, furieux. (Le rasoir fit une coupure sur son menton.) Il y a un *mamba* dans cet arbre. Cet arbre est infesté de mambas noirs.

— Et de mambas verts, dis-je en essuyant la mousse et le sang.

— Tous ces buissons, dit-il en étendant le bras, sont pleins de serpents.

— Craignez-vous encore les serpents, Grand-pa ?

— Qui ne les craindrait ? Bien sûr que je crains les serpents. J'ai une peur bleue que l'un d'eux se glisse dans mon lit, que je m'assoie dessus et qu'il me morde.

Cela me fit penser à la mère de Cadenas et à la vipère qui l'avait tuée. Je n'avais pas envie de rire.

— Tous les gens qui ont quitté le village ont été remplacés par des serpents, poursuivit-il.

— Qui sont tous ces nouveaux venus ? demandai-je avidement, je ne reconnais presque personne !

— C'est ce que je disais justement : le village est plein de serpents. Poussés par la folie du trafic de café.

— Quand cette région a-t-elle été occupée par les contrebandiers ?

— Quelques années après ton départ. Heureusement que cela s'est passé quand tu n'étais plus là.

— Comment est-ce arrivé... je veux dire...

— Dans les années soixante, tes parents sont allés dans la capitale pour y trouver du travail et une vie meilleure. Maintenant, les jeunes quittent la ville pour rejoindre des bandes de contrebandiers et se faire tuer par les balles de la brigade anticontrebande.

— Raconte, Grand-pa, dis-je en bavant de curiosité.

— Ces jeunes ont trouvé un moyen de se faire rapidement de l'argent sans être obligés d'étudier. Ils traversent le lac avec du café qu'ils vendent en contrebande au Kenya, et se font payer en dollars américains. Ils reviennent chargés d'articles de luxe : jeans, radios, montres Oris, perruques et autre camelote, et ils se conduisent comme des fous. Ils ont découvert que ce village est l'endroit idéal pour se cacher et s'éclater sans attirer l'attention des autorités. Les baraquements militaires les plus proches sont à quinze kilomètres d'ici et ils n'ont donc rien à craindre de l'armée. De temps à autre, quelques soldats s'échappent de leurs baraques et viennent passer un week-end ici pour se soûler et se disputer les femmes. Ça ne gêne pas les contrebandiers. Les *chiefs* ont perdu leur autorité : ils laissent les jeunes les ruiner tranquillement et faire ce qui leur plaît. Mais quelquefois, ces jeunes voyous organisent des courses de motos dans le vieux village et terrorisent les femmes et les enfants en roulant comme des fous. Tous ces jeunes jouent. Ils sont de plus en plus nombreux à se faire tuer par la brigade anticontrebande. D'autres n'hésitent pas à tirer sur leurs propres collègues pour les délester de leur argent. Mais les survivants n'en deviennent que plus téméraires. Ils reviennent, claquent leur argent jusqu'au dernier sou et repartent. La plupart d'entre eux sont tués au bout de quelques voyages. Les garçons qui portaient jadis mon café aux usines de torréfaction sont presque tous morts. La version officielle est que le fils ou le petit-fils d'Untel s'est « noyé ». Ils n'osent même pas appeler un chat un chat.

— Quel gaspillage !

— Garde ton nez dans les livres, mon garçon.

— Je ne fais rien d'autre, Grand-pa.

— Jadis, quand je te parlais d'explosions, tu me regardais avec incrédulité. Tu étais encore trop jeune. Mais maintenant, tu comprends, je pense, que j'avais raison. Les choses ne restent pas comme elles étaient.

— Mais comment cela finira-t-il, Grand-pa ?

— C'est toi qui dois trouver : tu es avocat, non ?

Je ris niaisement et dis :

— Oui, Grand-pa.

— Je n'ai plus besoin de tout ce café et de toutes ces terres. C'est pour toi et tes frères. Mais j'ai l'impression que tu ne reviendras pas ici pour travailler la terre. Pars, découvre le monde et fais-toi une place. Un avocat important ne doit pas lier son sort à un petit village, surtout pas s'il est infesté de mauvaises gens.

— Merci, Grand-pa.

Il me vint à l'idée de lui demander s'il partageait l'opinion de Bâton selon laquelle c'étaient les *chiefs* qui avaient fait entrer les Anglais dans notre pays et les avaient laissés détruire ce qu'il restait de terre. Mais il était plongé dans ses pensées, comme s'il communiquait avec des personnes que je ne voyais pas. J'avais eu sa bénédiction, que me fallait-il de plus ?

Une jeune souillon, un membre lointain de notre famille, tenait le ménage dans la maison de Grand-pa ; elle laissait traîner des affaires partout : des chaudrons sur le pas de la porte, des marmites dans le jardin, le couteau de cuisine sur la table. Elle faisait la cuisine, balayait, lavait et exécutait quelques petits travaux dans la shamba. A la fin de la semaine, la mère d'oncle Kawayida vint l'aider. Ce retournement des choses m'étonna mais, encore une fois, je ne demandai aucune explication à Grand-pa. J'eus un peu pitié de cette femme. Elle avait sûrement travaillé comme une bête de somme pour débarrasser le désordre de la fille. C'était une gamine à moitié analphabète, polie et hospitalière. La tasse dans laquelle elle me servit du thé portait encore des traces de saleté mal essuyée et celle de Grand-pa n'était guère plus propre. Que faire ? La vexer en lui demandant de plonger trois fois les tasses dans une montagne de mousse de savon ou fermer les yeux sur la saleté ? La tasse sentait le poisson. Je renversai comme par mégarde le thé, prétextant qu'un insecte grimpait sur ma jambe et refusai qu'elle me resserve. Je me dis que l'odorat de Grand-pa ne devait plus être très fin, non plus : jadis il n'aurait pas touché du bout des doigts à des ustensiles sales.

Grand-pa me fit penser au roi Faysal d'Arabie Saoudite. Non qu'il ait eu l'air de détenir le pouvoir absolu et d'être en totale harmonie avec la mort, mais il avait atteint ce même stade de dessèchement de la vieillesse. Sa canne était maintenant comme le prolongement de son bras. Il l'avait souvent poussée dans mes côtes jadis, quand je le défiais et essayais de me sauver à toutes jambes. Il me proposa de faire un tour du village. Le temps était magnifique : un soleil doux faisait évaporer la pluie de la veille. Le ciel était, comme presque toujours, d'un bleu éclatant, avec ici et là un petit nuage. La végétation, arrosée par les pluies incessantes, brillait. L'air était saturé des odeurs de la terre mêlées à celles des plantes. Tout respirait la paix.

Grand-pa enfila un imperméable gris sur sa tunique blanche, mit des savates souples et se saisit de sa canne. Il allait m'exhiber, moi, son taurillon primé. Je n'étais pas peu fier. Je serais le premier avocat originaire de ce village. Nous suivîmes le chemin principal qui faisait un demi-cercle autour du village.

Nous allâmes d'abord voir la propriété des Stefano. Elle avait l'étendue d'un camp, grouillant autrefois de fils et de filles logés, avec leurs familles, dans de petites maisons groupées autour de la grande. Elle me faisait peur jadis : la cour était énorme et tous les regards convergeaient sur elle, intimidants. Maintenant, elle ressemblait à un terrain de foot abandonné après un match avec, ici et là, quelques personnes en quête d'un souvenir. Monsieur Stefano, un homme grand et gros, était resté paralysé après une hémorragie cérébrale. Son infirmité remplissait l'espace de fantômes. Tout y rappelait la mort. « Mon seul concurrent », dit Grand-pa. « Quelle triste fin de vie ! » Et dire que Tiida s'était donné tant de mal pour que Grand-pa aille à Rome ! Quelle entreprise ridicule, au fond !

J'avais envie de voir quelques-uns des enfants que Grand-ma avait aidé à mettre au monde ; et le tanneur dont la cour était empuantie par les peaux de vaches qu'il mettait à sécher en les tendant à l'aide de cordes sur des cadres de bois. C'était un homme grand et efflanqué qui me faisait toujours penser à Abraham. Il possédait une grande quantité d'arbres à pain, de manguiers et d'avocatiers, mais aucun enfant ne voulait manger de ses fruits à cause de cette odeur nauséabonde. Il vivait encore avec sa vieille femme que nous appelions Sarah. Je demandai à Grand-pa ce qu'il était devenu et il me dit qu'il tannait toujours ses peaux.

J'avais aussi envie de voir le premier amant de Tiida, celui qui l'avait déflorée, mais avait refusé de l'épouser. Il avait une fille très curieuse. Elle se tenait à croupetons sur la véranda, sans culotte, et le visage tourné vers la rue. Je ne demandai pas de ses nouvelles car je savais que Grand-pa ne l'aimait pas.

Le chemin était large mais défoncé avec, par endroits, des trous profonds et de grosses pierres. Grand-pa mit le pied dans un trou qu'il n'avait pas vu et poussa un long gémissement. Il s'était fait mal à la jambe blessée jadis par les balles des bandits. Que faire ? Je lui proposai de s'asseoir, mais il refusa. Il se pencha et saisit sa jambe, le visage tout plissé de douleur. Une musique tonitruante nous parvint de l'orée du village. C'était une chanson de Boney M. et la foule la chantait en même temps. Grand-pa attendit quelques minutes que la chanson finisse et, aux premières notes de la suivante, il s'accrocha à mon bras et nous rentrâmes à la maison. Ainsi finit notre promenade.

Pour tuer le temps, je grimpai dans mon cher arbre d'où l'on pouvait voir Mpande Hill. La colline semblait planer sur le vent, le long de nuages suspendus dans l'air, et transporter tout un marécage de tiges de papyrus, semblables à des parapluies verts.

Cette colline était notre Golgotha. Deux ou trois cyclistes avaient laissé leur vie sur ses pentes. Je me souvins des descentes à vous couper le souffle, deux cents mètres sur la pente la plus raide de la colline. La seule course à laquelle j'aie participé, c'était sur le porte-bagages d'une des cinq bicyclettes concurrentes ce jour-là. Nous étions en haut de la pente, les roues avant sur une ligne, les visages des concurrents tendus dans un masque de concentration, la vallée, tout en bas, telle une masse vert jaunâtre, les spectateurs comme des nains sur une immense plaine. J'étais assis sur un sac de jute plié en quatre. L'arrière de mes cuisses était déjà écorché. J'avais passé mes bras autour de la taille nue et visqueuse du cycliste et mon regard fixait son dos. Nous dévalâmes la pente à un train d'enfer en faisant rouler les cailloux. La pente s'inclinait, les arbres et les papyrus volaient à notre rencontre. Le vent sifflait affreusement le long de mes oreilles et me coupait la peau. Deux cyclistes nous dépassèrent dans un brouillard fantomatique. Nous descendîmes encore plus vite. Quelle sensation ! La roue avant sautillait lorsqu'elle rencontrait une pierre et la poussière descendait en rigoles dorées. Le cycliste se pencha vers l'avant pour donner le maximum de ses forces et je pris alors le vent en plein visage. Larmes, morve et salive s'éparpillaient autour de moi en petits filets. Des insectes entrèrent dans ma bouche et je les crachai dans le vent. La roue avant glissa et je vis se dérouler devant mes yeux un film d'os brisés, d'entrailles arrachées, de journées interminables à l'hôpital, de piqûres innombrables, de bassins hygiéniques débordants et de pansements sanguinolents. J'étais maintenant suspendu dans l'air, agrippé au pantalon mouillé du pédaleur car le porte-bagages s'était envolé, et des lambeaux de cris s'échappaient de ma gorge endolorie. Le pilote, trempé de sueur et tous les muscles tendus, essaya de toutes ses forces d'éviter une catastrophe. Nous étions inclinés sur le sentier et avions l'impression de planer. Un de nos concurrents nous dépassa dans une manœuvre casse-cou et donna un grand coup de pied contre ma jambe, ce qui permit à mon pilote de redresser sa bicyclette. Nous arrivâmes bons derniers. Son dos dégoulinait de mon vomi, mais il ne s'en plaignit pas : il avait vu pire, des garçons qui pissaient et chiaient dans leurs culottes. Son talon gauche était écorché et coupé, le droit tout rouge, et il boitait.

— Tu peux me remercier de t'avoir bousculé, dit le garçon qui m'avait donné le coup, si ton pied s'était pris dans les rayons, je ne crois pas qu'on aurait pu le sauver.

— Son grand-père t'aurait tué, dirent-ils à mon pilote qui s'occupait stoïquement de ses talons.

— Je ne l'aurais pas attendu : j'aurais accompagné son petit-fils à l'hôpital et j'aurais pris la clé des champs.

Tout le monde se mit à rire. Pas moi. J'avais encore la sensation que mes jambes n'étaient plus attachées à mon corps.

Je n'ai jamais parlé de cette course à Grand-pa. Pourquoi les jeunes contrebandiers en quête de sensations violentes n'organisaient-ils pas ce genre de courses ? Je ne voyais pas ce qu'il y avait de plus excitant à terroriser les gens du village.

L'Ouganda était en état de siège, terrassé, secoué comme un papillon de nuit par les spasmes de la mort. Les trompettes de la défaite étaient près de faire tomber les murs. Le cœur du pays était telle une grenade déjà dégoupillée.

Au nord de notre pays, au Soudan, le gouvernement arabe de Khartoum se battait contre les rebelles animistes et chrétiens de Juba dans une guerre qui n'offrait encore aucune perspective de cessez-le-feu. Les bombes et les fusils dévastaient le pays tandis que les lames de l'excision terrorisaient les vulves des petites filles. Des réfugiés soudanais campaient parfois sur nos frontières. Le temps semblait venu de renvoyer l'ascenseur. Au nord-est, dans la Corne-sans-clitoris-ni-lèvres-de-vagin, ce promontoire qui ressemble lui-même à un clitoris dressé, sévissait la guerre de l'Ogaden. Elle soufflait avec violence sur les territoires désertiques et brûlait les tenants de la guerre comme ceux qui la contestaient et, parmi ces derniers, nombreux étaient ceux qui se réfugiaient dans les pays voisins, y compris l'Ouganda. A l'est, au Kenya, les produits ougandais s'amoncelaient dans les ports. Les trafiquants de café ougandais qui opéraient depuis le Kenya et avaient pour but de renverser le régime d'Amin en paralysant l'économie basée sur le café étaient plus florissants que jamais. Dans le Sud, en Tanzanie, s'étaient rassemblés les adeptes du prédécesseur d'Amin, Milton Obote. Ces rebelles se préparaient pour la grande offensive et faisaient de temps à autre des incursions courageuses en Ouganda. Ils s'adressaient au peuple ougandais sur les ondes de Radio-Tanzanie et le poussaient à renverser Amin.

Au début de 1976, les rencontres à la station-service devinrent de plus en plus risquées. Serenity, Hadj Gimbi et Mariko, leur ami protestant, avaient compris que le pays allait connaître des bouleversements spectaculaires. La Sûreté et autres services secrets étaient devenus tout-puissants et arrêtaient ceux qu'ils voulaient, quand ils voulaient et où ils voulaient. Pour envenimer encore la situation, Obote, l'ancien dictateur déchu, déclarait à grands cris de l'autre côté de la frontière qu'il allait renverser celui qui l'avait fait tomber. L'exode des Ougandais vers les pays voisins, qui avait commencé sans bruit par la fuite des forces intellectuelles, avait pris maintenant des proportions d'épidémie parce que les agents de la Sûreté devenaient de plus en plus paranoïaques et arrêtaient de plus en plus de gens soupçonnés de soutenir les guérilleros exilés. Passés de l'autre côté de la frontière, certains réfugiés dénonçaient la situation épouvantable en Ouganda. Amin n'appréciait pas. Des amis de Hadj Gimbi qui travaillaient à la Sûreté lui avaient confié leur crainte que l'Ouganda ne soit attaqué, et cette angoisse fut confirmée lorsque les Israéliens vinrent délivrer leurs ressortissants pris en otage par des soldats palestiniens et gardés en Ouganda à cause des sympathies d'Amin pour les Palestiniens. La recrudescence de l'angoisse d'une attaque était devenue une obsession exploitée à des fins personnelles par les bandits de l'armée et des services de la Sûreté.

A cette époque, les trois amis se séparaient très tôt parce que dernièrement, au crépuscule, une jeep de l'armée s'était arrêtée devant la station-service et des hommes en civil en avaient surgi qui avaient obligé Serenity et ses amis à se mettre à plat ventre et leur avaient donné des coups de pied en les accusant de comploter contre le régime ; ils avaient ensuite vidé la caisse et exigé les gains de toute la journée. Si Hadj Gimbi n'avait pas laissé tomber le nom d'un personnage important, cela aurait mal fini car le contenu de la caisse était maigre. Les bandits se contentèrent des montres des trois hommes.

Après cet incident, Hadj Gimbi avait acheté un terrain à cinquante kilomètres de la ville et il avait commencé à faire construire une maison. Au début, Serenity pensa que Hadj Gimbi avait agi sous l'influence de la panique et qu'il n'avait pas besoin d'aller si loin. Mais Hadj lui avait enlevé ses illusions :

— Les beaux temps sont finis. La ville est devenue un repaire d'assassins. Il est temps de retourner à la campagne.

— Pourquoi ? demanda Serenity, agacé.

— La chute d'Amin ne se fera pas sans désordre et sans répliques. Pour l'instant, il faut s'attendre à une aggravation de la situation. Les attaques à main armée se multiplient, les soldats sont de plus en plus désespérés, l'avenir est sombre.

— Mais n'est-ce pas ainsi depuis deux ans déjà ? demanda Serenity bêtement.

Hadj s'impatienta et faillit se mettre en colère.

— Ce que je veux dire, c'est : Gare à ceux qui se trouveront dans les feux croisés au moment de la chute d'Amin ! Gare aux familles qui n'auront alors aucun endroit où se réfugier !

Serenity savait bien que si une guerre éclatait maintenant, sa famille ne saurait pas où se refugier. En dehors de sa maison en ruine du village, ils n'avaient que la pagode, qui appartenait à l'Etat. Serenity reconnaissait avec honte qu'il avait eu la vue courte. Il n'aimait pas la campagne, il n'aimait pas travailler la terre et cette répugnance lui avait donné une vision incomplète de l'avenir. Il était l'une des rares personnes que la perspective de devenir propriétaire terrien n'attirait pas. Il associait la terre aux parasites que les biens du clan avaient attirés chez son père et à l'incapacité de celui-ci de les contrôler. Il nourrissait la peur secrète que sa maison soit envahie par des tas de gens, les parents de sa femme entre autres, dès qu'il achèterait un lopin de terre. Il n'avait pas oublié, non plus, les déboires de Tiida, les intestins et les têtes de chiens couverts de mouches, déposés dans son jardin pour un ancien conflit à propos d'un terrain. Il ne faisait pas de doute que les propriétaires terriens étaient souvent malhonnêtes et cupides et ne résistaient pas à la tentation de revendre leur lopin s'ils pouvaient en tirer un bon prix. Et la prolifération des armes à feu transformait les moindres différends en confrontations fatales, ou presque. Dans le plus sombre des cas de figure qu'imaginait Serenity, un individu payait un tueur à gages pour tuer ses enfants de manière à le chasser de son lopin de terre. Il avait toujours pensé qu'il pourrait déménager dans un autre quartier quand les choses tourneraient mal. Mais maintenant il se disait qu'il fallait toujours avoir un endroit tranquille, loin de la ville, où se terrer si une campagne de terreur ou une véritable guerre éclatait.

La ville était le siège du gouvernement, le centre du pouvoir, et si cela signifiait qu'il fallait la défendre jusqu'au bout ou la raser, les gens qui resteraient y perdraient sûrement la vie. Serenity, que l'attaque à la station-service n'avait pas trop effrayé sur le moment, sentit des sueurs froides lui couler dans le dos. Et une grande gratitude pour Hadj Gimbi en qui il voyait de plus en plus le grand frère qu'il n'avait jamais eu. Hadj était à ses yeux un don du ciel parce que c'était le hasard du voisinage qui les avait réunis avant d'en faire des amis.

Serenity prit conscience du fait que la chute d'Amin lui ferait perdre sa place au syndicat et peut-être même son poste. Il fallait penser sérieusement à l'avenir.

Mariko s'amusait des plans forgés par ses amis : sa famille possédait de grandes terres dans différentes régions du pays et en ville. Il offrit de loger gratuitement la famille de Serenity au cas où la guerre éclaterait et en attendant qu'il trouve une autre maison. Serenity lui répondit par un sourire malicieux.

Il se mit sans plus tarder en contact avec l'homme qui avait procuré un beau terrain à Hadj et lui demanda de faire la même chose pour lui. L'époque des bons de livraison magiques était révolue : les usines nationales étaient passées aux mains des officiers de l'armée et la plupart d'entre elles, mal gérées et victimes de malversations, périclitaient. Serenity, qui n'était pas particulièrement porté à l'autodestruction, s'était vite adapté aux tendances nouvelles. Il avait fait des économies sur le budget du syndicat et amassé ainsi un petit pécule. L'incapacité de son nouveau chef jouait en sa faveur, bien que, naturellement modeste, il ne détournât que des sommes qu'il pouvait justifier. Ayant acquis un terrain, il fit une demande de construction, acheta les services d'un employé du cadastre pour accélérer l'attribution du permis de construire et l'entrepreneur commença les travaux moins de deux mois après. Lorsque la maison eut atteint le niveau des fenêtres, Serenity comprit combien il était merveilleux d'avoir un toit à soi sur la tête.

L'année finit sans problèmes et le début de la suivante fut plutôt tranquille. Il n'arriva rien de particulier et les trois amis se dirent qu'elle serait peut-être meilleure que la précédente. Mais un jour, Hadj arriva avec une nouvelle très inquiétante :

— Un des grands chefs chrétiens se trouve dans une situation précaire, dit-il.

— Tu veux dire l'archevêque ? demanda Serenity.

En effet, peu après la lune de miel du coup d'Etat, le prince de l'Eglise catholique était devenu le plus grand adversaire d'Amin. Il avait critiqué l'assassinat des prêtres, entre autres celui du directeur d'un journal catholique, et l'expulsion des missionnaires, le viol des nonnes, les assassinats en général, la détérioration de l'ordre public et les abus de pouvoir de l'armée et des services de la Sûreté. On affirmait qu'on préparait un attentat contre lui, qu'on avait perquisitionné sa maison, que lui-même avait été poursuivi, mais tout ceci était resté à l'état de rumeurs et l'archevêque ne s'était pas laissé intimider.

— Je n'en suis pas entièrement sûr, dit Hadj.

— Ce n'est tout de même pas l'archevêque anglican ? dit Mariko, inquiet.

L'Eglise anglicane avait adopté une attitude réservée et ne s'était pas prononcée sur le gouvernement d'Amin. A part la disparition de quelques notables protestants, elle n'avait pas subi de grands dommages. Les protestants avaient toujours suivi une politique très opportuniste qui avait permis à l'Uganda People's Congress[1] de conquérir le pouvoir et l'indépendance. Les exilés en Tanzanie étaient, en grande partie, protestants et avaient donc des liens avec l'U.P.C., les deux plus grands partis étant confessionnels : l'U.P.C., protestant et le Parti démocratique, catholique, mais il n'existait pas de lien direct entre les exilés et les chefs de l'Eglise protestante.

1. Parti populaire ougandais (U.P.C.).

— Ces derniers temps, une rumeur persistante vient de Tanzanie selon laquelle les exilés, commandés par Obote et le groupe de pression protestant, sont en train de mijoter quelque chose, expliqua Hadj.

— Mais les exilés mijotent toujours quelque chose, soupira Mariko qui cherchait désespérément à être rassuré.

— Je parle d'infiltration. On murmure que des guérilleros se sont déjà introduits dans le pays. Certains de leurs chefs passent la frontière en cachette, puis rentrent et se vantent de leurs incursions à Radio-Tanzanie. Ce qui signifie qu'il y a des collaborateurs que nous n'avons pas encore dénichés.

— Je préfère ne pas y penser, dit Mariko, irrité.

— Personne n'a envie d'y penser, dit Serenity.

La politique et la religion étaient comme deux têtes sous un même bonnet : en principe, les musulmans s'étaient rangés derrière Amin, les catholiques derrière le Parti démocratique en exil et les protestants derrière l'U.P.C. qui était au creux de la vague. Les chefs religieux avaient, de ce fait, acquis le statut de demi-dieux qui régnaient sur le cœur et l'esprit des fidèles. Et, par conséquent, il suffisait qu'un chef religieux fût contré ou offensé pour que flambe la fureur de ses adeptes.

— L'archevêque anglican est intouchable. Il est l'archevêque non seulement de l'Ouganda, mais aussi du Rwanda, du Burundi et de Boga-Zaïre. C'est un personnage international, Amin n'osera pas y toucher.

— C'est aussi un Acholi, et les Acholis et les Langis sont dans de mauvais draps depuis que leurs liens avec Obote en ont fait des alliés éventuels, parce que issus des mêmes tribus, dit Serenity qui avait saisi le truc.

— Toutes ces histoires me rendent triste, dit Mariko.

— Il ne s'agit pas de religion, expliqua Hadj, mais de politique. De nombreux chrétiens pensent que les musulmans ont été jusqu'ici à l'abri des interventions d'Amin et ne courent donc aucun risque. Mais personne n'est à l'abri de rien. Un exemple : Amin a créé le Conseil suprême de l'Islam, n'est-ce pas ? pour contrôler les affaires musulmanes, mais il n'a pas hésité à limoger des membres du Conseil quand ça lui convenait. Certains y ont même laissé leur vie. Si donc il se mêle des affaires chrétiennes, c'est uniquement parce qu'il ne voit pas d'autre issue à ses problèmes politiques. N'oubliez pas que le christianisme a été introduit chez nous depuis bientôt cent ans. Cette année, l'Eglise protestante va fêter son centenaire. Amin et ses acolytes sont évidemment très inquiets sur les implications, à la fois nationales et internationales, d'un tel événement.

— Des exilés et d'autres groupes en profiteront pour déstabiliser le pays, hein ? suggéra Serenity.

— Oui, répondit Hadj sur un ton sinistre en secouant furieusement sa barbe tandis que ses petits yeux se remplissaient d'une lueur sombre.

Mariko était offusqué et il cria presque à la tête de ses amis :

— Les mains de nos chefs religieux sont propres.

— Vous vous souvenez des rumeurs qui ont couru sur l'islamisation ? dit Hadj.

— Oui, à cette époque on prétendait qu'Amin allait faire de notre pays un Etat islamique, dit Mariko en regardant son ami musulman d'un air soupçonneux, comme s'il était un espion du gouvernement qui essayait de l'attirer dans un piège.

— Cette rumeur a provoqué des réactions inattendues. Les chrétiens sont retournés en masse à l'église. Et puisqu'on fête cette année le centenaire de l'Eglise protestante, les églises seront pleines à craquer. Dans deux ans, ce sera le centenaire catholique. Et cette excitation grandissante cause des nuits blanches en haut lieu.

Les trois amis ne tardèrent pas à apprendre qu'on avait fouillé le domicile de l'archevêque anglican dans l'espoir d'y trouver des armes. La tension s'accrut, surtout parmi les protestants. La télévision officielle reconnut que la maison du prélat avait été perquisitionnée. Peu après, ils apprirent que l'Eglise anglicane avait riposté par une lettre envenimée à Amin dans laquelle elle déclarait son innocence en matière d'activités subversives et déplorait l'insécurité croissante du pays.

Quand les remous commencèrent à s'apaiser, on annonça que l'archevêque anglican, ainsi que deux ministres originaires de la même région qu'Obote, avaient été arrêtés sous l'accusation de recel de munitions dans l'intention criminelle de tuer le président Amin et de soulever la population.

— Mes pires appréhensions se sont vérifiées, déclara Hadj. Ce qui va se passer maintenant, c'est que les rapports entre musulmans et chrétiens vont s'envenimer. Tous les musulmans seront mis dans le même sac. Je ne me fie pas aux gens qui ont monté cette affaire.

— Mais à quoi veut-il en venir par ces mesures ? demanda Mariko, pris d'une fureur apolitique.

C'était un protestant modéré qui allait régulièrement au temple, respectait la loi, aidait les pauvres et espérait tirer de ses bonnes œuvres une garantie de sécurité.

— Il veut intimider l'Eglise et mettre la population sur des charbons ardents, émit Serenity.

— Quand il y a un serpent dans ta maison, ou même si tu penses seulement qu'il y en a un, tu l'enfumes. Ta famille sera peut-être obligée de rester dehors pendant des heures, mais tu fais ce qu'il faut faire, dit Hadj Gimbi en levant les bras. Je crains que ce soit l'avis de nos chefs.

Le trio vit les détenus sur la télévision puante de Serenity. L'écran fourmillait de soldats qui montraient les armes soigneusement entassées que les conspirateurs avaient eu l'intention d'employer. Les prises de vues avaient été faites sur la pelouse d'un hôtel renommé dont on disait qu'il avait été en partie aménagé en chambres de tortures. Les armes exposées avaient été trouvées dans le voisinage de la maison de l'archevêque. Des complices avaient été arrêtés en même temps qu'eux, mais trois hommes étaient les principaux accusés. On fit la lecture d'une lettre d'Obote qui prouvait leur complicité. A la fin de l'interview, les soldats annoncèrent leur intention de tuer les trois hommes. Et, en effet, ils trouvèrent la mort dans un accident d'auto en essayant de maîtriser le chauffeur du véhicule militaire qui les emportait. Des quatre passagers, seul le chauffeur en réchappa ; il n'eut que quelques blessures légères.

Comme tout le reste de la population, les trois amis savaient lire entre les lignes et ils n'en furent pas moins envahis d'un grand sentiment de tristesse. On écrivait l'histoire sous les yeux mêmes de la population : une expérience horrible. Ces journées étaient parmi les plus tristes de l'histoire du pays. Certes, l'Ouganda avait déjà connu de plus grandes horreurs, mais les petits événements montraient justement combien tout était pourri.

Tante Lwandeka fut déprimée pendant un jour ou deux. Non parce que le pays avait été défloré politiquement — la chose avait eu lieu depuis longtemps —, mais parce qu'il était au bord de la tombe et que les gens ne semblaient pas se faire d'illusions sur la suite des événements. La leçon qu'ils étaient censés en tirer était claire : ce qui était arrivé aux grosses huiles pouvait arriver aux petites gens, n'importe quand, n'importe où.

Les trois amis n'avaient plus grand-chose à dire sur l'incident. Ils reprirent leurs jeux de cartes et leurs bavardages habituels. Hadj et Serenity houspillèrent encore plus qu'avant les entrepreneurs. Et, à quelque temps de là, leurs maisons furent terminées et ils s'y transportèrent avec leur famille, loin du lit de la tempête.

Un des rêves de Cadenas se réalisa quand elle quitta la ville pour retourner à la campagne. Elle avait dès le début détesté la ville avec tout son bruit, son impiété et son désordre. Pour la pagode, elle avait ressenti de l'amour mêlé de haine. Elle avait la sensation qu'elle était souillée, comme jadis le lit de célibataire de Serenity ; cette fois c'était par le paganisme des Asiatiques qui y avaient vécu avant elle. Durant toutes ces années, elle avait désiré quelque chose de pur, de vierge, qu'elle aurait pu remplir de son esprit. La violence qui régnait dans la ville, les enlèvements, les viols et l'insécurité avaient miné sa sensibilité villageoise. Elle était folle de rage de voir que les bandits restaient pratiquement impunis. A ses yeux le crime était synonyme de punition, alors que dans cette ville, le péché n'était pas condamné.

Pendant des années elle avait vécu dans l'angoisse d'être violée. Elle avait comme le pressentiment que les soldats le feraient un jour. Aussi était-elle toujours très tendue quand elle voyait une de ces grandes silhouettes sombres passer à pied ou en voiture. Elle se sentait mal quand on arrêtait le véhicule dans lequel elle voyageait. Elle avait l'impression d'étouffer. Une fois, elle faillit sortir d'un taxi lorsque le soldat qui les avait arrêtés avait passé sa tête par la fenêtre pour mieux observer les passagers. Ce jour-là, elle était assise par hasard près de la portière. Le type ne l'avait même pas vue et ne lui avait pas demandé ses papiers d'identité. Il s'était adressé aux autres passagers et pourtant elle avait eu une peur bleue. Elle était couverte de sueur, ses yeux étaient devenus tout rouges et ses poumons avaient manqué d'air. Après le pèlerinage, la sensation d'étouffement s'était accrue car elle redoutait qu'on porte atteinte à sa sainteté. Elle pensait que son nom risquait à tout moment d'être effacé du Livre saint ; elle craignait qu'une bande de soldats ne la maltraitent horriblement, ne lui coupent la tête et ne traînent son corps profané dans les rues. Elle craignait les conséquences que cela pourrait avoir pour ses enfants. Au plus fort de son angoisse, le doute s'insinua dans ses pensées. Elle sentit de nouveau les effets du syndrome de la chute de l'aigle. Elle commença à se sentir purifiée, et coupable de se sentir purifiée. Cette sensation lui fit craindre que le Diable fût en train de gagner du terrain. Lorsque l'angoisse domina sans la consolation de la purification, elle se crut au bord du précipice. Si les soldats, comme d'habitude, ne s'occupaient pas d'elle, elle se demandait s'ils ne se mettaient pas en travers du destin ; s'ils avaient l'air de la voir, elle tremblait de tous ses membres et priait Dieu qu'Il éloigne d'elle cette coupe. Elle souffrait en silence.

Toute cette confusion lui faisait désirer un coin de campagne tranquille. Un coin vierge qu'elle pourrait soumettre à sa volonté, un coin paisible où elle pourrait prier et méditer. Elle se sentait comme une plante du désert, un cactus qui défiait la désolation. Et lorsqu'elle s'installa dans la nouvelle maison, elle sentit ses racines s'enfoncer très profondément et se déployer dans la terre. La vertu allait triompher de la ruine, le cactus allait prospérer dans le sable du désert, quand bien même il lui faudrait chercher l'eau à des dizaines de kilomètres. Le prêtre local étant empêché, c'est le catéchiste qui vint bénir la nouvelle demeure à sa place. Celui-ci aspergea la maison et la cour avec l'eau que Cadenas avait ramenée de Lourdes dans une bouteille en plastique qui avait la forme de la Vierge Marie. Un rosaire long d'un mètre suspendu au mur était son talisman contre le mal, la Bible reliée en cuir, son épée contre l'ennemi. Elle avait l'impression d'être enfin entrée dans la maison qui lui était destinée depuis sa naissance.

Les dimensions de ce village convenaient très bien à ses goûts. Il n'avait qu'une rue, un dispensaire et un marché. Personne ne se faisait remarquer et lorsque cela arrivait, ça ne tirait pas à conséquence. Les enfants fréquentaient une bonne école, à quatre kilomètres de là. Les instituteurs les surveillaient et intervenaient immédiatement lorsqu'ils faisaient quelque chose d'interdit. Cadenas ne désirait rien de plus. L'église de la paroisse catholique se trouvait à un kilomètre et le prêtre passait une fois par mois pour entendre la confession et dire la messe. Le catéchiste, un homme d'origine rwandaise, traitait sa famille avec respect et charité chrétienne. Cadenas l'aimait bien et était généreuse envers ses six enfants. Elle cousait pour eux des robes et des chemises dans des chutes de tissu. Quand le prêtre était là, le catéchiste la plaçait toujours au premier rang, devant l'autel, ce qui lui donnait l'impression qu'il ne s'adressait qu'à elle. Elle observait tout ce qu'il faisait, écoutait attentivement tous les hymnes chantés par le chœur. C'était son show à elle. Elle participait au grand repas qu'on préparait pour le prêtre dans ces occasions. Elle aimait être consultée par le catéchiste en cette matière. Elle aimait son nouveau statut. Elle avait finalement trouvé sa place et elle ne la céderait pas de sitôt.

Mais Serenity était un homme de la ville. Il échangea la pagode contre un appartement plus petit qui se composait d'une chambre à coucher, d'un séjour, d'une cuisine et d'une salle de bains et était relié à deux autres appartements du même type entourés d'une clôture. Ses voisins étaient des gens d'une quarantaine et d'une cinquantaine d'années qui cherchaient un coin tranquille au milieu du tumulte de la ville. Serenity y jouissait de l'anonymat tout en restant au cœur des événements. Le soir, il lisait et écoutait la radio, la BBC ou Voice of America. Dans la journée, il réglait les affaires du syndicat, à son bureau ou dans des réunions. Il n'invitait jamais ses collègues chez lui : la maison, c'était sa vie privée. Il mangeait généralement dans un petit restaurant et se faisait du thé en rentrant chez lui. Nakibuka venait toutes les semaines passer quelques jours avec lui et le régalait de repas bien cuisinés, comme si elle voulait lui faire la cour. Il vivait dans un train-train régulier, planant entre le monde des mariés et celui des non mariés et faisant la navette entre sa femme et sa maîtresse. Le samedi, il prenait l'autobus pour rejoindre sa femme et leurs enfants et leur apporter ce dont ils avaient besoin. Il remplissait son rôle de chef de famille avec une efficacité chargée de culpabilité.

Pendant le dernier trimestre de 1978, le triangle, cette figure diabolique, entra dans notre histoire. Quelques années plus tard, il allait réapparaître avec assez de feu et de soufre pour incendier le pays tout entier. Le premier triangle mortel fut le Triangle de Kagera, un morceau de terre tanzanienne de sept cents kilomètres carrés, à la frontière de l'Ouganda. Il fut conquis en l'espace de quelques heures par les soldats d'Amin. En un éclair, comme de la lave qui jaillit hors d'un cratère fumant, des chars, des avions de combat Mig et des fantassins s'abattirent sur les gardes-frontières tanzaniens et les villageois qui ne se doutaient de rien et s'emparèrent du Triangle, massacrant et pillant et incendiant à tout-va. Ceux qui se relevèrent assez vite et qui étaient capables de réfléchir prirent la fuite et évitèrent les cornes puissantes des buffles ; ceux qui hésitèrent périrent. Les buffles de l'agression prétendirent, des années plus tard, qu'ils cherchaient, dans ce Triangle, des éléments subversifs qui s'étaient cachés dans les bois, les maquis, les collines et le long des rivières. Radio-Guérilla condamna le raid et l'annexion dans le grésillement de sons brouillés qui nous parvenaient derrière l'armoire où nous nous cachions pour écouter la radio.

Je sentais l'excitation monter comme une fièvre, réveillant tous les fantômes que j'avais rencontrés sur les étagères poussiéreuses de la bibliothèque. J'entendais le crépitement des flammes qui consumaient les maisons, les gémissements des gens qui suppliaient qu'on leur laisse la vie sauve, le piétinement du bétail qu'on emportait dans des camions et le cliquetis des ustensiles de cuisine en aluminium et en argent qu'on jetait pêle-mêle dans des sacs militaires verts.

Une diarrhée verbale, comme celles que l'on entendait à l'époque de la lune de miel d'Amin, étouffa dans l'œuf les conséquences éventuelles de cette annexion en divulguant des récits oiseux, destinés à semer la confusion. Les mensonges crevaient les yeux mais tranquillisaient les esprits souffrants. Il n'était pas facile de contredire ces fanfaronnades car c'était sur des fanfaronnades qu'Amin avait assis son pouvoir depuis huit ans.

Mais la situation continua à se dégrader. Les prix montèrent en flèche tandis que d'autre part on stockait les marchandises et on faisait de la contrebande comme jamais auparavant. Les produits d'importation pourrissaient dans les ports du Kenya où ils restaient entreposés pendant des mois, parfois même des années. Le peu d'essence dont le pays disposait allait à l'armée, de sorte que les transports publics étaient paralysés. Les produits alimentaires des villages n'étaient plus acheminés vers la ville. Et tante Lwandeka fut contrainte de nous servir l'horrible posho ; il était meilleur qu'au séminaire, c'est vrai, mais ça restait du posho. Les gens ne pouvant se déplacer pour aller à leur travail, la misère sévit dans les ménages. Les grandes familles subirent la famine et durent se contenter d'un misérable repas par jour. Plusieurs personnes, surprises en train de voler de la nourriture dans les magasins ou les dépôts de l'Etat, furent fusillées sur place. La situation était on ne peut plus grave ; la guerre minait l'énergie, alimentait l'esprit de vengeance et cultivait des boucs émissaires et un sentiment de culpabilité généralisé.

Dévorés de soucis, les gens ne savaient plus où donner de la tête, et pendant ce temps des camions pleins de biens pillés dans le Triangle passaient, sales et débordants, en direction du nord. Les officiers de l'armée et leurs soldats, qui s'étaient acharnés contre la mutinerie, dévoraient maintenant le butin maudit, porteur de malédiction, pour assouvir leur faim.

Les semaines passèrent et le nombre des camions qui se dirigeaient vers le nord diminua. Radio-Guérilla nous informa que les buffles de l'agression avaient pris la fuite en introduisant en territoire ougandais le monstre terrible de la guerre. Les pillards du Triangle furent déchiquetés. Les chefs des deux pays se livrèrent à un échange de paroles sanguinaires qui accrut la peur. La tragédie nationale, qui avait commencé huit ans avant sous la régie d'Idi Amin, approchait de sa fin.

Oncle Kawayida nous envoya, à la Noël, une lettre écrite à la hâte : la guerre avait éclaté à la frontière et les armées tanzaniennes ainsi que les guérilleros ougandais s'étaient avancés jusqu'au cœur du pays. Mais il nous assurait que les civils étaient bien traités dans les régions « libérées » et que les soldats en retraite d'Amin étaient le seul danger.

Les écoles furent fermées et les derniers étrangers quittèrent le pays, y compris le père Gilles Lageau qui légua son grand chien au séminaire. Des files de camions chargés de meubles crasseux, de chèvres effrayées, de poulets à moitié étouffés, de femmes hébétées, d'enfants au visage triste et de vieillards endormis, prirent la route du Nord, emportant les soldats et leurs familles dans un nuage de terreur, de désespoir, de malignité et de poussière. Qu'était devenu Bâton ? Etait-il entré dans l'armée ? Avait-il pris la fuite ? Avait-il emporté ses photos de nus ? Tout ce mouvement me faisait penser à l'exode asiatique de 1972. A cette époque, des enfants aux dents écartées, rangés le long de la route, avaient chanté des chants qui glorifiaient Amin et blâmaient la communauté asiatique, surtout son monopole économique. Cette fois, on n'entendait que le grincement des camions surchargés, mais le message était clair.

Le 25janvier 1971 avait mis ma vie sens dessus dessous en me privant de Grand-ma et ma jeunesse avait pris une orientation inattendue. Huit ans plus tard, j'observais les fêtes de commémoration avec un intérêt cynique. Le 25 janvier 1979 fut un jour aussi repoussant, hargneux et menaçant que la gueule d'un bouledogue de race. Tous, aussi bien les civils que les soldats, étaient nerveux, comme glacés par les trompettes de la défaite. J'étudiais les visages des soldats, ces hommes qui m'avaient charmé le jour où Amin avait séparé en deux le lac Albert, et m'avaient donné, en général, la sensation d'être protégé. Ils avaient l'air déprimés et épuisés comme si, depuis un mois, ils avaient mangé de la nourriture empoisonnée. Je savais que parmi eux se trouvaient des hommes qui s'étaient rendus coupables des crimes les plus atroces : ils avaient torturé, estropié et assassiné des gens. Comment séparer le bon grain de l'ivraie ?

Amin m'apparaissait maintenant comme un esprit malin qui était venu déstabiliser la population et polluer la nation en accentuant son mal intime. J'étais persuadé, sans pouvoir le prouver, que les graines plantées allaient germer et que le plus grand mal devait encore arriver. Les optimistes pensaient le contraire, mais la majorité de la population ne désirait qu'une chose : la tête d'Amin sur un plateau.

Je pensais à la grippe espagnole de 1918 qui, juste après la guerre, avait coûté la vie à presque vingt millions d'Européens et je rêvais de voir les soldats d'Amin victimes, eux aussi, d'une épidémie : le choléra par exemple. Tante n'était pas de mon avis. C'était une optimiste incorrigible et elle déclarait qu'avec la chute d'Amin, tous les problèmes seraient résolus. Je commençais à soupçonner que le brigadier lui avait promis des lendemains qui chantent.

Pour donner un avant-goût de ce qui allait arriver, les collègues en rébellion de ma tante sabotèrent les lignes électriques, plongeant la ville et ses environs dans l'obscurité. Cela me rappela le saboteur du séminaire. Les maisons citadines étaient devenues des chausse-trapes de la mort où les gens étouffaient dans les émanations putrides de leurs propres excréments. Le manque d'eau se faisait de plus en plus grave et rendait la ville inhabitable. Et autour de tous les points d'eau, près des pompes et des puits, éclataient des bagarres.

Un soir, notre petite ville fut secouée par quelques explosions. Ce même soir, vers neuf heures, des soldats frappèrent à grands coups contre notre porte. J'avais mis les enfants au lit et m'apprêtais à écouter la radio. Des voix aiguës de soldats m'intimèrent d'ouvrir, ce que je fis immédiatement. Deux soldats se précipitèrent dans les chambres à coucher, empestant l'atmosphère de leur odeur de transpiration, de pieds sales et d'haleine nauséabonde. Ils me demandèrent où était mon père ; je leur répondis qu'il était mort et leur montrai mes papiers. Ma tante avait caché la photo du brigadier sous son matelas. Quand un des soldats tira les draps de son lit, je retins ma respiration, le cœur battant ; mais au lieu de soulever le matelas du côté de la tête, il alla vers le pied. Ne trouvant rien, les soldats en eurent assez de chercher et se précipitèrent dehors. Ouf ! Mon charisme avait détourné une catastrophe ! D'autres ne s'en étaient pas si bien tirés. J'entendis les cris de gens qu'on frappait et qui devaient donner tout leur argent liquide. Quelques maisons plus loin, deux hommes furent arrêtés parce qu'ils n'avaient pas de papiers d'identité. Ils furent assommés à coups de crosse de fusil et jetés dans une jeep. L'opération planques-de-guérilleros se déplaçait dans le grincement des bottes, enfonçait les portes et aboyait des ordres nerveux.

Mais où était tante Lwandeka ? J'étais furieux. Pourquoi risquait-elle encore sa vie pour ces rebelles ? Qu'est-ce qui serait arrivé si les soldats avaient déniché la maudite photo du brigadier ?

Il faut croire qu'elle sentit ma fureur avant même de pénétrer dans la maison. Elle m'adressa son sourire de petite fille, s'excusa et calma la tempête. Toute la ville était pleine de rebelles N.R.M., dit-elle. Mais aucun d'eux n'avait été arrêté parce qu'ils avaient les documents appropriés.

Lorsque Radio-Guérilla cessa d'exister, nos nuits changèrent. Dire que ces émissions avaient eu une si grande importance pour nous au début ! Par la suite, elles furent remplies de discours oiseux avant de disparaître entièrement. L'avancée du monstre de la guerre faisait maintenant l'objet d'évaluations approximatives et de rumeurs incohérentes. Je ne prenais pas les histoires de tante Lwandeka pour argent comptant parce que je la soupçonnais de soumettre la nounou de ses enfants à une thérapie sécurisante. Le message donné par les nombreux camions chargés de soldats malpropres était plus véridique. Des officiers filaient devant la maison dans des jeeps hérissées de longues antennes et de lances fixées aux radiateurs comme s'ils poursuivaient un ennemi qui se tenait dans le ciel. A un moment, je crus reconnaître la Peugeot blanche du docteur Ssali et de tante Tiida à la queue d'un convoi d'automobiles pleines d'officiers de l'armée. Ceux qui avaient des autos enlevaient leurs roues qu'ils cachaient dans un endroit obscur. Je pense que tante Tiida aurait repoussé une telle mesure. A mon avis, elle n'était pas femme à accepter facilement un tel sacrilège. Mais je me trompais peut-être. N'avait-elle pas soutenu son mari dans les moments difficiles ? Miss Savon Sunlight avait, comme tout le monde, ses côtés imprévisibles. Dans les mêmes conditions, Cadenas, elle, aurait immédiatement enlevé les roues. Comme elle jubilerait si l'auto de Tiida était séquestrée par le Diable et ses complices !

On élevait de plus en plus de barricades sur les routes, mais, à l'étonnement de tous, les soldats d'Amin se tenaient tranquilles. Ils n'avaient plus le vent en poupe. On arrêtait arbitrairement certains voyageurs et on les obligeait à se déshabiller pour voir s'ils ne portaient pas sur leur épaule les marques bien reconnaissables du port d'un fusil. D'autres devaient subir les pirateries habituelles d'une armée en défaite : la rançon. Les barricades se déplaçaient comme par enchantement d'un endroit à l'autre : elles étaient dressées le matin, disparaissaient l'après-midi et revenaient le soir. On aurait dit un jeu et, souvent, j'avais en effet l'impression d'y assister.

La circulation vers le nord continua au goutte-à-goutte pendant quelque temps encore, puis se tarit. La route se vida en moins de quinze jours et prit l'aspect désolé d'une tombe vide. Je pensai à Grand-pa et aux explosions qu'il avait prédites. J'aurais voulu le rejoindre, mais l'espace qui nous séparait se vidait de plus en plus et résonnait du bruit des bombes. Au plus fort de la guerre, le combat dura deux semaines, deux jours, deux cauchemars d'affilée. La ville trembla sur ses fondations dans l'explosion des bombes et les gargouillements des estomacs vides. Le centre de Kampala, le siège de la radio nationale et le Parlement furent pris d'assaut. Le gouvernement d'Amin était tombé. C'était le 11 avril 1979.

Dans notre petite ville, des coups de feu sporadiques accompagnèrent la retraite des derniers soldats d'Amin. Au loin, le front se dispersa comme un mauvais rêve informe. Les « libérateurs » arrivaient puis disparaissaient, repoussant leurs ennemis vers le nord et l'est. Ils laissèrent derrière eux une boîte de Pandore pleine de vieux conflits. La guerre avait commencé dans les cerveaux et dans les pages des livres de bibliothèque. Elle finissait dans la même atmosphère surréaliste. Ce furent les séquelles de la guerre qui me firent prendre conscience de ses réalités.

Amin, qui était arrivé dans un voile de mystères, disparut dans un voile de rumeurs et les vapeurs de la guerre vers des territoires inconnus, tempêtant et jurant, sans savoir quel avenir l'attendait. Mais son héritage commençait à peine à prendre racine et à s'épanouir.

Le village, enfermé entre Mpande Hill et Ndere Hill, fut encorné et pris à coups de pied lorsque les buffles de l'agression le traversèrent pour se réfugier dans le Nord. Les soldats des baraquements voisins se répandirent dans le nouveau quartier comme s'ils se rendaient à leurs orgies habituelles. Ils saisirent et enlevèrent les femmes en jeans, portées dans cette région par la vague de la prospérité trompeuse, et prirent en même temps la Honda et les motocyclettes de rallye. Le reste de la gent en jeans fut engloutie par le marécage et les bois, où elle se mêla aux habitants du vieux quartier qui n'avaient pas pris de risques. En partant, les soldats tiraient des coups de fusil au hasard dans les maisons vides. Une foule de gens provenant des villages s'était réfugiée dans l'église, sous la croix. Les soldats d'Amin mirent à sac le presbytère, emportèrent l'argent et les objets précieux et prirent en passant une camionnette et quelques filles. Ils exigèrent une rançon des gens déplacés et, dans la foulée, ils brisèrent quelques bras. Les soldats exigeant des réfugiés des sommes de plus en plus exorbitantes, les prêtres intercédèrent en leur faveur et, pour une raison ou pour une autre, les bandits se laissèrent fléchir. Comme d'habitude, ils tirèrent, pour finir, quelques coups en l'air. En partant, ils aperçurent Santo, le fou du village. Inconscient de ce qui se passait, celui-ci avait l'air d'écrire dans l'air avec son index et faisait les cent pas entre deux bâtiments de l'école. Les soldats le sommèrent de s'arrêter, mais il n'entendit pas ou fit semblant de ne pas entendre et continua à marcher. Un des soldats tira une salve en riant. Santo ne fut pas touché et le bandit s'arrêta de tirer. Santo disparut derrière la classe et attendit là son heure préférée pour écrire « Kyrie eleison, Christe eleison » sur le tableau. A cette époque, il écrivait des mots à lui et les effaçait lui-même.

Le nouveau gouvernement prit la relève au son d'une musique martiale. Un speaker interrompait de temps à autre la grande liesse pour annoncer aux auditeurs paix et sécurité. Les masses se secouaient et allaient au-devant de la nouvelle journée avec l'énergie d'un énorme taureau. Les ululements de joie remplacèrent les lamentations. L'optimisme longtemps refoulé s'exprimait dans un kaléidoscope d'émotions aveuglant. Les déclarations solennelles fusaient dans l'air : « Jamais, jamais plus, nous ne nous laisserons gouverner par les fusils », et : « Nous avons payé très cher et maintenant nous vivrons à jamais dans la paix. »

Nos libérateurs, un ramassis de soldats tanzaniens et d'exilés ougandais, considéraient la foule avec calme. Ils distribuaient le genre d'amabilités hautaines que l'on réserve d'ordinaire aux dégénérés. Mais le peuple continuait à les entourer. Il fallait voir comme les hommes, et encore plus les femmes, les flattaient, les adulaient sans la moindre vergogne ! Je me félicitais d'avoir échappé aux événements les plus graves des huit dernières années et de pouvoir maintenant considérer toute chose avec un sourire. Les libérateurs, qui parlaient un swahili aux sons doux, raffinés, chantants, se laissaient enlacer, embrasser, porter en triomphe sur les épaules et ensevelir sous les démonstrations d'une gratitude sans bornes. On chantait et dansait dans toutes les petites ruelles grouillantes de monde et puant la pisse. C'était l'expression de la joie la plus pure que j'aie jamais vue. Elle n'avait rien à voir avec la religion ou la politique, c'était la joie du roi David dansant devant l'arche d'alliance. L'euphorie soufflait sur le peuple comme un grand vent anesthésiant, m'emportant, moi aussi, dans sa violence. Elle l'intoxiquait en lui faisant miroiter tout ce qui désormais était possible, pouvait et devait l'être et le plongeait dans les pages en couleurs de ses rêves les plus secrets. L'intensité de ces espoirs coupait le souffle des gens qui, depuis huit ans, avaient perdu l'habitude d'espérer.

Mais à la surface de cette mer d'enthousiasme flottaient silencieusement des îlots d'angoisse retenue : c'étaient les visages des citoyens originaires du Nord, très noirs et parfois striés de balafres tribales. Ils s'efforçaient de paraître gais, espérant ainsi ne pas rappeler à leurs homologues du Sud qu'ils venaient de la même région que leurs bourreaux, les tueurs qui avaient pris la fuite. Ils priaient de toute évidence pour que leur soit épargné le contact avec les pangas fulgurants de la vindicte. Toute main jubilante était capable de mutiler quelqu'un. Toute bouche jubilante avait le pouvoir de décider de la mort de quelqu'un. Mais, pour l'heure, la joie de la foule était trop intense pour être souillée par des sentiments aussi bas, et la vengeance resta enfouie dans le coffret kaléidoscopique de l'euphorie.

Mes jambes flageolaient. Tante ne cessait de sauter. Son corps que je serrais contre moi tremblait d'une joie fiévreuse. Des larmes de bonheur coulaient sur son visage et me chatouillaient le cou. J'avais l'impression d'être soulevé par le mouvement de la foule. Tout à coup je faisais un avec le monstre et j'étais propulsé par les cris, étouffé par la liesse, les larmes et les rires. Il ne faisait plus de doute maintenant que la guerre avait quitté les collines infestées d'armes, les vallées fourmillantes de soldats et l'air empesté d'explosifs pour mener sa sarabande parmi nous. Je ne savais plus à quel moment j'avais lâché Tante. Je savais seulement qu'un groupe d'hommes avait distribué des boissons gratuites et m'avait incité à boire, boire et encore boire. C'était une sorte de compétition. Des tambours accompagnaient en sourdine les chansons grivoises. Les lumières me grisèrent, je fus pris de vertige, tombai et vomis contre le mur. Une marchande qui vendait les alcools distillés par Tante m'invita à entrer chez elle. Je savais que je lui plaisais, mais elle n'était plus de première jeunesse. Elle nettoya mon visage, mes vêtements et mes chaussures. Elle avait des genoux magnifiques qui brillaient comme du bois poli et verni. Je regardai ses doigts. Ma tante m'avait dit qu'on pouvait lire l'âge d'une femme à ses doigts. Je ne pus rien lire ; ma tante avait sûrement dit cela parce qu'elle avait elle-même des doigts splendides, sans rides. Lorsque la femme me poussa vers le sofa, je fus maîtrisé par ses magnifiques genoux. Je la saisis de toutes mes forces et éjaculai dans mon pantalon. Tout ce dont je me souvins plus tard fut sa canonnade d'injures.

Deux jours passèrent. Je me sentais mal. Je n'arrivais pas à trouver le repos à cause du bruit et des coups de feu. Le tumulte et mon humeur sombre furent interrompus par la visite d'oncle Kawayida à tante Lwandeka. Je fus très heureux de le revoir, mais lui-même se montra réservé, comme s'il ne partageait pas ma joie. Il portait des vêtements sales et des chaussures boueuses. Je ne l'avais plus vu depuis des années, mais je ne le trouvais pas changé. Il était toujours aussi grand et svelte ; son visage ovale et ses grands yeux lui donnaient un air malin et avenant. Il ne me laissa pas finir la longue formule de bienvenue que je lui récitai, ce qui était mauvais signe. Une de ses femmes avait-elle été violée par un groupe de soldats ? Des membres de sa belle-famille avaient-ils péri dans un incendie ou un bain de sang ? Il ne faut pas oublier que monsieur Kavule, feu son beau-père, avait laissé quarante enfants — trente filles et dix garçons ! Est-ce qu'il leur était arrivé quelque chose de grave ? Non, le danger était plus proche : Grand-pa avait disparu.

Une semaine avant la chute d'Amin, Grand-pa avait quitté la maison pour rencontrer un ancien du clan. L'homme qui avait prédit une explosion nationale croyait que le temps n'en était pas encore venu. Au village, loin du théâtre de la guerre, tout était encore calme. Il pensait être de retour avant la chute de la ville. Il avait rencontré l'ancien du clan, réglé avec lui quelques affaires et quitté la ville trois jours avant sa chute. On l'avait vu pour la dernière fois recroquevillé dans la cabine d'une camionnette surchargée qui devait le conduire directement chez lui.

J'étais malade de chagrin. Je demandai à oncle Kawayida ce qu'il en pensait, mais il ne voulut pas en parler. Il attendait la venue de Serenity pour établir un plan de recherches minutieuses. En attendant, il me demanda ce que j'avais l'intention de faire dans le futur. Il s'informa de ma situation financière. Je lui parlai de la distillerie où se rendait tante Lwandeka, une fois par mois. Il fit des comptes en griffonnant dans la paume de sa main et me dit, en hochant la tête, que c'était un bon business. Qu'est-ce qui m'empêchait d'y prendre part ? Je dis que c'était trop dangereux. Il répondit que les affaires dangereuses étaient justement les plus lucratives. Sa proposition était révoltante. Comment aurais-je pu, moi, l'ancien bibliothécaire du séminaire, moi qui avais manœuvré en secret pour chasser le père Mindi, moi qui avais empoisonné la vie du père Lageau, moi, un futur avocat, comment aurais-je pu m'abaisser à distiller de l'alcool sur un feu de bois dans un fût d'essence abandonné ? J'étais destiné à un travail pour col-blanc qui me permettrait de gagner de l'argent propre. Je lui dis que j'avais l'intention de prendre un poste d'instituteur à mi-temps. Il fit une moue peu encourageante : ce métier-là ne rapporterait pas grand-chose. Combien de temps avais-je l'intention de vivre aux crochets de ma tante ? La question me laissa bouche bée et avec l'impression d'être incompris. Je m'informai sur son élevage de dindons et de poulets.

Il me répondit qu'il avait gagné beaucoup d'argent parce qu'il n'avait pas fait comme les autres : tandis qu'ils s'étaient jetés un peu trop vite dans le commerce de détail, lui avait suivi sa propre voie. Et il ajouta que c'était la recette du succès : suivre sa propre voie. J'aurais voulu lui demander des conseils sur les choses de l'amour. J'aurais aimé avoir des détails sur ses escapades avec les sœurs de sa femme, savoir ce qu'il pensait de la polygamie. Je cherchai les mots adéquats pour exprimer aussi bien mon excitation que ma curiosité, mais ne les trouvai pas. Cependant, c'était une excellente diversion pour nous deux. Tandis que je cherchais une entrée en matière sur les questions de sexe, je lui demandai des nouvelles de sa mère. Il me dit qu'il était heureux qu'elle s'occupe maintenant de Grand-pa. Mais où se trouvait Grand-pa en ce moment ?

Serenity arriva : il ne faisait pas de doute qu'il craignait le pire, comme si un monstre surgi des pages de son livre préféré le torturait en enlevant son père avant de réserver le même sort à sa femme et à ses enfants. Je ne l'avais pas vu depuis longtemps, mais c'était comme si je l'avais quitté la veille. Les deux hommes partirent presque immédiatement. Ils sillonnèrent la ville sur une moto Kawasaki qu'oncle Kawayida avait empruntée à un ami. Il n'osait toujours pas se servir de sa camionnette de peur que les libérateurs ne la lui confisquent à des fins militaires.

Je perdis ma liberté de mouvement pendant plusieurs jours. Je me sentais comme une pierre au fond d'une rivière : les événements bouillonnaient autour de moi. Je devais garder les enfants car ma tante était très occupée par ses réunions du N.R.M. et, me disais-je, par son brigadier. Un groupe hétérogène d'exilés était en train de former un gouvernement provisoire avant les élections. Ma tante était très optimiste et prétendait que le N.R.M. allait jouer un grand rôle dans la coalition. Je lui demandai si elle voulait entrer dans la politique. Elle dit qu'elle essayait d'avoir une aide financière du N.R.M. pour ouvrir une boutique. Elle tenait encore apparemment à son indépendance. Mais le bruit courait que la coalition ne servait qu'à couvrir le retour de l'ancien dictateur, Obote, qui s'était réfugié en Tanzanie pendant les années du règne d'Amin. Ma tante déclara que les rumeurs étaient fausses : Obote ne pourrait jamais plus revenir. Il avait raté sa chance et les exilés s'opposeraient à son retour. Ses arguments n'étaient pas très convaincants. Ma tante n'avait pas envie de se lancer dans une analyse objective de la situation. Elle croyait que les Tanzaniens n'étaient venus que pour aider les Ougandais à renverser Amin. Mais qui allait payer la guerre ? L'Ouganda, bien sûr. Qui allait garantir le paiement ? Cela me fit penser au traité de Versailles de 1919, par lequel les Allemands s'engageaient à payer des indemnités de guerre. L'Ouganda allait-il signer un traité avec la Tanzanie ? Ou bien le retour d'Obote était-il une garantie de paiement ? Ma tante ne permettait pas qu'on enfonce son optimisme par des spéculations aussi impitoyables. Je sentais que ces théories émanant d'une personne qui n'avait pas pris part au combat, qui n'avait jamais été menacée de tortures et de mort, irritaient la femme « sèpan » en elle. Elle faisait entièrement confiance au N.R.M., et au brigadier dont elle gardait toujours la photo sous son matelas. Etait-ce à moi de la faire douter de ses institutions ? Et si, par exemple, elle savait des choses que je ne savais pas ? Je me tins donc coi. Après tout, ce que je lui en disais c'était sans doute uniquement pour oublier la disparition de Grand-pa.

Vers la même époque, on apprit que tante Kasawo, qui avait survécu, des années auparavant, à un attentat contre sa vie, avait été attaquée par des hommes en uniforme — c'était l'euphémisme employé pour désigner les tueurs d'Amin. Cette nouvelle laissa le champ libre à mes spéculations et servit, pour quelque temps du moins, de dérivatif aux soucis que me donnait la disparition de Grand-pa. L'attentat avait eu lieu peu de temps avant la chute de Kampala, à un moment donc où les hommes de main d'Amin avaient déjà quitté la région où elle habitait. J'avais le pressentiment que les agresseurs étaient plutôt nos libérateurs. Si Amin avait eu quelque chose à voir avec cet attentat, ils n'auraient pas manqué de le dire, puisque Amin était parti et qu'on était libre d'exprimer ses opinions. Le public répugnait à croire que les libérateurs pouvaient, eux aussi, se livrer à de tels abus — pas maintenant, en pleine euphorie. Cette fois, je ne doutais pas que j'allais bientôt connaître les détails de l'affaire. Je m'étais fait une théorie, il n'y avait plus qu'à en attendre la confirmation. J'avais déjà entendu parler de « libérateurs » qui « suppliaient » les femmes de leur laisser prendre leur plaisir, et certains les y avaient même contraintes.

Trois mille dix jours d'oppression, de massacres, de disparitions mystérieuses, d'enlèvements et d'abus de tous ordres dans les chambres de tortures devaient finir par jaillir hors des caves de la mémoire et s'étaler dans les rues, au grand soleil. Comme pour toutes les autres drogues, l'effet de l'euphorie cessant, ceux dont les symptômes de manque se faisaient sentir sous la forme d'une faim d'ogre et d'un désir de vengeance commençaient à chercher des boucs émissaires. La pénurie de vivres n'arrangeait pas les choses et les promesses radiodiffusées d'usage sonnaient faux.

L'absence soudaine et incroyable du tyran et la mauvaise volonté calculée de nos libérateurs à faire valoir leur autorité de crainte d'être comparés à ceux qu'ils avaient chassés créèrent un vide que les masses exploitèrent dans le pire des sens. Il suffisait, tout à coup, de ne pas avoir froid aux yeux pour devenir inquisiteur, juge et bourreau. Loin, dans les villages, on avait déjà mis le feu aux maisons des gens du Nord et de certains musulmans. La maison de tante Nakatu et Hadj Ali avait été prise d'assaut par toute une meute qui les accusait d'être des sympathisants d'Amin. Les agresseurs les sommèrent de sortir sans quoi ils mettraient le feu à la maison et abattrait leurs caféiers. Hadj Ali sortit, s'adressa à la foule, leur exposa ses opinions et leur demanda pourquoi on s'en prenait à lui. Pour son bonheur, la raison eut le dessus. Les vieux réussirent à convaincre les plus excités de se montrer miséricordieux. Hadj Ali offrit au groupe deux chèvres. D'autres eurent moins de chance : on incendia leurs maisons et on égorgea leurs chèvres et leurs poulets. Dans le village, les jeunes qui s'étaient enrichis par le trafic du café se rendirent en masse dans les baraquements militaires et les pillèrent.

Du côté de chez moi, j'ouvris les yeux et crus rêver. L'allée majestueuse et gloutonne qui avait avalé les Nordiques en déroute et les tueurs d'Amin grouillait de gens qui trimballaient sur leur dos des réfrigérateurs, des lits, des pièces de rechange de moteurs, des pneus neufs ou usagés, des tôles ondulées rouillées ou brillantes, des vitres et des vitraux, des meubles de salon, des rouleaux d'étoffe, des boîtes de médicaments, des tubes pleins de mercure de laboratoire, des machines à écrire, des sacs de riz, du sucre, du sel, des bidons graisseux d'huile de cuisine ou d'huile industrielle et autres objets. Des hommes au torse nu poussaient des autos et des camionnettes et des mobylettes ; certaines avaient des pneus crevés qui grinçaient sous le chargement. On pillait à tout-va : la première phase de l'épuration.

Ici et là, le long de l'allée, gisaient des gens qui avaient fléchi sous le poids de leur chargement illégal. Ils soufflaient, suaient, pétaient et demandaient à boire. Près d'eux, de fieffés roublards tirés à quatre épingles, les veines du cou gonflées à bloc, faisaient l'article. Ils essayaient d'écouler le plus vite possible leurs marchandises pour pouvoir retourner en ville en chercher de nouvelles avant que les libérateurs ne mettent un terme à cette manne. En groupes, ou dispersés le long de barricades inutiles, les libérateurs regardaient avec un sourire cynique les biens du gouvernement précédent défiler sous leurs yeux. Le pillage renfermait une logique perverse : puisque les pilleurs soutenaient le gouvernement actuel, inexistant, en s'accaparant des biens qui avaient été employés pour les opprimer, ils ne prenaient que ce qui leur revenait. Tant qu'ils étaient occupés, ils ne gênaient pas les libérateurs ; et en les laissant faire, on pouvait s'assurer la collaboration des personnages les plus louches pour dénicher les derniers tueurs d'Amin qui pourraient encore leur donner un coup de couteau dans le dos.

C'était comme si les agitateurs savaient que c'était la dernière occasion qui leur restait de vider les magasins et les bureaux du régime précédent sous l'œil tolérant des soldats armés. Aussi saisissaient-ils leur chance à deux mains.

Les ondes de choc de la libération traversaient la ville comme des éclairs. Des manifestants secouaient dans l'air des banderoles exprimant leur soutien à la coalition qui allait gouverner. Ils vitupéraient contre Idi Amin et réclamaient des vivres, des produits de première nécessité, la paix et la démocratie. Des porteurs de bannière à l'estomac creux, ou empoisonné par de la nourriture avariée qu'ils avaient pillée, exigeaient le capitalisme, l'enseignement gratuit, de meilleurs logements et l'exécution d'Amin. De longues colonnes multicolores d'étudiants menaçant l'air de leurs poings encerclaient la ville et une cacophonie d'espoirs, de rêves et d'exigences s'échappait de leurs lèvres desséchées par la soif. Des bandits fouinaient partout, à la recherche de tout ce qu'ils pouvaient emporter dans la confusion générale. Des propriétaires de commerces demandaient l'arrêt immédiat de tous les pillages ou une compensation gouvernementale.

Les immeubles sinistrés durant les accrochages militaires se consumaient tristement ou lançaient dans l'atmosphère des nuages de fumées toxiques. Des façades de magasins qui avaient été défoncées par des camions ou des tracteurs montraient des trous sombres et béants, comme des tombes profanées. Le pavé était parsemé de débris de verre pareils à l'eau bleu-vert qui coulait et giclait dans les égouts. Le chemin pris par les pilleurs les plus malins était sinistrement marqué par des traces de sel, de sucre, d'engrais et d'huile. L'air était plein de papiers voletant sur un vent fantôme envoyé par les morts et les mourants comme pour avertir les spectateurs par des messages à la fois secrets et publics.

Disséminés un peu partout, dans les fossés, les ruelles, sur le pas des portes, des cadavres anciens ou tout frais, le visage figé et la bouche fermée sur les secrets qu'ils avaient gardés pour eux, sécrétaient des liquides rouges et jaunes. Je voyais des blessures nettes causées par une lame effilée, des membres arrachés par des bombes, des objets lourds et autres projectiles, des morceaux de chair et d'os et de grosses taches de sang qui avaient pris la forme d'océans et de continents.

Dans la chaleur inexorable et les odeurs fétides de chair en décomposition, d'ordures et d'émotions, je réussis à gagner la station de taxis, l'antre d'où semblait émaner toute cette agitation apocalyptique. Des coups de fusil éclataient dans l'air comme du popcorn. Ils étaient tirés par une minorité de libérateurs qui voulaient donner l'impression de faire quelque chose pour diminuer le chaos, sans toutefois ternir leur bonne réputation ou porter atteinte à l'immense confiance que le peuple avait mise en eux. Je saisis quelques bribes de phrases en swahili par lesquelles ils essayaient de mettre un terme à la folie générale.

Je me tenais sur le bord de la cuvette, écrasé par l'ampleur de la violence et craignant pour ma vie. La cuvette semblait trembler sous l'effet des secousses sismiques dont j'avais rêvé peu après mon arrivée dans la ville et des explosions nationales prédites par Grand-pa. Du marché Owino soufflait un vent puissant et nauséabond, chargé de pourriture, de poison et d'illusions, anciennes et actuelles, une puanteur qui rendait la folie et la confusion encore plus grandes. Les monstruosités architecturales qui dessinaient une rangée de dents pourries sur la ligne de l'horizon avaient l'air de s'enfoncer en basculant vers l'avant comme des molaires obscènes qui montrent leurs racines sanglantes et leurs caries. Les fenêtres barbouillées de saleté, les toits tachés de rouille, les murs couverts de poussière des maisons perchées sur les collines avaient l'air de se fondre en une bouillasse de plaies suppurantes. La rivière Nakivubo ressemblait à un courant d'ordures dégringolant de la mosquée, des églises catholique et protestante, du palais de justice et des maisons des généraux détrônés.

Des passants me poussèrent en bas des marches qui menaient au milieu de la cuvette où il n'y avait presque plus d'autos et où se tenait un sit-in. Deux hommes, très grands et noirs comme du charbon, revêtus des attributs de la Sûreté de l'Etat, chaussures à semelles compensées, jeans et lunettes à verres miroirs, fixaient le jury derrière leurs œillères d'argent. Quelqu'un arracha les lunettes du nez de l'un d'eux et lui intima de montrer un peu plus de respect pour la Haute Cour de justice.

— Toi, je te connais : tu faisais partie du service secret. Tu as arrêté mon père. Avec tes collègues, vous lui avez défoncé le crâne et l'avez jeté dans le bois Namanve. Tu ne l'as pas oublié, hein ? cria une grande femme.

— A mort, à mort, à mort ! hurla la foule excitée.

— Amin est parti. Maintenant, c'est toi et tes amis qui allez payer, tonitrua quelqu'un.

— Payer, payer, gronda un autre.

Le verdict fut unanime. La Secrète, qui avait à son actif une longue liste de meurtres et de tortures, ne pouvait compter sur la miséricorde de personne, pas même des plus modérés. L'arme la plus mortelle dans cette période sans gouvernement était l'accusation de collaboration avec la Secrète ou avec toute autre instance de sûreté aministe. Les deux Semelles-compensées, « déclarés coupables », furent vite soulevés du sol pendant que des objets lourds les bombardaient avec la force vindicative de trois mille dix jours de malheurs. Lorsqu'ils retombèrent sur le sol, ils étaient déjà à moitié morts. La foule les encercla et les aplatit comme les chapatis importés par les Asiatiques. « Les salauds n'ont même pas demandé grâce », dit quelqu'un en passant devant moi. La tension passée, je me frayai un passage vers un autre coin.

La rue était jonchée de portraits piétinés, déchirés mais reconnaissables, d'Amin. Des poupées qui étaient censées le représenter et dont on avait arraché les membres se consumaient dans des feux de joie qui piquaient les yeux. Du côté où j'avais assisté à mon premier accouchement, quelques personnes regardaient la fumée qui se dégageait d'un tas de pneus en feu. Je distinguai les contours vagues de quatre figures humaines ratatinées et recroquevillées dans la mort. On racontait qu'ils avaient été surpris au moment où ils essayaient de fuir dans une camionnette. Ils avaient nié avoir eu des relations avec Amin, mais plus tard on s'aperçut qu'ils avaient sur les épaules les marques de bandoulières de fusils. On leur avait presque aussitôt passé des pneus d'auto autour du cou et on y avait mis le feu.

Mon attention, et celle de presque tous ceux qui se trouvaient dans la cuvette, fut attirée par une voix tonitruante qui sortait d'un mégaphone. L'homme qui le portait était suivi d'un groupe d'hommes et de femmes, hâves, décharnés et extatiques, récemment libérés des chambres de tortures de Nakasero Hill, qui se trouvait juste derrière le palais de justice. Les squelettes dansaient et agitaient des branches tandis que de fines rigoles de larmes coulaient de leurs yeux exorbités. Ils firent le tour de la cuvette sous les acclamations de la foule. Des marchands, impressionnés par la vue de ces rescapés de la mort, leur distribuèrent gratuitement des petits pains, des boissons ou ce qu'ils avaient. D'autres leur donnaient de l'argent pour leur voyage de retour chez eux. La plupart des squelettes ambulants regardaient droit devant eux, l'air hébété et le regard vitreux, comme s'ils ne pouvaient pas croire à ce qui leur arrivait. Ils marchaient comme s'ils étaient encore enchaînés et anesthésiés par la puanteur du vomi et du sang, des excréments et de la violence des chambres de tortures et des cachots. Ils pliaient sous le poids de la liberté et, pour certains, c'était trop, en effet.

Tout ceci me rappela Grand-pa. Où était-il ? Etait-il dans un trou, dans un bâtiment ou dans un bois et attendait-il que quelqu'un entende ses appels au secours ? Ses fils ne l'avaient toujours pas trouvé — ni lui, ni personne susceptible de leur donner quelque indication. Ils avaient fait en vain le tour des morgues, des hôpitaux, des camps de réfugiés temporaires, des baraquements militaires et des membres de la famille. Ils n'avaient presque pas dormi depuis des semaines et ne savaient plus que faire. Tante Lwandeka avait demandé à ses amis du N.R.M. de chercher Grand-pa, mais elle n'avait pas encore reçu de réponse.

Les narines pleines de l'odeur âcre du caoutchouc qui brûlait, l'esprit dominé par une curiosité démente et les oreilles assourdies par les coups de fusil et les cris de joie, je me frayai un passage à travers la foule. Je me dirigeai vers les cathédrales, au milieu des restes carbonisés et mutilés des statues. Je voulais chercher Grand-pa dans la cathédrale catholique de Lubaga et, s'il n'était pas là, dans la cathédrale protestante de Namirembe. L'air était très chaud et humide et la chaleur collait à ma peau comme une couche de pommade.

Sur le bord de la cuvette se tenait un autre tribunal qui jugeait ceux dont les scarifications faciales trahissaient les origines tribales : scarifications en forme de carreaux, verticales, horizontales et coutures boursouflées sur le front, les tempes et les joues. Toute personne porteuse d'un de ces signes était a priori suspecte. Trois femmes dont les joues étaient marquées de balafres verticales se tenaient devant leurs juges : des garçons dépenaillés, assez jeunes pour être leurs fils. Les spectateurs jouissaient de voir le pouvoir judiciaire délégué à ces parias de la société. Ils les regardaient faire avec l'air imperturbable de caïds qui observent comment leurs subordonnés les vengent.

Les jeunes gens, tourmentés par les poux de leur tête, les morpions de leur pubis et la sciure de leur cervelle, dont les yeux brillaient de ce rare pouvoir absolu qu'on ne peut avoir qu'en temps de guerre, criaient :

— Sorcières, sorcières !

— Sorcières... brûlons-les, sorcières... rôtissons-les, sorcières... enfilons-les.

Les accusées avaient des yeux rouges exorbités, des narines rondes dilatées et les traits déformés par une hésitation mortelle ; ne sachant si elles devaient se montrer hautaines ou humbles, condescendantes ou suppliantes, elles menaçaient et caressaient du regard, marmonnaient et en appelaient aux cœurs durcis par les trois mille dix jours de courroux qui venaient de s'écouler.

Comme sous le commandement d'un chef infaillible, les jeunes miséreux encerclèrent les trois femmes. Ils arrachèrent des tissus trempés, passèrent leurs rasoirs sur des cicatrices de césariennes et des vergetures, et détruisirent tout ce que leurs mains rencontraient. Le métal scintillait, les os craquaient au-dessus des cris bestiaux d'une lutte sans merci. Je n'attendis pas la fin.

La cathédrale catholique, au sommet de la colline, tel un Golgotha hérissé de têtes de morts et de tibias, fourmillait de gens qui ne savaient où aller et espéraient du ciel la délivrance et de la nourriture. Plusieurs étaient venus de loin, ils avaient fait parfois cinquante kilomètres pour échapper aux armées montant de Tanzanie et aux troupes frustrées d'Amin. Aux yeux de ces gens, l'archevêque était un héros et les péchés du clergé n'étaient que les puces inévitables sur un chien par ailleurs inoffensif. Ces survivants n'avaient ni le regard maniaque des croisés, ni l'expression provocante des martyrs : ils avaient tout simplement peur et étaient hésitants. Ils avaient l'air de croire que la guerre n'était pas encore finie, que ce n'était qu'une trêve et qu'elle reprendrait de plus belle dès qu'ils arriveraient chez eux. Je traversai tout le terrain à la recherche de Grand-pa et consultai même la liste qui se trouvait au bureau de l'administration. Sans résultat. Je quittai la cathédrale et ses tours phalliques, ses brasiers, ses enfants larmoyants et ses adultes éperdus et me dirigeai vers l'église protestante. C'était comme chercher une aiguille dans une botte de foin. Je n'arrivais presque plus à me concentrer. J'avais l'impression d'être aussi hébété que les victimes-bourreaux décharnées que j'avais vues dans la cuvette et aussi désorienté qu'une souris droguée. En sortant de l'église, je marchai par mégarde sur des vêtements qui séchaient sur l'herbe, ce qui me valut des interpellations courroucées.

Le quartier général du Conseil suprême de l'Islam, que j'associais toujours à la conversion du docteur Ssali, grouillait de réfugiés musulmans. Tous ceux qui craignaient des représailles se réfugiaient ici, derrière le puissant bouclier de cet immense bâtiment. Je crus reconnaître Lusanani parmi les femmes sans voile. Je la suivis en sifflant, persuadé que c'était elle. Mais c'était une inconnue qui se retourna, effrayée. Je lui présentai mes excuses. J'aurais dû savoir que Hadj Gimbi, avec son flair infaillible, avait transporté sa famille dans un coin reculé de la campagne où on le connaissait à peine et où on le laisserait probablement tranquille. Je vis parmi ces gens beaucoup de visages inquiets, qui craignaient vraiment des représailles. Ils avaient vu de leurs propres yeux ce qu'on avait fait à certains de leurs coreligionnaires accusés d'avoir montré de la sympathie pour Amin. Mais leurs chefs religieux étaient imbus de la certitude que personne n'oserait s'en prendre à eux entre les murs de la gigantesque mosquée. En partant, je me sentis écrasé par le sentiment de mon échec : je n'avais pas trouvé Grand-pa.

Le soir tombait. Le soleil s'était vite couché après toutes les secousses de la journée et le calme était lentement revenu.

La ville avait l'air déserte maintenant, car la plupart des gens s'étaient empressés de rentrer chez eux à cause du couvre-feu et aussi pour éviter les barricades de rues et les quelques fous qui, dans l'obscurité, cherchaient encore des victimes. Chacun savait que la première semaine après une guerre était plus dangereuse que les dernières semaines de la guerre elle-même et se conduisait en conséquence.

J'étais épuisé et au bout du rouleau après tous les échecs de la journée. J'aurais voulu croire que c'était un mauvais rêve, que je pouvais redonner la vie à tous les cadavres et que Grand-pa m'entendait. Mais, comme pour Grand-ma, les lois de la réalité étaient inexorables et ne réagissaient pas aux élucubrations, même les plus puissantes. J'avais faim, si faim qu'on aurait dit que j'avais hérité de la faim de tous les morts et de tous ceux qui, loin d'ici, avaient perdu leur récolte à cause de la guerre. Mais je savais aussi que je ne pouvais pas porter sur mes épaules la douleur des trois mille dix jours du régime d'Amin. Le bilan était douloureux : Grand-ma morte, Grand-pa disparu, tante Lwandeka menacée et torturée, tante Kasawo violée par plusieurs soldats... Je craignais que la liste ne fût pas encore complète.

J'étais arrivé au bord de la Nakivubo, la rivière corsetée dont l'eau souillée semblait transparente à mon esprit tourmenté par la soif. Je continuai en direction du marché Owino et repensai à mon rêve de voir Cadenas y travailler au milieu des blasphèmes, de la folie et des souillures. Des vautours et des marabouts tournoyaient au-dessus d'un tas d'ordures, repus, comme s'ils étaient en train de quitter leur bureau après une journée bien remplie. Le marché se composait de deux parties : d'un côté, des étals en béton, de l'autre, un espace ouvert où les vendeurs étalaient leur marchandise à même le sol. On avait l'impression de marcher dans une ville fantôme barbouillée de suie. Une rue latérale qui descendait de la colline où se trouvaient les cathédrales coupait en plein milieu le quartier des taudis et le marché. Je la pris. Des gens passaient comme des fantômes pressés. Puis je vis une femme qui se détournait en se pinçant le nez, mais elle ne cracha pas. C'était donc qu'il y avait un cadavre à proximité car on ne crache jamais sur un mort.

En effet, j'avais dépassé quatre cadavres qui se trouvaient à l'ombre du bureau du marché. L'odeur était si forte que j'avais l'impression qu'on m'arrachait le nez. Deux corps gisaient sur le dos, un sur le ventre et le quatrième était décapité. J'étais le seul spectateur car les autres passaient leur chemin le plus vite possible. La femme qui se pinçait le nez avait disparu. Je ne reconnaissais pas les cadavres. J'étais sur le point de retourner vers la station de taxis lorsque mon œil tomba sur la chaussure de l'un d'eux. J'avais souvent ciré cette chaussure en l'astiquant avec un chiffon. Je savais où elle s'était déchirée et avait été soigneusement réparée. Je me penchai pour mieux voir et la puanteur faillit me renverser. L'homme dont le visage était retourné vers le sol était Grand-pa ! Ma vessie se vida, mais elle ne contenait que quelques gouttes. Ma faim et ma soif disparurent sur-le-champ. J'étais seulement assommé et j'avais le vertige. Pourquoi Serenity et Kawayida n'avaient-ils pas cherché à cet endroit ? Ou bien est-ce qu'ils n'avaient pas reconnu leur père ?

Je rejoignis en titubant la maison de tante Lwandeka qui alla chez ses collègues du N.R.M, prit une jeep et transporta la dépouille de Grand-pa à la morgue. Puis elle alla vers le quartier extérieur où habitait Serenity. Les deux frères étaient couchés, épuisés par une nouvelle journée de recherches infructueuses. Ils se montrèrent soulagés de pouvoir arrêter les recherches, mais furieux de ne pas avoir découvert Grand-pa plus tôt.

Le clan se réunit dans la maison de Grand-pa. La dernière fois où il s'était réuni en si grand nombre, c'était pour le mariage de Serenity. Tante Nakatu avait vieilli et grossi, mais ne portait pas les signes de ses récentes épreuves. Hadj Ali avait un air distingué avec sa tunique blanche et sa calotte à bord doré. Baby Souleiman, leur enfant unique, était déjà à l'école élémentaire. Tante Tiida et le docteur Ssali n'arrivaient pas à se consoler de la perte de leur chère Peugeot. Tante Tiida avait eu beau protester qu'ils étaient musulmans et que, par conséquent, ils devaient être exemptés de toute agression, les officiers d'Amin avaient confisqué leur auto. Elle était tombée en panne à cent cinquante kilomètres de la ville et le mécanicien du docteur Ssali l'avait retrouvée dans un fossé, le long de la route, le moteur explosé. Tante Tiida ne se lassait pas de raconter sa triste histoire. A cette occasion, je revis pour la première fois depuis des années la femme de Kawayida. Elle était grande et majestueuse et respirait l'énergie et le bien-être. Si sa mâchoire inférieure n'avait pas été si forte et si elle n'avait pas eu de si grands pieds, elle aurait été la plus belle femme de l'assemblée. Elle était venue dans sa deuxième camionnette, visiblement heureuse de pouvoir rendre service à la famille et aux amis du décédé. Oncle Kawayida était ici le seul à savoir conduire mais, pour une raison inconnue, c'était sa femme qui gardait les clés de la voiture. A un moment, tout le monde eut l'air de chercher ces clés. La femme d'oncle Kawayida prenait plaisir au jeu. C'était toujours elle qui retrouvait les clés et alors elle simulait l'étonnement.

La dépouille mortelle de Grand-pa avait exigé une longue préparation et elle arriva deux jours après que tout le monde se fut rassemblé. Malgré mon chagrin, j'étais très fier de mon grand-père. Il était une des rares personnes de ma connaissance à avoir vécu selon ses principes. J'étais fier de lui parce qu'il avait reçu des coups et des blessures, avait été frappé par balles. Il avait vécu et était mort sur le champ de bataille qu'il s'était choisi lui-même. Dans mon esprit, son nom resterait désormais lié à la fête de l'indépendance, à l'état d'urgence de 1966 et à la chute d'Amin. Il était pour moi une encyclopédie de notre histoire politique, et sans ses discours et mes efforts pour les suivre, je n'aurais jamais rien compris à la politique. Il avait poursuivi ses ambitions en les payant par la dispersion de sa famille. Il avait prédit les explosions de la nation et y avait perdu la vie. Il avait vécu une vie de rebelle et exprimé librement ses opinions sans tenir compte des ennuis qu'elles lui procuraient. Il était une île de franchise dans une mer de conformisme. Peu m'importait ce que les autres disaient de lui.

La tragédie de sa mort fut soulignée par la cérémonie du rasage de la tête. Tante Tiida, la première au village à avoir mangé du poulet et des œufs, fit de ce rituel banal un spectacle mémorable. La tradition voulait que la tête de tous les orphelins fût rasée comme une boule de billard. Tiida considéra les cheveux de ses frères et de sa sœur aux pieds du barbier et décida de se rebeller. Lorsque son tour arriva, le vieil homme au rasoir ne releva même pas la tête ; il étendit son bras et lui fit signe de s'avancer.

— Je garde mes cheveux.

— Pardon ?

— Vous avez très bien entendu, dit-elle sur un ton plus autoritaire qu'elle ne l'aurait voulu. Je ne pleurerai pas la mort de mon père avec une tête chauve. S'il le faut, je consens à me voiler les cheveux ou à les frotter de poussière, mais je ne veux pas qu'on me rase. Papa n'avait aucun goût pour ce genre de traditions.

— Femme, tu retardes la cérémonie, dit le vieil homme, soutenu par de nombreux assistants.

Serenity et Kawayida avaient les yeux rougis par

le chagrin et semblaient sur le point d'éclater. Ils lançaient des regards furieux à leur sœur et attendaient qu'elle change d'avis. Des voix courroucées s'élevèrent. Le docteur Saïf Ssali, un homme qui savait que même quelque chose d'aussi trivial que l'ablation du prépuce pouvait avoir des conséquences douloureuses, s'avança pour éviter que les choses ne s'enveniment. Il éloigna tante Tiida du cercle des assistants et lui parla à voix basse. Elle revint, toute déconfite, et offrit sa tête au rasoir.

La nouvelle de l'incident se répandit rapidement et alimenta le moulin à ragots qui continuait à tourner pour alléger le poids de la malédiction et de la mélancolie. Un des sujets favoris était la folie de pillage qui sévissait dans les villes et dans certaines régions rurales. On racontait que des jeunes gens du village avaient pris d'assaut les baraquements militaires et avaient emporté des lits superposés, des tentes, des bottes, des biscuits, des boîtes de corned-beef, des réfrigérateurs, des incubateurs et des munitions. De temps à autre, on entendait une explosion dans leur quartier. Des garçons désœuvrés plaçaient des cartouches à balle sur des charbons ardents et poussaient des cris de joie quand elles explosaient.

Serenity me regarda avec un mélange de jalousie et de colère en apprenant que j'avais trouvé le cadavre de son père. Une fois de plus, j'avais torpillé son rôle de fils aîné. Il se sentait d'autant plus avili qu'il avait traversé la place par trois fois avec son frère pour aller vers les cathédrales. Il ne comprenait pas comment les cadavres avaient pu échapper à leur vue, car ils gisaient tout près de la route. Mais ses problèmes me laissaient froid. En revanche, j'étais curieux de connaître sa fille, d'un an plus âgée que moi. Je l'imaginais grande, dotée de la grâce de tante Tiida, du calme de sa mère et de l'ambition de Grand-pa. Mais ma tante Nakatu détruisit tous mes espoirs en annonçant que ma demi-sœur n'assisterait pas aux funérailles. Elle refusait de se montrer aux cérémonies où se trouvait son père. Il était évident que Serenity n'avait pas été pour elle un père digne de ce nom. Il avait dû l'aider financièrement quelquefois, quand elle était malade, par exemple, mais il n'avait rien fait d'autre pour elle. Non qu'il la détestât ; il n'avait tout simplement aucune idée de ce qu'il pouvait faire, de ce qu'il pouvait lui offrir. Elevé au milieu de tigresses, il devait croire que toutes les femmes étaient capables de se défendre comme des tigresses. Et cette opinion avait été confirmée par l'indépendance de Cadenas et l'assurance tranquille de Nakibuka.

J'avais déjà rencontré Kasiko, la mère de la jeune fille. Elle était beaucoup plus belle que Cadenas. Contrairement à Cadenas, elle avait bien supporté le poids des années et ne paraissait pas son âge. Je la trouvais gentille. Elle ne m'avait pas traité en ennemi comme l'aurait fait Cadenas avec un enfant de sa remplaçante. J'aurais bien aimé faire plus ample connaissance et rencontrer sa fille mais je ne savais pas comment m'y prendre. Notre famille était en décomposition ; les liens qui nous unissaient s'étaient relâchés soit par manque de contact, soit par une vague idée de la modernité ou les caprices d'un catholicisme mal assimilé. Si Serenity n'avait pas coupé les ponts avec cette femme, je pense qu'elle aurait pu enrichir ma vie. Elle était accommodante, gentille et douce, supportait son échec avec grâce et d'elle rayonnait une grande force intérieure que j'aurais aimé étudier de plus près.

Cependant, il y avait quelque chose de laid dans la manière dont Cadenas et Kasiko s'évitaient. Elles se tenaient à une distance respectable l'une de l'autre tout en s'épiant comme des oiseaux de proie. Si Kasiko était tombée dans un trou, je suis sûr que l'ex-nonne ne l'aurait pas aidée à sortir. Mais si Kasiko avait trouvé Cadenas dans un trou, elle l'en aurait sortie, ne serait-ce que pour le plaisir vindicatif de l'avoir sauvée. Les deux femmes étaient selon moi les deux faces d'une même médaille : Cadenas avait des principes stricts, mais elle n'était pas un bon exemple ; elle aurait eu besoin, pour l'être, d'un peu de cœur pour rétablir l'équilibre : du cœur de Kasiko. Et, de son côté, Kasiko aurait bien fait de prendre un peu exemple sur Cadenas. Serenity le savait. Mais c'était trop tard. Il savait aussi que les enfants de Hadj Gimbi avaient de meilleurs exemples féminins parce qu'ils avaient le choix entre plusieurs personnalités, tandis que les chiards n'avaient que cette Cadenas introvertie. J'avais souvent entendu Serenity dire à Nakibuka : « Que veux-tu, c'est la mère de mes enfants ! »

Nakibuka était aussi venue aux funérailles. Serenity n'avait jamais eu tant de femmes autour de lui et, pourtant, il ne s'était jamais senti plus seul. Il était en proie aux tortures secrètes des victimes d'une crise de diarrhée. Kasiko, Cadenas et Nakibuka étaient trois épines dans son pied. Hadj Gimbi aurait exigé que les trois femmes restent ensemble, que cela leur plaise ou non. Mais Serenity marchait sur une corde raide, faisant de son mieux pour éviter la trinité, comme s'il avait décidé de les ignorer en public ou espérait ainsi couper court aux ragots sur sa liaison avec la tante de sa femme.

J'étais impressionné par le charisme et la personnalité de Nakibuka. Elle se comportait comme si elle occupait la première place dans la trinité de Serenity. Elle se moquait des mauvaises langues et circulait sereinement au milieu des assistants. Elle rassembla une équipe de cuisinières, envoya les enfants paresseux chercher de l'eau et fit en sorte que chacun ne prenne que la nourriture qui lui revenait. Elle était retombée dans son rôle de tante de la mariée, calmant les nerfs de la mariée comme ceux du marié, accueillant la famille et les amis, et veillant à ce que tout se passe bien. Elle était venue pour la première fois dans ce village dix-huit ans avant. Elle y revenait aujourd'hui en triomphatrice, s'adressait directement à Serenity quand elle avait besoin de quelque chose, aidait tante Tiida si c'était nécessaire et se déplaçait avec l'aisance d'un poisson dans l'eau.

Je ne me lassais pas de la regarder. J'étais sous son charme. Je voyais en elle l'effet de l'amour-propre : elle regardait tout le monde — amis et ennemis — comme si elle était sur le point de révéler un secret ou de déclamer un poème d'amour. Elle observait amicalement ceux que le deuil éprouvait, prête à accueillir un étranger un peu égaré, à encourager les affligés ou à consoler avec un sourire ceux qui avaient perdu tout espoir. Même Tiida, qui avait perdu non seulement sa Peugeot mais depuis peu aussi ses cheveux, ne supportait pas sa splendeur. « Non mais, pour qui se prend-elle, celle-là ? » dit-elle à Nakatu. Nakibuka trônait majestueusement au-dessus de la foule désolée, mais sa supériorité n'aurait pas été moindre si la foule avait été joyeuse. Elle était de nature coquette, ce qui lui avait valu les nombreux coups de fouet de son mari. Elle l'avait jadis fait trembler d'incertitude. Elle lui avait fait remarquer avec trop d'insistance ses points faibles, en créant autour d'elle un monde de coureurs de jupon. Nakibuka n'avait pas éveillé chez Serenity des sentiments d'incertitude ou de malaise, mais elle ne l'en avait pas guéri, non plus. C'est pourquoi il se comportait comme s'il avait du poivre au derrière.

Je faisais tout ce que je pouvais pour rester loin de Nakibuka car je n'avais pas envie de servir de messager entre elle et Cadenas ou Serenity ou n'importe qui. Mais je me tenais aussi à l'écart de Cadenas. Elle avait l'air pathétique avec sa tête de nonne aigrie. Je disparaissais de la circulation chaque fois que je le pouvais et ne revenais que pour manger.

Il y eut des remous au moment où il fallut décider qui dormirait avec qui. Kawayida voulait que les femmes de Serenity passent la nuit ensemble dans la maison de célibataire. Nakibuka et Kasiko s'y installèrent, et tante Lwandeka les rejoignit plus tard. Mais Cadenas, forte de ses prérogatives de femme officielle et de mère de douze enfants, refusa catégoriquement de mettre un pied dans la maison tant que les autres femmes y seraient. Assisté par Tiida, Kawayida entama des pourparlers, mais il se cassa le nez sur la détermination de Cadenas. Serenity se tint, avec tact, en dehors de l'affaire. Cadenas eut gain de cause et dormit dans le lit où elle avait été dépucelée. Nakibuka et Kasiko passèrent la nuit à la belle étoile, comme des alliées pendant une guerre des tranchées qui s'apprêteraient à prendre la maison d'assaut au lever du jour.

Moi-même, je dormis sous l'arbre où Grand-pa et Grand-ma avaient l'habitude de discutailler l'après-midi. J'écoutai les hurlements des chiens en rut, les ronflements des dormeurs et les appels des animaux nocturnes. Certains événements passés me revinrent à l'esprit : la nuit où j'étais tombé sur Dorobo, le veilleur de nuit et saboteur du générateur d'électricité au séminaire. Je le revoyais, grand comme un arbre, large comme un mur. Le père Gilles Lageau avait quitté le pays. Le père Kaanders était mort et avait été enterré dans le cimetière du séminaire. Lwendo suivait toujours sa vocation sacerdotale. Mais qu'était devenu Bâton ? Le souvenir des deux cadavres propres et inodores qu'il nous avait montrés, il y avait longtemps, me ramena à Grand-pa, à l'ombre du bureau du marché, et à la puanteur dégagée par son cadavre. Le doigt gluant de la nausée s'enfonça dans mon estomac et j'eus un haut-le-cœur à l'idée des balles qui l'avaient tué. Je n'arrivais pas à dormir. Les funérailles auraient lieu le lendemain. La fosse était déjà creusée, le dernier clou était prêt à être enfoncé dans le cercueil et à mettre un terme à tout un passé. Pour calmer ma nervosité, je me dirigeai vers le nouveau quartier du village : le Restaurant, l'Hôtel et le Casino étaient plongés dans le noir. Les jeunes qui jetaient des munitions sur le feu dormaient. Le trafic de café était mort de mort naturelle après la chute d'Amin. L'espace dévolu jadis aux virées en voiture, aux parties de cartes et aux soûleries était jonché des sacs en polystyrène qui avaient servi d'emballage pour les matelas neufs, les radios neuves, les chemises neuves et autres objets volés dans les baraquements militaires. Les pillages avaient cessé pour faire place à une passivité générale. Les gens avaient l'air d'attendre que des oracles leur prédisent le sort de l'Ouganda post-Amin.

Les funérailles eurent lieu tôt, dans l'après-midi. Deux camionnettes jaunes des postes arrivèrent chargées de collègues syndicalistes de Serenity. Il y avait aussi Hadj Gimbi et beaucoup d'autres personnes que je ne connaissais pas. Je ne me souviens plus que des allées et venues de ces camionnettes. Le reste de la journée ne fut qu'un enchaînement d'images enveloppées dans une pellicule d'un jaune écœurant. Avait-on retiré la balle que Grand-pa avait reçue dans la jambe, treize ans auparavant ? J'aurais bien aimé la garder comme souvenir. Le rêve de Grand-ma sur le buffle et le crocodile me revint en mémoire, mais quelle était ma place dans le passé et dans le futur ?

La géographie politique commençait à se dessiner. Le chef aux cheveux gris de la Tanzanie, le président Nyerere, tirait les ficelles. Un gouvernement se forma qui était composé de représentants des anciennes forces politiques ainsi que des représentants de nouvelles formations assez vagues. Paralysée par des rivalités secrètes et l'ingérence de la Tanzanie, la coalition ne fit rien. Tante était mécontente du peu de chances qu'on avait données à ses collègues. Elle avait découvert que la place laissée au N.R.M. était minime en comparaison de celle des géants qui occupaient la scène politique. Le brigadier avait eu un poste modeste : il avait été incorporé dans une équipe chargée de faire réparer les baraquements militaires et de recruter des soldats. On parlait déjà de nouvelles élections auxquelles Obote, le vieil ami de Nyerere, aurait le droit de se présenter. Il était évident que la Tanzanie voulait se débarrasser de cet exilé et s'en servir pour récupérer une partie de ses frais de guerre. A l'intérieur du pays, l'espoir diminuait, le désenchantement montait. La démocratie basée sur les vieilles forces ne promettait rien de bon, et le bruit courait qu'on était à la veille d'une guerre civile. Les informations que Tante recevait de ses collègues annonçaient un avenir sombre car les rivalités politiques, à l'intérieur de la coalition, devenaient de plus en plus manifestes. Pour l'instant, les gens refoulaient leurs doutes sur l'avenir en faisant des efforts pour améliorer le présent. Tandis que le gouvernement temporisait, des associations de parents d'élèves et d'enseignants se formèrent partout dans le but de fonder des écoles. Il apparaissait que la destitution d'un tyran et le rétablissement de l'ordre chez soi étaient deux choses tout à fait différentes. Mes rêveries politiques furent rejetées à l'arrière-plan à cause des tragédies en chaîne qui éprouvèrent ma famille.

La dernière trouvaille sensationnelle fut l'affectation de femmes à la garde de la plupart des barricades. Je les avais déjà vues déambuler, les fesses serrées dans des pantalons militaires, les seins enveloppés d'un soutien-gorge vert de l'armée et les cheveux dépassant des képis trop étroits. Elles représentaient une réponse directe aux plaintes réitérées sur les abus perpétrés, près des barricades, par leurs collègues de l'autre sexe. La lune de miel des libérateurs avait pris fin. On réclamait tous les jours la démolition des barricades puisque les libérateurs n'avaient pas su résister à la tentation d'exiger, eux aussi, des rançons. On parlait de renvoyer les Tanzaniens chez eux. Mais en attendant, ceux-ci essayaient d'accumuler le plus possible d'objets qu'ils ne pouvaient pas se procurer dans leur pays communiste. Les barricades furent maintenues à cause des rôdeurs armés de fusils généralement confisqués dans des rapines.

Certains pensaient que le recrutement de femmes sur les barricades était venu trop tard. Tante Kasawo était une des victimes des sévices des libérateurs. Elle habitait dans une petite ville, à un endroit stratégique entre Masaka et Kampala. La ville avait été occupée par les libérateurs après un combat violent et servait de garnison aux troupes qui montaient à Kampala. Au plus fort des hostilités, un important contingent tanzanien s'y était installé dans l'attente d'être renvoyé dans le camp de Masaka ou sur le front.

Les soldats étaient soumis à une discipline de fer inconnue en Ouganda, et les peines infligées en cas de mauvaise conduite étaient horrifiantes. Peu après le siège de la ville, deux soldats tanzaniens avaient été fusillés pour avoir violé une femme de soixante ans. Les habitants, témoins de l'exécution, n'en croyaient pas leurs yeux. Les hommes d'Amin n'auraient pas levé le petit doigt sur de tels violeurs, et même, ils leur auraient peut-être donné un avancement pour faire enrager le peuple. Depuis, les habitants avaient cessé d'avoir peur et ils laissaient même leur porte ouverte parce qu'il n'y avait plus de vols ni d'attaques. Ils vécurent pendant trois mois dans une sorte d'utopie, en espérant qu'elle survivrait à la chute d'Amin.

Avant l'arrivée des Tanzaniens, la petite ville avait été occupée par les hommes d'Amin, que tous craignaient au point de ne pas oser sortir le soir. Les femmes portaient plusieurs couches de vêtements les unes sur les autres. Les hommes marchaient la queue entre les jambes parce qu'il y avait beaucoup de soldats qui étaient plus forts qu'eux et en outre armés. Mais maintenant, tout était calme. Le matin, les gens allaient regarder les exercices militaires et écouter chanter les soldats en sueur et haletants. L'après-midi était plus animé car les civils exprimaient leurs rêves d'avenir en attendant les nouvelles sur l'avancée de leurs libérateurs. Le soir, ils se rassemblaient par petits groupes et écoutaient la radio des guérilleros, poussaient des cris de joie lorsqu'on injuriait Amin, chantaient des chansons populaires et commentaient les nouvelles. Certains programmes étaient diffusés depuis cette ville : des interviews avec les habitants des régions libérées. Ceux qui entendaient pour la première fois leur voix à la radio se déclaraient heureux que la population vive en paix et en bonne entente avec les libérateurs. Des militaires haut placés venaient aussi leur rendre visite pour qu'ils puissent voir de leurs propres yeux à quoi ressemblaient ceux qui avaient l'avenir du pays entre leurs mains. Le personnel militaire menait une campagne politique modérée en insistant sur l'importance des projets réclamant des efforts personnels. Hors des baraquements, tout baignait dans l'huile, mais à l'intérieur, ceux qui étaient chargés de surveiller la ville commençaient à s'ennuyer. Et l'ennui facilitant l'introspection, les démons refoulés au fond d'eux-mêmes se réveillèrent et se mirent à frapper de toutes leurs forces contre leurs portes intérieures. En conséquence de quoi, un nombre croissant de soldats se dit qu'un peu d'alcool et de sexe serait le bienvenu pour les aider à passer le temps. Après tout, ils allaient être envoyés au front et c'était peut-être leur dernière occasion de prendre un peu de bon temps. Et d'ailleurs n'avaient-ils pas mis leur vie en danger pour ces bouilleuses, vendeuses et buveuses d'alcool ? Ils frappèrent au mur de verre qui les séparait des femmes dodues, au postérieur imposant, qu'ils étaient venus, de si loin, libérer et protéger, mais dont ils ne pouvaient jouir sous peine d'être frappés, emprisonnés et même fusillés comme leurs deux camarades.

Les sept frères ne s'étaient rien mis sous la dent depuis cent cinquante jours. La dernière fois, ils étaient encore dix, mais trois d'entre eux avaient péri dans le combat contre les soldats d'Amin, à Masaka. Les sept frères étaient très liés et préparaient leurs coups avec un soin et une patience de tisserand. Ils formaient une famille et la famille était plus importante que les individus qui la constituaient. Ils s'étaient juré sur leur tête que si l'un d'eux se faisait prendre, il ne trahirait jamais les autres. A l'origine, ils opéraient en deux groupes séparés, de cinq chacun, mais après la mort des trois frères, ils s'étaient réunis en un seul groupe. Ils avaient, pendant un certain temps, observé la tactique de certains crétins qui, sortis en cachette du baraquement pour se soûler et sauter une femme, se faisaient prendre et jeter, menottes aux poignets, dans une cellule, ou renvoyer à Masaka ou en Tanzanie. Les sept frères avaient été attristés par l'exécution des deux violeurs. Quel dommage ! En fait, c'était déjà la cinquième exécution depuis le début de la guerre. Ils n'avaient pas l'intention de se faire prendre, car ils n'étaient pas aussi bêtes ni aussi maladroits que les hommes d'Amin.

Les sept frères avaient constaté, bien des années plus tôt, que la qualité n'avait rien à voir avec la quantité. Tous les ans, ils s'étaient contentés de quelques douceurs, assez nourrissantes pour compenser largement les périodes maigres. Tandis que les soldats peu malins pensaient à plusieurs femmes à la fois, les frères se contentaient d'une seule femme, un repas unique. Les femmes consommées à la va-vite bavardaient, et alors les hommes étaient arrêtés et punis. Une femme dégustée par sept frères pouvait difficilement désigner le coupable parce qu'ils opéraient d'une manière originale. Ils n'avaient encore jamais été pris et la chose semblait assez peu probable dans une si petite ville.

Un après-midi que tante Kasawo voulait tenter sa chance au marché noir, elle tomba dans un piège bien organisé. Un jeune homme l'aborda derrière une rangée de bâtiments qui abritaient des officiers ; il avait une voix amicale et portait un jean, un T-shirt propre et un chapeau de paille. Il lui proposa du riz de bonne qualité, des haricots et de la viande de bœuf pour un prix irrésistible.

— De la viande de bœuf d'Amérique ! De la viande splendide, madame. Du riz du Japon, de gros grains, déjà lavés, que vous pourrez jeter tels quels dans la marmite ! Je vous fais un prix, madame !

Kasawo trouva ce jeune homme bien sympatique, avec sa peau lisse et son haleine fraîche. Elle aimait s'entendre appeler « madame », et c'était la première fois qu'on le lui disait avec un tel accent de sincérité. Son enthousiasme l'amusa. Elle aimait que les marchands clandestins sourient et se donnent du mal pour leur argent comme elle le faisait elle-même.

— Je ne suis pas venue acheter de l'air, jeune homme, dit-elle d'un air supérieur, montrez-moi d'abord la marchandise.

— A votre service, madame, dit-il avec un sourire séduisant.

Et, sortant quelques échantillons de son sac en raphia, il ajouta :

— Essayez de mordre dans ces grains de riz. Regardez cette viande ! Un bœuf entier pressé dans une seule boîte. Je vous conseille d'ouvrir la boîte avec précaution si vous ne voulez pas que ce bœuf américain vous encorne.

Le sens de l'humour du jeune homme, la qualité des échantillons et le prix enchantèrent Kasawo. Le jeune homme aurait pu s'arrêter là. Mais comme tous les affamés, il n'arrivait pas à contenir sa joie devant le morceau de choix qu'il avait sous les yeux et qui ne demandait qu'à être dévoré. Une conquête aussi rapide : les frères, avertis de l'arrogance des Ougandaises, n'en revenaient pas. Kasawo n'était pas la première femme à passer par-là, ce jour-là. L'homme en avait laissé filer quelques-unes parce qu'il avait eu un mauvais pressentiment à leur vue.

— Je n'ai encore rien vendu aujourd'hui, madame. C'est le Bon Dieu qui vous envoie pour répondre à mes prières, dit-il dans un éclair de dents blanches.

Kasawo fut aussi charmée par ses gencives roses.

A première vue, cet homme-là était une excellente affaire : il lui vendait de la marchandise à un bon prix, qu'elle pourrait revendre avec une bonne marge de bénéfice. Elle pourrait le garder comme unique fournisseur et laisser tomber les autres qui se débrouillaient toujours pour emmagasiner les marchandises de manière à créer des pénuries.

— Montrez-moi le reste des marchandises, dit-elle presque sèchement, heureuse de cette aubaine.

— Elles sont là-bas, dans ce bâtiment, dit-il en indiquant un endroit de son doigt effilé.

— Peur des attaques militaires ? demanda-t-elle avec l'air arrogant et complice d'une collègue.

— Je ne vous le fais pas dire, madame. Les libérateurs nous accusent de vendre leur viande, mais ils ne se demandent pas d'où nous la sortons.

Il sourit puis éclata de rire.

Pour la première fois depuis quinze ans, Kasawo pensa au fils qu'elle avait déshérité quand le père de celui-ci avait tenté de la tuer. Il était sûrement très grand maintenant. Mais était-il aussi charmant, aussi poli et aussi intelligent que ce jeune homme ? Elle ne le souhaitait pas ; son père ne méritait pas un tel fils, il méritait un nain insolent. Elle s'arrêta devant le bâtiment, regarda autour d'elle si personne ne venait et attendit. Le marché noir reposait sur la confiance. Et ce jeune homme avait toute sa confiance ! Dans les affaires risquées, Kasawo suivait son instinct, et son instinct était infaillible. De l'intérieur, il lui demanda combien de kilos elle désirait. Il lui montra un sac de riz de cinq kilos et une boîte de conserve de viande. Elle décida d'entrer pour s'assurer qu'il ne la trompait pas. Tout le monde savait que lorsqu'on donnait un doigt à un trafiquant, il en profitait pour prendre tout le bras ! Tante Kasawo se souvenait du prêtre de son enfance qui avertissait ses ouailles contre le Diable.

Elle songeait sérieusement à lui proposer d'être son fournisseur attitré, quand, tout à coup, on la maîtrisa dans une obscurité semblable à celle d'une tombe, on la souleva et on lui couvrit la tête d'un sac. Sans cesser de l'appeler « madame », le jeune homme la pria de ne pas faire de bruit. Sur le sac de couchage où on l'avait jetée, elle se démena comme un beau diable en donnant des coups de pied et des coups de poing dans tous les sens, mais le contact froid d'une lame de couteau sur sa gorge arrêta ses efforts désespérés. Deux autres paires de mains la déshabillèrent. Cela avait tout l'air d'un coup bien monté. A la question : « Combien d'hommes vous ont violée, deux, trois, quatre ou plus ? » elle ne sut que répondre :

— Je ne sais pas.

— Réfléchissez, dites un nombre approximatif, madame. L'armée réprouve toute agression et nous punirons tous ceux que vous pourrez identifier. Pouvez-vous dire comment était habillé l'homme que vous avez vu ?

— Il portait un chapeau de paille, un T-shirt et un jean...

— Avez-vous retenu d'autres détails ?

— Non.

Il y eut d'abord une, deux, trois, quatre, cinq, six, sept éjaculations sauvages de sperme épais comme de la bouillie. Puis une, deux, trois, quatre, cinq, six, sept éjaculations moins sauvages de sperme plus fluide. Et pour finir, une, deux, trois, quatre, cinq, six, sept pertes d'un mince filet de sperme. En tout, un demi-litre de sperme éjaculé durant une séance ininterrompue de soixante-huit minutes. Le col de l'utérus fut heurté plus de deux mille trois cents fois, ses seins pincés cent quatre-vingt-dix fois et son clitoris ne fut touché que cinq fois.

Les sept frères quittèrent la scène un par un. L'appeau le premier pour se donner un alibi irréfutable. Les autres suivirent et rentrèrent à temps pour l'appel. Tous les sept avaient la même image qui trottait dans leur tête : l'incursion éclair opérée quelques mois plus tôt par Amin dans le Triangle de Kagera.

L'ironie ou la logique perverse de la situation voulut que Kasawo fût assistée, pour les séquelles médicales de ses épreuves, par un médecin de l'armée. Comme la police, le médecin lui demanda si elle savait qui étaient les agresseurs, mais elle dit que non. Il lui demanda en quelle langue ils parlaient et elle répondit qu'elle ne s'en souvenait pas. En avait-elle vu un ? Elle ne pouvait se souvenir que d'un chapeau de paille, d'un T-shirt blanc et d'un jean. Lui avaient-ils pris de l'argent ? Non. Elle refusa de répondre à d'autres questions. Elle avait décidé de recourir à un sorcier célèbre pour qu'il chasse les démons du viol et du traumatisme, sans perdre son temps dans des enquêtes embarrassantes. Comment garder la tête haute dans une petite ville comme la sienne alors que tout le monde savait qu'elle avait été violée par sept soldats ? Tante Kasawo n'était pas bête. Elle se souvenait de la devise du prêtre de son enfance : le silence est d'or.

Quinze jours après les funérailles de Grand-pa, tante Kasawo mit ses plus beaux atours et se para de ses plus beaux bijoux. Serenity, au volant d'une voiture jaune des postes, vint la chercher et la conduisit d'abord à Kampala, puis à la maison où vivait Cadenas depuis deux ans. Elle dévisagea les soldats tanzaniens avec un sourire féroce, heureuse qu'on les renvoie dans leur pays où elle espérait qu'ils violeraient leurs mères et leurs sœurs. Kasawo était furibonde d'être retombée entre les mains de mauvais sujets après ce que lui avait fait le père de son fils. Elle se demandait où étaient passés les quelques soldats qu'elle avait connus au temps d'Amin. L'un d'eux lui avait offert de l'argent en échange d'une planque. Un deuxième l'avait demandée en mariage. Un troisième avait pleuré pendant une nuit entière et l'avait suppliée de le faire passer en cachette dans une des îles du lac Victoria pour qu'il puisse s'y cacher jusqu'à la fin de la guerre. Elle leur avait acheté toutes sortes de marchandises qu'elle avait revendues au marché noir jusqu'à l'arrivée des Tanzaniens dans leur petite ville. Ils devaient se cacher quelque part, au nord de l'Ouganda, au Soudan, ou peut-être au Kenya. Leur amitié lui avait donné un sentiment d'invulnérabilité qui lui manquait maintenant et lui faisait sentir combien elle était tombée bas. Les temps avaient bien changé et sa malchance avec les hommes, qu'elle pensait avoir vaincue depuis des années, ne l'avait apparemment pas encore lâchée.

Kasawo fut impressionnée par le bungalow et la terre de sa sœur. Elle avait toujours désiré avoir une maison à elle pour la peindre et la décorer à son goût. Elle admirait la perspicacité de Serenity qui avait eu l'intelligence d'acheter ce terrain et de faire bâtir ce bungalow avant qu'il ne fût trop tard. Beaucoup de gens, qui avaient gagné des fortunes sous Amin, vivaient maintenant dans la misère parce qu'ils avaient été assez bêtes pour croire qu'Amin resterait éternellement au pouvoir, et ils n'avaient pas mis d'argent de côté. Elle aussi, elle aurait pu se faire construire une maison avec l'argent qu'elle avait gagné au marché noir, mais elle avait repoussé la réalisation de ce projet jusqu'à la chute d'Amin. Maintenant, elle avait honte de vivre depuis si longtemps dans la même maison de location.

Les yeux de Kasawo tombèrent sur la médaille de Remus et Romulus. Dans cette maison, elle avait l'air d'avoir davantage de signification. Sur la table trônait une bouteille en matière plastique représentant la Vierge Marie avec tous ses attributs : l'auréole, le cœur et les nuages. Kasawo enviait à sa sœur le voyage qu'elle avait fait à Rome, Lourdes et Jérusalem et dans tous les lieux saints d'Israël. Dire qu'elle avait été cette jeune fille qu'ils appelaient jadis Nakaza, Nakaze, Nakazi, Nakazo, Nakazu ! Elle en avait fait du chemin ! Aux yeux de sa sœur, elle avait eu de la chance non seulement avec les hommes, mais aussi avec les enfants et l'argent.

Dans cette maison, la discipline était aussi sévère que dans une caserne. La cour était très propre, les enfants obéissants ; ils ne contredisaient jamais leur mère et savaient exactement ce qu'on attendait d'eux. Ils vinrent un par un s'agenouiller devant leur tante maternelle et lui souhaitèrent poliment la bienvenue. Ils faisaient leurs devoirs sans rechigner et Kasawo remarqua qu'ils avaient tous, même les moins doués, de bonnes notes. En regardant Cadenas régimenter son monde, Kasawo pensa tout à coup à cette conversation qu'elle avait eue avec sa sœur sur la progéniture, il y avait plusieurs années de cela, lors de l'enlèvement de Lwandeka. Cadenas était un être pas comme les autres ; ses méthodes disciplinaires ne s'étaient pas adoucies avec l'âge. Si le dernier-né avait plus de liberté que le premier, la différence n'était pas grande. Cadenas continuait à manier le fouet de branches de goyavier avec la même cruauté déterminée et n'hésitait pas à priver de nourriture un indiscipliné.

Kasawo, qui avait joui des avantages d'une éducation laxiste, buvant de l'alcool à l'âge du plus âgé des chiards, rentrant tard le soir, et refusant de porter des cruches d'eau sur la tête pour ne pas souiller ses cheveux qu'elle faisait défriser au fer chaud, n'en croyait pas ses yeux. Elle n'avait pas vu une telle discipline de fer depuis des années et elle se demandait comment sa sœur arrivait à la maintenir.

Kasawo était traitée avec tous les égards dus à un hôte et n'avait rien à faire sinon manger et dormir. Elle fut très agréablement surprise par le talent culinaire des chiards, et si elle ne les avait pas vus de ses propres yeux éplucher les bananes, les envelopper dans des feuilles de bananier et les rôtir sur le feu, elle aurait cru que sa sœur les avait préparées elle-même. Les chiards faisaient tout ce qu'elle leur demandait et chauffaient de l'eau pour son bain, à n'importe quel moment de la journée. L'après-midi, elle faisait de courtes promenades. On n'avait pas connu les pillages, ici, et les magasins étaient ouverts. Elle eut envie de rentrer dans une pharmacie et de demander qu'un des médecins la visite rapidement. Ce n'était qu'une lubie car, en fait, elle se sentait très bien et la douleur avait disparu depuis longtemps. Le swahili chantant parlé par les libérateurs irritait Kasawo parce qu'il lui rappelait trop l'appeau qui l'avait prise au piège. Elle aurait aimé faire sauter l'immeuble que les libérateurs avaient réquisitionné pour y installer leur quartier général.

Ses dernières épreuves l'avaient bien changée ; maintenant, elle se faisait du souci pour un oui pour un non et n'arrêtait pas de se plaindre pour les choses les plus insignifiantes. Quand, par exemple, il y avait trop de sel dans un plat, elle en parlait toute la journée et imaginait toutes sortes de complots destinés à gâcher son appétit, à la dessécher et à lui causer des ulcères à l'estomac.

Le leitmotiv « Pourquoi-moi-ce-viol ? » revenait si souvent dans la conversation de tante Kasawo que l'ex-nonne crut en devenir folle. Et son attitude vis-à-vis de sa sœur se refroidit considérablement. Deux caractères opposés s'affrontèrent. Cadenas avait dans sa sacoche Dieu et son stoïcisme catholique. Kasawo n'avait que sa rage, son entêtement, un vague sentiment de la justice et elle croyait que le sorcier la débarrasserait de ses problèmes psychiques. Cadenas avait pris l'habitude de laisser sa sœur se plaindre pendant une demi-heure puis de l'interrompre brusquement par ces mots : « C'est la volonté de Dieu. » Ce qui avait le don de mettre Kasawo en rogne, de la rendre encore plus récalcitrante et de lui faire croire que, aux yeux de Cadenas, elle n'avait que ce qu'elle méritait. Mais Cadenas pensait que ce viol avait été décidé par Dieu pour sauver l'âme de sa sœur. Kasawo avait l'impression qu'on l'écoutait, mais qu'on ne l'entendait pas, et que sa sœur se conduisait avec la pédanterie d'un médecin qui avait sa réponse prête avant même que le malade ait ouvert la bouche. Elle enrageait à l'idée que sa sœur pût croire qu'elle allait la convertir au catholicisme intégriste. Le ton paternaliste de Cadenas lui donnait envie de hurler. Elle était sûre que Cadenas se sentait meilleure qu'elle.

Et elle n'avait pas tort. Après la naissance de son douzième enfant, Cadenas avait aboli de sa vie le peu de sexe auquel elle s'était soumise jusque-là, dans la ferme conviction qu'elle était au-dessus de tous ces gens qui acceptaient de se faire souiller par la morve du Diable. Elle s'était enfermée dans une armure de catholicisme intransigeant et, du haut de son piédestal, elle regardait avec mépris tous ceux qui se livraient au péché de la chair. Bien assise sur son trône puritain, elle se sentait le devoir de condamner les pécheurs dans l'espoir qu'ils se raccrocheraient à son jugement salutaire et à son exemple pour s'extraire de la fosse des damnés. Quand Kasawo lui faisait le récit de ses épreuves, lui révélant tous les détails du piège dans lequel on l'avait attirée, quand elle lui racontait comment elle était sortie à quatre pattes du tunnel du mal et était restée étendue dans la rue, à moitié morte, Cadenas se sentait remplie d'une joie extrême. Une pécheresse nue gisait à ses pieds, une pécheresse qui rampait hors d'un enfer de perdition pour s'engager sur le chemin du salut.

Ma sœur, pourquoi t'obstines-tu dans le péché ? Pourquoi n'as-tu pas écouté les avertissements de Dieu ? Dieu t'a d'abord envoyé ton premier mari. Pangaman qui, pour te séduire, a masqué sournoisement sa nature lugubre et perverse, et a susurré des mots doux à ton oreille naïve. Il a gonflé ton petit ego et t'a conduite sur le chemin cahoteux de l'insubordination et de l'autodestruction. Tu t'es révoltée contre tes parents. Tu as bu de l'alcool. Tu es devenue récalcitrante. Tu t'es pavanée dans les vêtements que Pangaman t'avait offerts pour t'attirer dans ses filets. Tu t'es vantée des péchés de la chair auxquels tu te livrais avec lui. Tu t'es entièrement donnée à lui. Tu l'idolâtrais et tu es tombée de plus en plus bas. Il a souillé ton corps de sa morve diabolique. Il t'a aveuglée de plaisirs passagers. Il t'a fait un enfant illégitime. Il s'est emparé de ton corps et de ton âme. Tu es devenue son esclave. Tu as fait tout ce qu'il te disait de faire. Pour finir, tu as fui avec lui vers ce que tu croyais être le paradis. Il a écrasé la fleur de ta tendre jeunesse sous des responsabilités de femme et de mère. Tu t'étiolais sous les rudes exigences de cette nouvelle vie. Tu as succombé sous le poids de l'éducation d'un enfant et des soins que tu devais donner à un homme qui se moquait éperdument de toi. Tu as perdu toute ta prestance parce que tu devais lui obéir au doigt et à l'œil et tu puais les lourdes besognes, le lait de nourrice et les soucis sans fin. Il a cessé de te dire les mots doux dont tu avais tant besoin. Tu faisais partie du décor. Au même titre que les chèvres et la volaille. Tu lui ouvrais la porte et le saluais en pliant le genou quand il rentrait, les cheveux pleins de rosée matinale et sur la peau les remugles de ses rapports intimes avec d'autres femmes. Tu lui préparais l'eau du bain et le servais selon ses désirs. Tu encaissais sans rien dire les coups qu'il te donnait lorsque tu lui demandais d'où il venait ou lorsque tu le contredisais. Tu te pâmais quand il daignait te toucher et tu lui pardonnais tout quand il te baisait. Dieu t'a offert une porte de sortie en le rendant de plus en plus mauvais. Tu as refusé l'aide de Dieu. Tu préférais le phallus de Pangaman à la croix de Dieu. Tu préférais frémir de l'hystérie passagère des plaisirs charnels que de la joie éternelle de l'amour de Dieu.

Et malgré tout, Dieu ne t'a pas abandonnée. Il t'a donné une nouvelle chance. Il a frappé Pangaman en lui envoyant une maladie horrible. Il a fait disparaître sa force magique sous un nuage de chloroforme. Il a mis à nu sa faiblesse en le soumettant au fil du bistouri qui coupa ses intestins pourris, puis l'a fait recoudre comme un sac à café. Pangaman t'est revenu dans un lit d'hôpital, les yeux voilés et le ventre plein de gaz. La découverte du pouvoir soudain dont tu disposais maintenant que ton roi était si mal en point, au bord du trépas, t'a fait frémir. Tu as vu tout à coup Pangaman tel qu'il était en réalité : un cafard qu'on épingle au mur pour la leçon de sciences naturelles. Il gisait comme une molaire cariée, déracinée, sanguinolente, souillé par le mal qu'il t'avait fait. Oui, il était là : méchant et désespéré comme un ver qui se tord dans un étron. La conscience de ton pouvoir t'a donné la grosse tête. Le désir de vengeance t'a sortie du gouffre de l'obéissance servile et de la soumission. Ta langue s'est déliée et tu t'es mise à parler sans arrêt, si bien qu'on t'a donné le surnom de Cinq Bouches. De retour à la maison, tes pouvoirs se sont accrus du fait que tu étais l'unique infirmière. La vie de Pangaman était liée à ton petit doigt. Tu l'entendais réclamer le bassin hygiénique, mais tu le laissais tranquillement chier dans son lit. Tu attendais que l'odeur fétide de son ventre pourri empeste la maison. Tu te marrais dans la cuisine pendant qu'il se souillait et étouffait dans sa propre puanteur. Avant d'aller dans sa chambre, tu attendais qu'il ait pris l'aspect, l'odeur et la consistance d'une montagne de merde. Ça t'amusait de voir les points de suture tirer sur sa peau. Tu aurais aimé qu'ils sautent et qu'il reste invalide pour le restant de ses jours. Quel plaisir de soulever ses jambes molles avec une tendresse ironique, de nettoyer ses souillures avec une minutie ironique et de remettre tout en place avec une dévotion pleine d'ironie ! Tu en rajoutais, car Dieu fit en sorte que sa blessure s'infecte, et sa convalescence traîna en longueur. Maintenant que son hégémonie était brisée, sa fatuité pulvérisée, il se payait ta tête en suppliant et en se lamentant comme un enfant.

Dieu l'aida à se glisser à moitié hors du lit pour saisir son panga. Dieu l'aida à surmonter la douleur infernale qui tordit ses boyaux en les vidant sur les draps quand il se remit sur le ventre. Mais il maîtrisa sa douleur et réussit à cacher le panga sous son matelas. Tu étais si enivrée de ton pouvoir tout neuf que tu n'as même pas remarqué la disparition du coutelas. Une fois de plus, tu l'as laissé se souiller. Une fois de plus, tu as joué ton petit jeu et l'as laissé mariner dans son odeur infecte. Mais Dieu te donna cette fois encore une chance : le lit craqua quand Pangaman se saisit de son arme et la leva pour te couper la main. Il manqua son coup. Tu t'es précipitée vers la porte en renversant la bassine qui se répandit sur le sol. La lame mordit la table de nuit. Les yeux brouillés, tu es arrivée dans la cour et as regardé autour de toi sans rien voir, comme plongée dans les miasmes de la mort. Dieu t'offrit une nouvelle chance : des halètements saccadés t'avertirent de l'approche du danger. Tu as vu le spectre couvert de merde à quelques mètres derrière toi. Prise de panique, tu as pris tes jambes à ton cou. Dieu n'en avait pas fini avec toi : Pangaman te poursuivait toujours, une main retenant son pyjama, l'autre levant son coutelas.

Il avait plu la nuit précédente, les sentiers étaient couverts d'une boue glissante, dangereuse pour qui ne regardait pas où il marchait. Pourquoi n'as-tu pas glissé ? Un pied nu et l'autre dans une pantoufle, comment as-tu fait, dis-moi, pour ne pas glisser, pour ne pas tomber ? Et si tu étais tombée, te serais-tu relevée ? Tu courais, montant et descendant les collines. Certaines personnes, tôt levées, te regardaient, intriguées, en se demandant si tu ne jouais pas un de tes mélodrames habituels. As-tu rencontré quelqu'un dans le brouillard où tu courais ? Non, la mort avait anesthésié tous tes sens, sauf ton instinct de survie. Toi dont le cul était gros, les seins énormes et les cuisses lourdes, tu avais tout à coup les pattes d'un chevreuil, les poumons d'un buffle et la résistance d'un éléphant. T'es-tu jamais demandé d'où te venait cette force ? Ou pensais-tu peut-être que tu défendais la médaille d'or aux Jeux olympiques ? Qui te guidait sur ton chemin dangereux, dans le brouillard ?

Tu trébuchais, tu bavais et tu t'ouvrais les orteils sur les pierres, tu ne pensais pas aux kilomètres qui te restaient à faire avant de rejoindre la route. D'où est sortie cette auto, dans ce sentier sans issue, qui t'a sauvé la vie ? D'où sont sortis ces hommes aimables ? Pourquoi ne t'ont-ils pas dit, en te voyant dans ta chemise de nuit trempée de sueur, que tu devais rentrer chez toi ? Pourquoi ne t'ont-ils pas abandonnée quand ils ont vu arriver Pangaman tandis que tu criais au secours ? Tu n'as pas eu envie de rire en voyant Pangaman tomber et s'ouvrir le mollet sur son couteau ? Tu n'étais pas heureuse de le voir saigner ? Dieu t'a touchée de sa grâce, t'a sauvée, mais t'es-tu ouverte à lui ? Non. A peine revenue de ton angoisse, tu as repris ta vie de péché avec d'autres hommes, comme d'habitude, plus que d'habitude, et tu l'as oublié. Tu t'es fait une autre vie. Tu as déshérité le fils de Pangaman, pris un autre nom. Pour être sûre que Pangaman ne te poursuive plus, tu t'es acoquinée avec des soldats d'Amin et as élevé autour de toi une muraille de fausse sécurité. Tout a bien marché tant que Dieu a gardé cette muraille en place. Dieu t'a laissée évoluer au milieu des assassins, des violeurs et des voleurs, et tu te sentais invulnérable. Dieu t'a donné accès aux marchandises et à l'argent, et tu te croyais grandie de dix mètres. Tu regardais les autres femmes que les tueurs d'Amin faisaient trembler de peur et tu te demandais pourquoi elles ne se liaient pas d'amitié avec les soldats pour qu'ils les protègent et punissent tous ceux qui les touchaient. Dieu t'a donné encore une chance : il t'a épargné les sales pattes des tueurs d'Amin, mais t'a gâché le plaisir de la libération. Il t'a envoyé les sept frères. Il t'a frappée de la trique dont tu pensais ne pas pouvoir te passer. Il t'a trempée dans l'eau que tu croyais indispensable à ta vie. Il t'a terrassée et a permis à des étrangers de te pisser dans la gorge. Rien que le souvenir te donne encore envie de vomir. Pourquoi ? Tu as toi-même pissé dans la gorge de Dieu et tu t'es torché le derrière avec les plans qu'il faisait pour toi. Ton viol était Son dernier signe, Son dernier avertissement avant la mort de ton aînée. Il n'y aura plus de sauterelles, plus de tempêtes et plus de violeurs. C'est la dernière chance qu'il te donne de faire pénitence et de te tourner vers lui.

Frustrée, Kasawo demanda à sa sœur ce qu'elle avait fait à Nakibuka.

Cadenas fut décontenancée l'espace d'une seconde, mais elle se ressaisit. Elle avait remis cette putain entre les mains de Dieu. Nakibuka aurait, elle aussi, un avertissement et la punition qu'elle méritait pour avoir souillé les liens sacrés du mariage. Tout le monde recevait des avertissements, Lwandeka en avait aussi reçu. Jusqu'à son arrestation, elle avait cru qu'elle était comme Babylone : grande, importante et invulnérable. Dieu lui avait envoyé les tueurs d'Amin pour la secouer et la faire sortir du péché où elle se complaisait. Si elle refusait de changer de vie, Dieu n'hésiterait pas à recommencer. Elle l'avait su dès le début : une femme qui se livrait aux plaisirs charnels avec plus d'un homme était une putain, et les putains qui ne se repentent pas assez vite sont lynchées. Elle ne s'était pas tenue aux règles. Elle était sans cesse retombée dans le piège. Elle avait procréé dans le péché et continuait de le faire. L'homme qui l'avait enlevée de la maison de son père ne l'avait pas épousée parce qu'il avait fait des études universitaires tandis qu'elle n'était qu'une simple paysanne. Dieu lui avait donné une chance de se tourner vers lui. Mais, au lieu de l'écouter, elle avait flirté avec d'autres hommes. Elle croit qu'elle se sauvera en faisant du bénévolat pour l'Eglise. Elle croit que les bonnes actions compenseront sa mauvaise conduite. Elle essaye de mettre le bon vin de la grâce de Dieu dans les poches misérables de sa vie de péché. Elle offense Dieu en distillant de l'alcool, un liquide diabolique, source de péché car les hommes qui le consomment se battent, fréquentent les prostituées, battent leurs femmes, crachent sur la croix et fuient devant leurs responsabilités. Elle oublie que ceux qui induisent les autres au péché seront punis plus sévèrement. La politique ne la sauvera pas. Seule la pénitence pourrait la sauver, mais elle est trop inconsciente pour s'en rendre compte.

Kasawo fondit en larmes. Cadenas pressentit une chance de triomphe et la saisit.

Tu te plains sans cesse de ce viol parce que tu as renié ta foi. Tu pleurniches parce qu'Amin a fait ceci et cela, n'a pas fait ceci ou cela et n'aurait pas dû faire ceci ou cela. Un pays de pleurnicheurs et de geignards. Une nation de blasphémateurs stupides qui chialent lorsque Dieu fait tournoyer son gros bâton, Idi Amin, pour éliminer le mal, l'insoumission, la cupidité, l'égoïsme, le vice, et préparer la voie à la justice, à la vertu et au salut. Comme toi, ce pays n'a pas écouté la voix des prophètes et les avertissements proférés par Dieu.

L'homme blanc, qui se prenait pour Dieu, vint et soumit le pays ; il fit la loi, imposa sa manière de vivre à la population et s'installa confortablement pour jouir des fruits de son injustice. Il fit appel aux Asiatiques pour exploiter le pays. Ensemble ils se partagèrent le lait et le miel dont Dieu avait doté ce pays. Ils firent des lois pour se protéger contre la colère des indigènes. Les Asiatiques prirent part à la vengeance divine en servant avec joie l'homme blanc dans une association impie qui avait l'air prédestinée à durer des siècles. Ils construisirent des châteaux de plus en plus grands, des monuments de plus en plus hauts. Ils amassèrent des armes de plus en plus mortelles. Ils se vantèrent du caractère extraordinaire de cette nation où ils avaient investi dans la culture des arachides et recueilli des sacs pleins d'or. Ils affichèrent avec orgueil leur puissance politique, économique et sociale. Jusqu'au jour où Dieu décida que trop c'était trop. Il incita à la révolte ceux qui, jusque-là, étaient soumis. Il transforma en ennemis féroces les anciens collaborateurs noirs de l'homme blanc. Il fit en sorte que la Seconde Guerre mondiale fût plus destructrice que toutes les guerres précédentes. Il envoya des Noirs tuer des Blancs et les empoisonna dans le sang de guerres étrangères et dans leur superbe égoïste. Dieu frappa l'homme blanc de sa propre épée. Il saisit son royaume dans le creux de son poing et l'écrabouilla. Les Blancs commencèrent à regarder par-dessus leur épaule avec suspicion quand ils traversaient la ville en voiture, quand ils sortaient leurs chiens ou se rendaient dans leurs temples impies. L'homme blanc n'était plus le maître absolu. L'homme blanc n'était plus souverain. L'homme blanc fut vaincu par ces paroles de Jésus : A ceux qui ont beaucoup reçu, il sera beaucoup demandé. Finalement l'homme blanc fit demi-tour et se sauva la nuit comme un voleur.

L'Asiatique, retenu dans les filets de sa cupidité, ne tint pas compte de l'avertissement de Dieu. En 1971, Dieu leva la nouvelle épée scintillante de son nouveau courroux. Un an plus tard, l'Asiatique saigna, pleura et baigna dans une détresse profonde. Dieu lui confisqua sa maison, sa sécurité, sa tranquillité. Dieu fit se retourner contre lui son ancien partenaire, l'homme blanc. Soudain, toutes les portes se fermèrent devant lui. Il fut ballotté d'une frontière à l'autre comme un sale ballon. L'homme noir était heureux : le jugement de Dieu était à son avantage. Mais au lieu d'en tirer une leçon et de se tourner vers Dieu, l'homme noir se comporta comme si tout était naturel. Il s'empara du butin laissé par les Asiatiques. Les musulmans et les chrétiens firent ce qu'avaient fait les Blancs et les Asiatiques avant eux : ils se mirent à manger, à boire et à forniquer. Les châteaux bâtis sur le sable ne résistent jamais à une grande tempête. La maison bâtie sur l'impiété fut secouée par des tempêtes intestines et par l'épée du courroux de Dieu, Idi Amin, et elle s'abattit sur ses habitants. Sous les ruines, les gens imploraient du secours et Dieu les entendit. En 1979, il retira son épée. Mais dès que l'épée eut cessé d'étinceler, ils retournèrent à leurs habitudes. La nation n'avait montré aucun repentir et rien appris du passé. Kasawo, toi et la nation, vous n'avez rien appris, vous n'avez montré aucun repentir et vous serez de nouveau éprouvés.

Ne pleure pas Kasawo, ne pleure pas, Nation :

Dieu n'éprouve que ceux qu'il aime. Rappelle-toi : saint Bartholomé a été écorché vif, saint Laurent brûlé vif, saint Jean bouilli dans l'huile, le ventre de saint Erasme fut ouvert et les martyrs ougandais furent roulés dans les roseaux et enflammés. Dieu les chérissait tous, mais il ne les épargna pas. De nos jours, les gens pensent qu'ils sont les premiers et seront les derniers à boire le calice amer des plaies envoyées par Dieu. Pourquoi ne regardez-vous pas, toi et tous les autres geignards, ce qui s'est passé en Terre sainte où j'ai eu le privilège de poser mon humble pied et que j'ai touchée de mes humbles doigts ? Elle était en flammes à mon arrivée et, quand je l'ai quittée, elle brûlait encore. A l'époque de Jésus, les pierres gémissaient sous les pieds des soldats romains, et l'air tremblait du scintillement mortel de leurs épées. De nos jours, les grandes routes et les routes secondaires de la Terre sainte plient sous les semelles de fer de la soldatesque moderne. La Terre sainte a été et est toujours, comme le veut son histoire, le théâtre de conflits de toutes sortes. Dieu a-t-il éprouvé notre pays plus sévèrement que le lieu de naissance de son fils unique ?

Kasawo, le Seigneur récompense les siens. Il m'a récompensée. Il m'a révélé sa gloire dans la basilique Saint-Pierre. Les murs saints tremblaient d'une fièvre sainte. Au moment de la consécration, j'ai vu des guirlandes de colombes blanches descendre d'une fenêtre dorée et se disposer en cercle autour de l'autel. J'ai vu le calice papal et les bougies se fondre et se répandre en rivières dorées au pied de l'autel. Dieu m'a montré toutes ces merveilles pour que tu croies, pour que tu te repentes et renonces à l'adoration du Diable. Je suis ton dernier avertissement, Kasawo. Il n'y aura plus de tempêtes, plus de violeurs, plus d'avertissements verbaux.

— Dieu est le salut. Dieu répond à toutes les prières, dit Cadenas en simulant une sorte de transe.

Kasawo la regarda avec un mélange de dégoût, de

pitié et d'admiration perplexe. Sa sœur était si convaincue de sa propre droiture que, malgré tout son scepticisme, elle pouvait difficilement s'en défaire en la traitant de folle ou d'hallucinée. Elle avait l'air si en accord avec le divin qu'elle semblait avoir perdu le contact avec les simples mortels. Kasawo n'était pas venue pour se faire convertir et la conviction de sa sœur ne fit que la confirmer dans sa propre certitude qu'elle était sur le bon chemin. Elle resterait toujours une adoratrice de Dieu aussi bien que du Diable. Cette combinaison opérait chez elle de la même manière que le catholicisme chez sa sœur. Toutes les titillations du doute et de la culpabilité appartenaient au passé, se dit-elle. Elle les avait enterrées au pied du fanatisme religieux de Cadenas. Elle serait toujours incapable de voir le monde en noir et blanc, comme sa sœur. Les teintes grises dont elle s'était réclamée dès le début étaient plus évidentes que jamais. Elle était descendue dans les profondeurs de l'enfer et était convaincue que le pire était derrière elle.

Kasawo avait toujours pensé que les dogmes catholiques étaient abstraits et insuffisants et ne résistaient pas à une confrontation avec la réalité. Le catholicisme n'offrait aucun moyen pratique pour lutter contre le mal et son rejet de la sorcellerie était, au fond, un signe d'outrecuidance. Elle était femme d'affaires et, en tant que telle, elle ne pouvait se permettre une telle suffisance envers le mal parce que dans le monde des affaires, qui fourmille des plus féroces adorateurs du Diable et des plus cruels adeptes de la sorcellerie, il faut combattre le feu par le feu. Dans le monde des affaires, le hasard était un sacrement qu'on allait chercher dans les cathédrales les plus grandioses et dans les maisons de sorcellerie les plus obscures. Un homme ou, dans son cas, une femme d'affaires ne survivait aux psychoses et aux névroses très compliquées de la profession qu'en montrant à ses collègues qu'elle était bien protégée et que si elle trouvait des oiseaux morts ou des salamandres décapitées dans son stand, au marché, elle se défendrait et neutraliserait le mal qu'on avait voulu lui faire. C'était un petit jeu psychologique. Kasawo consultait des sorciers, brûlait des herbes mystérieuses et marmonnait des formules magiques. Le dimanche, elle allait à la messe pour soigner son image, et aussi parce qu'elle ne pouvait pas rejeter le catholicisme sous le simple prétexte que c'était une mystification. Elle se sentait à son aise avec un pied dans les deux mondes parce qu'elle était profondément convaincue que Dieu et le Diable étaient les deux faces de la même médaille et elle ne voulait pas prendre de risques.

Mais il y avait plus : peu après son viol, au plus fort de son désespoir, Kasawo était allée trouver le prêtre de sa paroisse. Elle voulait parler avec quelqu'un de neutre. Le brave homme lui avait dit qu'il fallait laisser Dieu se charger des violeurs et haïr le péché, mais pas les pécheurs. Une telle complaisance ne put que la confirmer dans sa décision de consulter un sorcier qui puisse évaluer les possibilités de vengeance et de purification. Kasawo brûlait de tout laisser derrière elle, comme elle l'avait fait après la tentative d'agression de Pangaman. A voir sa sœur, maintenant, elle était sûre que si elle avait suivi ses conseils et ceux du prêtre, elle aurait fini par devenir complètement folle.

Kasawo eut l'impression de manquer d'air, comme si la maison de sa sœur était une boîte fermée hermétiquement. Elle sentit le besoin de sortir, d'aller se promener et de ne jamais revenir. Elle regarda sa montre. Elle était heureuse de partir le lendemain, aux premières heures.

La tante Kasawo qui, deux jours après sa thérapie de régénération, se présenta chez tante Lwandeka ne me donna pas l'impression d'avoir été violée par sept hommes. Elle débordait d'assurance et d'énergie et n'arrêtait pas de parler. Elle avait, apparemment, déjà dépassé la phase de l'apitoiement sur soi-même. Sa pénible expérience n'était plus que l'un des nombreux obstacles qu'elle avait dû surmonter dans sa vie. Elle parlait beaucoup de politique et exprimait ses doutes sur la nouvelle coalition. Elle se réjouissait du renvoi des libérateurs en Tanzanie.

En écoutant ses bavardages, je ne pouvais m'empêcher de penser aux sept hommes qui l'avaient grimpée et de m'étonner de la rapidité de sa récupération. Je me disais que les femmes africaines détenaient la médaille d'or du camouflage de la douleur : je pensais en particulier à ces femmes de la Corne-sans-clitoris-ni-lèvres-de-vagin chez qui l'urine mettait vingt minutes pour passer, goutte à goutte, par ces trous infibulés. Je l'observais attentivement pour m'assurer qu'elle ne jouait pas la comédie. Mais vers la fin du deuxième jour de son séjour qui en dura quatre, j'étais convaincu qu'elle était sincère. Le Vicaire général avait fait des miracles.

Je connaissais cet homme qu'on appelait le Vicaire général. Personne ne l'appelait par son vrai nom. On lui avait donné ce surnom parce qu'il était un des rares sorciers catholiques, alors que d'ordinaire les sorciers étaient des musulmans. Je fis sa connaissance quand je vins habiter chez tante Lwandeka. Au début, je l'avais pris pour le grand homme noir qui l'avait menacée avec un couteau et le « sèpan ». Plus tard, il me fit plutôt penser à un curé catholique. C'était un grand propriétaire terrien et il habitait dans une grande maison au sommet d'une colline. Il avait une auto neuve, connaissait beaucoup de gens influents, avait une grande clientèle et les manières d'un prêtre infatué de sa personne. Je l'admirais en secret parce qu'il avait défié ouvertement l'Eglise catholique et fait remarquer aux hommes d'Eglise que, malgré leurs cent ans d'activité, leur enseignement avait laissé de grosses lacunes dans la vie des fidèles.

Si on en jugeait d'après le cas de Kasawo, les gens étaient guéris par ce en quoi ils croyaient. Le raisonnement psychologique qui sous-tendait la thérapie du Vicaire était le suivant : ceux qui arrivaient avec la conviction qu'ils allaient souffrir devaient subir en effet un traitement douloureux et ceux qui s'attendaient à des paroles douces, à des sacrifices rituels, des formules magiques et des étreintes, devaient recevoir de lui ce qu'ils étaient venus chercher. Son expérience était telle qu'il savait quelle thérapie il devait appliquer avant même que le patient n'ait ouvert la bouche.

Kasawo arriva au quartier général du fameux guérisseur absolument convaincue qu'elle était un cas hors du commun et qu'elle serait immédiatement prise en charge. Elle trouvait qu'elle représentait pour le grand homme une preuve insigne de sa supériorité parce qu'elle venait de rejeter le catholicisme dogmatique de sa sœur et l'avait choisi délibérément, lui. Elle pensait aussi que parmi les patients de ce jour-là, elle était la seule à avoir survécu à un viol multiple ; qu'elle trouverait une queue d'environ dix personnes et qu'avec sa faconde de vendeuse sur les marchés, elle attirerait très vite leur attention.

Quel choc lorsqu'elle constata à quel point elle s'était surestimée ! A son arrivée, vers dix heures, elle trouva une foule qui lui rappela l'école élémentaire. Certaines personnes devaient être arrivées avant le jour et avaient peut-être même passé la nuit à attendre. Les longues queues lui firent penser aux malades, aux aveugles, aux sourds et aux invalides qui avaient parcouru de longues distances à pied pour voir Jésus dans l'espoir d'une guérison miraculeuse. On se serait cru dans un établissement scolaire, avec un corps de bâtiment, un bureau d'inscription, une pharmacie, des dortoirs, un kiosque, des espaces de jeux pour enfants, des cordes à linge, des robinets d'eau, des rangées de cabinets et, naturellement, de nombreux assistants qui maintenaient l'ordre. Ce sorcier était le guérisseur le plus imposant et le mieux organisé que Kasawo ait jamais vu. Elle frémit à l'idée que tous ces gens étaient venus pour consulter une seule et même personne. Et en même temps elle était fière parce que cet homme avait sauvé la profession des mains de vieux hommes crasseux et de vieilles femmes ridées et l'avait promue au rang de science moderne.

Les deux cent cinquante mètres de grimpette avaient mis Kasawo en nage. Du liquide gras coulait de ses cheveux sur sa gorge et son cou qu'elle essuya avec un grand mouchoir. Constatant que les femmes, bien mises, étaient en plus grand nombre que les hommes, elle se dit que les guérisseurs feraient faillite si les femmes s'arrêtaient de les consulter.

Elle était ennuyée de voir tant de monde avant elle et irritée par les hurlements des enfants et l'arrogance de certaines femmes. Les habitués se distinguaient des débutants par leur attitude indifférente. Ceux qui étaient là pour la première fois regardaient nerveusement autour d'eux dans la crainte que des passants les reconnaissent. Ils trahissaient leur honte en traînant nerveusement les pieds, toussant et clignant des yeux comme si leur corps se rebiffait.

Certains auraient dû être à l'hôpital, mais ils attendaient le *fiat* du grand homme, le Vicaire général de l'évêché du Diable. La médecine occidentale avait été introduite dans le pays depuis plus de cent ans, mais de nombreuses personnes se fiaient plus aux guérisseurs qu'aux médecins. Kasawo les comprenait : il y avait tant de médecins cupides qui soutiraient de l'argent aux patients sans leur dire la vérité ! C'était une question de confiance. Personnellement, elle savait exactement quand elle devait consulter un médecin. Un peu d'instruction n'est jamais perdu, se dit-elle avec amertume.

Elle savait, par expérience, que la moitié de ce monde n'avait pas de troubles physiques : ils venaient chercher le bonheur, le succès, la vengeance, l'amour, la puissance, les faveurs et la prédiction de leur avenir. Il y avait des femmes qui demandaient des philtres d'amour pour que leur mari les préfère aux autres femmes, d'autres qui cherchaient à se procurer un pouvoir maléfique pour provoquer, chez leurs rivales, des accidents d'auto, des maladies et autres calamités. Des femmes stériles venaient ici, en dernier recours, après avoir demandé en vain la grâce d'un bébé à toutes les Eglises, tous les hôpitaux ; et des femmes fécondes demandaient d'autres enfants pour affermir leur position dans la famille. Il y avait aussi des femmes et des hommes fous tourmentés par des « voix » qui leur suggéraient de se promener nus, d'attaquer des gens, de s'asseoir dans le feu, de grimper sur les toits ou de soliloquer à haute voix ; et des femmes et des hommes qui voulaient rendre fous ceux qu'ils haïssaient. Certaines personnes souffraient de maladies psychosomatiques ou psychiques ; d'autres de migraines, du cancer, de jambes enflées ou de membres brisés. Et il y avait tous ceux qui étaient à la recherche d'eux-mêmes, qui avaient besoin de l'attouchement magique du grand homme pour décoller une à une les couches de mystification et d'apitoiement sur soi-même, de vieilles douleurs qui les empêchaient de commencer une nouvelle vie. Et enfin ceux qui avaient perdu des êtres chers dans les profondeurs d'un bois, d'un grand fleuve, d'une cellule humide ou d'un charnier. Ils voulaient récupérer leurs dépouilles pour calmer les esprits errants en leur donnant une sépulture décente et, si possible, punir les coupables.

Kasawo éprouvait de la sympathie pour ces derniers car tous les assassins avaient fui ou se cachaient, et personne n'avait été condamné.

Tout en observant patiemment ces gens, Kasawo se demandait si cette nation n'était pas peuplée d'écervelés faciles à tromper et de mythomanes corrompus. En tout cas, le Vicaire du Diable était sûrement un mythomane, une énigme, mais Kasawo ne pensait pas, comme sa sœur, qu'ils étaient un peuple de geignards. Leur douleur était vraie. C'était seulement un peuple qui avait besoin d'être guidé. Elle aussi, elle éprouvait, de temps en temps, le besoin d'être guidée. Elle se demandait si sa foi dans des personnages énigmatiques comme cet homme n'était pas inspirée par sa quête nostalgique d'un autre homme, une résurrection du Pangaman d'avant sa fuite, qui avait pris les commandes de tous les aspects de sa vie. Ce n'était pas de pénitence que la nation avait besoin, mais d'un bilan et d'une action en conséquence. Elle rêvait pour elle-même d'un brave homme avec lequel elle pourrait vieillir, qui la prendrait en charge. Elle pensait qu'elle aurait plus de chances de le trouver après sa purification.

Kasawo dut attendre une demi-journée. Quand ce fut son tour et qu'elle passa par la porte en bois poli de la salle de consultation et fut engloutie par la lueur rouge de l'écorce d'arbres qui tapissait le plafond, les murs et le sol, elle tremblait de tous ses membres. Son corps était vidé par la fatigue. L'odeur de bois sec des lambris lui donna sommeil. L'homme qui était devant elle avait l'air grand et impérieux. Ses yeux énormes, surmontés de sourcils hérissés comme des mille-pattes, la rendirent encore plus nerveuse. Ses narines rondes et larges lui donnaient l'impression de regarder dans le double canon d'un fusil. Elle craignit d'être anesthésiée par l'odeur du bois. Cet homme était une force nouvelle, cet homme était un mastodonte qui mangeait le pain de vieux guérisseurs crasseux et n'aurait de cesse qu'il ne leur ait pris tous leurs clients. Cet homme, avec son immense fortune et sa personnalité imposante, la subjugua immédiatement. Kasawo se sentit comme un disciple d'antan.

— Racontez-moi tout par le menu.

Les paroles tombèrent de cette bouche despotique comme de puissants coups de gong dont les répercussions furent accentuées par l'obscurité rouge dans laquelle elles avaient été prononcées. Une obscurité bienvenue : Kasawo s'y sentait moins timide. Elle ne lui raconta pas, comme au curé de la paroisse, qu'elle avait été violée par quatre hommes seulement. Elle lui raconta tout ce dont elle se souvenait et eut même la tentation de rajouter quelques détails de sa propre invention. Au début, elle trouva curieux de s'entendre parler dans l'obscurité, mais elle s'y fit bien vite : vers la fin de son histoire, les paroles coulaient naturellement. Dans le silence qui suivit, son angoisse redoubla. Son cœur battait à se rompre pendant qu'elle attendait le verdict de l'homme. Celui-ci grogna, respira fortement et lui dit finalement que tout s'arrangerait. Le soulagement de Kasawo fut immense.

La patiente fut envoyée vers les dortoirs, des bâtiments compartimentés en chambres à un ou deux lits qui abritaient aussi une petite boutique où l'on pouvait acheter du savon, des lames de rasoir, des pansements, des cigarettes, du sel, de la farine de mais, du thé et tout le nécessaire pour un séjour dans ces lieux. Derrière ce kiosque, on pouvait se procurer des plats tout prêts, du thé et de la bouillie. L'estomac de Kasawo se retourna en pensant à la bouillie. Elle se dépêcha de rentrer dans sa chambre.

Elle y trouva un lit avec un matelas à ressorts, une armoire, une cuvette et un sol en béton sur lequel elle posa les pieds en réfléchissant à ce que cela lui coûterait. Le Vicaire était un de ces guérisseurs qui acceptaient de faire crédit parce qu'ils savaient que leurs clients ne se risqueraient pas à les tromper. Kasawo trouvait que cet homme méritait jusqu'au dernier sou qu'il recevait : elle n'était là que depuis une demi-journée, mais elle se sentait déjà beaucoup mieux. Allongée sur le lit, elle se demanda si cet endroit n'était pas un asile où les gens pouvaient venir quand le poids de leur passé et de leur présent était trop lourd à porter. Elle se releva avec souplesse : l'idée que son viol pouvait être le fruit de l'imagination d'un esprit malade la remplit d'horreur. « Non, non, non. Ce n'était pas ça, ce n'était pas ça », dit-elle à haute voix. Elle se renversa lentement sur le dos, heureuse de ne pas être folle. L'image du garçon qu'elle avait vu ce jour-là lui revint à l'esprit. On le tirait par une corde. Son père avait dit qu'il était possédé par de mauvais esprits. Elle se souvint des yeux blancs du garçon, de son regard si profond et pourtant si vide. Et elle se souvint de la manière dont il s'était débattu quand on l'avait délié. Il avait fallu trois hommes pour le maîtriser jusqu'à l'arrivée du Vicaire. Elle revit le Vicaire qui le prenait par la main et lui disait quelques paroles. Elle se souvint que le Vicaire l'avait caressé et l'avait fait rentrer. La force, la tendresse, la confiance, les différents aspects du Vicaire occupèrent Kasawo pendant un très long temps.

Vêtu de noir et tenant une queue de léopard dans la main, l'homme entra dans la chambre de Kasawo. Il lui ordonna de se déshabiller, de s'envelopper d'un drap noir et de le suivre. Il était minuit passé. L'établissement était plongé dans l'obscurité avec, ici et là, une lampe allumée dans les dortoirs. Ils marchèrent dans un bois de bananiers jusqu'à un arbre massif qui s'élevait au-dessus d'eux comme une tour diabolique. Sous le monstre se trouvait une grotte, où avaient été déposées trois cuvettes d'eau froide. Des formules magiques planaient dans l'air pendant que l'eau froide des trois cuvettes se déversait sur une Kasawo grelottante. Des brindilles restèrent collées à ses cheveux et à son corps.

De retour dans sa chambre, l'homme lui ordonna de dérouler une natte qui était posée contre le mur et de se coucher dessus. Cela faisait vingt ans que Kasawo ne s'était plus allongée pour recevoir une correction. C'était une drôle d'impression. Sept coups de tige de bambou sec frappèrent là où ils devaient frapper. Il la reconduisit vers la grotte, petite chose pleine de confusion et de douleur. L'eau coula de nouveau sur elle. Elle avait affreusement froid et n'arrivait pas à retenir les larmes qui accompagnaient ses grelottements. Les vêtements noirs donnaient à l'homme la dimension ésotérique d'un fantôme qui lui inspirait de l'angoisse et en même temps la rassurait. Un homme né pour exercer le pouvoir et commander aux femmes.

Sur le chemin du retour, Kasawo dut constater une fois de plus que Dieu et le Diable étaient les deux faces de la même médaille. Ils employaient aussi les mêmes méthodes pour combattre les récalcitrants. Plusieurs années auparavant, quand elle venait de faire la connaissance de Pangaman, sa mère l'avait conduite chez le curé sous prétexte d'acheter des chapelets. L'homme blanc effraya Kasawo. Mais il l'effraya encore plus lorsque la mère lui raconta que sa fille avait des rapports charnels avec un homme, qu'elle buvait de l'alcool et était insolente envers son père. La mère avait demandé au prêtre de chasser les démons qui tourmentaient sa fille. Le prêtre s'était levé et avait prononcé des tas de paroles latines. Il était d'une pâleur mortelle. Il avait l'air de ne voir ni sa mère, ni elle. A la fin, il avait pris un roseau et l'avait frappée. Mais il n'avait pas réussi à déloger Pangaman de son corps.

La deuxième fois, sa mère l'avait conduite chez la mère supérieure du cloître local. La bonne sœur écouta en silence, avec une expression triste et terrifiante. Elle regarda longuement Kasawo, puis ordonna à la mère et à la fille de s'agenouiller. Quand elle eut récité avec elles le rosaire et les litanies à la Vierge Marie, elle congédia la mère et demanda à Kasawo de rester. Elle ferma la porte, mit la clé dans sa poche, tira tous les rideaux et lui commanda de se déshabiller. Kasawo se défit gauchement de ses vêtements. La bonne sœur lui dit de s'allonger sur le dos, s'empara d'une ceinture en cuir et la frappa douze fois entre les jambes. Kasawo hurla. Jamais elle n'avait senti une telle douleur. « Pense aux clous qui, par ta faute, ont été enfoncés dans les plaies de Jésus et tais-toi », lui intima la nonne. « Tu n'as pas honte de faire souffrir le Seigneur par ton comportement ? » La nonne répéta cette correction tous les jours, pendant une semaine entière. Sans effet. Peu après, Kasawo partit avec Pangaman.

De retour dans sa chambre, elle reçut sept coups de bambou supplémentaires. Le Vicaire lui ordonna de se coucher dans son lit. Ce retour des mêmes choses dans sa vie inquiétait Kasawo, d'autant plus qu'elle n'arrivait pas à en tirer une leçon de sagesse. Ses pensées restaient informes ; elles sautaient dans tous les sens comme des têtards dans une mare. Mais les larmes et tous les événements de la journée agirent comme un soporifique.

Elle se réveilla tard, le lendemain après-midi. Les briques rouges de la maison du Vicaire la regardaient par la fenêtre avec la douceur fascinante d'un feu qui s'éteint. La cour était pleine de bruit et d'agitation et elle se demanda comment elle avait pu dormir dans tout ce tapage. Lorsque la nuit tomba comme un voile sombre, elle alla au kiosque pour acheter de quoi manger. Des papillons de nuit apparurent et firent des rondes jaunes autour des lampes. Kasawo s'assit sur son lit, cracha l'aile d'un papillon et jeta la nourriture.

Pendant qu'elle attendait l'homme, elle essayait de comprendre comment fonctionnait la thérapie : elle avait raconté en détail l'attaque dont elle avait été victime et aussi beaucoup de choses de sa vie. Lui avait eu l'air de retenir les faits les plus importants de manière à lui faire revivre la douleur et reprendre ensuite le cours normal de sa vie. La douleur s'était avérée plus grande qu'elle ne l'avait cru, mais elle était plus efficace, pensa-t-elle. Elle regrettait plus que jamais de ne pas avoir plus d'instruction pour mieux rassembler les fils de sa vie. Elle pensa de nouveau à la confession dans le confessionnal. Au début, elle avait vraiment cru que l'homme blanc était Jésus. Elle était remplie d'une terreur sacrée et n'osait pas mentir. Mais, petit à petit, elle se dit que si ce prêtre avait été vraiment Jésus de Nazareth, il n'aurait pas eu besoin qu'on lui dise quoi que ce soit. Alors, elle commença à lui dire quelques petits mensonges et à omettre quelques détails. « Jésus » gobait tout ! Son angoisse disparut et elle commença à sentir l'odeur de tabac de l'homme. Alors, elle ne récita plus ses pénitences. Le Vicaire n'était pas si bête. Il est catholique, pensait Kasawo, il a donc dû lui aussi tromper les prêtres. Il faut combattre le mal par le mal, disait toujours le directeur de l'école.

Sa silhouette massive s'encadra dans la porte. Il lui fit signe de le suivre dans la grotte où elle dut se soumettre encore une fois à une longue douche froide. Elle n'avait jamais autant grelotté de sa vie. Ses dents claquaient horriblement quand elle retourna dans sa chambre pour recevoir sa dernière correction. Il la lui administra et la retourna sur le dos. La main froide du vent la pénétra et secoua son corps de fond en comble. Elle avait si froid qu'elle sentit monter en elle une chaleur sourde. Elle ferma les yeux et s'abandonna aux circonvolutions de son esprit. Mais elle fut réveillée brusquement par le feu de sa pénétration poivrée, gantée de latex, qui réveilla tous ses démons du passé. Il brûla l'hymen tendu de son moi rajeuni avec le feu infernal de ses pires douleurs. Il lui fit penser au sadisme professionnel des briseurs d'os qui cassaient des os mal remis pour les remettre en place. Son esprit travaillait fébrilement au milieu des cris et des larmes qu'elle essayait de retenir. Elle pensa à Pangaman, à l'angoisse qu'il lui inspirait, à l'amour qu'il lui inspirait. Elle pensa à son père, au curé du village et à la bonne sœur qui l'avaient frappée et aux soldats d'Amin et à ses violeurs. Son visage était ruisselant de larmes. Elle en avait honte. Il lui demanda si elle pleurait. Elle ne pouvait pas mentir à ce confesseur hors pair. Oui, elle pleurait. Il rit et elle se sentit soulagée.

De retour à la grotte, il lui ordonna de remplir une cuvette d'eau dans laquelle il fit tomber des herbes et lui dit de la mettre sur sa tête. Cette fois, ils se dirigèrent vers la route. Ils s'arrêtèrent au croisement. Elle regardait en tremblant les trois routes latérales. Elle priait en secret que personne ne survienne, que l'endroit reste désert, mort. Il lui ordonna de se déshabiller et de se baigner pendant qu'il prononçait ces formules : « Je laisse ici les viols de la vie. Je laisse ici le malheur de la vie. Je laisse ici tout le mal.

Que les vents l'emportent au bout du monde. » Il se tenait à une certaine distance et elle l'entendait murmurer. Ils retournèrent en silence vers l'établissement. Elle était heureuse d'en avoir fini avec cette partie du rituel. Son corps brûlait encore, mais elle était calme. Peu lui importait qu'on lui donne encore sept coups de tige de bambou. Elle avait dépassé un seuil psychique. Elle se sentait invincible, sans peur, prête à tout.

Devant sa porte, il s'effaça pour la laisser passer. Il resta sur le seuil et la regarda qui tremblait sous le drap noir drapé autour de son corps fumant. Il avait l'air d'être auréolé d'une solitude sacerdotale. « C'est fait, mon enfant », dit-il d'une voix profonde. Il resta debout comme s'il attendait qu'on le remercie. Elle tomba à genoux et le remercia comme si elle ne devait pas le payer.

Quand elle se releva, Kasawo était une femme pleine d'un feu nouveau et d'une ardeur flamboyante. Pendant son séjour chez nous, elle domina toutes les conversations. Tante Lwandeka s'en laissa imposer. Kasawo n'était pas le genre de commentateur politique dont je raffolais, mais je lui donnai raison quand elle dit que le départ des Tanzaniens était un bien pour tous. Kasawo jura que l'ancien dictateur Obote allait revenir. La nouvelle me déplut au plus haut point car j'avais jusqu'à maintenant considéré la chose impossible. Tante Lwandeka non plus n'était pas ravie : tout son combat contre Amin allait donc s'avérer inutile. Elle réagit violemment et dit que si c'était comme ça, on allait avoir une guerre civile.

— Les gouvernements servent à combattre les rebelles, dit Kasawo, sentencieusement.

Ses paroles me donnèrent matière à réflexion bien longtemps après son départ.

Les barrages disparurent des rues au bout de quelques mois et la plupart des Tanzaniens rentrèrent chez eux. On forma une nouvelle armée. Le couvre-feu durait maintenant de onze heures du soir à cinq heures du matin. On parlait beaucoup d'élections, de démocratie et de développement : la Trinité magique.

Je me sentais de nouveau inviolable. J'avais survécu aux journées sombres sans dommage physique. J'allais étudier le droit à l'université. Je n'avais jamais eu maille à partir avec nos libératrices qui gardaient les barrages de rues. Elles n'avaient même pas l'air de me remarquer. Je glissais dans leur ombre comme par enchantement. On avait annoncé à la radio qu'elles seraient parties avant trois semaines. J'allais, tous les deux jours, rendre visite à un ami étudiant qui vivait seul. Nous aimions discuter, surtout de politique, de pouvoir et de femmes. Je portais quelquefois une bouteille de liqueur qui lui déliait la langue et il parlait alors comme si la fin du monde était en vue. Nous avions tous les deux l'impression que nous pouvions changer le monde. Nous parlions comme si nous étions à la tribune du parlement ou de tout autre forum national et que nos paroles faisaient loi.

Un soir, je fus hélé par une voix provenant d'une vieille usine dans laquelle on entreposait parfois du matériel pour la construction de barrages inattendus. Depuis cinq ans, il n'y avait jamais eu de barrage à cet endroit, ni dans le reste de ce quartier périphérique. Je m'arrêtai et vis deux briques sur le bas-côté de la route. Tout pouvait servir à barrer une route : des pneus d'automobile ou de vieux bidons d'essence. Je me méfiais : à cette heure de la journée, ces gens ne pouvaient avoir que de mauvaises intentions. Le plus terrible, c'est que je n'avais sur moi ni argent, ni montre pour les corrompre. Trois femmes en uniforme vinrent vers moi. Elles tenaient nonchalamment un fusil, le canon tourné vers le sol. Chaque fusil portait trois magasins retenus ensemble au moyen d'un élastique. Chacune de ces femmes avait donc sur elle quatre-vingt-dix balles. Je regardai, ébahi, croyant avoir reconnu la grande bringue de Ndere Hill à qui j'avais prédit qu'elle enfanterait un être sans bras ni jambes... Il était logique qu'elle ait choisi l'armée pour échapper au risque d'un tel enfant. Mais depuis quand était-elle entrée dans la guérilla ? Quand m'avait-elle reconnu ? M'avait-elle suivi ? Depuis quand attendait-elle ce moment ? Combien d'hommes avait-elle abattus à ma place ? Je n'arrivais pas à la quitter des yeux. J'essayais de regarder sous sa casquette. Avait-elle si peu changé ?

Je n'eus pas le temps de terminer mon investigation. La Trinité infernale prit mon regard curieux pour un clin d'œil. Mais quel est l'imbécile qui aurait fait un clin d'œil à des femmes armées de deux cent soixante-dix balles à grande vitesse ? Elles m'accusèrent de manque de respect pour l'autorité, de mépris des procédures militaires, d'actes subversifs et autres délits. Je sentis le danger planer sur ma tête. *Estudiant* ? Oui. Ah ! Ah ! *Estudiant* d'Amin. Je regardai autour de moi dans l'espoir de découvrir un ivrogne, un passant quelconque qui détournerait l'attention de la Trinité par son arrivée. Cette route était celle qu'avaient prise ceux du Nord en fuite : pourquoi était-elle si déserte maintenant ? On me réclama une pièce d'identité. Personne ne me l'avait demandée jusqu'à maintenant. J'expliquai ma situation. Je leur proposai de m'accompagner chez moi si elles voulaient absolument la voir.

— Toi nous dire comment faire notre travail ? dit l'une d'elles, qui n'avait pas encore parlé.

Tandis que je me tournais vers elle, je fus frappé par un sifflement et une explosion de couleurs infernales. Mes genoux plièrent sous moi. En fait, j'étais déjà par terre, le dos sur le gravier. Il y avait belle lurette que je n'avais pas reçu une telle claque. A moitié étourdi, je regardais le ciel étoilé. Je ne pouvais pratiquement plus faire un mouvement. Je n'avais pas mal, je sentais seulement des battements sourds dans ma tête. Vues d'en bas, les femmes avaient des proportions énormes. J'étais vaguement conscient de ma peur qu'elles ne m'estropient avec les crosses de leurs fusils.

On me traîna à l'intérieur de la vieille usine. J'essayai de penser aux premiers jours de mon séjour au séminaire et aux sessions nocturnes de masturbation collective. J'essayai de penser à mes campagnes contre le père Mindi et le père Lageau, et à ma rencontre inattendue avec le veilleur de nuit. Je pensai aux deux cadavres que Bâton nous avait montrés. J'avais trouvé Grand-pa étendu comme moi, pensai-je en regardant les horribles canons et les lourdes bottes. Quelques claques me remirent plus ou moins d'aplomb et je sentis en même temps l'odeur rance de sous-vêtements et de corps malpropres. Des cochons, pensai-je. Non, des hyènes. Quand s'étaient-elles lavées pour la dernière fois, ces hyènes ? Il y avait une semaine ? Deux semaines ? Un mois ? Je m'efforçais d'imaginer le scénario le plus terrible pour surmonter l'épreuve et ne pas dégueuler sur leurs parties génitales. Je me dis que ces femmes n'en étaient pas à leur premier viol. Et j'étais sûr que les hommes violés avaient gardé le silence. Moi aussi, j'avais l'intention de me taire : c'était un secret qu'on ne vous ferait jamais avouer, même sur une table de tortures. Et, en attendant, je rassemblais quelques données sinistres : elles me jetèrent hors du bâtiment au bout de vingt minutes. Et durant ces vingt minutes, elles s'étaient assises deux cent vingt fois sur mon visage, elles avaient tiré environ quarante fois sur ma bite, elles avaient vingt fois pétri brutalement mes couilles, elles m'avaient griffé trente fois. Et je n'avais eu qu'une éjaculation. Je m'en sortis avec un nez cassé et une bosse sur la tempe. Et pendant deux semaines, j'eus des côtes douloureuses.

Je passai cette maudite nuit chez mon ami. Le lendemain, je racontai à tante Lwandeka que j'avais été attaqué par des voleurs. Une nation de geignards ? Non, je ne me plaignais jamais. Je ne cessais de me répéter que cela aurait pu être pire. L'ironie du sort avait voulu que ma mésaventure coïncide avec la fin du séjour de tante Kasawo chez nous ! Pendant quelques jours, je ne pus m'empêcher de croire qu'elle s'était déchargée de ses malheurs sur mes épaules. Absurde. La seule chose de sûre, c'était que j'avais finalement payé ma quote-part à la statistique familiale. J'avais été violé, et mes bourreaux avaient échappé à toute punition.

Une semaine plus tard, toutes les barricades avaient disparu.

En l'espace d'un an, nous eûmes trois gouvernements intérimaires et le premier ne dura que deux mois. Le dictateur exilé revint. Il se lança dans la lutte pour les élections et les gagna. On ne sut jamais si les résultats avaient été truqués car les observateurs étrangers n'étaient pas d'accord sur cette question. Les ingénus politiques qui croyaient que les observateurs étrangers avaient le pouvoir d'ordonner à une colline politique de s'installer dans la mer et à une autre d'aller s'implanter ailleurs furent tous massacrés. Amin avait prouvé qu'une telle ingénuité était fatale ; ceux qui espéraient auraient dû le savoir. Une guérilla éclata. Le N.R.M de tante Lwandeka fut un des premiers groupes à rejoindre les rebelles.

Le syndrome de la lampe tempête et des papillons de nuit opérait de nouveau. Toute cette lumière ! Toute cette mort !

LIVRE VI

Le Triangle des révélations

La première fois que je me trouvai sur la colline de l'université de Makarere avec, devant moi, l'hôpital Mulago sur les pentes de la colline d'en face, et à l'arrière-plan les tours des deux cathédrales et la mosquée qui perçaient l'horizon bleu, je brûlai de réaliser le vieux rêve de Grand-pa : devenir avocat. J'eus l'impression de fouler un sol sacré. C'était comme si l'esprit de Grand-pa planait sur cette colline pour pousser jusqu'au bout une nouvelle génération de collectionneurs de connaissances. Avoir un fils à l'université était le rêve suprême de nombreuses familles. Je sentais leurs espoirs monter du sol, enfler comme les sept collines de la ville et pousser un à un tous les candidats sous la porte étroite de l'enseignement élitaire. Le bâtiment principal de l'université respirait la suffisance, suggérant aux priviligiés qu'ils faisaient partie d'une confrérie fermée. Je me sentis pousser des ailes qui allaient me porter à des hauteurs vertigineuses dans les sphères élevées des élus. C'était le début des années quatre-vingt : nous avions laissé derrière nous le poids des années soixante-dix ; du moins, nous le croyions. Nous avions tous l'impression que le pire était passé et qu'un être intelligent pouvait enfin tendre le bras pour cueillir les fruits de l'avenir. Je promenais mon regard sur les collines et attendais, en retenant mon souffle, un signe prémonitoire.

L'université de Makerere avait émergé des années soixante-dix, couverte des cicatrices multiples des survivants ; elle n'avait connu, dans ces années, ni progrès ni extension. Les temps où elle était considérée comme un territoire sacré étaient bien révolus et ne survivaient plus que dans le souvenir d'anciens étudiants tels que le professeur de littérature, peu loquace, de mon ancien séminaire. En tant que recteur de l'université, le président Idi Amin s'était efforcé de marquer l'institution de son empreinte. Et en effet, l'armée était intervenue à plusieurs reprises pour écraser les rébellions du campus. Le vice-recteur, adepte d'Obote, y avait laissé sa peau. Il avait disparu après l'échec de l'invasion de 1972. De nombreux professeurs avaient fui et, vu les sombres perspectives économiques des années quatre-vingt, ils n'étaient pas près de revenir. Ceux qui étaient restés avaient perdu quelques plumes, aussi bien au niveau de leur prestige qu'au niveau de leur salaire : leur prestige parce que, dans les années soixante-dix, l'enseignement était tombé en discrédit, et leur salaire à cause de l'inflation. De nombreux enseignants étaient obligés de chercher des petits boulots supplémentaires pour arrondir leurs fins de mois. Et le campus manquait de matériel pédagogique. La corruption s'était installée au sommet de l'université : ceux dont la nomination était politique essayaient d'en tirer le plus de profit possible pendant que leur protecteur tenait encore les rênes du pouvoir. Mais tous ces désastres n'avaient diminué en rien le zèle des étudiants.

Quand j'entrai à mon tour dans ce temple de l'enseignement supérieur, la population y était si nombreuse qu'on étouffait. Les appartements des étudiants débordaient et se répandaient dans des constructions secondaires étroites où l'on vivait à six dans une chambre. Les meilleures mentions au diplôme d'études secondaires n'étaient pas une garantie suffisante pour être admis à la faculté de son choix. Au cours de ces années, la compétition avait atteint un niveau alarmant. Le piston politique et la corruption pouvaient accélérer les choses ; encore fallait-il savoir à qui s'adresser, et le succès restait incertain. Comme la plupart de ceux qui vivaient d'espoir, je ne pouvais compter que sur la bienveillance des dieux et la complaisance du comité de sélection. Elles me firent faux bond l'une et l'autre.

Les milliers d'étudiants qui s'étaient inscrits furent invités, par appel radiophonique, à se présenter au campus, et nous fondîmes comme un essaim de sauterelles sur le bâtiment principal pour consulter les interminables listes de sélection. Je parcourus, le cœur battant, la liste de droit. J'avais les jambes paralysées à l'idée que je pourrais constituer un précédent historique : être le premier avocat de la famille ! Eh bien, non : je ne figurais pas sur la liste ! Je fis appel. Peine perdue : il y avait trop de déclarations, de motifs et de détails techniques qui justifiaient mon exclusion.

Ma première réaction fut de renoncer aux études universitaires. Mais que pouvais-je faire d'autre ? Inutile de me jouer la comédie : il fallait continuer à cultiver mes facultés intellectuelles. On finit par me placer sur la liste des sciences sociales, cette espèce de no man's land entre les sciences exactes et les sciences humaines.

J'étais condamné à l'enseignement. Comme Serenity ! Et à mener des combats d'arrière-garde pour améliorer ma situation. J'étais dégoûté de moi-même, de la vie, de tout. Mais une chose était sûre : je ne m'investirais jamais dans le métier de professeur. Je serais une sorte de nounou pour élèves du secondaire. Il me fallait une école qui pratiquât le laisser-aller. Elles étaient très nombreuses en ville. Le gouvernement encourageait la création d'écoles secondaires pour permettre à un plus grand nombre d'enfants d'aller à l'école dans le quartier où ils habitaient. Fini le temps où les écoles secondaires étaient essentiellement des internats !

Ayant fixé mes priorités, je me concentrai sur mes revenus et mes guerres privées. Je ne m'étais pas encore entièrement remis de mon affrontement avec la Trinité infernale. Etudiant externe qui ne venait à l'université que pour suivre des cours et profiter des facilités de la bibliothèque, je disposais de beaucoup de temps et de liberté. Les études universitaires ne demandaient pas beaucoup d'efforts, en tout cas pour moi. Je me rendais le moins possible à l'université, me tenant à l'écart des menées politiques qui se déployaient au sein du campus, des protestations contre les logements trop étroits, la mauvaise nourriture, la pénurie de livres, mais aussi à l'écart des frasques des étudiants.

Le deuxième gouvernement Obote avait du mal à se former. Le parti et son chef avaient battu un record : après leur destitution, ils étaient revenus au pouvoir par le truchement des urnes. Mais les réserves émises dans plusieurs milieux sociaux gâchaient ce triomphe. Les sceptiques sympathisaient maintenant avec les rebelles qui s'opposaient au nouveau gouvernement. A l'époque où les rebelles avaient pris le maquis, le nord de l'Ouganda souffrait de la famine. Le Programme alimentaire mondial et les camions de la Croix-Rouge passaient par la fameuse route du Nord, non loin de chez moi, et je voyais défiler leurs convois pavoisés. Le gouvernement faisait tout ce qu'il pouvait pour empêcher la divulgation de cette nouvelle, ce qui était facilité par les activités des rebelles en Ouganda du Sud.

Le gouvernement et l'armée faisaient la loi le jour, les rebelles et leurs adeptes passaient à l'action la nuit ; ils sortaient de leurs cachettes et attaquaient les baraquements militaires, les patrouilles et les barricades et quelquefois même un poste de police pour faire main basse sur les armes et les provisions. Les soldats vivaient dans l'angoisse des attentats et des guets-apens. L'armée, composée essentiellement d'effectifs originaires du Nord et de l'Est, devait se battre en terrain inconnu et ennemi. Les troupes régulières étaient exposées à des embuscades meurtrières dans des vallées sinistres, des marécages immenses, des collines désertes, des prairies interminables et des forêts humides, et elles avaient du mal à atteindre leurs cibles mouvantes. La forme géométrique de la mort, le triangle qui avait fait une première apparition en 1978, réapparut. Le nôtre s'appelait le Triangle de Luwero, quelques centaines de kilomètres carrés délimités par les trois lacs : le lac Victoria au sud, le lac Kyoga au nord et le lac Albert tout à fait à l'ouest. Le centre était formé d'une plaine peu peuplée, constituée de marécages à papyrus, d'immenses marais et de forêts touffues. Le Triangle de Luwero avait le pouvoir inquiétant de s'élargir et de se rétrécir en fonction des mouvements des rebelles : il s'élargissait quand ceux-ci attaquaient et se retrécissait quand ils reculaient. Ce pouvoir magique était facilité par la situation géographique du Triangle : il était assez près du centre du pays pour permettre d'entrer sans difficulté dans la capitale, c'est-à-dire là où se trouvaient le gouvernement et les grandes casernes, et en même temps il ouvrait la voie vers le nord et vers l'ouest de l'Ouganda. Il s'étendait parfois jusqu'à quelques kilomètres du centre de Kampala, et d'autres fois il se réduisait aux dimensions de son noyau humide, à des centaines de kilomètres de la ville. Le village qui était enfermé entre Mpande Hill et Ndere Hill était un des nombreux bourgs situés sur le pourtour de ce fameux Triangle. Au début de leur campagne, les rebelles le laissèrent en paix.

L'armée fit quelques bourdes fondamentales. Les soldats, frustrés par le peu de succès de leurs actions, s'aliénèrent la sympathie de la population. Ils s'en prirent bientôt aux habitants, les accusant de cacher des rebelles. Certains ne partageaient pas les idées des rebelles ; ils les considéraient plutôt comme une menace, mais vu que l'armée ne leur laissait pas le choix, ils se tinrent aussi tranquilles que les adeptes de la guérilla. Lorsque les rebelles attaquaient une base militaire, il valait mieux quitter les lieux car les soldats, qui ne croyaient jamais les habitants, mettaient tous ceux qui restaient dans le même sac. C'était la meilleure manière de les pousser dans les bras de la guérilla et, en effet, nombreux furent ceux qui rejoignirent les rangs des nouvelles forces. Les autres partaient et erraient d'un bourg à l'autre jusqu'à ce qu'ils trouvent un endroit moins dangereux, à l'intérieur du Triangle. Un grand nombre de ces personnes déplacées se rendirent chez des parents, à l'extérieur du Triangle, le reste tenta sa chance en ville où la situation était encore paisible.

La population de notre petite ville augmenta : jour après jour, semaine après semaine, on voyait arriver des gens à différents stades de fatigue et d'amaigrissement, traînant derrière eux quelques affaires dans des nappes sales, des draps ou des sacs en lambeaux. Ils ployaient sous le poids d'innombrables récits d'actes de courage, de survie et de cruauté. Notre ville changea de caractère. Le chômage et le prix des denrées alimentaires augmentèrent. Les anciennes fabriques abandonnées par les Asiatiques et qui pourrissaient au soleil trouvèrent soudainement un nouvel emploi lorsque des immigrés s'y réfugièrent. Les prix de l'immobilier montèrent en flèche et je caressai un moment l'idée de construire des cabanes et de les louer. On pouvait louer n'importe quoi. Les maisons s'élevaient sans plan ni permis de construire de la commune. Les fonctionnaires municipaux menaçaient vaguement de les faire raser et se remplissaient ainsi les poches. Les propriétaires louaient des ouvriers pour cuire des briques de boue et construire de fragiles habitations couvertes de roseaux de papyrus et de matière synthétique qu'ils louaient avant même que les portes et les fenêtres aient été installées. La plupart de ces constructions n'avaient pas d'aménagement sanitaire, mais qui s'en souciait ?

Vers l'époque où j'entrai à l'université, j'avais déjà pris la direction de la distillerie de tante Lwandeka car elle n'avait plus le temps de s'en occuper elle-même. Elle avait multiplié ses activités politiques et consacrait tellement de temps aux rebelles que j'avais parfois l'impression qu'ils pouvaient surgir à tout moment du Triangle pour faire tomber le gouvernement. Au début, ma tante avait hésité à me confier la gestion de son entreprise car elle ne voulait pas s'attirer les foudres de Cadenas qui continuait à gronder à distance comme un volcan mécontent. Des accidents pouvaient se produire. Les alambics pouvaient exploser, causant la mort d'ouvriers. La plupart des accidents étaient dus à la négligence et Tante ne voulait pas défier le destin. Mais je lui dis que j'étais déterminé à m'en charger. Pour moi, c'était comme conclure un pacte avec la mort. La mort était un monstre enfermé dans le Triangle d'où il ne sortirait pas. La Trinité infernale m'avait insufflé une audace prodigieuse, à la limite de l'autodestruction, que je concentrai sur la distillerie. L'explosion de la population dans notre petite ville jouait en ma faveur. Les malheureux qui devaient faire face aux pires difficultés buvaient n'importe quoi. Ils se plaignaient rarement de la mauvaise qualité des boissons qu'ils allongeaient très souvent avec de l'eau. La distillerie, que j'avais baptisée « Boum-boum », faisait de bonnes affaires.

La distillation était simple comme bonjour. J'achetais des sacs de cinq kilos de sucre de palme que je déversais dans un tonneau de cent litres d'eau. J'ajoutais de la levure, je recouvrais le tonneau et je laissais le tout reposer pendant sept à dix jours, en remuant de temps à autre pour accélérer la dissolution du sucre. Lorsque le sucre était entièrement dissous, je transvasais le tout dans une cuve qui devait être en parfait état pour éviter les accidents. Je vissais le couvercle et j'adaptais sur le dessus deux serpentins en cuivre en colmatant avec de longues bandes de caoutchouc pour empêcher l'échappement de la vapeur au moment de la distillation. Pour les refroidir et accélérer la condensation, on immergeait les tubes en cuivre dans un bassin d'eau. Puis on chauffait la cuve jusqu'à ce que la solution de sucre atteigne le point d'ébullition, s'évapore et ressorte des tubes sous forme d'eau-de-vie.

Le processus enclenché, on avait tout le temps de réfléchir, de bavarder ou de ne rien faire. C'était une plage de temps pleine de tentations. On pouvait s'absenter pendant vingt minutes, puis revenir et trouver le feu qui brûlait encore. C'est alors que les risques d'accident étaient le plus grands. Les couvercles pouvaient se dévisser ou les tubes se boucher sous l'effet de la chaleur. La plupart des accidents arrivaient lorsqu'un ouvrier essayait de faire une réparation. Tout en surveillant les cuves, je pensais à mon avenir. Je rêvais de voir la Trinité infernale rôtir sur un bûcher. Le soir, je retournais à la maison purifié.

Vu l'augmentation de la population et de la consommation, je jugeai utile d'agrandir l'entreprise. Je décidai ma tante à louer un terrain sur lequel je fis bâtir un hangar et un bassin d'eau. J'achetai de nouvelles cuves et de nouveaux tubes en cuivre. La plupart des travaux étaient effectués par une main-d'œuvre bon marché. Pendant la durée des travaux, je devais veiller à ce qu'on ne vole pas de l'alcool. A la fin de la journée, je rangeais les cuves et les tubes dans le hangar et je fermais tout à clé. C'était moi, aussi, qui pratiquais les ventes.

A cette époque, je gagnais en un jour le salaire mensuel d'un professeur du secondaire. Le gouvernement avait fixé le salaire d'un professeur à vingt dollars américains par mois, calculés au cours du gouvernement qui était beaucoup plus bas qu'au marché noir ou sur le marché *kibanda*. Ce salaire permettait de vivre pendant une semaine. Les professeurs avaient donc un autre boulot, mais dans certaines écoles, c'était l'association des parents d'élèves qui finançait un supplément de salaire. Cela ne suffisait pas. Au début de ma carrière de professeur, j'avais un salaire d'environ trente dollars par mois tandis que l'extension de l'entreprise me permettait de faire un bénéfice d'environ mille dollars par mois.

J'avais plusieurs petites amies. Je préférais les moins de vingt ans car les plus âgées voulaient des enfants pour se caser et je n'en étais pas encore là. Ce qui m'inquiétait le plus, c'était le risque d'attraper une maladie vénérienne, surtout cette nouvelle maladie mystérieuse qui décharnait ses victimes et les faisait mourir de fièvres infernales au milieu de flaques de diarrhée verte. Les filles avaient dans ma vie la même importance passagère que les histoires qu'elles me racontaient. Certaines prétendaient qu'elles avaient perdu toute leur famille dans les épurations gouvernementales. D'autres disaient que les membres de leur famille avaient été disséminés par les rebelles. D'autres encore racontaient que leurs frères, leurs sœurs et leurs parents avaient été fusillés sous leurs yeux ou qu'elles s'étaient cachées dans des buissons pendant qu'on massacrait leur famille et leurs amis. Tourmenté par une espèce de sentiment de culpabilité, je croyais tout ce qu'elles me racontaient et je les aidais, car je pouvais me le permettre. L'argent que je leur donnais servait aux unes à payer le loyer, les vêtements ou la nourriture de leur famille, aux autres à acheter des boissons et des affaires personnelles, et à d'autres encore à aider leur famille enfermée dans le Triangle. Je jouissais de mon rôle de bienfaiteur généreux et d'amant choyé.

Pendant ce temps, la situation dans le Triangle de Luwero continuait à se dégrader. Le gouvernement fit de grands achats. Les Coréens, que la Toshiba puante de Serenity nous avait fait connaître comme trapézistes, fournissaient à présent l'armée en lance-roquettes katiouchas destinés à bombarder et à raser les régions habitées par les rebelles. Le gouvernement se targuait d'avoir anéanti la guérilla et, en effet, on n'en entendit pas parler pendant un certain temps. De jeunes chômeurs qui avaient pensé entrer dans la guérilla y renoncèrent. Ma tante prit peur.

Elle me raconta que le brigadier était malade. Je traduisis qu'il avait été blessé. Des hélicoptères britanniques armés avaient aidé les katiouchas à nettoyer les bois et les prairies des éléments rebelles. L'infanterie fut ensuite envoyée pour détruire les foyers de la guérilla. La tactique de la terre brûlée battait son plein. Je ne savais pas quelle partie du Triangle avait été touchée, vu qu'il se dilatait et retrécissait comme un col utérin.

Des centaines de combattants, ou de civils dont le gouvernement prétendait qu'ils étaient des rebelles, furent transportés en ville et exposés au public sur la place principale : maigres, barbus, déguenillés comme des épouvantails. On racontait que leurs chefs avaient fui en Europe et les avaient laissés tomber. Si c'était vrai, il ne pouvait s'agir que d'une petite unité ; le groupement principal, dont faisait partie le brigadier, était encore intact et se cachait quelque part dans le Triangle. L'armée augmenta la pression, à la grande satisfaction des hommes politiques ; mais la population était inquiète.

Vers cette époque, ma tante glissa à deux reprises, et de justesse, entre les mailles du filet. Une première fois, lorsqu'un homme, un guérillero connu comme tel, vint en plein jour dans notre petite ville. Un espion du gouvernement le dénonça et des hommes en civil arrivèrent bientôt sur les lieux. Ils surgirent de partout en même temps et encerclèrent l'homme dans un bungalow clôturé qui servait quelques fois aux rebelles du N.R.M. On le somma de sortir, mais il refusa de le faire. Il tira sur les soldats par la porte d'entrée, en tua un et en blessa un autre. La maison fut bombardée alors que ma tante venait juste de la quitter avec un bidon d'eau sur la tête.

La seconde fois, ce fut lorsque l'armée encercla le marché pour des contrôles d'identité. Il y avait sur le marché trois guérilleros : deux hommes et un garçon. Le garçon fut pris de panique parce qu'il n'avait pas de papiers. Ma tante dit au commandant de l'opération que c'était son neveu. L'officier demanda autour de lui si c'était vrai : silence. L'un des guérilleros dit que c'était vrai. Le garçon fut pourtant pris à part. L'officier voulut savoir pourquoi il était si maigre. Tante Lwandeka déclara qu'il s'était enfui de la zone dangereuse. « C'est donc qu'il est guérillero. » Elle nia avec force et lui parla longuement des innocents qui étaient pris entre deux feux et devaient faire des centaines de kilomètres avant de trouver un endroit sûr. Elle dit que le garçon était en sécurité ici et qu'elle le protégerait de son propre corps s'il le fallait. « Ce pauvre garçon ne supporte plus rien. » « On peut toujours supporter encore plus », répliqua l'officier avec un sourire. Tout le quartier était sur le qui-vive. De nombreuses personnes pensaient que Tante compromettait tout le monde. Mais l'officier ne voulait pas que l'armée perde de son crédit auprès de la population : les officiers n'étaient pas tous des assassins maniaques, ils savaient aussi se montrer très raisonnables. Il donna au garçon une petite tape sur la joue et lui dit de circuler.

Ma tante trembla pendant une semaine. C'était elle qui avait recruté le garçon et elle avait recommandé au trio de ne pas se faire voir dehors, mais ils ne l'avaient pas écoutée. Ils avaient un besoin urgent d'argent pour transporter les médicaments qu'ils avaient subtilisés dans un petit hôpital de la périphérie du Triangle. Tante subventionnait à cette époque un petit nombre d'activités de la guérilla avec les revenus de la distillerie Boum-boum. Je croyais qu'après ce sérieux avertissement, elle allait se tenir un peu tranquille. Mais il n'en fut rien ! Huit jours après, elle reprenait du service, transmettait des informations et aidait les rebelles qui se dirigeaient vers Kampala et les nouvelles recrues qui allaient rejoindre leurs postes secrets.

Les derniers arrivés du Triangle, ceux qui avaient été chassés par les katiouchas et les hélicoptères, assurèrent que les rebelles étaient encore en vie, ils se tenaient seulement tranquilles pour donner le change. Le porte-parole du gouvernement continuait pourtant à déclarer que les « bandits » étaient décimés. Comme pour le démentir, l'avion qui transportait le commandant et son staff fut abattu au cœur du Triangle. Mais la nouvelle ne fut officielle qu'une semaine plus tard. L'armée se retira et passa par une grave crise morale. Les rebelles réquisitionnèrent quelques katiouchas et tuèrent les Coréens qui les manœuvraient. Les troupes mercenaires coréennes qui étaient encore dans le pays s'empressèrent de le quitter. L'armée devait maintenant se défendre toute seule. Les instructeurs britanniques ne prenaient jamais part aux combats et l'armée dut surmonter, sans aide, sa peur de la forêt vierge, de la guérilla et de la population. Les armes continuaient de venir d'Angleterre, de Belgique, des Etats-Unis et des pays d'Europe orientale, mais l'armée ne savait pas en tirer parti et une série d'assauts humiliants, effectués en plein jour, la tenaient sur des charbons ardents.

Je fus nommé professeur au Sam Igat Memorial College de Kampala, une école secondaire nouvellement créée qui occupait deux longs bâtiments et un immeuble de deux étages. L'école était l'enfant spirituel du révérend Igat, un adepte roublard d'Obote, qui demanda à ses amis politiques d'intervenir auprès de CARE et d'autres organisations pour qu'elles financent la construction de l'école. A ces instances, il dit qu'il voulait ériger un monument à la mémoire de son fils de trente ans, tué sous le régime d'Amin. D'autre part, la rumeur publique prétendait qu'il avait déclaré à ses amis politiques que son fils était mort au service du parti populaire ougandais. Quoi qu'il en soit, il arriva à ses fins. Le gouvernement, qui tenait à offrir aux enfants des quartiers pauvres de la capitale la possibilité d'aller à l'école, donna les subsides et sa bénédiction. L'emplacement idéal de l'école, à huit kilomètres du centre de la capitale, lui garantissait de bons professeurs et assez d'élèves, mais sa gestion laissait beaucoup à désirer.

Le brave révérend, désireux de sauvegarder ses prérogatives de fondateur et directeur de l'école, se mêlait de tout. Il nommait lui-même les enseignants et faisait en sorte que ses idées soient fidèlement appliquées. Craignant de devoir céder une partie de son pouvoir, il boycotta pendant longtemps la création d'une association de parents d'élèves. Finalement, l'expansion de l'école fut freinée par l'homme même qui prétendait en faire l'œuvre de sa vie. Lorsqu'un professeur ou un directeur avait trop d'influence, il faisait courir le bruit que le professeur en question fricotait avec les élèves, que c'était un escroc, ou qu'il était membre d'un groupe de guérilleros. Cette dernière accusation pouvant leur coûter la tête, de nombreux professeurs partaient sans attendre les conséquences.

A l'époque où j'entrai en fonction, l'école traversait une période de confusion. Cela n'était pas pour me déplaire. Il n'y avait pas, il est vrai, d'association de parents d'élèves pour augmenter le salaire des professeurs et surveiller le déroulement des choses, mais cela ne me gênait pas. Le salaire était bas : trente dollars ; cela ne me gênait pas non plus. Le personnel était divisé. On venait de nommer comme directeur un type mou qui avait décidé de fermer les yeux sur tout. Il accepta que le révérend vienne dans les classes parler aux élèves de son fils, de ses amis politiques et de sa propre importance dans la paroisse. Il était de notoriété publique que le révérend avait été chassé de sa paroisse pour adultère et pour avoir fait des enfants aux femmes de ses paroissiens. Mais le vieil homme avait découvert depuis longtemps que le mot « honte » ne figurait pas dans le dictionnaire politique. Il se conduisait comme si les accusations n'étaient basées que sur des racontars.

L'école dut se passer pendant longtemps de bibliothèque. Les professeurs se servaient de leurs propres livres ou en empruntaient à d'autres écoles ou à d'autres professeurs qui comprenaient la situation. Les quelques livres qui se trouvaient dans l'établissement étaient gardés dans une grande armoire. Un jour, le bruit courut que la fin des difficultés était en vue parce que les amis américains et canadiens du révérend avaient envoyé à l'école tous les livres nécessaires aux élèves. Grande excitation, surtout parmi les enseignants ! Mais l'enthousiasme s'évanouit le matin où un camion livra son chargement de livres inutilisables : plans d'ordinateurs de 1940, manuels sur les rudiments de l'aéronautique, zoologie, grec, les poissons de mer et l'armée américaine. Le révérend, fier comme un paon, prononça un long discours. Il fit avancer un groupe d'élèves bien habillés auxquels il demanda d'arborer leur plus beau sourire et se fit photographier avec eux devant les lourdes caisses. « Papier-cul », dirent les enseignants en voyant les livres. La chose se divulgua comme une traînée de poudre. Le révérend fut rebaptisé « révérend P. Q. ». Il y avait environ quatre cents élèves dans l'école et la plupart d'entre eux n'avaient pas les moyens de s'acheter des livres. Ils se sentirent bafoués.

Les parents étaient en général heureux qu'il y ait une école dans le voisinage pour s'occuper de leur progéniture pendant la journée. Nous étions les nounous et nous veillions à ce qu'il n'arrive rien à leurs filles et leurs fils pendant les heures de classe. Les classes étaient surpeuplées parce qu'on inscrivait le plus grand nombre possible d'élèves pour ne pas décevoir l'enthousiasme des parents bosseurs. Il y avait, parmi eux, des filles et des garçons très curieux qui, dans une autre école, une école meilleure, auraient été des élèves brillants. Certains venaient du Triangle. Au début, ils travaillaient bien, mais petit à petit ils s'abandonnaient au laxisme général.

Le choix d'un vice-directeur était toujours significatif. Le nôtre était un professeur assermenté qui donnait déjà des leçons au S.I.M.C., le sigle de notre collège, quand il n'était qu'une école élémentaire.

Maintenant, il faisait toutes les corvées ennuyeuses à la place du directeur : il ouvrait et fermait la porte de l'école, encaissait l'argent des contributions scolaires, assurait la discipline, recevait les retardataires, se chargeait d'une partie de la comptabilité et payait les salaires. Il contrôlait si l'emblème de l'école était bien cousu sur la poche pectorale des vestes et non simplement fixé avec une épingle de nourrice — ce qui arrivait souvent chez les adolescents —, si les filles ne se maquillaient pas, n'arboraient pas des boucles d'oreilles aguichantes et des coiffures interdites. Il veillait aussi à ce que les filles ne mettent pas de vernis à ongles ou les griffes artificielles qui étaient alors à la mode. C'était un homme qui prenait sa tâche au sérieux et en remettait pour justifier la nécessité absolue de son poste.

Le directeur, un éléphant de mer louvoyant, passait le plus clair de son temps à résoudre des problèmes de mathématiques. Il n'avait pas grand-chose à faire car son assistant gérait littéralement toute l'école. Il était absent plusieurs jours par semaine, préférant assister à des réunions et régler ses affaires en ville. Il avait inventé un truc pour faire ce que bon lui semblait tout en donnant au révérend l'illusion qu'il ne menaçait pas son autorité. Comme le passe-muraille, le directeur agissait et se déplaçait sans se faire voir. Il était parfois dans son bureau sans que personne ne l'ait vu entrer. Grâce à l'immense énergie de son assistant, il pouvait se permettre d'arriver tard, quand tout était déjà réglé. Il appliqua la même désinvolture dans la comptabilité qui était, pour la plupart des gens, un véritable embrouillamini. On aurait dit que le mathématicien se créait le plus possible de travail pour remplir ses heures solitaires, tandis que l'escroc essayait d'en effacer les traces. Et pour commencer, la plupart des professeurs avaient des problèmes financiers ; ils allaient exposer leur situation au directeur qui décidait de leur donner un acompte sur leur salaire. Il leur versait l'argent et écrivait la somme sur un bout de papier. Le vice-directeur tenait lui aussi une liste des avances qui finissait par atterrir sur le bureau du directeur. Entre-temps les fameux petits papiers s'étaient tellement accumulés qu'il s'en perdait toujours quelques-uns. La seule conclusion à en tirer était que le directeur pratiquait ce système incontrôlable pour pouvoir faire main basse sur la caisse de l'école ; car personne ne l'empêchait de nommer un bon économe ou d'introduire un meilleur système. Les plus malins des professeurs alléguaient donc toujours un nouveau problème : leurs enfants, leur femme, leur santé, n'importe quoi pour prendre le plus possible d'avances. Le vice-directeur attirait quelquefois l'attention du directeur sur ces cas et le directeur, brave homme, ne voyait pas d'inconvénient à ajouter un nouveau papier au tas existant.

Le directeur m'aimait bien parce que je ne demandais jamais d'avance. Je le soupçonnais d'avoir quelque part écrit un papier mentionnant une avance qu'il m'aurait soi-disant faite et d'avoir mis cette somme dans sa poche. Quand j'allais dans son bureau, c'était pour lui demander la permission de rentrer chez moi, ou d'aller à l'hôpital sous prétexte que j'avais mal à la tête, et les maux de tête devinrent plus tard des crises de migraine. Le directeur ne faisait jamais de difficultés quand un professeur demandait un congé de maladie, à condition qu'il ne demande pas, en plus, une aide financière. Donc, chaque fois que j'avais quelque chose à régler en ville, je demandais un congé. Et il ne me le refusait jamais. Les élèves évidemment en pâtissaient, mais les élèves, c'était le dernier des soucis de notre école. Pourquoi faire comme si ? La plupart des professeurs enseignaient aussi ailleurs pour arrondir leurs revenus, certains avaient un autre emploi hors de l'enseignement. Il fallait se montrer à l'école, mais on n'était pas tenu de rester sur les lieux. Certains enseignants venaient, se rendaient à la salle des professeurs pour prendre du thé et faire la causette, puis repartaient comme s'ils avaient donné leurs cours.

C'était la-liberté-avant-tout et de nombreux élèves faisaient l'école buissonnière pour aller chercher de l'eau et la vendre, gagner d'une manière ou d'une autre l'argent de leur scolarité.

Le vieux système dans lequel des inspecteurs veillaient à la bonne marche des établissements était mort de sa belle mort dans les années soixante-dix et le nouveau gouvernement était trop occupé à combattre la guérilla pour se soucier d'affaires aussi banales que l'inspection scolaire. Les salaires des professeurs étaient payés avec trois mois de retard et en retour, pour donner l'impression qu'il était loyal, le gouvernement ne se montrait pas exigeant envers le personnel.

Ce que j'aurais pu faire de mieux pour nos garçons et nos filles, c'aurait été de leur donner des cours d'éducation sexuelle. Ils nous étaient confiés, n'est-ce pas ? avant de faire leur entrée dans le vaste monde et de créer une famille. Mais ce sujet était tabou. Notre plus grand problème n'était pas l'alcool ou la drogue, mais les grossesses non désirées. Et, curieusement, bien des parents pensaient que l'éducation sexuelle ne ferait que l'aggraver. La plupart interdisaient à leurs filles de prendre la pilule ou d'entraver d'une autre manière le processus de procréation. Ils s'offensaient lorsque d'autres cherchaient à les informer sur ce sujet. A la demande expresse de parents réactionnaires, le révérend s'opposait de toute son autorité à la diffusion de cette « information diabolique » dans son école. Et la question fut close.

Dans de telles circonstances, l'école se contentait de renvoyer la fille enceinte. Cette attitude était liée à la honte et au secret dont la culture locale entourait ce sujet. La plupart des parents ne parlaient jamais de sexe avec leurs enfants. Un bon chrétien laissait ces affaires se régler toutes seules. Jadis, c'était une tante paternelle qui avait la charge de prendre à part son neveu ou sa nièce et de lui expliquer les choses. Mais depuis que les différentes générations d'une famille n'habitaient plus sous le même toit, cette lacune n'était plus comblée. La plupart des jeunes s'informaient réciproquement. Il m'arrivait d'intercepter des lettres ou des pages de revues pornographiques et des lettres d'amour qui passaient de main en main. Je pensais à Bâton qui nous donnait des leçons d'éducation sexuelle en nous faisant remplir les vides par les mots « pénis » et « vagin ». Je n'étais pas assez hypocrite pour me montrer furieux ou scandalisé. Je m'amusais souvent à faire lire cette lettre à haute voix. Puis je demandais aux élèves s'ils avaient des questions à poser sur le sexe, la grossesse, les contraceptifs ou l'avortement. Alors, ils dressaient tous subitement l'oreille. Le vice-directeur me prit une fois à part pour me demander de ne pas donner de mauvaises idées aux jeunes. Je courbai la tête, mais recommençai à la première lettre qui me tomba sous la main.

A quelques centaines de mètres du S.I.M.C. se trouvait une école élémentaire islamique, fondée pour les fils et les filles des musulmans du quartier, trop pauvres pour fréquenter une autre école. Les fidèles venaient le vendredi prier dans une mosquée en ruine, située derrière les locaux scolaires. L'imam, qui enseignait le Coran, vivait tout près. Rien qu'à voir les tristes murs en pisé, le toit lépreux et la cour en gravier qui avait été creusée dans le roc, on se disait que rien de bon ne pouvait sortir de cet endroit aride. Comparé à notre cher S.I.M.C. et à l'école et l'église catholiques construites sur le même versant de la colline, non loin de là, il avait un aspect désolé et triste. On aurait dit un bac à sable qu'une tempête pouvait inonder d'un moment à l'autre. Mais pendant la récréation, on entendait les cris joyeux des enfants et on voyait leurs uniformes roses flotter dans le vent comme une multitude de drapeaux. Ils jouaient et chantaient avec autant d'ardeur et ânonnaient les versets du Coran et les textes arabes que l'imam inscrivait sur le tableau noir déglingué.

Pendant les leçons, celui-ci allait lentement d'une rangée à l'autre, une baguette à la main, les sourcils froncés, et gare à ceux qu'il surprenait en train de faire quelque chose d'interdit. Les enseignants laïques se tenaient généralement à distance ; non par peur de recevoir, eux aussi, quelques coups, mais parce que l'imam attachait plus d'importance qu'eux à la politesse et à la discipline et n'entrait jamais en discussion avec les autres enseignants. Il avait l'habitude de dire : « Je suis un homme d'action. » Et si un élève s'était mal conduit, il était puni illico. L'élève avait beau demander grâce, sa punition était peut-être adoucie, mais jamais supprimée. « Ce que je leur apprends, c'est à avoir du caractère et le sens des responsabilités », disait-il toujours après avoir administré la punition.

Dans cette foule qui courait, sautait à la corde, criaillait, je vis un jour Jo Nakabiri. Un ami qui donnait des leçons dans cette école poussiéreuse pour arrondir son salaire du S.I.M.C. m'avait demandé de l'y accompagner. Je m'arrêtai pour mieux la regarder. Son visage basané brillait au soleil comme si elle avait mis trop de crème. J'examinai ses jambes et tout son corps et conclus qu'elle aurait pu être la petite sœur de Lusanani. Sa taille de guêpe et son derrière ferme m'excitèrent, mes aisselles devinrent moites. J'avais la curieuse impression de la connaître, de l'avoir déjà vue. Mais où ?

A notre arrivée, elle s'adressait en criant à un groupe de filles, mais dès qu'elle nous vit, elle se mit à parler plus doucement comme si on l'avait prise en défaut. C'est alors que je vis ses yeux : de grands yeux passionnés, pleins de plaisirs, de douleurs et de mystères que j'aurais volontiers explorés. Elle se détacha du petit cercle avec la grâce guindée d'une femme qui se sait regardée et salua mon ami, puis moi. Ils se mirent à parler de leurs maigres salaires, de leurs projets déçus, des vacances prochaines et de tas d'autres choses comme si je n'existais pas. Elle n'avait pas l'air de se sentir à l'aise, comme si de parler des affaires de l'école, de l'imam et des élèves en présence d'un étranger constituait une sorte de trahison envers les intéressés et envers soi-même. Mon regard allait d'elle à mon ami, mais en fait je ne voulais regarder qu'elle. Je commençais déjà à jouer avec l'idée que j'avais assez d'argent pour lui permettre de quitter cette école et lui offrir une vie confortable.

Je savais qu'elle ne travaillait pas ici pour l'argent, mais pour la respectabilité de la profession. Mais qui payait ses dépenses ? Le salaire qu'elle recevait avec trois mois de retard couvrait à peine un dixième de ses frais mensuels. Elle avait sans aucun doute un mari ou habitait encore chez ses parents. Si c'était une réfugiée, son mari était sans aucun doute quelque part dans le Triangle avec les rebelles en train de défier les éléments, les katiouchas, les hélicoptères et l'armée. Cette pensée me démonta légèrement. A leur retour, ces hommes-là étaient altérés de sang, persuadés que leurs femmes avaient couché avec tous les hommes du voisinage, et ils n'y regardaient pas à deux fois avant de mettre une balle dans la peau de quelqu'un. Dans certains cas, les femmes ne disaient pas qu'elles étaient mariées et quand on les raccompagnait chez elles, on trouvait sur le pas de la porte un mari prêt à tuer, furibond comme un buffle blessé. Son mari était peut-être mort sur le champ de bataille et elle était devenue veuve. A cette époque, il y avait pas mal de veuves en chaleur qui circulaient ; certaines venaient du Triangle et comme elles ne portaient aucun signe distinctif, les gens ne connaissaient pas leur état civil. Je n'avais aucune objection à fréquenter une jeune veuve ou une femme dont le mari était dans le maquis, mais je voulais savoir à quoi m'en tenir.

Je décidai de demander des renseignements sur elle à mon ami. Un ami se devait de donner ce genre d'informations, même s'il s'agissait de sa sœur. Cette femme n'était pas sa sœur, mais elle habitait dans le même quartier que lui. Et il avait une dette de reconnaissance envers moi car je l'avais souvent tiré de ses difficultés financières.

Il me raconta le peu qu'il savait. En effet, elle était arrivée du Triangle, deux ans auparavant, et vivait chez sa grand-mère. Elle avait été mariée, mais personne ne savait où se trouvait son mari, ni si elle avait des enfants. J'aurais préféré entendre que son mari était décédé. Les hommes abandonnés pouvaient être dangereux : ils commençaient par maltraiter leurs femmes et quand elles partaient ils se rendaient compte de ce qu'ils avaient perdu et essayaient de le récupérer. Lorsque les femmes refusaient de retourner vivre avec eux, ils s'indignaient. Certains leur envoyaient des intermédiaires pour plaider leur cause, ou les harcelaient par des sorcelleries, d'autres les poursuivaient ou leur envoyaient des lettres de menace. Mais si c'était le contraire ? Si la fille, par exemple, s'était mal conduite, était frivole, vulgaire, et l'homme en avait eu assez ? C'était elle, peut-être, qui avait voulu reprendre son ancienne vie ? Dans ce cas, le mari attendait quelque part qu'elle marine un peu dans son iniquité.

Ma campagne de séduction de Jo dura plusieurs semaines. Elle repoussa toutes les tentatives que mon ami fit pour nous rapprocher parce que, disait-elle, elle en avait assez des hommes. Je n'en croyais rien. Sinon, elle se serait enfermée dans un couvent, se serait flagellée, se serait arraché les poils diaboliques, comme l'avait fait Cadenas jadis. Je lui écrivais des lettres qu'elle me renvoyait sans les lire. Si l'on pense avec quelle facilité les filles originaires du Triangle se laissaient séduire d'ordinaire, cette attitude était insupportable. Je priai mon ami d'arrêter les frais, mais il ne voulut rien entendre. Quand il m'annonça qu'il avait gagné une manche, j'avais déjà perdu tout espoir. Il s'était débrouillé pour qu'elle m'invite à un concert scolaire.

J'étais assis derrière elle et je la regardais en train

d'écouter ses élèves. Mon ami lui avait dit que j'étais un garçon bien et que je ne méritais pas d'être traité comme du poisson pourri. Elle lui avait répondu qu'elle me soupçonnait d'avoir des tas de petites copines, ce que mon ami réfuta avec véhémence, car il ne savait rien de mes amies du Triangle. Il avait dit à Jo que je venais de rompre avec une amie peu distinguée et que j'étais attristé par son refus de me voir. Jo avait dit qu'elle n'avait pas l'intention de servir de tremplin pour une nouvelle liaison. Sur quoi mon ami avait répondu que j'avais des intentions honnêtes.

Après le concert, elle s'attarda à parler avec quelques parents d'élèves qui s'informaient sur leur progéniture. J'attendis patiemment. A la tombée de la nuit, elle vint vers moi et nous nous dirigeâmes vers le S.I.M.C., et nous nous installâmes sur la véranda. Elle me raconta que son père était mort quand elle était petite. Elle avait été enceinte à l'âge de dix-sept ans et avait une fille, mais elle ne voulut pas dire où elle se trouvait. A dix-neuf ans, elle était entrée à l'Ecole normale d'instituteurs et avait passé son diplôme. Puis les troubles du Triangle avaient commencé. Son école avait été fermée puis occupée par l'armée. Elle s'était enfuie avec d'autres personnes quand les guérilleros avaient entamé leurs actions. Elle m'expliqua qu'elle ne voulait pas me tenir en laisse, mais qu'elle ne voulait que des rapports sérieux. Je lui parlai de moi — de tante Lwandeka, du séminaire, de l'université, du S.I.M.C. et de la distillerie Boum-boum. La nuit était tombée sans que nous nous en soyons aperçus. Nous marchâmes jusqu'à la grand-rue où nous nous séparâmes. Depuis ce jour, nous nous vîmes régulièrement. Je rompis mes liaisons avec les autres filles, mais continuai à en aider financièrement une ou deux.

Le dimanche nous allions quelquefois à la messe à la cathédrale. Nous n'étions ni l'un ni l'autre très pieux, mais la cathédrale était un endroit où l'on pouvait quelquefois avoir des informations sur les événements, surtout sur des affaires que le journal ne mentionnait pas ou pas correctement. L'Eglise catholique continuait à jouer le rôle de thermomètre politique. Puis nous allions déjeuner dans un bon restaurant et nous nous installions sur une terrasse pour regarder passer les gens et les soldats. Elle adorait la bière. Après le cinquième verre, elle commençait à chanter des rondes enfantines et les chansons que ses élèves chantaient dans les représentations scolaires. J'étais ravi. C'était comme si nous cherchions tous les deux à retrouver le bon vieux temps que nous avions vécu inconsciemment, mais que nous voulions rappeler et analyser et retenir. Nous cherchions tous les deux une ancre à laquelle nous accrocher en cette époque houleuse.

Dans de tels moments, la guerre disparaissait dans l'oubli du Triangle et des fantômes qui y gâchaient leur vie. Nous nous enfermions dans notre monde à nous, ouvert uniquement à ceux que nous voulions voir. L'entrée était interdite aux gens et aux souvenirs indésirables. Imbibés de bière, nous racontions des histoires qui s'évaporaient dans la fumée de l'ivresse et restaient collées aux draps sur lesquels nous faisions l'amour. Faire l'amour était en soi un acte guerrier, l'expression de la tension qui dominait le monde. En essayant de créer quelque chose de nouveau et de beau, nous luttions, nous nous opposions aux puissances du mal et de la destruction et nous lancions une corde de sauvetage de l'autre côté pour tenter de sauvegarder ce qui devait l'être. En allant jusqu'au bout de nos forces, nous nous armions pour la lutte, pour faire face à toutes les épreuves qui nous attendaient et surmonter les plus douloureuses. Nous étions tous les deux comme des orphelins, comme des êtres à qui on avait pris ce qu'ils avaient de plus cher. Ce lien commun nous poussait à rechercher l'accomplissement de nos désirs.

Plus je m'enfonçais dans les sables mouvants de l'amour, plus je me demandais comment un enfant avait pu sortir de ce corps, car cette femme avait une ouverture très étroite, d'une étroitesse inimaginable. Avait-elle menti à propos de sa fille et de son mariage ? Etait-elle, elle aussi, une mythomane et étais-je victime de ma crédulité ? Dès le début, j'eus conscience que dans la jouissance même, je vivais ma propre perte. C'était une expérience unique, qui ne se répéterait plus. Mon plaisir était teinté de tristesse, mon bonheur, mordu par l'angoisse. Si je la perdais, il ne me resterait plus que des souvenirs. J'avais gagné le gros lot sexuel. Je jouissais douloureusement du doux martyre de ses spasmes torturants. Je sentais que sa perte était inévitable, je sentais qu'elle m'échapperait un jour. Une expérience aussi merveilleuse ne pouvait durer sans faire de ceux qui la vivaient des esclaves, des simples d'esprit. Il fallait que j'en fasse mon esclave ou que je renonce à elle. J'aurais voulu l'enchaîner, la tenir en laisse, lui mettre des clochettes qui trahiraient chacun de ses mouvements. Mais en même temps, j'aurais voulu la lâcher dans le monde pour qu'elle embrase les autres hommes, les torture et les rende fous par la morsure féroce de ses trésors cachés. J'imaginais des vieillards couchés sur elle, la bave à la bouche, victimes d'un arrêt cardiaque. J'imaginais des hommes jeunes frôlant la folie pour elle, se séparant de leurs femmes ou de leurs amies et se retrouvant finalement seuls et sur le pavé. J'imaginais des hommes tournant en rond et se demandant à quel moment les choses avaient mal tourné et pourquoi ils n'avaient pas pu empêcher cette perle de retourner dans les profondeurs des mers d'où elle était sortie. O bonheur !

J'aurais pu facilement demander à Jo de venir habiter chez moi. Mais je préférais jouer au jeu de la torture : je la laissais partir, attendais et la serrais dans mes bras quand elle revenait. Je me cuirassais pour le cas où je la perdrais et, en même temps, je tendais des pièges aux autres. Quand elle partait, je me disais qu'elle ne reviendrait jamais. Quand elle était de retour, les cheveux pleins de l'odeur de l'école et les veines gorgées de passion, je me demandais si elle allait partir un jour. Comment le mari pouvait-il supporter la perte de cette... quoi ? femme ? fille ? apparition ? En pleine nuit, lorsque son lit, sa tranchée ou son fourré se transformait en un banc de désirs torturants, elle devait lui manquer affreusement. Le désir du corps de sa femme devait s'être changé en désir de boire son sang. Il devait l'enlacer dans ses rêves et se réveiller dans une solitude froide et vertigineuse. Plût au ciel que je ne le rencontre jamais !

Mes rapports avec Jo m'aidèrent à me faire une idée de la vie amoureuse en général. Grand-pa n'avait pas su vivre avec la mère de Kawayida aux dents proéminentes. Il n'avait pas accepté que la mère de Serenity tombe amoureuse d'un autre. Serenity avait secondé sa femme dans ses pratiques sadiques. Cadenas s'était résignée au fait que son mari aime sa tante. Tante Lwandeka était amoureuse d'un brigadier mystérieux. Elle gardait une photo de lui entre les pages d'une bible qu'elle cachait sous son matelas. Ils se faisaient confiance alors qu'ils vivaient loin l'un de l'autre et restaient sans nouvelles pendant des mois. Oncle Kawayida était amoureux de trois sœurs. Les histoires d'amour n'étaient jamais parfaites ; l'imperfection était inhérente à l'amour. Je me préparais au pire. Dans la lutte que je menais pour me trouver moi-même et me libérer, Jo était une grande escarmouche, pas la bataille décisive.

Vers le milieu de la décennie, les hostilités se trouvèrent dans une impasse. Des camions militaires, impassibles comme des cercueils scellés, transportaient vers le Triangle des chargements de corps raides aux yeux blancs ; des soldats déguenillés revenaient de leurs campagnes cauchemardesques, portant dans leurs yeux la vision de la mort ; des officiers de l'armée secrète, walkies-talkies accrochés à leur ceinture, yeux rouges d'angoisse, hésitants, les jambes raides, traversaient notre ville, l'air hagard. Le bruit courait — et tante Lwandeka le confirma — que les rebelles étaient sur le point de fondre sur la capitale. Quelques semaines plus tard, ils attaquèrent une grande caserne qui se trouvait à proximité des cathédrales. Les dommages furent considérables car l'armée, malgré tout son appareil de surveillance, avait été surprise. Elle se vengea en ratissant la ville et en arrêtant des gens qu'elle interrogea et tortura. Mais elle mit rarement la main sur un rebelle.

C'est à cette époque que commencèrent les compétitions de course à pieds ou « Jeux Olympiques », comme disaient les rigolards. Les jours de travail, la nouvelle se répandait subitement que les guérilleros étaient en ville ; les gens sortaient alors de leur bureau ou de leur boutique et se précipitaient sur leur auto, vers l'arrêt de l'autobus ou la station de taxis. La débandade s'aggravait du fait que des trublions prétendaient qu'en ce moment même certains quartiers périphériques étaient déjà occupés. Je me trouvai une seule fois au milieu d'une de ces vagues de folie. Les gens débouchaient en masse sur la station de taxis en provenance du marché Owino, de Kikubo, de Nakasero Hill, bref de partout ; leurs cris et leurs piétinements résonnaient sur toute la place. Je reçus un tel coup dans le dos que je me serais étalé si les gens qui marchaient derrière moi ne m'avaient pas retenu. Tout le monde cherchait à fuir. Des charmeurs de serpents hautains, pris au piège de leur molle dignité, virent leurs paniers voler en l'air et leurs reptiles écrasés sur l'asphalte. La marchandise des vendeurs de mort-aux-rats fut répandue par terre. Des vendeurs à la sauvette tournaient en rond en portant des boîtes en carton sur leurs têtes. Des camionnettes de livraison faisaient des zigzags incroyables et traversaient à toute allure la cohue avant qu'on n'arrache leurs portières. Chaussures dépareillées, sacs déchirés, boutons de chemise, épis de maïs rôtis et tartines de pain blanc restaient sur le sol tandis qu'on essayait de fuir l'ennemi invisible.

Les hordes de jeunes chômeurs qui traînaient autour des autobus et des taxis eurent vite fait de comprendre le jeu. Ils vinrent en ville pour voler des sacs et se donner du bon temps. Postés par petits groupes sur le bas-côté de la route, ils regardaient les femmes et les hommes bien habillés qui descendaient des collines en titubant et soufflant comme des vaches. Ils concentraient leur attention sur les femmes qui fuyaient sur de hauts talons, leur vanity-case à la main et la langue pendante.

— Madame, rigolaient-ils, vous participez au sprint ou au marathon ?

— Elle court le marathon.

— Ça fait longtemps que vous vous entraînez pour cette compétition ?

— Tous les jours ? Ou à raison d'une, deux ou trois parties de jambes en l'air par semaine ?

— Etes-vous la première Ougandaise qui gagnera une médaille d'or aux Jeux olympiques ?

— Tenez, prenez cette serviette de toilette, elle porte bonheur. Ça ne m'ennuie pas de courir derrière vous.

Les jeux commençaient généralement après une fausse alerte. Au fond, les gens savaient bien qu'ils ne pouvaient aller nulle part, mais ils préféraient bouger. Ceux qui habitaient dans le Triangle pouvaient fuir vers la ville, ceux qui vivaient en ville ne pouvaient que fuir vers leur maison. Le manège se répéta régulièrement pendant plusieurs mois, mais il s'arrêta brusquement comme il avait commencé lorsque les gens décidèrent de se moquer des alertes.

Vers cette époque, les rebelles commencèrent à quitter le Triangle en direction du lac Albert, dans l'Ouganda occidental. Dans la capitale, on prétendait qu'ils avaient renoncé à leurs activités et avaient traité avec le gouvernement. L'armée elle-même était en pleine confusion : les troupes n'avaient trouvé, dans le Triangle, que des villages fantômes puant la mort et la pourriture causées par les bombardements aériens, les épurations et les éléments naturels. Personne contre qui se battre ! Le vide de leur ancien terrain de chasse était la preuve ultime qu'ils ne maîtrisaient plus la situation. Le silence horrible était là pour confirmer le fait qu'ils avaient laissé échapper les « bandits » là où ils pouvaient difficilement les atteindre. Il y eut des dissensions au sein de l'armée et le moral se dégrada rapidement. De nombreux soldats n'avaient pas reçu de solde depuis plusieurs mois et en avaient assez de piller et de tuer. Ceux qui se trouvaient près du front ou étaient sur le point de s'y rendre pouvaient se faire une idée de la situation désespérée qui les attendait à la vue de leurs camarades blessés, allongés sur un lit de camp, pensant à leurs jambes, leurs bras, leurs mâchoires, leurs oreilles et leurs couilles arrachés qui pourrissaient quelque part dans le Triangle.

Peu après, les rebelles commencèrent à attaquer et occuper les petites villes de l'ouest et de l'est du pays. Mubende, Hoima, Masaka et Mbarara tombèrent entre leurs mains. Le pays était désormais coupé en deux : une partie était entre les mains de la guérilla, l'autre, entre celles du gouvernement. Les rebelles formèrent un gouvernement provisoire. Tante perdit son ancre de salut. Elle commença à se faire du souci et devint taciturne parce qu'elle ne voulait pas trahir son inquiétude. Elle avait peur de ne plus jamais revoir son brigadier car il ne faisait pas de doute que la confrontation avec les troupes régulières allait être longue. Elle essayait de se montrer gaie, mais, au fond, elle était désespérée. Un jour, elle m'annonça qu'elle se rendait à Masaka, au cœur même du territoire de la guérilla. A cette époque, il était encore possible de faire un aller-retour. Elle allait rendre visite à oncle Kawayida, en réalité elle avait l'intention d'aller voir son brigadier. Elle s'absenta pendant une semaine. J'avais peur qu'elle ne tombe dans un traquenard de l'autre côté. Les barricades des troupes régulières étaient terribles, mais elle s'en sortit et rentra à la maison saine et sauve.

— La situation est très calme de l'autre côté. On n'entend pas de coups de feu la nuit. Les gens ne ferment pas leur porte. Il n'y a rien à craindre, dit-elle avec excitation. Je vais y retourner bientôt.

J'étais alarmé et furieux. Je la traitai de folle. Qu'est-ce qui lui prenait de défier le destin de cette manière ? « Je n'ai rien fait d'autre, toute ma vie », dit-elle et elle s'en alla. Mais cette fois, les rebelles ne la laissèrent pas repartir. Ils n'avaient pas envie de voir leurs secrets tomber, de gré ou de force, entre les mains des troupes régulières. Ils soupçonnaient tous ceux qui entraient et sortaient, même s'il s'agissait d'un des leurs. Ma tante leur dit que ses enfants avaient besoin d'elle, mais ils lui répliquèrent qu'eux aussi avaient besoin d'elle pour organiser des mouvements féminins dans les zones libérées. Le brigadier trouva un moyen de la faire fuir. Elle prit un bateau et arriva dans un port, près de Kampala. Elle avait de la fièvre, mais elle était si soulagée de se retrouver chez elle qu'elle ne se plaignit de rien, pas même des dures épreuves subies sur le chemin du retour.

Le désordre régnait au sein de l'armée : un groupe de pression composé de commandants voulait entamer des pourparlers avec les rebelles pour mettre fin aux combats et former une coalition gouvernementale. Les plus petits groupes révolutionnaires, qui étaient restés dans le Triangle, sur le fil du rasoir, sortirent de leurs cachettes, rendirent leurs armes et signèrent quelques papiers. A l'ouest, le groupe qui occupait la moitié du territoire ne céda pas. Il y eut de nombreux combats et manœuvres politiques fictifs qui m'échappèrent en grande partie parce que j'étais trop pris par la distillerie Boum-boum et Jo. L'argent continuait à rentrer à flots et je pouvais me permettre de me retirer dans mon cocon.

La guerre, qui fit tomber le deuxième gouvernement Obote et chassa les débris de l'armée au nord de l'Ouganda et au sud du Soudan, suivit le même itinéraire que celle qui avait chassé Idi Amin. Les rebelles prirent la route de Masaka. Ils avancèrent pas à pas, village après village, jusqu'à Kampala. L'armée tenta plusieurs fois d'envoyer ses chars pour briser l'avance des troupes et reprendre les territoires libérés, mais sans succès. Dans le meilleur des cas, ils réussissaient à reconquérir une zone pour quelques semaines, mais en étaient de nouveau chassés. Ils n'étaient plus motivés. Et jamais encore une guerre n'avait été gagnée par les seules armes.

Le gouvernement, sous la pression de puissants officiers, voulut engager des pourparlers. On annonça un cessez-le-feu qui fut violé à tour de rôle par les troupes régulières et par les rebelles. Pendant ce temps, des combats intermittents faisaient de plus en plus de victimes civiles. Le syndrome du Triangle s'étendit. La nation entière suivit le déroulement des pourparlers en retenant son souffle. Lorsque des combats se déclarèrent là où habitait tante Kasawo, on sut que ce serait maintenant ou jamais. Jusque-là, les rebelles n'étaient jamais arrivés au-delà de vingt-cinq kilomètres de Kampala. Les pourparlers et les reproches réciproques de violation du cessez-le-feu se poursuivirent pendant des semaines.

Le gouvernement et les rebelles signèrent un accord. Mais les combats reprirent au bout de quelques semaines et le 25 janvier 1986 Kampala tomba entre les mains des rebelles. C'était presque une répétition de la situation de 1979, lorsque les soldats de l'armée régulière avaient fui vers le nord et l'est et qu'un nouveau régime s'était installé. Cette fois, la capitale fut vraiment assiégée par des unités composées essentiellement d'enfants-soldats qui nageaient dans leurs uniformes trop larges. C'était un spectacle étonnant que ces gamins qui marchaient au pas sur les talons de l'armée en retraite.

Anticipant sur une répétition des pillages de 1979, les malfaiteurs arrivèrent en grand nombre. Mais ils tombèrent sur un os. On avait donné des ordres pour prévenir les pillages et les violations de la loi. Les audacieux furent avertis par des coups de feu tirés en l'air, juste au-dessus de leur tête. Ceux qui n'en tinrent pas compte reçurent une balle dans la peau. La nouvelle que les guérilleros ne plaisantaient pas se répandit rapidement. Des sentinelles placées devant chaque boutique reçurent l'ordre de tirer si c'était nécessaire. Message reçu : les pillards rentrèrent chez eux en disant que les changements de régime n'étaient plus ce qu'ils étaient.

Ce fut la fête dans le sud du pays, mais une fête assombrie par les tristes événements du Triangle de Luwero. Les festivités étaient muettes : pas de beuveries au son des tambours. Jo vint chez moi et nous passâmes la journée à parler, à philosopher sur ce qui allait arriver. Que nous réservait l'avenir ? Elle envisageait de retourner dans le Triangle pour faire le bilan des dégâts et voir ce qu'on pouvait sauver des ruines. Moi, je me demandais si la distillerie Boumboum devait continuer à exister.

Tante Lwandeka était folle de joie. Cette fois, elle me dit qu'elle ne s'occuperait jamais plus de guérilla. Elle était heureuse du triomphe final : elle en avait assez d'attendre et de vivre dans l'angoisse.

— Je revis, mon ami, on me donne une seconde vie. Ça n'arrive pas trois fois.

Quand je pensais à ce qui était arrivé en 1971 et 1979, je paniquais : qu'allais-je perdre, ou plus exactement qui allais-je perdre cette fois ? Jo ? Tante Lwandeka ? ou quelqu'un d'autre ? Je ne pouvais pas me résoudre à aller dans le Triangle : je ne voulais pas savoir ce qu'était devenu mon ancien village. Je pensais qu'il valait mieux l'ignorer, pour le moment du moins. On calculait qu'il y avait eu entre deux mille et quatre mille morts. Je préférais laisser les morts enterrer les morts.

Le changement le plus frappant survint dans le domaine de la sécurité : on pouvait maintenant dormir tranquille la nuit, sans craindre les voleurs, les preneurs d'otages, les soldats ou les étrangers. On pouvait voyager et rentrer le soir tard. Les barrages de routes étaient sévères mais loyaux ; on ne volait pas, on ne violait plus. La confiance dans ce régime augmentait. Au début, on ne demanda qu'une chose : pouvoir enfin dormir en paix. Puis on se rendit compte qu'on ne dormait pas si bien, le ventre creux, ou avec le souci de savoir ce qu'il en était de sa maison dans le Triangle, de sa famille, de son histoire. Ceux qui avaient quitté le Triangle pour se réfugier en ville voulaient rentrer chez eux ; ceux qui y avaient des amis voulaient aller leur rendre visite. Tous faisaient des excursions dans leurs villes et leurs villages fantômes et en revenaient déprimés. Les morts gisaient toujours à l'endroit où ils étaient tombés et les maisons qu'ils avaient habitées n'avaient plus ni toit, ni fenêtres, ni portes. Les autels de leurs dieux avaient été profanés et un énorme gouffre séparait leur passé de ce présent auquel ils devaient encore s'habituer.

La reconstruction allait demander des efforts énormes. Le gouvernement promit d'aider les sinistrés, mais les aides se faisaient attendre. Ceux qui avaient de l'argent décidèrent de commencer les travaux. Ils achetèrent du matériel de construction qu'ils transportèrent dans des camionnettes brinquebalantes et se mirent à la tâche. Les autres, les plus nombreux, attendirent et se contentèrent de labourer la terre et de nettoyer les jardins, puis retournèrent en ville.

Je payais les voyages de Jo au Triangle, mais refusais de l'accompagner. Elle revenait chaque fois très attristée. Son ancienne école avait été démolie. Elle voulait aider à sa reconstruction mais le gouvernement ne pouvait pas livrer les matériaux nécessaires. Elle était bouleversée par les ruines qu'elle avait trouvées. Elle n'arrivait pas à comprendre ce qui s'était passé ni à penser à autre chose. Elle en parlait à longueur de journée, accusant les régimes Obote I, Amin, Obote II et, dans la foulée, la colonisation et ses représentants locaux, tous les Ougandais et tous les vendeurs d'armes. Elle s'en prenait à la haine, à l'indifférence et à la malhonnêteté qui avaient permis ce désastre, au point que j'étais obligé de fuir la maison ou de lui crier d'arrêter. Les bordées d'injures qu'elle proférait l'aidaient à calmer ses frustrations, mais elles me mettaient les nerfs à vif et réveillaient en moi des choses que j'aurais préféré laisser dormir.

Ma tante attendait toujours sa récompense. Elle allait souvent en ville rejoindre son brigadier qui convertissait les troupes de la guérilla en armée régulière. Il lui avait promis de l'aider à monter une affaire en la recommandant auprès d'une banque pour un prêt à faible intérêt. Il la demanda en mariage, mais elle lui répondit qu'elle avait besoin d'un temps de réflexion. Après sa mauvaise expérience de jeunesse avec le vétérinaire, elle avait décidé de ne jamais plus se marier. Il lui offrit une bague qu'elle porta avec gêne au début parce que ses amies la plaisantaient, mais elle ne se laissa pas démonter. On la chargea de créer une association de femmes. Elle travaillait dur, mais je ne l'avais jamais vue aussi heureuse.

Cela faisait longtemps que je me demandais ce qu'était devenu Lwendo. J'allai à la cathédrale de Kampala pour savoir s'il était encore au séminaire. Il avait été renvoyé. Quand ? Vers l'époque où le pays avait été séparé en deux. Un mois plus tard, un soldat sortit d'une jeep militaire devant le S.I.M.C. et demanda à me voir ; mais je n'étais pas là. Il refusa de laisser un message. Une semaine après, je vis apparaître Lwendo en uniforme. Il était maintenant sous-lieutenant. Nous tombâmes dans les bras l'un de l'autre. Un ancien camarade de classe lui avait dit où j'étais. Nous avions beaucoup de choses à nous raconter. La question que je me posais en secret était de savoir si Lwendo était venu par pure curiosité ou s'il avait une autre raison. Il me demanda de m'associer à lui. En qualité de quoi ? Mi-espion, mi-médiateur. J'étais choqué. Je ne comprenais pas. J'avais quitté le séminaire pour échapper à la dictature et je n'avais pas l'intention de collaborer avec des agents de l'armée ou des services secrets. Il m'assura que je travaillerais pour un seul individu, une huile du gouvernement qui était chargée de combattre la corruption. Cela sentait la religion et, en effet, il s'agissait d'un ancien prêtre. C'était pour cette raison qu'on lui avait donné le commandement du Service de rénovation et de reconstruction : les catholiques avaient encore une réputation d'honnêté. Mais moi ? Et Lwendo, mon ancien camarade ? Qu'avions-nous à faire là-dedans ? Ça sentait le fagot : comment réagiraient les gens que nous allions accuser de corruption ? Essaieraient-ils de nous corrompre ou de nous abattre ? Je déclinai sa proposition. J'avais d'excellents revenus. Pourquoi risquer ma peau ? Je changeai de sujet. Je voulais entendre l'histoire de sa vie.

Lwendo était orphelin. Il n'avait jamais connu ses parents. Il avait été élevé par un couple de catholiques qui lui avaient manifesté autant d'amour qu'à leurs nombreux enfants. C'est seulement au séminaire qu'il apprit qu'ils n'étaient pas ses parents biologiques. Mais à cette époque ils avaient déjà décidé de son avenir : il serait prêtre pour aider les pauvres et rendre à Dieu ce qu'Il avait fait pour lui. Lwendo qui, dès son enfance, avait rêvé d'entrer dans l'aviation ne s'était jamais rallié à cette idée. Ses bienfaiteurs désapprouvaient une vanité si contraire à la doctrine catholique. Sa mauvaise conduite au séminaire était née du choix déplorable que ses parents adoptifs avaient fait pour lui et de sa conviction qu'il n'avait aucune chance de s'en sortir.

Après mon départ, il avait continué à bosser. Au début des actions des guérillas, il était au grand séminaire. Mais la discipline y était encore plus sévère qu'il ne l'avait imaginé. Il en eut vite assez. Il commença à sécher les cours et à fréquenter plus ou moins ouvertement les filles durant son travail pastoral. Il démentait les prêtres en public, posait des questions implacables sur l'existence de Dieu et faisait des discours politiques. Pour faire enrager tout le monde, il défendait le Parti populaire ougandais et les actions d'Obote dans le Triangle de Luwero. Quand on lui demandait ce qu'il pensait des massacres, il citait la bible : « Toute autorité émane de Dieu. » Il faisait aussi référence aux croisades, à l'époque où l'Eglise menait des guerres génocides. De nombreux prêtres en concluaient qu'il n'avait pas la vocation, d'autres le défendaient en expliquant son attitude comme une révolte d'adolescent qui finirait par se tasser. On lui intima de changer d'attitude, de montrer plus de respect pour les prêtres et de mettre fin à ses activités politiques. Il refusa. Ils mirent des espions à ses trousses. On le surprit un soir où il rentrait après le couvre-feu et on le renvoya du séminaire.

Il n'avait que deux possibilités : soit rentrer à la maison en passant par le lac, soit rester dans le territoire libéré. A la maison ? Où était sa maison ? Ses parents adoptifs l'accueilleraient-ils à bras ouverts ? Si oui, qu'allait-il faire dans les troubles de la capitale ? Il n'avait ni travail ni argent, et aucune perspective d'avenir. Avec la formation théologique qu'il avait reçue, il pourrait tout au plus avoir un poste subalterne dans l'enseignement secondaire ou une fonction ecclésiastique dont il n'avait que faire. De plus, le bruit courait dans la zone libérée que les soldats de l'armée régulière, désespérés, massacraient à tour de bras la population des zones non encore libérées. Après avoir joui du calme et de l'ordre relatifs de la zone libérée, il n'était guère tenté d'aller voir ce qui se passait de l'autre côté.

Il décida de rester et de rejoindre la guérilla. Il connaissait déjà le prêtre que tout le monde appelait Padre Major ou tout simplement Padre. C'était une personnalité importante dans la guérilla. Il était venu deux fois au séminaire faire de la propagande de recrutement auprès des prêtres et des séminaristes. Lwendo avait été le seul à montrer de l'intérêt pour son message et, au grand étonnement de tous, il avait applaudi aux activités des rebelles qui combattaient ce régime meurtrier. L'ex-prêtre lui avait laissé une carte de visite décolorée, le seul exemplaire qu'il eût jamais donné car personne n'avait montré d'intérêt pour sa propagande. Lwendo, qui n'avait pas froid aux yeux, s'était servi de la carte comme d'un talisman et s'était vanté auprès de ses camarades d'être le seul à voir loin.

— Tu es un caméléon, lui dirent-ils, sans loyauté ni principes.

— Je suis un enfant des ténèbres, répondit-il. Je sens d'où vient le vent.

Ses camarades se moquèrent de lui. Il hurla des slogans de guérilla en plein campus, s'aliénant ainsi la sympathie des derniers prêtres qui croyaient encore à une simple révolte d'adolescent. Peu après, il déclara que lorsqu'il serait chef dans la guérilla, il fermerait le séminaire et enverrait les séminaristes et les prêtres dans les camps d'entraînement de la guérilla. Avant de rejoindre les rebelles, il rendit visite à Padre pour lui parler de ses intentions. Padre lui donna le feu vert : il avait besoin de gens à qui il pouvait faire confiance et Lwendo, avec sa grande gueule, était un instrument idéal.

Retardé par des problèmes de transport, Lwendo arriva au camp d'entraînement en pleine nuit et faillit se faire descendre par les sentinelles. Elles lui aboyèrent de lever les bras et le firent entrer pour l'interroger. Les rebelles se méfiaient des raids inattendus des dernières troupes du gouvernement et des infiltrations d'espions déguisés en aspirants guérilleros. Il avait passé la nuit dans une pièce malpropre, sous la surveillance de deux soldats, car il était interdit de déranger Padre à cette heure tardive, et même son talisman ne lui fut d'aucun secours. Lwendo fut libéré le matin tôt. Padre était devant lui et il fut immédiatement envoyé au camp d'entraînement. Après l'entraînement, il fut de service de garde et de patrouille et son unité fut expédiée deux fois pour sortir de leurs tanières les derniers soldats de l'armée régulière qui s'étaient tranformés en brigands de grand chemin. Ils tuèrent quatre hommes après les avoir attendus dans une embuscade pendant quatre jours. Cela ne passa pas inaperçu. Padre fut satisfait de voir que son pupille était à la hauteur des événements. Dans son entretien, Lwendo exagéra l'importance de sa contribution. Padre appréciait sa faconde, elle le changeait du silence de la plupart des vétérans du Triangle qui se contentaient de suivre les ordres et ne parlaient que pour répondre à des questions. « Quand ces bandits ont commencé à tirer, je me suis dis que j'allais y passer. Mais tout a changé lorsque je me suis mis à tirer moi-même, le bruit de mon fusil m'a rempli d'excitation. Ce fut une sensation extraordinaire. J'en aurais volontiers abattu quinze », avait-il dit à Padre qui lui avait demandé en secret de venir lui faire un rapport. Le visage de Padre s'était assombri un instant, mais il ne fit pas de commentaire sur l'enthousiasme meurtrier de son pupille. Il appréciait les belles histoires.

Durant la marche des rebelles sur Kampala, Lwendo avait aussi assisté à des combats, mais seulement comme garde du camp chargé de la livraison des munitions. Padre était intervenu en sa faveur. Ce qui ne manqua pas de créer des frictions et des accusations de favoritisme, mais Lwendo avait l'avantage de son instruction, tandis que la plupart des vétérans, surtout les enfants-soldats et anciens paysans du Triangle, avaient fait au maximum une année d'école secondaire. Le mouvement avait besoin de forces intellectuelles aussi bien que de forces musclées. Lwendo était une des recrues les plus cultivées et ses expressions latines provoquaient la jalousie.

« *Non compos mentis* », disait-il en riant de ses camarades quand ceux-ci l'énervaient. Ils savaient qu'il les insultait mais ignoraient à quel point. Jusqu'au jour où l'un d'eux le suivit, lui mit la baïonnette sous le menton et demanda des explications.

Après la guerre, Padre l'envoya dans le Triangle où il dut combattre contre l'armée qui se retirait vers le nord. Il n'eut pas beaucoup à se battre, mais il s'acquitta fort bien de sa tâche. C'est ce qui lui valut son grade de sous-lieutenant. Son protecteur voulait maintenant qu'il surveille le matériel destiné aux régions sinistrées : tôles, ciment, briques, couvertures, etc. Lwendo s'était si bien acquitté de la distribution des munitions que Padre avait décidé de lui confier de plus grandes responsabilités.

A la fin de la guérilla, l'économie était en ruine, l'inflation avait atteint des hauteurs vertigineuses ; la production était en constante stagnation et l'essor du marché noir ne facilitait pas la planification économique. Les combattants, habitués à l'âpreté et à la discipline de la vie de maquis, circulaient maintenant librement et étaient livrés à la tentation de l'argent facile. Ils étaient nombreux à penser qu'ils y avaient droit parce qu'ils avaient mis leur vie en danger dans le Triangle et ailleurs pour libérer le pays.

Lwendo m'assura qu'il n'avait pas l'intention de rester longtemps dans l'armée.

— Je déteste rester enfermé dans une baraque. Je déteste les entraves à ma liberté, l'autorité des supérieurs et tous ces exercices. Je veux quitter l'armée à temps, mais pas les poches vides. J'ai de grands projets d'avenir.

— Tu veux dire...

— J'ai l'intention d'exiger un pourcentage.

— Qu'en pense Padre ?

— C'est une grosse huile, moi je suis en bas de l'échelle. Il peut me renvoyer si mon *modus operandi* ne lui convient pas.

— Et la jalousie de tes camarades ?

— Elle existe en effet, mais ce n'est pas une raison pour ne pas faire ce que je veux. Et plus vite je serai arrivé à mes fins, plus vite je pourrai m'arrêter.

— Ton idée est plutôt risquée. Je ne suis pas un soldat. Si quelque chose ne va pas, c'est sur moi que tomberont les soupçons.

— Laisse-moi faire...

— Mais j'ai du travail...

— Qui te fait gagner vingt ou trente dollars par mois ! Ne me fais pas rire ! Combien de temps penses-tu pouvoir résister dans ce sale boulot ?

— Je ne tiens pas à encaisser des coups et à me faire enfermer sous l'accusation de t'avoir corrompu, monsieur le Libérateur.

— J'ai besoin de toi. Lorsque Padre m'a engagé, j'ai pensé tout de suite que tu étais la personne qu'il me fallait. Je cherche un homme de confiance, quelqu'un qui ne me donnera pas un coup de couteau dans le dos, pour quelque raison que ce soit.

— Et si on est pris ?

— Le secret avant tout. On ne va pas se lancer comme ça, à l'aventure, tu peux me croire. J'ai changé, tu sais. Je suis devenu méthodique, patient, circonspect. Tu n'as pas de souci à te faire. Réfléchis. Pense à ton avenir et viens me trouver. Je ne ferai rien sans toi.

La tentation était grande : c'était une invite à l'aventure et à la bravoure, à explorer un nouveau territoire, à me mesurer à de plus forts que moi ! L'aspect dangereux de l'affaire m'attirait comme un aimant, me soufflait l'idée que je pourrais relever le défi, trancher les trois têtes du dragon que la Trinité infernale avait laissées dans mon jardin. J'en avais assez de donner des leçons et de travailler sans perspective dans ma profession. L'aventure avait pour moi le même attrait qu'un réverbère pour un papillon de nuit suicidaire par une froide nuit d'hiver. Je désirais ardemment arriver au sommet, non pas à la tête d'une distillerie où tout le monde m'appelait « patron », mais d'un monde plus vaste. La perspective réveilla d'anciens fantômes du séminaire : mes représailles contre les pères Mindi et Lageau. J'avais besoin d'adrénaline. Je n'avais rien fait de semblable depuis des années. Je pensais que Lwendo et moi étions de force à nous défendre contre les agents de la Sûreté. C'était une pure construction de l'esprit et mes pensées étaient embrasées par les images, les actions, les feintes qui allaient nous faire triompher.

Au bout d'une semaine, j'avais oublié toute l'affaire ou, plus exactement, je l'avais refoulée au fond de moi pour qu'elle repose et se couvre de poussière avant que je la rumine. Lwendo avait-il réellement changé ? Avait-il perdu sa gaucherie et avait-il acquis plus de jugeote et plus de patience ? M'écouterait-il le cas échéant ? Jusqu'où voulait-il aller ? La plupart d'entre nous étaient imprégnés de l'esprit anarchique et permissif des années soixante-dix, et la tentation était grande de miner le système bureaucratique impersonnel et borné. Nous nous prenions presque tous pour des petits dieux qui dépassaient d'une tête ces benêts du gouvernement, ces abrutis de fonctionnaires. Nous étions pressés de tester notre toute-puissance.

je ne dis rien à tante Lwandeka : elle m'avait recommandé depuis longtemps de ne pas frayer avec des soldats.

D'ailleurs, les choses allaient à merveille pour elle. Son association de femmes ne cessait de s'élargir. Après de nombreuses années d'indifférence, les femmes se sentaient de nouveau appréciées, comprises, écoutées. Tante arbitrait leurs contestations et soumettait leurs désirs aux supérieurs. Sa liaison avec le brigadier se consolidait.

Une auto venait la chercher toutes les fins de semaine pour la conduire à Kampala où elle rejoignait le brigadier et ses amis et faisait la fête toute la nuit. Elle fit ainsi la connaissance de nombreuses personnalités qui lui demandaient ce que les femmes pensaient réellement du gouvernement et ce qu'elles attendaient de lui. Cela ne l'étonnait guère car elle savait que ces personnages étaient généralement entourés de lèche-bottes et qu'ils désiraient parfois avoir un avis sincère.

Le Fonds monétaire international et la Banque mondiale se précipitèrent tels des vautours et des marabouts sur la carcasse de l'Ouganda. Oh, ce n'étaient pas des nouveaux venus dans le pays ; ils surveillaient l'horizon depuis des années et s'étaient même posés durant le dernier régime. Mais maintenant, ils s'imposaient avec une énergie féroce. Le climat s'était amélioré. Ils présentèrent une listc de conditions longue comme le Nil. Le gouvernement qui tenait à réduire l'inflation, à stimuler la production et à pomper de l'argent comptant dans l'économie se montra obligeant. Le F.M.I. mit le couteau sous la gorge du nouveau gouvernement. Si celui-ci voulait de l'argent, il devait rendre leurs biens aux Asiatiques qui avaient été chassés du pays. Après plus de quinze ans d'absence, les Asiatiques devaient donc revenir pour réclamer leur dû. Tout le pays, surtout la capitale, bourdonnait de ces bruits.

On commença par déclarer illégale la monnaie courante qu'il fallut échanger contre leur monnaie nouvelle. Les écoles servirent de bureaux de change et, une fois de plus, le S.I.M.C. se mit au service de l'intérêt général. Le révérend allait partout, proclamant l'importance de son école. Les gens, chargés de gros sacs d'argent, faisaient la queue, le matin, devant un des bâtiments ; leur vieil argent était compté et échangé contre du neuf.

Je me débrouillai pour échapper aux activités bancaires de l'école. Je n'avais jamais aimé l'odeur de l'ancienne monnaie et celle de la nouvelle n'était pas non plus assez attrayante pour que j'aie envie d'y plonger le nez toute la sainte journée. J'allais à l'école uniquement pour changer l'argent de la distillerie Boum-boum que je n'avais pas mis sur un compte en banque et je retournais à la maison. Les bureaux fermèrent avant que tout le monde ait pu changer son argent. Les gens craignaient de faire les frais de cette lutte contre l'inflation. Mais le délai fut prolongé d'une semaine. Ceux qui étaient habitués à manipuler de grosses sommes étaient horrifiés de ne recevoir que ces petites sommes en échange de leurs millions. L'inflation fut maintenue à zéro pendant quelque temps mais, comme la production n'était pas spectaculaire, elle remonta.

Deux semaines après les opérations de change, j'étais en train de donner un cours dans une grande classe lorsque je fus appelé par l'assistant du directeur.

— Il y a quelqu'un pour toi dans mon bureau.

Je croyais que c'était Lwendo, mais non, c'était une personne envoyée par tante Lwandeka.

— Il est arrivé un accident, dit un homme à l'aspect misérable et au regard triste.

— Quel genre d'accident ? lui demandai-je, plein d'appréhension.

— Elle ne l'a pas dit. Elle a seulement dit que vous deviez venir le plus vite possible.

Une grande foule s'était amassée devant la maison de Tante et parmi elle des gens furieux. Un de mes employés avait été brûlé. Il vivait encore, heureusement, mais sa peau se détachait de son corps comme une peau de banane et elle en avait la couleur. Le crétin, il n'avait pas la permission de faire du feu ce jour-là. J'avais arrêté toutes les activités dans l'attente de la nouvelle monnaie. Mais le salaud en avait fait à sa tête. Il avait allumé le feu, s'était endormi et ne s'était pas aperçu que les tubes en cuivre s'étaient bouchés. Il avait été réveillé par une explosion. La chaudière avait sauté en l'air comme une fusée et avait éclaté comme une cosse de fève desséchée. Il avait eu de la chance car si la chaudière avait explosé au sol, il serait mort sur le coup. Une partie du contenu de la chaudière s'était renversée sur lui.

Tante avait fait venir une voiture pour le conduire à l'hôpital et avait pris la responsabilité de l'accident. Les gens s'étaient un peu calmés, mais pas tout à fait. Elle promit de payer les frais de maladie et d'aider dans la mesure du possible. Elle pensait avoir réglé la question mais le frère et le beau-frère de la victime vinrent à la distillerie, détruisirent tout le matériel et mirent le feu aux réserves. Tandis que je me rendais sur les lieux de l'incendie, un autre feu me revint à la mémoire, celui qui, quinze ans plus tôt, avait brûlé la maison de Grand-ma. Je décidai illico de ne plus m'occuper de la distillerie. Lwendo avait gagné.

L'accident me força à méditer sur ma liaison avec Jo. Qui était cette fille ? De sa famille, je ne connaissais que la grand-mère. Un soir, pendant le repas, je lui dis que je voulais faire la connaissance de sa mère. Mon désir n'eut pas l'air de l'enthousiasmer.

— Si tes sentiments pour moi sont sérieux, il faut que cette femme et moi nous soyons présentés l'un à l'autre.

— J'y réfléchirai.

— Il n'y a pas lieu de réfléchir.

— Comment veux-tu que je te présente ?

— Comme monsieur Muwaabi, professeur d'école secondaire et futur avocat.

— Quoi ?

Je répétai mon nom avec un sourire fat. Je ne me

servais jamais du nom Muwaabi. Tout le monde m'appelait Mugezi, et j'étais inscrit sous ce nom, même à l'état civil.

— Mais alors, elle voudra savoir de quelle famille tu sors.

J'étais trop excité pour remarquer le ton menaçant de sa voix. Je me mis à parler de Grand-pa, du village, de Serenity. Elle s'arrêta tout à coup de manger, mit sa main devant la bouche et ferma les yeux. Je crus qu'elle avait une arête de poisson dans la gorge.

— *Katonda wange !* s'exclama-t-elle. Mon Dieu !

— Qu'est-ce qui te prend ?

— J'avais quelques soupçons depuis longtemps, mais maintenant j'en ai la certitude.

— De quoi ? dis-je, vexé.

— De notre parenté. Tu es mon frère, ou demi-frère, comme disent les Anglais.

— D'où sors-tu ça ?

— Mon père biologique s'appelle Muwaabi et il vient du même village et il est allé à l'école élémentaire de Ndere. Tu es son fils. Tu lui ressembles. Il a renvoyé ma mère pour épouser une femme catholique, et après, il ne s'est pratiquement plus occupé de moi. C'est pourquoi j'ai toujours dit qu'il était mort. Mais je sais qu'il habite et travaille dans la capitale. J'ai décidé de l'éviter pour le restant de mes jours.

Je n'arrivais plus à avaler. Je me sentis glisser dans un puits plein de bêtes hurlantes. Je regardais maintenant Jo d'une manière différente et je reconnus quelque chose de tante Tiida dans le haut de son visage. Et aussi quelque chose de Kasiko. Et même une vague réminiscence de Grand-ma. Peut-être était-ce à cause de tous ces traits de famille qu'elle m'avait plu. Je n'étais pas un traditionaliste exogame irréductible, mais je sentis que notre liaison allait en pâtir. Je ne me sentais plus le même envers elle. Ce soir-là, nous bûmes beaucoup mais parlâmes peu, et ce fut la même chose les jours suivants. Je ne la touchai plus : le feu sacré s'était éteint.

Un soir, j'eus une idée lumineuse : le ciel m'envoyait une occasion unique de me venger de Serenity et de lui faire payer la tannée qu'il m'avait administrée jadis. Ce qu'il fallait faire, c'était aller le trouver pour lui dire que j'aimais une fille et que je voulais l'épouser. Je lui présenterais Jo. Oui, j'allais jouer cette pièce de théâtre. J'étais profondément triste parce que j'étais sûr de ne plus jamais rencontrer une fille comme Jo. Dès à présent, j'étais jaloux de celui qu'elle finirait par épouser.

— Veux-tu faire quelque chose pour moi ?

— Quoi ?

— Je veux te présenter à mon père, je veux dire à notre père, comme ma fiancée.

— Pourquoi ?

— J'ai mes raisons pour ça.

— Tu ne crois tout de même pas que je vais t'épouser, hein ?

— Non, bien sûr que non, dis-je irrité.

— A quoi veux-tu en venir alors ?

— Disons que j'ai un petit compte à régler avec mon père.

— En quoi cela me concerne-t-il ?

Sa réaction spontanée me fit frémir ; c'était comme si je devais me présenter à un examen. Elle avait les yeux tournés vers l'avenir, moi je voyais à regret s'écouler la boue du passé et du présent.

— Mais tu as toi-même un compte à régler avec lui, non ?

— Pourquoi m'y prendrais-je de cette manière ?

— Tu ne lui en veux donc pas pour la façon dont il vous a traitées, toi et ta mère ?

— Bien sûr que si, mais j'ai l'intention de m'y prendre d'une autre manière.

— Comment ?

— En l'ignorant comme il m'a ignorée.

— Tu ne voudrais pas le voir mordre la poussière de honte ?

— A quoi cela me servirait-il ?

— Moi, ça me ferait du bien.

— Il faut renoncer à ton projet, il ne te servira à rien.

— Comment veux-tu te venger alors ?

— En épousant un homme riche et en donnant une fête magnifique, avec un cortège de voitures, des demoiselles d'honneur, une très longue traîne, un groupe de danse traditionnelle et un banquet qui durera plusieurs jours.

Quelle mentalité bourgeoise ! Comment une fille qui avait été si mal traitée par son père avait-elle pu devenir ainsi ? Elle voulait que Serenity se sente comme un pauvre diable en comparaison de son beau-fils. Et supposons que Serenity se moque éperdument de ce genre de choses ? Qu'il ne voie dans tout ce tralala qu'une manière de jeter l'argent par les fenêtres ? Son point de vue était très superficiel. Serenity n'allait-il pas justement avoir pitié d'elle parce qu'un type qui pouvait se permettre tout ce luxe pouvait aussi se payer toutes les femmes qu'il voulait et qu'elle devrait attendre son tour pendant des jours ?

— Ça te plairait d'être une des nombreuses femmes de ton mari ?

Je pensai à Lusanani et me demandai si ces deux femmes avaient les mêmes idées. Un Hadj Gimbi, bedonnant et tout, qui mettrait ses mains sur cette femme splendide ! Je l'imaginais sur elle, soufflant comme une locomotive. Je le voyais comme s'il était devant moi, faisant des efforts épouvantables pour garder sa bite en érection dans la chatte si étroite de Jo. J'en étais malade et furieux en même temps.

— Pourvu qu'un homme me laisse libre de faire ce que je veux, je me moque bien du reste.

Je me sentais totalement désemparé. Je n'avais plus qu'à tomber entre les griffes de Lwendo. Quelle chance avait Serenity ! Il était une fois de plus passé entre les mailles du filet.

Je rencontrai Lwendo au bureau du ministère de la Reconstruction, sur Kampala Road. C'était le désordre total. Des archives couvertes de poussière, quelques vieux meubles, une machine à écrire lépreuse, un téléphone noir qui avait une sonnerie stridente constituaient tout le mobilier du bureau. Lwendo m'enmena au bureau des postes centrales et nous nous assîmes sur le trottoir pour parler.

— Tu ne peux pas savoir à quel point je suis soulagé, dit-il. Padre commençait à s'impatienter et était sur le point de nommer quelqu'un d'autre. Mais maintenant nous pouvons nous y mettre.

— Par où allons-nous commencer ? dis-je. Vas-tu me présenter au patron ?

— Non, il ne veut que tes coordonnées. Ecris une demande d'emploi adressée au ministère, je la lui transmettrai et, pour le reste, laisse-moi faire.

— A qui devons-nous nous adresser ?

— A un certain fonctionnaire.

— Et quel est notre tâche ?

— Opérer un double contrôle sur les permis de construire, la localisation des terrains et le choix des matériaux à employer. Puis nous devrons contrôler si le matériel a été réellement livré. Quant au reste, tu n'as pas à t'en faire, je prends tout sur moi.

Nous allâmes dans un restaurant, rue Luwum, et nous commandâmes du matooke, de la viande et des légumes que nous arrosâmes abondamment de bière. Je trouvais que ça commençait bien. Au S.I. M.C., on n'avait jamais de déjeuner. Lwendo parla de son amie actuelle mais cela ne m'intéressait pas beaucoup. Elle était infirmière à l'hôpital Mulago, plus âgée que lui et leur liaison passait par les hauts et les bas habituels.

Après le déjeuner, nous fîmes le tour des magasins et achetâmes du papier ministre. Ces magasins étaient les antres des anciens commerçants asiatiques que le gouvernement voulait rendre à leurs propriétaires légaux. Leur vétusté se lisait sur les murs lézardés. Les locataires, n'étant pas propriétaires des lieux, n'avaient effectué aucune réparation et le conseil de tutelle, soucieux de recueillir sa part de bénéfices, n'avait pas exigé qu'on entretienne les locaux. Les toits rongés par la rouille, le dallage défoncé et les fenêtres souillées complétaient ce tableau sinistre.

Un magasin était généralement partagé par une vingtaine de commerçants disposant chacun d'un morceau de comptoir. De nombreux marchands louaient un de ces petits espaces pour y exposer la marchandise qu'ils importaient de Dubaï, et quelquefois de Londres, et quand un client se présentait, ils le faisaient passer dans l'arrière-boutique ou le conduisaient dans un autre magasin qui leur servait de dépôt. Certains s'étaient fait pas mal d'argent, mais la plupart n'avaient pu qu'improviser et survivre. Depuis qu'on avait annoncé le retour des anciens propriétaires, la grande question était de savoir comment allaient réagir les commerçants actuels. Et comment les Asiatiques allaient-ils s'y prendre, cette fois ? La fois précédente, ils avaient joui du monopole, mais en leur absence les Africains avaient occupé leur territoire. La tension montait.

Les industriels revinrent les premiers. Le fretin, les commerçants en gros et en détail, suivit prudemment. Ils déambulaient en groupes dans leurs costumes trois-pièces ou dans leur tenue safari, regardant autour d'eux : ils essayaient de repêcher des souvenirs refoulés et se demandaient où ils allaient reprendre le fil de leurs affaires. Ceux de la deuxième génération qui étaient encore enfants au moment de l'exode et avaient grandi en Angleterre n'avaient pas l'air d'être emballés. Les parents essayaient désespérément de faire revivre leur rêves d'avenir dans les cœurs hésitants de leurs enfants.

A la vue des immeubles de la capitale, les uns démolis par les bombardements, d'autres s'écaillant au soleil, on se demandait comment cette ville pouvait abriter des intérêts si divers. De nombreux hommes d'affaires avaient espéré que le gouvernement interdirait l'accès du pays aux Asiatiques parce que « tous » avaient participé à la guérilla et y avaient perdu des amis, mais le gouvernement s'intéressait plutôt au développement à long terme, ce qui ne figurait pas dans les plans de la plupart des commerçants.

La première semaine, nous parcourûmes toute la ville pour visiter différents établissements avec lesquels nous serions en relation pour notre travail : les entrepôts de matériel de reconstruction, les terrains industriels, les bureaux de Radio-Ouganda où travaillait un de nos informateurs clés et d'autres instances.

A mon soulagement, Lwendo portait des vêtements civils : pantalon vert, chemise verte et chaussures noires. Il n'avait pas d'arme sur lui et nous marchions comme tout le monde dans la foule. Des jeeps militaires nous dépassaient parfois, mais elles ne faisaient pas hurler leur sirène et ne poussaient pas les autres véhicules sur les bas-côtés de la route. Les taxis étaient comme toujours bondés et conduisaient maintenant vers le Triangle des passagers qui n'y étaient pas allés depuis trois ans.

Notre première grande tâche fut de contrôler un contingent de couvertures pour Nakaseke, un ancien repère de guérilleros au fond du Triangle. Nous prîmes un autobus pour Luwero qui se trouvait à environ quarante kilomètres de Kampala. A dix kilomètres de la ville, la route étaient flanquée d'étals à fruits sur lesquels s'alignaient des têtes de morts devant des tibias, des fémurs et autres ossements. Les têtes de morts n'avaient plus de mâchoires et plusieurs d'entre elles étaient criblées de trous causés par des balles et des haches. Rincées par la pluie et séchées par le soleil, elles ressemblaient à des jouets destinés à un rituel morbide. Mais elles n'avaient rien d'amusant sur ce fond d'immeubles hantés, profanés, où commençaient à poindre des signes de vie, des visages curieux qui, derrière les ruines, regardaient les passagers de l'autobus. L'autobus s'arrêtait à chacun de ces villages exsangues où descendaient une ou deux personnes qui se dirigeaient vers les ruines, parfois avec un ballot, parfois les mains vides. Les nouveaux arrivés marchaient sur des sentiers et des rues qui depuis cinq ans étaient envahis par l'herbe, et cette herbe poussait aussi à l'intérieur de quelques maisons vides et s'insinuait dans les interstices des toits et dans les portes béantes, sous les cadres des fenêtres et dans les ventilateurs. Qu'allaient-ils trouver dans les villages cachés derrière les buissons : d'autres têtes de morts pour la collection des étals ? des villages effacés de la surface de la terre ? ou quelques objets auxquels étaient liés de chers souvenirs ?

Dans les zones moins touchées, il y avait encore des magasins qui n'avaient pas été démolis par l'armée. C'étaient les endroits où celle-ci avait placé ses détachements pour surveiller les zones environnantes. Ces bâtisses avaient échappé aux pilleurs parce que les soldats s'étaient retirés trop tôt ou trop tard. Là se concentrait une population plus nombreuse, les mauvaises herbes avaient été arrachées par endroits et les étals de têtes de morts côtoyaient des étals chargés d'ananas frais, de papayes, de cannes à sucre et de pommes de terre. La route pavée coupait comme une lame géante à travers bois, marais et herbes à éléphant. Ses bas-côtés étaient rongés par les roues des chars et des camions militaires qui l'avaient régulièrement empruntée pendant la campagne contre la guérilla. Certains tronçons étaient troués d'impacts de bombes. Dans l'autobus régnait un silence angoissant, interrompu seulement par une toux d'enfant ou une voix enfantine qui demandait quelque chose à sa mère. Ce silence renforçait l'impression que les morts attendaient, le long de la route, qu'on les découvre et qu'on leur donne une sépulture décente. La luxuriance de l'herbe et la hauteur des arbres faisaient penser qu'ils avaient été engraissés par le sang et la chair de ceux qui étaient morts dans le combat.

Je commençais à me dire que les séquelles de la guerre étaient plus graves que les combats eux-mêmes, et que la paix était plus difficile à gagner que la guerre. Les armes s'étaient tues, mais leur bruit avait été remplacé par les lamentations des morts, relayées par les soupirs des survivants qui, le plus souvent, ne pouvaient pas attendre qu'on leur ait rendu leurs terres. Les silences étaient ponctués par une sensation de vide, d'impossibilité de s'orienter.

Luwero et Nakaseke étaient des villes jumelles, réunies par la guérilla et l'histoire. Pour arriver à Nakaseke, il fallait traverser Luwero. Au début de la guerre, elles avaient abrité, toutes les deux, des milliers d'habitants et leurs campagnes fertiles, où travaillaient des dizaines de milliers de paysans, étaient des sources de richesse. Luwero, qui avait survécu au désastre, montrait tous les signes d'une population en pleine croissance ; Nakaseke, sa sœur malheureuse, devait encore se remettre des viols, des pillages et des blessures subis. Luwero surprenait car, après avoir vu toutes ces têtes de morts le long de la route, on s'attendait à en trouver une montagne aux portes de la ville : il n'y en avait pas une seule. Mais Nakaseke était l'image de la tragédie car elle surgissait des bois, des marais et des étendues d'herbe comme une martyre entourée d'une auréole. Les réfugiés qui y retournaient plantaient des constructions de fortune ou allaient temporairement habiter dans des villages proches dans l'attente de l'aide du gouvernement.

— J'ai eu une sacrée chance, dit Lwendo, je n'arrive pas à imaginer les difficultés auxquelles ont dû faire face les habitants de ces marais.

Depuis Luwero, nous circulions dans un vieux pick-up Toyota surchargé et les secousses nous avaient remplis de bleus. J'essayais de ne pas penser aux malheurs de ces gens parce que je voulais éviter de penser à mon village natal. Je me considérais comme un touriste. Je venais de la capitale pour contrôler quelques documents et m'en retourner le plus vite possible. Les chefs des gens qui essayaient de faire renaître cette petite ville de ses cendres y avaient séjourné durant toute la guerre, mais ils ne parlaient guère de leurs expériences.

— Ce qui est passé est passé, avait répondu un homme à une question de Lwendo.

Ils nous firent faire le tour de la ville, nous montrèrent les endroits où les soldats avaient bivouaqué, où ils avaient torturé et où ils avaient placé leurs armes le jour du dernier bombardement.

— Nous étions comme des policiers qui observaient et quelquefois réglaient la circulation très dangereuse, dit notre guide.

— Quelle injustice, dit plus tard Lwendo. La zone de guerre aurait dû s'appeler le Triangle de Nakaseke et non de Luwero.

— Il y a des gens qui ont de la chance, lui répondis-je.

La tragédie de la guerre avait pris fin, restait encore la lourde tâche de l'écrire pour les générations futures. Notre travail accompli, Lwendo et moi nous empressâmes de retourner à Kampala : les morts pouvaient bien se tenir compagnie pendant quelque temps encore.

Je regardais défiler à toute vitesse les villages qui se trouvaient entre Luwero et Kampala, les têtes de morts sur les étals, les trous béants des toits et leurs histoires secrètes, et je me félicitais d'être un citadin.

J'étais heureux d'avoir mené à bien notre première mission. Mais ma joie retomba lorsque je calculai le bénéfice que nous allions en tirer : des gens qui travaillaient si dur et avaient de telles responsabilités méritaient plus. Nous gagnions officiellement cent dollars par mois, un dixième de ce que j'avais gagné à la distillerie. Considérant tous ces ballots de couvertures neuves, ces plaques de fer vierges, ces magasins pleins de sacs de ciment, je me rendis compte que j'étais retourné au point de départ : faire du marché noir ou me rouler les pouces.

J'eus besoin de deux jours pour me remettre de mon expédition au Triangle. Quand je revis la seule amie du Triangle avec laquelle je voulais garder des rapports, je me dis qu'elle avait drôlement enjolivé son récit. Elle avait vu probablement beaucoup plus de morts et de destructions qu'elle ne pouvait dire. Je voulais pénétrer jusqu'à son cerveau pour en extraire ses secrets. Jo m'avait-elle tout dit ? Non, sa fille était probablement morte dans le combat ou pendant sa fuite, ou bien elle avait été jetée dans une rivière ou écrasée sous les pieds des fugitifs ou avait succombé à la fièvre. Il se pouvait aussi qu'elle n'ait pas eu de fille et qu'elle ait inventé sa grossesse parce que toutes les petites filles autour d'elle étaient mortes. Nous avions tous des squelettes qui cliquetaient dans nos âmes comme des tasses dans un buffet et nous avions forgé des histoires que nous adaptions à notre public. Nous avions toujours une longueur d'avance sur nos auditeurs et nous leur racontions ce qu'ils voulaient entendre ou ce qui portait le moins préjudice à notre image ou l'auréolait de plus de gloire.

Les premières livraisons se firent sans difficulté : nous retournâmes à Nakaseke et trouvâmes le matériel sur place. Les gens étaient heureux. Ils nous remercièrent comme si nous avions prélevé ces fournitures sur nos propres biens. Certains avaient déjà commencé à réparer leurs maisons. Nous étions émus par le bruit des marteaux, l'excitation des maçons et le regard étincelant et plein d'espoir des femmes. Les gens avaient repris le fil de leur ancienne vie et s'étaient remis à travailler pour eux-mêmes et sans aide. Ils avaient généralement le sentiment que les morts n'étaient pas morts pour rien, que les vivants avaient encore beaucoup de raisons de vivre et que les enfants avaient de nouveau un avenir.

Les choses commencèrent à changer à partir de la cinquième mission, dans le cadre de laquelle nous nous rendîmes d'abord à Kakiri, sur la route de Hoima, puis dans d'autres localités pour évaluer les dégâts et calculer le matériel nécessaire à la reconstruction. Tout s'était bien passé et le voyage n'avait pas été trop fatigant. Au bout de deux semaines, on nous avertit de la livraison du matériel : des balles de couvertures et des camions de ciment. Au ministère de la Reconstruction, on nous montra les bordereaux de livraison. Mais à Kakiri et ailleurs, on se montra moins coopératif. Il était clair qu'on n'avait livré qu'une partie du matériel. Il y avait, dans cette ville très endommagée, une personne qui était au courant de tout mais se taisait. Il fallut retourner aux sources. A Kampala, nous nous procurâmes un double de la lettre de transport que nous soumîmes à notre contact de Radio-Ouganda, lequel remplit les vides. Il nous précédait toujours d'une longueur et je me demandais à quelle bande d'espions il appartenait.

Il apparut qu'un camion chargé de matériel avait été vendu aux *Kibanda Boys,* la mafia locale. Au début des années quatre-vingt, ces gens-là s'étaient mis à faire de la spéculation. Ils avaient entre-temps monté des affaires à Kikuubo, un quartier entre le parc des autobus et la rue Luwum, où se trouvaient d'anciens commerces et des entrepôts asiatiques, et ils continuaient à étendre leurs activités.

Kikuubo fourmillait de gens : des commerçants et des clients se bousculaient dans les ruelles où des camions Tata archipleins déchargeaient leurs marchandises. Des files de jeunes hommes, le torse nu, chargeaient sur leurs épaules des sacs de ciment, de sucre, de sel, des rouleaux d'étoffe et des tôles ondulées, et les portaient dans les entrepôts qui se trouvaient derrière des boutiques à l'aspect minable. Mais l'apparence était trompeuse : il se faisait là des affaires importantes. Au lieu d'agrandir les boutiques asiatiques, la mafia avait décidé de transformer les anciens entrepôts et garages en immeubles commerciaux. L'opération revenait moins cher et, à en juger par l'essor du trafic commercial, c'était une affaire juteuse. Leur équipement laissait à désirer : il n'y avait pratiquement pas de toilettes ; après tout, les commerçants ne venaient pas là en visite de courtoisie mais pour gagner de l'argent.

Notre cible était, pour employer un terme administratif, une structure illégale, un garage transformé en magasin. Nous demandâmes à parler à Oyota et un mastodonte en short qui mordait dans un épi de maïs se présenta à nous. Lwendo avait un revolver sur lui. Il n'avait pas voulu que j'y touche, mais je savais qu'il était lourd et chargé. L'homme nous invita à le suivre dans l'arrière-boutique, un antre sombre où nous découvrîmes des monticules de billets, des devises nationales et des dollars. Lwendo déglutit, moi, les mains me démangeaient.

— Nous sommes venus jeter un coup d'œil dans votre entrepôt, monsieur, dit Lwendo.

— L'accès en est interdit.

— Nous avons un mandat de perquisition.

— Qu'est-ce que vous cherchez ?

— Ça, c'est notre affaire, dit Lwendo avec nonchalance.

— Vous n'avez pas le droit de vous introduire dans mon entrepôt et de contrôler mes stocks. Je peux appeler le service de Sûreté ou l'un des chefs qui commandent ce quartier.

— Nous avons la loi pour nous.

— La loi, c'est nous. Nous avons fait la guerre, nous avons perdu du monde, dit le type avec dédain.

Dans la boutique proprement dite, le commerce continuait : des porteurs s'interpellaient, des pieds crissaient sur le gravier, des moteurs d'autos et de camions vrombissaient et des voix excitées criaient aux passants de se garer. Des gens entraient avec des liasses de billets de banque et commandaient des articles en grandes quantités. Tout le monde payait comptant.

— Je sais bien ce que des types comme vous cherchent, dit l'homme froidement. Ce que vous voulez, c'est de l'argent, et je vous comprends. Vous êtes allés dans la brousse pour faire tomber l'ancien gouvernement et maintenant que vous êtes au pouvoir, vous vous apercevez tout à coup qu'il faut de l'argent pour jouir de son triomphe.

— Nous ne sommes ici que pour perquisitionner votre magasin, monsieur.

— Je comprends vos frustrations. Nous sommes des commerçants qui, en apparence, n'ont jamais rien fait pour leur pays. Nous n'avons pas combattu. C'est pour cela que nous étions riches, et maintenant nous le sommes encore plus. Et vous qui avez eu faim et soif et avez côtoyé la mort, vous avez les mains vides. Mais n'oubliez pas que nous avons financé la guerre.

— Montrez-nous vos stocks, monsieur, dit Lwendo, peu impressionné par le discours de l'individu.

L'homme semblait avoir tout son temps ; il attendait probablement quelqu'un. Mais il finit par céder et nous conduisit dans son entrepôt sur lequel Lwendo avait déjà eu des renseignements. Lwendo connaissait le numéro minéralogique du camion qui avait transporté la marchandise et quelques détails en plus. J'avais des frissons dans le dos pendant que nous suivions l'homme. Un complice armé d'un couteau pouvait se cacher dans les couloirs, ou bien un des gars à demi nus pouvait provoquer « un accident » en faisant tomber sur nous un sac de cent kilos de ciment. La pièce était remplie jusqu'au plafond de marchandise. Lwendo cherchait un logo, presque invisible, sur les couvertures. Avec leur technologie primitive, ils n'avaient sûrement pas réussi à l'enlever. Pas si bêtes, ils avaient placé les marchandises illicites tout au fond de la pièce et il fallut faire appel à deux ouvriers pour enlever les ballots qui barraient notre passage. Nous étions tous en sueur, les hommes à cause de leurs efforts physiques, moi, à cause de l'événement et Lwendo, à cause de son excitation. Quand le gros homme se rendit compte qu'il était fait comme un rat, il renvoya les autres et nous fit une proposition. Lwendo calcula en dollars la valeur des choses.

— Le mieux, c'est de vous emmener aux baraquements de Lubiri et de faire dégorger votre gros ventre de tout le maïs qu'il contient, dit Lwendo. Comme vous le disiez vous-même, vous avez eu la vie trop belle pendant toutes ces années.

— Non, non, je vous en prie. Vous imaginez bien que je ne suis pas le seul propriétaire.

— Dites-nous donc qui vous a vendu ces marchandises.

J'avais l'impression que le bonhomme avait, comme bien des commerçants, des contacts au sein du gouvernement ou de l'armée, mais que ces types avaient peu d'influence. En outre, la plupart des officiers ou des fonctionnaires ne tenaient pas à ce que leur nom soit connu dans les milieux criminels. Il y avait un accord tacite : la marchandise une fois livrée, c'était chacun pour soi, pour le meilleur et pour le pire. Jadis, l'homme n'aurait eu qu'un coup de téléphone à donner pour nous faire arrêter et nous clouer au pilori. Mais les choses avaient changé. Lwendo pensa au mur de silence qu'avait dressé les gens de Kakiri et conclut que l'enquête allait prendre une éternité s'il arrêtait le type. Il demanda quelques milliers de dollars qu'il reçut sans difficulté. Nous venions de franchir une certaine frontière. Impossible désormais de revenir en arrière.

Je ne m'étais jamais senti aussi vulnérable qu'en sortant de ce bâtiment. Je sentais des picotements courir sur la peau de mon dos. Si quelqu'un me bousculait, je croyais que la fine lame d'un couteau allait s'enfoncer entre mes côtes. C'était l'heure du déjeuner et il y avait un grand va-et-vient d'hommes qui portaient des marmites brûlantes de viande et de poisson à leurs femmes, lesquelles les vendaient aux marchands et aux ouvriers. Et si un de ces hommes allait renverser sa marmite bouillante sur nous et s'emparer de notre argent ? La chose ne semblait pas improbable dans ce chaos. Pourquoi personne n'y avait-il encore pensé ? Dans la rue Luwum, flanquée d'un côté par la mosquée et de l'autre par le stade Nakivubo, Lwendo dit :

— Tu comprends maintenant pourquoi je tenais tant que tu travailles avec moi ? Avec une personne à laquelle tu ne te fies pas à cent pour cent, tu ne peux pas faire de telles affaires. Tu vois comme il est facile de tromper le monde ?

Je me mis à rire et il me donna une bourrade dans le dos.

— C'est le début de la fin de ma période militaire, dit-il joyeusement.

— Si la chance continue à nous sourire, dis-je prudemment.

— Elle nous sourira, t'en fais pas, elle nous sourira.

Notre avions une tactique bien définie : nous faisions un rapport pour deux cas sur trois ; le troisième était pour nous. Padre savait-il ce que nous faisions ? Je n'ai jamais pu m'en assurer. Mais il fallait être bien naïf pour croire que nous étions des anges, d'autant plus que le gouvernement avait officiellement reconnu que la corruption était en voie de disparition dans les hauts rangs, mais qu'elle persistait à tous les niveaux inférieurs. Les cadres politiques — Lwendo n'en était pas un — qui avaient été nommés pour combattre la corruption avaient eu peu de succès. Nombreux étaient ceux qui avaient fait comme lui et s'étaient rempli les poches.

Nous ne fûmes pas vraiment étonnés par les changements subits survenus dans l'administration lorsque notre machine se mit en marche. Le personnel de notre service fut en grande partie muté et remplacé par de nouveaux employés. Nous étions du petit nombre de ceux qui furent maintenus.

Nos « affaires » stagnèrent pendant quelque temps. Nous fîmes de nouveau des voyages fatigants, vers des localités obscures, dans des camions déglingués ou des autobus surchargés. Un des voyages les plus pénibles fut celui qui nous conduisit à Mubende, à cent kilomètres de la capitale. Les quarante premiers kilomètres de la route étaient goudronnés, mais les soixante restants disparaissaient quand il pleuvait. A un endroit, un camion s'était mis en travers de la chaussée et s'était embourbé tandis qu'un second, pour l'éviter, s'était retrouvé sur le bas-côté inondé. Il fut déchargé et sa cargaison déposée sur ce qu'il restait de route. Impossible de poursuivre le voyage. Nous pensâmes retourner à Mityana en auto-stop, mais pas moyen de trouver un moyen de transport à cette heure tardive de la journée. Nous fûmes donc contraints de passer une nuit froide et affamée dans l'autobus à attendre qu'on vienne nous dépanner.

Cette fois, il s'agissait d'un chargement de plaques d'acier qui avaient disparu de la circulation. Nous pensions qu'elles avaient été vendues à Mityana, une ville en plein essor qui attirait toutes sortes de trafiquants. Padre s'intéressait particulièrement à ce cas parce qu'il connaissait bien la région. Il y avait été prêtre pendant de longues années et y avait dirigé une unité de la guérilla. Il insista pour que nous mettions beaucoup de soin dans cette enquête.

Nous savions déjà que la mafia était probablement liée à l'affaire. Elle avait de plus en plus d'accointances dans le gouvernement avec des gens comme Lwendo.

Nous continuâmes notre voyage vers Mubende où nous découvrîmes en effet que la marchandise avait été vendue à Mityana. Nous nous y rendîmes immédiatement. L'inquiétant de l'affaire c'est que les deux hommes que nous arrêtâmes se laissèrent faire sans demander grâce ni menacer. Quel était leur secret ?

Etait-ce du pur stoïcisme ou la certitude qu'ils nous auraient au tournant ?

— Cette histoire ne me dit rien de bon, dis-je à Lwendo qui fumait cigarette sur cigarette.

Nous étions dans une petite ville inconnue, assis dans un petit restaurant qui sentait la peinture fraîche tandis que, dehors, des gens étaient à nos trousses.

— Te fais pas de bile, dit-il avec une assurance inébranlable, personne ne peut s'en prendre à nous.

— Comment allons-nous rentrer ?

— En taxi, dit-il.

— Pourquoi n'utilise-t-on pas une auto de service dans ce genre de missions ?

— Pour ne pas attirer l'attention.

Je regardai à l'extérieur. Mityana était une ville pleine de dynamisme. Elle ressemblait à un chantier : partout s'élevaient de nouveaux immeubles, des hommes grimpaient, torse nu, sur des échafaudages, chargés de seaux de ciment, les gros ventres des bétonnières tournaient continuellement et les voix des entrepreneurs étaient excitées et impatientes. C'était un va-et-vient continu de camions et d'autobus, de pick-up chargés de gens et de marchandises. La ville était assaillie par les acheteurs de Mubende et des villages avoisinants. A l'horizon se profilait le lac Wamala. Le calme qui émanait de sa surface gris argent ne parvint pas à calmer mes nerfs.

Pour rejoindre cette localité, il fallait traverser des forêts monstrueuses et de larges étendues d'herbe. L'armée avait perdu ici de nombreux hommes. Sortirions-nous sains et saufs de cette traversée ?

— Courage, mon vieux, dit Lwendo, cette fois nous ne pouvons pas laisser échapper ces salauds, mais la prochaine nous ferons des bénéfices.

— Est-ce de l'argent dangereux ?

— C'est ce que nous recherchons, non ? Le défi !

A trois heures, nous avions tout réglé. La police, qui devait garder les hommes sous les verrous jusqu'à l'arrivée du service des fraudes, nous avait donné des papiers et nous nous apprêtions à repartir. Nous savions que quelques têtes allaient tomber au sein des comités locaux de la Reconstruction et aussi au bureau de Kampala.

Le taxi roula à travers des forêts épaisses, sous d'énormes voûtes feuillues qui empêchaient le soleil de passer, déboucha sur des bourgs où l'on voyait des étals de fruits et des constructions délabrées dont certaines avaient servi à l'armée, il n'y avait pas si longtemps, comme chambres de tortures, grimpa sur une montagne et la redescendit sur une pente raide ; à mi-chemin, nous entendîmes une explosion énorme. Le véhicule fit une série de tonneaux et s'arrêta en bas de la pente dans une prairie. Je ne sentais pas mon corps. Ma tête avait cogné contre un fauteuil et mon bras gauche présentait une longue coupure. Lwendo n'était pas blessé, mais il avait mal à la tête et à la jambe droite. Certains avaient été frappés par des éclats de verre et gisaient dans l'herbe, gémissant et appelant leurs proches. Quelqu'un réclama son porte-monnaie jusqu'à en tomber d'épuisement, puis se tut. D'autres s'agitaient dans l'herbe, ou saignaient et ronflaient pour faire comprendre qu'ils vivaient encore.

Je n'eus pas peur. Je m'étais attendu à quelque chose et, maintenant que c'était arrivé, je me sentais soulagé. Lwendo, le chauffeur et quelques autres rescapés portèrent les premiers secours. Etait-ce un accident ou un avertissement ? Je me le demandais. Un camion qui se dirigeait vers Kampala vint à notre secours. Lwendo et moi refusâmes d'aller à l'hôpital. Nous nous fîmes examiner dans une clinique privée par un médecin ami de Lwendo.

— C'était un accident pur et simple. S'ils avaient voulu nous faire du mal, ils s'y seraient pris d'une manière plus directe.

— Ils préféraient peut-être faire passer leur attentat pour un accident.

— Mais non, voyons, ce n'était pas nécessaire.

Je me tins coi pendant quelques semaines,

essayant de m'expliquer l'accident. Avait-on tiré sur la voiture ou bien un pneu avait-il éclaté ? Le goût de l'aventure m'était subitement passé. Tante m'offrait la possibilité de travailler de nouveau pour elle. Elle avait l'intention d'extraire de l'huile alimentaire de graines de cotonnier. La banque avait déjà approuvé son projet et proposé un prêt et elle avait donc besoin, à court terme, de quelqu'un pour gérer ses affaires.

Après l'accident, Lwendo s'était montré plus fanatique que jamais et avait exigé de fortes sommes. Il se rendait compte que nous ne pouvions pas continuer sur ce pied si nous voulions nous en sortir sains et saufs. J'appréciais sa logique. La cupidité et la corruption pouvaient très bien se passer de nous. La sagesse dictait de faire un dernier coup et de s'arrêter. D'ailleurs l'amie de Lwendo s'en était mêlée, elle aussi, et insistait pour qu'il mène une vie moins dangereuse. Lwendo n'avait pas changé depuis l'histoire de sœur Bison et son amie voulait lui mettre la corde au cou. Certes, de nombreuses femmes avaient été attirées par l'odeur de son argent mais, avec toutes nos pérégrinations, il n'avait pas eu le temps de mettre ses pattes sur l'une d'elles. Et son amie veillait au grain.

L'affaire que nous nous réservions pour la fin concernait une livraison de ciment et faisait partie du projet ambitieux du gouvernement de réparer toutes les routes et de jeter des ponts sur toutes les rivières du pays. Il fallait, pour commencer, réparer tous les ponts détruits pendant la guérilla. J'eus besoin de tout mon courage pour me mettre à cette tâche car elle allait me conduire à mon village natal dont on m'avait dit qu'il était complètement rasé.

Pendant la guerre civile, les rebelles avaient dressé une embuscade contre l'armée régulière à l'endroit précis où, le jour de ma naissance, le taxi qui devait conduire Cadenas à l'hôpital de Ndere avait été surpris par la pluie et la tempête. Pour détourner l'attention de l'armée, des rebelles avaient d'abord attaqué les baraquements militaires les plus proches, à quinze kilomètres de là. Les ratissages effectués par l'armée n'avaient pas touché les vrais rebelles, mais les civils qui se taisaient même sous la torture.

On avait déjà remarqué que la tactique de l'armée était une pure tactique de réaction et que même lorsqu'elle avait l'air de passer à l'offensive c'était uniquement en réponse à une attaque précédente des rebelles. Ses bombardements n'avaient eu aucun résultat et les arrestations et les tortures n'avaient fait tomber aucun chef rebelle entre ses mains. L'armée perdait de plus en plus courage et avait besoin de se remonter le moral par une action d'éclat.

Un jour, les rebelles avaient mitraillé des camions militaires dans les environs de Mpande Hill avant de se cacher dans le maquis. Ils répétèrent plusieurs fois ces attaques et annoncèrent à la radio qu'ils avaient conquis un triangle de terre d'environ douze kilomètres de côté entre les casernes des ivrognes, Mpande Hill et la commune de Ndere. L'armée, croyant avoir intercepté une information précieuse, prépara une énorme offensive pour nettoyer la région.

Au jour dit, elle envoya sur place six camions pleins de soldats sous haut commandement, ainsi que des jeeps armées de mitrailleuses. C'était à l'époque des lance-roquettes katiouchas. Lorsque tous les véhicules furent disposés dans la région des marécages sur une distance de un kilomètre et sous le regard implacable de Mpande Hill, l'enfer se déchaîna. Le premier et le dernier camion sautèrent en l'air, transformés en boules de feu, de sorte que le reste du convoi se trouva coincé sur la route ; leur idée de rester groupés s'avéra, après coup, catastrophique. Les lance-roquettes firent sauter les camions l'un après l'autre et les soldats qui survécurent au bombardement furent ensevelis sous une pluie de plomb et de feu. Ce jour-là l'armée compta à cet endroit fatal deux cent quinze morts et plusieurs blessés. Parmi les rebelles, il y eut très peu de victimes : ils s'étaient retirés à temps dans les marécages et s'étaient cachés dans les forêts voisines.

Les hélicoptères armés firent leur apparition quelques heures plus tard, alors que les camions brûlés gisaient, renversés sur la route et dans les marécages, que les cadavres enflaient au soleil ou flottaient sur l'eau et se prenaient aux tiges des papyrus ; des lance-roquettes katiouchas furent installés sur les deux collines et la contre-offensive commença. Peu soucieux d'affronter une armée mieux équipée qu'eux, les rebelles ne l'avaient pas attendue. Et la plupart des habitants avaient aussi quitté la région. Les hélicoptères et les katiouchas bombardèrent tout : leurs projectiles tombèrent sur la forêt, l'eau, la vallée, les maisons, partout. La température de l'eau des marais s'éleva, tuant poissons, grenouilles, taons, moustiques et brûlant les tiges de papyrus qui prirent une affreuse couleur jaune ; un troupeau d'hippopotames qui séjournait à l'autre bout de la rivière se vit contraint d'émigrer. Si on n'avait pas si mal visé, il ne serait resté aucun bâtiment debout dans un rayon de dix kilomètres.

Quelques jours plus tard, alors que la forêt se consumait lentement et que les maisons étaient démolies, l'armée ratissa la région en quête des rebelles qui avaient pu échapper aux bombardements, mais n'avaient pas réussi à prendre la fuite. Quelques vieillards, hommes et femmes, qui étaient restés dans l'espoir qu'on respecterait leurs cheveux blancs furent arrêtés, on leur lia les mains derrière le dos, le fameux *kandooya*. Ne pouvant donner aucune information, ils furent tués. Ceux qui avaient été blessés durant les bombardements furent jetés du haut des toits. Tout ce qui était baisable fut baisé avant d'être tué. L'armée pilla tout ce qui restait de portes, de fenêtres et de tôles ondulées. C'est ainsi que mon village natal fut exilé dans la poussière caustique de l'oubli.

Les pillages les plus monstrueux eurent lieu dans la paroisse de Ndere. Si sa tour n'avait pas été si difficile à atteindre, ils l'auraient entièrement démantelée. Mais ils n'avaient pas envie de subir le sort de son constructeur, feu le père Roulet-Lule, qui s'était écrasé sur le béton. Ils la bombardèrent de roquettes jusqu'à ce qu'elle ploie et se froisse comme du papier. Ils firent sauter le toit de l'église et vidèrent le presbytère et l'école. Pendant l'occupation, ils s'étaient servis du mobilier scolaire pour faire cuire leurs repas ; comme ils aimaient les barbecues, ils se mirent en quête d'animaux à rôtir. C'est vers cette époque que le séminaire avait dû être attaqué et pillé et que le berger allemand du père Lageau avait dû y passer également.

Le jour qui allait être le dernier de leurs opérations, ils arrêtèrent un prêtre et un catéchiste qui s'étaient cachés dans la forêt et les pendirent, la tête en bas, aux poutres fumantes de la paroisse. Leurs cervelles et leur salive s'écoulèrent goutte à goutte jusqu'à ce que mort s'ensuive, puis les oiseaux vinrent picorer leurs yeux.

Les bombardements intenses étaient toujours suivis de pluies abondantes. Les pluies, aigries par le désir de vengeance des morts, s'abattirent sur les marais qui débordèrent et inondèrent les régions avoisinantes. Elles minèrent les fondations des maisons qui s'effondrèrent. Elles charrièrent toute la gadoue en vagues tourbillonnantes jusqu'au pied de Mpande Hill et balayèrent ainsi toute l'histoire du village. Le tonnerre et les éclairs, associés à la pluie incessante, détruisirent ce qui restait des terres familiales. A la fin, l'herbe à éléphant envahit les cours, les cimetières et les ruines.

Lorsque nous nous y rendîmes pour calculer le nombre d'aqueducs nécessaires à la canalisation des puissants marais de Mpande, le village n'existait plus et son souvenir était réduit à une boue brunâtre qui dégoulinait des pentes des deux collines. La maison de Grand-pa et le cimetière familial avaient disparu, de même que la maison de célibataire de Serenity, la belle maison des Stefano et les « restaurants », « casinos » et « supermarchés » du nouveau quartier. Mon arbre favori n'existait plus : abattu par les bombes. Presque personne n'était retourné au village.

Tante Tiida et tante Nakatu y étaient allées pour essayer de sauver quelques objets des ruines et les garder en souvenir de leur village natal, mais, bouleversées par le caractère éphémère de ce qu'elles avaient cru éternel, elles s'étaient empressées de se réfugier dans leurs maisons. Serenity y était aussi allé pour évaluer de ses propres yeux les conséquences du cycle de l'histoire et de la guerre et ce qu'il pouvait éventuellement encore faire. Il s'était, lui aussi, caché le visage dans les mains et s'était enfui : la réalisation du rêve de sa jeunesse vindicative le remplissait maintenant d'horreur. La maison de ses cauchemars avait disparu. Les terres du clan et leurs métayers avaient disparu. Sa propre maison de célibataire où était resté le souvenir de ses conquêtes avait aussi été rasée. Sur le chemin du retour, il passa par l'endroit où jadis il y avait la maison du Violoneux. Les fondations de l'habitation étaient invisibles et c'est à peine s'il avait pu retrouver l'endroit où s'élevait jadis le refuge de sa jeunesse. Il comprenait maintenant pourquoi la ville et ses faubourgs grouillaient de gens qui préféraient vivre dans les pires conditions plutôt que de retourner dans leurs villages natals comme le leur demandait le gouvernement. Plusieurs membres de son syndicat faisaient partie de cette catégorie.

Dans cette région entièrement démolie, il n'était pas difficile de voler des camions de ciment destinés à la reconstruction des aqueducs. La commission chargée de la reconstruction était impuissante à cause de la faible densité de la population. Elle comptait un grand nombre d'analphabètes et les membres honoraires se perdaient dans des dédales de calculs mathématiques. D'après les bordereaux de l'entrepôt, on avait livré dix camions de ciment. En réalité, nous n'en trouvâmes que cinq. Sur les marais de Mpande, on construisait des aqueducs en rognant sur la quantité de ciment nécessaire. Les voleurs avaient opéré selon l'ancienne tactique, mais le syndicat avait eu de plus grandes exigences. J'étais furieux et Lwendo comprenait fort bien pourquoi. « Cette fois, pas de merci, lui dis-je. Si nous leur mettons la main dessus, nous n'aurons pas de pitié. » Sur le moment, il fut tout à fait de mon avis, mais il se rendit compte plus tard que c'était peut-être notre dernière chance. C'est seulement au bout de quelques jours qu'il me dit :

— Ecoute, n'exagère pas. Ne te laisse pas influencer par tes émotions.

— Qu'est-ce que tu veux dire ? Mon village a été effacé de la surface de la terre. Et tu veux que je trouve ça normal ?

— Je n'ai pas dit ça.

— Putain, qu'est-ce que tu dis alors ?

— Que c'est peut-être le moment ou jamais de faire un grand coup. Tu sais fort bien que nous ne pouvons pas continuer éternellement de la sorte. C'est peut-être notre dernière chance. La destruction du village et la disparition de tous ces camions sont un signe. Tu es le village. Le village continuera à vivre en toi. On ne retrouvera pas le ciment, et les criminels s'en sortiront à bon compte. Il vaut mieux se servir et partir plutôt que laisser un agent de police se remplir les poches.

— Non, pas cette fois.

— Si, cette fois, justement.

Notre contact de Radio-Ouganda avait entretemps exigé des pourcentages plus élevés sous prétexte qu'il recevait des lettres de menace, et trouvait des geckos décapités et autres ordures sur le seuil de sa maison. Quand il nous eut dit à qui nous adresser, Lwendo se procura une jeep et un fusil et nous

nous rendîmes à Jinja Road, derrière l'immeuble de Radio-Ouganda.

La maison était un splendide bungalow, caché derrière une clôture, et donnait sur un immense terrain de golf et la colline Kololo. Notre salaud était chez lui : un petit homme bien habillé, intelligent, qui, au début des années quatre-vingt, avait fait fortune en spéculant. C'était inouï ce que ces criminels en col blanc pouvaient avoir l'air inoffensifs ! Il aurait pu être professeur au collège Sam Igat Memorial. Il avait l'air mal nourri, mais il possédait des entrepôts à Kikuubo et faisait des affaires avec Londres et Dubaï.

Il nous donna tout ce que nous voulions sans trop de difficultés. C'était trop beau.

Après avoir reçu l'argent, nous nous tînmes à carreau pendant quelque temps. J'en profitai pour faire le bilan de ma situation. Quoi qu'il arrivât, je n'avais pas tellement envie de retourner au S.I.M.C. Je pouvais rester tranquille et faire la comptabilité de tante Lwandeka en réfléchissant à l'avenir. Je pouvais faire un voyage. Où ? A l'étranger : beaucoup de jeunes allaient tenter leur chance en Angleterre, en Suède, aux Etats-Unis, en Allemagne, dans l'espoir de gagner assez d'argent pour construire des maisons et acheter des autos. Le truc, c'était de demander l'asile politique parce que c'était la seule manière de s'assurer le droit de rester en Occident. Je n'avais pas l'intention de rejoindre leurs rangs. Les humiliations subies dans les camps de réfugiés politiques n'étaient pas de mon goût. Je pouvais peut-être me rendre en Occident en touriste.

L'homme que nous avions rançonné n'était pas un imbécile. Il se servit de ses relations en haut lieu pour nous dénoncer, et la nouvelle arriva aux oreilles de Padre. Celui-ci convoqua Lwendo à son bureau et s'adressa à lui comme un père à son fils coupable. Il lui dit qu'il était profondément déçu, qu'il avait mis de grands espoirs en lui et qu'il ne comprenait pas comment il avait pu se laisser tenter par la corruption. Lwendo, le fils prodigue, baissa la tête comme s'il tendait son cou au couperet. Padre, un homme peu bavard qui connaissait la tentation de l'argent, lui dit qu'il ne le ferait pas emprisonner. Il préférait le muter dans le Nord pour aider à la reconstruction de cette région. En d'autres termes, Lwendo était chassé du paradis et envoyé dans la dure réalité. Méditant déjà un projet de fuite, il accepta sa punition, tête basse.

C'était vraiment l'expulsion du paradis pour lui. Dans le Sud, on oubliait facilement que les combats se poursuivaient au nord. Certes, le nouveau gouvernement avait conquis une grande partie de la région, mais les combats de rebelles se poursuivaient. Le noyau dur des combattants d'Obote n'acceptait pas qu'une armée du Sud ait pris le pouvoir au nord. Ils essayaient de soulever la population et quand ils n'y arrivaient pas, ils attaquaient des villages et terrorisaient leurs habitants. Connaissant bien le terrain, ils pouvaient attaquer rapidement, saccager tout et se retirer avant que l'armée puisse intervenir. L'ironie du sort voulait qu'après avoir fait la guérilla contre un gouvernement dirigé par des gens du Nord, ceux du Sud se retrouvent maintenant dans la même situation épineuse. Et de même que ceux du Nord avaient eu une peur bleue dans nos brousses et nos marais, de même les Sudistes ne savaient pas ce qu'ils allaient trouver dans les plaines poussiéreuses où ils poursuivaient des guerriers insaisissables. Mais contrairement aux combattants d'Obote, les Sudistes n'avaient pas le droit de molester les habitants. Les soldats convaincus de viol et de pillage étaient fusillés. Les associations des droits de l'homme avaient violemment protesté contre cette pratique, mais le gouvernement avait tenu bon et lorsqu'un soldat se rendait coupable de viol ou de méfaits semblables à ceux des combattants d'Obote dans le Triangle de Luwero, il pouvait être presque sûr qu'il paierait son méfait de sa vie.

Lwendo tremblait à l'idée des dangers qui l'attendaient dans ce qu'il fallait bien considérer comme une zone de guerre. Il avait eu de la chance dans la guérilla, en aurait-il aussi dans le Nord, cette région qui l'épouvantait ? Ce qu'il craignait le plus, c'étaient les embuscades. Il se voyait à bord d'une voiture du ministère de la Reconstruction ; la voiture sautait sur une mine et il perdait ses bras et ses jambes dans l'explosion. L'idée qu'il pourrait être invalide pour le restant de ses jours le rendait fou.

Représentant du gouvernement, il allait devoir faire tout son possible pour gagner la sympathie de la population car le gouvernement tenait à la rallier à sa bannière, ne voulant pas donner l'impression d'être une force d'occupation sudiste.

Lwendo me parla de son exil et me demanda conseil. Il n'avait pas besoin de mon avis, il voulait seulement s'entendre dire ce qu'il pensait lui-même.

— As-tu dis que tu y allais ?

— Un soldat doit obéir.

— Mais si tu quittes l'armée, tu n'as pas besoin d'obéir.

— J'y pense, mais en attendant, il faut que je fasse comme si j'étais prêt à aller dans le Nord.

— Terrible, hein ? dis-je en manière de plaisanterie.

— Je n'aimerais pas me trouver parmi les gars qui combattent là-bas. L'armée les traite avec une extrême sévérité parce qu'elle a peur qu'ils se vengent sur des civils innocents. Je croyais avoir échappé à toute cette saloperie, et maintenant ce connard m'envoie directement en enfer !

Je secouai tristement la tête.

— Je voudrais que tu fasses quelque chose pour moi, dit-il en me regardant droit dans les yeux.

Il ne s'était pas rasé depuis une semaine et avait un air peu recommandable. Il va me demander de le payer pour tout l'argent que nous avons gagné, pensai-je avec dégoût.

— Oui ? dis-je sans trop d'enthousiasme.

— J'aimerais que tu viennes avec moi faire un tour de reconnaissance dans le Nord.

— T'es complètement dingue ou quoi ? Tu veux que je me fasse tuer ?

Il y avait de fortes chances pour que notre véhicule saute sur une mine. Les anciens bandits d'Obote faisaient des raids qui étaient encore plus cruels que jadis parce qu'ils avaient perdu et qu'ils allaient connaître des temps difficiles. J'étudiais mentalement la carte de l'Ouganda. C'était bien beau de connaître les noms des villes et des cultures, mais en réalité cette région restait pour moi une *terra incognita*. Passé le lac Kyoga et le Nil, tous les buissons avaient l'air de cacher des bandits et des combattants aguerris d'Obote.

— Tu veux ma mort ?

Lwendo se mit à rire d'une drôle de manière. Il se marrait ou alors il avait peur que je le déçoive ?

— Pourquoi as-tu si peur de la mort ?

— Je lui ai échappé toutes ces années, pourquoi irais-je la chercher dans le Nord ?

— Allons, allons, n'exagère pas. Le calme est revenu presque partout sauf dans quelques foyers de résistance. Comme ici dans les années quatre-vingt ; les combats sont très localisés et, en dehors de ces foyers, la situation est plus ou moins normale.

Ce qu'il en disait, c'était pour se rassurer lui-même, pas moi. Finalement, je me persuadai que je n'avais pas le choix. Ce ne serait pas loyal de refuser et j'étais en quelque sorte lié à lui. Au fond, j'avais bien envie de connaître une partie du Nord et, en vérité, je n'avais pas peur de la mort, mais de la douleur qui la précédait.

La semaine n'était pas encore passée que nous étions déjà en route. Je n'avais pas dit où je me rendais à tante Lwandeka. Elle pensait que nous allions inspecter une région sinistrée. Nous prîmes place dans une voiture du ministère qui faisait partie d'un convoi de ravitaillement pour le Nord. Nous avions une escorte militaire de quatre jeunes gars d'environ dix-sept ans. Ils étaient armés de fusils AK-47 qui me rappelèrent ma rencontre nocturne avec la Trinité infernale. Je regardais les magasins renflés, les canons effilés et le bois brillant des crosses et je pensais au pouvoir que donnait la possibilité d'appuyer sur la détente. Mais ce pouvoir n'avait rien de glorieux, le prix à payer était bien trop élevé pour cela. En observant ces garçons qui avaient l'âge des élèves du S.I.M.C., je me demandais combien de personnes ils avaient déjà tuées et à quoi ressemblerait leur avenir. Pensaient-ils aux gens qu'ils avaient fusillés ? Y penseraient-ils quand ils seraient plus âgés ? Quelles conséquences cette expérience aurait-elle dans leur vie ? Deviendraient-ils des meurtriers maniaques ? Ils semblaient avoir l'ingénuité de croire qu'ils pourraient désamorcer une grenade en pissant dessus. Quel impact tout ceci aurait-il sur leur vie future ? Je songeai qu'ils devaient avoir tout au plus treize ans à leur entrée dans l'armée. Ils avaient grandi dans le maquis ; seraient-ils capables de s'adapter à la vie de caserne ? Ils jouissaient visiblement du pouvoir qu'on leur avait donné ; je voyais qu'ils crânaient. On leur avait promis monts et merveilles ; mais qu'arriverait-il si les promesses n'étaient pas tenues ? Je craignais ces enfants beaucoup plus que leurs collègues adultes. Les plus anciens semblaient plus faciles à corrompre, plus conscients des problèmes de la vie : ils accepteraient sûrement de négocier si on leur faisait miroiter des compensations. Mais pour ces jeunes garçons, les ordres étaient comme une drogue, ils ne pouvaient pas s'en passer.

A l'âge où ils s'étaient enrôlés dans la guérilla, moi je me débattais dans mes difficultés avec Cadenas, Serenity et leur despotisme. Si j'en avais eu la possibilité, si les circonstances s'y étaient prêtées, je serais sûrement devenu soldat. Où serais-je maintenant ? Pour le coup, j'aurais eu quelques cadavres sur la conscience. J'avais eu de la chance de ne pas en arriver là. Je crois que j'aurais tué pas mal de Cadenas autour de moi alors que la vraie continuait à manger, à respirer et à élever les chiards dans sa pagode. A bien y penser, je l'aurais peut-être fait mourir elle-même sous les tortures et j'aurais joui de ses hoquets sanglants. Bah...

On n'était pas très causant dans la voiture. Lwendo voulait garder ses distances vis-à-vis de ces jeunes combattants. Il me disait toujours que je devais me tenir loin de la soldatesque.

— Cela n'en vaut pas la peine. A l'heure du danger, un ami n'hésiterait pas à te descendre s'il en recevait l'ordre.

Nos co-voyageurs préféraient eux aussi se taire. Ils avaient, comme nous, peur du Nord, et essayaient de se persuader que leur angoisse n'était que dans leur tête. Nous nous trouvions dans le Triangle de Luwero et filions sur la fameuse route de Gulu qu'avait empruntée l'armée en déroute d'Amin, d'Obote I et d'Obote II. Je n'étais jamais allé si loin et grande était mon excitation. Nous nous arrêtâmes plusieurs fois pour pisser et acheter, le long de la route, des bananes, des épis de maïs rôtis, des patates douces et des jus de fruits.

A la hauteur de Masindi, qui correspond à peu près au centre du pays, là où au dix-septième et au dix-huitième siècle les anciens royaumes du Sud côtoyaient les peuples du Nord, j'eus l'impression d'entrer dans un pays étranger. Je me sentis l'âme d'un rebelle sudiste chargé d'une mission obscure. Au tournant du siècle, nos ancêtres étaient arrivés jusque-là pour aider le régime colonial britannique. Nous allions maintenant voir si le Nord et le Sud pouvaient encore vivre ensemble après tout ce qui s'était passé. Le district de Lango n'était qu'à une plaine, une rivière de là. Son fils le plus célèbre, Milton Obote, s'était réfugié dans un pays étranger, loin des problèmes qu'il avait créés dans notre pays. Il avait quitté cette terre âpre, traversé le Sud en vrai conquérant et, instaurant un système politique basé sur les manipulations, les malentendus, l'arrogance et l'ignorance, il s'était emparé du plus grand butin possible : le gouvernement de ce pays. Maintenant il avait jeté ses fusils et ses bottes aux orties et abandonné le peuple à son sort. J'essayais de voir ce qu'il avait fait pour ceux du Nord. Pas grand-chose, apparemment ! En forban chevronné, il s'était surtout appliqué à poursuivre son propre intérêt.

Le vert omniprésent du Sud fit place à des étendues immenses de terre sèche, parsemées de rares touffes d'herbe et d'arbres malingres, sous des ciels infinis. L'air était chaud, le paysage rude et on avait soif rien qu'à regarder cette terre nue et sèche. Le soleil, que rien n'arrêtait, tombait du ciel à pic et concentrait ses feux sur la terre et les gens. Le vent soulevait la poussière et la faisait tourbillonner d'une manière qu'on aurait pu dire folâtre. Dans cette région, il fallait lutter sans cesse : pour la nourriture, pour l'eau, pour la vie.

Nous vécûmes quelques moments angoissants lorsqu'une des voitures de notre convoi tomba en panne. Rien de grave, mais pendant qu'on la réparait, tout le monde était nerveux comme si des bandits étaient sur le point de surgir de la terre pour nous attaquer. Les enfants-soldats n'avaient plus l'air si sûrs d'eux et mon ami Lwendo avait les aisselles mouillées et regardait avec méfiance autour de lui comme si l'endroit grouillait de vampires.

Nous arrivâmes enfin à Lira. C'était comme si nous étions tombés du ciel. La ville avait l'air d'être sortie du sol comme un champignon : complètement isolée et ouverte de tous côtés. Elle ressemblait à toutes les autres villes africaines : peu d'infrastructures, des constructions basses sous l'immensité du ciel, un désordre joyeux. En comparaison, Kampala était un paradis malgré tous ses défauts. Comme dans toutes les zones de guerre, l'armée était présente partout et on nous recommanda de ne pas sortir le soir. Les soldats essayaient d'avoir l'air décontracté, et ils réfrénaient leurs tendances paranoïaques. Partout régnait un sentiment écrasant de nudité et d'exposition. Au sortir de nos grandes forêts et de notre haute végétation, nous nous sentions ici en proie à toutes sortes de puissances obscures. Une sensation qui était renforcée par la présence, dans la ville, de personnes déplacées. Leurs visages égarés, leurs traits fatigués nous disaient que le danger se cachait partout.

Une partie de notre convoi s'enfonça dans le district d'Acholi pour rejoindre Gulu. Nous les regardâmes partir le lendemain matin, heureux de pouvoir rester.

Lwendo avait peur de la population locale qui devait mener un dur combat pour survivre. Les personnes déplacées le rendaient nerveux. Il avait peur qu'elles tirent sur lui, mais elles n'avaient pas d'armes, pas même une lance ou un panga. Il imaginait qu'il y avait parmi elles des rebelles ou des sympathisants de rebelles et qu'elles allaient battre le rappel de leurs amis pour nous abattre. Selon toute évidence, les soldats n'étaient pas payés pour réfléchir, et le cerveau de Lwendo l'assaillait nuit et jour de cauchemars avec des soldats. Les fonctionnaires du bureau de la reconstruction parlaient en anglais ; ils nous firent part des informations qu'ils possédaient sur les localités les plus sinistrées et furent aimables et rassurants. Ils avaient intérêt à garder de bons rapports avec les autres fonctionnaires car leur population avait besoin d'assistance. J'avais confiance en eux, pas Lwendo. Le soir, il me parlait des tranchées où il avait dormi :

— Le fossé se transformait en un énorme vagin où nous nagions, le feu entre les jambes.

— Que faisiez-vous donc ? demandai-je avec curiosité.

Il était toujours si avare de renseignements sur ses expériences de soldat !

— Baiser tout ce qui portait une jupe, dit-il dans un grand éclat de rire.

— Tout ?

— Je peux t'assurer que ce sont des moments de folie, de pulsions démentes, dit-il en mordant rêveusement sa lèvre inférieure. La femelle la plus laide ressemble aux déesses de nos rêves nocturnes. Je crois que, dans cette situation, certains étaient capables d'enfiler un chien.

Nous nous mîmes à rire, à nous donner des tapes dans le dos.

— Ce sont des éclairs de conscience que les civils ne comprendront jamais. On se fragmente en plusieurs morceaux qu'on recompose toutes les secondes !

— Ressentais-tu quelque chose de particulier ?

— J'avais l'impression d'avoir fait un aller-retour en enfer en l'espace d'une seconde. Comme si j'avais voyagé dans le temps ou vécu quelque chose de magique. Je me sentais bien au-dessus de n'importe quel civil.

— Mais quand tu... ?

— Oh, la fusillade en soi n'était rien en comparaison. On attendait, on avait peur puis, le moment venu, on tirait. Ensuite c'était le vide, et l'envie de recommencer : l'angoisse terrible, le feu dans l'entrejambe, la déception après le tir et l'explosion de l'objectif. Du point de vue physique, on se défoule plus en donnant des coups de poing. Ce dont je me souviens le mieux, c'est l'odeur de la poudre et les explosions.

J'allais dire : Ah, nous y voilà ! Mais comment lui demander maintenant combien de gens il avait tués ? Et où ? Il s'aperçut que je l'observais et que j'étais en train de l'évaluer, que mon jugement était un peu au-delà ou un peu en deçà de la vérité et que je comparais ses récits avec ceux que j'avais entendus ailleurs. Il sourit et partit de nouveau d'un grand éclat de rire. Je pensais qu'il allait m'en parler spontanément, mais il ne le fit pas et je ne réussis pas à trouver une manière de le lui demander sans paraître indiscret. Je voulais aussi me protéger, ne pas devoir me dire, quand il était en colère : il en a tué tant, qui me dit qu'il ne me liquiderait pas s'il venait à perdre le contrôle de ses nerfs ?

Le retour fut moins éprouvant : le paysage nous était devenu familier. Lwendo avait déjà pris sa décision : il allait démissionner. Il n'avait qu'à corrompre un médecin militaire pour se faire renvoyer de l'armée. Il avait déjà eu, dans le passé, des maux d'estomac et des hémorroïdes. Les maux d'estomac pouvaient se transformer en un ulcère et les autres pouvaient provoquer des hémorragies exigeant une opération.

Une maladie étrange sévissait depuis la fin de la guérilla : les gens dépérissaient à vue d'œil et tombaient comme des mouches. Les symptômes — fièvre, éruptions cutanées, ampoules — faisaient penser à un envoûtement. Nombreux étaient ceux qui allaient demander un diagnostic au « Vicaire » et autres sorciers. L'épidémie s'était déclarée au sud-ouest de l'Ouganda, dans le lointain dictrict de Rakaï, à cinquante kilomètres et des poussières de Masaka. La théorie courante était que les contrebandiers tanzaniens avaient jeté un sort à leurs homologues ougandais parce que ceux-ci les avaient trompés dans les années soixante-dix et quatre-vingt, à l'époque florissante de la contrebande dans les régions marécageuses. Et comme dans le commerce c'était toujours la pagaille, comme on n'avait pas de meilleure explication, beaucoup de gens y croyaient. Mais que dire de tous ces cas de mortalité dans la capitale ?

Peu après, on donna son vrai nom à la maladie, mais pour nous elle garda son nom primitif : slim[1].

1. De *slim disease* : maladie de la maigreur.

Elle confirmait la théorie selon laquelle toute guerre était suivie d'un désastre. A la Première Guerre mondiale avait succédé la grippe espagnole. L'épidémie actuelle en était notre version à nous, plus cruelle, plus froide. Elle consumait lentement la population active et accablait les vieilles gens du poids de l'éducation de leurs petits-enfants devenus orphelins. Elle frappait au cœur de la société et tendait à l'extrême les rapports familiaux. Elle faisait trembler les villes dont elle arrêtait le développement et faisait pleurer les villages qui ne pouvaient pas exploiter leurs possibilités. Les villes hoquetaient de douleur et les villages se tordaient dans l'odeur nauséabonde des diarrhées vertes.

Au début, la plupart des victimes du slim étaient des étrangers, mais au bout d'un certain temps, la maladie se rapprocha de nous et une série de désastres s'abattirent sur oncle Kawayida avec une virulence apocalyptique. Nous en fûmes tous consternés, surtout le narrateur, qui admirait cet homme pour sa capacité de transformer les choses les plus banales en récits fantastiques.

Ses épreuves semblaient curieusement liées aux mouvements des Asiatiques : à leur départ, il s'était enrichi et maintenant qu'ils revenaient, il commençait à décliner.

Oncle Kawayida était le premier des rejetons de Grand-pa à avoir acheté une voiture. Il avait toujours eu le sens des affaires. Quand il était petit, il vendait, à l'école, des bananes, du sucre de canne, des crêpes et des œufs durs. Chaque fois qu'il y avait quelque chose à fêter, une compétition de football interscolaire ou un tournoi d'athlétisme, il apportait à l'école le réchaud et les ustensiles de cuisine de sa mère et l'aidait à préparer et à vendre leurs marchandises. Ses camarades se moquaient de lui et disaient qu'il sentait la graisse de cuisson, mais rirait bien qui rirait le dernier : lui, il avait de l'argent de poche.

Il avait donc commencé tôt. Lorsque Amin prit le pouvoir, il comprit que les temps allaient changer. Il vendit sa moto, l'aigle au ventre bleu, emprunta de l'argent à un ami et rassembla la somme nécessaire à l'achat d'un terrain à Masaka. Quand l'exode des Asiatiques se déclencha, il alla faire un tour en ville pour prospecter les possibilités offertes à un homme de sa trempe.

Il savait qu'il était capable de travailler dur pour un objectif qui lui tenait à cœur. Il savait qu'il devrait travailler très dur, comme d'habitude. Il cherchait un commerce simple, basé sur des ressources locales, un marché local et des bénéfices rapides. Il observa les boutiques asiatiques et les rares boutiques africaines de la ville et conclut qu'il n'était pas fait pour rester enfermé toute la journée dans un réduit sans air, avec un écoulement de marchandises lent et des soucis de fin de mois. Et il ne disposait pas des qualités ni des crédits lui permettant de renouveler son stock et de soutenir la concurrence.

Dans ses déplacements de releveur de compteurs, il avait eu l'occasion de bien connaître la région. Il avait été impressionné par les implantations marécageuses des environs de Rakaï, surtout de la ville de Kyotera, nichée entre deux collines, dans laquelle il voyait une version plus imposante de son village natal. Certains week-ends, il allait avec ses amis à Kyotera pour y boire un verre et observer les camionneurs qui s'arrêtaient là avant de poursuivre vers la Tanzanie, le Rwanda et la Zambie. Parfois, ils étaient sur le chemin du retour à destination du Kenya, sur la grande route qui passait par Masaka, Kampala, Jinja, Tororo, Malaba et Mombasa, au bord de l'océan Indien. La plupart des camionneurs étaient somaliens et éthiopiens, des hommes maigres et coriaces qui, telles des fourmis nomades, n'avaient pas l'air d'être conscients des distances et du temps. Ils passaient la nuit à Kyotera, faisaient la cuisine, lavaient leur linge, réparaient leurs véhicules avant de poursuivre leur grand voyage. Les marchandises, illégales aussi bien que légales, passaient la frontière pour changer de propriétaires, les Ougandais les vendaient aux Tanzaniens et vice-versa.

Cette route de transit donnait à Kawayida l'impression qu'à partir de ces marécages isolés de Kyotera, il était en contact avec le vaste monde. Dans les années soixante-dix et quatre-vingt, il avait souvent envisagé de s'y installer pour se lancer, lui aussi, dans le commerce transfrontalier. Les possibilités étaient nombreuses : on pouvait tenter sa chance dans l'or et les diamants du Zaïre, faire le commerce du poisson, de l'habillement, des chaussures et des bijoux. Mais à cette époque, il n'avait pas osé se mettre à son compte.

Un jour, en rentrant de son travail, en fin d'après-midi, il entendit des dindons glouglouter et secouer leurs plumes dans une basse-cour. La chose le frappa parce qu'il pensait depuis quelque temps à un élevage de volailles. Avant de se lancer dans les poulets, il essaya l'élevage des dindons. Les dindes étaient les oiseaux les plus stupides qu'il eût jamais vus. Quand on les laissait courir librement, elles déposaient leurs œufs dans les endroits les plus impensables : derrière une barrière ou sur l'herbe courte, là où aucune poule ne songerait à pondre. Les dindes ne savaient protéger ni leurs œufs ni leurs poussins. Si on voulait en tirer profit, il fallait les mettre dans des poulaillers et s'occuper soi-même des œufs et des poussins.

Pendant les ventes folles qui accompagnèrent le départ des Asiatiques, oncle Kawayida acheta un pick-up d'occasion que, dans son désespoir, le propriétaire asiatique avait voulu brûler. Les amis de Kawayida se moquèrent de lui en lui disant qu'il pourrait transporter tout au plus deux dindons dans un tel pick-up. Il les laissa rire. Il hypothéqua son terrain pour faire un emprunt et loua un hangar qu'il remplit de nourriture pour volaille avant de se mettre en quête de dindons.

Arrivé à ce point, il n'avait presque plus d'argent, mais assez de réserves pour nourrir les dindons durant un an. Il installa des mangeoires et des lampes électriques et les oiseaux purent manger nuit et jour. Quand il était à son bureau, sa femme le remplaçait. En rentrant, il nettoyait les mangeoires et les remplissait, retournait la sciure pour faire tomber les crottes au fond et se perdait dans la contemplation de ses bêtes.

Quand l'euphorie causée par le départ des Asiatiques fut tombée, alors que les autres se disputaient les boutiques restées vides, Kawayida vendait déjà des dindons aux hôtels de la capitale. Quand la plupart des commerçants en étaient encore à leurs débuts, il expérimentait déjà des produits de croissance rapide pour avoir de plus grosses bêtes. Peu de temps après, on lui livra ses premiers poulets.

Les sceptiques lui dirent de prendre garde car les poulets mouraient en grand nombre et il était difficile de les vendre. Mais il savait que les poussins mouraient généralement parce qu'ils étaient mal soignés et vaccinés trop tard. Lorsque les premiers poussins naquirent, il prit une année de congé et surveilla jour et nuit les petites boules de duvet. Quelques-uns moururent de constipation, mais leur nombre était négligeable. Il sépara les faibles des plus forts et nourrit les premiers un à un. Il instillait de l'eau goutte à goutte dans leur bec qu'il plongeait ensuite dans la nourriture et il attendait patiemment qu'ils aient avalé. L'ancien garçon qui sentait la graisse de cuisson était devenu un homme qui sentait les poulets. Il les fixait si longuement qu'il les vit pratiquement grandir sous ses yeux. Il s'émerveillait de voir leurs plumes sortir des ailes comme de la mauvaise herbe, les pattes se renforcer au fil des jours et leur appétit grandir. Contrairement à ce qu'on lui avait prédit lors de la première vente, il avait encore quatre-vingt-quinze des cent poulets qu'il avait achetés.

Ce fut le début de sa prospérité. Il dut agrandir son élevage de poulets et de dindons. Les murs tremblaient des cris des dindons, frustrés de ne pas pouvoir sauter par-dessus les haies pour molester les passants. Les cages puaient les excréments, et aux heures de pointe, les poutres et les tôles ondulées résonnaient des caquètements des poulets qui se disputaient la nourriture. Contre toute prévision, le marché des poulets et des dindons s'élargit de plus en plus, parce que peu de gens avaient osé investir dans ce genre d'élevage.

Au bout de quatre ans, alors que de nombreux commerçants s'accrochaient à leurs planches à moitié vides parce qu'ils ne pouvaient pas suivre les aléas du commerce de détail, il avait démissionné de son poste et agrandi son affaire. A peu près à la même époque, les soldats en garnison dans les casernes voisines commencèrent à faire une grande consommation de poulets rôtis. Il se mit en contact avec le fourrier en chef des casernes qui lui demanda de surfacturer les bons de consommation, de sorte que les officiers purent jouir du double plaisir de se remplir les poches et de déguster du poulet de qualité. Il acheta une nouvelle camionnette et embaucha un chauffeur pour aller chercher les montagnes de nourriture nécessaires et livrer aux clients les cages pleines de volailles. Oncle Kawayida lui-même continua à rouler dans son vieux pick-up pour racoler de nouveaux clients.

A l'apogée de leur prospérité, la femme d'oncle Kawayida, qui gardait une dent contre sa vieille ennemie Cadenas, prononça cette phrase mémorable lors d'une visite de tante Tiida : « Dommage qu'elle ne soit pas assez intelligente pour faire des robes avec des plumes de poulet. On les lui aurait volontiers livrées à domicile. »

Oncle Kawayida, qui connaissait la mauvaise langue de sa femme, protesta, et elle lui répondit :

« Laisse-moi ce plaisir, une femme qui bosse comme je le fais a bien droit à une petite vengeance de temps à autre. »

Tante Tiida, resplendissante de l'éclat de sa nouvelle Peugeot, rit de bon cœur. Il était de notoriété publique qu'elle n'avait jamais pu blairer Cadenas. Ces gens de basse origine qui se donnaient des airs lui portaient sur les nerfs. Un autre jour, la femme de Kawayida dit que Mbale ferait mieux de fabriquer des briques avec des excréments de poulet, et oncle Kawayida rit avec condescendance. Elle n'était pas pour rien une Kavule ; les membres de cette famille étaient connus pour ne pas mâcher leurs mots.

Les voyages qu'oncle Kawayida faisait pour acheter la nourriture de ses volailles et vendre ses bêtes réveillèrent en lui d'autres instincts. Il sentit un besoin irrépressible de se multiplier. Fils unique, il se sentait unique en son genre et menacé d'extinction. Comme s'il s'appliquait à suivre l'exemple de feu son beau-père, il courait fiévreusement après toutes les belles femmes de la ville. Il avait toujours eu honte des dents proéminentes de sa mère et la vue d'une belle femme aux dents bien alignées ne manquait jamais d'allumer ses sens. Il voulait se multiplier avec le concours des femmes les plus belles comme s'il espérait effacer de cette terre toutes les dents proéminentes. Quand il rencontrait une femme, il commençait par regarder sa bouche. Au début, il bandait à la vue de toutes les femmes aux dents droites comme si c'étaient des déesses.

Le jour où il rencontra sa future femme, il paniqua : une femme si belle qui avait des sœurs si belles ne voudrait sûrement pas épouser un homme dont la mère avait des dents proéminentes. Il fut étonné de constater que cela n'avait aucune importance pour elle. Quand ils se disputaient, il se disait qu'elle allait lui jeter les dents de sa mère à la figure. Mais elle ne le fit jamais. C'était le seul sujet sur lequel elle fût capable de se taire. Ouf ! C'est pourquoi il lui pardonna bien des choses. Les années passant, il avait maîtrisé son angoisse et maintenant il n'avait d'yeux que pour les belles femmes. Il leur envoyait des cadeaux : œufs décorés, grands oiseaux dans des cages multicolores et compliments. Il les invitait aux matchs de football. Il les comblait dans l'espoir qu'elles lui donneraient de grands bébés resplendissants de santé. Désormais, on signalait sa vieille camionnette dans divers endroits. Les femmes n'avaient pas honte de s'y montrer car elles savaient que mon oncle se vantait de ses conquêtes. Elles ne se plaignaient jamais du fait qu'il ne porte que des jeans, des chemises de coton et des chaussures de tennis.

Ses camarades, qui l'accompagnaient toujours aux matchs de football, faisaient quelquefois office de chasseurs de têtes. Il aimait, après les matchs, les emmener chez lui pour prendre un pot et raconter des histoires. Chacun avait le droit de raconter ce qu'il voulait. Au bout d'un certain temps, ce jeu prit l'allure d'une compétition : c'était à qui serait le meilleur conteur. Le sujet était emprunté à la vie quotidienne qu'on changeait un peu pour rendre l'histoire plus captivante. La femme d'oncle Kawayida détestait ces gens qui dénichaient des femmes pour son mari et faisaient trop de bruit chez elle. Mais comme sa mère lui avait appris à ne jamais humilier un homme sous son propre toit, elle n'osait pas lui interdire de les inviter. Elle se rattrapait en menant sa propre guérilla : elle préparait des repas pratiquement immangeables, des poulets cramés et qui sentaient encore les plumes, et des soupes beaucoup trop douces qui provoquaient la diarrhée. Mais les hommes continuaient à venir parce que leur hôte le leur demandait et que la bonne nourriture ne manquait pas chez eux. Ils connaissaient leur rôle : ils devaient donner à mon oncle la sensation qu'il avait du succès, le succès étant mesuré en fonction de son entourage et de sa générosité.

Mais la vitesse de reproduction de mon oncle laissait à désirer. Les gens disaient que sa femme lui avait jeté un sort. Ils oubliaient que les femmes de Kawayida étaient des femmes pleines d'expérience qui savaient boire des solutions de bleu de lessive, avaler d'énormes quantités d'aspirine et se faire trifouiller le col de l'utérus avec des rayons de roues de bicyclette. Elles pouvaient aussi être passées maîtresses dans l'art de ligaturer le col, d'avaler des pilules ou des herbes contraceptives traditionnelles que leur donnaient des sorciers tels que le Vicaire. Oncle Kawayida ne cherchait pas à savoir. En ce sens, il restait un optimiste incorrigible. Et chaque fois, il se disait que c'était la bonne. Il réussit finalement à avoir trois enfants naturels, trois filles. Sa femme lui en avait déjà donné quatre. Au début, elle refusa d'accueillir les trois autres, mais considérant que, de toute manière, il fallait donner de l'argent aux mères et aux filles, considérant aussi qu'en reconnaissant ces enfants elle freinerait les liaisons extraconjugales de son mari et que, de guerre lasse, il finirait par s'arrêter de faire entrer chez lui d'autres enfants, et espérant qu'avec beaucoup de tact elle arriverait à le changer, elle lui demanda d'amener tous ses enfants chez eux. Deux vinrent en effet, mais la mère de la troisième refusa de céder sa fille.

La femme d'oncle Kawayida avait grandi parmi une ribambelle de frères et sœurs et elle n'eut aucun mal à s'occuper de toutes ces filles. Le matin, dans l'air froid, on l'entendait qui leur donnait les leçons qu'elle avait reçues de ses parents. Elle se sentait comme une reine au milieu de ses subordonnées. Elle ne comprenait rien à cette femme qui avait voulu élever elle-même sa fille. Une fille unique ! A son avis, parler à un seul enfant, c'était comme se parler à soi-même. Quelle tristesse ! Evidemment les choses auraient été plus difficiles si, parmi les enfants, il y avait eu des garçons susceptibles de prendre la succession de leur père et d'hériter de sa fortune, car elle n'avait pas eu elle-même de garçons. Elle en pleurait quelquefois. Elle était jalouse de sa grande ennemie, « la femme qui tapait sur ses enfants comme si c'étaient des tambours », parce qu'elle avait ce qu'elle-même désirait en vain : des fils. C'était plus fort qu'elle : dans ses rêveries, elle idéalisait les garçons ; battre des garçons était pour elle une chose impensable. Un fils, c'était un être qu'il fallait choyer et préparer à régner plus tard, quand il serait un homme. Mais elle avait beau prier les dieux, les fils évitaient ses entrailles brûlantes de désir.

A un moment, elle se rongea les sangs à l'idée qu'une de ses sœurs puisse donner un fils à son mari. Elle ne pouvait pas se fier à ces garces. Elle se réveillait la nuit baignée de sueur en entendant quelque part, sous le toit, les pleurs vigoureux d'un nouveau-né. Elle se méfiait surtout des deux dernières, Naaka et Naaki. Elle aurait aimé les faire suivre, mais elle ne connaissait pas d'espion fiable. Le mieux était de les espionner elle-même. Elle invita les deux suspectes à venir vivre chez elle, pensant que, sous son œil attentif, elles n'oseraient pas se livrer à l'ultime péché. Elle accepterait facilement le fils d'une étrangère, mais un fils de Naaka ou Naaki lui causerait une attaque cardiaque. Les jeunes filles, qui ne se doutaient de rien, furent ravies de l'hospitalité et de la générosité de leur demi-sœur.

Les femmes stériles et celles qui veulent influer sur le sexe de leur futur enfant ne manquent pas de recevoir toutes sortes de conseils qu'elles suivent parfois. La femme de Kawayida s'était laissé dire que son cas était une affaire de régime. Elle se mit à manger dans le but d'augmenter la réceptivité de son corps à un bébé du sexe masculin. Elle se couchait en pensant à la nourriture et elle se levait en pensant encore à la nourriture. En conséquence de quoi, elle commença à augmenter de volume. Son corps s'enfla comme les dindons qu'elle vendait. Sa tête se fit de plus en plus petite et ses jambes peinèrent sous le nouveau poids qu'elles devaient porter. Ses chevilles enflèrent. Elle commença à haleter et transpirer abondamment au moindre effort, surtout quand elle s'appliquait à faire un garçon. Elle prit une femme de ménage et grossit encore plus parce qu'elle travaillait moins et continuait à manger outre mesure. Les gens crurent au début que c'était l'argent et le bien-être qui la faisaient grossir, mais ils comprirent petit à petit que c'était une maladie.

Elle demanda à son mari de faire construire une maison de famille. C'était une excellente manière d'investir son argent. Le bruit courut que les soldats d'Amin étaient mécontents et qu'ils s'apprêtaient à tuer mon oncle avant que la maison ne fût entièrement finie. Au bout d'un certain temps on découvrit que la rumeur était fausse. Oncle Kawayida contentait les officiers et, en retour, les officiers faisaient en sorte que leurs soldats le laissent en paix.

Quand ils se furent installés dans la nouvelle maison, sa femme faillit avoir un arrêt cardiaque : les médecins lui dirent qu'elle était trop grosse pour tomber enceinte. Elle fuit la maison et passa le plus clair de son temps avec les dindons : la vue de leurs gros corps perchés sur des pattes fines la consolait. Dans cette période, sa chambre à coucher ne sentait plus les philtres d'amour ni la racine de mandragore brûlant dans des débris de terre cuite en forme de soucoupe. Son plafond ne cachait plus de poussières magiques ni d'os de lion moulus enveloppés dans des écorces. Elle avait tout essayé et cela n'avait servi à rien. La fumée de duvet et de plumes d'aigle brûlés lui avait seulement donné des maux de tête terribles. Elle avait brûlé des poils de son pubis au fond d'une soucoupe en terre cuite ébréchée dans laquelle elle buvait ses tisanes d'herbes, elle les avait moulus et mélangés à du bouillon de poulet, mais en vain. Elle s'était servie de ses serviettes hygiéniques pour presser des oranges et pour tamiser le jus préféré de son mari, en vain. Avant de pénétrer dans la nouvelle maison, elle était arrivée à la conclusion qu'une malédiction planait sur sa famille — feu son père avait eu trente filles — et qu'il valait mieux arrêter les frais. Elle renonça.

Elle eut bientôt une autre raison de s'inquiéter : la maladie de cœur dont souffraient les membres de la famille de sa mère. Ce fut vers cette époque qu'oncle Kawayida eut son premier fils de Naaka. Celle-ci était repartie parce que la surveillance rapprochée de sa grosse sœur la rendait folle. Pour se venger, elle était tombée amoureuse de son beau-frère. Celui-ci lui fit jurer de garder le secret parce qu'il craignait que sa femme n'ait en effet une attaque cardiaque en apprenant qu'il avait un fils.

Entre-temps, Naaki, qui était restée et avait déménagé avec le reste de la famille dans la nouvelle maison, était tombée sous le charme des récits de Kawayida, de son allure dégagée et de sa générosité. Elle le suivait des yeux dans toute la maison, cirait ses chaussures, repassait ses vêtements et faisait son lit. Elle lui préparait des en-cas, tournait tout le temps autour de lui. Son regard se voilait lorsqu'il entrait dans une pièce. Il résista à ses charmes pendant un certain temps et alla même jusqu'à la proposer à un de ses amis. Mais la jeune fille tint bon. Elle était décidée à lui donner le plus beau cadeau : son amour et la perspective d'un garçon. Mon oncle capitula. Ils firent l'amour chez les dindons quand il allait leur donner leur dernière pâtée et qu'elle se faufilait hors de la maison pour le suivre. Les dindons misogynes, scandalisés, grattaient la sciure, lissaient leurs plumes et glougloutaient à la vue et à l'odeur d'une étrangère dans leur domaine. Ils firent l'amour dans le poulailler mais les poulets, ces bêtes stupides, étaient trop occupés à manger pour se sentir gênés. Quand la femme de mon oncle envoyait sa sœur faire une commission, ils faisaient l'amour dans le fameux vieux pick-up, et dans la maison d'un de ses amis célibataires. Par peur des racontars, ils n'allaient jamais à l'hôtel mais ils faisaient l'amour dans les vestiaires qui se trouvaient derrière le terrain de football où mon oncle, en tant que sponsor, avait ses entrées libres. Mon oncle s'arrêta de faire la cour à d'autres femmes. Les trois sœurs l'avaient ensorcelé. Il était parfaitement heureux au sein de leur triangle. Le mystère et les ruses dont il devait entourer ses activités amoureuses lui plaisaient. Il en jouissait. Il jouissait de changer de chapeau en passant de sa femme aux deux sœurs. Il s'inquiétait auprès de sa femme des bruits de son cœur et, la minute d'après, il se donnait du bon temps avec Naaki ou avec Naaka et son premier fils. Longtemps, il se déclara l'homme le plus heureux de cette terre.

Lorsque Naaki commença, elle aussi, à avoir des nausées le matin et à grignoter de l'argile, elle se disputa avec sa sœur et quitta la maison. La femme d'oncle Kawayida avait cessé de s'en faire. Elle fut heureuse d'être débarrassée de la menace constante de sa jolie sœur. Avec elle à ses côtés, elle se sentait mal quand elle regardait dans le miroir. Quel soulagement maintenant que cette sale gosse avait fichu le camp !

Les Tanzaniens entrèrent dans le pays en 1979 : ils rasèrent pratiquement Masaka pour se venger des raids militaires d'Amin sur leur territoire. Mon oncle craignait pour sa famille et redoutait les représailles du peuple à cause de ses relations commerciales notoires avec les soldats d'Amin. Mais il y eut tant d'événements à la fois que personne n'eut le temps de se laisser aller à des disputes triviales. On le laissa tranquille.

Au début des années quatre-vingt éclata la guerre civile, loin, dans le triangle de Luwero. Pendant tout ce temps, oncle Kawayida profita du meilleur de trois mondes différents : celui de sa femme, celui de Naaka et celui de Naaki. Il n'avait pas à se plaindre. Son commerce marchait comme sur des roulettes, sa femme s'était résignée et il faisait des enfants aux deux jeunes femmes.

Vers 1985, les rebelles arrivèrent dans leur petite ville paisible et tranquille. Ils le laissèrent en paix, comme l'avaient fait, avant eux, les soldats d'Obote II à qui il avait aussi vendu ses volailles. Ça faisait belle lurette qu'il n'allait plus à Kyotera. Ce village était maintenant en proie à un cauchemar broyeur d'os. Les gens mouraient en masse d'une maladie mystérieuse qu'on appelait *muteego*, une épidémie maligne qui avait le pouvoir de décimer des familles entières. Il se félicitait de ne pas avoir trempé dans la contrebande, de sorte que les Tanzaniens n'avaient aucune raison de lui jeter le sort du muteego. Le muteego était réservé aux escrocs avides. La contrebande avait d'ailleurs toujours été une activité dangereuse parce qu'elle poussait au banditisme. De nombreux contrebandiers s'enrichissaient en trompant ou en assassinant leurs partenaires commerciaux. Lui, il avait la conscience tranquille.

Lorsque les premières victimes du muteego moururent, consumées par la fièvre, une diarrhée verte et des éruptions cutanées diaboliques, personne n'eut pitié d'elles. Bien fait pour elles ! Kawayida fut invité par ses amis aux enterrements de personnes qu'il connaissait. Le nombre de victimes alla croissant. Quand les rebelles arrivèrent au pouvoir, presque tous les habitants de la région des marécages, au bord du lac Victoria, hommes, femmes, enfants, maîtresses et nouveau-nés, avaient succombé au muteego.

— Quoi qu'ils aient volé, cette punition est trop sévère, dirent ses amis en parcourant la liste des morts. Il faut faire quelque chose.

— Nous ne pouvons pas nous contenter de regarder les bras croisés.

— Le gouvernement devrait entreprendre quelque chose ; attaquer la Tanzanie pour mettre la main sur les propagateurs du muteego, par exemple.

Peu après la prise du pouvoir par les rebelles, une campagne fut lancée contre ce qu'on appelait maintenant *slim*. Ce n'était pas de la sorcellerie ; c'était une nouvelle maladie, sexuellement transmissible, et qui se répandait dans le monde entier.

« Sexe sans risque, recommandait la radio. Arrêtez de papillonner, répétait sans cesse la speakerine. Evitez la promiscuité. »

Pour la ville où oncle Kawayida était si heureux, c'était déjà trop tard. Les gens mouraient tous les jours. Il arrivait que des enterrements aient lieu au même moment dans des endroits différents du village. Les funérailles étaient vite expédiées. Fini les longs panégyriques de jadis. Le nombre des orphelins croissait d'une manière inquiétante. Les parents enterraient leurs fils et leurs filles et se préparaient à de vieux jours sombres et solitaires.

Personne n'était plus inquiet qu'oncle Kawayida. Le retour progressif des Asiatiques échappa à son attention. Il les voyait, par groupes, devant de vieux bâtiments. Il les rencontrait dans les couloirs des hôtels où il vendait ses poulets et ses dindons, mais ils ne réveillaient aucun souvenir en lui. Ils auraient pu aussi bien être la réincarnation, sous des traits asiatiques, des morts du district de Rakaï. Les commerçants qui faisaient des affaires dans des boutiques appartenant aux Asiatiques exprimaient leur crainte et leur consternation devant l'augmentation des loyers, mais il ne les entendait pas. Son univers était sens dessus dessous et il pensait à l'accident de moto qu'il avait eu dix ans auparavant, quand il était encore releveur de compteurs. Il roulait, tout joyeux, à quatre-vingts kilomètres à l'heure et tout à coup, il avait roulé dans l'herbe. Voilà, c'est ce qu'il faisait de nouveau : il roulait. Mais cette fois, il roulait au ralenti, enregistrait tous les tonneaux, sans pouvoir les arrêter.

Les choses avaient commencé à la naissance du troisième enfant de Naaki : né trop tôt, trop faible et mort de déshydratation. Quand on l'enterra, il ressemblait à un lapin nouveau-né et avait, en guise de peau, une pellicule bleue. Mon oncle n'avait jamais rien vu d'aussi dégoûtant. Puis ce fut le tour de Naaki qui avait vingt-deux ans et qu'il aimait autant qu'il avait détesté les dents de lièvre de sa mère ; elle devint de plus en plus sombre et des taches noires apparurent sur sa peau, d'abord sur ses cuisses, qui démangeaient horriblement, puis sur ses jambes, sa poitrine et son dos, et finalement sur tout son corps. Elle se mit à porter des chemises à manches longues et des pantalons, elle se grattait et s'enduisait de pommade toute la sainte journée. Oncle Kawayida sentait dans sa propre chair tous les changements qui survenaient en elle. Ses sentiments pour autrui n'avaient encore jamais été mis à telle épreuve. La maladie risquait d'anéantir tout le plaisir qu'ils avaient vécu ensemble et d'empoisonner leur amour par le doute, le regret et l'angoisse. Il la voyait s'isoler, prise en otage par ses propres angoisses. Le souvenir de leurs parties de cache-cache dans le hangar, sous l'œil scandalisé des dindons et près des poulets picorants, les torturait avec une force vindicative. Naaki ingurgita toutes les boissons magiques prescrites par les sorciers, mais cela ne servit à rien. Elle dépérissait de jour en jour et mourut finalement six mois après, entièrement déshydratée.

Les beaux-frères d'oncle Kawayida l'accusèrent de la mort de leur sœur. Ils étaient convaincus qu'il avait fait des affaires malhonnêtes avec les Tanzaniens, qu'il leur avait vendu des dindons pourris et avait donné à leur sœur le produit de la vente. Ils firent courir le bruit que, sous couvert d'élevage de volailles, oncle Kwayida tirait ses profits de la contrebande. « Il est impossible de gagner tant d'argent avec des volailles, il a sûrement fait des magouilles. » Ils lui interdirent d'assister à l'enterrement de Naaki. L'un d'eux alla jusqu'à le bombarder de papayes pourries et le maudit pour ce qu'il avait fait à leur sœur.

Mais le fléau qui s'était abattu sur la famille de feu papa Kavule était plus grand qu'oncle Kawayida n'aurait pu l'imaginer dans ses histoires inoubliables. En l'espace de trois ans, douze des vingt et une beautés célibataires moururent du *slim* et on se demanda combien de victimes avaient été prises au filet de la maudite copulation. Quatre des dix frères suivirent leurs sœurs dans la tombe.

Mon oncle était ravagé. Il était dans la ligne de mire : quand viendrait son tour ? Avait-il des regrets ? Qui s'occuperait de ses enfants ? Il fit front à toutes ces épreuves et poursuivit ses activités ordinaires. Il était plus maigre que d'habitude. Le démon des soucis prenait un plaisir malin à terroriser sa maison. Sa femme s'y laissa prendre. Naaka vivait encore, mais serait-elle la treizième victime féminine de la famille ? Sa femme était maintenant convaincue qu'elle était, elle aussi, contaminée. Quelle injustice ! Plus oncle Kawayida maigrissait, plus elle perdait du poids elle-même. Les gens pensaient que c'était son tour. Le soir, à la tombée de la nuit, les démons prenaient la relève et aiguisaient sa langue avec les feux d'une rage assassine. Kawayida n'avait pas de repos : la mort le fixait à son réveil et dans son sommeil, les esprits des morts et des presque morts lui ôtaient sa tranquillité.

— Les enfants, as-tu pensé à nos enfants ? grondait sa femme.

Elle le traitait d'assassin, de voleur, de fléau de l'humanité. Il ne se défendait pas. Il continuait à voir sur les murs le visage de Naaki et l'ombre de Naaka. Il était, tour à tour, saisi par le souvenir de son bonheur passé et par le chagrin de ce qui lui arrivait. Il ne se laissait pas aller à s'apitoyer sur lui-même, conscient que, s'il n'était pas innocent, il devait payer pour ses fautes.

Sous le poids des soucis, Naaka commença, elle aussi, à dépérir. Quand elle regardait les enfants de sa sœur décédée et ses propres enfants, elle se sentait à la fois vivante et morte. Elle respectait trop mon oncle pour l'accuser d'un fléau qui frappait tant de familles, dans le pays tout entier, mais son regard fixe le déchirait. Il répugnait à aller la voir parce qu'ensemble ils avaient l'air de deux squelettes sortis d'une tombe portant des vêtements ridicules, beaucoup trop larges. Il se réfugiait dans ses poulaillers et soignait les poussins comme s'ils étaient des bébés malades. Sa femme avait dressé ses enfants contre lui. Il leur donnait de l'argent, mais il ne pouvait pas acheter leur loyauté et leurs bons sentiments. Il consacra donc de plus en plus de temps à ses volailles.

A ma grande stupéfaction, plusieurs années passèrent ; sa femme retrouva sa beauté primitive, dans une version plus maigre, à vrai dire. Je commençai à croire qu'oncle Kawayida avait une chance peu commune et un gène particulièrement résistant. En réalité, c'étaient les soucis qui l'avaient miné et non le virus. Et Naaka vivait encore, elle aussi. On prit lentement conscience du fait que les soucis étaient aussi terribles que la maladie. Les contaminés eux-mêmes vivaient plus longtemps parce qu'ils tenaient les démons de l'angoisse à distance. Mais pourquoi Naaka avait-elle survécu, et pas Naaki ? Comment les médecins expliquaient-ils le fait qu'oncle Kawayida vivait encore ? Un autre homme était-il impliqué dans cette tragédie ? Ou bien certaines personnes avaient-elles plus de résistance au virus ? J'espérais de tout mon cœur que moi-même, tante Lwandeka, Lwendo et tous ceux qui me tenaient à cœur, nous serions à même de survivre à ce maudit fléau.

Entre-temps, le commerce de mon oncle avait perdu de sa vitalité. Les soldats ne lui achetaient plus d'énormes quantités de volailles parce qu'ils s'étaient mis à faire de l'élevage pour leur propre compte. Il s'orienta sur les civils et les encouragea à manger des poulets car il avait survécu à la maladie. Certains lui firent confiance et il en décida d'autres en leur faisant une ristourne. On plongeait ses poulets dans des chaudrons de soupe, on buvait le liquide jusqu'à la dernière goutte, on dévorait les poulets jusqu'au dernier os et on se sentait revigoré. Un nouveau marché s'était ouvert. Les gens disaient que leur famille avait été sauvée grâce à la soupe de poulet et qu'ils seraient donc, eux aussi, sauvés. Oncle Kawayida était surmené : le travail supplémentaire ploya son échine, la sciure des poulaillers engorgea ses poumons, il travaillait plus dur que jamais. Il conçut l'ambition de sauver tout le district de Rakaï ainsi que Kyotera et Masaka et le pays tout entier. Il construisit une nouvelle maison pour ses volailles. Il travaillait tellement qu'il avait à peine le temps de changer de bleu de travail. Le médecin lui dit qu'il était en train de se tuer à la tâche. « Un bon soldat meurt sur le champ de bataille », lui répondit-il avec un sourire. Un jour la fatigue le fit s'effondrer dans un des poulaillers. Les poulets se précipitèrent pour réveiller leur maître : les mangeoires étaient presque vides, les oiseaux se blessaient le bec sur le fond en bois. Ils griffèrent et picorèrent leur maître qui resta immobile. Ils lui crevèrent les yeux à coups de bec et brûlèrent sa peau sous leurs excréments, mais sans aucun résultat. Sa femme ne remarqua pas tout de suite son absence. Elle crut qu'il était chez Naaka pour s'occuper de ses enfants qui, eux, continuaient à l'aimer. Elle le trouva plus tard dans le poulailler, à demi enseveli sous les excréments. Ses lamentations rendirent les oiseaux presque fous. Elle était veuve et sans fils.

Mon oncle me manquait terriblement. J'étais allé quelquefois lui rendre visite à l'époque où il était au plus mal. J'avais été frappé par son courage et sa persévérance.

— L'humour est le meilleur des amis. Il se couche et se lève en même temps que toi, me dit-il quand j'exprimai mon admiration devant sa capacité de tout oublier.

— Pourquoi ne vous défendez-vous pas ? Pourquoi acceptez-vous d'être traité de la sorte par votre belle-famille ?

— Ils ont perdu leur sœur. Ils ont le droit d'être furieux.

— Peut-être avait-elle un autre homme, remarquai-je avec feu.

— Ne dis jamais du mal des morts. Je l'aimais et

j'aime beaucoup ses sœurs. Je suis un de ces privilégiés qui ont connu le véritable amour avec trois femmes différentes. J'ai été très heureux. La vie est tout simplement en train de faire son bilan, mon gars.

— Puisque c'est vous qui le dites, fis-je à contrecœur.

— Ecoute, dit-il en mettant une main sur mon épaule, fais ce qui te plaît dans la vie, mais quand elle s'arrête, il faut accepter et ne pas te plaindre du prix que tu as payé.

Des clients l'attendaient. Il me renvoya. Je ne le revis plus. Il mourut neuf mois plus tard.

La soupe de poulet n'avait pas été un remède contre le virus. On en eut la preuve lorsqu'il se manifesta dans sa forme la plus terrible, bien plus grave que celle qui avait abattu oncle Kawayida. Mais il y eut d'abord une période de rémission.

Lwendo fit ce qu'il se proposait de faire : il se fit licencier de l'armée. Il soudoya un médecin militaire qui écrivit une déclaration demandant son licenciement pour raisons de santé. Nous arrosâmes abondamment la bonne nouvelle. Nous passâmes un mois entier dans la capitale à jouir de notre liberté. Nous prenions rendez-vous vers midi et nous allions dans notre restaurant préféré de Kampala Road où nous mangions, buvions et observions la ville.

— Je vais ouvrir un atelier de menuiserie et embaucher un gérant pour qu'il s'en occupe. De cette manière, je n'aurai pas besoin d'être continuellement sur place, dit-il. Il faut que j'arrive à soutirer de l'argent à ces Asiatiques qui sont de retour. J'ai besoin de faire quelque chose qui m'oblige à me servir de mon cerveau.

— Quoi ?

— C'est simple : les gens qui reviennent n'ont pas

toujours les papiers nécessaires pour récupérer leurs biens et dans les bureaux qui se chargent de ces questions, c'est la pagaille. Des tas d'Asiatiques n'osent pas s'y rendre de peur d'être attaqués, volés ou trompés ; c'est tout bénéfice pour moi. Ils ont besoin d'un intermédiaire qui règle le problème. J'ai le savoir-faire nécessaire.

— J'ai nettement l'impression que tu auras plus de travail qu'à la reconstruction.

— Je peux choisir mes clients, dit-il d'un air suffisant.

— Et après ?

— Regarde autour de toi. Tu as vu ces centaines de voitures de l'aide au développement ? Ce sont de vrais requins attirés par l'odeur du sang. Le pays pullule d'étrangers qui cherchent du travail et qui ne savent pas comment s'y prendre pour avoir un permis de travail. Je peux le leur procurer s'ils sont prêts à payer.

A bien y penser, cette idée était géniale. Depuis que la paix était instaurée, des tas d'étrangers venaient en effet dans le pays : à l'époque d'Amin, on voyait rarement un Blanc dans la rue. Les Blancs étaient revenus timidement d'abord, du temps d'Obote II. Maintenant ils nous envahissaient : des touristes avec sacs à dos, des femmes blanches en minijupes, des hommes en shorts et bottes, des cars de touristes pleins, des Japonais en costumes trois-pièces. La ville fourmillait de prédicateurs charismatiques américains qui s'adressaient à une foule excitée d'auditeurs programmés pour tourner de l'œil et tomber en syncope. Ils enjolivaient leurs représentations de miracles spectaculaires : des estropiés qui cassaient leurs cannes en deux, des aveugles qui piétinaient leurs lunettes et des sourds qui, n'ayant rien à casser, se démenaient comme s'ils avaient des fourmis au cul. Certains prédicateurs promettaient d'anéantir le fléau du virus par la force de Jésus, d'autres promettaient de faire disparaître tous les maux de la terre. Pour la première fois, des cultes nocturnes rassemblaient des anabaptistes et des pentecôtistes qui, sous l'œil attentif des caméras, priaient et chantaient toute la nuit. Les églises traditionnelles eurent pour concurrents des prédicateurs laïques en costume de rupins qui sautaient, dansaient et se roulaient par terre pour obtenir un plus grand effet. L'ère du télé-évangélisme était née et les vieux pères, raides comme des rhumatisants, découvraient avec inquiétude qu'on leur avait coupé l'herbe sous le pied.

Les chasseurs de trésors, chasseurs d'or, de cuivre, de diamants, de mercure rouge (puisé illégalement aux tours météorologiques), de peaux de bêtes, de cornes de rhinocéros, de perroquets de l'île Sese, les marchands de pacotille, importateurs de produits toxiques, faussaires de passeports et de dollars, arrivaient tous dans le pays sous des déguisements multiples. L'Afrique était représentée par les Sénégalais flamboyants qui surgissaient habillés en boubous brodés d'or et en pantalons larges et portaient d'énormes montres. Ils achetaient de la marchandise légale et illégale et échangeaient des dollars vrais et faux.

Lwendo avait raison : il y avait beaucoup d'argent à gagner.

Je ne jouais aucun rôle dans ses projets. Ils exigeaient, à mon goût, trop de déplacements. Je savais très bien que c'était le bordel dans la plupart des bureaux. Les archives étaient dans un désordre épouvantable. Les documents s'entassaient depuis des années comme des feuilles de tabac sur un marché. Tous ceux par lesquels il fallait passer voulaient gagner quelque chose pour le mal qu'ils se donnaient. C'était ainsi que fonctionnait le système. Et, au fond, c'était logique, car leur salaire était ridiculement bas et tout le monde savait que les Asiatiques étaient revenus pour s'enrichir. Quand on refusait de payer, comme le firent certains d'entre eux au début, on était sûr de devoir attendre des semaines dans son hôtel sans qu'il se passe quoi que ce soit. Mais quand on était disposé à donner des dessous-de-table, ou à assurer un déjeuner et un dîner à l'un ou l'autre de ces intermédiaires, les tas de dossiers poussiéreux et de feuilles volantes étaient alors décollés les uns des autres et l'affaire réglée.

Lwendo me racontait ses aventures avec les Asiatiques rapatriés. Il les accompagnait souvent pour inspecter leurs biens. Certains fondaient en larmes. D'autres étaient furieux parce que leur maison était tombée en ruine. La plupart étaient contents parce qu'ils savaient comment ils allaient s'y prendre. La tactique des premiers rapatriés avait opéré des miracles et elle continuait de le faire : rénovation, augmentation du loyer et auto-éviction. La ville se ravalait lentement la façade. Les vieux toits rouillés se couvrirent d'un nouvel éclat. Les vieux antres de pirates prirent l'allure de coffres précieux qui palpitaient d'un renouveau du désir de consommer. Ce qui était entré sur les ailes de la piraterie repartit par le même chemin.

Entre-temps, le brigadier — en fait il était major, mais ses amis lui donnaient encore son ancien titre — avait demandé officiellement ma tante en mariage. Et elle voulut savoir ce que j'en pensais. Qu'attendait-elle de moi ? Je lui dis qu'elle devait accepter si elle pensait pouvoir être heureuse avec lui.

— J'ai déjà dit oui, dit-elle, rayonnante.

Du coup, notre vie fut mise sens dessus dessous pendant plusieurs semaines. Le mariage réquisitionna tout notre temps et toute notre énergie. Je m'épuisais en voyages pour faire mille emplettes, informer les amis et les parents et régler toutes sortes d'affaires.

La cuisine, le nettoyage et le soin des enfants furent confiés aux voisines. Partout, on voyait des gens manger, boire, chanter, s'engueuler, repasser, entrer et sortir de la maison, les bras chargés. Nous

nous couchions très tard et nous levions très tôt. L'événement fut plus imposant que de coutume car on avait décidé de fêter en même temps la libération de tous les opprimés du passé. Dans sa joie, ma tante avait accepté que son grand jour fût une fête pour toute la communauté.

Le couple se maria dans l'église du Christ-Roi à Kampala. Mbale, Cadenas, Kasawo, Serenity et Tiida étaient présents à la cérémonie. Ma tante était plus heureuse que jamais et son bonheur resplendissait à travers toutes les couches du voile. Le maquillage et le bonheur la rajeunissaient et sa peau, naturellement lisse, brillait. J'entendis tante Kasawo dire : « Qui aurait pu croire une chose pareille ! » Sa voix trahissait la profondeur de sa jalousie. Elle devait accepter d'être la seule des trois sœurs à ne pas être mariée. Pangaman et ses successeurs avaient été pour elle des vampires qui s'étaient abreuvés de sa vie sans lui faire l'honneur d'une cérémonie officielle. Elle se plaisait à imaginer qu'elle refusait continuellement des demandes en mariage, mais en réalité aucun homme ne s'était mis en situation d'être refusé. Et celui qui partageait sa vie en ce moment lui avait dit clairement qu'il n'avait absolument aucune intention de l'épouser. Son leitmotiv était : « Avec l'argent qu'il faut gaspiller pour un mariage, je préférerais acheter une camionnette ou faire bâtir une maison. » Il avait réagi avec cynisme au mariage de Lwandeka : « Le gouvernement prétend qu'il n'y a pas assez d'argent pour la reconstruction, mais il ne se passe pas de dimanche sans qu'un soldat se marie. » Kasawo avait l'impression que sa vie amoureuse avait été semée de trous, avec une ou deux taupinières, mais sans réels sommets. Le cœur de Kasawo battait de désir inassouvi.

Les compagnons de guerre du brigadier vinrent en grand nombre au mariage. Avant et après la cérémonie, ils firent une haie d'honneur et les nouveaux mariés passèrent sous la voûte luisante de leurs épées dressées. L'église était pleine de lumière, de musique, d'encens et du parfum de gens bien soignés.

Le plus beau de tout fut que la réception se tint à l'hôtel Sheraton et que, dégagé de toute responsabilité, je n'eus plus qu'à m'amuser. J'étais heureux pour ma tante. Elle avait l'air de tout posséder : l'argent, la notoriété, le pouvoir, l'amour. Elle était arrivée dans la capitale, jeune fille dénuée de tout, et s'était élevée péniblement jusqu'au sommet. Maintenant, elle n'avait qu'un signe à faire pour avoir ce qu'elle voulait. Elle avait trente-sept ans, un âge où la plupart des femmes passaient leur temps à laver des langes, mais elle venait de se marier. Et pas avec n'importe qui. Le brigadier était un bel homme, un homme honnête et influent. Il me rappelait le recteur de mon séminaire et, malgré moi, je le soupçonnais de diriger une petite organisation d'espionnage. Il était pour moi une énigme. Bien qu'il eût fait la cour à ma tante pendant longtemps, je ne l'avais jamais vu. Comme ma tante allait toujours chez lui, nous ne nous rencontrâmes que pour les préparatifs du mariage. « On m'a dit du bien de toi », dit-il par deux fois. Pour le reste il était pour moi un livre fermé. Ils respiraient tous les deux le bonheur en coupant le gâteau de noces. Pendant qu'ils distribuaient le gâteau, je pensai à Jo Nakabiri.

Fidèle à sa décision, elle avait refusé d'assister à la cérémonie. J'étais triste en pensant à tout ce qui s'était passé entre nous. Je l'imaginais bien dans une robe de tulle. Jo et moi ne savions plus très bien quelle attitude adopter l'un envers l'autre. Curieusement, la connaissance de notre parenté avait affaibli notre lien sanguin. Je ne l'aimais pas comme une sœur ; je n'avais pas l'impression que c'était ma sœur ; et mon statut de frère avait été compromis à nos yeux. Nous étions aussi étrangers l'un pour l'autre que l'homme qui nous unissait : notre père. Elle luttait en ce moment pour sortir son école des ruines de la guerre. Aux dernières nouvelles, le gouvernement avait attribué à l'école des tôles ondulées, du ciment et diverses fournitures scolaires.

Le buffet de la noce était richement fourni et je m'en donnai à cœur joie. Je bus beaucoup, moitié pour oublier Jo, moitié pour fêter le bonheur de ma tante. Lwendo non plus ne bouda pas les boissons. Son amie lui lançait des regards en coin ; elle se voyait peut-être à ses côtés en robe de tulle. Je doutais fort qu'il l'épouse un jour. Leur différence d'âge — dix ans ! — me semblait un peu trop grande ; mais comme leur vie sentimentale m'intéressait peu, j'arrêtai là mes spéculations.

Pour échapper à l'atmosphère du mariage, j'allai errer dans la ville et me retrouvai comme jadis à l'emplacement de la station de taxis. Mon coin favori était maintenant occupé par des vendeurs qui se tenaient derrière des tables en bois sur lesquelles ils avaient étalé de la layette, des chaussures, des cuvettes en matière plastique et des bijoux de pacotille. Il y avait plus de cohue que jadis, plus de camionnettes, plus de voyageurs, plus de diseurs de bonne aventure, plus de vendeurs de mort-aux-rats, mais moins de charmeurs de serpents. Les serpents et leurs propriétaires étaient retournés dans leur Triangle d'origine.

J'allai à la pagode : elle avait été rénovée et repeinte en couleur crème. Je repensai à Lusanani, à notre simulacre de flirt et à la tannée qu'il m'avait value. Je pensai à toutes les folies qui avaient eu lieu sous ce toit, en particulier à l'épisode de la lettre à Mme Singer, et je sentis un mélange de joie et de tristesse. Qui avait vécu dans cette maison avant Serenity et Cadenas ? Comment vivaient les Asiatiques qui s'y étaient installés maintenant ? C'était comme si Serenity et Cadenas et leur progéniture n'y avaient jamais habité. La maison de Hadj Gimbi avait subi le même sort : les vieux souvenirs avaient disparu sous une couche de peinture et des accessoires étincelants. Les petits dragons qui décoraient les marquises avaient l'air d'être ressuscités et d'avoir renoué tous les fils de leur passé. Je ne m'attardai pas plus longtemps.

J'avais un autre projet en tête : la restauration du cimetière familial, là où s'était trouvé l'arbre à pain au sommet duquel j'avais passé tant d'heures à fixer Mpande Hill. J'achetai du ciment et embauchai un maçon. Il y avait maintenant des aqueducs et les voitures pouvaient aussi traverser les marécages sans s'enfoncer. Il y avait d'autres rapatriés du village, mais je ne les connaissais pas. Ils étaient nés dans les nouveaux quartiers. Quel ennui mortel dans le village ! Il manquait de toutes les commodités et était mal ravitaillé en denrées alimentaires. Les gens mangeaient généralement du posho et des fayots en attendant de pouvoir récolter leurs bananes plantains, leurs patates douces, leur manioc, leurs cassaves et leur millet. La nuit, quand j'allais me coucher, je me sentais coupé de tout, flottant sur le lac, sur un bout de bois. Je savais que je ne reviendrais jamais plus ici. Tant de ruines, si peu de vie ! J'avais absorbé en moi le village, son esprit, dans ses moindres parcelles, et mon devoir était maintenant de le reconstruire ailleurs. Je fus heureux de voir le maçon finir son travail en jetant de l'eau sur les tombes en ciment pour leur donner du brillant. Il était temps de partir.

J'avais appris que Santo avait disparu dans les épurations. Le vieux tanneur et sa femme étaient morts pendant leur fuite vers une zone plus sûre. Le vieux Stefano était mort avant que n'éclate la guerre et le reste de sa famille avait déménagé à Jinja et Kampala. Le premier amant de tante Tiida avait survécu, mais sa femme avait reçu une balle dans la tête. Doigts, le lépreux, qui était parti avant le début des hostilités, vivait encore. Il y avait eu beaucoup de morts dans le nouveau village, mais je n'y connaissais personne. Qu'étaient devenus tous les enfants que Grand-ma et moi avions aidés à naître, en pleine nuit, butant contre les pierres du chemin, les narines pleines de l'odeur de purin et les oreilles pleines des cris d'angoisse des femmes en travail et des mères folles de joie ? Qu'était-il advenu d'eux ?

La vie prit un nouveau tournant. Dans la capitale les gens mouraient en masse du *slim*. Ma tante consolait les endeuillés, assistait à des enterrements et organisait parfois des transports pour ceux qui voulaient être enterrés dans leur village natal. Un jour, au marché, j'entendis un groupe de marchandes parler d'elle. Elles ne m'avaient pas reconnu tout d'abord. Quand elles me reconnurent, elles se turent brusquement et firent comme si elles parlaient de quelqu'un d'autre. « Elle a mauvaise mine... », répétait sans cesse l'une d'elles, et l'autre acquiesçait tristement. Je savais de quoi elles parlaient, mais je n'arrivais pas à l'accepter. Comment ? Une femme qui était mariée depuis moins d'un an ! J'allai la voir, la tête bourdonnante. A mon soulagement, elle n'avait pas beaucoup changé. Sa peau était aussi fine qu'avant. Elle n'avait pas maigri. Et elle était de bonne humeur. Mais à ma deuxième visite, elle était alitée et avait de la fièvre depuis une semaine.

— Ne t'inquiète pas pour moi, mon enfant, me dit-elle. Ça passera.

Avais-je donc l'air si inquiet ? Elle était assise sur son lit, une tasse à la main ; l'ouverture de la robe de chambre qu'elle avait passée sur sa chemise de nuit montrait un genou brun qui avait l'air parfaitement sain. Elle parla de ses projets d'affaires, des associations de femmes, de ses enfants. Elle me demanda de cesser mes activités actuelles pour prendre la gestion de ses affaires. Le souvenir de l'homme brûlé par l'explosion de la cuve de la distillerie Boum-boum me revint à l'esprit. Il était guéri et, en dépit de leurs menaces, ses acolytes n'étaient pas passés aux actes, mais je n'avais pas envie de travailler de nouveau avec des ouvriers. Je voulais être libre de bourlinguer ; je pouvais très bien me permettre de ne rien faire grâce au pactole que j'avais accumulé. Mais d'autre part, je ne voulais pas décevoir ma tante. Elle qui m'avait accueilli quand j'avais des problèmes, allais-je refuser de l'aider maintenant qu'elle avait besoin de moi ? Sachant que je ne travaillais plus au S.I.M.C., ma tante ne comprenait pas pourquoi je refusais sa proposition. La vérité était que je redoutais toutes les responsabilités qui me tomberaient sur les épaules si la maladie venait à l'empêcher de s'occuper de ses affaires. Mais je ne pouvais tout de même pas le lui dire.

— Nous en reparlerons quand vous serez guérie.

— Je suis déjà guérie, dit-elle en posant la tasse.

Elle tendit la main vers un dossier qui se trouvait sur sa table de nuit. Malade ou pas, elle avait du pain sur la planche. Elle prétendait toujours qu'elle voulait sortir de la politique, mais elle s'y plongeait apparemment de plus en plus. Fallait-il que je le lui rappelle ? Je cédai.

Quelques semaines plus tard, je lui rendis de nouveau visite et la trouvai au lit. Un énorme furoncle, de la grosseur d'un poing, défigurait sa joue droite. Elle était déformée, torturée, angoissée. J'en eus des frissons dans le dos. Ce tourbillon de femme semblait en proie à de graves difficultés. Qu'en pensait le brigadier ? Elle ne parlait pas de lui, ce qui était étrange. Mais n'avait-elle pas été toute sa vie une femme indépendante ? Cette fois notre conversation se déroula assez péniblement. Elle avait l'air de se demander ce que j'étais en train de penser d'elle. Elle me parla de la fièvre et de la paralysie de son cou qui s'était atténuée.

— Je sue comme un cheval, dit-elle.

— Avez-vous consulté un médecin ?

— Oui, il a fait des analyses de sang et m'a dit de ne pas m'inquiéter.

Le furoncle disparut aussi mystérieusement qu'il était venu : elle guérit et se remit au travail. Les gens parlaient. Elle avait un peu maigri, mais elle mangeait bien, reprit du poids et retrouva son ancienne élégance.

La crise suivante la prit autour de la taille. C'est ce qu'on appelait « la ceinture de la mort ». Sa peau se détachait depuis la taille jusqu'au milieu de l'estomac comme si elle était brûlée. Elle se fendillait, formait des cloques et des plaques douloureuses. C'était un des symptômes les plus affreux que j'aie jamais vus. J'en avais la chair de poule et je sentais ma peau se ratatiner comme celle d'un ver. On aurait pu l'en guérir, mais elle avait tellement honte de cette « ceinture » qu'elle se soigna toute seule avec des pommades et des cachets dans l'espoir de la faire disparaître. Mais elle ne disparut pas. Quand elle décida d'aller voir le médecin, c'était trop tard. Le médecin ne put que traiter les points douloureux. Elle ne pouvait presque plus dormir et l'étoffe de ses vêtements collait à ses blessures. C'était une situation critique qui se prolongea encore des semaines. Elle maigrit encore un peu plus. Finalement, elle se remit et reprit le travail. Cela ressemblait à un yoyo.

La fièvre revint de plus belle. Elle n'arrêtait pas de frissonner et de claquer des dents. Les draps et le matelas étaient trempés de sueur. Sa peau ressemblait à une passoire par laquelle s'écoulait toute l'eau qu'elle buvait. Elle maigrissait toujours. Une diarrhée ininterrompue brûlait son rectum et elle urinait un liquide rouge et jaune.

— Ne pleure pas pour moi, dit-elle un jour. Prends garde à toi et à tes frères.

Son état empirait de jour en jour. Elle refusa d'aller à l'hôpital. Toute la culpabilité de son passé revint la torturer. Elle avait vécu dans le péché et était justement punie pour sa longue rébellion et ses nombreux faux pas. Elle se faisait tellement honte qu'elle ne supportait pas de voir son image dans un miroir. Elle détestait sa notoriété et son influence. Quand elle s'enfermait dans sa chambre, le monde entier se jetait sur elle : elle voyait des gens se moquer d'elle, la regarder avec compassion ou avec indifférence. Tous ceux avec qui elle avait travaillé sur le marché, dans le parti et dans la guérilla étaient autour d'elle. Ses sœurs et frères ne la quittaient pas. Elle ne supportait pas l'humiliation d'être la première de la famille à succomber au fléau.

Le brigadier l'emmena quelque temps loin de chez elle et engagea des infirmières pour la soigner, mais elle se sentait comme un poisson hors de l'eau, elle voulut retourner dans sa maison. On la ramena un soir, et elle ne remit jamais plus les pieds dehors. Sa maison répandait une odeur nauséabonde causée par la sueur et les effluves de diarrhée vert sombre, car elle était trop faible pour laver ses affaires mais refusait qu'on l'aide. Les personnes qu'elle acceptait de voir étaient rares ; elle vaporisait du parfum et brûlait de l'encens avant leur arrivée et leur disait, cachée derrière un rideau, que tout allait bien. Le feu qui brûlait ses entrailles et les griffes qui labouraient sa peau n'étaient rien à côté de l'enfer qui faisait rage dans sa tête. Elle ne supportait plus la vue de ses enfants : elle avait le sentiment qu'elle les avait trompés, couverts de honte et marqués pour la vie. Elle défaillait de douleur quand elle les entendait manipuler les casseroles avec précaution, et faire couler l'eau du robinet avec le moins de bruit possible. Elle ne leur faisait plus à manger parce qu'elle craignait de les dégoûter ou de les contaminer. Elle aurait voulu qu'ils fassent du bruit avec les casseroles, cassent les tasses, ouvrent les robinets à fond et mettent de la musique assourdissante. Elle aurait voulu qu'ils viennent pisser et chier sur son lit, vomir sur son giron comme avant. Mais il n'y avait plus que sa propre puanteur pour faire trembler le toit et terroriser les ventilateurs. Les enfants marchaient sur la pointe des pieds comme si un léopard se cachait derrière une armoire. Le feu destructeur du repentir la consumait. Dans la solitude où elle avait choisi de se retirer, elle regrettait de ne pas avoir respecté les conventions, de ne pas avoir été assez malléable pour se marier jeune, avoir une vie obscure et mourir d'une mort banale. Elle ferma les yeux et souhaita monter au ciel comme la Vierge Marie, sans laisser de traces. Elle désirait passionnément s'auto-effacer de la terre, des annales de la ville, de la tête de tous ceux qu'elle connaissait. Elle imaginait sa tombe près de la tombe restaurée de ses parents et souhaitait pouvoir disparaître à travers le toit, laissant tout le monde bouche bée. Elle était torturée par le sentiment qu'elle avait déçu tout le monde. Tous les sentiments de culpabilité que lui avaient inculqués le prêtre de la paroisse et ses parents l'assaillaient et l'étouffaient dans leurs flammes sulfureuses.

Le jour où je revins lui rendre visite, elle refusa de m'ouvrir la porte. Elle avait déjà envoyé ses enfants chez leurs pères respectifs. Elle avait décidé de passer les derniers jours de sa vie dans la solitude. Derrière sa porte et ses rideaux fermés, elle me demanda de la comprendre. Elle voulait que je garde une certaine image d'elle.

— Mon enfant, je suis un de ces squelettes dont parlent les livres diaboliques de l'Eglise.

— Quand bien même vous seriez le Diable en personne !

— Je n'ai jamais rien fait de bien, dit-elle sèchement.

— Vous avez aidé des tas de gens, vous avez combattu pour la liberté, pour le bien de tous. Vous vous êtes sacrifiée de toutes les manières. Qu'auriez-vous pu faire de plus ?

— Ce n'est pas ce qui compte, mon enfant.

— C'est justement ce qui compte le plus. Est-ce vous qui parlez, ou est-ce quelqu'un d'autre ?

— Je suis peut-être en train de devenir folle, mon enfant.

— Je vais chercher une hache pour enfoncer cette porte. J'ai déjà pris contact avec votre meilleure amie, Tupista. Elle va s'occuper personnellement de vous. Nous irons d'abord chez le médecin.

Elle se débattit. Son amie venait du même village qu'elle et leurs familles étaient amies.

— Non, je n'irai pas chez le médecin, pas devant tous ces gens qui me regardent.

— Ils mourront tous un jour, pourquoi vous laissez-vous impressionner par eux ? Nous vous couvrirons et nous vous transporterons en auto.

Le souvenir me revint de la tache d'encre rouge et de mon soulagement à l'idée que Cadenas était en train de perdre tout son sang. L'idée que ma tante était en train de se vider de son sang me paralysait. Pourquoi n'accusait-elle personne de son malheur ? Elle pensait être responsable de tout. En comparaison de cette catastrophe, l'histoire de ma famille paternelle, avec toutes ces morts violentes, avait quelque chose de glorieux. Elle semblait avoir plus de sens que cette destruction progressive de tout ce qui avait été. Face à cette déliquescence de la beauté, à cette éclipse des bons souvenirs, à cette destruction des forces et à cette décomposition de la dignité dans un cloaque de douleur vaine, toute autre mort semblait préférable.

La famille se mit en mouvement. Cadenas et les autres arrivèrent en force. Cadenas semblait être poursuivie par sa propre prophétie. Elle était persuadée que Dieu avait parlé à travers elle, bien qu'elle fût effrayée de la dégradation physique de sa sœur. Kasawo était, elle aussi, touchée, mais elle s'intéressait encore plus au sort des affaires de sa sœur. Elle m'interrogea sur mille choses. Elle me soupçonnait visiblement d'avoir pillé le compte en banque de sa sœur, son coffre et son trésor. Je trouvais ces histoires pénibles, mais je n'étais pas en état de me défendre. Je ployais sous la tempête. Je voulais me débarrasser de toute cette histoire écœurante, mais il fallait d'abord que je sorte du tunnel.

A la fin de sa vie, tante Lwandeka rêvait et parlait sans cesse de serpents. Elle criait que son lit était plein de ces reptiles et qu'un gros serpent s'était glissé dans sa bouche et était en train de dévorer ses entrailles. Son infirmière la caressait et l'assurait qu'il n'y avait pas l'ombre d'un serpent dans toute la maison. C'était dur à voir. La femme que j'avais désirée, épiée par le trou de la serrure, et que j'aurais voulu protéger, cette femme n'existait plus ; il n'y avait plus qu'un squelette, mal recouvert d'une peau semblable à du caoutchouc. Ses yeux étaient des œufs de perdrix flottants, son nez s'était aminci, ses lèvres étaient tendues comme des élastiques autour de sa bouche, son cou avait disparu, sa colonne vertébrale saillait, ses bras et ses jambes étaient desséchés, ses rotules ressemblaient à des pierres en équilibre instable sur des hauteurs balayées par la tempête. Elle disait beaucoup de choses insensées sur les serpents, mais quand elle sortait de son délire, elle racontait des histoires amusantes d'une toute petite voix cassée. Elle était devenue un squelette souriant ! Je me souvenais des têtes de morts rangées le long de la route sur des étals à fruits. Les fonctionnaires de l'Etat les avaient enlevées, certaines avaient été enterrées, d'autres conservées dans un musée d'histoire nationale. Pour moi, c'était comme si on les avait toutes jetées dans la maison de ma tante et qu'elle contestât cet héritage avec le sourire démoniaque et artificiel d'une morte-vivante martyrisée.

Le jour de sa mort, son amie Tupista me prit à part pour me demander d'aller chercher un prêtre. Je refusai. A quoi bon ? Cette femme avait vécu son purgatoire et son enfer ici-bas. Elle était une sorte de sainte qui pouvait très bien se passer de platitudes en soutane. Je finis pourtant par me plier. Le brigadier était arrivé entre-temps avec quelques membres de sa famille. Il avait l'air de s'être habillé pour le combat. Le prêtre ne resta pas longtemps auprès de ma tante. Dans ses habits noirs, il avait l'air d'un corbeau ou de quelqu'un qui venait de perpétrer un assassinat. Le petit tas d'os qui restait de ma tante fut accompagné à sa tombe par toute une foule. De la cérémonie funèbre et de ce qui suivit, je ne gardai qu'un souvenir vague d'images troubles. Tante Lwandeka avait raison : on ne recommence pas sa vie trois fois. Le virus lui avait volé sa troisième chance.

Lwendo vint à mon secours.

— Ecoute, mon vieux, il faut que tu partes quelque part pour souffler. Prends des vacances en Angleterre ou en Amérique. Tu peux te le permettre.

— Je ne connais personne dans ces pays.

— Il y a des Ougandais partout. Certains de nos anciens camarades de classe sont partis là-bas, tu peux leur rendre visite.

— Non, je veux rester ici.

Le brigadier ne m'avait pas seulement demandé de régler les affaires de sa femme, il m'avait aussi proposé un travail.

— Il faut que tu partes, tu es plus mort que vif. Tu es si distrait que je crains de te voir finir sous une auto.

— Mais non, voyons, tu exagères.

Mais je savais qu'il avait raison. L'aide me vint du côté où je ne l'attendais pas. Action II, une organisation d'aide humanitaire néerlandaise, avait eu des problèmes à cause d'une histoire de pornographie pédophile. Un fonctionnaire de l'Etat avait trouvé du matériel compromettant au domicile d'un des coopérants, ainsi que des photos de petits orphelins se baignant nus dans le lac Victoria. L'homme qui fit cette découverte en conclut que le coopérant était un pédophile et qu'il était venu chez nous pour s'adonner à ses pratiques perverses. Il fallait, en conséquence, que l'organisation tout entière quitte le pays. Lwendo eut vent de l'affaire et, comme il connaissait quelques personnes haut placées, il s'en mêla. On négocia ferme. De l'argent circula de main en main. Mais l'organisation faillit pourtant être démantelée pour servir d'exemple.

L'ordre d'expulsion fut finalement annulé. Ce jour-là, Lwendo m'invita en ville. L'homme qui s'occupait de l'affaire n'était autre que Bâton. Le grand Bâton était devenu gros, gras et lent. Il buvait. Il s'était imposé dans la fonction publique et avait travaillé dans plusieurs secteurs.

— Tu es déjà allé dans le Nord ? lui demandai-je, car je ne savais pas de quoi parler.

Un vide nous séparait et j'avais, jusque-là, dépensé ma salive en pure perte.

— Non, trop de combats, dit-il laconiquement.

— Les choses changent. Nous y sommes allés tous les deux il y a environ un an, expliqua Lwendo.

— Tiens, tiens, dit-il pensivement, vous connaissez le pays d'où je viens.

Il avait un poste important et il avait l'air de ployer sous les responsabilités. Trop de travail, trop mal rétribué. Je savais de quoi il parlait. Les quelques dessous-de-table qu'on pouvait récolter par-ci, par-là suffisaient tout juste à payer d'anciennes dettes.

— En effet, dis-je.

J'aurais voulu lui rappeler les leçons d'éducation sexuelle qu'il nous donnait et ses érections qui faisaient rougir nos professeurs féminins quand il se faisait rosser, mais il avait l'air trop vieux pour s'intéresser encore à ce genre de choses. La terreur des enseignantes s'excusa : son secrétaire avait frappé sur le bureau d'une manière significative.

— Un salaud pointé, dit Lwendo quand nous quittâmes le bâtiment. Il a plus ou moins épongé les couilles de ces cons de Néerlandais.

Action II avait travaillé quelque temps dans le faubourg sud-ouest d'Amsterdam, le Bijmelmeer, un immense ghetto situé à la limite de cette ville splendide. On nous dit que de nombreux immigrés illégaux y vivaient, et parmi eux un certain nombre d'Ougandais. On me donna quelques adresses. Mais l'immigration illégale ne me disait rien. Je voulais aller en vacances et retourner dans mon pays.

— Tu peux rencontrer là-bas des gens qui parlent ta langue, me dit un coopérant.

Il proposa d'organiser mon voyage et de me procurer la convocation nécessaire pour obtenir un visa. En contrepartie, je lui promis de faire la quête pour son organisation pendant quinze jours. Je serais nourri et logé gratuitement. Nous tombâmes d'accord.

Les coopérants tinrent parole. Nous avions besoin les uns des autres : ils tenaient à la présence de Lwendo dans leurs parages, et avaient besoin de moi pour recueillir de l'argent. Leur organisation m'invita en Hollande. Moins de deux mois après, je prenais l'avion pour Amsterdam.

LIVRE VII

Ghettoblaster

Monter dans un avion fut ma plus belle expérience de ces dernières années. Je voyageai en première classe : mes sponsors avaient imaginé ce stratagème pour flatter ma vanité et me pousser à recueillir des fonds comme s'il y allait du sort de tout le continent africain. J'étudiai le liquide ambré de ma bouteille carrée : ah ! si la boisson que j'avais distillée avait été assez bonne pour être exportée, c'est en voyage d'affaires que je serais maintenant. Mais je n'avais rien d'un homme d'affaires dans mes vêtements en jean et mes baskets. J'étais habillé comme un rebelle chargé d'une mission obscure ; ce que j'étais. Seul devant cette tâche, je sentis tout de suite que j'allais devoir mobiliser toute mon expérience de révolté. J'aurais préféré que Lwendo m'accompagne : ensemble, nous nous serions mieux débrouillés. Mais il était resté en Ouganda pour surveiller sa menuiserie, jouir de la vie paisible pour laquelle il avait combattu et attendre la naissance de son premier enfant.

Les sept longues heures passées dans l'air furent une traversée du désert. J'avais l'impression d'être un esprit qui planait au-dessus de son corps ensanglanté, en suspens entre les lambeaux de l'homme que j'avais été et les contours encore vagues de celui que je voulais devenir. En même temps, je me sentais libéré. Les despotes, la famille, les guerres, toutes les joies et les peines s'éloignaient, disparaissaient derrière la ligne déchiquetée du passé où j'espérais qu'ils resteraient à jamais. J'étais en apesanteur, l'immensité de ma liberté me donnait le vertige. La boisson aidant, l'absence de poussée gravitationnelle se fit encore plus sensible et mon excitation prit une ampleur fantastique. J'étais parcouru de forces magiques et me croyais capable de tout. Je fermai les yeux et le quart de siècle écoulé s'enfonça encore plus profondément en moi. Je me rayai de ses annales, convaincu que je n'y avais joué aucun rôle, que tout s'était déroulé dans l'imagination diabolique d'un autre. Juste avant de m'endormir, je rêvai que l'avion explosait et que le peu d'histoire que je véhiculais se répandait comme de la poussière sur les nuages qui allaient la semer sur des océans et des pays étrangers.

L'effet de la boisson disparu, je retrouvai mes esprits, repris possession de mon corps et regardai par le hublot. Le ciel, au-dessus de Bruxelles, était obscur, l'aéroport était illuminé comme un navire dans la tempête, signalant sa détresse en clignotant de tous ses feux multicolores. Mon nouveau royaume était enveloppé dans un brouillard sombre et une beauté angoissante. C'était la grotte d'un magicien, trop violemment éclairée, comme mille arbres de Noël en feu.

Les innombrables âmes qui déambulaient comme des somnambules dans le hall d'arrivée augmentaient l'aspect magique de cet espace. Ce monde étranger était un adversaire gargantuesque dont je devrais triompher si je voulais que mes projets réussissent. L'immensité de cette tâche alourdissait mes pas. Une sueur froide coula dans mon dos et je sentis un nœud dans ma gorge lorsque mes co-passagers furent happés l'un après l'autre par la cohue. Je cherchai un visage amical dans l'espoir de prolonger l'intimité de l'avion qui s'effilochait, mais tous semblaient s'être retirés dans leurs propres pensées et avoir mille choses à faire. Aveuglé par la lumière, je m'engageai en titubant dans la grotte pour voir si des cadeaux, signes avant-coureurs du salut que je cherchais, se balançaient aux arbres de Noël. J'allai regarder les montres, les caméras et les bijoux des boutiques hors taxes. Eclairés par une lumière crue qui ressemblait à du magnésium en feu, les articles respiraient le marketing agressif et la vie courte. Un seul de ces objets coûtait cinq années de mon salaire de professeur. La queue entre les jambes, je m'éloignai de la fosse aux serpents. Une foule innombrable passait à mes côtés dans un flot ininterrompu et le bruit de ses pas était un hymne aux dieux des voyageurs.

Un petit avion allait nous conduire jusqu'à Amsterdam. Le jour pointait et le brouillard fut absorbé par une lumière froide qui révéla des centaines d'autos, toute une file d'avions en attente et un grand va-et-vient de personnel.

Le souvenir le plus inoubliable de ce jour-là fut la vue aérienne des polders : des carrés verts de terre asséchée qui ressemblaient à des cartes géographiques soigneusement dessinées. La grotte dans laquelle je me retrouvai cette fois dépassait la première en grandeur. Une douce lumière dorée la baignait et les galeries étaient plus nombreuses que dans le labyrinthe d'un magicien diabolique.

Deux coopérants d'Action II m'attendaient à l'autre bout de l'aéroport où, aspiré hors des entrailles tièdes du Léviathan, j'eus l'impression d'être recraché dans les eaux froides d'une mer maudite. L'homme avait des petits yeux verts, une barbe, la voix douce et de grandes mains maladroites ; la femme un visage chevalin, des yeux gris cendré, un nez en trompette et une grande bouche. Ils parlaient avec enthousiasme de ma venue et de leur mission. J'eus, un moment, l'illusion d'être tombé en de bonnes mains. Ils me demandèrent si j'avais fait un bon voyage, quelle était la situation en Ouganda, si leurs collègues ne couraient pas de danger et mille autres choses.

L'homme gardait le regard fixé sur la route, la bouche légerement entrouverte, se contentant d'opiner sans rien dire. Les autos défilaient sans interruption, des immeubles surgissaient et disparaissaient aussi vite, les autoroutes s'enfonçaient dans le paysage et en ressortaient. Nous pénétrâmes dans Amsterdam sous un soleil trop pâle pour réchauffer l'air froid qui traversait les vêtements comme un fil à couper le beurre. Je logeais dans un petit hôtel, en face de la gare centrale, d'où je pouvais voir des milliers de voyageurs s'engouffrer dans l'entrée principale. Ils me faisaient penser à la cohue qui animait la station de taxis de Kampala. Les autos, les tramways, les autobus et les trains grondaient dans un tohu-bohu ininterrompu, et ce vacarme était dominé de temps à autre par le hurlement d'une énorme motocyclette. De vieilles maisons aux lignes fines et des façades semblables à des triangles magiques se dressaient le long des canaux avec l'air farouche de soldats du dix-huitième siècle attendant de pied ferme la prochaine bataille.

L'euphorie ne dura que jusqu'au lendemain matin : mon nouveau paradis se révéla infesté par les mouches. Et, tel le docteur Ssali, le mari de tante Tiida, attaqué par ces insectes immondes alors que la blessure de sa circoncision était encore fraîche, je devais combattre dans une guerre à plusieurs fronts. Après un voyage si luxueux, me trouver littéralement aux prises avec les mouches alors que ma tâche était justement d'expliquer la tragédie d'un peuple terrorrisé par les mouches : la situation était on ne peut plus ironique ! J'en contractai une diarrhée nerveuse. La forme la plus terrible de charité internationale, pillage d'images et exploitation nécrophile, attendait l'estampille de mon approbation. On m'avait préparé des photos d'enfants plus morts que vifs, les yeux, la bouche, les narines et les vêtements couverts de mouches. L'âpreté des appels au secours qui entouraient leurs têtes d'auréoles démoniaques m'ôta l'envie de m'engager dans une telle action. Je tremblais sur mes jambes et sentis le besoin d'un cordial.

La bonne impression que m'avaient faite mes hôtes changea du tout au tout. La grossièreté de leur propagande en disait long sur les organisations et ceux qu'elles voulaient convaincre. Je me trouvais au sein d'un groupe de pirates plus froidement déterminés que moi-même et je dus revoir et jeter par-dessus bord tout ce que je savais. J'essayai de me mettre à la place de leurs prétendus donateurs. Si quelqu'un m'avait poursuivi avec de telles photos, surtout celles qui montraient des enfants tordus de douleurs comme des poules constipées, j'aurais demandé pourquoi il avait attendu si longtemps avant d'aller à leur secours. Seulement voilà, ce jeu opportuniste n'était pas destiné à prévenir la douleur, mais à rafistoler les plaies suppurantes en les couvrant d'une gaze dégoulinante du pus de son autosatisfaction. J'avais eu le tort d'arriver à la fin de cette vague de folie de l'aide internationale qui avait fait rage dans les années quatre-vingt, à l'époque où le sort de multitudes anonymes et désespérées était entre les mains de toutes sortes d'organisations qui collectaient des fonds et faisaient tout pour soutirer de l'argent à l'indifférence culpabilisée du riche Occident. Les vieillards bien intentionnés ne furent pas les seules cibles de ces organisations, toute la société fut bombardée d'images d'enfants malades couverts de merde et de mouches, et contrainte de donner, qui un dollar, qui un franc. L'explosion de magnésium caustique du reaganisme et du thatchérisme avait donné aux cartels de l'aide un formidable essor, et mes yeux et ma sensibilité supportaient mal les dernières lueurs de cette gloire.

Les cartels et les requins de l'industrie de l'aide humanitaire étaient allés trop loin et se trouvaient maintenant au pied du mur. Ils avaient poussé à bout l'indifférence des riches en les accablant de cadavres, de demandes d'aumônes couvertes de mouches et d'appels grandiloquents à leur magnanimité fléchissante. Certains requins, conscients de s'y être mal pris, essayaient maintenant d'introduire un élément humain dans leur nécrophilie et dans leur escroquerie escortée d'essaims de mouches. Il appartenait à mon hôte et à ses collègues de rectifier leurs erreurs ;

moi, je ne me sentais absolument pas obligé de les aider en ce sens. Je n'avais aucune intention d'entrer dans leur jeu, et cette pensée secrète me procurait un malin plaisir. Ils me montrèrent leur programme, bourré comme une boîte de haricots. Je figurais sur leur emploi du temps pour vingt conférences publiques et une douzaine d'interviews. J'exprimai mon enthousiasme et allai jusqu'à les remercier au nom de la multitude anonyme des désespérés. Je les appelai « les bons Samaritains », ce qui les fit rougir, car mon ironie ne devait pas leur échapper entièrement.

De retour dans ma chambre d'hôtel, je plongeai ma tête dans l'oreiller et hurlai ma colère. Comment pouvait-on attendre de moi que je jette l'histoire de tante Lwandeka en pâture au public ? Ce ne fut pas la photo d'un enfant malade qui m'incita à leur faire faux bond, mais celle d'une jeune femme décharnée surmontée d'un appel au secours ronflant, en caractères énormes. La photo montrait la femme allongée sur une natte, le visage cadavérique soulevé, les yeux nageant dans des trous visqueux, les genoux et les jambes squelettiques scandaleusement dénudés : l'image d'une mort et d'un martyre au ralenti. L'argent que ce cadavre rapporterait serait versé goutte à goutte en Afrique pour faire demi-tour sous forme de paiement de la dette internationale. Le continent africain ressemblait à ma tante dans les derniers jours de sa vie : le peu de nourriture qui entrait par le haut quittait immédiatement son corps par le bas. Lwendo aurait dû sévir contre le coopérant pédophile et renvoyer d'un coup de pied au derrière toutes les autres organisations d'aide humanitaire. Ces gens-là n'étaient pas méchants si on les comparait aux truands qui vivaient librement chez nous, mais c'était une mauvaise compagnie, une compagnie au sein de laquelle je ne voulais pas passer un jour de plus. Je fis mes bagages le soir même et appelai, depuis la cabine téléphonique qui se trouvait en bas de l'hôtel, un numéro du ghetto. Pendant que le téléphone sonnait de l'autre côté, mon cœur battait à se rompre. J'étais en train de m'exiler volontairement d'un paradis ennemi. Pendant que le téléphone sonnait, j'entendais les mouches qui attendaient mes discours éloquents pour sortir des photos et remplir l'air de leur bourdonnement confus. L'image des mouches vertes et noires qui se posaient sur les cadavres, la merde et la pourriture envahit la cabine d'une odeur morbide et me donna la nausée. Je n'avais, hélas, rien laissé derrière moi, je n'avais pas enseveli le passé dans les nuages. J'avais tout emporté, comme le virus qui avait terrassé tante Lwandeka. Je me sentais assiégé, pris au piège, sans énergie, assailli par tous ces visages blancs qui m'entouraient dans la rue, dans les immeubles en face de la gare centrale, dans les cafés du Damrak, partout. Je désirais sentir la terre ferme sous mes pieds et laisser derrière moi les abominables mouches. Je tâtai l'argent que j'avais dans ma poche. Comment se sentait-on dans un pays comme celui-ci quand on n'avait pas le sou ? Ou quand on était contraint de grappiller dans la rue ? Ou quand il fallait attendre dans ces camps de concentration diaboliques la réponse affirmative ou négative à une demande d'asile politique ? Tandis que je retournais ces pensées dans ma tête, une voix dit à l'autre bout du téléphone : « Allô ? » Oui ! c'était bien l'accent populaire de mon pays. J'aurais voulu sauter de joie à m'en cogner la tête contre le toit de la cabine. Le petit Ouganda, un cocon d'Ougandais en exil, se manifestait en plein milieu de la Hollande blanche ! Les Asiatiques avaient dû ressentir la même chose à leur retour en Ouganda lorsqu'ils avaient entendu des gens parler en gujarati ou en urdu en plein Kampala.

— *Ossiibye otya nnyabo* ?

— *Bulungi seebo,* répondit la voix.

Qu'elle était douce, cette voix, dans la nuit froide ! Et quel soulagement de constater que les adresses que m'avait données Action II étaient bien réelles !

Le reste de la conversation et les explications sur une adresse où je pourrais louer une chambre se poursuivirent pendant un certain temps comme dans un rêve. J'imaginais les visages rouges de mes hôtes « coopérants » en constatant mon départ alors que rien, dans mon attitude, ne leur avait fait supposer que je trouvais leurs actions et leurs méthodes scandaleuses. Je sortis de la cabine en riant et en savourant ma vengeance comme un alcool brûlant, le pied léger dans la perspective que j'allais loger chez des gens de mon pays. Le canal sur lequel donnait l'hôtel reflétait les lumières multicolores qui tombaient des fenêtres et des réverbères. La lueur sombre de l'eau frémissait et se tordait comme un serpent fixé à ses deux extrémités. J'avais moi aussi fixé le mien et je me sentais invincible.

Le plan de la ligne de métro qui avait été creusée dans le ghetto avait la forme d'un Y ou d'un rosaire ouvert sur lequel on avait enfilé les perles qui composaient le ghetto. C'était l'été, et l'aspect des immeubles monstrueux était adouci par la végétation luxuriante qui bordait les routes : des buissons en fleurs, des arbres et de l'herbe là où la route se séparait des rails. En hiver, les arbres devaient être aussi nus que des membres décharnés, le ciel aussi gris que le béton qui dominait le paysage. Mais c'était l'été et je fus charmé par tout ce vert qui donna sa couleur à ma première impression. Je descendis du métro, chargé de mes bagages, et considérai le paysage, les hauts immeubles à demi cachés par la verdure, les arbres le long des routes pavées et les trottoirs. Ce n'était pas si terrible, en tout cas pas aussi terrible que le faisait penser le mot « ghetto ». Des jeunes, vêtus d'habits sans forme, de baskets et de casquettes à la visière retournée, flânaient en groupes près de la station de métro, sous les viaducs et devant les immeubles comme des soldats qui préparent un assaut. J'étais très ému en les dépassant :

ces jeunes auraient pu être des élèves du Sam Igat Memorial College et moi leur professeur. Mais professeur de quoi ?

L'adresse où je devais me rendre se trouvait à deux cents mètres environ de la station de métro. Après avoir longé des galeries et des tunnels bariolés de graffitis et qui, la nuit, se transformaient en marchés de la drogue, je débouchai sur une place où se tenait, le mercredi, un marché aux puces, sur un centre commercial et un bureau de police qui occupaient des bâtiments bas en forme de cubes. Les énormes immeubles étaient groupés dans des parcs selon un ordre alphabétique. Les plus grands étaient divisés en trois ailes ou plus, construits en demi-cercle. Désormais, ma vie allait se concentrer dans le bâtiment E, un colosse qui portait le nom de Eekhoorn, écureuil.

En 1966, lorsque Grand-pa était tombé entre les mains de truands, lorsque chez nous on avait déclaré l'état d'urgence, ce ghetto, ce jardin du paradis, avait été bâti pour loger les ressortissants des anciennes colonies des Pays-Bas : les Antilles et le Surinam. Les bâtiments principaux étaient reliés aux garages par des galeries couvertes ; on y installa l'eau courante et des W.-C. munis de chasses d'eau, bref, les colosses disposaient de toutes les commodités de la vie moderne. Le Jardin était divisé en parcs que limitaient les voies d'accès rapides, les lignes de métro et les ponts, et où l'on avait planté de grands buissons qui fleurissaient au printemps et en été. Des arbres énormes faisaient penser aux forêts d'Amérique du Sud d'où venaient la plupart des immigrés. Les soirs d'été, l'odeur des fleurs embaumait les chemins et les oiseaux gazouillaient en se préparant pour la nuit.

Lorsque le rêve se fut réalisé, les noirauds des anciennes colonies furent lâchés parmi les arbres pleins de fruits défendus et sur l'herbe où se cachait le serpent qui allait empoisonner le beau rêve. Comme Dieu le Père, le Rêveur qui avait conçu le Jardin se retira et le Jardin fut envahi, dans le véritable esprit du tout premier capitalisme, par les serpents vicieux de la déception, de l'isolement et de la délinquance légalisée. Le bureau du Rêveur croulait sous les rapports évoquant délinquance, drogue et chômage, mais comme tout se passait entre les limites du Jardin, on ne fit pas grand-chose contre. Finalement, l'eau douce des allocations continua à couler, les enfants à aller à l'école et la police à fermer les yeux. La circulation entre les anciennes colonies et le Jardin était libre et tout le monde pouvait faire ce qu'il voulait, comme il se doit dans une démocratie. « Nous avons la situation en main » et « Cela aurait pu être pire », tels étaient les slogans qui ornaient les murs du bureau du Rêveur. En effet.

Lorsque j'arrivai au ghetto, je vis des hommes, des femmes et des enfants noirs entrer et sortir des immeubles et faire les choses que tout le monde fait dans la vie. Je ne pus m'empêcher de sourire. Hormis de rares Asiatiques ou Blancs, les vendeurs dans les boutiques étaient tous noirs, originaires des Caraïbes ou d'Afrique. Ma nouvelle maison venait d'être recouverte d'une couche de peinture ivoire tandis que les ascenseurs qui se trouvaient aux deux extrémités avaient été peints en rouge. Les galeries étaient longues et balayées par les courants d'air et certains coins puaient la pisse. Cet immeuble abritait officiellement huit cents personnes, mais un dénombrement officieux en signalait au moins mille cinq cents. Nul ne savait exactement combien de personnes habitaient là. L'anonymat, l'illégalité et l'atmosphère excitante de Far West me plurent. Je me sentais inviolable : tout le monde, ici, pouvait avoir des aventures désagréables, mais pas moi. J'avais trempé mes vêtements dans le sang de rudes guerres et je pensais donc que la violence tempérée du ghetto ne me toucherait pas. Je pourrais vivre ici une vie tranquille, sans aucune responsabilité, et, quand j'en aurais assez, je rentrerais en Ouganda.

Mon nouveau chez-moi se trouvait dans un appartement de quatre pièces, au septième étage. Ma logeuse, Keema, était une femme de trente-deux ans qui s'était réfugiée au Kenya pour fuir l'Ouganda et un mari pourri, et de là, elle avait rejoint l'Occident, il y avait de cela dix ans, avec un visa de touriste. Son réseau de vieux amis lui avait procuré du travail, un toit et la consolation, et après avoir obtenu un permis de séjour et la nationalité néerlandaise elle était allée chercher ses trois enfants. L'appartement abritait à peu près dix personnes qui entraient et sortaient à des heures irrégulières. A mon arrivée, il y avait six habitants fixes. Je louais la plus petite chambre, celle qui se trouvait près du salon, juste en face de la salle de bains et des toilettes. La nuit, le salon servait aussi de dortoir pour les gens qui avaient temporairement besoin d'un toit, ou qui venaient d'arriver, ou qui s'attardaient après une fête. La seule leçon que ma logeuse eût apprise était apparemment celle de ne jamais refuser personne. L'appartement était une sorte de centre de coordination pour migrants à destination de l'Angleterre, un club pour réfugiés ougandais, une adresse où l'on venait fêter les anniversaires, Noël et autres fêtes obscures parce que, ici, au ghetto, contrairement aux quartiers blancs où vivaient ses amies, on pouvait faire tout le bruit qu'on voulait. Ici, on pouvait monter le volume de sa chaîne hi-fi et de sa télévision jusqu'à ce que les meubles en tremblent. La seule manière, pour un voisin, de montrer que le bruit le gênait était d'organiser une fête et de faire lui aussi le plus de bruit possible. La police n'intervenait jamais. En fait, la nuit, la police ne sortait jamais de son cube. Chaque immeuble avait un gardien qui la remplaçait. Et les gardiens laissaient faire. S'il y avait un cambriolage, les gens étaient censés se défendre tout seuls dans le vague espoir que le gardien finirait par venir à la rescousse. Si on était molesté par une bande de voyous ou par un toxico un peu fêlé, il fallait s'en sortir tout seul. Si on était poursuivi ou attaqué par une personne louche, il fallait se défendre tout seul. Et par conséquent, des tas de gens ne sortaient jamais sans un couteau dans la poche.

La maison de Keema était très populaire. C'était un va-et-vient continu. La cuisine était ouverte vingt-quatre heures sur vingt-quatre et la chasse des W.-C. était tirée sans interruption ; les borborygmes de la chasse me faisaient penser aux dindons d'oncle Kawayida. Les enfants allaient à l'école et, en rentrant, ils faisaient leurs devoirs et allaient jouer dans la rue. Ma logeuse ne les revoyait que le soir car elle travaillait dans une serre, hors de la ville, et rentrait quelquefois tard. Elle était alors fatiguée et irritable, et si elle constatait le bris d'une tasse ou quelque autre méfait, elle piquait une crise de rage retentissante qui la soulageait. Le coupable était curieusement presque toujours le deuxième enfant, une fille d'une dizaine d'années. Quand quelque chose allait de travers, c'était toujours elle que sa mère soupçonnait. Et si elle ne filait pas assez vite, Keema la frappait, de ses mains nues ou avec un parapluie. Son fils, le plus jeune des trois enfants, était son préféré. C'était une vraie tête de mule et il ne trouvait rien de plus marrant que péter en présence de visiteurs, mais Keema faisait comme si elle n'entendait et ne sentait rien et lui trouvait toujours une excuse. Du coup, je me mis à préférer le bouc émissaire, ce que la petite sut fort bien exploiter. Lorsqu'elle avait besoin d'argent de poche, elle dansait devant moi en se déhanchant comme les rappeurs qu'elle avait vus à la télévision et je lui donnais quelque monnaie. Je n'étais pas sa seule victime. Les soirs de fêtes, elle tournait autour des invités mâles avec un flair qui gênait beaucoup de femmes, jusqu'à ce qu'elle ait eu sa récompense. Et Keema, fort curieusement, ne la punissait jamais pour ces spectacles assez provocants. Au contraire, elle avait l'air d'y prendre un plaisir pervers.

Les premières semaines, je me rendis souvent en ville, voir les musées, les quartiers chauds et toutes les curiosités dont j'avais entendu parler ou qui étaient recommandées dans les livres. Mais passé le plaisir de la nouveauté, lorsque je connus mieux les immeubles et les bruits, je restai au ghetto. A la maison, j'étais retombé dans mon rôle de baby-sitter. Les enfants me demandaient souvent de les aider à faire leurs problèmes et je les aidais. Mais ils passaient le plus clair de leur temps devant la télévision, ou bien ils se battaient, se disputaient et jouissaient de leur enfance. Ils me faisaient penser aux chiards de Cadenas et Serenity et aux orphelins de tante Lwandeka.

Je fis la connaissance de toutes sortes d'Ougandais. Des Ougandais qui avaient habité en Suède, en Angleterre ou en Amérique avant d'atterrir ici et qu'on appelait « le Suédois », « l'Anglais » ou « l'Américain » parce qu'ils parlaient continuellement de ces pays. Des Ougandais qui avaient fui le pays, au temps des horreurs d'Amin, et avaient obtenu entre-temps la nationalité néerlandaise. Des femmes qui avaient quitté leur mari et des femmes qui se prostituaient faute de permis de séjour et d'un meilleur gagne-pain. Il y avait aussi, parmi tous ces Ougandais, d'anciens tueurs d'Amin et d'Obote qui avaient mis leur passé au frigo et menaient maintenant une vie de famille rangée, avec une femme blanche et des enfants métis. Se côtoyaient, pêle-mêle, des universitaires qui ne trouvaient pas d'emploi dans leur spécialité, des petits délinquants et des gens qui n'avaient pas usé leur fond de culotte sur les bancs de l'école. Il y avait des Ghanéens et des Nigérians qui s'étaient fait passer pour des Ougandais, du moins au moment où ils avaient demandé asile, dans les années soixante-dix. Il y avait aussi des Ougandais qui s'étaient inscrits comme Soudanais, exploitant l'argument de la guerre entre le Nord et le Sud parce que la politique d'immigration hollandaise n'attribuait le statut de réfugié qu'aux ressortissants de pays connus pour violer les droits de l'homme. Ces mélanges d'histoire et d'expériences individuelles créaient un climat de suspicion qui tempérait la cordialité générale. On ne parlait pas beaucoup de soi avant de savoir à qui on avait affaire car on n'excluait pas que le gouvernement néerlandais ait posté partout des espions pour contrôler ce qui se faisait et se disait parmi les Ougandais.

Au début, j'écoutais avec intérêt les versions revues et corrigées que mes compatriotes donnaient de leur histoire, surtout lorsqu'ils racontaient comment ils s'étaient procuré l'argent pour obtenir un passeport et des titres de voyage et quelles avaient été leurs expériences en Suède, en Angleterre et en Amérique. Mais ces réunions hebdomadaires, et quelquefois quotidiennes, de gens qui s'ennuyaient et ne venaient chez Keema que pour regarder la télévision, écouter de la musique et cancaner, finirent par me peser. C'étaient presque tous des immigrés économiques qui s'étaient fait passer pour des réfugiés politiques parce que c'était la seule manière de pénétrer dans ce pays. La plupart d'entre eux avaient subi l'humiliation des camps de réfugiés et portaient les cicatrices de leurs années d'attente pour obtenir un statut officiel, mais maintenant ils étaient pleins d'énergie et d'optimisme. Ils faisaient presque tous un travail d'esclave dans les serres, les fermes, les usines de conditionnement de viande et autres travaux peu ragoûtants. Ils arrivaient chez Keema, les yeux pleins du sombre éclat des lourdes besognes et les membres fourbus. Je comprenais qu'ils fussent attirés par ce centre de rencontres. Petit à petit, je compris aussi pourquoi ils avaient tant de mal à m'accepter, car qui étais-je ? Comment pouvais-je vivre sans travailler ? Qu'est-ce que je cherchais ici ? Quel était mon secret ? Comment pouvaient-ils se fier à moi ?

La solitude était un bien précieux que je ne pouvais goûter qu'à petites doses. Les conversations lardées de mélancolie traversaient le mur qui séparait ma chambre du salon, de sorte qu'il m'était impossible de me reposer ou de réfléchir quand il y avait des visiteurs. Il ne me restait plus qu'à rejoindre le groupe et me farcir le rabâchage des mêmes histoires. Les fêtes étaient un véritable martyre. La maison était alors prise d'assaut par trente personnes au moins qui l'empestaient de leurs parfums et de leurs lotions après-rasage et faisaient trembler les murs avec leur chahut, leur musique, leurs danses et le gargouillement ininterrompu de la chasse d'eau. Cela arrangeait bien Keema : pendant la semaine, elle quittait la maison à sept heures du matin et rentrait à sept heures du soir ; mais le week-end elle voulait faire la fête car, comme je pus le découvrir par la suite, elle était payée pour recueillir les gens. Les préparatifs de la fête duraient à eux seuls deux jours, le temps nécessaire pour emmagasiner les victuailles et les boissons, ranger le salon et autres pièces, rôtir des poulets ; l'atmosphère était alors aussi tendue que dans un café juste avant l'heure d'ouverture. On mangeait tôt, puis les gens se pointaient, et se mettaient à boire, à manger et à danser jusqu'à l'aube. Il arrivait que deux femmes se disputent le même homme, ou deux hommes la même femme, et les ragots allaient bon train.

Le ghetto ressemblait à l'Ouganda en période de guérilla : le jour appartenait aux forces de la loi et de l'ordre, la nuit aux truands, à leurs acolytes et à leurs victimes. Pour me faire une idée des deux mondes, je commençai à rôder la nuit et à visiter les antres des petits dealers et des drogués. Les galeries, certains coins des immeubles et les cafés commençaient à se remplir à partir de huit heures du soir. Le client arrivait, il murmurait quelques mots, donnait de l'argent comptant et recevait en retour un petit sachet en plastique. Certains clients des galeries étaient incapables d'attendre : ils se tournaient immédiatement vers le mur, ouvraient le sachet et y plongeaient leur nez plein de morve.

Les amateurs de crack avaient leurs coins particuliers, souvent un appartement décrépit où ils allaient s'accroupir, allumer un petit feu et chauffer leur cuillère. C'était une drôle d'expérience de voir la béatitude apparaître sur leur visage pendant qu'ils aspiraient, les mains tremblantes, le contenu d'une petite pipe, se répandre dans toutes leurs fibres, caresser leurs os et ressortir de leur corps. Les muscles tendus se relâchaient, la bouche s'ouvrait et laissait échapper de la bave, les yeux devenaient vitreux et le corps se dégonflait comme un ballon percé. Les malheureux qui traversaient ce purgatoire avaient un aspect tourmenté. Ils ressemblaient aux victimes d'une maladie virale, soumis à des accès de fièvre diaboliques. Puis, tombant de sommeil, ils allaient à la recherche d'une nouvelle dose. C'est alors que luisaient les lames de couteaux. Je me débrouillais pour déguerpir avant d'en voir une surgir sous mon nez.

Sous les viaducs, à environ un mètre de distance l'un de l'autre, se tenaient des jeunes gens aux vêtements trop larges, les casquettes enfoncées sur les yeux, qui attendaient les clients. Ils me faisaient penser à des crocodiles épiant leur proie dans un guet-apens. Et bien sûr, la proie venait, elle venait chercher la poudre de l'extase. Ces endroits étaient dangereux et il n'y avait rien de pire que de se retrouver au milieu d'une rixe ou d'un hold-up. La police ne levait jamais le petit doigt. Elle avait pour tactique d'arriver après la bataille ou lorsque l'un des malfaiteurs gisait sans connaissance ou raide mort. Inutile de l'avertir qu'on était menacé, elle n'intervenait que lorsque la menace était mise à exécution. Et plusieurs malfaiteurs étaient relâchés immédiatement après leur arrestation. Ce genre de dangers, cette insécurité faisaient de mes errances nocturnes des aventures horriblement excitantes.

Le couteau était ici le symbole du respect. Les jeunes gens aux vêtements flottants en avaient généralement un en poche, de ces machins épouvantables, avec une lame large de deux ou trois centimètres. Je craignais beaucoup plus les couteaux que les balles de revolver, mais cette angoisse ne m'empêchait pas d'aller me balader la nuit pour observer les junkies dans les ascenseurs en panne et sous les escaliers, et les femmes qui taillaient une pipe à un homme ou baisaient pour de l'argent, et les hommes et les femmes qui se disputaient pour de la drogue, de l'argent ou rien.

Ce qu'il y avait de plus merveilleux dans le ghetto, c'est qu'on y déménageait sans arrêt. Il ne se passait pas de jour sans que des gens partent ou arrivent. Avide d'occuper mon esprit, j'allais m'accouder à la balustrade pour observer les hommes et les femmes qui chargeaient les meubles dans des camionnettes ou les en sortaient. Les jeunes gens souillés que je voyais le dimanche matin sous les viaducs, vautrés dans des flaques de pisse, de merde et de bave, semblaient être ressuscités et avoir acquis de nouveaux muscles : ils se coltinaient des divans volumineux, d'énormes lits à deux places, des armoires à glace et des valises rebondies jusqu'en haut des escaliers interminables. Et pendant que je les regardais, les types musclés qui montaient et descendaient les meubles lourds semblaient se ratatiner sous mes yeux et redevenir les zombies sonnés qui languissaient après un shoot.

Peu à peu je m'ouvris à la diaspora africaine. La barrière linguistique ne facilitait pas mon approche. Et, de surcroît, je ne travaillais pas, je ne fréquentais pas les night-clubs et je ne me droguais pas. Je cherchai une bibliothèque où j'aurais pu emprunter des livres et peut-être entrer en contact avec des gens, mais il n'y en avait pas dans le quartier. Je demandai finalement à la petite coquine, fille de Keema, de m'apprendre les premiers rudiments du néerlandais en échange de quelques faveurs et d'un peu d'argent. Je me fis un arsenal élémentaire d'expressions néerlandaises et attendis ma chance. Elle arriva une nuit où je rencontrai une femme poursuivie par les crocodiles des viaducs. J'eus le réflexe idéal dans une situation de ce genre. J'allai vers elle et lui dis dans le plus parfait néerlandais : « Pardon de mon retard, ma chérie. J'avais promis de t'attendre à la gare. » Les jeunes gens ne devaient pas vraiment avoir de mauvaises intentions, sinon ils auraient pu se saisir de la femme bien plus tôt. Mais ils s'étaient contentés de la poursuivre en l'agonissant d'injures et en lui demandant de leur faire une pipe. Elle était hors d'haleine et trempée de sueur. Sa réaction se fit attendre : « Oui, où étais-tu passé ? » Mais à ce moment-là, les crocodiles s'arrêtèrent, nous observèrent un instant et firent lentement demi-tour. La nuit l'avait protégée contre d'autres humiliations : les jeunes gens ne me voyaient pas bien, et moi-même, je ne distinguais pas leurs visages. J'aurais pu être armé ou avoir des amis dans le milieu. Leur incertitude joua en ma faveur.

La femme me remercia et m'invita à prendre un pot chez elle. Elle s'appelait Eva. Pour m'assurer de la sincérité de son invitation, je dis : « Je regrette, je dois aller quelque part. » Mais elle insista et je compris alors qu'elle vivait seule ou qu'elle était parent unique et qu'elle n'avait pas envie de rentrer seule. Je ne tenais pas tellement à être reçu par deux ou trois mômes renfrognés parce qu'ils avaient attendu leur mère toute la soirée. Elle avait encore quelques centaines de mètres à faire à travers un parc mal éclairé et je la vis jeter des regards angoissés vers les buissons.

Elle vivait seule en effet. Elle avait trente ans et commençait sérieusement à prendre du volume. Elle me rappelait ma tante maternelle Kasawo. Elle était métisse, mais elle avait la peau plus blanche que certains Blancs que j'avais vus cette semaine. Elle avait un visage plat et des cheveux soyeux, noir d'ébène, qu'elle cachait sous une perruque blonde. Elle posait sur le monde des débauchés, des pillards, des crocodiles et des étrangers un regard glacé, mais sous cette carapace se cachait un joli sourire engageant. Le parfum de fleurs que dégageait son appartement flatta mes narines. C'était autre chose que l'odeur de moisi de l'appartement de Keema.

Eva avait des meubles lourds, une énorme chaîne stéréo, une grande collection de disques et de bandes vidéo et des murs tapissés de photos d'elle et de sa famille. Je fus déçu de n'y découvrir aucun livre, si ce n'est l'annuaire du téléphone, un magazine de télévision et un tas de revues de mode. Sa salle de bains était pleine de crèmes de jour et de nuit, de parfums, de poudres, de shampoings, de cure-dents, de limes à ongles et autres objets de toilette dont je ne connaissais pas l'usage. J'en fus ahuri : en Ouganda, on aurait pu ouvrir une boutique avec ce qu'elle avait là. J'essayais d'imaginer les heures qu'elle passait à nourrir sa peau et à se faire un visage susceptible de défier le temps.

Nos premières rencontres furent détendues. Nous nous évitions et nous cachions derrière des banalités telles que le temps, la vie dans le ghetto, la drogue, la jeunesse et la musique. Elle fut étonnée d'apprendre que je venais d'Ouganda. Elle aurait plutôt pensé que je venais d'Amérique ou de la Jamaïque. Je lui demandai si elle savait où se trouvait l'Ouganda, et elle se contenta de sourire. Je me méfiais. Je ne lui posais pas de questions et j'essayais de ne pas lui donner trop d'informations sur moi-même. Nous parlions le plus souvent d'elle. Elle travaillait dans une maison de retraite de l'Amsterdam blanche ; elle avait un fils, deux sœurs et trois frères qui vivaient tous dans les Caraïbes. Elle habitait ici depuis quinze ans et s'y sentait généralement à l'aise. Sa vie tournait autour de son travail, de quelques amis, de visites irrégulières à un club et c'est tout. Peu lui importait ce qui se passait dans le reste du monde ou de son propre pays. Je fus plutôt déçu : que pouvait-elle m'apprendre ?

A ce point de nos rapports, j'essayai de parler un peu plus de moi-même, de mon éducation, de mes expériences dans l'enseignement, des guerres, du Triangle de Luwero, mais cela n'avait pas l'air de l'intéresser et je renonçai vite à lui faire d'autres confidences. La musique pop américaine, voilà ce qui la passionnait, l'enflammait comme une torche trempée dans le pétrole ! Elle n'arrêtait pas de parler de Gregory Hines, Lionel Richie, James Ingram, Michael Jackson, Prince et Aretha Franklin. Mes connaissances sur ce terrain étaient minces, car je n'avais à ma disposition que des articles de vieilles revues, mais il lui suffisait que j'écoute. Elle me bombardait de détails sur leur vie privée. J'essayai de parler de littérature, mais elle ne réagit pas. Seul Hollywood la mettait en verve. Sa connaissance des films hollywoodiens et des acteurs de cinéma était phénoménale. Elle savait exactement quand le film était sorti, qui était le metteur en scène et quels acteurs y jouaient. Elle connaissait les problèmes survenus au moment du tournage et de la mise sur le marché de tel ou tel film ainsi que les films sortis en salle qui méritaient de devenir des succès et ceux qui avaient été éreintés. Elle avait une préférence marquée pour les comédies romantiques, les comédies musicales et les films d'aventures. Quand elle abordait ce sujet, j'aurais préféré prendre congé, mais c'était trop tard. Après les films, elle passait aux défilés de mode. Les vêtements ne m'intéressaient pas, ni les couturiers, ni les mannequins. Mais quand elle était lancée sur un sujet, il était impossible de l'arrêter. Je me berçais de l'illusion que je finirais bien par arriver à la bombarder, à mon tour, d'informations sur des lieux et des faits et des livres qu'elle ne connaissait pas ; je la ferais vibrer d'admiration. Mais je n'en eus pas l'occasion.

Quand la boisson fit son apparition, notre conversation ou, plus exactement, son monologue se fit plus passionné. J'avais compris qu'elle avait commencé à boire quand elle s'était arrêtée de fumer. Ce n'était pas bon pour sa ligne, ni pour sa santé, car la boisson la faisait transpirer et haleter. Elle se mit à casser du sucre sur le dos des hommes.

— *Dogs, dogs,* dit-elle alors avec un fort accent américain.

— Et toi, alors ?

— Ils ne savent que mentir.

— Et toi, tu tombes dans le piège, et tu leur mens en retour, dis-je, excité.

Ce fut notre premier vrai dialogue.

— Tu défends seulement ceux de ton sexe, dit-elle, presque avec colère.

— Je crois en une vraie conversation ; les monologues sont bons pour la scène.

— Tu pourrais en tout cas avoir la gentillesse de me laisser finir de parler.

Les femmes que j'avais fréquentées en Ouganda ne parlaient pas facilement de leurs échecs et de leurs triomphes amoureux. Elles préféraient qu'un homme ignore tout de leur passé. Eva s'en moquait, elle aimait en parler. Ça la soulageait en quelque sorte. Elle en vint assez vite au cœur du sujet et me confia, les yeux brillants, quel était son idéal d'homme : un malabar de plus de deux mètres qui se dresserait au-dessus d'elle comme un réverbère. Elle donnait l'impression d'être sans cesse à l'affût d'un tel homme. Elle avait déjà acheté un lit gigantesque et gardait, dans son armoire, deux immenses chemises de nuit et un assortiment de sandales assez luxueuses, mais un peu grandes. Les affiches d'étoiles pop qui étaient collées au mur me confirmaient que ses dires n'étaient pas inspirés par la boisson, mais correspondaient à un goût réel. Je me réjouis de ne pas répondre à ces canons. Les préparatifs qu'elle avait faits pour recevoir son prince charmant suffisaient à faire comprendre à un type aussi prudent que moi qu'il n'avait aucune chance.

Dans les fumées de l'alcool, elle m'invita à partager son lit. Alors là, j'en restai comme deux ronds de flan. Pourquoi n'attendait-elle pas de mieux me connaître ? N'y avait-il pas assez de types de deux mètres à attendre leur tour dans les coulisses ? Pas étonnant que je ne parvienne presque pas à bander :

ma pensée était ailleurs. Elle était tout à coup occupée par Jo Nakabiri et je n'arrivais pas à l'en chasser. Et au lieu de transformer cette femme, près de moi, en une déesse des rêves nocturnes, ou en tout cas en quelque chose qui aurait pu me faire bander, la pensée de Jo me ramollissait. Bien sûr, j'aurais pu renfiler mon pantalon et partir, mais alors il m'aurait été impossible de revenir. Et cette femme continuait à m'intriguer. J'eus recours à un marathon de préludes à l'acte et léchai toute la sueur de son cou, de ses bras, de son ventre et de ses vergetures. J'aspirai toute l'humidité de ses aisselles et en même temps une quantité de parfum qui me fit tourner la tête. Je la préparai par des léchages savants. Après une bonne demi-heure, elle se mit à se tortiller, à transpirer, à haleter et j'achevai ma besogne. Les femmes mûres pompent d'une manière scandaleuse l'énergie des hommes jeunes. Leurs orgasmes sont compliqués, lents à se déclencher, et elles protestent quand on bâcle le travail. Par cette prestation de services épuisante, je payai la nourriture et la boisson qu'elle m'avait offertes. Tandis que j'y allais de mon petit râle d'orgasme assez médiocre, je me dis qu'Eva serait la dernière femme mûre à laquelle je me laisserais prendre.

Nous nous voyions régulièrement ; je faisais ses courses, nettoyais sa maison, passais l'aspirateur et sortais les ordures. Ce n'était pas exactement ce que je m'étais imaginé, mais quel soulagement après le chahut et la cohue de chez Keema. Je n'arrivais pas à intéresser Eva à mon pays. L'Ouganda était trop obscur pour soulever le moindre intérêt, et l'Afrique en général était une boîte de Pandore pleine d'horreurs et de scandales qu'il valait mieux ne pas ouvrir. Quand j'essayais de lui expliquer qu'un pays, un continent était plus que la somme de ses maux, elle me jetait à la figure l'excision des femmes. A mon arrivée, j'avais vu une affiche contre l'excision dans une des stations du métro d'Amsterdam. Eva était une de ces femmes de couleur qui se sentaient mortellement blessées par cette pratique scandaleuse venue d'un continent qu'elles accusaient d'être la source de tous les méfaits. Elle me dit un jour qu'elle aurait volontiers déchiré et brûlé toutes ces affiches ainsi que les organisations qui menaient de telles campagnes. Eva pensait que les vulves de toutes les femmes africaines étaient cousues et que toute l'Afrique, depuis l'Egypte jusqu'à l'Afrique du Sud, était faite de la même eau.

— Putain, vous êtes des tortionnaires de femmes, dit-elle avec son fort accent américain, et tu aurais probablement préféré que je sois moi aussi excisée.

— Bien sûr, répondis-je aussitôt.

Ce n'était pas une femme à qui j'aurais pu dire que je ne savais même pas à quoi ressemblait une femme excisée, que je ne savais pas quelle sensation on éprouvait à faire l'amour avec une telle femme et que je n'avais pas envie de le savoir. Elle m'avait chargée de cette croix et j'étais prêt à la porter avec un sourire.

— Il y a 29 999 996 femmes excisées en Afrique, si toi et ta mère et tes sœurs étiez nées là-bas, il y en aurait eu exactement trente millions, ha ! hal ha !

Elle se tordit de rire et moi aussi.

— Toutes ces guerres, tous ces bébés morts, cette mentalité arriérée, soupira-t-elle une autre fois.

Elle ressemblait à ces divas sur le retour des soaps américains, quand elles apprennent que leur mari les trompe avec une femme beaucoup plus jeune qu'elles.

— Oui, tout ça et bien plus encore, et pourtant nous nous tenons encore debout.

Elle me regarda de haut.

— Pfft, vous n'avez pas de télévision, ni MTV ni CNN. Les gens, chez vous, ne connaissent même pas Michael Jackson.

— C'est vrai. Si on pense que je n'ai entendu parler de Michael Jackson que dans l'avion qui m'amenait ici ! dis-je d'un air piteux.

Elle me caressa le visage. J'avais cru jusque-là

qu'elle avait compris que je me moquais d'elle, mais je m'étais trompé. Elle prenait ce que je disais pour argent comptant.

— Pauvre chéri !

— Comme tu dis, dis-je en faisant des efforts pour ne pas éclater de rire.

Comment la culture pop avait-elle pris une telle importance pour elle ? Elle se retourna vers sa collection de disques et entama un long panégyrique de ses chanteurs préférés, me bombarda des dates de sortie de certains albums, du nom des paroliers, du nom des musiciens et des titres qui avaient figuré aux hit-parades, de ceux qui n'y avaient pas figuré alors qu'ils le méritaient.

Comme j'étais sûr de moi, je m'amusais à jouer les barbares. Mais qu'est-ce que j'y gagnais ? De la musique populaire, des films hollywoodiens, des alcools, des tampons hygiéniques et du parfum. Pas très excitant, le butin ! Je me disais que si Eva avait été une sœur du père Lageau, je le lui aurais fait payer beaucoup plus cher. Mais je n'avais rien à prouver à cette femme.

Et un jour, ses crises de colère commencèrent. Elles montaient lentement, comme un vent qui enfle et graduellement se transforme en une tempête qui déracine les arbres, arrache les toits et écrase tout sur son passage. Je m'y attendais, mais lorsque la chose arriva, je fus presque emporté par la tornade. Il était clair que sa rage bouillonnait depuis quelque temps. Ses anciens amis, qui en avaient fait les frais une fois, ne tenaient pas à recommencer l'expérience. C'était donc à mon tour de l'aider à soulager sa tête douloureuse.

Comme je faisais partie des meubles de cette maison, c'est à moi qu'elle faisait le rapport circonstancié de ce qui se passait à son travail, erreurs humaines, scandales et tragédies qui me faisaient remercier le ciel de ne rien avoir à faire avec les hôpitaux. Les récentes réductions de budget et les incessantes suppressions d'emplois avaient alourdi les tâches du personnel restant et la mettaient dans une rage folle. Elle apportait tout à la maison : toute l'urine et la merde des Blancs qu'elle nettoyait, toute la saleté dont elle les débarrassait et tout ce qu'ils faisaient tomber sur ses genoux quand elle essayait de faire passer quelque nourriture entre leurs fausses dents et leurs mâchoires tremblotantes. La situation s'aggravait de jour en jour. Quand elle arrivait à la maison, elle était sur le point d'exploser et elle ouvrait toutes les vannes.

— Je hais ces salauds, je les hais tous. J'aurais envie de tordre le cou à tous ces vieux, à leurs fils, à leurs filles et à leurs petits-enfants. Qu'est-ce qu'ils croient ? Que nous sommes leurs esclaves parce que nous travaillons pour eux ? Elles sonnent avant même d'être sûres d'avoir besoin de pisser, ces truies nonagénaires ! On les débarrasse de leurs couches dégoûtantes et trempées, on les installe sur le pot, on essuie leur derrière fripé, on les rhabille et elles ont le culot de se plaindre d'être traitées sans égards ! Je suis une infirmière diplômée, moi, mais ces sales femelles blanches pensent que je suis une fille de cuisine. Eva, viens ici. Eva, va là-bas. Une vieille sorcière se lamente qu'on lui a mis le dentier de travers, une autre pouffiasse se plaint qu'on lui a lacé ses chaussures trop serré. J'en ai par-dessus la tête. Et toutes ces crétines d'infirmières qui tortillent leur soutien-gorge vide et leur derrière plat. Comme si elles valaient une fortune. C'est fou ce qu'elles se sentent extraordinaires ! Mais qu'est-ce qui passe par la tête de tous ces gens ? Ne sont-ils pas conscients de leur nullité ?

Au début, j'avais pitié d'elle et j'essayais de la calmer, mais plus elle parlait du physique des autres femmes et plus je pensais que l'incertitude la rongeait. Je comprenais qu'elle déteste son métier, mais que pouvais-je y faire ? Je me mis à jouir de plus en plus de ses scènes. Elles étaient théâtrales et amusantes.

Les hommes en prenaient, eux aussi, pour leur grade.

— Ces têtes de fromage dégueulasses. Ils pensent que le monde entier leur appartient, même s'ils n'ont pas un sou en poche. Les vieux dont je lave le derrière malpropre me regardent comme si on m'avait engagée uniquement pour sucer leurs bites molles. S'ils savaient comme ils ont l'air pitoyables avec leurs fesses plates comme des crêpes et leur zizi rabougri. Ils me reluquent en remuant leurs lèvres de caoutchouc. Je les hais. Je suis aussi blanche, plus blanche que certains d'entre eux, mais ils me traitent comme si j'étais une négresse arrivée directement de la brousse. Je suis aussi blanche qu'eux, mais ils refusent de me traiter comme une des leurs. Je suis née de l'union légale de deux individus qui s'aimaient, mais ils me donnent la sensation d'être le fruit d'un viol. Ma mère a été mariée pendant dix ans, à Paramaribo, avec un con de Hollandais qui est mort dans son sommeil. Lorsque ma mère est venue aux Pays-Bas pour me présenter à sa famille, quelqu'un lui a envoyé une bassine d'eau à la figure. Je ne le leur ai jamais pardonné.

Personnellement, je pensais qu'elle n'aurait pas besoin de tout ce maquillage si elle acceptait son origine noire, d'autant plus que son nez s'était écrasé et élargi pendant la gestation et que son fessier était passablement proéminent. Je n'osais pas encore lui demander si elle n'avait pas pensé à la chirurgie esthétique pour son nez et à la liposuccion pour se défaire de son excédent de graisse. J'appris plus tard, tout à fait par hasard, qu'elle n'avait aucun diplôme d'infirmière : elle avait simplement suivi un cours d'aide-soignante pour vieillards. En réalité, elle aurait voulu être une chanteuse capable d'émouvoir les foules. Il lui arrivait d'imiter Aretha : la voix stridente, le cou gonflé, les yeux exorbités, elle s'éternisait sur les notes, s'appliquant à ce qu'elle prenait pour une technique vocale sensationnelle. Elle tournait en rond dans la pièce, un aérosol dans la main en guise de micro, secouant la tête et roulant les hanches, chantant en play-back de ses airs préférés. Je m'amusais et elle était au septième ciel. Elle me disait qu'elle avait chanté au lit pour des hommes, en particulier pour Richie, à qui elle ne m'avait pas encore présenté officiellement. Mais maintenant, elle ne le faisait plus.

A sa place, je n'aurais pas raconté l'histoire de cette manière, mais Eva était une femme moderne qui ne connaissait pas les tabous. En outre, la honte était sûrement une notion du passé dans ce pays où la télévision montrait tous les jours des réclames de serviettes hygiéniques qui expliquaient en détail pourquoi telle marque était préférable à telle autre.

— Je hais tous ces Américains noirs niqueurs de leurs mères, disait-elle dans son américain nasal.

Ce qu'elle voulait dire c'était qu'elle haïssait ce Noir américain qui lui avait promis la lune et qui l'avait laissée tomber comme une vieille chaussette. Mais je n'étais pas sûr qu'elle le haïssait, car elle avait gardé des photos de lui. J'aurais mis ma main au feu qu'elle continuait à rêver de lui, qu'elle l'aimait même et qu'elle cherchait avec entêtement un remplaçant de son envergure, américain ou européen, peu importait. L'autre était bien bâti, musclé et avait des traits négroïdes peu marqués. Il mesurait plus de deux mètres et ressemblait comme deux gouttes d'eau à Lionel Richie. Et pour accroître cette illusion, Eva avait collé des affiches du chanteur à côté de photos de son ancien amant. Il avait un sourire charmeur qui lui coupait le visage d'une oreille à l'autre et la coiffure la plus brillantinée que j'aie jamais vue chez un homme. Près de lui, Eva se sentait comme une reine sur son trône.

Ils s'étaient rencontrés sur une île des Caraïbes où Richie, qui prétendait être un futur champion de basket-ball des Houston Rockets, guettait une bonne fortune. Ses dires étaient plausibles si on en jugeait d'après les photos où on le voyait faire des paniers spectaculaires, les bras en l'air comme s'il cueillait la lune. Eva était tombée si amoureuse qu'elle payait toutes les notes. Richie n'avait qu'un clin d'œil à faire et elle ouvrait son porte-monnaie. Pour un homme qui prétendait que, dans la saison à venir, il allait gagner un demi-million de dollars, il se montrait peu enclin à débourser. Mais il parlait toujours d'une maison coloniale, et d'un mariage avec lâcher de colombes, un vrai orchestre et un voyage de noces féerique. Eva avalait tout, tout cru. En prélude à ce mariage féerique, il introduisit sa spécialité : la fellation. Eva apprit à lui tailler une pipe et, encouragée par l'éloge incessant de son aspect magnifique en robe de tulle luxueux, elle alla encore plus loin. Au début, elle avait des hoquets et elle toussait, mais par la suite elle devint une experte en la matière. Puis il lui apprit l'art de la sodomie. Elle commença par refuser, mais elle se laissa convaincre par ses paroles douces et finit même par y prendre goût. Il la baisait le plus souvent possible. Il l'appelait la Lady Bird, la Magic Johnson et la Michael Jordan de la fellation et de la sodomie. Et comme elle n'avait jamais eu de demandes en mariage, ne serait-ce que pour rire, de la part des Surinamiens et des Antillais niqueurs de leur mère avec lesquels elle avait couché au début, elle ne résistait pas à cet homme idéal dont le seul point faible était d'aimer la fellation et la sodomie.

Malgré les interminables lavements et les maux de gorge consécutifs aux profondes pénétrations de son pénis circoncis, elle le présenta aux siens qui en furent ébahis, à juste titre d'ailleurs. On n'avait pas tous les jours l'occasion de recevoir une demande en mariage d'un futur basketteur millionnaire, couvert de bijoux luxueux. La seule personne de la famille à exprimer des doutes fut le grand-père qui trouva que le fiancé était matois et que Eva allait trop vite en besogne. Mais Eva lui cloua le bec. Elle ne l'avait jamais beaucoup aimé, celui-là. Richie avait manifesté le désir de faire la connaissance du fils d'Eva. Il l'appelait leur fils et disait qu'il voulait avant tout lui apprendre le basket-ball et l'inscrire dans les meilleures écoles de sport du monde. Mais le garçon vivait chez son père. Et Eva ne voulait rien changer à cette situation : elle n'avait pas envie de se vieillir et de se laisser couper l'herbe sous le pied par son fils. Il y eut de nombreuses fêtes durant la semaine que le couple passa dans la famille d'Eva, et Richie parla beaucoup de Dallas, où il était né, et du Texas en général. « Tout est très grand au Texas, les chenilles ont la taille de serpents à sonnette », disait-il souvent, et Eva se tordait de rire.

Avant de partir pour le Texas, Eva devait régler ses affaires aux Pays-Bas. Elle lui paya son billet d'avion. Ses économies commençaient à fondre. Mais qu'à cela ne tienne ! Elle nagerait bientôt dans l'or. À la vue du ghetto, il eut un choc : « Une femme comme toi dans un endroit aussi dégoûtant, parmi les dealers et autres parasites ! » Il lui assura de nouveau que ses années de vaches maigres appartenaient au passé : « *Baby, baby, baby...* Dieu nous a réunis et tu n'as pas idée de ce qui nous attend. Oh, mon *baby* à moi... ! » Elle l'aima encore plus : sa voix mélodieuse de baryton lui retourna les entrailles et elle en eut la chair de poule. Elle ne s'était jamais souciée de Dieu, mais la manière affectueuse dont lui avait prononcé Son Nom le lui fit aimer de plus en plus. Elle le tenait par la taille et regardait les gens droit dans les yeux quand ils se promenaient dans les parcs du ghetto. Elle fixait les hommes avec insolence et les femmes avec mépris.

Les séances de sodomie et de fellation atteignirent leur apogée. Ils poussaient la jouissance à son maximum. Ils baisaient toute la nuit et dormaient le jour d'un sommeil de plomb. Quand elle se réveillait, elle allait lui chercher des petits pains et des boissons. Elle lui portait le petit déjeuner au lit et attendait pleine d'angoisse sa réaction. Elle s'appliquait à lui faire de bons petits plats. Il la félicitait pour ses talents culinaires, mais ajoutait aussitôt qu'elle aurait bientôt un cuisinier, de sorte qu'elle n'aurait plus besoin de faire ces choses elle-même. En le regardant manger, elle réfléchissait à leur vie amoureuse. Dans sa vie, elle n'avait pas beaucoup pratiqué le sexe. Elle était époustouflée par sa propre résistance. Elle craignait qu'il ne l'ait rendue insatiable. Elle avait désormais des orgasmes repétés et son point G produisait des sucs abondants quand on le stimulait. Elle laissait son amant au lit et s'obligeait à téléphoner de son travail. Et pendant qu'elle téléphonait, elle l'imaginait étendu dans son grand lit et sentait sa poitrine se gonfler d'orgueil à l'idée d'avoir mis le grappin sur un tel homme. Quand elle faisait ses courses, elle se demandait si elle le retrouverait à la maison à son retour. Elle imaginait qu'un incendie mettait fin à son rêve, que des junkies complètement cinglés s'introduisaient chez elle et le massacraient, parce qu'il ne comprenait pas très bien ce qu'ils voulaient, ou qu'il était asphyxié dans son sommeil. Pour se tranquilliser, elle téléphonait chez elle et raccrochait dès qu'elle entendait sa voix.

Le jour précédant leur départ pour Houston, quinze jours après leur arrivée à Amsterdam, elle eut le plus grand choc de sa vie. Richie avait mis les bouts et l'avait abandonnée, sans argent, sans travail et sans maison. Elle crut d'abord qu'il faisait une promenade d'adieu dans le ghetto. Mais elle s'aperçut que ses affaires avaient disparu. Elle le chercha sous le lit, dans l'armoire. Elle alla voir dans tous les immeubles pour le cas où il se serait perdu à cause des noms étrangers. C'était comme chercher une épingle dans une meule de foin. « Ce fils de salope s'est joué de moi », jura Eva. « J'aurais dû mordre un morceau de sa sale bite et le cracher dans le poêle. »

Ses crises de rage se terminaient toujours par des crises de boulimie : elle avalait de grosses portions de tarte aux pommes, des œufs, des restes de la veille, des boulettes de viande hachée et des pommes de terre frites couvertes d'une grosse couche de mayonnaise. Je sentais que je n'étais plus le bienvenu. Et je n'avais pas tort. Je fus bientôt remplacé. Un soir, je sonnai à sa porte et un malabar de couleur noire vint m'ouvrir ; il me fit penser aux soldats d'Amin. Il avait l'air méchant et menaçant, une réplique de Badja Djola dans le rôle de l'assassin Slim dans *A rage in Haarlem*. On me signifia sur un ton rogue que Eva n'était pas là et, alors que j'étais encore devant la porte, juste avant qu'il ne me la claque au nez, j'entendis le rire d'Eva dans le fond de l'appartement. J'emportai la sale odeur de mon remplaçant dans mes narines. Il puait trop la marijuana et l'ail, à mon avis.

Privé de mon havre de tranquillité, je commençai à errer dans le quartier. La maison de Keema fourmillait d'immigrés en quête d'une nouvelle identité et leur gaieté et leur optimisme m'oppressaient : tous ces bavardages sur des boulots auxquels, chez moi, je n'aurais pas pensé une seconde. Il y avait parmi eux des gens qui étaient passés entre les mailles du filet et étaient maintenant comptables ou fonctionnaires, ou employés dans une organisation humanitaire, mais la plupart travaillaient au noir et leurs histoires me dégoûtaient, surtout lorsqu'ils racontaient comment ils étaient traités par leurs patrons.

Mon attention fut attirée par un petit gang qui opérait dans notre immeuble et dans le voisinage. Il s'était donné le nom de « Dynamite 666 » et ses membres perpétraient de temps à autre des « holdup » et des viols. Ils étaient connus au bureau de police local pour des délits de moindre importance. A l'occasion, ils volaient des autoradios qu'ils revendaient à bas prix pour s'acheter des chaussures de sport luxueuses, des drogues et des tickets d'entrée dans les discothèques. Ils vivaient tous chez leurs mères qui menaient la baraque à grand renfort d'engueulades et de menaces et de tannées inefficaces. Ces jeunes considéraient qu'ils devaient à leur virilité de ne jamais crier ni pleurer quand ils étaient battus par une femme, quelle que fût la violence des coups, et de ne jamais changer, quelle que fût la fréquence de ces tannées. Deux d'entre eux avaient gardé une cicatrice d'une de ces rossées, causée, chez l'un, par la boucle d'un ceinturon, chez l'autre par le pied d'une lampe et ils étaient tous les deux très fiers de cette marque de leur héroïsme. Un membre de la bande avait eu le malheur de chialer en présence de ses compagnons lorsque sa mère l'avait frappé avec une pantoufle. Le gang le prit à part et lui administra vingt coups de bâton parce qu'il était un mouchard potentiel. « Si une pouffiasse de femelle est capable de te faire pleurer, que feras-tu alors quand les choses seront plus sérieuses ? » Il fallut qu'il présente ses excuses et qu'il promette de ne jamais plus pleurer, sans quoi il serait expulsé de Dynamite. Les pères de ces petits malfrats venaient quelquefois dire deux mots à leur progéniture, mais comme ils se disputaient toujours avec leurs ex-femmes, ils ne restaient pas longtemps et laissaient l'éducation de ces enfants endurcis à leurs ex-femmes endurcies.

Les membres du gang avaient leur repaire, un coin du parc, non loin de l'immeuble, où ils se réunissaient et préparaient leurs coups, fumaient un joint et parfois molestaient quelqu'un. Quand ils n'avaient rien à faire, ils laissaient les gens tranquilles et avaient l'air aussi sages que n'importe quel enfant obéissant. Mais quand ils étaient au turbin, ils changeaient du tout au tout et prenaient l'expression menaçante de ceux qui détiennent le pouvoir de vie et de mort.

La victime la plus renommée du gang était arrivée la semaine précédente dans une immense Volvo flambant neuve, conduite par un chauffeur long et maigre, aux cheveux crépus. Sa grande valise luxueuse étaient entièrement tapissée d'étiquettes de la Lufthansa. Elle fut reçue par un groupe de femmes somaliennes, éthiopiennes et nord-africaines. Le gang observa la scène à distance. Le lait de chamelle avait préservé toute la beauté de la peau de la femme. Son teint bronzé brillait comme du cuivre astiqué et on avait du mal à croire qu'elle allait sur ses soixante ans. La bonne vie ne l'avait pas encore abîmée ; elle se déplaçait avec la grâce d'une rivière. Elle portait une chaîne en or autour du cou, une montre en or et quatre bracelets très fins, en or également. A en juger par le respect que lui montrèrent les autres femmes, à son arrivée, elle devait être un personnage important. Elle fut engloutie par l'immeuble et quand je la revis, elle était entourée par le même groupe de femmes qui pleuraient autour de son corps ensanglanté.

Le gang l'avait rattrapée entre « Eekhoorn » et « Elixir ». Elle faisait sa promenade du soir quotidienne. Elle était toujours seule, sans ami ni garde du corps car elle voulait réfléchir, se détendre, méditer et reprendre des forces spirituelles. Les garçons l'avaient suivie plusieurs fois, mais elle avait eu de la chance car chaque fois des gens venaient en sens inverse. Les voyous se disaient entre eux que c'était une sorcière protégée par des démons arabes.

— Dis, t'as envie de baiser une vioque ? demanda le chef de bande au plus jeune qui avait pleuré lorsque sa mère l'avait frappé.

Les autres ricanèrent.

— Je n'ai encore jamais baisé une Arabe. J'ai entendu dire qu'elles avaient des lames de rasoir dans leur chatte, comme nous sous notre langue.

Ils se marrèrent comme des fous.

— T'es qu'une chiffe molle, mon vieux. Allez, vas-y, bourre-la, dit l'aîné, de bonne humeur.

— Pourquoi t'inquiéter de ces lames de rasoir ? Tu as un petit zizi, il n'y a donc pas grand-chose à détruire, le taquina un autre, provoquant l'hilarité de tous.

— Pourquoi faut-il que je me tape toujours les vieilles peaux ? Pourquoi ?

— Parce que tu es un chien qui se met à chialer dès que sa maman le touche.

— Je t'emmerde.

— Bon, ça va. Je peux pas t'obliger à manger de la vieille bidoche si tu n'en as pas envie, dit le chef en lui donnant une tape dans le dos. Alors, prends l'argent de la vioque et tous ses bijoux. Prends l'or, mon vieux, prends-le.

Il grognait comme un pitbull et poussa le petit dans le dos. Les autres observaient en souriant. La femme approchait.

— Hé, m'dame, une partie de jambes en l'air, ça vous dit ? dit le garçon qui aurait pu être son petit-fils.

Et, en même temps, il balançait son ventre d'avant en arrière pour attirer son attention. Elle le regarda comme s'il était une tique sur son chameau préféré. Un peu plus loin, elle vit ses copains porter la main à leur entrejambe. Ils se trouvaient au milieu d'un boqueteau à la lisière du parc. Sur l'autoroute qui passait à vingt mètres de là, les autos filaient vers le centre. A trente mètres de l'autre côté, se trouvait l'école élémentaire que la femme venait de longer et qu'elle avait admirée pour sa propreté. Cela lui avait donné une idée : construire une école élémentaire pour les enfants de son village. Elle imaginait déjà les enfants criant et courant dans les couloirs. Si son projet se réalisait, elle donnerait à l'école le nom de sa grand-mère. Pourquoi n'y avait-elle pas pensé plus tôt ? Elle n'avait pas de réponse à cette question. Il était tard, le soir. Les longues nuits d'été la fascinaient toujours parce que, dans son pays, la nuit tombait brusquement dès que le soleil se couchait. Elle aimait les nuages teintés de rouge qui s'estompaient dans le ciel.

— Laisse-moi passer, dit-elle au garçon sur le ton calme d'une personne habituée à être obéie sur-le-champ.

— Je t'ai vue sur la bande vidéo de Michael Jackson, comment s'appelle-t-elle... merde, aboule le fric.

— C'était *Black or White,* non..., s'écria un copain.

— Penses-tu, c'était *Remember the fucking time.*

— Oui, c'est ça. T'étais habillée en reine égyptienne, et Eddie Murphy était le roi et Michael Jackson était ton amant.

— Je ne sais pas de quoi tu parles, laisse-moi passer, tu veux ?

— N'essaye pas de nous avoir, sale gonzesse. Tu es arrivée il y a une semaine dans une grande Volvo toute neuve ; tu es venue faire des affaires, peut-être dans la drogue. Nous voulons, nous aussi, en profiter. Aboule le fric.

— Tu veux que je te dise, dit un autre, cette femme est la mère de la pouffiasse de la vidéo, le mannequin qui s'appelle Armani, non Imani, qui est marié avec David Bowie. Nous savons tout de toi, p'tite dame. Putain, donne ce fric et nous te laisserons tranquille pour aujourd'hui.

— Je vais appeler mes gardes, dit la femme calmement en se demandant pourquoi cette jeunesse européenne était si insolente, surtout avec les femmes.

Un des garçons sortit son couteau à cran d'arrêt. La femme sourit. Elle était née dans la Nuit des longs couteaux et le couteau l'avait choisie avant même sa naissance. Elle avait été infibulée deux fois. La première fois par une femme sans expérience qui n'avait pas bien recousu les lèvres de sa vulve, si bien qu'au bout de trois semaines, la blessure n'était pas encore fermée. Un an après, à l'âge de treize ans, on l'avait de nouveau infibulée. La nuit précédant sa nuit de noces, une femme de la famille l'avait rouverte avec un couteau pour élargir le trou à usage multiple qu'elle avait hérité de l'infibulatrice. A la naissance de son fils, la sage-femme l'avait coupée un peu plus largement avec un couteau pour faire passer la tête du bébé. Après l'accouchement, on l'avait recousue. Et après la naissance de sa fille, elle ne put résister plus longtemps au besoin d'effectuer elle-même des infibulations. Elle se servait de couteaux, de lames de rasoir, de pangas, de poignards, de tessons de verre, tout ce qui avait un côté tranchant, et sentait alors un immense pouvoir couler dans ses veines.

Elle était persuadée qu'elle pourrait, s'il le fallait, exciser une petite fille avec un panga, sans l'abîmer. Elle était sûre qu'elle le ferait mieux que la plupart des infibulatrices et éviterait beaucoup de douleur aux fillettes. Sa première patiente fut sa propre fille. Et depuis, tout le monde savait qu'elle avait, pour ces pratiques, un talent naturel et que des femmes comme elle il n'y en avait pas une sur mille. C'était une artiste. Ses clientes n'eurent jamais de complications. Elle fixait les bouts restants des lèvres avec une épine et, quelques semaines plus tard, on aurait pu croire que l'opération avait été faite par un chirurgien. Les blessures ne s'infectaient jamais, même si elle n'employait qu'un minimum d'herbes médicinales ou de médicaments modernes. Il lui était arrivé de cracher sur une blessure parce qu'elle menaçait de s'infecter et, au bout de quelques jours, le pus avait disparu. Sa renommée se répandit de bouche à oreille et arriva jusqu'aux chefs de l'Etat. Sa carrière monta en flèche. Elle fut submergée de clientes, invitée dans les endroits les plus impensables. Elle allait en avion dans des pays étrangers, à la demande de riches familles émigrées. Au début, elle refusait d'accepter de l'argent et sa cour se remplit de chameaux et de chèvres. Quand elle en eut assez de voir toutes ces bêtes, elle accepta d'être payée et l'argent s'amoncela. Elle le prêtait ou le donnait à sa famille, mais plus elle en donnait, plus elle en recevait.

Dans la Corne-sans-clitoris-ni-lèvres-de-vulve, elle était l'infibulatrice privée de deux chefs du gouvernement et de plusieurs ministres et hauts fonctionnaires. Pour se rendre dans les villages éloignés, elle se servait d'un hélicoptère. Chez elle, elle avait un quatre-quatre avec lequel elle traversait les interminables chaînes de montagnes. Si elle n'avait pas tant aimé son travail et sa culture, elle ne serait jamais venue au ghetto. Mais ni l'argent ni le succès ne pouvaient faire taire son instinct de nomade. A New York, elle organisait des cérémonies annuelles ; à Londres et dans d'autres grandes villes anglaises, les parents l'attendaient avec impatience tous les étés. Cette tournée devait la conduire d'Amsterdam à Rotterdam et d'autres villes néerlandaises dont elle n'arrivait pas à prononcer le nom. Avant d'arriver à Amsterdam, elle s'était arrêtée à Francfort et Hambourg. Cette année, elle ne passerait pas par la France parce qu'elle avait des divergences de vues avec ses contacts et parce que les autorités françaises interdisaient l'excision des petites filles. Mais cela ne la gênait pas : les parents pouvaient toujours lui envoyer leurs filles ou attendre jusqu'à l'année suivante. Il ne faisait pas de doute qu'elle avait beaucoup d'argent, mais pas pour des voyous qui puaient les parfums bon marché, la drogue et l'alcool.

Elle regarda sa montre et poursuivit son chemin. Malheureuse ! Elle avait commis le plus grand des péchés : manque de respect sur le territoire d'un gang. Le premier garçon laissa tomber un juron comme un gros crachat et lui asséna un coup de couteau dans le bras. Des lampes s'allumaient dans les immeubles. Des autos roulaient à toute vitesse dans le lointain. D'autres lames de couteaux brillèrent qui la frappèrent et la blessèrent pendant qu'elle continuait à marcher. Elle avait pour devise : « Lutter jusqu'au bout. » Malgré la douleur, elle refusa de s'écrouler ou de montrer la moindre faiblesse. Elle se répétait à haute voix le mot « couteau », comme une prière pour détourner ses pensées de la douleur et les concentrer sur le moyen de leur échapper, mais les voyous crurent qu'elle les défiait de continuer à la frapper.

Le couteau ne l'avait jamais trahie, sauf le jour où elle était tombée entre les mains d'une infibulatrice sans expérience. Il avait toujours été un ami pour elle ! Elle finit par tendre son sac et ses bijoux et les garçons s'arrêtèrent de frapper. Ils la regardèrent partir avant de rejoindre leur repaire pour se nettoyer et pour partager le butin.

Quelqu'un aperçut la femme lorsqu'elle s'affaissa à dix mètres de l'entrée latérale de l'immeuble et donna l'alarme. Les gens affluèrent. Les gardiens de nuit arrivèrent, suivis par quelques-unes des femmes qui l'avaient reçue à son arrivée. J'arrivai plus tard et trouvai la victime entourée d'un mur humain. Le sang coulait aux pieds de la foule et disparaissait dans la végétation de l'été, au bord du gazon. En suivant la trace de sang, j'arrivai au repaire du gang. Les garçons avaient disparu. J'eus peur. Que faire s'ils étaient pris par la police et allaient penser que c'était moi qui les avais dénoncés ? Et s'ils avaient un revolver ? N'étais-je pas en danger ? Je ne cessais de penser aux enfants-soldats qui avaient mis en fuite les soldats d'Obote, surtout à ceux qui nous escortaient pendant notre voyage vers le nord. Ils avaient le même âge et ces quatre compères avaient l'air aussi cruels qu'eux.

Les garçons ne furent pas arrêtés, ne serait-ce que pour un interrogatoire de routine. Mais je ne le savais pas encore, à ce moment-là. A partir de ce jour, je pris l'habitude de regarder par-dessus mon épaule quand il faisait nuit et d'éviter les buissons et les bosquets. J'évitais aussi les viaducs et autres coins hantés. Pendant de longues semaines, je m'enfermai dans ma chambre et me plongeai dans l'étude de la langue néerlandaise.

Mais je ne pouvais pas rester éternellement enfermé. Les lumières mortelles des quartiers chauds m'attiraient, telle une lampe tempête diabolique, comme elles en avaient attiré des milliers avant moi. Je rejoignis les pèlerins à l'autel de l'industrie du sexe. Les revenus des bandes vidéo et des films porno auraient suffi à reconstruire tout le Triangle de Luwero. Il y avait des cabines où l'on pouvait voir des films ou des *live shows*, tenues par des souteneurs bien mis, en costume et chaussures de cuir. Je les ignorais et suivais le courant qui se dirigeait vers les cages où des femmes étalaient et vendaient leurs charmes. Il y avait toute une enfilade de cages qui me firent penser au marché aux esclaves, où des hommes inspectaient avec leurs doigts les chattes des femmes pour contrôler si l'affaire était bonne.

Mon affaire me coûta soixante dollars, deux mois de salaire au S.I.M.C. Je sentis la morsure du remords en présentant cette somme à un papillon de nuit sud-américain qui était venu du fin fond de la République dominicaine pour connaître la luminosité mortelle du quartier des lumières rouges. Cette petite île était la plus grande pourvoyeuse de prostituées pour la Hollande et quelques pays voisins. Il y avait aussi des femmes en provenance de Colombie, de Thaïlande, d'Europe de l'Ouest et d'Espagne. Sans oublier quelques putains africaines et hollandaises. Cette rencontre des continents au comptoir de la chair perdait toute son ironie quand on avait fait une mauvaise affaire, comme ce fut mon cas. La putain me rappela l'effet hypnotisant de la tête de lit de Serenity et de Cadenas et je dus de nouveau payer pour m'être laissé prendre au miroitement des apparences. Ma putain était bien faite et, enfermée dans sa cage éclairée d'une morne lumière rouge, le regard encourageant dans un visage agréable, elle avait un air superbe. Elle aurait pu être une des belles-sœurs d'oncle Kawayida ou l'une de ces sang-mêlé abandonnées par les Asiatiques en 1972. Ce mélange de sangs et la révolution des continents au son des dollars me firent tourner la tête. Je crus me plonger dans quelque chose de spécial, à l'épicentre d'une tornade culturelle, historique ou peut-être même métaphysique. Je la suivis dans son box.

Toute sa vie était entassée dans cette petite pièce. Dans un coin trônait un grand sac en cuir sur lequel étaient collées des étiquettes de compagnies aériennes. Sous le lavabo, la statuette d'un saint patron de l'argent ou de la prostitution. Au pied du saint, une assiette pleine à ras bord de pièces de vingt-cinq centimes. Je me retins d'offrir une obole à cette déesse pour qu'elle me fasse bien bander. En guise de bidet, il y avait une bassine en plastique, une bleue, comme celle que nous avions à la pagode. A deux pas du pseudo-bidet, du reliquaire et du sac, on pouvait voir, sur un guéridon, trois photos bien en vue : la mère-putain flanquée par un garçon et une fillette mulâtres. Les sous-entendus de ces photos me donnèrent envie de vomir. Les fantômes d'enfants, vivant à des milliers de kilomètres d'ici, tenaient compagnie à leur mère pendant qu'elle vendait son corps nuit et jour pour leur payer des vêtements, l'école et les frais médicaux. La grand-mère recevait à intervalles réguliers une lettre de Hollande dans laquelle il y avait peut-être de l'argent et elle renvoyait des nouvelles des enfants. Cette prostitution des photos d'enfants était ce qui me dégoûtait le plus. J'eus la tentation d'étrangler la putain et de jeter les photos dans le feu. J'aurais voulu quitter le réduit, mais cette putain avait déjà fait le coup à tellement d'honnêtes hommes que je trouvai dommage de jeter deux mois de salaire. Je me déshabillai avec la rage du père Lageau le jour de son sermon. La putain regardait comme un enfant de chœur obéissant qui explique au prêtre où il doit suspendre ses vêtements. Je regardais les enfants et les imaginais en train d'attendre que leur maman revienne d'Europe, chargée de cadeaux et puant le parfum de quatre sous, le gel lubrifiant et le sperme. La fillette de la photo était mignonne et il n'était pas difficile d'imaginer qu'un chasseur de talents la découvrirait bientôt, contrôlerait si elle n'avait pas de traces de césarienne et lui offrirait une place de danseuse dans une boîte de nuit ; après quoi elle finirait, comme sa mère, dans la prostitution. Bien qu'obsédé par les enfants, je ne perdis pas mes moyens, car, en définitive, cette déconvenue n'était que le point culminant d'une série d'événements malheureux.

Dans mon village, effacé de la surface de la terre par la guerre, on aurait dit de ma putain qu'elle était

« un seau ». Elle était entièrement distendue. C'était une véritable imposture. Elle ressemblait à un fruit d'arbre à pain qui donnait l'eau à la bouche, mais s'avérait farineux quand on l'ouvrait. Ancien assistant d'une sage-femme, je savais ce qui était arrivé : après la naissance des enfants qui nous regardaient dans leurs cadres, la femme n'avait pas pris la peine de se faire recoudre, peut-être voulait-elle profiter un peu plus longtemps de son état. Les syndicats de prostituées n'existant pas encore, je ne pus déposer aucune plainte. Je me levai, jetai la capote anglaise et me rhabillai.

En tout cas, j'avais eu ma leçon : la prostitution était un commerce dont l'enveloppe était plus attrayante que le contenu, et l'imposture était normale dans un tel commerce. Ce qui m'irritait pourtant, c'était de voir que les Blancs que j'avais vus sortir de ces box arboraient tous un sourire satisfait comme s'ils avaient bien dépensé leur argent. Quel était leur secret ? Ou bien ils ne savaient pas faire la différence entre un « seau » et une putain au trou normal, ou bien ils étaient baraqués comme des zèbres, ou bien ils pratiquaient la sodomie. Mais à ce moment-là, je me souvins de la Trinité diabolique et de la raison de mon mutisme sur cette expérience. Il se pouvait que ces Blancs aient été abusés comme moi, mais qu'ils aient eu honte de le montrer. Je quittai les lieux, vexé, et ne revins dans le quartier que deux mois plus tard. Je voulais en avoir le cœur net. J'essayai une putain qui avait l'air de porter le soleil sur la tête et qui avait le teint d'albâtre de la Vierge Marie. Ces femmes employaient peut-être trop de gel lubrifiant ? Non. C'était la faute de ces maudits godemichés, des cactus épineux en matière plastique sur lesquels elles s'asseyaient pendant leurs exercices de gymnastique dans leurs déserts rouges. J'en avais ras le bol et décidai d'abandonner ce marché de la chair aux Blancs, qui s'en contentaient depuis des années.

La nouvelle de la mort des despotes me parvint au ghetto pendant les froides journées de l'hiver argenté. Le froid était intense et le vieux poêle de Keema n'arrivait pas à réchauffer la maison. Nous nous étions enveloppés dans des vêtements épais en attendant la fin de l'épreuve. J'aurais bien aimé que les despotes fissent l'expérience d'un hiver rude. Je leur souhaitais d'être pris dans une tempête de neige à des kilomètres du village le plus proche.

Cadenas et Serenity étaient des gens des années soixante-dix, qui avaient complètement perdu la tête dans les années quatre-vingt avec toutes les guerres et les différents régimes qu'ils avaient connus. Ils se rendirent compte que le cancer n'était pas seulement le fait d'Amin et, forcés de regarder plus loin que leur nez, ils sentirent leur optimisme flancher. Cadenas était attirée par l'idée d'un homme à poigne, capable d'empêcher le toit de la maison de s'envoler. N'était-ce pas ce que faisait le pape ? Mais, après le départ d'Amin et l'exacerbation des massacres, les disputes entre les membres de la Coalition et enfin l'avènement d'un gouvernement Obote II, faible et meurtrier, les despotes se laissèrent aller au pessimisme et à l'indifférence.

Au plus profond de son désespoir, Serenity exprima le seul point de vue politique qu'il ait jamais prononcé dans sa vie. Il déclara que l'Ouganda était un pays fait de profondeurs trompeuses qui cachaient d'autres abysses prêts à engloutir les gens et que les historiens s'étaient trompés : l'Abyssinie n'était pas l'ancienne Ethiopie mais l'Ouganda actuel. Dans ses résurgences intermittentes d'optimisme, il reprenait cette déclaration, cherchant une formule plus percutante pour que les hommes politiques s'en servent car, disait-il, le temps était mûr pour que l'Ouganda prenne le nom d'« Abyssinie » : pays des abysses.

Serenity avait une peur bleue qu'on découvre ses magouilles, comme s'il était un de ces tueurs et bourreaux qui s'étaient enfuis avec Amin et Obote. Il passait des heures à regarder dans le vide, à imaginer des moyens d'effacer les traces de ses méfaits, ce qu'il dirait ou nierait durant l'interrogatoire qui suivrait son arrestation. Il songeait à raconter ses aventures dans une histoire qui se déroulerait dans l'Abyssinie légendaire, en changeant les noms des personnages, mais il n'en fit rien, craignant qu'un fin limier ne fasse des recherches et l'oblige à avouer l'imposture sur laquelle était basée son histoire. Une autre raison l'en empêchait : la conscience que l'incipit de son récit ne pourrait jamais atteindre la qualité du ton, le rythme et la force de ceux des romans qu'il avait sur ses étagères. Il ne supportait pas l'idée de faire piètre figure aux yeux des connaisseurs.

Serenity disait régulièrement à Nakibuka qu'il avait peur de l'avenir. C'était au plus fort de la guérilla, lorsque la propagande gouvernementale prétendait que les rebelles n'étaient qu'une bande de communistes fanatiques et maniaques qui n'avaient qu'un seul but : tuer les gens, leur prendre leurs biens et nationaliser à tout-va. Le message n'était pas nouveau et comme il était divulgué par des agents du gouvernement rusés, et non par des soldats, il était très crédible. Dans les années quatre-vingt, l'Eglise s'était associée à la campagne contre le communisme et était allée jusqu'à dire que les communistes voulaient aussi nationaliser les femmes avec le reste de la propriété privée et qu'il fallait engager une guerre sainte contre eux. Dans la période la plus noire de son désespoir, Serenity appuya pendant quelque temps la propagande antiguérilla : la guerre ne menait à rien, les gens périssaient en masse et il était d'avis que, pour sortir de l'ornière, il valait mieux s'asseoir à la table des négociations. Puis vint l'époque où il fut indifférent à tout : les deux partis se rendaient coupables de massacres et la situation était effroyable. Il ne voulait qu'une chose : que les combats cessent. Et il fut heureux d'apprendre ce que disait la rumeur publique, que les rebelles avaient été vaincus. Mais plus tard, il apprit qu'ils s'étaient seulement déplacés en Ouganda occidental, qu'ils assiégeaient des villes et qu'ils avaient coupé le pays en deux. Alors il renonça ; il se rendit compte qu'il ne comprenait plus rien à la situation. Il n'écoutait plus les nouvelles ni les rumeurs. Il démissionna de son poste au syndicat et disparut de la scène. Il suivit le conseil de Hadj Gimbi et acheta du bétail. Il embaucha un berger et laissa à Cadenas le soin de le surveiller et de contrôler qu'il ne vole rien, qu'il ne baptise pas le lait et qu'il donne suffisamment à manger et à boire aux bêtes. Pendant le week-end, Hadj Gimbi et Serenity échangeaient des informations sur leur bétail, mais ils ne parlaient plus de politique. Hadj Gimbi avait tourné le dos à la politique parce qu'il ne se fiait pas aux ténors actuels. Il adopta une attitude attentiste. Serenity ne raffolait pas des bêtes pour la bonne raison qu'elles s'échappaient la nuit et allaient dévorer les cultures des voisins et qu'ensuite, il devait payer des amendes et présenter ses excuses. Mais il savait que c'était un bon investissement.

Hadj Gimbi avait démissionné de son poste à la banque et concentrait tous ses efforts sur le village où il habitait. Ce qu'il redoutait le plus c'était qu'on rapproche son nom des services de sûreté d'Amin où il avait compté quelques amis. Hadj en était arrivé à la conclusion que ce qu'il avait de mieux à faire, étant musulman, c'était de se cacher dans un village, loin de l'agitation et des tentations de la capitale. Le nouveau régime de la guérilla était sévère et il voulait disparaître d'un endroit où on risquait de le montrer du doigt. Le bruit courait qu'on avait créé des unités anticorruption qui enquêtaient sur les fraudes et les concussions, mais on ne mentionnait pas jusqu'à quelle époque leurs enquêtes remonteraient, ni ce qu'ils allaient faire des coupables. Ces unités ne firent pas grand-chose, mais elles épouvantèrent ceux qui, comme Hadj Gimbi, avaient un passé louche. Serenity et Hadj Gimbi suivaient avec intérêt l'ordre de rapatriement des Asiatiques : d'abord les industriels, puis les petits commerçants. Ils étaient émerveillés de voir comment l'histoire s'écrivait, s'effaçait et se réécrivait. Les deux hommes s'étaient éloignés des affaires de la capitale. Ils avaient l'impression que la ville était en train de retomber entre les mains des forces d'avant l'indépendance. C'était dur de constater que tout se passait comme dans un cercle vicieux. De toute manière, Hadj Gimbi avait des soucis d'ordre privé : il avait du mal à garder sa famille unie. Lusanani, qui était toujours sa femme préférée, s'était enfuie à deux reprises. Il craignait qu'elle ne revienne pas si elle arrivait à s'enfuir une troisième fois. Le déménagement à la campagne ne lui avait pas plu et elle cherchait en cachette un appartement en ville.

La disparition de son village natal et l'engloutissement des maisons par le marécage avaient beaucoup affecté Serenity. Le jour où, de retour, il avait constaté que la maison de son père n'existait plus, il avait perdu son équilibre. Il avait la sensation qu'on lui avait pris quelque chose d'essentiel, de vital. Il se sentait bancal, comme s'il marchait sur une jambe. Tant que la maison de son père était debout et qu'il pouvait la haïr tout son soûl, tout allait bien ; maintenant qu'elle n'y était plus, il trouvait la disparition du passé, les massacres, les pillages et les bombardements horribles. Il sombrait toujours plus dans la dépression et Nakibuka faisait de son mieux pour lui remonter le moral. Il se faisait du souci pour lui-même et pour Cadenas : la boue qui l'avait aspiré dans les moments difficiles lui donnait le vertige et il avait peur de perdre une de ses jambes ou les deux. Comme son oncle qui en avait laissé une à Birma pendant la Seconde Guerre mondiale. Le souvenir de son moignon lisse le remplissait d'horreur. L'homme était parti un jour sans avertir personne et n'était jamais revenu. Serenity craignait d'être frappé du même sort. Son oncle lui avait dit qu'ils avaient tous les deux un lien particulier, sans s'expliquer davantage. Ce qui rendait sa déclaration troublante, c'était que ses paroles étaient les premières et les dernières qu'il ait prononcées à son retour de la guerre. Serenity n'en avait jamais parlé à personne. Après le départ de l'oncle, il avait fait des cauchemars qui avaient disparu au bout de quelque temps. Maintenant, après si longtemps, ils revenaient en force et peuplaient son sommeil d'images terrifiantes. Son oncle lui apparaissait chaque fois différemment, tantôt combattant et tuant de nombreux Blancs, ou aidant des camarades ensanglantés qui hurlaient de douleur. Ou alors il voyait le corps de son oncle déchiqueté par les balles, ou gisant comme mort pour se relever tout à coup et appeler ses camarades ; son oncle habillé pour un mariage sans mariée, puis s'estompant dans un brouillard épais ; son oncle souriant et le remerciant de lui avoir lavé ce qui restait de sa jambe amputée, puis il le voyait qui fixait sa jambe mangée par les vers à son moignon et se remettait à marcher joyeusement. Il ne comprenait pas pourquoi il le poursuivait de cette manière. Nakibuka lui répétait sans cesse que c'était parce qu'il l'aimait, mais cela ne le calmait pas. Le matin, au réveil, il se sentait mal, et ce mal-être durait parfois toute la journée.

Cadenas ployait sous le lourd fardeau d'une ménopause maligne et précoce. Ses terribles pertes de sang qui avaient troublé mes rêves à l'époque lointaine où elle m'était apparue comme Jésus sur la Croix, étaient devenues chose courante dans sa vie. Elles minaient ses forces au point qu'elle était presque toujours épuisée. Elle ne se plaignait pas de sa croix, même si son poids se faisait de jour en jour plus lourd. Elle craignait surtout de mourir d'une hémorragie et qu'un de ses garçons la découvre dans une flaque de sang. Elle ne supportait pas l'idée que ses fils la voient dans une telle situation. Pour se protéger contre un tel danger, elle leur avait interdit d'entrer dans sa chambre, où elle dormait seule depuis que Serenity et elle faisaient chambre à part. Elle lavait ses vêtements le soir et les étendait dans sa chambre. Elle était toujours le chef suprême à la maison, mais elle avait le vague sentiment que les jours de son règne étaient comptés. Ce n'était qu'une intuition, mais qui l'obligeait à penser continuellement à l'avenir. Elle était satisfaite d'avoir réussi à bien élever tous ses enfants et à les envoyer à l'école. Elle savait qu'elle pouvait, pour le reste, les remettre entre les mains de Dieu.

Les développements de la politique de son pays la laissaient froide : le peuple de Dieu triompherait toujours. Elle était contente des choix qu'elle avait faits dans sa vie et si elle devait recommencer, elle ferait exactement la même chose. Les moments de répit dont elle jouissait quand elle n'avait pas mal lui donnaient un avant-goût du paradis ; elle les vivait avec l'intensité d'une martyre sur le point de mourir pour sa foi. Elle aimait par-dessus tout les soirées : c'était le moment de la journée où elle sortait pour visiter les vaches dans le corral, respirer l'odeur des bouses et regarder les bêtes ruminer en chassant les mouches de leurs longues queues. Puis elle inspectait le ventre et les pis des vaches pour voir si elles n'avaient pas de tiques. Elle donnait au berger l'ordre d'allumer un feu de bouses et de charbon pour soi-disant tenir les mouches à l'écart, mais en réalité c'était pour son propre plaisir. La fumée blanche odorante lui rappelait l'encens de l'église, l'odeur âcre de la sainte messe. Elle se tenait au bord du corral, droite comme une statue, et attendait que le vent souffle la fumée dans sa direction. Elle respirait profondément et se sentait revivre, embrasée de la tête aux pieds tel un éclair unissant le ciel à la terre. Dans ces moments, elle se sentait le centre de l'univers qui maintenait toutes les choses en place.

Peu de temps après mon départ pour les Pays-Bas, Cadenas avait décidé de prendre un congé, le premier depuis son mariage. Elle désirait retrouver la sérénité de sa maison paternelle et la consolation de la paroisse de sa jeunesse. Son frère Mbale fut effrayé par la mauvaise mine de sa sœur. Ses yeux étaient remplis d'une expression de sainte et profonde détresse, une expression qu'il n'avait vue que sur le visage des madones italiennes. Elle lui rappelait les jours qui avaient suivi son renvoi du couvent. Etait-elle revenue pour s'enfermer dans la maison paternelle et jeûner jusqu'à en tomber d'inanition, dans une dernière crise de délire religieux ? La maison était à l'abandon, le toit en fer était rouillé et Mbale dut faire appel à quelques villageois pour la rendre habitable. Il envoya une de ses filles pour s'occuper d'elle car Cadenas refusa de loger chez lui.

Tous les matins, Cadenas se levait tôt, faisait quatre kilomètres à pied pour se rendre à l'église, assistait à la messe et communiait. Elle prenait, pour s'y rendre, le chemin qui, derrière la maison, passait par les collines où, dans son enfance, pendant les mois de mars et de novembre, elle allait chercher des sauterelles. Les pentes vallonnées, plongées quelquefois dans le brouillard matinal, lui faisaient penser au mont Golgotha et à la passion de Jésus. Elle retrouvait une grande paix quand elle repensait à Jérusalem et aux endroits où elle avait marché sur les traces du Christ. La rosée sur ses jambes, l'herbe sous ses pieds et le brouillard humide sur son visage lui faisaient du bien. Elle n'éprouvait alors aucune douleur, même si le mal secret était à son point culminant ; elle ne sentait que la paix, la sérénité et le désir de rester là-bas pour l'éternité. Elle sentait alors des forces nouvelles la parcourir et ne comprenait pas qu'on puisse la croire malheureuse. Elle était pleine d'un bonheur indescriptible. Et lorsque Mbale lui disait qu'il valait mieux ne pas emprunter la route sauvage qui passait par les collines, elle souriait d'un air supérieur, si bien qu'il renonça à la convaincre. Il ne lui envoya pas non plus un chaperon ou quelqu'un qui puisse l'accompagner à bicyclette.

Mbale n'était pas le seul à trouver Cadenas changée. Les gens du village s'étonnaient de la voir si impassible, si vieillie, ils trouvaient qu'elle avait l'air d'une vieille nonne à moitié folle. Cadenas entendait souvent de la musique ou des voix et les gens qui la voyaient alors regarder en l'air comme si elle fixait un oiseau de proie se demandaient ce qui lui passait par la tête. Ils se disaient : « Elle est folle. » Cadenas ne parla à personne de la musique et des voix qu'elle entendait. Serenity s'était aperçu depuis longtemps qu'il y avait quelque chose de détraqué dans la tête de Cadenas, mais celle-ci refusait de lui dire ce qu'elle avait. Et elle n'en parla pas non plus avec Mbale et les autres villageois. Au bout d'un certain temps, on la laissa tranquille, car après tout elle ne lançait de pierres à personne et elle ne mangeait ni papillons ni excréments. C'était un genre de folie douce qui ne gênait personne.

Le volume et le ton de la musique n'avaient cessé de monter, au point que Cadenas avait l'impression d'être prise dans l'œil d'un cyclone ou au milieu d'un congrès où tout le monde parlait en même temps et à haute voix. Quand la musique et les voix se taisaient, elle disait son rosaire et faisait son ménage.

Entre-temps Mbale était allé voir Kasawo pour lui demander ce qu'elle pensait de leur sœur. Kasawo, satisfaite de sa vie dans la petite ville et qui n'avait pas vu sa sœur depuis longtemps, alla lui rendre visite dans la maison paternelle. L'aspect et le comportement de Cadenas ne l'étonnèrent pas. Elle dit que sa sœur avait toujours été comme ça : enfermée dans son monde à elle. Elle fit toute seule les frais de la conversation car Cadenas était d'humeur peu loquace et étrangement absente. Kasawo s'interdit de parler de leur sœur, tante Lwandeka, et des autres victimes de l'épidémie. Elle parla uniquement de sa vie. Ses affaires marchaient bien, elle avait un homme et ses yeux étaient braqués sur l'avenir. Juste avant de repartir, elle invita sa sœur à aller lui rendre visite chez elle. Cadenas était sur le point de se rendre à la messe et n'avait absolument rien compris aux bavardages de sa sœur. Elle eut un sourire froid, presque méchant, et ses yeux se mirent à briller lorsqu'elle vit le corps volumineux de Kasawo disparaître dans le brouillard, en direction de la grand-route où elle allait prendre l'autobus. Elle aurait voulu pouvoir la contraindre à venir à la messe avec elle. Comme elle aurait aimé la forcer à monter au pas de course les collines fumantes, puis à redescendre dans les vallées pleines de rosée ; elle aurait ensuite balancé son corps de pécheresse épuisé sur le seuil de l'église de leur enfance ! Comme elle aurait été fière de pouvoir la casser, la présenter sur un plat au Seigneur et l'entendre implorer à grands cris la clémence de Dieu ! Mais Kasawo s'en retournait vers sa vie impie et elle finirait très probablement comme Lwandeka : damnée ! Damnée, damnée, damnée... Obsédée par la pensée de cette unique sœur qui lui restait, Cadenas se perdit pour la première fois dans les collines et arriva à l'église lorsque la messe était presque finie.

Le jour de sa mort, sa tête prématurément grise branlant comme une boule de coton dans le vent, Cadenas se demandait pourquoi l'orchestre continuait à faire tout ce boucan dans sa tête. Elle entendait sans arrêt une cacophonie de grincements, de déchirements, de coups de marteau, d'ébranlements et de sons de clochettes sur un fond de bruits qui ressemblaient aux cris douloureux d'une chambre de tortures en pleine activité. Elle quitta sa chambre de mauvaise humeur. Lorsqu'elle fut dans la cour et qu'elle regarda le bois dans le lointain, ses jambes flageolèrent sous l'effet d'une angoisse sacrée. Devant elle se dressait l'autel de l'église Saint-Pierre au-dessus duquel planèrent un instant des colombes, juste avant de s'envoler en un splendide arc blanc. Les colombes étaient si nombreuses que le ciel en devint tout blanc.

Au début, il y eut une invasion de sauterelles puis, après le pèlerinage, une tempête. Maintenant, c'était le miracle des colombes célestes qui étaient venues pour chasser le mal de la brousse et du village. La musique enfla, prit la puissance d'une tempête qui casse les branches des arbres, arrache les toits des maisons et fend les arbres. C'était une tempête semblable à celle qui avait sévi après le pèlerinage de Mbale. Elle entendit tout à coup le vrombissement insupportable de millions de sauterelles. Puis l'air se remplit des violons de colombes qui tombaient du ciel.

Il était près de dix heures du matin. Un gentil petit soleil édenté, qui caressait l'œil et la peau, brillait et flirtait avec les sens. Les paysans étaient déjà penchés sur leurs champs et leurs bêches s'élevaient et retombaient à un rythme constant. Ils travaillaient dans la shamba, à quelque distance du sentier. Cadenas les voyait, mais eux ne pouvaient pas la voir. Elle entendait de temps en temps la voix d'un bébé couché non loin des ouvriers sur un tas de feuilles de bananier, un linge tendu au-dessus de lui, et elle revoyait en pensée la douzaine de marmots qu'elle avait mis au monde. Les paysans avaient beaucoup à faire pour préparer la terre en vue des semis de haricots, de maïs, de manioc, de pommes de terre, de tomates et de légumes verts. Les enfants aidaient leurs parents ou étaient à l'école. Cadenas était seule sur le sentier. Elle prit un chemin de traverse qui menait, à travers la brousse, à la forêt où tombaient les colombes. Elle s'engouffra, l'esprit engourdi, dans l'herbe à éléphant haute d'un mètre. Elle se déplaçait respectueusement comme si elle pénétrait dans un terrain sacré. L'herbe à éléphant fit place à de l'herbe moins haute d'où dépassaient, par endroits, des bosquets d'arbres en forme de parapluie. La forêt n'était qu'à quelques mètres de l'endroit où elle se trouvait, le spectacle sacré qui l'attirait semblait à portée de main. Sa poitrine brûlait du sentiment qu'elle n'était pas seule. Distraite par des hérons argentés, elle n'avait pas vu l'énorme buffle autour duquel s'affairaient les oiseaux chaque fois qu'il se secouait pour chasser les fourmis qui assaillaient son museau et sa tête et chatouillaient sa cervelle. Le buffle fut agréablement surpris de la trouver sur son chemin. Quelques jours auparavant, il avait été blessé par des chasseurs inexpérimentés qui n'avaient pas su le poursuivre pour l'achever. Furieux de rage contenue et revigoré par la découverte d'une âme sœur, le buffle déboucha de sous l'arbre où il se cachait et se précipita sur Cadenas.

Il la saisit sur ses cornes sans aucune difficulté et la lança en l'air, lui faisant faire une cabriole comme celles des trapézistes coréens sur l'écran de la fameuse Toshiba qui puait quand elle restait allumée plus de deux heures. Les buissons au-dessous d'elle approchaient à une vitesse vertigineuse. Elle retomba en gesticulant sur les cornes du buffle, les jambes en l'air comme saint Pierre sur la croix. Le buffle partit comme une flèche à travers les buissons chantants, gémissants, pleurants, suivi à la trace par un vol de hérons. Ils pénétrèrent en pleine forêt où les griffes des branches mortes labourèrent Cadenas au passage. Les feuilles étaient si vertes, l'air si embaumé et son corps aussi léger que l'aile d'un angelot ! Elle était de nouveau dans le ciel, en route pour Rome et la Terre sainte.

Ils arrivèrent dans une clairière de la brousse, assombrie par un mur d'arbres géants qui cachaient le soleil. Le buffle la jeta une deuxième fois en l'air et elle retomba sur l'herbe mouillée de rosée. Il courut ventre à terre jusqu'au bout de la clairière et la retraversa de même dans l'autre sens. Le bruit de ses sabots et le grondement de son souffle faisaient trembler l'air humide. Tout : le ciel, les arbres, les buissons, la terre semblaient secoués par cette violence. Au bout de soixante-trois sprints, le buffle s'affaissa sur les misérables restes de sa compagne et racla le sol de son énorme ventre. Il racla sept fois pour tenter de se remettre debout. A la huitième fois, il retomba lourdement : il n'y avait plus rien à enfoncer dans la terre. Il s'écrasa sur son âme sœur, terrassé par la fatigue et un arrêt cardiaque. Les pluies de novembre, que les paysans avaient appelées de leurs vœux, commencèrent à tomber avec violence ce jour-là. Elles effacèrent les traces des sabots du buffle et faillirent détruire les jeunes plants. Après les pluies vinrent les sauterelles et toute la région fut sur pied pour attraper ces friandises volantes.

La petite fille qui aidait Cadenas à faire son ménage revint de l'école et ne trouva pas sa tante. Elle comprit tout de suite que quelque chose n'allait pas. Le feu dans la cheminée était éteint. La nourriture qu'elle avait placée pour sa tante sur les pierres du foyer était froide. Sa tante avait dû tomber quelque part. Ou elle s'était égarée. Ou elle était allée à la source et avait été emportée par les eaux. Elle lui manquait déjà. Elle s'était habituée au comportement sévère mais loyal de la vieille femme. Sa sévérité ne différait pas tellement de celle de son père, mais la femme avait essayé de s'attirer la sympathie de la fillette. Elle avait un air triste et gentil à la fois. Sa fermeté avait quelque chose d'étrange et de remarquable. Pour une gamine de son âge, l'absolue autonomie de sa tante était déconcertante. Cette femme était capable de rester silencieuse pendant une éternité, comme entièrement coupée du monde, à réfléchir, méditer, prier ou Dieu sait quoi. Au début, elle ne l'aimait pas beaucoup, mais par la suite elle l'avait trouvée de plus en plus sympathique. Les yeux pleins de larmes, la petite courut chez son père pour l'avertir de la disparition de sa tante. Elle espérait la trouver chez lui, en train de lui parler ou de l'écouter ou peut-être de se reposer de sa fatigue. Elle espérait de toutes ses forces l'y trouver. Elle suppliait Dieu de faire qu'elle y soit.

Mbale reçut la nouvelle avec un regard de glace. Seules trahissaient son émotion la bouche légèrement ouverte et les rides qui plissèrent son front. Il fit le tour du village pour s'enquérir de sa sœur. Il entra en dernier dans l'église où personne ne l'avait vue ce jour-là. Il retourna au village en passant par les montagnes où l'on entendait encore le bruit des chasseurs de sauterelles. Personne ne se souvenait l'avoir vue, ni ce jour-là ni un autre jour. Et même, plusieurs personnes croyaient qu'elle avait regagné depuis longtemps son propre village. Mbale organisa une grande battue dans la région, mais personne n'eut l'idée de pénétrer dans la brousse. Ils inspectèrent les puits et autres points d'eau ainsi que les fossés, pour être sûrs qu'elle n'était pas en train d'attendre du secours au fond de quelque trou.

On avait entre-temps averti Serenity. Il arriva sous un déluge de pluie, l'air d'un poussin tout juste sorti d'une flaque de pétrole. Depuis son insuccès dans la recherche de son père en 1979, il traînait derrière lui des tonnes de manque de confiance en soi. Sa tête était pleine des souvenirs de son oncle unijambiste. Tous les rêves qu'il avait faits annonçaient-ils ce désastre ? Etait-ce sa femme et pas lui-même qui devait partager le sort de l'invalide ? Il ressentit un soulagement temporaire. Puis il se souvint de ses enfants et décida de tout mettre en œuvre pour la retrouver. Elle devait être quelque part dans ce village. Il la revoyait telle qu'elle était à l'époque de leur mariage. Il pensa à leur première rencontre, au mariage et aux préparatifs et au grand jour. Il fallait trouver sa femme. Il frémit à l'idée de l'immensité de la tâche qui l'attendait. Il était convaincu qu'un être qui ne s'était jamais égaré de sa vie ne pouvait être retrouvé que par miracle. Nakibuka s'associa aux recherches, mais n'apporta aucun élément nouveau. Les soirées étaient les plus lourdes à supporter. Epuisés et trempés, ils étaient assis près du feu, le visage sombre, non comme lorsqu'on veille un mort, car le corps de la disparue n'avait pas été retrouvé, ni comme devant un feu de joie, parce qu'il y avait encore beaucoup d'incertitude dans l'air. Les jours et les semaines passèrent avec la lenteur éprouvante d'une machine à vapeur. Au plus profond du désespoir, quelqu'un suggéra d'aller voir dans la brousse. Serenity s'opposa violemment à cette idée : sa femme ne pouvait pas se trouver là-bas. Mais le lendemain, ils commencèrent tout de même à battre la forêt. Ils n'avaient aucun point de repère. Les lambeaux de vêtements qui étaient restés accrochés aux épines pendant la course du buffle avaient été emportés par la pluie diluvienne. Les rangées d'arbres mystérieux faisaient trembler Serenity. L'obscurité et l'humidité et le mystère de la forêt lui donnaient envie de rebrousser chemin. Il avait l'impresion d'aller au-devant de sa propre mort, d'être sur le point de s'engloutir dans des tourbillons de boue après avoir été écrasé par les arbres immenses.

Nakibuka mit une main sur son épaule et ils se traînèrent plus loin. Arrivés sur le lieu fatidique, ils s'arrêtèrent, tout éberlués à la vue des chapelets de vers et des essaims de mouches qui s'écoulaient du buffle gigantesque. La chair était criblée de trous, la cage thoracique ressemblait à une montagne creuse. Les chasseurs racontèrent leur histoire, mais personne ne pensa à faire le rapport avec Cadenas. D'ailleurs, Cadenas ne pénétrait jamais dans la forêt. Quelques personnes suggérèrent qu'il ne pouvait s'agir du même buffle parce que l'autre avait été transpercé par une lance, sept kilomètres plus loin. Ils se disaient que si le buffle blessé avait voulu se venger sur des humains, il aurait pu le faire à l'endroit, plus peuplé, où il avait été blessé. La plupart de ceux qui participaient aux recherches voulaient retourner immédiatement au village. Ils ne voyaient pas l'intérêt d'aller à l'aventure dans une partie de la forêt où tout le monde savait qu'on avait dressé de gros pièges pour prendre les bêtes sauvages. Mais Mbale et Nakibuka insistèrent pour aller jusqu'à la limite de la forêt et donnèrent à tous l'ordre de chercher des lambeaux de vêtements. Cette décision ne fut pas écoutée avec enthousiasme. Ce fut une battue épuisante qui ne livra ni solutions ni preuves. On ne trouva pas le moindre fil d'étoffe. Ils reprirent le chemin du retour en bougonnant. Dans la clairière, les chasseurs s'évertuaient avec courage à déplacer la gigantesque carcasse du buffle. Les vers grimpaient sur leurs jambes et leurs bras et les mouches bourdonnaient dans l'air en signe de protestation. L'odeur infecte donna à Serenity la sensation d'avoir des trous dans la tête. Il ordonna alors aux chasseurs d'arrêter de traîner la bête : sa femme ne pouvait pas se trouver sous cette pourriture, pas sa Cadenas, pas sa vierge. Il découragea les hommes qui rampaient sur le sol à la recherche du moindre reste de trace de sabot.

Plusieurs théories furent avancées pour expliquer la disparition de Cadenas. Certains dirent qu'elle avait été dévorée par un léopard égaré et que des os devaient sûrement traîner quelque part, dans le creux d'un arbre ; d'autres, qu'une troupe de lions féroces l'avaient entièrement dévorée et que des hyènes avaient broyé ses os entre leurs puissantes mâchoires, d'autres encore que le fleuve, de l'autre côté du village, l'avait emportée ou qu'elle était tombée dans un trou mystérieux et d'autres, enfin, qu'elle était montée directement au ciel.

La dépression de Serenity s'aggrava parce qu'il n'avait pas été capable de trouver sa femme. L'eau commença à l'obséder. Il pensa de nouveau au Tibre, à Rome, où Remus et Romulus avaient vécu. Il parlait sans cesse d'eau et de masses aquatiques. De toutes les théories proposées, il retenait celle selon laquelle Cadenas avait été engloutie par une rivière. Mise au pied du mur par l'obsession de son amant, Nakibuka encouragea Serenity à inspecter régulièrement les bords du lac Victoria. Ils commencèrent par y aller tous les week-ends et visitèrent certains villages de pêcheurs où ils regardaient les hommes jeter leurs filets. Ils écoutaient les vagues et le vent en chantant et pleurant. Le fait que Nakibuka était la tante de sa femme l'aidait à visualiser son image. Serenity commença à réfléchir à la Vierge Marie.

Dans sa jeunesse, il l'avait adorée et lui avait

demandé de lui servir de mère, longtemps avant qu'il n'ait rencontré sa propre vierge, sa Cadenas. Pour supporter la douleur, il réunit en pensée les deux vierges et il commença à croire sérieusement que le lac lui rendrait la sienne. Elle était le crocodile dont parlait dans le temps feu sa tante. Elle sortirait des profondeurs du lac pour calmer la douleur de son cœur. Les démons religieux faiseurs de miracles qu'il avait combattus pendant la plus grande partie de sa vie se mirent, par vengeance, à tourmenter Serenity en harcelant son esprit, troublant ses rêves et lui rappelant insidieusement comment il s'était procuré l'argent pour financer le pèlerinage. Nakibuka le voyait perdu dans ses pensées, son âme planant au-dessus des vagues et scrutant l'horizon en quête de la vierge, et elle était heureuse qu'il ne fût pas seul. Il ne lisait plus ses livres. La longue attente de Godot s'était terminée par une déception. Les lacunes restantes ne pouvaient pas être comblées par de la fiction étrangère. Le monde de Serenity se limitait désormais à la maison, aux vaches, à la route et aux pèlerinages au lac.

Hadj Gimbi essayait de lui remonter le moral, mais Serenity ne disait pas grand-chose. Il était retombé dans le silence de l'époque où la femme mystérieuse l'avait repoussé et guéri de son obsession pour les femmes grandes. Il discernait quelquefois les Asiatiques qui revenaient : ils étaient pour lui des fantômes, des êtres d'une autre planète. Il n'avait plus peur d'eux et ne les haïssait plus : ils n'existaient tout simplement pas. Nakibuka était la seule personne à pouvoir communiquer avec lui d'une manière ou d'une autre. Elle s'était installée dans la maison de rêve de Cadenas. Elle s'occupait des quelques chiards qui n'étaient pas encore en pension. Elle dut jurer plusieurs fois qu'elle s'en occuperait comme s'ils étaient ses propres enfants. C'est bien ce qu'elle faisait, et peu lui importait que les chiards la détestent ou non. Il faudrait, de toute manière, qu'ils s'habituent à elle. Serenity allait maintenant au lac un jour sur deux. Nakibuka ne pouvait pas toujours l'accompagner car elle avait ses occupations ménagères. Serenity ne trouvait pas ça grave. Il savait que sa femme ne lui apparaîtrait que s'il était seul. Leur réunion était quelque chose qui ne concernait qu'eux deux et il croyait dur comme fer que chaque excursion qu'il faisait tout seul pouvait être la dernière.

Un après-midi, il se rendit compte qu'il s'était égaré. Il commença à se frayer un passage à travers les tiges de papyrus en direction d'un village de pêcheurs qui se trouvait de l'autre côté du lac. Il s'enfonçait toujours plus loin dans le marécage et des feuilles aussi coupantes que des scies lui entraient dans les jambes. Des sangsues sortaient de l'eau, se fixaient à ses jambes et ne le lâchaient que lorsqu'elles s'étaient repues de son sang. Il trébucha une fois sur une pierre glissante et tomba dans l'eau peu profonde. Plus il approchait de son but, plus il avait l'impression que le but reculait. Ses vêtements étaient trempés et ses chaussures pleines d'eau. La boue aspirait ses pieds. Les sauterelles grignotaient son estomac et son ventre. Le soleil se coucha et balança dangereusement sur l'horizon, comme s'il était sur le point de tomber dans le lac et de se noyer.

L'attention de Serenity fut bientôt attirée par un morceau de bois marron flottant... non, c'était une île déserte flottante, dentelée, côtelée, splendide dans sa vétusté désolée. Il était de retour à Rome, près de Remus et Romulus et de la louve. Les bords dentelés n'étaient-ils pas le bout des tétons des louves qui l'avaient élevé dans la maison de son père ? Tout à coup, les bords aigus se multiplièrent comme si un grand nombre de louves s'étaient retournées sur le dos et dressaient avec défi leurs tétons. Il n'arrivait pas à détacher son regard de ce spectacle bizarre. Un énorme éclair, ou une vague, ou les deux à la fois, coupa l'air autour de lui, brouillant sa vue, des colonnes d'eau s'élevèrent et retombèrent sur lui.

Le gigantesque crocodile l'avait rattrapé. Il s'était

mis à parader dans ces contrées depuis peu parce qu'un petit groupe de jeunes mâles avait essayé de le détrôner dans un complot qu'il avait su tuer dans l'œuf. Maintenant il prenait le temps de ratisser toutes les rives et de renverser une pirogue dès qu'il en voyait la possibilité pour s'assurer qu'il était bien le seul maître de ce territoire. Cela faisait un mois qu'il n'avait pas mangé à sa faim. Cette proie serait un des cinquante grands repas qu'il aurait engloutis dans l'année. Ce n'était pas mal pour un individu de cinquante-huit ans, de sept mètres de long et de plusieurs tonnes. Il ouvrit toutes grandes ses mâchoires colossales et, à travers les vagues effervescentes, Serenity aperçut des éclats de kaléidoscopes roses et rouges. L'espace d'un instant, il ne vit que de l'écume et de l'eau bouillonnante. Pendant qu'il disparaissait entre les mâchoires du gigantesque crocodile, trois dernières images traversèrent son esprit comme un éclair : une charogne de buffle criblée de trous d'où s'échappaient des chapelets de vers et des essaims de mouches, sa maîtresse de toujours, la tante de sa femme disparue, et la femme mystérieuse qui l'avait guéri, dans son enfance, de son obsession pour les grandes femmes. A ce moment précis, il sut où se trouvaient les os de sa femme. Mais vu que l'ancien art des morts de communiquer avec les vivants à travers les rêves avait été chassé depuis longtemps de la famille par le catholicisme, les habitudes occidentales et la négligence abjecte, la révélation de Serenity ne quitta pas le ventre du crocodile, pas même lorsque l'animal mourut dix ans plus tard.

Hadj Gimbi et Nakibuka pensèrent qu'il s'était noyé et donnèrent l'ordre aux pêcheurs de chercher son corps et d'avertir la police dès qu'ils l'auraient trouvé. Mais la tombe de Serenity allait rester vide comme la tombe du Soldat inconnu. On ne retrouva jamais son corps et, jusqu'à l'heure de leur mort, Hadj Gimbi et Nakibuka ne se mirent jamais d'accord sur la manière dont Serenity avait fini.

La location et l'achat d'un passeport étaient choses courantes au ghetto, une pratique liée au fait que les gens étaient contraints de se réinventer sans cesse une nouvelle identité. Ce sport m'intriguait énormément. Il ne différait pas tellement de la manière dont Lwendo et moi avions rançonné ceux qui volaient le matériel destiné à la reconstruction. C'était une manière astucieuse d'exploiter et de miner ce système idiot, corrompu et impersonnel qu'était un gouvernement. Les contrefacteurs étaient auréolés d'une certaine toute-puissance. Ils étaient mieux habillés que la plupart de ceux qui traficotaient au ghetto. En tout cas, ils occupaient une place beaucoup plus élevée que les dealers qui polluaient les gens. Ils étaient à un échelon au-dessus des agents de police qui restaient enfermés dans leurs boîtes et ne pensaient qu'à leur propre bien-être. C'étaient des magiciens qui détenaient la clé de portes normalement fermées aux malheureux qui, pour une raison ou pour une autre, avaient dû fuir leur pays. Ils avaient leurs propres lois et formaient un mini-gouvernement qui avait le pouvoir de se substituer impunément au grand gouvernement. Comme tous les gouvernements, ils se méfiaient et étaient capables d'user de violence pour protéger leurs intérêts. Quand j'étais dans le métro, je regardais les visages inexpressifs des passagers et je me demandais lesquels d'entre eux devaient leur présence dans le métro à ce gouvernement souterrain. La police néerlandaise ne contrôlait pas les passeports comme les pays voisins, mais elle faisait irruption dans les endroits connus pour abriter des travailleurs immigrés illégaux. C'était justement ce qui faisait le jeu des contrefacteurs : c'est ainsi qu'ils eurent l'idée de louer des passeports aux gens qui n'avaient pas les moyens d'en acheter un.

Après la disparition des despotes, l'idée mûrit en moi qu'il me faudrait bien, un jour ou l'autre, prendre une décision sur ce que je voulais faire de ma vie. J'avais encore mille dollars qui pouvaient me faire vivre quelque temps avec parcimonie ou que je pouvais investir. Je choisis la deuxième option, envoyai au diable toute prudence et me mis en contact avec un homme qui faisait le commerce de passeports européens. Il était fiable mais affreusement cher. Il était connu sous le nom de Fiente de poulet parce que, à tous ceux qui se plaignaient de ses hauts tarifs, il répondait qu'on ne pouvait pas faire du bouillon de poule avec des fientes de poulet. Il se vantait de fournir un produit de qualité, contrairement à ceux qui étaient bon marché mais ne fournissaient que de mauvaises copies de documents si bien que les gens avaient des démêlés avec la police. Pour pouvoir m'intégrer à la société néerlandaise, il fallait que je commence par avoir un bon passeport. J'envisageais déjà de chercher un travail de manière à pratiquer la langue et gagner un peu d'argent en attendant de savoir ce que je voulais faire de ma vie. Fiente de poulet me donna le choix entre un passeport britannique, américain, espagnol ou portugais ! Un séjour de quelques mois dans le pays et le pouvoir de l'argent me donnaient accès au titre d'Européen ! Au début, j'eus du mal à y croire mais, petit à petit, je me rendis compte que la chose était réellement sur le point de se faire. Les grandes puissances, qui s'étaient partagé le continent africain durant la Conférence de Berlin de 1884, l'avaient fait sans mettre un pied sur ce continent. Moi, j'étais venu jusqu'en Europe, j'avais tout payé moi-même et j'étais sur le point d'acheter une nationalité. Je savais fort bien que ce que je m'apprêtais à faire n'était pas la chose la plus extraordinaire du siècle : je rejoignais tout simplement la cohorte des fourmis qui, dans les galeries souterraines des bas-fonds de la société, permettait à l'économie d'avancer. Mais j'avais encore quelques questions à poser à l'homme qui allait me procurer les documents : est-ce que je figurerais dans les archives d'un pays ? Naturellement : il se servait de données existantes pour ses passeports. Que faire si la police me demandait un extrait d'acte de naissance ? Il dit qu'il pouvait m'en procurer un sans difficulté. Il fallait d'abord que je choisisse une nationalité. J'optai pour la britannique.

Ma nouvelle identité fut prête en l'espace de quinze jours. Lorsque j'allai la chercher, Fiente de poulet fit un petit test. Il me tendit deux passeports et me demanda de deviner lequel des deux était le vrai. Je fus incapable de voir la différence. Je payai plus de mille dollars pour le passeport et l'extrait d'acte de naissance. Je sentis une poussée d'adrénaline lorsque je glissai le livret dans ma poche. Je venais de renaître sous le nom de John Kato. Ce nom était très courant en Ouganda : il était donné au dernier de deux jumeaux de sexe masculin. Quelque part en Angleterre vivait une fourmi qui portait le même nom. Il ne savait pas qu'il avait un frère jumeau aux prises avec l'humidité des polders hollandais.

Pour tester mon nouveau pouvoir de citoyen de l'Occident tout-puissant, je me présentai dans un cimetière municipal pour demander un emploi. Mes nerfs me jouaient des tours, mais je comptais sur mes talents d'acteur. Je cachais ma nervosité sous un air sérieux, passionné. Il était temps que je joue le rôle de mon propre avocat. Le cimetière se trouvait en bordure de la ville, enfermé dans un bois d'arbres élancés ; des sentiers pavés le parcouraient, les pelouses étaient bien tondues et les tombes soignées, rangées dans des espaces rectangulaires. Tout était propre et calme ici, parmi les morts. Je marchai le long des tombes et fus émerveillé par la diversité des pierres tombales, les épitaphes qui les ornaient, les inscriptions, les petits massifs de fleurs et la sérénité que dégageait cet endroit. Il y avait des robinets et des arrosoirs verts pour arroser les plantes et les fleurs. C'était un endroit idéal pour se détendre et réfléchir. Les négociations se firent en anglais. Ils avaient besoin d'un homme de peine-jardinier. Cela m'intéressait-il ? Le salaire était modique, mais suffisait à mes besoins. J'avais passé mon premier examen.

Je travaillais avec le fanatisme de ceux qui viennent d'être libérés. Je cherchais à me faire remarquer, à établir des contacts qui me permettraient de faire de grandes choses. Serais-je capable de les emberlificoter comme je l'avais fait avec leur compatriote, le père Kaanders ? J'observai un grand nombre d'enterrements : des événements très dignes, très distingués, pas de lamentations poignantes, pas de gesticulations théâtrales, pas d'arrachage de cheveux ou de grincements de dents. Les parents, vêtus de noir, se rassemblaient dans une salle, quelqu'un prononçait un bref discours sur le mort, on passait quelques morceaux de musique, puis tout le monde se rangeait en procession derrière le cercueil porté jusqu'à sa tombe par des employés des pompes funèbres. Le cercueil glissé au fond de la tombe, les gens, silencieux ou parlant à voix basse, retournaient en rang à la salle où ils buvaient une tasse de café accompagnée d'une tranche de cake avant de reprendre le cours de leur vie. Il était très difficile d'aborder les personnes en deuil, même quand elles venaient seules pour soigner la tombe de leur cher disparu. Plus je m'approchais de ce monde, plus il me semblait s'éloigner.

Après quelques mois de travail, je compris qu'on gagnait bien plus en exhumant les morts de longue date, les oubliés dont le contrat de concession était périmé et dont les restes étaient incinérés ou ensevelis de nouveau dans les espaces prévus à cet effet. Je n'aimais pas tellement le jardinage : c'était ridicule en comparaison du travail éreintant de Mbale et de la vie dure de ses enfants. L'exhumation des morts était un travail peu ragoûtant, mais il libéra quelque chose en moi. J'étais très curieux de savoir à quoi ressemblaient les morts après un séjour de dix ans et plus sous terre. C'était du travail sale, dur, souvent plus dur que ce que faisaient les amis de Keema, mais ce travail épuisant me procurait un sommeil de plomb.

Lorsque je déterrai mon premier macchabée, je sentis une curieuse poussée d'énergie me traverser, une vague révélation. Au début, je m'y prenais avec beaucoup d'égards, mais petit à petit, j'appris à opérer avec le plaisir téméraire du démolisseur expérimenté. Certaines personnes avaient le vertige sur les hauteurs, moi, plus je creusais, plus je me sentais enraciné dans la terre tel un roc. Les tombes s'ouvraient comme des coffres sous la hache des pirates. L'héritage était littéralement dénaturé, étrange, triste, difficile à comprendre. Les squelettes, les têtes de morts, les vêtements réduits en poussière, les cheveux à moitié décomposés me faisaient penser au Triangle de Luwero, aux séquelles de la guerre et aux gens qui s'étaient tellement confondus avec la terre qu'il ne restait plus que leurs ossements. Je trouvais parfois des bagues, des chaussures cassées, des colliers, des objets qui, à leur époque, avaient été précieux, auxquels étaient liés des souvenirs, des goûts, des habitudes, des choses passées. Ces objets étaient posés sur les restes des corps et jetés avec eux dans les fours crématoires. L'incinération de ces dépouilles mortelles, de ces souvenirs de vies passées, toucha une corde en moi qui s'enflamma comme du magnésium et souligna le rôle inappréciable de la mémoire dans la sauvegarde du passé.

Je ne savais rien de l'histoire de ces gens, mais la rencontre de leur passé obscur, enfermé pour toujours dans le brouillard du temps, me bouleversa. Du cloaque de ces débris semblait s'élever quelque chose de noble, un peu comme si la personne ressuscitait pour raconter de vieilles histoires que tout le monde croyait disparues avec elle dans la tombe. Je ne travaillais plus avec des morts : je ressuscitais en eux ceux qu'on croyait à jamais disparus. Je me retrouvai comme à l'époque où je travaillais à la bibliothèque du séminaire. Les tombes étaient mes étagères de livres, pleines de secrets poussiéreux. Les histoires commençaient à se détacher, à hanter mon esprit et je me mis à réfléchir à ce qu'il convenait d'en faire. Le fanatisme que je mettais dans mon travail étonnait mes collègues aussi bien que mon chef. Ils pensaient sûrement que je souffrais de nécrophilie. Les fantômes des morts semblaient me remplir d'une énergie inépuisable. J'abattais plus de travail que mes collègues musclés et les asticotais jusqu'à les faire transpirer comme des coureurs de fond. La plupart d'entre eux se lamentaient sans cesse sur la saleté du travail. Je ne m'associais pas au chœur de leurs lamentations ; ce que je faisais était tout à fait extraordinaire. Je reconstruisais en pensée la vie, la mort et les funérailles de nos victimes. A certains, j'attribuais un passé glorieux, à d'autres des années misérables, j'imaginais des gens pour qui la mort avait été une libération, après tous les malheurs et les désastres qu'ils avaient connus. Pour d'autres encore, je peignais une vie grisâtre qui n'était ni bonne ni mauvaise, ni glorieuse ni obscure, ni douloureuse ni joyeuse.

D'autres événements se préparaient à d'autres niveaux. Pendant que je travaillais dans ce cimetière, je rencontrai la femme, l'esprit qui semblait sortir d'une des tombes et qui donna à ma vie un coup de fouet. La puissance de la première étincelle me fit croire que quelque chose de mortel était lié à cette rencontre. C'était un jour pluvieux et nous n'avions fait qu'un enterrement et aucune exhumation. Je m'étais attardé et j'avais proposé de m'occuper des arrosoirs pour pouvoir réfléchir tranquillement. Je la surpris agenouillée sur l'une des tombes fraîches, comme si elle voulait à tout prix ressusciter la personne qui se trouvait sous la pierre tombale. Son corps était secoué par des sanglots. La plupart des Blanches se tenaient debout près d'une tombe comme un buffle pris dans les sables mouvants et pleuraient leurs chers disparus avec la grandiloquence d'un prêtre durant la grand-messe. Mais elle faisait exactement le contraire et, un instant, elle me fit penser à Cadenas, après son expulsion du couvent, qui griffait de ses ongles le sol de la maison de Mbale. Pendant que je m'approchais, mon regard tomba sur la pierre tombale : le mort avait atteint l'âge de quarante-quatre ans, l'espérance de vie moyenne dans l'Abyssinie de Serenity. Son ami, pensai-je avec déplaisir. Oui, le scénario habituel du vieil homme et de la jeune femme. Je fus saisi d'angoisse à l'idée que mon inconnue pouvait approcher la cinquantaine, auquel cas le scénario serait inversé. A chacun de mes pas, la masse de cheveux bruns qui cachait son visage était soulevée par l'air que je déplaçais. J'étais maintenant tout près d'elle. Je m'arrêtai à un mètre de distance et attendis qu'elle se retourne. Elle n'en fit rien. Je toussotai, fis une légère courbette et lui demandai si je pouvais apporter de l'eau pour arroser ses plantes. Je n'avais toujours pas vu son visage. Elle se retourna d'un mouvement lent et irrité. Elle était assez bronzée, ce qui donnait à son visage de la profondeur et de la fermeté et faisait ressortir ses traits sur le fond de sa masse de cheveux, de ses vêtements et du cadre alentour. A première vue, nous avions à peu près le même âge, et je dus avaler ma salive. Comment pouvait-elle ne pas être mariée ou fiancée ? Elle avait quatre bagues aux doigts, des doigts qui n'avaient encore jamais connu la dureté d'une pioche ou la surface lisse d'un pilon. Comment faire pour m'imposer à cette personne gâtée par la vie qui avait probablement la voix aiguë, nasillarde d'une Occidentale ? Le seul souvenir que j'avais gardé de mes activités de fossoyeur était une alliance et, en voyant ses bagues, j'eus envie de jeter mon trophée dans la poubelle. Pour ces gens, tout avait l'air d'être un jeu. Quatre bagues d'un seul coup !

J'en avais déjà conclu que c'était le fantôme de Cadenas, revenu me tourmenter, lorsqu'elle commença à parler. Le mépris et la confusion peints un court instant sur mon visage lui firent croire que je participais à son deuil et que, d'une manière ou d'une autre, je partageais son chagrin. Ce n'était pas le cas. Oui, bien sûr, je pouvais aller chercher de l'eau pour ses plantes. Elle prononça ces paroles sur un ton pas trop méprisant ou hautain qui pouvait être interprété comme vaguement amical ou indifférent. J'avais évidemment déjà rencontré des gens qui ne souriaient que parce qu'ils avaient peur de moi, mais elle se contrôlait très bien. Son mascara avait coulé et tracé sur son visage des sillons aussi tortueux que des sentiers dans un bois, mais ce qui se trouvait au-dessous était, c'est le moins que l'on puisse dire, attrayant. Mon mélange de néerlandais maladroit et de bon anglais fit son effet. Maintenant qu'elle avait un auditoire, sa bouche se détendit et son chagrin se répandit avec la fluidité d'un serpent qui se défait de sa peau. Au mitan de ce flot de paroles je me dis qu'il s'agissait probablement là de l'habituelle confession libératrice que l'on peut faire à un étranger. Mais je retenais quelques bribes d'informations : elle avait le charme des femmes toujours abandonnées par les hommes. Son père et ses deux frères étaient morts d'un cancer. Nous nous trouvions devant la tombe de la dernière victime : un de ses frères. J'en frissonnai jusqu'à la racine des cheveux, mais je ne me laissai pas intimider. Qu'importait si la maladie habitait déjà son corps comme la peste qui avait emporté tante Lwandeka, qu'importait du moment que la maladie n'était pas contagieuse ? C'est la mort qui m'avait conduit ici, elle pouvait aussi bien venir me reprendre. J'essayai d'imaginer ses sentiments : tous ces morts, toutes ces angoisses. Le vent de la mort nous lia avec une intensité angoissante. Deux semaines n'étaient pas passées que nous entamions déjà une liaison. Je fus délivré du ghetto et de la chambre de Keema et installé dans un appartement spacieux, en bordure de la grande ville. La fenêtre de la façade donnait sur une partie de la ville, quelques toits, des flèches et des cheminées. J'entendais, dans le fond brumeux, l'appel du ghetto qui voulait me faire retourner au petit Ouganda. Mais au fond de moi, je savais que désormais je n'y retournerais plus. De toute manière, je ne m'y étais jamais senti à mon aise.

Je devins littéralement la propriété de Magdeleine de Meer : j'étais la première personne qu'elle sentait tout à elle. Un certain nombre de Blancs étaient passés dans sa vie et ils s'étaient tous évanouis dans le lointain, tels des fantômes. Je pense que la plupart d'entre eux avaient fui devant le cancer qui régnait dans la famille, surtout ceux qui voulaient des enfants. Moi, j'étais un produit de son imagination, un rêve qui, à condition d'être gardé dans la glace, pouvait être conservé et satisfaire ses besoins. Au début, je jouis de mon rôle, et j'élargis mon horizon sous un autre ciel. Cette liaison était en quelque sorte un triomphe, puis elle devint une revanche, une revanche sur les despotes, sur Lageau, sur le monde des Blancs, sur le monde des Noirs, ainsi de suite. Mais la quotidienneté de deux êtres qui essaient de vivre ensemble me fit comprendre qu'il n'était pas question de triomphe, ni de revanche, mais d'un chapitre de la vie, une barrière psychologique que j'avais brisée, que j'avais grattée de mon ongle comme la tête de lit luisante qui cachait une vulgaire planche de bois.

Magdeleine avait un poste subalterne dans une banque du quartier, mais elle dépensait comme quelqu'un qui vivait en sursis. Elle me couvrit de vêtements splendides dans lesquels je ne me sentais pas à mon aise et elle me montra partout avec orgueil. Je n'avais jamais aimé les habits formels, les costumes stricts, les chaussures dures, et maintenant il fallait que je les mette quand nous allions à une fête. Tandis que les autres arrivaient en vêtements de loisir, on me transformait en poisson rouge dans un aquarium. C'étaient les autres qui me regardaient et pas le contraire. Je me sentais souvent comme un cadavre pendant une messe de requiem : habillé pour mon propre enterrement. Ses intentions étaient bonnes et elle débordait d'idéalisme. Je pensais qu'elle faisait pour moi ce qu'elle n'aurait jamais fait pour un Blanc. On ne me demandait pas de dépenser mon argent sale, si ce n'est en cadeaux et en leçons de néerlandais. Elle faisait la cuisine et le ménage, mieux le second que la première d'ailleurs. Je crois qu'elle essayait de se mesurer à des femmes noires légendaires, à des fantômes invisibles qui auraient pu lui voler son rêve et se frayer un chemin vers mon cœur en passant par mon estomac. Je me gardai bien de lui parler d'Eva. Quand je la regardais faire la cuisine et le ménage, je me disais qu'Eva m'avait fait faire toutes ces besognes. L'ironie de la situation me faisait mourir de rire quand j'étais dans ma baignoire. Magdeleine avait fait un excellent projet : me materner et me gâter pour qu'à la longue je me sente obligé de rester chez elle. Une mentalité de banquier : un investissement à long terme. Je me marrais en secret quand je pensais au sort de deux de mes collègues blancs ; leurs femmes ne faisaient visiblement rien dans le ménage.

J'avais quelques autres raisons de me marrer. Avant de m'installer chez elle, j'avais dû m'inscrire avec elle au bureau de police du quartier. Je montrai mon passeport britannique et mon acte de naissance. Tout se passa sans incident. Elle me posa des questions et je lui dis que j'étais né en Angleterre avant que mes parents n'émigrent en Ouganda, à l'époque où c'était encore le jardin des délices. Elle avala mon histoire et, comme tout conteur de fables, je me sentis gonflé d'orgueil. Je lui dis que Serenity occupait un poste important dans la Compagnie nationale d'énergie et que Cadenas était institutrice (défiée par Bâton qui avait bandé sous ses yeux un jour où elle lui avait donné une volée de branches de goyavier). Puis Serenity avait été arrêté par les hommes d'Amin, emprisonné et destitué de son poste. Il avait fini par s'employer chez un fabricant de petits outils avec qui il avait travaillé jusqu'à sa mort. Magdeleine était très curieuse et je m'évertuais à trouver des histoires de manière à ne pas m'enferrer. Je n'ignorais pas qu'elle voudrait un jour visiter mon pays mais, comme cette éventualité était encore lointaine, je ne m'en faisais pas trop. Je ne lui avais pas menti de propos délibéré ; mais une fois sur cette voie, il m'avait été impossible de m'arrêter. Sa curiosité forait des puits d'imagination dans ma tête et les inventions s'écoulaient naturellement.

Elle commença à me suggérer de m'arrêter de travailler. Elle était peut-être gênée par les circonstances de notre rencontre. Et elle ne pouvait exclure que je sois tenté par une autre femme en deuil. Mais la pensée que, le jour, j'ouvrais des tombes abandonnées et que, la nuit, je forçais son coffre à secrets troublait fort l'image qu'elle se faisait d'elle-même. Cette pensée la confrontait trop avec la mort.

Quant à moi, je pensais qu'elle voulait simplement serrer la bride autour de mon cou pour me rendre tout à fait dépendant d'elle. D'autre part, je trouvais mon travail agréable, d'autant plus que je l'avais choisi librement. Il n'y avait pas deux tombes semblables. Chacune d'elles contenait ses propres secrets. Le feu des fours crématoires me rappelait le temps où je distillais les boissons et les incendies qui avaient sévi dans l'Abyssinie de Serenity. Le feu avait quelque chose de spirituel, c'était un élément qui distillait l'essentiel de mon passé. Je me sentais bien dans mon travail et n'avais aucune raison d'y renoncer. Et puis... s'il lui prenait la fantaisie de me renvoyer ? Non, non, je n'avais pas envie d'être obligé de retourner au ghetto. Je résistai à toutes ses tentatives de me priver de mon indépendance. Ce qui m'irritait au plus haut point, c'était qu'elle revienne sur la question dans la douce volupté qui suivait l'amour. Le sexe n'avait encore jamais affaibli mes décisions ou mes capacités intellectuelles et je ne le laisserais pas me tourner la tête. Je trouvais répugnant qu'on se serve de la tendresse comme arme de persuasion parce que cela me rappelait Cadenas qui avait essayé de provoquer des confessions en se servant de psaumes mielleux.

Petit à petit, mon ego commençait lui aussi à se manifester. Au bout d'un certain temps, des brèches s'ouvrirent dans l'enceinte que nous avions élevée autour de nous. Je me mis à refuser de porter des costumes. Je refusai de me dresser dans toutes les fêtes comme le défenseur de tout le continent africain, ou de tout l'Ouganda, ou de toute la race noire. Je refusai de jouer les ambassadeurs, de devoir éternellement expliquer les cruautés d'Amin ou d'Obote ou de tout autre régime tyrannique comme si j'en étais partiellement responsable. Je devais, le sourire aux lèvres, m'expliquer sur les périodes de sécheresse et de famine, sur les cruautés du Fonds monétaire international et de la Banque mondiale et d'autres salauds. Finalement, n'étaient-ce pas des Blancs qui m'avaient invité à toutes ces fêtes ? Je commençai à en avoir assez de tous ces regards furtifs de vieilles femmes qui en disaient long quand nous marchions ensemble dans la rue. Je me sentais vexé par les regards froids des hommes blancs, surtout les hommes plus âgés qui avaient un passé poussiéreux mais blanc comme neige.

Les étés étaient les plus difficiles à supporter : le monde des Blancs m'étouffait. J'étais souvent le seul Noir à l'hôtel où nous descendions, sur la plage, dans le parc. Aux endroits où je m'y attendais le moins, je commençai à distinguer l'esprit de la Trinité infernale qui dissimulait soigneusement les fusils sous ses vêtements. Je commençai à reconnaître Lageau à la réception des hôtels, dans les restaurants, sur la plage : il prononçait un discours de singe de ses lèvres de singe. Le venin insidieux du passé se mêlait au présent et l'empoisonnait. J'étais écœuré par l'aspect sexuel du racisme : il y avait des femmes qui, lorsqu'elles nous voyaient ensemble, réagissaient comme si je les désirais toutes en bloc et n'arrivais pas à refréner mon désir d'arracher mes vêtements et de leur tomber dessus. Cette constatation perturbait le déroulement de mes pensées et me mettait de mauvaise humeur, car la plupart d'entre elles étaient peu attrayantes, trop maigres, trop pâles, trop grasses, trop plates ou trop vieilles à mon goût. Peut-être existait-il des hommes qui bandaient à leur vue, mais pas moi. Je pensais généralement aux livres et à la difficulté d'exprimer par écrit l'essentiel du passé. Et puis, j'imaginais que j'étais Lwendo, armé d'un fusil-mitrailleur, avec carte blanche pour tuer sans scrupules. Je me rendis compte que le cercueil de notre liaison était grand ouvert. Je n'avais pas l'intention, le cas échéant, de sacrifier ma santé psychique pour les beaux yeux d'une femme blanche, ou qui que ce soit d'autre.

Le monde des Blancs envahissait nos nuits. Au début, nous faisions l'amour avec la pétulance d'une passion frénétique. Nous étranglions et brûlions les démons du passé avec l'énergie infatigable de la jeunesse. Je me dis que nous pourrions vivre longtemps heureux sous une cloche où l'amour serait un arbre attaqué en vain par les tempêtes. Mais en réalité, l'amour était une plante malingre, desséchée par le soleil et balayée par la pluie. La courbe graphique de notre vie sexuelle était en phase descendante. Quand j'étais au lit, je pensais aux photos de nus, aux vulves brunes des photos de Bâton, et j'en avais des nausées de dégoût. Je m'étais vite aperçu que nous ne faisions pas front face au monde.

Dans le passé, je m'étais attaqué à de grands ennemis et j'avais appris à agir seul, avec discrétion, ruse, et à user de faux-fuyants. La conscience que l'ennemi pouvait frapper en passant, par un simple regard ou un geste négatif, me décourageait. La plupart de mes ennemis étaient plus petits que moi, au physique comme au moral. Ce n'était pas amusant de lutter contre eux et je ne pouvais pas les attirer dans un guet-apens. L'homme qui avait abattu le puissant Lageau se sentait impuissant ! La vérité était que j'étais parfaitement bien quand je sortais seul, mais quand nous étions ensemble c'était l'enfer. Je trouvais affreux d'attirer à ce point l'attention quand j'étais près de Magdeleine. Je trouvais affreux de ne pas pouvoir découvrir le monde tout seul et d'en rêver à l'infini. Comme Serenity, je savais reconnaître ma défaite ; il ne me restait plus qu'à en finir. Comme oncle Kawayida, je n'allais pas en faire toute une histoire.

Je me plongeai comme un fou dans les leçons de néerlandais. Je mis la même passion dans la formation que je suivis ensuite. Je fus un des rares Noirs à avoir une bonne place. Certes, les exhumations démystificatrices me manquaient, mais il fallait que j'aille de l'avant. On me donna un poste dans une importante revue hebdomadaire. Je n'étais pas journaliste, mais j'étais sur les lieux où l'on transformait les mots en armes. J'apprenais lentement à aiguiser les miennes.

Il y avait beaucoup de choses que je n'avais jamais dites à Magdeleine, par exemple les expériences navrantes que j'avais eues en ville. Je rentrais et me tenais tranquille, heureux de pouvoir mener ma lutte. Je découvris plus tard qu'elle tenait un journal où elle ne parlait pratiquement que de moi. Un jour, je le feuilletai et eus envie de le jeter dans la cheminée. Je vivais, selon elle, au jour le jour, et les actes de la veille n'avaient apparemment aucun rapport avec ceux du lendemain. La vie était un voyage de découvertes et le caractère était quelque chose de fluctuant qui se balançait de droite à gauche à la recherche de la meilleure manière de passer la journée. Pour Magdeleine, le caractère était quelque chose de fixe, d'inchangeable, la vie, une balance qui devait être surveillée sévèrement. Je me rendis compte qu'une liaison entre une banquière tatillonne et un esprit libre aux tendances de flibustier était un voyage plein de dangers. De ce point de vue, je préférais Eva avec son égocentrisme maniaque. Une sueur froide coulait dans mon dos pendant que je lisais : « Jay », c'est ainsi qu'elle m'appelait, « a changé... Jay, de mauvaise humeur... Jay a-t-il encore envie de poursuivre notre liaison ? Jay a mis du lait dans son thé... Jay a parlé dix minutes avec une personne du ghetto. Je n'ai rien compris car il parlait dans sa langue. Jay ne m'a pas touchée depuis longtemps... Est-il attiré par une ancienne flamme du ghetto ? Acheté une cravate de cent cinquante florins pour Jay. Il n'a pas apprécié le geste. A dit que c'était jeter l'argent par les fenêtres. »

Nous eûmes une scène. Elle m'accusa de ne pas assez m'occuper d'elle ; je l'accusai de me surveiller comme un espion. Elle répliqua qu'elle refusait de recevoir des leçons de gens bornés et insista pour que nous sortions plus souvent ensemble, que nous nous tenions par la main, que nous nous embrassions en public pour faire enrager les autres. Je refusai. Je n'avais jamais aimé et je n'aimerais jamais l'intimité telle que la représente la publicité. Elle mit en doute mes motifs. Je dis que j'en avais assez de vivre sous pression. Elle dit qu'elle triompherait. Je dis que les triomphes à la Pyrrhus n'étaient pas de mon goût. Elle sortit en courant de la maison et revint avec un paquet de cigarettes. Elle alluma une cigarette et se mit à fumer d'une façon maladroite. Je dis que je n'aimais pas la fumée de cigarette et que c'était mauvais pour sa santé et pour son haleine. Elle dit qu'elle était libre de faire ce qu'elle voulait. J'étais tout à fait de son avis. Le mal était fait. Les larmes ne pouvaient pas réparer la faille. J'étais décidé à partir et à être moi-même. Elle était décidée à me changer et à rester elle-même. Les choses ne pouvaient pas marcher de cette façon.

Je partis par une belle matinée de printemps. Elle avait l'air d'un chiot tombé dans une assiette de pâtée. J'avais l'air d'un pirate chassé de son bateau.

Je retournai à la gare centrale, m'assis quelque part derrière mes bagages et observai la multitude. Le soleil brillait, des pigeons voletaient dans l'air. Trois jeunes garçons jouaient des morceaux de rock sur leurs instruments désaccordés. Je battais la mesure avec mon pied gauche. Des garçons à moitié nus regardaient avec moi, le flot des voyageurs passait près de moi, les tramways grondaient. Des gens de toutes les couleurs et de toutes les races se dirigeaient vers la ville comme des fourmis vers leur but prédéterminé. Tout ce mouvement me donna le vertige. Les gens avaient l'air de marcher sur la tête, les morts de sortir de leurs tombes. Partout du mouvement et un mouvement contraire : les envahisseurs étaient envahis, les séparateurs séparés, les assaillants assaillis. Le mélange et la diversité des peuples étaient hallucinants, les points de départ et d'arrivée se perdaient dans les brumes. Je m'accrochais à la banquette en ciment pour ne pas vomir ou recevoir sur moi le vomi d'un d'autre. J'avais trouvé une pierre pour y poser ma tête, une cime de montagne magique faite des pierres erratiques de tous les coins du monde. J'étais de nouveau dans mon élément : regarder, faire des projets, attendre le moment juste pour frapper. L'Abyssinie était dans ma tête et aussi mon nouveau point d'appui sur cette cime de colline escarpée. Les Abyssiniens avaient toujours eu un mal fou à s'introduire quelque part, mais une fois un pied à l'intérieur, il était difficile de les déloger. J'avais un pied à l'intérieur.

LISTE DE MOTS AFRICAINS EMPLOYÉS DANS LE TEXTE

Busuti : vêtement féminin (Afrique centrale).

Boubou : ample vêtement masculin (Afrique occidentale).

Kandooya : torture qui consiste à lier les coudes de la victime derrière son dos.

Katondo mange ! : Mon Dieu !

Kibanda boys : la mafia de Kampala.

Mamba : serpent venimeux.

Matooke : banane plantain.

Muko : beau-frère.

Muteego/Slim : Sida.

Mpanama : hydrocèle.

Mtuba : arbre africain.

Nagana : maladie bovine d'Afrique tropicale.

Panga : coutelas.

Posho : pain de farine de maïs.

Shamba : plantation.

Osiibye otya, nnyabo ? : Comment allez-vous, madame ?

Bulunghi ssebo : très bien, monsieur.

Tout livre est tributaire de livres qui l'ont précédé, le mien ne fait pas exception. *Uganda now* de Holger Bernt et Michael Twaddle (Londres, 1988), *Lust to kill. The Rise and Fall of Idi Amin* de Joseph Kamau et Andrew Cohen (Londres, 1979) m'ont aidé à me remémorer et à classer les événements chaotiques que mes amis et moi avons vécus durant les années turbulentes qui ont précédé et suivi la chute d'Amin. J'ai intégré ces données dans les chapitres V et VI de mon livre. Pour les passages concernant les Asiatiques, je me suis inspiré de *From Citizen to Refugee* de Mahmood Mamdani (Londres, 1972).

M. I.

Table